Nicola Upson · Tödliche Sommerfrische

NICOLA UPSON

TÖDLICHE SOMMERFRISCHE

KRIMINALROMAN

Aus dem Englischen von
Andrea Stumpf und Gabriele Werbeck

KEIN&ABER

Alle Bände der Reihe erscheinen bei Kein & Aber.
Bereits erschienen sind:
Experte in Sachen Mord (Bd. 1)
Wenn die Masken fallen (Bd. 2)
Die Schatten alter Sünden (Bd. 3)
Tödliche Sommerfrische (Bd. 4)
Mit dem Schnee kommt der Tod (Bd. 9)
Dorf unter Verdacht (Bd. 10)
Drehbuch des Todes (Bd. 11)

Die Originalausgabe erschien 2012 unter dem Titel
Fear in the Sunlight bei Faber and Faber Ltd, London
Copyright © 2012 by Nicola Upson

Deutsche Erstausgabe
Alle Rechte vorbehalten
Copyright © 2024 by Kein & Aber AG Zürich – Berlin
Coverfoto: Joana Kruse
Covergestaltung: Maurice Ettlin
Satz: Dörlemann Satz, Lemförde
Druck und Bindung: GGP Media GmbH, Pößneck
ISBN 978-3-0369-5049-5
Auch als eBook erhältlich

www.keinundaber.ch

In Liebe meinen Eltern gewidmet

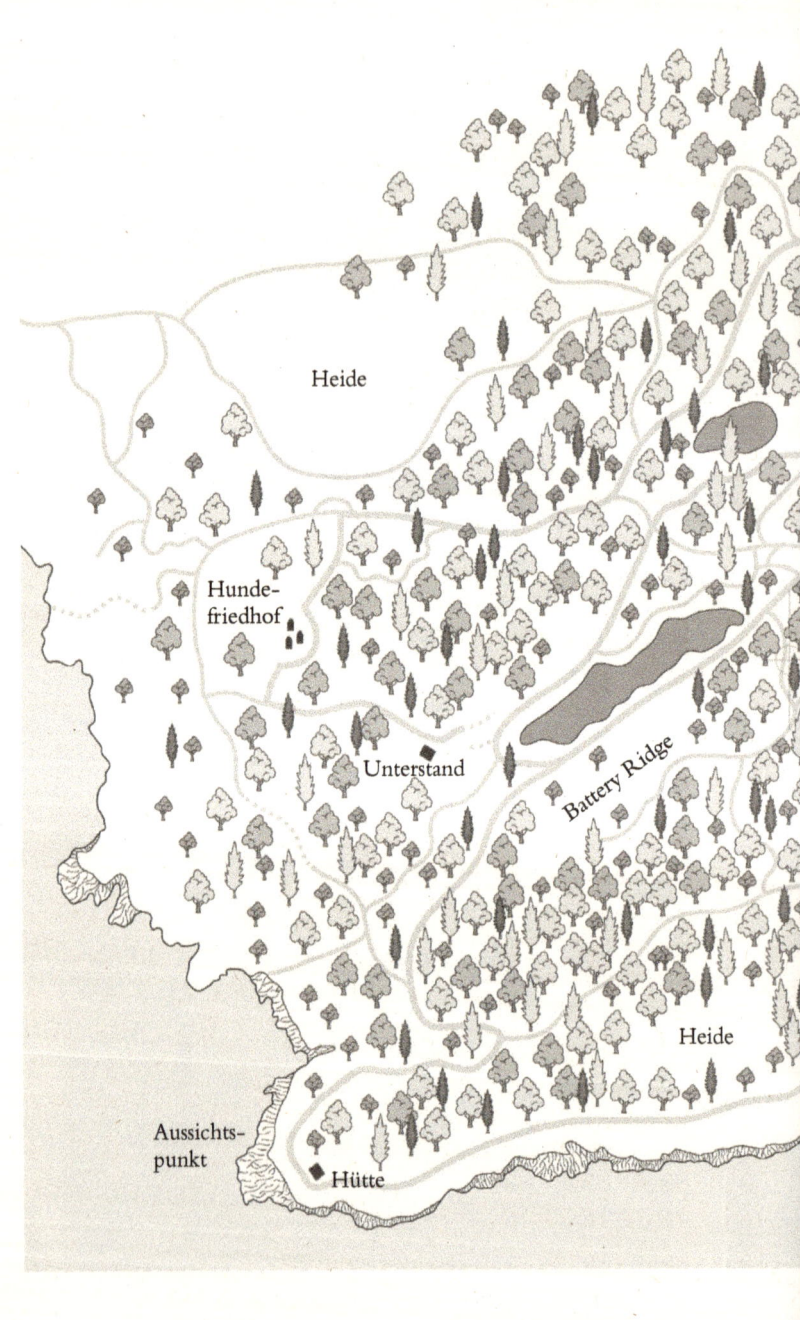

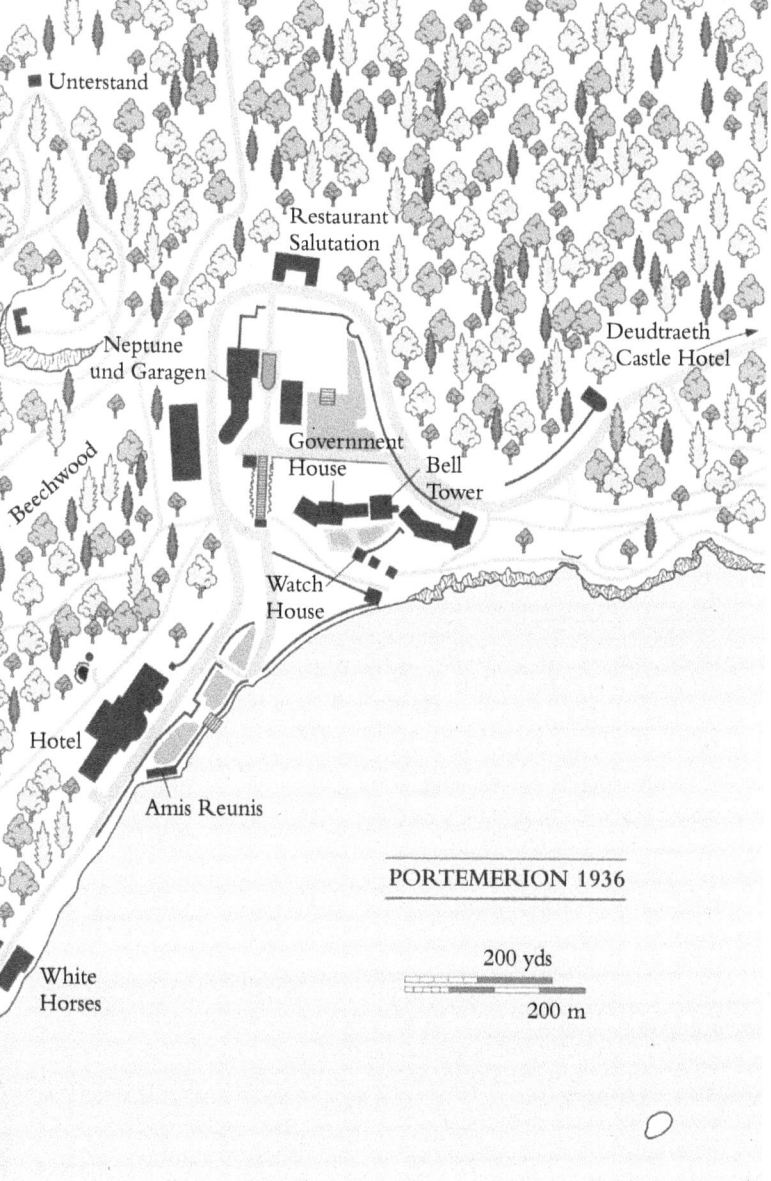

TEIL EINS

DAS FENSTER ZUM HOF
24. JULI 1954, LONDON

K önnen wir kurz Pause machen?«
»Natürlich.« Der Detective klang zwar ungeduldig, aber er folgte der Bitte, und das Rattern des Filmprojektors erstarb langsam. Archie Penrose schloss die Augen, doch das Bild von Josephine wollte nicht verschwinden. Wegen der laufenden Kamera ein wenig verlegen, saß sie in der Nachmittagssonne auf der Hotelterrasse und lachte über etwas, was er gerade zu ihr gesagt hatte. Es nagte an ihm, dass er sich nicht mehr erinnern konnte, worüber sie geredet hatten – was allerdings kein Wunder war, weil die Unterhaltung mittlerweile achtzehn Jahre zurücklag und einfach nur Urlaubsgeplauder gewesen war. Er fand es jedoch beunruhigend, dass die Erinnerung an Josephine seit ihrem Tod allmählich verblasste, und jedes sich ihm entziehende Detail quälte ihn wie ein persönlicher Vorwurf. Er stand auf und zog die Jalousien vor den Fenstern hoch, wobei er sich des forschenden Blickes des Amerikaners bewusst war, der auf eine Erklärung wartete. »Es war nicht meine Absicht, Sie aufzuregen, Sir«, sagte er zögernd, und der schleppende kalifornische Akzent verlieh seinen Worten etwas Anmaßendes, das beabsichtigt gewesen sein könnte oder auch nicht. »In den späteren Aufnahmen sind schlimmere Dinge zu sehen. Viel schlimmere.«

»Nicht für mich«, sagte Penrose schroff und setzte sich an seinen Schreibtisch, um seine Autorität halbwegs wiederherzustellen. »Eine Freundin von mir – die Frau in dem Film –, sie ist gestorben.« Die Worte klangen kalt und unpersönlich, aber aus Erfahrung wusste er, dass es keine angemessene Formulierung gab, um seinen Verlust zum Ausdruck zu bringen, und er hatte es schon lange aufgegeben, danach zu suchen. »Der Blick in die Vergangenheit ist schwer für mich, Detective Doyle, ganz gleich, wie harmlos Ihnen die Bilder erscheinen mögen.«

»Sie kannten eines der Opfer persönlich? Tut mir leid. Das wusste ich nicht.«

Dieses Mal klang die Entschuldigung aufrichtig, und Penrose beeilte sich, die Sache richtigzustellen. »Nein, nein – Sie missverstehen mich. Sie ist vor ein paar Jahren infolge einer Krankheit gestorben. In Portmeirion waren wir, um Josephines vierzigsten Geburtstag zu feiern. Sie war so gern dort, und wir haben uns mit Freunden getroffen.«

»Sie gehörten also nicht zu Mr Hitchcocks Gesellschaft?«

»Nicht offiziell, nein. Eine Freundin von Josephine – Marta Fox – hatte für Hitchcocks Frau an mehreren Drehbüchern gearbeitet und war übers Wochenende gekommen. Keiner von uns gehörte zu Hitchcocks Kreis, allerdings hatten er und Josephine einige Dinge zu besprechen. Er wollte eines ihrer Bücher verfilmen – einen Kriminalroman mit dem Titel *Klippen des Todes*, der bald darauf veröffentlicht werden sollte. Sie hatte Bedenken, erklärte sich aber mit einem Treffen einverstanden, während sie beide in Portmeirion waren.«

»Ich kann mich an keinen Film mit diesem Titel erinnern. Er wurde wohl nie gedreht, wenn Ihre Freundin solche Bedenken hatte?«

»Doch, doch, er wurde gedreht. Er kam im darauffolgenden Jahr heraus, Hitchcock nannte ihn allerdings *Jung und unschuldig*. Er war ein ziemlicher Erfolg.«

Der Detective schüttelte den Kopf. »Sagt mir trotzdem nichts. Wahrscheinlich habe ich nur die gesehen, die er gedreht hat, nachdem er auf unsere Seite gewechselt ist. War sie mit dem Film zufrieden? Ihre Freundin, meine ich.«

»Nachdem Mr Hitchcock sich darüber hergemacht hatte, war ihre Geschichte genauso wenig wiederzuerkennen wie der Titel«, sagte Penrose trocken. »Ich kann mich an einige

Kommentare von Josephine erinnern, als sie ihn gesehen hat, aber das Wort ›zufrieden‹ fiel dabei nicht.«

Doyle lächelte. »Dann hoffe ich, dass man sie wenigstens gut bezahlt hat.« Er zog ein Päckchen Zigaretten aus der Tasche und bot Penrose eine an. »Erzählen Sie mir etwas über dieses Portmeirion – es ist kein richtiges Dorf, oder?«

»Es ist alles, was Sie wollen, das es ist. Das macht seinen Reiz aus.«

»Aber ein privates Dorf, das ganz allein von einem Mann geschaffen wurde? Ist das nicht ein bisschen merkwürdig?«

Die unverhohlene Skepsis in der Stimme des Detective belustigte Penrose, aber ihm war klar, was Doyle meinte: Für jemanden, der nie dort gewesen war, war die Idee eines Erholungsorts, der ausschließlich um des Vergnügens und der architektonischen Schönheit willen geschaffen worden war – und nur für Leute, die über die nötigen Mittel verfügten, um all das zu genießen –, schwer nachzuvollziehen. Einem Amerikaner mit, wie er vermutete, sozialistischen Neigungen musste es wie eine absurde Ausschweifung erscheinen. »Es ist zweifellos außergewöhnlich«, sagte er, »aber das sind große Ideen ja oft. Mag das Dorf auch von einem einzelnen Mann erschaffen worden sein, so folgt es doch der Überzeugung, dass Schönheit das Leben der Menschen allgemein verbessern kann. An der Stelle, an der Portmeirion liegt, fand Clough Williams-Ellis eine Landschaft vor, die an sich bereits schön war, und er nutzte seine Vorstellungskraft, um sie noch schöner zu machen. Das ist eine gewaltige Leistung, also nein – ich finde es nicht merkwürdig. Genau genommen erscheint es mir nach dem, was die Welt durchgemacht hat, vernünftiger denn je – wenn auch ein wenig optimistisch.« Er lächelte, aber Doyle wirkte nicht überzeugt. »Und es ist kein Museum – er baut weiter daran. Nachdem die kriegsbedingten Baubeschränkungen endlich aufgehoben worden sind, gibt es für ihn kein Halten mehr. Ich war kürzlich mit meiner Frau dort, und da hatte er gerade mit den Plänen für ein neues Torhaus begonnen. Portmeirion lebt und atmet und verändert sich«, fügte er hinzu und konnte nicht verhindern, dass sich leiser Spott in seine Stimme schlich, »genau wie ein richtiges Dorf.«

»Es überrascht mich, dass Sie nach allem, was geschehen ist, dorthin zurückgekehrt sind. Besonders fröhlich kann der Aufenthalt nicht gewesen sein.«

»Wenn ein Polizist anfängt, Orte zu meiden, an denen ein Gewaltverbrechen verübt wurde, kann er irgendwann das Haus überhaupt nicht mehr verlassen«, erwiderte Penrose. »Das wissen Sie doch bestimmt aus eigener Erfahrung.« Es war eine ausweichende Antwort, aber im Kern traf sie zu: Seltsamerweise war für ihn Portmeirion nicht durch die Morde gezeichnet, die dort begangen worden waren, sondern es verband sich damit das Glück, das er in diesem Sommer dort erlebt hatte – ein Glück, das der Schock über Josephines Tod umso intensiver machte. Er wusste genau, dass es ein vergeblicher Versuch wäre, seine Trauer zu lindern, indem er sich von Orten fernhielt, an denen sie gemeinsam gewesen waren: Trauer kannte keine Logik, und er spürte ihre Abwesenheit immer und überall. »Auf die Gefahr hin, gefühllos zu klingen, ich persönlich hatte mit den Todesfällen in Portmeirion nichts zu tun, deshalb überwiegen die schönen Erinnerungen die schlechten.«

Doyle schüttelte einige Fotos aus einer Mappe und faltete auf Penrose' Schreibtisch eine Karte des Dorfes auseinander. »Trotzdem lässt sich ein solcher Fall sicher nur schwer vergessen, ganz gleich, in wie vielen Sie im Lauf Ihrer Arbeit ermittelt haben.« Nacheinander deutete er auf verschiedene Punkte auf der Karte und legte jeweils das entsprechende Schwarz-Weiß-Foto daneben. »Eine Leiche, die auf diesem seltsamen Friedhof im Wald gefunden wurde, mit einem Messer so übel zugerichtet, dass das Gesicht fast unkenntlich war. Ein weiterer Mord auf der Landzunge, nur einen Steinwurf vom Hotel entfernt, das Opfer vergewaltigt, erwürgt und aufgehängt wie ein Tier. Die Garagen mitten im Dorf – überall Blut.« Er legte das letzte Foto in die Mitte der Karte, und Penrose blickte auf den zerschmetterten

Körper, erinnerte sich an die Verwirrung und Fassungslosigkeit, die er beim Eintreffen am Ort des Geschehens empfunden hatte. »Der letzte Todesfall«, fügte Doyle hinzu. »Ein offenkundiges Schuldeingeständnis, das scheinbar alle Fragen beantwortete. So viele Tatorte und so viel Blut. Ich verstehe nicht viel von Schönheit, Sir – aber mir kommt es so vor, als hätte Ihr Architekt einen Spielplatz für einen Mörder geschaffen.«

»Das war wohl kaum seine Absicht«, sagte Penrose ruhig. »Zu allem Überfluss haben die kleinen Spielchen von Mr Hitchcock die polizeiliche Arbeit erschwert.«

»Sie waren nicht der leitende Ermittler, oder?«

»Nein, es war nie mein Fall. Jemand anderes übernahm ihn, ich hatte nur die Rolle eines Zuschauers. Für kurze Zeit gehörte ich sogar zum Kreis der Verdächtigen.«

»Das dürfte eine ganz neue Erfahrung gewesen sein.«

Penrose nickte. Während seines gesamten Berufslebens war er stolz auf sein Einfühlungsvermögen gegenüber den von einem Mord Betroffenen gewesen, auf sein Bewusstsein dafür, dass auf dem Weg zur Wahrheitsfindung das Leben vieler Unschuldiger in Mitleidenschaft gezogen wurde, und trotzdem hatte es ihn überrascht, wie schnell Menschen sich gegeneinander wandten, wenn ihr Charakter infrage gestellt wurde. »Glücklicherweise dauerten die Ermittlungen nicht lange. Alles fand ein schlüssiges Ende, und der Fall schien schnell abgeschlossen zu sein.«

»›Schien‹?«

»Selbstmord *ist* die offenkundige Form eines Geständnisses, wie Sie sagten, aber ein Verhör wird dadurch recht schwierig.«

»Man hat mir gesagt, dass Sie mit dem Ermittlungsergebnissen nie so ganz zufrieden waren.«

»Es stand mir nicht zu, mich zur Arbeit von Kollegen zu äußern«, erwiderte Penrose, wobei er sich fragte, wer »man« war. »Und es steht mir auch jetzt nicht zu. Sollten Ihnen Informationen vorliegen, die Zweifel an früheren Ermittlungsergebnissen wecken, gibt es entsprechende Stellen, die für so etwas zuständig sind – ich werde jedenfalls nicht über etwas spekulieren, das niemals in meiner Verantwortung lag. Wie gesagt, alles schien auf zufriedenstellende Weise geklärt.«

Auf Doyles Gesicht tauchte erneut ein amüsiertes Lächeln auf. »Ich schätze, das ist die berühmte britische Diplomatie, die Sie so weit gebracht hat.« Doyle sah sich in dem Büro um, und sein Blick erfasste die halb gepackten Kisten und leeren Regale, die eindrucksvolle Zeichnung eines weiblichen Akts, die Penrose von der Wand genommen hatte. »Wenn man in Ruhestand geht, hat man alle Hände voll zu tun«, sagte er. »Das Letzte, was man da braucht, ist ein Fremder, der Türen öffnet, die vor fast zwanzig Jahren geschlossen wurden.«

Penrose widersprach nicht. »Detective Doyle, das alles dauert länger, als ich erwartet hatte, und ich bin nicht einmal sicher, ob ich den Zweck Ihres Besuchs richtig verstehe. Sie baten mich um ein Treffen in Zusammenhang mit einigen Morden, die kürzlich in Los Angeles verübt wurden und von denen Sie glauben, dass sie in Verbindung zu den Ereignissen 1936 in Portmeirion stehen, und ich bin gerne bereit, Ihnen zu helfen.« Er sah auf seine Uhr. »Aber Sie haben recht – ich habe noch viel zu tun. Vielleicht könnten wir die Filmvorführung überspringen und direkt zum Punkt kommen. Wie genau sieht diese Verbindung aus, von der Sie sprachen?«

»Hitchcock. Also, Hitchcocks Filme. Der neueste läuft in Kürze an, das ist die Verbindung.« Penrose setzte zu einer Erwiderung an, aber Doyle hob die Hand. »Lassen Sie es mich zuerst erklären. Dieser neue Film – es geht darin um einen Fotografen, der sich das Bein gebrochen hat und im Rollstuhl in seiner Wohnung festsitzt. Weil er nicht arbeiten kann, vertreibt er sich die Zeit damit, die Leute in den Wohnungen gegenüber zu beobachten und sich aufgrund seiner Beobachtungen ihr Leben auszumalen …«

»Kommt mir bekannt vor«, sagte Penrose und dachte an einen von Josephines Romanen, »aber ja – ich habe davon gelesen. Grace Kelly und James Stewart?«

»Richtig. Der Film spielt in Greenwich Village, wurde aber

an einem riesigen Set gedreht, das nach Hitchcocks Vorgaben eigens dafür gebaut wurde. Dieses Set umfasste mehr als dreißig Wohnungen, mit Bäumen und Büschen im Hof, einem schmalen Durchgang zu einer Straße, Autoverkehr, sogar eine Bar. Man könnte meinen, man hat das echte Manhattan vor sich.«

»Tatsächlich, und das alles von einem einzigen Mann geschaffen?«, sagte Penrose, aber Doyle war so in seine Erzählung vertieft, dass er die Ironie nicht mitbekam.

»Ja – erstaunlich, nicht? Die Dreharbeiten waren Anfang des Jahres beendet, aber an dem Morgen, an dem mit dem Abbau des Sets begonnen werden sollte, wurden in einer der Wohnungen drei Leichen gefunden – drei Frauen, alle brutal ermordet.«

Penrose sah ihn verblüfft an. »Warum habe ich nichts davon gehört?«, fragte er. »Das muss doch Schlagzeilen gemacht haben.«

»Wir hielten es für das Beste, mit den an die Presse weitergegebenen Informationen diskret umzugehen.«

»Und Sie waren für die Ermittlungen zuständig?«

»In gewisser Weise, aber ehrlich gesagt fanden keine nennenswerten Ermittlungen statt. Eine Person wurde am Tatort gefasst, jemand, der später eine Reihe ähnlicher Morde gestand, unter anderem die drei Morde in Portmeirion ...«

Penrose war klar, dass Doyle versuchte, seine Neugier zu wecken, indem er Einzelheiten zu dieser in Gewahrsam genommenen Person zurückhielt, aber er ließ sich nicht ködern. »*Drei* Morde in Portmeirion? Wollen Sie damit sagen, dass es sich bei dem von uns angenommenen Selbstmord des Täters in Wahrheit um einen weiteren Mord handelte?«

»Sieht ganz danach aus. Aber irgendwie behagt mir die Sache nicht. Offensichtlich steckt sehr viel mehr hinter den damaligen Geschehnissen, und das bereitet mir Kopfzerbrechen. Ich würde gern eine zweite Meinung dazu hören.«

»Warum meine?«

»Weil Sie dort waren. Weil Sie die beteiligten Personen kennen. Weil ich gehört habe, dass Ihnen die Wahrheit wichtig ist.«

Erneut fragte sich Penrose, von wem er das gehört hatte, er sagte jedoch nichts. Falls nötig, war nach dem Gespräch noch Zeit, mehr über Detective Tom Doyle in Erfahrung zu bringen. »Sie haben doch ein Geständnis – für alle Morde. Ich weiß wirklich nicht, was ich dem noch hinzufügen kann.«

»Ihre Kollegen hatten ebenfalls eine Art Geständnis, und jetzt taucht jemand auf und behauptet etwas anderes. Hören Sie, Sir, wenn es Sie nicht interessieren würde, hätten Sie diesem Gespräch nicht zugestimmt – und es interessiert Sie, weil Sie im Grunde Ihres Herzens glauben, dass Sie nur die halbe Geschichte kennen. Ich möchte wissen, ob das, was ich Ihnen zeigen will, die andere Hälfte ist, oder ob wir beide noch immer etwas übersehen.« Er schob einen zweiten Aktendeckel über den Schreibtisch. »Halten Sie es rückblickend für möglich, dass das Ihr Mörder war?«

Penrose warf einen Blick auf den Namen, der in Maschinenschrift auf der Akte stand. »Unmöglich«, sagte er und verlor für einen kurzen Moment die Fassung. »Der Selbstmord ... in dem Moment waren alle zusammen auf der Terrasse.«

»Und trotzdem haben wir für diesen Mord ein Geständnis von jemandem, der Ihren Worten zufolge zu diesem Zeitpunkt ein paar Hundert Meter weit weg war. Wenn dieser Teil der Geschichte zweifelhaft ist, warum sollte ich dann irgendetwas glauben, was man mir erzählt? Über irgendeines dieser Verbrechen?«

»Aber wenn Sie solche Zweifel haben, sind Sie der Sache doch bestimmt nachgegangen?«

»Natürlich, aber ich bekomme jedes Mal die gleiche Antwort. Was Sie gerade gesagt haben, ist der erste Hinweis, der mich in meiner Vermutung bestärkt.«

»Aber es ergibt keinen Sinn. Warum sollte jemand ein achtzehn Jahre zurückliegendes Verbrechen gestehen – ganz zu schweigen davon, deswegen zu lügen –, wenn der Fall abgeschlossen ist und niemand mehr Fragen stellt?«

Doyle zuckte mit den Schultern. »Ich hatte gehofft, dass Sie mir bei der Beantwortung dieser Frage helfen könnten. Um ehrlich zu sein, Sir, ich habe keine Ahnung, wonach ich suche, aber alles, was Sie mir über diese paar Tage erzählen können, ist möglicherweise von Nutzen.« Er schien Penrose' Interesse zu spüren und deutete auf die Akte. »Wollen Sie lesen, was ich Ihnen mitgebracht habe?«

Penrose nickte, dankbar für alles, was den Augenblick hinauszögerte, in dem er sich wieder den Film mit seinem jüngeren Ich, mit einer lebendigen und gesunden Josephine ansehen musste. Es hatte ihn erschreckt, wie sehr sich die echte Person – selbst wenn sie nur auf Zelluloid gebannt war – von dem Bild in seinem Kopf unterschied. Er hatte es immer für selbstverständlich gehalten, dass er sich deutlich an Josephines Gesicht erinnerte, doch jetzt wurde ihm klar, dass es nur eine dürftige Nachbildung war, zusammengesetzt aus den Eindrücken vieler Jahre und einzelnen Momenten, und nichts davon entsprach ganz der Wahrheit. In den Monaten nach ihrem Tod hatte er langsam und unmerklich begonnen, sie durch den Filter seiner Fantasie zu betrachten, und das war womöglich die größte Verfälschung: Ihr Bild passte sich seiner Vorstellung an, und das hätte Josephine niemals getan. »Ich brauche allerdings etwas Zeit, um mir das genau anzusehen«, sagte er. »Bleiben Sie in der Stadt?«

»Ja, ich wohne im Adelphi in der Villiers Street.«

»Gut, kommen Sie morgen Mittag wieder her. Dann werde ich Ihre Fragen beantworten.« Der Amerikaner erhob sich und wandte sich zur Tür, aber Penrose hielt ihn zurück. »Diese Filmaufnahmen aus Portmeirion – sie kommen vermutlich von Mr Hitchcock?«

»Ja, aus seinem Büro. Ich dachte, sie könnten vielleicht Ihrem Gedächtnis auf die Sprünge helfen.«

»Sie haben vorhin gesagt, dass schlimmere Dinge kommen. Wie haben Sie das gemeint?«

»Die jüngsten Morde – die Frauen an Hitchcocks Set. Eine von ihnen wurde beim Sterben gefilmt.« Mit diesen Worten verließ Doyle den Raum und schloss leise die Tür hinter sich. Penrose ging zum Fenster und blickte auf die Straße hinunter, wartete darauf, dass der Detective aus dem Gebäude kam. Es war ein drückender Morgen, typisch für Juli mit tief hängenden grauen Wolken, die den Sommer herausforderten, sich zu zeigen, und Hitze brachten, ohne die Sonne durchzulassen. Das Jackett lässig über die Schulter geworfen, lockerte Doyle seine Krawatte und öffnete den Hemdkragen, während er die Treppe hinuntereilte und hinaus auf das Embankment trat. Er passte eine Lücke im Verkehr ab, überquerte die Straße und ging ohne Eile weiter in Richtung Hungerford Bridge, den Blick auf den Fluss gerichtet wie ein flanierender Tourist. Penrose sah ihm nach, bis er in der Menge verschwand, dann wandte er sich wieder seinem Büro zu, wo der Rest seines Berufslebens darauf wartete, in Kisten gepackt zu werden.

Halbherzig legte er ein paar Papiere auf einen Stapel und verstaute einige Fotos. Er hätte nicht zu sagen gewusst, ob es an der Wärme im Zimmer lag oder eher an seiner Lethargie, dass ihm jeder Handgriff so schwerfiel. In einem Regalfach neben seinem Schreibtisch lag ein kleiner Stapel Romane – Büros, in denen nichts auf den Menschen hinwies, der darin arbeitete, hatte er immer trostlos gefunden –, und er begann, sie einzupacken, hielt jedoch inne, als er zu Josephines letztem Kriminalroman kam, veröffentlicht nach ihrem Tod, das Titelblatt ohne Widmung. Das Buch war praktisch unberührt, die Seiten so sauber und glatt wie am Tag des Kaufes, und noch immer brachte er es nicht über sich, es auf der ersten Seite aufzuschlagen. Abgesehen von Josephines Gesellschaft genoss Penrose nichts mehr als die Lektüre ihrer Bücher. Es war, als hörte man sie sprechen, so deutlich erklang ihre Stimme in ihrer Prosa. Solange er *Der singende Sand* noch nicht gelesen hatte, lag noch ein letztes Gespräch mit ihr vor ihm, eine bislang unbekannte Facette, die er an ihr entdecken konnte, und auf Überraschungen von Josephine wollte er noch nicht verzichten. Er wusste nicht, ob er jemals dazu bereit sein würde.

Er gab es auf, so zu tun, als folge er einem System, und warf die restlichen Bücher zusammen mit anderen Dingen in eine Kiste. Er trug sie zur Tür und ließ sie daneben auf den Boden fallen, dann griff er zum Telefon und rief einen Kollegen in einer anderen Abteilung an. »Devlin? Ich will, dass Sie sämtliche Informationen überprüfen, die Sie mir zu Detective Tom Doyle gegeben haben. Finden Sie heraus, wie lange er schon in England ist und wann er nach Los Angeles zurückkehrt. Rufen Sie im Adelphi an, ob er sich während seines Aufenthalts dort mit jemandem getroffen oder mit jemandem telefoniert hat. Und rufen Sie in North Wales an – ich will wissen, ob er sich nach den Ereignissen in Portmeirion 1936 erkundigt hat. Falls er über irgendwelche Verbindungen in England verfügt, will ich es ebenfalls wissen.« Penrose legte auf und setzte sich an seinen Schreibtisch, inzwischen leer bis auf Doyles Akten und eine Tasse Kaffee – kalt und bitter, wie immer. Er schlug die Akte auf und überflog die Zusammenfassung am Anfang des Berichts, dann las er die ersten paar Seiten. Er war verwundert, dass ihm – nach achtzehn Jahren – immer noch eine Stimme im Ohr klang, die er nur wenige Male in seinem Leben gehört hatte.

Es heißt ja, dass man sich für alle Zeiten an das erste Mal erinnert, aber ich frage mich, ob das wirklich stimmt. Sie haben mich gebeten, dass ich Ihnen erzähle, was geschehen ist, wo alles begann – und dieser Bitte komme ich gerne nach, es kostet mich ja nichts. Aber glauben Sie nicht, dass es eine Last ist, die ich all die Jahre mit mir herumgeschleppt habe, und dass es mich in irgendeiner Weise erleichtert, ein Geständnis abzulegen. Die damaligen Geschehnisse haben mich nachts nicht um den Schlaf gebracht und mich nicht in meinen Träumen verfolgt. Ich kann es mir ins Gedächtnis rufen, natürlich kann ich das, aber es beschäftigt mich nicht ständig so, wie es das anscheinend Ihrer Meinung nach tun sollte. Sich stets erinnern. Niemals vergessen. Das ist nicht ganz dasselbe.

Es war Sommer. Die Luft war mild und warm und voller Hoffnung – ein Tag wie in Südfrankreich. Die Landzunge war damals schon dicht mit Bäumen bewachsen, und es machte fast den Eindruck, als wollten sie ihre Üppigkeit zur Schau stellen, ineinander verschlungenes Grün, das sich über mehrere Hektar bis zum alten Fährhaus erstreckte. Selbst die Stämme längst abgestorbener Kiefern – am Ufer verstreut und im Lauf der Zeit von Wind und Wasser ausgeblichen – schimmerten weiß in der Sonne. Man könnte sagen, das Jahr hatte seine volle Blüte erreicht – wohin man auch sah, wurde seine Schönheit gefeiert. Wir gingen zusammen einen der Pfade entlang, die von der Terrasse nach oben und vorbei an der Rückseite des alten Herrenhauses führten. Damals war es unscheinbar und vernachlässigt, anders als heute, wo es einem reichen Mann als Spielzeug dient. In jenen Tagen war der Pfad von dichten Lorbeerbüschen gesäumt, die die Sicht aufs Meer versperrten, einen aber gleichzeitig vor Blicken vom Haus her schützten, selbst wenn man das Grundstück noch längst nicht hinter sich gelassen hatte. Er glich einem Tunnel zwischen zwei Welten: eine einengend und erstickend, die andere exotisch und abenteuerlich. Die Leute nannten es »Y Gwyllt«, »der wilde Ort«. Aber für mich war es der sicherste Ort auf Erden. Als ich ihn verließ – als ich ihn verlassen musste, nahm ich ihn im Geiste mit, eine kleine Insel der Stille und Dunkelheit, wohin ich mich zurückziehen konnte, wann immer ich das Bedürfnis hatte. Ich vermute, das interessiert Sie. Was, meinen Sie, beweist es?

Diesen Weg waren wir jedenfalls schon viele Male gegangen. Wir kannten ihn in- und auswendig und wandten uns instinktiv dem undurchdringlichsten Teil des Waldes zu, wo die Bäume dicht an dicht standen, er immer ein paar Schritte vor mir. Im Wald gab es ein paar alte Unterstände, ursprünglich für die Fasanenjagd errichtet, und bei einem davon blieb ich kurz stehen, um ein Steinchen aus meinem Schuh zu entfernen; ungeduldig sah er sich um, und mich überkam ein Gefühl von Macht, das gleichzeitig beängstigend und erregend war. Als wir weitergingen, wurde der Weg noch schmaler, bis wir schließlich das kleine Rund erreichten, das heute Friedhof genannt wird. Alles war zugewachsen und von Unkraut überwuchert, ein Ort, an den niemals ein Sonnenstrahl drang und wo es immer kalt war. Damals gab es dort nur ein oder zwei Gräber – oder vielleicht besser gesagt nur ein oder zwei, die markiert waren. Der Boden war mit einem Teppich aus heruntergefallenen blutroten Rhododendronblüten bedeckt, die langsam in die Erde sanken; beinahe wie eine Probe für das, was kommen sollte.

Ob ich wusste, was ich tun würde? Nach all den Jahren ist es schwierig, diese Frage wahrheitsgemäß zu beantworten, aber ja, ich glaube, ich wusste es. Nicht weil ich es geplant hatte, sondern weil sie immer schon da gewesen war – die Gewalt. Ich will Ihnen das Rätselraten ersparen: Ich wollte etwas verletzen, wen oder was, spielte keine große Rolle.

Zuerst dachte er, ich wollte spielen. Ich stieß ihn zu Boden, und er wich zurück. Aber er kam sofort wieder zu mir, weil er wollte, dass ich weiter mit ihm spiele, und weil er auf unsere Freundschaft vertraute. Dann trat ich ihn und sah in seinen Augen einen ersten Anflug von Verwirrung, ein erstes Aufflackern echter Angst. Ein zweiter Tritt, fester dieses Mal, und er kauerte vor mir, konnte den Verrat nicht begreifen. Rückblickend betrachtet, machte mich wahrscheinlich seine Weigerung, sich zu wehren, so wütend – irgendwie war alles zu einfach. Ich packte ihn am Hals und drückte langsam fester zu, atmete den Geruch feuchter Blätter ein, während ich ihn auf den Boden presste, und suchte in seinem Gesicht nach einem Anzeichen von Schmerz. Innerhalb weniger Sekunden war es vorbei, und obwohl ich eine Erregung verspürt hatte wie noch nie zuvor, war meine Enttäuschung noch größer. Verstehen Sie, es ging nicht einfach nur um das Töten. Ging es nie. Es ging um die Angst – die Angst und den Schmerz, und später auch noch um die Demütigung. Aber es hält nie lange genug an. Ich vermute, das macht es so kostbar.

Hinterher widerte mich sein toter Körper an. Ich wollte ihn einfach aus den Augen haben und sah mich nach einer geeigneten Stelle um, wo ich ihn verschwinden lassen konnte. Dann, erst dann bemerkte ich, dass sie mich beobachtete. Sie lächelte. Daran erinnere ich mich eigentlich am deutlichsten. Sie lächelte.

TEIL ZWEI
IRRGARTEN DER LEIDENSCHAFT
25. JULI 1936, PORTMEIRION

1

Josephine lachte und schob kurz ihre Sonnenbrille hoch, um ihn anzusehen. »Wenn du das *wirklich* denkst, wundert es mich, dass sie dich überhaupt befördert haben.«

»Keine Sorge – sie werden es nie erfahren.« Archie lächelte und schenkte ihnen beiden nach, und Josephine blickte an ihm vorbei über die Terrasse. Der Rasen – dürr und gelb, obwohl der Gärtner sein Bestes tat, um dem Wetter zu trotzen – endete an einem künstlich angelegten Wasserlauf, der, von einer exotischen Mischung aus Mimosen, Azaleen und Farnen gesäumt, träge über die aus Stein gehauenen Stufen tröpfelte. An seinem oberen Ende stand zwischen zwei reich verzierten Säulen ein Mann und bediente eine sperrige Kamera, und misstrauisch beobachtete Josephine, wie er sie von links nach rechts schwenkte, von der Bucht zurück zum Hotel und zum Uferstreifen.

»Wenn ich gewusst hätte, dass wir das ganze Wochenende gefilmt werden, wäre ich nach Bournemouth gefahren«, sagte sie. »Gibt es denn kein Gesetz, das so was verbietet, Chief Inspector?«

Er lehnte sich auf seinem Liegestuhl zurück und schloss die Augen. »Er macht offenbar nur Probeaufnahmen, die nicht für die Öffentlichkeit bestimmt sind. Warum beschwerst du dich überhaupt: Die meisten Leute würden ihre Seele verkaufen, um an ihrem vierzigsten Geburtstag von Alfred Hitchcock verewigt zu werden.«

»So etwas kann auch nur ein Mann sagen«, erwiderte sie leicht gereizt. »Keine Frau will mit vierzig verewigt werden – wir hoffen vielmehr, dieses Ereignis unbemerkt hinter uns zu bringen, während alle diskret wegschauen. Und was muss mir passieren? Der im Moment gefragteste Regisseur, der jedes graue Haar in Nahaufnahme zeigt.«

»Es macht dir doch nicht wirklich etwas aus, oder?«, fragte Archie überrascht. »Du siehst keinen Tag älter als neununddreißig aus.«

Sie lachte wieder und schob ihren Liegestuhl ein Stück zurück, um sich hinter Archie vor den Blicken der Kamera zu verbergen. »Nein, eigentlich nicht. Allerdings wäre es mir lieber, ich müsste nicht mit dem Mann reden, und ich bin ganz sicher nicht in Verhandlungslaune. Ehrlich gesagt beginne ich mich zu fragen, was Marta mir da eingebrockt hat.«

»Wieso ist sie daran schuld? Ich dachte, Hitchcock hat über deinen Verleger Kontakt mit dir aufgenommen?«

»Hat er auch, aber nur weil Marta Mrs Hitchcock einen Vorabdruck des Buches gegeben hat. Andernfalls hätte *Klippen des Todes* ganz wunderbar dem Vergessen anheimfallen können, wie fünfundneunzig Prozent aller Kriminalromane, die dieses Jahr erschienen sind.«

»Aber du bist doch bestimmt aufgeregt! Er will deinen Roman als Film auf jeder Kinoleinwand im Land zeigen.« Er zündete sich eine Zigarette an und musterte sie ungläubig. »Dagegen kannst nicht einmal du immun sein, oder? Du bist eine leidenschaftliche Kinogängerin.«

»Die Vorstellung, in Inverness ins Playhouse zu gehen und zu sehen, wie auf der Leinwand ein Buch von mir zum Leben erwacht, finde ich tatsächlich aufregend. Sorgen macht mir allerdings, was das Buch und ich auf dem Weg dahin über uns ergehen lassen müssen. *Die 39 Stufen* war kaum wiederzuerkennen, als er damit fertig war.«

»Trotzdem ein guter Film. Irgendwo habe ich gelesen, dass Buchan gesagt hat, Hitchcocks Geschichte sei besser.« Er grinste frech. »Ich weiß, es ist beängstigend, das ist jede neue Chance. Du hast allen Grund, dich zu fürchten.« Sie sah ihn finster an, widersprach aber nicht. »Im Ernst, Josephine – im Moment verwandelt sich alles, was Hitchcock anfasst, in Gold, und über kurz oder lang wird Hollywood ihn weglocken. Überleg doch mal, was dir das an Möglichkeiten eröffnet. Du brauchst dich ja nicht auf den Unfug einer gemeinsamen Bearbeitung einzulassen – nimm einfach das Geld und mach dich aus dem Staub. Aber es könnte ein großartiges Abenteuer werden. Nutz die Gelegenheit und genieß jeden Moment. So eine Chance ergibt sich nicht jeden Tag, vielleicht bleibt es sogar bei diesem einen Mal.«

»Du arbeitest nicht zufällig heimlich für meinen Agenten?«, fragte sie. »Er hat eine Heidenangst, dass ich mich zieren könnte. Bei jedem Telefonat höre ich die Panik in seiner Stimme.« Sie hielt einen Moment inne und beobachtete geistesabwesend einen knapp über dem Wasser fliegenden Schwarm Wildvögel. »Aber du hast recht – was das Abenteuer angeht *und* dass ich mich fürchte. Ich habe keine Ahnung vom Film. Das Theater ist mir zumindest vertraut.«

»Inzwischen, aber das war nicht immer so. Bei den Proben zu *Richard von Bordeaux* hast du auf dem Rang gesessen und jedes Mal gezittert, wenn Johnny dich angesehen hat. Achtzehn Monate später hat er dich förmlich um eine Rolle angebettelt, und du hast sie jemand anderem gegeben. In diesem Fall wird es genauso sein. Gott stehe Hitchcock und jedem anderen Regisseur bei, wenn du erst mal genügend Erfahrungen gesammelt hast. Ich glaube übrigens nicht, dass du den Film in Inverness sehen wirst«, zog er sie auf, wohl wissend, wie sehr ihr jede Form von öffentlicher Aufmerksamkeit zuwider war. »Die Premiere wird in London vor den Augen der Hautevolee stattfinden.«

Josephine verzog das Gesicht. »Verlass dich drauf – ich werde ihn in Inverness sehen. An den Sitzen wird Kaugummi kleben, es wird ein bisschen nach Schweiß und ungewaschenen Füßen riechen, und die Leute in der Reihe hinter mir werden ununterbrochen schwatzen. Du kannst mitkommen, wenn du willst. Dann hat Mrs McPherson beim Verkauf der Erfrischungsgetränke etwas zum Tratschen. Sie ist jedes Mal enttäuscht, wenn ich ohne Begleitung komme.« Sie leerte ihr Glas und genoss den erfrischenden, leicht bitteren Geschmack der Limonade. »Wie dem auch sei, vielleicht kommt es ja gar nicht so weit, und im Augenblick habe ich keine Lust, darüber nachzudenken. Meine Vorstellung von Geburtstag ist, keinen einzigen Muskel zu bewegen – nein, nicht einmal blinzeln –, wenn es nicht unbedingt sein muss. Deshalb habe ich mich entschlossen, hierherzukommen: Faulsein ist hier geradezu Pflicht.«

Und eine, der man erstaunlich gerne nachkommt, dachte Archie und warf einen Blick zu den anderen Gästen. Es lag nicht nur an der Julihitze, dass sich niemand allzu weit fortbewegen wollte: In Portmeirion herrschte eine angenehm träge Atmosphäre, die es einem leicht machte, nichts zu tun, und selbst er – der Inbegriff der Rastlosigkeit – ließ sich davon verführen. Wenn man hier mit der Sonne im Gesicht entspannt auf der Terrasse saß, vor sich die weiße Brüstung, dahinter das langsam vorbeifließende Wasser, konnte man fast glauben, sich an Bord eines Ozeandampfers zu befinden. »Lass uns das Beste daraus machen«, sagte er. »Über kurz oder lang ist es mit dem Frieden vorbei. Ich mag meine Cousinen wirklich sehr, aber als ›friedlich‹ würde ich keine von ihnen beschreiben.«

Archies Cousinen, Lettice und Ronnie Motley, waren zwei von Josephines engsten Freundinnen, aber sie wusste, was er meinte: Mit Anfang dreißig waren die Schwestern gefragte Bühnen- und Kostümbildnerinnen im West End und hatten die Angewohnheit, die Dramen auf der Bühne in ihrem Alltag nachzustellen. Sie beschirmte ihre Augen und blickte auf die Uhr des Bell Tower zu ihrer Linken, die wie aufs Stichwort zwei schlug. »Wann wollten sie da sein?«, fragte sie.

»Lettice hat versprochen, dass sie zum Tee hier sind. Sie kommen mit dem Auto.«

»Den langen Weg von London? Mit dem Auto dauert das einen ganzen Tag.«

»Nein. Sie haben im Mytton and Mermaid übernachtet, kurz

vor Shrewsbury. Du weißt schon – der Pub, den Clough als Rasthaus für Besucher aus London gekauft hat.«

»Ja, Ronnie hat es erwähnt. Gibt es da nicht einen Cocktailkellner, von dem sie besonders angetan ist? Sie hat mir erzählt, dass sie von seinem French 75 nicht genug bekommen kann.«

»Stimmt. Dann können wir von Glück reden, wenn sie überhaupt eintrifft. Was ist mit Marta und Lydia?«

»Ich weiß es nicht. Sie haben sich kurzfristig entschieden, nach Stratford zu fahren. Lydia wollte sich mit ein paar alten Freunden treffen, die Verbindung zum Swan Theatre haben. Sie hofft wohl, dass sie im Herbst eine Spielzeit lang dort unterkommen kann. Marta hat sich offenbar damit abgefunden, dass es eine lange Woche wird. Dass man in einem Telegramm so erschöpft klingen kann, hätte ich nicht gedacht. Außerdem steht sie unter dem allergrößten Druck, ein Treffen mit den Hitchcocks zu arrangieren, wie du dir bestimmt vorstellen kannst. Lydia hat Johnny nie ganz verziehen, dass er sie nicht durch die Hintertür reingebracht hat, als er die Rolle in *Geheimagent* bekommen hat.«

»Johnny mag zwar im West End den Ton angeben, aber das heißt nicht, dass er in den Elstree Studios etwas zu sagen hat.«

»Ich weiß, aber sobald es um ihre Arbeit geht, ist Lydia für vernünftige Argumente nicht zugänglich. Ich denke, ich werde eine Ahnung davon haben, wie es Johnny geht, wenn *Klippen des Todes* zur Debatte steht.«

»Welche Rolle könntest du ihr denn anbieten, wenn die Verhandlungen gut laufen? Christine Clay?«

»Eine tote Schauspielerin? Wer braucht noch einen Agenten, wenn er solche Freunde hat?«

Archie lachte. »Ja, wahrscheinlich würde sie wenigstens auf eine Sprechrolle hoffen.« Er hielt ihr leeres Glas hoch. »Nachschub?« Sie nickte. »Noch mal das Gleiche oder was Stärkeres?«

»Das Gleiche. Für alles andere ist es zu heiß.«

Er ging zurück zum Hotel, und Josephine sah ihm nach, wie er sich auf der überfüllten oberen Terrasse vorsichtig zwischen den Tischen durchschlängelte, wobei sie mit einem Anflug von Neid feststellte, dass es bei ihm offenbar schon ausreichte, das Gesicht einmal kurz in die Sonne zu halten, um braun zu werden. Das Hotel lag ein wenig abseits von Portmeirion, aber doch nahe genug, damit man sich dessen verzauberter Welt zugehörig fühlte. Gekrönt wurde die Silhouette von dem majestätisch emporragenden Bell Tower, um den herum sich die anderen Gebäude gruppierten – voll ausgestattete Cottages oder Zimmer mit Service, die zum Hotel gehörten –, alle in bunten, aufeinander abgestimmten Farben. Nicht zum ersten Mal stellte Josephine bewundernd fest, wie sich die Gebäude den natürlichen Konturen der Felsen anpassten, als wäre ein kleiner Flicken Italien in die walisische Landschaft eingewebt worden. Sie hatte viel Zeit auf dem Kontinent verbracht, und der Versuch, es in North Wales nachzubilden, hätte leicht grotesk oder geschmacklos geraten können, aber Portmeirion umging das eine wie das andere. Stattdessen bewahrte es sich ganz ungeniert etwas schwärmerisch Verträumtes, zum einen, weil es zu seinem Romantizismus stand, zum anderen, weil es seinem Architekten Clough Williams-Ellis gelungen war, sowohl das Wesen Italiens als auch dessen Ästhetik nachzuempfinden: Selbst die Sonne schien hier von einem mediterranen Himmel zu scheinen.

Obwohl es Josephine unangenehm war, in die Sache hineingezogen zu werden, überraschte es sie nicht, dass Hitchcock beschlossen hatte, Portmeirions Schönheit für die Leinwand einzufangen. Das Dorf an sich war wie ein Filmset und bot alles, was sich ein mit Fingerspitzengefühl und Fantasie begabter Regisseur wünschen konnte: eine wunderbare Architektur und eine Fülle an außergewöhnlichen Details, mit dem Meer auf der einen Seite und den majestätischen Bergketten Snowdonias auf der anderen. Sie blickte wieder zu der Kamera und sah, dass der Mann mit dem mühsamen Abbau begonnen hatte. Erleichtert ließ sie sich zurücksinken. Zu ihrem eigenen Erstaunen war sie nicht beunruhigt, dass an diesem Wochenende unterschiedliche

Bereiche ihres Lebens aufeinanderprallen könnten. Vielleicht war ein vierzigster Geburtstag doch mit gewissen Vorteilen verbunden, und falls dem so war, hätte sie ihn schon vor Jahren feiern sollen.

2

Jack Spence blickte hinunter auf die von Wellen umspülte Felsterrasse – die alte Kaianlage, wo früher Boote gebaut worden waren – und stellte fest, dass das elegante stuckverzierte Gebäude das Vergnügen seiner Gäste am Wetter zu teilen schien. Das Hotel leuchtete in der Nachmittagssonne, die weißen Mauern reflektierten die Hitze, aber was er sah, war das Haus, wie es bei seinem ersten Besuch gewesen war, lange bevor es erweitert und der Öffentlichkeit zugänglich gemacht worden war, lange bevor sich jemand den Namen Portmeirion ausgedacht hatte: ein baufälliges viktorianisches Herrenhaus im Schatten einer Felsklippe. Hinter ihm lag der ehemals ummauerte Garten, inzwischen zu einem kleinen Dorfplatz umgestaltet, mit Häusern, die sich um einen Tennisplatz drängten, und einem Wasserbecken. Nur eines der Häuser hatte damals schon hier gestanden – das alte Gärtnerhaus, mittlerweile renoviert, Dach und Sprossenfenster mit einer hellen türkisblauen Einfassung versehen, die das Weiß der Mauern hervorhob. Es war zweifellos hübsch, aber gegenüber dem etwas heruntergekommenen, vernachlässigten Cottage, das er gekannt hatte, fehlte es ihm irgendwie an Charakter, und während er es betrachtete, verlor es immer mehr von seiner Vollkommenheit und konnte immer weniger mit dem Bild in seinem Kopf mithalten. Er öffnete den Koffer zu seinen Füßen, in dem sein Handwerkszeug verstaut war: Speziallinsen, Filter, dünne Gaze mit verschieden großen Brandlöchern von Zigaretten – kunstvolle Mittel, um die Wirklichkeit zu verzerren, das Leben interessanter zu machen. Es war Ironie, dass keine dieser optischen

Gerätschaften jemals so überzeugend war wie seine Erinnerung.

Ohne Hast legte er einen neuen Film ein, genoss die Gelegenheit, ausnahmsweise einmal in seinem eigenen Tempo zu arbeiten, ohne einen Regisseur, der ihm im Nacken saß. Er hatte keine Ahnung, was Hitch mit der Inszenierung dieses Wochenendes bezweckte, aber im Grunde genommen war es ihm egal. Nicht zum ersten Mal machte der Regisseur ihn zu seinem Komplizen, um anderen einen Streich zu spielen, und wenngleich er Hitchs kindlichen Humor nicht teilte, war es ein geringer Preis dafür, mit einem perfekten Techniker zusammenzuarbeiten. Spence kannte keinen anderen Regisseur, der nicht erst durch den Sucher blicken musste, um zu wissen, was der Kameramann sah, dessen visuelle Vorstellungskraft ihresgleichen suchte und der vor keinem Experiment zurückschreckte.

In all den Jahren ihrer Zusammenarbeit hatte Spence nie erlebt, dass Hitchcock die Stimme erhob oder sonst ein Anzeichen von Ärger erkennen ließ – falls er diese Gefühlsregung überhaupt kannte. Er verfügte über andere, subtilere Methoden, Menschen zu manipulieren, aber das war nun mal sein Metier. Macht war verführerisch, und Spence konnte die Lust daran verstehen. Er sah ja selbst, wie unwohl sich manche Menschen vor der Kamera fühlten, wie einfach es war, sie zu verunsichern und dazu zu bringen, unbedingt gefallen zu wollen. Während er den Blick über diesen so friedlichen, luxuriösen Erholungsort schweifen ließ, fragte er sich, wer dieses Mal die Opfer sein würden.

3

Archie machte einen Umweg über sein Zimmer, um Josephines Geburtstagsgeschenk zu holen, dann ging er wieder nach unten und bestellte die Getränke. Wie fast alles in Portmeirion war auch die Hotelbar, Cockpit genannt, ungewöhnlich: Sie lag etwas abseits des Foyers, und für den Raum war ausschließlich das Holz eines alten Kriegsschiffs verwendet worden. Die übrige Einrichtung war daran angepasst. Von Decke und Wänden hingen Seekarten, Laternen und Taue, auf Hochglanz polierte Fässer dienten als Tische, und die letzte Runde wurde mit einer prächtigen Schiffsglocke eingeläutet. Das Einzige, was den Gesamteindruck etwas störte, war eine Dartscheibe rechts neben der Durchreiche, die von der den Raum beherrschenden bunt bemalten Galionsfigur mit einem missbilligenden Blick bedacht wurde. Die Bar erinnerte Archie an so manchen Dorfpub in seiner Heimat Cornwall, allerdings zeugte sie von einem Gestaltungswillen, der typisch für seinen Schöpfer war: Clough Williams-Ellis begnügte sich selten damit, nur einen flüchtigen Eindruck zu vermitteln, und hätte der Raum nicht etwas so beruhigend Beständiges ausgestrahlt, hätte Archie sich ohne Weiteres vorstellen können, tatsächlich an Bord eines Schiffes zu sein.

Die Cockpit-Bar war sehr beliebt, und selbst jetzt zogen einige Gäste seine besondere Atmosphäre dem Reichtum eines Sommertages vor. Archie wartete, bis er an der Reihe war, dann bestellte er ein Pint Bier und einen weiteren Krug Limonade.

»Hier hat man das Gefühl, alle sollten Rum trinken.« Ein gut aussehender junger Mann neben ihm am Tresen deutete um sich. »Wirklich ein außergewöhnlicher Ort.«

Archie lächelte und erinnerte sich daran, wie magisch er Portmeirion gefunden hatte, als das alles noch neu für ihn gewesen war. »Ihr erster Besuch?«, fragte er.

»Ja. Als Kind war ich oft in Wales – meine Eltern waren beim Varieté, und im Sommer traten sie jedes Jahr in Rhyl auf – aber damals gab es das alles noch nicht.« Er grinste. »Na ja, es ist auch fraglich, ob ihre Auftritte gut hierher gepasst hätten. Ich bin zwar erst seit ein paar Stunden da, aber es scheint mir nicht das Publikum für Banjo und Strohhut zu sein.«

»Das ist wohl wahr. Ich war schon öfter hier und habe noch nie eine Revuetänzerin gesehen.«

»Ich schätze, man kann nicht alles haben.«

Archie lachte. »Nein. Eine Gesellschaft von Filmleuten ist mehr als genug.«

»Wem sagen Sie das.« Er hob sein Glas. »Deshalb habe ich mich hier verkrochen – um mir Mut anzutrinken. Ich werde später Alfred Hitchcock treffen, und mir graut davor. Sie wissen ja, wie das ist, wenn man Eindruck schinden will – sobald man den Mund aufmacht, kommt nur Unsinn heraus, und auf dem Weg zur Tür stolpert man über den Teppich. So gesehen wären meine Eltern stolz auf mich gewesen.« Er streckte die Hand aus. »Daniel Lascelles.«

»Angenehm. Sind Sie Schauspieler?«

Lascelles grinste. »Ja, und offensichtlich nicht besonders bekannt.«

In der Bemerkung schwang keine Gekränktheit mit, stattdessen ein Hauch von Selbstironie, was Archie sofort sympathisch fand. »Dass ich Sie nicht kenne, dürfen Sie nicht als Maßstab für Ihre Berühmtheit nehmen«, sagte er. »In meinem Beruf kommt man nicht oft ins Kino. Sind die Hitchcocks schon da?«

»Ich denke, ja. Der Barkeeper wollte es mir nicht verraten, aber einer der anderen Gäste hat sie heute Morgen an der Rezeption gesehen. Sie wohnen in dem Cottage am Rand der Klippe. Wir sind alle um acht zum Dinner eingeladen.«

»Na dann viel Glück – und stolpern Sie nicht.« Archie nahm

die Getränke und trug sie nach draußen. »Ich glaube, ich habe deinen Robert Tisdall getroffen«, sagte er, als er sich setzte. »Anfang zwanzig, charmant, auf diese harmlose englische Art gut aussehend, und gerade das richtige Maß an Glücklosigkeit. Sagt dir der Name Daniel Lascelles etwas?«

»Ja, er hat mit Jessie Matthews in *Evergreen* gespielt«, sagte Josephine. »Jünger als Robert Donat, aber seine Wangenknochen reichen nicht an die von Derrick De Marney heran.« Sie dachte an die Figur in ihrem Buch – ein unschuldiger junger Mann, des Mordes beschuldigt und auf der Flucht vor der Polizei. »Ja, er könnte passen. Jetzt brauchen wir noch eine junge Hauptdarstellerin für Erica und einen schneidigen Inspector Grant. Es sei denn, du willst ihn selbst spielen. Immerhin ist Grant eine recht unverhohlene Version von dir.«

Archie würdigte die Bemerkung keiner Antwort und reichte ihr stattdessen den Umschlag, den er mitgebracht hatte. »Du solltest ihn aufmachen, bevor die anderen da sind.«

Josephine sah ihn fragend an. »Ich habe schon eine Karte von dir bekommen.«

»Das ist keine Karte.«

Sie riss den Umschlag auf und ließ den Inhalt in ihren Schoß fallen. »Eintrittskarten fürs Pferderennen«, sagte sie entzückt. »Wie schön! Ich bin seit Jahren nicht mehr in Newmarket gewesen. Aber das sind ja Besitzerausweise, Archie. Wessen Gast bin ich?«

»Niemandes.« Grinsend reichte er ihr einen zweiten Umschlag, der unter dem Tablett versteckt gewesen war. »Da gibt es jemanden, den du kennenlernen solltest.«

Verwirrt zog Josephine ein Bild aus dem Umschlag und war sich nicht sicher, ob sie seine Worte richtig interpretierte. Das Bild war aus einem Katalog ausgeschnitten, und auch ohne die Beschreibung zu lesen, war sie von der Schönheit des Tieres entzückt. »Du schenkst mir doch nicht etwa ein Rennpferd, Archie?«, sagte sie, bemüht, nicht allzu aufgeregt zu klingen, für den Fall, dass sie ihn missverstanden hatte.

Sie versagte jämmerlich, und Archie lachte. »Genau genommen ist es ein halbes Rennpferd«, gab er zu. »Er heißt Timber, und du teilst ihn dir mit einem Freund von mir, einem Trainer.«

»Ich weiß nicht, was ich sagen soll.« Sie stand auf und umarmte ihn. »Außer Danke. Wie in aller Welt bist du darauf gekommen?«

»Offen gestanden durch Zufall. Erinnerst du dich an den Fall, in dem ich vor ein paar Jahren in Newmarket ermittelt habe?«

»Ja, allerdings hast du mir nie viel darüber erzählt.«

»Die Einzelheiten wollte ich dir ersparen. Jemand hegte einen Groll gegen einen der Ställe dort und tat ein paar wirklich abscheuliche Dinge, aber wir kamen der Sache auf den Grund, und der Besitzer war so dankbar, dass er sich immer wieder bei uns gemeldet hat.« Archie lächelte. »Tatsächlich hat er mir im Lauf der Jahre ein paar bemerkenswert gute Tipps gegeben – nicht, dass ich etwas damit angefangen hätte. Das gehört sich nicht.«

»Nein, natürlich nicht«, sagte Josephine ironisch.

»Er ist vor Kurzem gestorben – als ich ihn kennengelernt habe, war er bestimmt schon Mitte siebzig. Sein Trainer übernimmt den Stall, aber er will den Betrieb stark verkleinern, deshalb mussten einige der Pferde verkauft werden. Ich habe mich mit ihm getroffen, und er bot mir eine Beteiligung an dem Burschen da an, weil ihm sehr viel daran lag, ihn zu behalten.« Archie sah sie verlegen an. »Frag mich nicht, ob er gut ist oder nicht. Ich habe keine Ahnung von Rennpferden, aber vielleicht hast du ja Freude daran, es herauszufinden. Das Bild wird ihm nicht gerecht«, fügte er hinzu, als sie ihn ungläubig ansah, »er hat ein wunderbares Fell – ein dunkler Fuchs, mit drei weißen Fesseln und einer weißen Blesse. Ich habe mich auf den ersten Blick in ihn verliebt.«

»Um Himmels willen, Archie«, sagte sie und wedelte mit dem Bild vor seiner Nase herum. »Ein einjähriger Hengst von Cold Steel und Crafty Alice, und du fragst dich, ob er laufen kann oder nicht?«

»Dann ist das also gut?«

»Gut? Das ist das Königshaus im Reich der Pferde. Wann können wir hinfahren und ihn uns ansehen?«

»Wann immer du willst. Ich liefere dich bei Bart ab – das ist der Mitbesitzer –, damit ihr beide über Stammbäume palavern könnt, während ich mir einen anständigen Pub suche.«

»Wenn Timber erst mal anfängt, dir dein Geld zurückzubringen, wirst du dich nicht mehr lustig machen. Du solltest lieber nach einem anständigen Buchmacher suchen.«

»Keine Sorge – da kenne ich einen oder zwei.« Er lächelte sie an. »Freut mich, dass er dir gefällt.«

»Gefallen ist gar kein Ausdruck. Wirklich, Archie – du hast keine Ahnung. Ich bin so gerührt, dass dir das überhaupt in den Sinn gekommen ist. Das ist ein wundervolles Geschenk.«

Archie blickte zum Dorf, wo das samtene Schnurren eines teuren Motors seine Aufmerksamkeit auf sich lenkte. »Ein Alvis«, sagte er. »Wunderbar.« Sie sahen zu, wie der Wagen – schnittig, tief liegend und eisvogelblau – unvernünftig schnell den Hügel zum Hotel heruntergefahren kam und vor dem Eingang hielt.

»Oh«, sagte Josephine mit einer leichten Enttäuschung, als sie den Fahrer aussteigen sah. »Ich hätte etwas Glamouröseres erwartet.« Der Fahrer des Wagens war ein Mann mittleren Alters, groß, aber mit einem deutlichen Rettungsring, aus dem sein verknitterter Leinenanzug kein Geheimnis machte. »Das zeigt nur, wie sehr man sich irren kann, nicht wahr?« Sie betrachtete den Fahrer genauer, als er den Hut abnahm. »Ist das nicht Leyton Turnbull?«

Der Mann kam Archie vage bekannt vor, aber er hätte keinen Namen nennen können. »Keine Ahnung«, sagte er, »aber ich verneige mich vor deinem enzyklopädischen Wissen über Matinee-Idole.«

»Gefallene Idole«, korrigierte ihn Josephine. »Seit dem Aufkommen des Tonfilms hatte er keinen nennenswerten Erfolg mehr – sein Lispeln stand ihm im Weg. Es überrascht mich, dass er sich noch einen solchen Wagen leisten kann.«

»Dann steht er wohl wieder in der Gunst, wenn ihn die Hitchcocks über das Wochenende eingeladen haben.«

»Das hat mir noch gefehlt«, sagte Josephine verzagt. »Wahrscheinlich ziehen sie ihn für Alan Grant in Betracht. Gibt es einen Polizeirang ohne s-Laut?« Sie seufzte. »Hast du die Hitchcocks eigentlich schon gesehen?«

»Nein, aber ich weiß, dass sie im Watch House wohnen.« Er deutete auf ein kleines eingeschossiges Gebäude mit Schindeldach, das rechts neben dem Bell Tower auf der Klippe kauerte. Zwei Säulen auf der dem Meer zugewandten Seite bildeten eine hübsche Loggia, die dem im Übrigen unscheinbaren Haus etwas von einem alten griechischen Kloster verlieh – ein Eindruck, der durch eine von Mauern gesäumte steile Treppe mit steinernen Sitzgelegenheiten, die zu den darunterliegenden Terrassen führte, noch verstärkt wurde. »Du wirst es merken, wenn sie wollen, dass man etwas von ihrer Anwesenheit mitbekommt. Er legt gerne einen großen Auftritt hin.«

»Du bist ihm schon mal begegnet?«

»Ein oder zwei Mal. Das erste Mal dürfte zehn Jahre her sein, als er *Der Mieter* drehte.«

»Wollte er deinen professionellen Rat zu Mördern mit einer Vorliebe für Blondinen?«

Archie lachte. »Nein, nein. Er kam zum Yard, weil er die Erlaubnis wollte, eine Leiche aus der Themse zu fischen, aber ich musste sie ihm leider verweigern.« Josephine sah ihn verständnislos an, und er klärte sie auf. »Er wollte unbedingt eine Aufnahme von London bei Nacht machen, wie man sie normalerweise nicht zu sehen bekommt, und kam auf die Idee, vor dem Hintergrund der Charing Cross Bridge eines der Opfer aus dem Fluss zu ziehen. Er hat uns keine Ruhe damit gelassen – er hat alle Register gezogen und ist fast bis zum Innenminister gegangen. Zu guter Letzt ließ jemand, der eine wesentlich höhere Position als ich damals innehatte, verlauten, dass man ihn nicht an dem Versuch hindern werde, auch wenn die offizielle Antwort Nein laute.«

»Du warst bestimmt begeistert.«

»Selbstverständlich, aber ich habe zuletzt gelacht.«

Josephine sah ihn neugierig an. »Erzähl.«

»Die Filmleute rückten mit ihrer gesamten Ausrüstung an: zwei riesige Lastwagen, die sie mitten auf der Westminster Bridge abstellten, und Gott weiß wie viele Scheinwerfer und Kameras. Sie hielten stundenlang den Verkehr auf, und jedes Mal, wenn eine Straßenbahn vorbeifuhr, unterbrachen sie die Aufnahmen und fingen wieder neu an, bis Hitchcock schließlich mit der Wirkung, die er erzielen wollte, zufrieden war.«

»Und was lief schief?«

»Der Kameramann hatte vergessen, seine Ausrüstung zu überprüfen. Als sie sich das Filmmaterial ansahen, war die Szene einfach nicht da.«

»Stimmt das wirklich, oder ist es nur eine Showbiz-Legende?«, fragte Josephine. »Nicht, dass es eine Rolle spielt – die Geschichte ist in jedem Fall köstlich.«

»Es ist nur Hörensagen, aber in der Endfassung des Films findet sich die Szene tatsächlich nicht. Ich habe ihn mir zur Sicherheit angesehen.«

»Dann solltest du dich an diesem Wochenende besser in Acht nehmen. Hitchcock denkt wahrscheinlich, dass du die Aufnahmen sabotiert hast.«

»Ach, der erinnert sich gar nicht an mich«, sagte Archie. »Ein paar Jahre später kam er wieder wegen irgendwelcher Recherchen für *Erpressung*, und er hat es mit keinem Wort erwähnt. Lass dich nicht einschüchtern, wenn du ihn triffst. Er mag ein Genie sein, aber unfehlbar ist er nicht.«

»Da fällt mir ein, Marta sagt immer, ohne seine Frau wäre er verloren«, erwiderte Josephine. »Ich wusste das nicht, aber Alma Reville war ihm vorgesetzt, als sie sich kennenlernten. Er war Laufbursche in den Studios, und sie arbeitete als Schnittmeisterin und Produktionsassistentin. Er hat sie erst zwei Jahre später angesprochen, als er einen besseren Job als sie hatte.«

»Das nenn ich mal fortschrittlich«, sagte Archie.

»Ich glaube nicht, dass es darum ging. Wie ich es verstanden habe, wollte er sich Almas Respekt verdienen, bevor er sich ihr näherte. Die beiden führen offenbar eine gleichberechtigte Ehe. Sie ist die einzige Person, auf die er immer hört.«

»Hast du Marta in letzter Zeit oft gesehen?«

Josephine sah ihn misstrauisch an, aber die Beiläufigkeit, mit der er die Frage gestellt hatte, wirkte echt. Ihre Beziehung zu Marta Fox – die sie immer noch nicht genauer bestimmen wollte, auch nicht um ihres eigenen Seelenfriedens willen – war der einzige Bereich ihres Lebens, dem ihre Freundschaft mit Archie nicht gewachsen zu sein schien. Aber vielleicht war das ungerecht: Vielleicht hatte sie sie nur nie auf die Probe gestellt. Ein einziges Mal, kurz nachdem Marta unerwartet wieder in ihr Leben getreten war, hatte Josephine versucht, mit Archie über dieses Thema zu reden, und er hatte verärgert reagiert. Inzwischen schien er mit seinen Gefühlen für sie im Reinen zu sein, aber noch immer scheute sie davor zurück, es anzusprechen – allerdings nicht nur, um ihn zu schützen. »Wir haben uns in London ein paarmal zum Essen getroffen, meistens nach einer von Lydias Premieren. Und im Frühling bin ich übers Wochenende zu einer Party nach Tagley gefahren, aber das war ein Albtraum. Nie wieder.« Wider besseres Wissen hatte sie sich überreden lassen, Marta und Lydia in ihrem Cottage in Essex zu besuchen, aber Zeugin ihres Alltagslebens zu sein, hatte nicht geradezu dazu beigetragen, ihre Schuldgefühle, weil sie sich in ihre Beziehung drängte, zu verringern oder ihre eigene Einsamkeit zu mildern.

»Wie läuft es mit Lydia?«

»Gut, denke ich. Ehrlich gesagt habe ich nicht gefragt. Wir hatten keine Gelegenheit, richtig miteinander zu reden.«

»Warum nicht? Ich kann mir nicht vorstellen, dass dir keine Möglichkeit einfällt, wie du dich allein mit ihr treffen kannst, also wovor hast du Angst?« Sie erwiderte nichts, und er sah sie besorgt an. »Ich will dich nicht dazu zwingen, mit mir darüber zu reden, Josephine, aber wäre es nicht hilfreich? Marta und dir liegt offensichtlich etwas aneinander, aber du kannst dich nicht frei entscheiden, mit ihr zusammen zu sein, und sie lebt mit jemand anderem zusammen – das ist bestimmt nicht einfach.«

»Natürlich nicht, aber ich kann ja wohl kaum von dir erwarten, dass …« Sie wurde vom Motorgeräusch eines weiteren Wagens unterbrochen, der den Hügel herunterkam. Vor dem Hotel kam er gefährlich nahe an der Balustrade abrupt zum Stehen, und sie beobachteten, wie Ronnie sich aus dem Beifahrersitz schälte und ächzend ausstieg, um gleich darauf einem der Vorderreifen einen kräftigen Tritt zu verpassen. Josephine blickte zu Archie. »Offenbar keine besonders angenehme Fahrt.«

»Nein, aber eine hervorragend abgepasste Ankunft.« Auf seinem Gesicht erschien ein argwöhnischer Ausdruck. »Allmählich glaube ich, du bezahlst sie dafür, dass sie aufs Stichwort erscheinen.«

4

Leyton Turnbull stand an der Rezeption des Hotels und wartete darauf, sich ins Gästebuch einzutragen. Während der Mann hinter dem Tresen in aller Ruhe die Reservierung eines älteren Paares für das Abendessen entgegennahm, trommelte er gereizt mit den Fingern auf das Eichenholz und fragte sich, wo die Bar war. Um halb drei nachmittags war er normalerweise nicht mehr ganz nüchtern, aber die Bedeutung dieses Wochenendes hatte ihn so weit eingeschüchtert, dass er darauf verzichtet hatte, während der Fahrt eine Pause für einen schnellen Drink einzulegen. Doch jetzt war es an der Zeit dafür, und vielleicht konnte er sich ja jemandem anschließen. Er suchte die Terrassen ab und spähte durch die Tür ins Foyer, entdeckte jedoch kein bekanntes Gesicht.

»Guten Tag, Sir. Tut mir leid, dass Sie warten mussten.«

Turnbull schnaubte ungeduldig. »Ich gehöre zu der Gesellschaft von Mr Hitchcock.«

Der Mann wartete ein paar Sekunden, und als nichts mehr kam, fragte er taktvoll: »Würden Sie mir bitte noch einmal Ihren Namen sagen, Sir?«

»Turnbull. Leyton Turnbull.«

»Natürlich.« Der Mann warf einen Blick auf eine Namensliste und nahm einen Schlüssel von dem Brett hinter ihm. »Sie sind im Government House untergebracht, Sir, links neben dem Bell Tower. Ihre Suite liegt im obersten Stock.« Turnbulls Augen folgten der ausgestreckten Hand, und er sah ein apricotfarbenes Haus mit Walmdach, das größte und am normalsten aussehende Gebäude auf der Klippe. »Ich rufe jemanden, der Sie hinbringt.«

»Nicht nötig – ich sehe ja, wo es ist. Lassen Sie nur mein Gepäck aufs Zimmer bringen und sorgen Sie dafür, dass mein Wagen sicher geparkt wird.«

»Gewiss, Sir. Die Garagen befinden sich auf der rechten Seite ein Stück den Hügel hinauf, Ihr Wagen ist dort gut untergestellt.« Er nahm die Schlüssel, die Turnbull über den Tresen geschoben hatte. »Die bewahren wir hier auf, bis Sie sie wieder benötigen. Ich bin James Wyllie, der Hoteldirektor. Lassen Sie es mich wissen, wenn ich irgendetwas für Sie tun kann.«

»Als Erstes könnten Sie mir sagen, wo die Bar ist.«

»Durch das Foyer und dann rechts, direkt vor der Treppe. Dürfte ich Sie noch bitten, sich einzutragen?«

Turnbull nahm den Stift und fummelte in seiner Tasche nach seiner Brille, als eine junge Frau neben ihn an den Tresen trat. »Mr Turnbull? Ich wusste gar nicht, dass Sie auch kommen. Es freut mich, Sie hier zu treffen.« Er sah ihr ins Gesicht – nicht umwerfend schön, aber freundlich und offen auf eine Art und Weise, die Glamour bedeutungslos machte –, konnte es aber nicht einordnen. Sie lächelte. »Astrid Lake«, sagte sie. »Wir haben zusammen *Dancing Days* gedreht, aber wahrscheinlich erinnern Sie sich nicht an mich. Ich war damals erst fünfzehn und habe mich seither hoffentlich ein bisschen verändert.«

Die vergangenen Jahre hatten zweifellos gereicht, um sie alles Kindliche verlieren zu lassen. Ihre Stimme hatte nicht mehr diesen unangenehm quengeligen, von Unreife zeugenden Ton, und ihr Gesicht hatte das Pausbäckige verloren. Bei alldem hatte sie nicht ihre Unschuld eingebüßt, und das Ergebnis war eine bemerkenswert anziehende Mischung. »Mehr als ein bisschen, Miss Lake«, sagte er und nahm ihre Hand, »und eindeutig zu Ihrem Vorteil. Ich wünschte, ich könnte dasselbe sagen, aber in meinem Alter geht mit jedem weiteren Lebensjahr nur selten eine Verbesserung einher.« Sie lachte höflich, hatte sich jedoch noch nicht die professionelle Unaufrichtigkeit angeeignet, um zu widersprechen, und er merkte, dass die Angestellten an der Rezeption ein verstohlenes Lächeln austauschten. Er war im Begriff gewesen, die Schauspielerin auf einen Drink einzuladen, aber etwas ließ ihn zögern, etwas an ihrer Frische und Jugend, das ihn Lebensüberdruss empfinden ließ, sogar Scham. Stattdessen fragte er: »Sind Sie auch übers Wochenende hier?«

»Ja. Mr Hitchcocks Büro hat letzte Woche meinen Agenten angerufen und mich eingeladen. Ich konnte nicht …« Der Rest des Satzes ging in lautem Gebell aus dem Foyer unter, und gleich darauf kam ein kleiner Jack Russell an die Rezeption gerannt. Seine Leine schleifte hinter ihm her. Astrid bückte sich, um ihn einzufangen, aber der Hund entwischte ihr und steuerte schnurstracks auf Turnbulls Knöchel zu. Ohne nachzudenken, trat Turnbull nach ihm und traf ihn seitlich am Kopf, und die junge Frau blickte ihn überrascht an.

»Immer noch derselbe alte Leyton Turnbull, wie ich sehe. Kinder und kleine Tiere quälen.« Die Stimme hätte alle zum Verstummen gebracht, egal, was sie sagte. Es folgte betretenes Schweigen, und Astrid Lake wurde rot und entfernte sich mit einer Entschuldigung, während die Hotelangestellten sich nervös ansahen. Die einzige Person, die sich unter Kontrolle zu haben schien, war die Frau, der die Stimme gehörte, und Turnbull drehte sich überrascht um.

»Bella Hutton«, sagte er, fasste sich schnell wieder und sah sie finster an. »Das war ja klar, keine Party ohne die Giftspritze.«

Zögernd machte Wyllie Anstalten, hinter seinem Tresen hervorzukommen, doch Bella winkte ab. »Lassen Sie es gut sein. Ich mute Mr Turnbull nie mehr als zwei Sätze auf einmal zu. Mit mehr ist er überfordert, sei es auf oder neben der Leinwand.« Sie nahm den Hund hoch und hielt eine Kellnerin auf, die mit einem Tablett voll schmutzigen Geschirrs von der Terrasse hereingekommen war. »Ich nehme den Tee im Mirror Room ein«, sagte sie. Die verschwitzte und gehetzt wirkende Kellnerin wollte schon zu einer Erwiderung ansetzen, aber auf einen Blick ihres Chefs hin besann sie sich. Bella Hutton sah ihr nach und legte eine Hand auf Turnbulls Arm. »Versuchs bei der«, flüsterte sie ihm ins Ohr. »Sie ist eher dein Typ.«

Verärgert schüttelte er sie ab. »Sagen Sie Mr Hitchcock, dass ich da bin«, blaffte er über die Schulter und machte sich auf den Weg zur Bar. »Er will es sicher wissen.«

Bella wandte sich ebenfalls zum Gehen, und Wyllie räusperte sich. »In den allgemein zugänglichen Räumen des Hotels sind Hunde eigentlich nicht erlaubt, Miss Hutton.«

Sie drehte sich um und strahlte ihn an. »Und ich habe eigentlich keine Lust, meine Rechnung zu begleichen, Mr Wyllie. Wollen wir sehen, was wir beide am Morgen darüber denken?« Der Mirror Room lag gleich nebenan, und Bella zögerte kurz, bevor sie durch die Tür trat. Es war lange her, seit sie das letzte Mal in diesem Haus gewesen war – beinahe zwanzig Jahre –, aber die Veränderungen daran verwirrten sie weniger als das, was alles gleich geblieben war. Mittlerweile wurde der Raum hauptsächlich für den Kaffee nach dem Dinner benutzt. Das Dekor in Jadegrün und Gold war neu und präsentierte sich in makellosem Glanz, wenn auch viel zu überladen für ihren Geschmack, aber im Gegensatz zu vielen anderen Bereichen des Hotels war der Raum in seiner Grundausstattung unverändert, und die Wirkung der riesigen goldgerahmten Spiegel, denen er seinen Namen verdankte, war so verblüffend und beeindruckend wie eh und je. Sie bedeckten den Großteil der Wände, durchfluteten den Raum mit Licht und ließen ihn viel größer erscheinen, als er war. Außer Bella war niemand da, und als sie zum Kamin ging, hallten ihre Schritte auf dem polierten Boden genauso wider wie bei ihrem letzten Besuch hier. Die steinerne Einfassung war kunstvoll verziert und wirkte mit einer ernsten Mönchsfigur auf jeder Seite und einem Fries aus Cherubinen und Engeln am Sims etwas fehl am Platz. Sie beugte sich vor, um die Einfassung auf der linken Seite genauer zu betrachten, und strich mit dem Finger über den beschädigten Stein. So ein kleiner Makel für so viel Wut, aber immer noch da – dauerhaft und verborgen wie der Schmerz, von dem er herrührte. Sie fragte sich, ob sie die Erste war, die an diesem Wochenende danach suchte, oder hatten schon andere Finger über die Narbe gestrichen und sich erinnert?

Der Hund wand sich in ihren Armen und wollte abgesetzt werden, und Bella nahm an einem Fenstertisch Platz. Sie blickte über die Bucht zu einem großen Haus am gegenüberliegenden Ufer, durch ein paar Hundert Meter Wasser von Portmeirion getrennt, aber durch die Erinnerung mit dem alten Herrenhaus verbunden. Im Spiegel zu ihrer Linken war die unverwechselbare Silhouette des Dorfes zu sehen, sie interessierte sich jedoch mehr für das Bild, das Astrid Lake allein am Rand der Terrasse bot. Sie wirkte verloren und plötzlich sehr jung, und Bella erkannte, dass sie mit der kleinen Szene an der Rezeption auch Unbeteiligte getroffen hatte. Sie erinnerte sich, wie unsicher sie sich am Anfang ihrer Karriere gefühlt hatte, wie schwer es ihr gefallen war, Selbstbewusstsein auszustrahlen, während sie an jedem Set verzweifelt nach Verbündeten gesucht hatte, und sie stand auf und ging hinaus, um es wiedergutzumachen.

»Miss Lake, ich möchte mich bei Ihnen entschuldigen«, sagte sie. »Leyton Turnbull verdient jede Kränkung, aber nicht Sie. Wollen Sie mir bei einer Tasse Tee Gesellschaft leisten?« Astrid antwortete nicht sofort, und Bella fügte hinzu: »Ich kann es Ihnen nicht verdenken, wenn Sie zögern, aber auch wenn manche etwas anderes erzählen mögen, bin ich nicht immer so kratzbürstig.«

Die junge Frau lächelte. »Ich bin sicher, dass Sie das manchmal sein müssen, und insgeheim bewundern wir Sie alle dafür, also rauben Sie mir bitte nicht meine Illusionen.«

»Dann gehen Sie das Risiko ein?«

»Selbstverständlich.«

»Macht es Ihnen etwas aus, wenn wir wieder hineingehen? Ich mag die Hitze nicht.«

Astrid schüttelte den Kopf und folgte Bella ins Hotel. »Wie geht es Ihrem Hund?«, fragte sie.

»Chaplin? Der ist zäher, als er aussieht, und er ist wie die meisten Männer – er lernt nichts aus früheren Enttäuschungen und überschätzt sich gerne mal, insbesondere wenn es heiß ist.« Sie setzten sich, und die Kellnerin brachte den Tee. »Eine zweite Tasse, bitte«, sagte Bella, ohne sie anzusehen. Sie wischte sich über die Stirn und deutete über die Bucht auf die Hügel in der Ferne. »Ein Sturm zieht auf. Je schneller er hier ist, desto besser.«

»Aber das dauert doch sicher noch. Man hat den Eindruck, als würde diese Hitze ewig anhalten.«

»So ist es immer. Dann tauchen wie aus dem Nichts Wolken auf, und ein gewaltiges Unwetter geradezu biblischen Ausmaßes bricht los.« Sie goss Tee ein und reichte Astrid die Tasse. »Aber der Morgen danach ist unvergleichlich. Wenn Sie das Dorf jetzt schon schön finden, müssen Sie es unmittelbar nach dem Regen erleben: Die Farben sind so intensiv, die Landschaft ist so frisch und – nun ja, gereinigt. Wenn ich gläubig wäre, würde ich ein Gleichnis darin sehen.«

»Klingt so, als würden Sie Portmeirion gut kennen.«

»Uns verbindet eine lange Geschichte, obwohl ich sie in letzter Zeit vernachlässigt habe.« Es entbehrte nicht einer gewissen Ironie, dachte sie, dass dieser Ort, der so vielen als Zuflucht vor dem Alltag diente, eine Bürde war, die sie nicht loswurde. »Ich habe familiäre Verbindungen zu diesem Teil der Welt.« Sie hätte emotionalere Worte wählen können, aber sie wollte einer Fremden keinen Einblick in ihre Vergangenheit gewähren.

»Sie Glückliche. Es ist wunderschön hier. Heute Vormittag habe ich einen Spaziergang durch den Wald gemacht, und ich fand ihn herrlich – abgesehen von dem Friedhof. Dieser seltsame Ort, an dem Hunde beerdigt wurden.«

»Ja, ich kenne ihn.«

»Man kriegt einen regelrechten Schreck, wenn man plötzlich davorsteht. Eine der Angestellten hier hat mir erzählt, dass er von der alten Frau, die früher hier gewohnt hat, angelegt wurde.«

»Das stimmt.«

»Es heißt, sie war eine Einsiedlerin und hatte mit niemandem

Umgang außer ihren Hunden. Ich musste die ganze Zeit daran denken, wie sie allein da oben die Gräber schaufelte.« Sie schauderte. »Was bewegt jemanden dazu?«

Die zweite Tasse wurde gebracht, dieses Mal von einer anderen Kellnerin, und Bella bedankte sich. »Ich wage zu behaupten, dass sie ihre Gründe hatte«, sagte sie und goss sich Tee ein. Sie kannte die Legenden, die sich um das Haus rankten, und in der richtigen Weise vorgetragen, könnten sie einem Gruselmärchen entlehnt sein. Allerdings erschien Bella die Vorstellung, sich von der Außenwelt abzuschotten, mitunter erstaunlich vernünftig, und sie konnte nichts Ungewöhnliches daran finden, die Gesellschaft von Hunden der menschlichen vorzuziehen und ihnen zu Ehren auf dem eigenen Grund und Boden einen Friedhof anzulegen. »Sind Sie zum ersten Mal hier?«, wechselte sie das Thema.

»Ja. Ich wusste nicht einmal, wo Portmeirion ist, als ich die Einladung bekam.«

»Sie meinen, die Vorladung«, sagte Bella trocken, und Astrid lächelte.

»Ja, vermutlich trifft es das eher. Ein solches Angebot lehnt man nicht ab, nicht wahr?«

»Kommt drauf an. In Ihrem Alter, wo noch so viel vor Ihnen liegt, wahrscheinlich nicht. Bei mir ist das etwas anderes. Die Zeiten, in denen ich um einen Platz in der ersten Reihe rangelte, sind zum Glück vorbei, alt zu sein hat durchaus Vorteile. Dazu gehört auch, sich um nichts mehr zu scheren. Es ist sehr befreiend, sich nicht mehr beweisen zu müssen.«

Astrid sah sie fragend an. »Trotzdem sind Sie hier. Sie haben die Einladung nicht abgelehnt.«

Bella lächelte. »Oh, ich habe meine Gründe, dieses Wochenende in Portmeirion zu verbringen, und die haben nichts mit Hitch zu tun, so gern ich auch mit ihm arbeite. Man könnte wohl sagen, ich habe mich selbst eingeladen.«

»Sie können sich die Drehbücher bestimmt aussuchen. Mr Hitchcock kann sich glücklich schätzen, Sie zu bekommen.«

Die Bemerkung war frei von jedem Kalkül, und Bella – die auf ihrer Karriereleiter eine Stufe erreicht hatte, wo nur sehr wenige Leute mutig oder großzügig genug waren, ihr ein aufrichtiges Kompliment zu machen – war gerührt. »Sagen Sie, Miss Lake, was erhoffen Sie sich von Ihrem Aufenthalt hier?«

»Die Gelegenheit, etwas zu lernen«, erwiderte Astrid, ohne lange überlegen zu müssen. »Natürlich würde ich gern eine Rolle in einem Hitchcock-Film ergattern – er ist unser bester Regisseur, und ich weiß, was das für meine Karriere bedeuten würde. Aber allein in seiner Gesellschaft zu sein, zusammen mit den Leuten, mit denen er arbeitet, und sei es auch nur für zwei Tage – das ist fabelhaft.« Bella nickte zustimmend. »Allerdings ist es ein seltsames Vorsprechen. Ehrlich gesagt bin ich nicht sicher, warum irgendjemand von uns hier ist.«

»Was Hitch angeht, gibt es so etwas wie ein normales Vorsprechen nicht. Er rückt erst dann mit seinen Vorhaben heraus, wenn er so weit ist. Am besten kommen Leute mit ihm zurecht, die damit umgehen können.«

»Welchen Rat würden Sie mir also geben?«

»Seien Sie Sie selbst. Entweder er mag Sie oder er mag Sie nicht. Es hat überhaupt keinen Sinn zu versuchen, so zu sein, wie es ihm gefällt.« Sie hätte Astrid geraten, sich ihre ungekünstelte Art so lange wie möglich zu bewahren, aber in dem Moment, in dem die junge Frau sich ihrer Unschuld bewusst geworden wäre, hätte sie sie verloren. Unschuld war eine der wenigen Eigenschaften, die man nicht vorgaukeln konnte. Das machte sie so kostbar. »Sie haben etwas Authentisches an sich, etwas sehr Englisches, und das werden Frauen mögen. Frauen mögen jeden Star, der sie an ihre Tochter erinnert – oder vielmehr an die Person, die sie gern als Tochter hätten –, und Frauen sind diejenigen, die die Eintrittskarten kaufen. Das wissen die Regisseure.« Ein junger Mann ging am Fenster vorbei und zwinkerte Astrid zu. »Natürlich sind auch Männer nicht unempfänglich für diese Reize«, fügte Bella mit einem süffisanten Lächeln hinzu. »Seien Sie vorsichtig.«

»Oh, ich würde nie ... Das ist Daniel Lascelles. Ein paarmal haben wir miteinander gearbeitet, und ich habe mich sehr gefreut, ihn hier zu treffen. Wir kamen uns beide ein wenig verloren vor, aber ...«

»Nein, nein, ich mache mir keine Sorgen um Ihre Tugendhaftigkeit«, sagte Bella lachend. »Ich weiß, wie es ist, jung zu sein und vorankommen zu wollen, und jeder sagt einem, was gut für einen ist und was nicht. Glauben Sie mir, in Ihrem Alter dachte ich manchmal, ich hätte mehr Freiheit, tun und lassen zu können, was ich will, wenn ich mich ihrem Verein angeschlossen hätte.« Sie deutete in Richtung Uferweg, auf dem eine Nonne entlangspazierte. »Ein Filmset kann schlimmer sein als ein Kloster – Geldgeber, Regisseure, Produzenten, alle sagen einem, was man tun und wie man sein soll, und jeder Einzelne denkt nur an sich und seine Investition.« Astrid lächelte müde, und Bella begriff, dass der Druck der Studios bereits genau die Eigenschaften von ihr zu gefährden begann, auf denen ihr Potenzial beruhte. »Sie erinnern mich an mich selbst vor langer Zeit«, sagte sie, »und es ist nichts verkehrt daran, Spaß zu haben und eigene Fehler zu machen. Ich sage nicht, dass Sie es nicht tun sollen – lassen Sie sich nur einfach nicht erwischen. Abgesehen von allem anderen schätzt Hitch es nicht, wenn die von ihm Auserwählten fraternisieren, also seien Sie diskret.« Sie stellte ihre Tasse ab und fügte in ernsterem Ton hinzu: »Und was auch immer Sie tun, halten Sie sich von Leyton Turnbull fern.«

»Oh, er hat mir nur leidgetan. Es muss schrecklich sein, wenn man alt ist und im tiefsten Herzen weiß, dass man nicht mehr so gut ist, wie man einmal war.«

»Er war nie gut.«

»Aber er tut ja niemandem was.«

»Lassen Sie sich nicht täuschen. Er hat einmal am Set eine junge Frau vergewaltigt.«

Astrid sah sie entsetzt an. »Das kann nicht sein«, sagte sie. »Das wäre doch bekannt.«

»Ach ja?«, sagte Bella sarkastisch. »Es wurde natürlich nie Anklage erhoben. Niemand hatte Interesse daran, es an die große Glocke zu hängen, und wir arbeiten in einer Branche, in der man alles kaufen kann, auch dass im richtigen Moment weggesehen wird. Das hat der jungen Frau allerdings nicht geholfen. Sie hat versucht, sich umzubringen – zum Glück hat sie es nicht geschafft, auch wenn es womöglich gnädiger gewesen wäre. Die Geschichte hat sie zerstört.«

»Was ist mit ihr passiert?«

»Ihre Karriere, ihre Selbstachtung, ihr Leben – alles wurde ihr unter den Füßen weggezogen. Kein Wunder, dass sie Schwierigkeiten hatte, damit fertigzuwerden, und deshalb zu allem gegriffen hat, was sie das Geschehene vergessen ließ: Alkohol, Drogen, Tabletten, was auch immer zu bekommen war. So wie es in dieser Gesellschaft ist, war natürlich sie es, die den schlechten Ruf weghatte, nicht Turnbull. Niemand will etwas mit einer hysterischen Schauspielerin zu tun haben. Es hat katastrophale Auswirkungen auf das Budget.« Astrid sah sie nur weiter ungläubig an, und Bella fügte hinzu: »Ich will Ihnen keine Angst machen, Miss Lake, und ganz gewiss nicht bevormunden, aber darf ich etwas sagen?« Die junge Schauspielerin nickte. »Wir leben in gefährlichen Zeiten, und es wird noch schlimmer werden. Manche Leute kommen als arme Schlucker auf die Welt und verwandeln sich über Nacht in Götter – das ist die Magie und die Gefahr des Kinos. Aussehen ist wichtig, Talent nicht ganz so, was jedoch wirklich zählt, ist Ehrgeiz. Die Lust am Erfolg. Es heißt, Marlene Dietrich habe für ihren nächsten Film einen Vertrag über achtzigtausend Dollar unterschrieben, Geld allein ist Anreiz genug, um jede Empathie zu verlieren. Aber es geht um mehr als Geld. Es geht um Macht. Wenn Leute anfangen, sich *wirklich* für Götter zu halten, kann nichts sie aufhalten. Das mag nach der Verbitterung einer Frau klingen, die sich dem Ende ihrer Karriere nähert, Miss Lake, aber bitte glauben Sie mir, wenn ich sage, dass es das nicht ist.«

»Verbittert klingt es nicht«, sagte Astrid. »Vielmehr enttäuscht.« Bella sah sie verblüfft an. »Verzeihen Sie, wenn ich so offen bin, aber es klingt wie der Rat einer Frau, die von einem geliebten Menschen enttäuscht wurde.«

Diese Feststellung war so scharfsinnig, dass sie Bella völlig entwaffnete, und sie erhob sich. »Ich denke, dass Sie Hitch mehr als ebenbürtig sind, Miss Lake«, sagte sie bewundernd. »Offen gestanden tut er mir beinahe leid.«

5

Marta hielt am Straßenrand. Nachdem sie abwechselnd auf eine vom Bergbau verunstaltete Landschaft und Kleinstädte mit düsteren Kirchen und müde aussehenden Häusern geblickt hatten, war es eine Wohltat, das Moor zu erreichen. »Was machst du denn?«, fragte Lydia ungeduldig. »Wir sollten uns beeilen, wenn wir vor dem Dinner noch auspacken wollen.«

»Dank dieser Stratford-Clique sind wir sowieso schon zu spät, da kommt es auf zehn Minuten auch nicht mehr an.« Marta beugte sich über sie, um im Handschuhfach zu kramen. »Ich brauche eine Zigarette.«

Lydia seufzte. »Diese Stratford-Clique wird mir hoffentlich ein Engagement im Herbst verschaffen. Musstest du zu allen so unhöflich sein?« Sie nahm eine Zeitschrift vom Rücksitz und fächelte sich Luft zu, aber in dem offenen Wagen gab es kein Entkommen vor der Sonne im späten Juli. »Falls du es nicht bemerkt hast, ich werde nicht gerade mit Angeboten überhäuft, und dein Greta-Garbo-Gehabe ist da nicht hilfreich.«

»Prima. Dann lass mich nächstes Mal zu Hause.« Marta stieg aus und knallte die Tür zu, ohne auf Lydias wütenden Blick zu achten. Das heiße Metall brannte auf ihrer Haut, als sie sich dagegenlehnte. Sosehr sie sich auch bemühte, ihre schlechte Laune auf die Hitze zu schieben oder auf Lydias unerschöpfliches Kontakteknüpfen, war sie doch in Wahrheit nur auf sich selbst wütend: Wochenlang hatte sie dem Wiedersehen mit Josephine entgegengefiebert, und jetzt, wo es so weit war, wäre sie vor lauter Nervosität am liebsten davongerannt.

»Kann ich auch eine haben?«, fragte Lydia in versöhnlichem

Ton, und Marta wusste, dass sie sich zusammenriss, um so kurz vor dem Zusammentreffen mit den anderen keinen richtigen Streit vom Zaun zu brechen. »Tut mir leid, Liebling, aber du weißt, wie wichtig es ist, die richtigen Leute zu kennen. Ich kann nicht von Luft und Liebe leben.«

»Ich habe Geld. Wir müssen unser Leben nicht damit verbringen, uns mit Leuten abzugeben, die wir nicht mögen.«

»Darum geht es doch nicht. Ich muss arbeiten, Marta.« Sie warf die kaum angerauchte Zigarette auf den Boden. »Wie dem auch sei, nach diesem Wochenende könnte die Welt schon ein bisschen freundlicher aussehen. Lass es uns einfach genießen.«

Die Sonne kam hinter einer der wenigen Wolken hervor, und Marta sah zu, wie sich der Lichtfleck über die Hügel ausbreitete, jede Schattierung von Grün in eine leuchtendere Version ihrer selbst verwandelte. Es hatte keinen Sinn, noch etwas zu sagen: Diese Auseinandersetzung hatten sie schon viele Male geführt und würden sie zweifellos auch in Zukunft führen, sie war Teil des Versuchs, aus zwei Leben ein gemeinsames zu machen, und so rauchte sie schweigend ihre Zigarette zu Ende und stieg wieder ein.

Nach einer weiteren Stunde Fahrt erreichten sie endlich die Hauptstraße.

»Ich bin nicht sicher, ob es gut war, ein Zimmer im Dorf zu buchen statt im Hotel«, sagte Lydia. »Wir wollen schließlich nichts verpassen. Wo sind die Hitchcocks abgestiegen?«

»Keine Ahnung. Sieh mal, das ist Minffordd – müssen wir da nicht abbiegen?«

»Ja. Beim Postamt links.« Marta bog ab und folgte einem dezenten Hinweisschild zu einer privaten Forststraße. »Wir sollten uns an der Rezeption erkundigen«, fuhr Lydia fort. »Wir können immer noch das Zimmer wechseln.«

»Ich hoffe, du verlässt dich nicht darauf, dass sich an diesem Wochenende alle deine Probleme lösen lassen«, sagte Marta gereizt. »Ich habe keinen Einfluss auf die Hitchcocks.«

»Du scheinst aber eine Menge über sie zu wissen.«

»Nur Klatsch, Lydia. Sie genießen es, berühmt zu sein, aber ihr Privatleben halten sie unter Verschluss. Da gewähren sie niemandem Einblick. Wir sollten uns alle ein Beispiel daran nehmen«, murmelte sie und wünschte, sie brächte die Willensstärke auf, das Gezanke zu beenden.

Entweder hörte Lydia die letzte Bemerkung nicht, oder sie beschloss, sie einfach zu ignorieren. »Josephine scheint es geschafft zu haben«, sagte sie verdrießlich. »Offenbar kennst du Alma Reville gut genug, um ihr eine Lektüreliste zu geben.«

»Das war reines Glück«, erwiderte Marta und war sich bewusst, wie rechtfertigend es klang. »Wenn Alma das Buch nicht gefallen hätte – oder wenn sie nicht zumindest ein gewisses Potenzial darin erkannt hätte –, hätte ich nichts ausgerichtet.«

»Das weiß ich doch«, sagte Lydia, als hätte sie es mit einem bockigen Kind zu tun. »Ich bitte dich ja nur, mich ihnen vorzustellen. Den Rest erledige ich. Vielleicht haben ja auch wir ausnahmsweise mal Glück.« Sie sah Marta ungeduldig an. »Kriegst du das hin?«

Marta nickte, bereit, für etwas Ruhe alles zu versprechen. Die Bäume lichteten sich gerade lange genug, um den Blick auf ein ungewöhnliches zinnenbewehrtes Gebäude freizugeben, das eher markant als schön war. Abgesehen von dem dichten Efeubewuchs hatte die gotische Fassade etwas verspielt Unechtes. »Was zum Teufel ist das?«, sagte Marta. »Sieht aus wie eine Irrenanstalt.«

»Ich glaube, das war es auch mal. Jetzt ist es ein Hotel.«

»Oder etwas, das Bertha Mason demnächst abfackelt. Bitte sag mir, dass wir nicht dort wohnen.«

Lydia lachte. »Natürlich nicht. Das Hauptgebäude des Hotels liegt an der Bucht und ist wunderschön.«

»Gott sei Dank, aber ich fände es trotzdem nett, wenn wir alldem entfliehen könnten.«

»Du lässt es wie Folter klingen. Was an der Geburtstagsfeier einer Freundin ist so schlimm, dass man davor fliehen muss?«

Es war eine rhetorische Frage, aber Marta hätte eine ganze

Liste von Gründen aufzählen können. »Ich hätte es einfach schön gefunden, ein bisschen Zeit mit dir allein zu verbringen«, sagte sie matt und hielt vor dem Tor, das die private Halbinsel vor der Außenwelt schützte.

»Lieb, dass du das sagst, aber dafür haben wir zu Hause jede Menge Zeit.« Lydia sprang aus dem Wagen, um dem Wächter ihre Namen zu nennen, und Marta reckte sich auf ihrem Sitz, wobei sie es geflissentlich vermied, sich im Rückspiegel anzusehen. Das musste sie nicht, um zu wissen, dass ihr die Kleider am Leib klebten und ihr Gesicht von der Sonne gerötet war, und sie hoffte sehr, dass sie es auf ihr Zimmer schaffen würden, ohne auf dem Weg dorthin jemandem zu begegnen. Lydia stieg wieder ein, und der Mann winkte sie durch. »Wir müssen uns im Hotel anmelden«, sagte sie, »dort können wir uns auch gleich erkundigen, ob es voll ist. Das Auto können wir auf dem Weg ins Dorf in einer der Garagen abstellen.«

Aus der Ferne hatte Marta nicht verraten, was sie in Portmeirion erwartete, und so war sie erstaunt, nach dem dichten Wald an einen von Licht und Farben überfluteten Ort zu gelangen. Wohin sie auch blickte, entdeckte sie etwas Magisches: Balkone, Bögen, Terrassen, Statuen und Treppen, alles miteinander verbunden in Kombinationen, die sie zugleich verwirrten und verzauberten. »Ich wusste, dass es dir gefallen würde«, sagte Lydia. »Ist es nicht romantisch? Als Josephine und ich das erste Mal herkamen, haben wir kaum unseren Augen getraut.« Bei der Erinnerung an Lydias langjährige Freundschaft mit Josephine biss Marta sich auf die Zunge und konzentrierte sich auf die einspurige Straße, die sich in Kurven hinunter zur zentralen Piazza wand. »Wir sind im Neptune untergebracht«, fügte Lydia hinzu. »Das liegt auf der anderen Seite des Platzes.«

Auf der Fahrt hügelabwärts verschwand die Piazza hinter einer hohen Steinmauer, die vermutlich von einem Küchengarten übrig geblieben war. Zu ihrer Rechten war ein altes Stallgebäude zu einem Laden und einem Café umgebaut worden. Einen Moment lang sahen sie einer hübschen dunkelhaarigen

Frau zu, die an einem Wandbild über den Bogenfenstern zum Vorplatz hin arbeitete, dann fuhren sie weiter zu ihrer Unterkunft.

Das Neptune – wie Marta feststellte, trugen viele der Häuser maritime Namen – war ein hübsches gelb-weißes Haus, dessen Bleiglasfenster und krummes Schieferdach es wesentlich älter wirken ließen, als es war. Am Rand der Piazza gelegen, bot es nach vorn einen Ausblick auf den Dorfkern und nach hinten auf den wild wuchernden Wald jenseits der Straße. Im Erdgeschoss waren Garagen untergebracht, und die drei Versuche, den Morris auf den ihnen zugewiesenen schmalen Stellplatz zu rangieren, trugen nicht zur Verbesserung von Martas Laune bei.

»Das Hotel ist gleich da unten«, sagte Lydia, klappte ihre Puderdose zu und steckte ihren Lippenstift weg. »Lass uns die anderen suchen.«

Marta packte ihren Arm. »Warum müssen wir eigentlich immer mit so vielen Leuten zusammen sein?«

»Sind wir doch gar nicht. Aber das ist eine Geburtstagsparty, und dazu gehören im Allgemeinen nun mal Leute.«

»Ich spreche nicht nur von jetzt. Es ist immer das Gleiche, sogar im Cottage: Wir planen ein ruhiges Wochenende, und du kreuzt mit der halben Besetzung auf.«

Lydia schüttelte ihre Hand ab. »Ich bin nicht diejenige, die die Regeln für unsere Beziehung festgelegt hat, Marta«, sagte sie ärgerlich. »Daran muss ich dich doch wohl nicht erinnern. Und abgesehen davon, was ist verkehrt daran, Freunde zu haben? Ich hätte gedacht, dass du nach deinem Urlaub auf Kosten des Staates genug vom Alleinsein hast.«

An Lydias erschrockenem Gesichtsausdruck erkannte Marta, dass diese ihre Bemerkung sofort bereute, aber sie wartete die Entschuldigung nicht ab. »Ich bleibe hier«, sagte Marta und zerrte einen Koffer aus dem Auto. »Du kannst machen, was du willst.«

6

Alma Reville saß unter dem Dach der Loggia des Watch House und beschirmte zum Schutz vor dem grellen Sonnenlicht, das von den weißen Steinmauern reflektiert wurde, ihre Augen mit einer Hand, mit der anderen streichelte sie geistesabwesend den Hund auf ihrem Schoß. Das Haus stand zwischen Dorf und Bucht auf der Klippe und gehörte zu einer kleinen Enklave um den Bell Tower. Hitchs Gäste waren ganz in der Nähe untergebracht – Schauspieler, die er unter die Lupe nehmen wollte, zuverlässige Mitarbeiter, sorgfältig ausgewählt wegen ihrer Loyalität oder ihres technischen Könnens und maßgeblich am Erfolg eines jeden Films beteiligt. Das Cottage war klein und einfach eingerichtet und wurde seinem Namen mehr als gerecht: Vor Alma streckte sich die Mündungsbucht des Dwyryd glitzernd und einer Fata Morgana gleich dem Meer entgegen, und der ungehinderte Blick auf das rechts zu ihren Füßen liegende Hotel mit seinen Terrassen hatte sie seit dem Mittagessen mit einem steten Strom von Neuankömmlingen unterhalten.

Sie hörte, wie ihr Mann hinter sie trat, und wartete auf die vertraute Berührung seiner Hand auf ihrer Schulter. »David hat eine gute Wahl getroffen«, sagte er und betrachtete lächelnd die Aussicht. »Wir können alles im Auge behalten und das aus sicherer Entfernung.«

Alma nahm ihm den Kriminalroman aus der anderen Hand und sah ihn fragend an. »Und? Hast du deine Meinung geändert?«

»Nein. Ich halte ihn immer noch für sehr, sehr schlecht.«

»Wie viel hast du gelesen, Hitch?«

»Die ersten fünfzig Seiten und das Ende.« Schwerfällig ließ er sich neben ihr nieder, und ihr zweiter Hund – ein alter Cockerspaniel – kam aus dem Schlafzimmer angetrottet und ließ sich auf seine Füße plumpsen. »Ich habe keine Ahnung, was im Mittelteil passiert«, gab er auf ihren strengen Blick hin zu, »aber das Ende passt hinten und vorne nicht. Das hätte ich mir im Leben nicht ausgesucht.«

Alma goss ihm ein Glas Orangensaft ein und gab einen Spritzer Gin dazu, so wie er es mochte. »Aber du erkennst Potenzial darin?«

»Wenn du damit fertig bist, vielleicht.« Genüsslich trank er einen Schluck von seinem Drink und sah sie an. »Warum bist du so versessen darauf?«

»Ich mag das Opfer«, erwiderte sie, ohne zu zögern. »Sie ist bereits zu Beginn des Buches tot und sagt kein einziges Wort, aber ich habe das Gefühl, sie zu kennen, und verstehe sie. Das ist eine ziemliche Leistung, wenn einem Autor das gelingt.«

Er sah sie mit zweifelnder Miene an. »Aber in Filmen geht es nicht um Opfer. In Filmen geht es um Verbrecher, und Miss Teys Verbrecher ist nicht gerade realistisch. Für den gewöhnlichen Kriminalroman reicht es vermutlich – die sind ja nur bessere Kreuzworträtsel. Aber es hat nicht das Geringste mit dem echten Leben zu tun.«

Alma lächelte. Diese Argumente hatte sie schon oft gehört, und sie wusste, dass das, was sie an *Klippen des Todes* am meisten bewunderte, genau die Dinge waren, die es niemals auf die Leinwand schaffen würden: Der Erfolg erlegte der Arbeit ihres Ehemannes deutliche Beschränkungen auf, und es gab bereits klare Grenzen, was von der Öffentlichkeit als Hitchcock-Film akzeptiert werden würde oder nicht. Sie wusste jedoch, dass ihr Urteil reichen würde, um ihn zu überzeugen, egal, worauf es gründete. Sie verfügte über den richtigen Instinkt, das war ihnen beiden klar. »Du weißt genauso gut wie ich, dass du entscheidest, wer der Verbrecher ist«, sagte sie liebevoll. »Verwende einfach die guten Teile und passe den Rest an. Das kannst du am besten.«

Ihre Worte waren beruhigend gemeint, auf ihren Mann schienen sie jedoch die entgegengesetzte Wirkung zu haben. »Was denn? Eine kleine Romanze, eine Autoverfolgungsjagd und dazwischen ein oder zwei Gags?« Er wandte sich ab, um sich damit zugleich der Sonne und ihrem sorgenvollen Blick zu entziehen, aber die Enttäuschung in seiner Stimme konnte er weniger gut verbergen. »Du hast natürlich recht. Wir alle wissen, wie es inzwischen läuft.«

»Das habe ich nicht gemeint.« Sie nahm seine Hand und brachte ihn dazu, sie wieder anzusehen. »Wie du genau weißt. Was zählt, ist nicht das, was in den Film einfließt, sondern was du Magisches damit anstellst – und das kann niemand voraussagen. In jedem Film, den du gemacht hast, gab es etwas Neues und Überraschendes.« Er hob eine Augenbraue. »Na gut, außer in *Waltzes from Vienna*. Und *Champagne*. Und vielleicht …«

»Treib es nicht auf die Spitze, Mrs Hitchcock«, fiel er ihr gespielt beleidigt ins Wort, und sie merkte, dass die Krise überwunden war, jedenfalls fürs Erste. »Ich brauche frisches Blut, Alma«, fügte er leise hinzu, »und ich kann es nicht herbeizaubern.«

»Das weiß ich, aber das musst du ja auch nicht. Du bekommst es, wann immer du willst.«

Er nickte widerstrebend. »Amerika bedeutet eine große Veränderung. Ein anderes Leben für uns drei.« Der Hund zu seinen Füßen streckte sich und gähnte, und er beugte sich hinunter, um ihn zu tätscheln. »Schon gut, Edward – für uns fünf.«

»An dieses Wetter könnte ich mich gewöhnen.« Alma lächelte in der Hoffnung, dass sich ihre Besorgnis nicht in ihrem Gesicht widerspiegelte. Seit dem Erfolg von *Erpressung* vor acht Jahren – dem ersten britischen Tonfilm – war ihr Mann mit Angeboten aus Hollywood überschüttet worden, aber er hatte stets erklärt, er sei noch nicht bereit, England zu verlassen, dass es für ihn hier noch Dinge zu tun gebe. Mittlerweile jedoch wuchs er über das, was die britische Filmindustrie ermöglichen konnte, hinaus, und sie wusste, dass ein Umzug nach Amerika unvermeidlich war: Die einzige Frage war, wann. Ihretwegen machte sie sich keine Sorgen, auch nicht wegen ihrer Tochter – sie standen sich sehr nahe, und solange sie zusammenhielten, würden sie mit allem fertigwerden, dachte sie –, aber insgeheim hatte sie Angst um Hitch. Es würde Mut erfordern, die Filme zu drehen, die er drehen wollte, und sie fragte sich, wie er mit der Kritik umgehen würde. Nach außen hin genoss er die Berühmtheit und alles, was sie mit sich brachte, aber privat war Alfred Hitchcock ganz anders – sensibel, verletzlich und voller Selbstzweifel. Nie würde sie vergessen, wie verzweifelt er gewesen war, als *Der Mieter* von den Studios zunächst abgelehnt wurde, oder die kleinen Fehlschläge und Aufregungen, die sowohl ihre Ehe als auch ihre berufliche Beziehung überschattet hatten, und sie fragte sich, wie ihr für seine Gelassenheit bekannter Mann mit dem Druck in Hollywood fertigwerden würde. In Wahrheit verletzte sie jede Kritik an seiner Arbeit genauso sehr wie ihn, aber sie musste für sie beide eine stoische Miene zeigen. »Du wirst spüren, wenn es passt«, beharrte sie, »und in der Zwischenzeit findest du alles Nötige in diesem Buch, um deinen bislang aufregendsten Film zu drehen. Die junge Frau hast du doch bestimmt interessant gefunden?«

»Natürlich – das Mädchen *ist* die Geschichte«, sagte er plötzlich etwas lebhafter. »Du glaubst wirklich, dass es funktioniert, oder?« Alma nickte. »Gut, das reicht mir. Sprichst du mit der Tey? Ihr Verleger sagt, sie hat ihren eigenen Kopf, und wir können uns nicht mit ihren Einwänden herumschlagen.«

»Überlass sie mir. Ich werde Marta Fox bitten, uns miteinander bekannt zu machen.« Sie setzte den Terrier behutsam auf dem Boden ab und stand auf. »Warum machst du nicht ein Nickerchen, während ich mit den Hunden spazieren gehe? Ich will sehen, was die anderen Gäste tun, bevor sie mitbekommen, wer ich bin, und anfangen zu schauspielern.« Sie gab ihm einen Kuss auf den Kopf. »Dafür bezahlen wir sie noch nicht.«

Er begleitete sie zu der Treppe, die hinunter zur Piazza führte. »Vielleicht lege ich mich tatsächlich eine Weile aufs

Ohr«, sagte er, und mit Erleichterung stellte Alma fest, dass in seinen Augen wieder das Funkeln lag, das sie so liebte. »Ich muss später in Bestform sein. Das versprechen zwei interessante Tage zu werden.«

»Was hast du vor, Hitch?«, fragte sie nervös. »Nichts zu Durchtriebenes, hoffe ich.«

»Ach, du kennst mich doch, Alma«, sagte er und fügte dann etwas ernster hinzu: »Seien wir ehrlich – du bist der einzige Mensch, der das tut.«

7

Branwen Erley ging mit einem Tablett hinaus auf die Terrasse und räumte weiter Geschirr ab. Sie hatte vergessen, wie sehr sie den Juli hasste, obwohl es doch jedes Jahr das Gleiche war: An Ostern, wenn die Aufregung und die letzten Vorbereitungen vor Beginn der neuen Saison die Hotelangestellten zusammenschweißte, erwachte Portmeirion zum Leben; Mai und Juni verliefen ruhig, die Zahl der Gäste war überschaubar, und niemandes Geduld wurde übermäßig strapaziert; doch mit Voranschreiten des Sommers, in dem die zunehmende Hitze auf einen plötzlichen Zustrom von Menschen traf, schlug bei allen die Stimmung um. Die Angestellten stritten untereinander, die Gäste behandelten sie wie Dreck, und Branwen wurde mit jedem Tag lustloser.

Sie ging von Tisch zu Tisch, schnappte Gesprächsfetzen und Klatsch auf und sammelte Gläser ein. Sie schenkten ihr so wenig Beachtung, dass sie fast hätte meinen können, sie sei unsichtbar, und diejenigen, die sie bemerkten, sahen nur eine Uniform. Aber sie sah die Leute. Sie sah die Lügen, auf denen ihr Leben aufgebaut war – die langweiligen Ehen, die unpassenden Affären, vorgegaukelter Reichtum oder Jugend. Wenn sie nicht so lachhaft gewesen wären, hätte sie sie verachtet.

»Sie wollten mich sprechen.« In Gedanken versunken, hatte Branwen nicht gemerkt, dass Bella Hutton hinter ihr stand, und tat so, als wäre sie nicht eingeschüchtert. Seit Jahren hatte sie sich gewünscht, mit der Schauspielerin zu sprechen, und jetzt, wo sie sich gegenüberstanden, fiel ihr keine einzige ihrer sorgfältig einstudierten Fragen ein, stumm und einfältig stand sie da und las ihre Unzulänglichkeit der anderen Frau am Gesicht ab.

»Nun?«, fragte Bella ungeduldig.

Branwen stellte das Tablett mit den Gläsern ab und sah Bella, wie sie hoffte, mit einem trotzigen Blick an. »Wie ich in meinen Briefen geschrieben habe, glaube ich, dass Sie wissen, was mit meiner Mutter geschehen ist«, sagte sie. »Ihre Familie ist mir etwas schuldig. Ich weiß, dass es nicht in Ihrer Verantwortung lag, aber Sie sind die Einzige hier, die etwas wiedergutmachen kann, und ich finde, das ist das Mindeste, was Sie tun können.«

Bella musterte sie nachdenklich, als versuchte sie, ihre Standhaftigkeit einzuschätzen. »Das ist lange her«, sagte sie und erstickte damit Branwens Hoffnungen im Keim.

Sie wollte sich umdrehen, aber Branwen packte sie am Arm und machte es ihr damit unmöglich, wegzugehen, ohne Aufsehen zu erregen. »Ich will Ihnen keine Schwierigkeiten machen, Miss Hutton, aber …«

Sofort begriff sie, dass das der falsche Ansatz war. Bella hob die Hand. »Sie brauchen gar nicht weiterzusprechen, junge Frau«, sagte sie leise. »Selbst wenn Sie es wollten, könnten Sie mir keine Schwierigkeiten machen. Das haben vor Ihnen schon ganz andere versucht und sind gescheitert, und sollten Sie ihnen nacheifern, werden Sie es bereuen. Habe ich mich klar ausgedrückt?«

Branwen nickte. »Wenn ich Ihnen etwas erzähle, dann, weil es meine Entscheidung ist, und nicht, weil Sie mich erpressen.«

»Dann werden Sie mir also helfen?« Branwen verachtete sich selbst für den kläglichen, flehenden Unterton in ihrer Stimme, aber die arrogante Fassade, die sie sich zugelegt hatte, damit man ihr den Schmerz wegen der fehlenden Mutter nicht anmerkte, war bröckelig, milde ausgedrückt.

»Kommen Sie später zu mir. Ich nehme das Abendessen auf meinem Zimmer ein. Sorgen Sie dafür, dass Sie es mir servieren.«

»Das ist nach meinem Schichtende«, sagte Branwen verzweifelt. »Ich trete heute Abend mit der Band auf – ich kann da nichts schieben.«

»Verstehe. Fünfzehn Minuten vor Alfred Hitchcock im Rampenlicht stehen ist wichtiger?« Bellas spöttischer Ton zog die Aufmerksamkeit einiger Gäste in der Nähe auf sich. Branwen bemerkte, dass der Schauspieler, den Bella Hutton vorhin im Foyer beleidigt hatte, auf die Terrasse getreten war und sie aufmerksam beobachtete. »Verschwenden Sie nicht meine Zeit. Sie können von Glück reden, dass ich Ihnen überhaupt die Gelegenheit gebe.«

Bella wandte sich zum Gehen, und Branwen sah ihr nach, sie war es leid, gesagt zu bekommen, sie habe Glück. Diesen Spruch hatte sie sich anhören müssen, solange sie denken konnte, in ihrer Kindheit von ihrer Großmutter und seither immer wieder in der einen oder anderen Form. Sie habe Glück, Arbeit zu haben. Interessante Leute zu treffen. Sie zu sein. Man musste es nur oft genug wiederholen, dann war es vielleicht sogar wahr. »Wenn Sie wüssten, wie mein Leben verlaufen ist, würden Sie das nicht sagen«, rief sie zornig, und die Schauspielerin drehte sich überrascht um. »Für Sie ist das alles kein Problem – Sie sind von hier weg, sobald sich die Gelegenheit bot, genau wie meine Mutter. Sie mussten nicht in dieser verdammten Stadt bleiben, in der ein Tag wie der andere ist.« Branwens Familie lebte seit Generationen in Portmadoc, ihre Schicksale schienen austauschbar, die gleichen Häuser, die gleichen Wohnzimmer, die gleichen Lebensumstände. Familien quetschten sich in das Geflecht aus schmalen Straßen, und jeder Tag folgte dem Rhythmus der Stiefel, die zur Arbeit marschierten wie eine Armee in den Krieg. Die Männer verbrachten ihre Abende krakeelend im örtlichen Pub, und Gewalt war eine natürliche Sprache. Branwen erinnerte sich, wie sie als Kind in dem behelfsmäßigen Bett im unteren Stockwerk gelegen und auf die langsamen Schritte ihres Großvaters im Schlafzimmer gelauscht hatte, sie konnte seinen Weg so genau verfolgen, als würde sie die Sohlen seiner Schuhe durch die Decke sehen. Ihre Mutter war diesem Leben bei der erstbesten Gelegenheit entflohen und hatte ihre zweijährige Tochter zurückgelassen, und

Branwen bewunderte und hasste sie zugleich für ihren Mut. »Ich mache keiner von Ihnen einen Vorwurf, weil Sie weggegangen sind«, sagte sie leise und sah Bella an. »Und vielleicht hätte es nichts geändert, wenn ich mit einer Mutter aufgewachsen wäre. Vielleicht aber doch. Wenn sie mich mitgenommen hätte, hätte ich vielleicht auch die eine oder andere Chance gehabt, die sie sicher hatte.« Sie rieb sich mit der Hand übers Gesicht, fest entschlossen, nicht zu weinen. »Ich muss mit ihr reden, unbedingt, wenn Sie also wissen, wo sie ist, dann sagen Sie es mir bitte. Das ist doch nicht zu viel verlangt, oder?«

Bella sah sie mit einer merkwürdigen Mischung aus Mitleid und Respekt an. »Wir treffen uns später«, sagte sie. »Aber an einem etwas abgeschiedeneren Ort als hier. Wie Sie sehen können, interessieren sich die Leute wesentlich mehr für unsere Angelegenheiten als für ihre eigenen.«

»Gut. Wo?«

»Ich werde es Sie wissen lassen.« Ohne ein weiteres Wort ging Bella davon, und Branwen sah ihr nach und wagte kaum, daran zu glauben, was ihr gerade versprochen worden war.

8

»Als wir aus Shrewsbury weggefahren sind, waren sie noch schön«, beharrte Ronnie und zupfte an einem Strauß welker Rosen herum, als könnte sie sie dadurch wieder zum Leben erwecken.

»Ja, aber das ist eine Ewigkeit her«, sagte Lettice erschöpft und ließ sich auf einen Liegestuhl fallen. »Ich glaube, irgendwo in der Gegend von Welshpool bin *ich* vierzig geworden.« Sie beugte sich vor und trank einen großen Schluck von Archies Bier, dann sah sie ihren Cousin bittend an. »Du kannst mir nicht vielleicht einen Gin Tonic besorgen, oder?«

Archie sah resigniert zu Josephine. »Was habe ich über einen zerbrechlichen Frieden gesagt?«

Ronnie gab ihm einen Klaps. »Dafür bringst du mir jetzt einen besonders großen Pimm's.« Verächtlich zeigte sie auf Josephines Glas. »Und *sie* sollte in ihrem Alter keine Limonade mehr trinken. Geh und besorg für uns alle was.« Sie sah ihm nach und fügte mit einem vielsagenden Lächeln hinzu: »Ihr beide wirkt so vertraut.«

»Und du erschöpft. Gestern Abend Cocktails bis zum Abwinken?«

Ronnie war der einzige Mensch, den Josephine kannte, der gleichzeitig rot werden und noch schamloser dreinschauen konnte. »Sagen wir einfach mal, auf der Karte standen einige neue Kreationen, die sich als sehr wohlschmeckend erwiesen«, erwiderte sie.

»Und ich vermute, sie sind dir überhaupt nicht zu Kopf gestiegen.«

Ronnie grinste und büßte einen Moment lang die Maske des kultivierten Zynismus ein. »Also, sind sie so seltsam, wie ich erwarte?«, wechselte sie das Thema mit einer Diskretion, die Josephine nicht besonders überzeugend fand.

»Wen meinst du?«

»Die Hitchcocks natürlich. Lettice und ich haben auf der Fahrt hierher darüber gesprochen. Sie hält ihn für ein Genie, während ich davon überzeugt bin, dass er ein überschätzter Voyeur ist. Wer von uns hat recht?«

»Keine Ahnung, wir sind ihnen noch nicht begegnet. Aber frag Archie – er kennt Hitchcock durch seine Arbeit.«

»Du willst damit doch nicht etwa sagen, dass Hitchcock ein Vorstrafenregister hat?« Lettice klang entsetzt, während Ronnie triumphierend auf den Tisch schlug.

Josephine lachte. »Nein, natürlich nicht. Es ging um irgendwelche Filmaufnahmen an der Themse. Er brauchte eine Genehmigung.« Sie wiederholte, was Archie ihr erzählt hatte, und schmückte die Geschichte ein bisschen aus, um mit der Pointe die größtmögliche Wirkung zu erzielen.

»Nach all der Mühe muss er am Boden zerstört gewesen sein«, sagte Lettice ernsthaft. »Aber der Film ist trotzdem großartig. Die Szene, in der der Mieter von der Menge gejagt wird, ist überaus aufregend.« Josephine pflichtete ihr bei. Es war inzwischen einige Jahre her, dass sie den Film gesehen hatte, aber sie erinnerte sich, wie betroffen sie von der filmischen Nachbildung des Falles von Jack the Ripper in einem moderneren London gewesen war, nicht weil es um eine Serie brutaler Morde ging, sondern weil gezeigt wurde, wie leicht man sich von Gewalt anstecken ließ. Hitchcocks Darstellung eines rasenden Mobs, den Angst, Rachegedanken und Hysterie dazu brachten, das Gesetz selbst in die Hand zu nehmen, war erschreckend glaubwürdig. Es erinnerte sie an die Massen, die sich in den ersten Kriegstagen auf den Straßen versammelt hatten: Es gab nichts Furchterregenderes als eine Meute, die gemeinsamer Hass vereinte, sich im Recht wähnte und ihre tief verwurzelten

Vorurteile durch Angst rechtfertigte. »Allerdings habe ich mich am Schluss ein bisschen betrogen gefühlt«, gestand Lettice. »Im Buch ist er der Schuldige, und das ist ein viel besseres Ende.«

»So ist das eben, wenn man die Hauptrolle mit Ivor Novello besetzt«, sagte Josephine. »Regel Nummer eins der Volksbelustigung: Ein Matinee-Idol kann niemals der Mörder sein – das würde die Massen wirklich auf die Barrikaden treiben.« Sie dachte kurz nach, bevor sie hinzufügte: »Ich finde es jedenfalls so besser. Es hat etwas sehr Eindrückliches, wenn ein Unschuldiger von Leuten, die das Recht auf ihrer Seite glauben, beinahe umgebracht wird.«

»Es würde mich allerdings nicht überraschen, wenn Hitchcock wirklich Probleme mit der Polizei gehabt hätte, wisst ihr.« So schnell gab Ronnie nicht auf. »Für meinen Geschmack gibt es in seinen Filmen viel zu viele Handschellen.« Sie zündete sich eine Zigarette an und lehnte sich nachdenklich auf ihrem Liegestuhl zurück. »Eine normale Ehe kann das doch nicht sein, oder?«

»Gibt es so etwas überhaupt?«

Ronnie bedachte Josephine mit einem schiefen Lächeln. »Wie schade, dass dich das Alter zu einer solchen Zynikerin gemacht hat.«

Josephine streckte die Hand nach dem Zigarettenetui aus und nahm zwei Zigaretten für sich und Lettice heraus. »Wie viele sogenannte normale Ehen kennst du denn?«, fragte sie. »Normalität ist eines der Opfer unserer Generation, und das wusste ich schon mit einundzwanzig, also schieb meinen Zynismus bitte auf etwas anderes als mein Alter.«

»Johnny hat uns erzählt, dass Hitchcock einen abartigen Humor hat«, sagte Lettice. »Er sagt, er behandle seine Schauspieler am Set überhaupt nicht nett und sei sehr von sich überzeugt.«

»Meinst du nicht, Johnny sucht nur nach einer Ausrede, warum er in dem Film einfach nicht besonders gut war?«, fragte Josephine. »Wie hat ihn einer der Kritiker beschrieben? ›Blutleer, gestelzt und unbeholfen‹?«

»Also ich finde, zu erwarten, dass zwischen Johnny und Madeleine Carroll die Funken sprühen, zeugt von bewundernswertem Optimismus«, sagte Ronnie. »Zumindest das muss ich Hitchcock lassen.«

»Genau, deshalb glaube ich nicht, dass wir Johnnys Bemerkungen für bare Münze nehmen können.«

»Johnny ist allerdings nicht der Einzige, der etwas abbekommen hat, oder? Julian hat er zum Geburtstag vierhundert Räucherheringe geschickt, und Freddies Wohnung hat er mit Kohlen gefüllt, während er in den Flitterwochen war. Wer macht denn so was?« Ronnie klang aufrichtig verwirrt. »Vielleicht bin ich ja humorlos, aber ich finde diese Schuljungenstreiche nicht besonders lustig.«

Josephine – die von Marta nur Branchenklatsch über die Hitchcocks gehört hatte – fühlte sich zunehmend unbehaglich. »Können wir das Thema wechseln?«, fragte sie. »Wenn ich mit dem Mann arbeiten soll, würde ich das alles lieber nicht wissen.«

»Solche Geschichten würde ich an deiner Stelle nicht allzu ernst nehmen.« Archie stellte das Tablett mit den Getränken auf dem Tisch ab. »So was ist nach dem Krieg ständig passiert, sobald mehrere Männer zusammentrafen. Ich bezweifle, dass ein Filmstudio sich da wesentlich von einer Armeebaracke oder einem Polizeipräsidium unterschieden hat.«

»Aber seit dem Krieg sind achtzehn Jahre vergangen«, wandte Josephine ein. »Wir müssen endlich aufhören, ihn als eine Art Rundumrechtfertigung zu benutzen.«

»Stimmt, allerdings zeichnet sich am Horizont bereits die nächste Rechtfertigung ab«, sagte Archie. »Das wird uns über die Runden helfen.« Er verteilte die Gläser und hob sein eigenes. »Cheers. Wusste eigentlich jemand, dass Bella Hutton hier sein würde?«

»Bella Hutton?«

Lettice' Miene war ebenso zweifelnd wie die ihrer Schwester. »Bist du sicher, Archie?«

»Ja. Ich wäre beinahe auf ihren Hund getreten.« Er warf einen Blick zu Josephine. »Außerdem sind Lydia und Marta angekommen – sie stehen gerade an der Rezeption, es scheint irgendein Problem wegen ihrer Zimmer zu geben. Sie kommen gleich raus.«

Die Warnung war gut gemeint, dennoch wünschte Josephine, er hätte nichts gesagt. So wie die Dinge standen, wäre sie beim Wiedersehen mit Marta wahrscheinlich sowieso schon angespannt genug. Nachdem jetzt noch das Überraschungsmoment wegfiel, spürte sie bereits, wie sich ihr Magen zusammenzog und sich ihre Gesichtsmuskeln verspannten. Sie widerstand der Versuchung, zum Hotel zu blicken, und versuchte sich stattdessen darauf zu konzentrieren, was Ronnie sagte.

»Niemand weiß, warum Bella Hutton so plötzlich aus Hollywood zurückgekommen ist, oder?«

»Ist das eine deiner berühmten Verschwörungstheorien? Ich dachte, ihre Ehe ging in die Brüche.«

»Ja, aber das heißt nicht, dass sie deswegen ihre gesamte Karriere wegwerfen musste.«

»Vielleicht gefiel es ihr genauso wenig, mit Amerika verheiratet zu sein wie mit einem Amerikaner«, überlegte Josephine laut. »Ich kann mir nicht vorstellen, dass das Leben in Hollywood sehr angenehm ist, und dank ihrer Filme und der Scheidung dürfte sie genug Geld haben, um nicht mehr arbeiten zu müssen.«

»Außerdem stammt sie hier aus der Gegend«, fügte Lettice hinzu. »Da ist es nicht ungewöhnlich, dass sie ihre alte Heimat besucht.«

»Was?« Ronnie sah sie erstaunt an. »Du meinst, Bella Hutton ist *Waliserin*?«

»Bella Hutton, meine Liebe, ist international.«

Sie schien noch weitere Einblicke in das Leben des Filmstars geben zu wollen, aber Ronnie unterbrach sie. »Ich habe auch nie geglaubt, dass *das* hält, wisst ihr«, sagte sie, drückte ihre Zigarette aus und warf einen Blick zum Hotel. Marta und Lydia standen auf der oberen Terrasse und hielten nach ihnen Ausschau. »Warum eigentlich ›Zimmer‹ im Plural?«

Josephine griff nach ihrer Sonnenbrille, obwohl die Sonne inzwischen nicht mehr so grell schien. Dahinter verborgen, beobachtete sie, wie das Paar die Rasenfläche überquerte. Marta trug ein Oberteil mit Nackenträgern und eine an den Hüften eng anliegende Leinenhose. Auf den nach einem Sommer in London blassen Schultern hatte sie einen leichten Sonnenbrand. Ihre Miene war undurchdringlich. Früher hatte Josephine nach Worten gesucht, die dieses Gesicht angemessen beschrieben hätten, aber sein Ausdruck wechselte so rasch zwischen Entschlossenheit und Unsicherheit, Lachen und tiefem Ernst hin und her, dass sie sein Wesen nie zu fassen bekam. Dass Marta offenbar gerade selbst eine Maske brauchte, machte ihr Mut. Dennoch war es Lydia, der sie sich als Erstes zuwandte, als sie aufstand, um die beiden Frauen zu begrüßen, und die sie mit aufrichtiger Herzlichkeit umarmte. Diesen Moment hatte sie wochenlang in Gedanken durchgespielt, doch als Marta jetzt vor ihr stand, brachte sie lediglich einen flüchtigen Kuss und ein mattes Hallo zustande.

Archie sah sich nach zwei weiteren freien Liegestühlen um, aber Lettice hielt ihn auf. »Ihr könnt unsere haben«, sagte sie. »Wir müssen sowieso noch auspacken.«

»Moment«, sagte Ronnie. »Ich wüsste gern, wie Marta zu der Hitchcock-Frage steht.«

Marta setzte sich Josephine gegenüber. »Und die wäre?«

»Ist er ein Genie oder einfach nur ein komischer Kauz?«

»Schließt sich das denn unbedingt aus?« Sie schüttelte ihre Haare und band sie wieder zusammen, während Ronnie offenbar über diese für sie neue Möglichkeit nachdachte. »Tut mir leid – ich kenne ihn nur flüchtig, deshalb kann ich wenig dazu sagen, aber seine Frau ist sehr vernünftig und sehr klug, und ich bezweifle, dass sie sich bei einem Ehemann mit weniger zufriedengeben würde.«

»Mhm«, murmelte Ronnie nicht besonders überzeugt. »Aber

seiner Familie gehört MacFisheries, diese Kette von Fischgeschäften. Das passt doch nicht.«

Archie wechselte einen resignierten Blick mit Lydia. »Kann ich euch etwas zu trinken holen?«, fragte er.

»Zu einem Gin Tonic würde ich nicht Nein sagen, aber mach dir keine Mühe, Archie. Es wird schon jemand kommen.«

»An der Bar geht es schneller. Hier draußen ist ziemlich viel Betrieb. Marta?«

»Tee wäre schön.«

»Ich helfe dir«, bot Josephine an. »Ein bisschen Bewegung tut mir gut, und du bist so oft hin und her gelaufen, dass sie vermutlich schon denken, du willst dich als Kellner bewerben.«

»Nein, du bleibst hier – ich schaffe das schon. Außerdem habe ich so die Gelegenheit nachzusehen, wer noch angekommen ist. Kennst du Daniel Lascelles, Lydia?«, schob er beiläufig hinterher.

»Danny? Ja, wir haben zusammen in *Close Quarters* gespielt. Er ist ein Schatz. Warum? Ist er hier?«

»Ja, ich habe ihn vorhin an der Bar getroffen. Er wird sich freuen, dich zu sehen – ich hatte den Eindruck, er könnte ein freundliches Gesicht und ein bisschen Aufmunterung brauchen.«

»Ach, dann komme ich gleich mit und sage Hallo. Seit er seinen Vater verloren hat, habe ich nicht mehr mit ihm gesprochen.« Sie ging mit Archie zum Hotel, und Marta und Josephine blieben allein zurück. Es war ein geschickter Schachzug gewesen, und Josephine hoffte, dass sie die Einzige war, die ihn bemerkt hatte.

Schweigend sahen sie einander lange an. Schließlich beugte Marta sich vor und nahm Josephine die Brille ab. »Noch mal hallo«, sagte sie leise. »Wie geht es dir?«

»Ich freue mich, dich zu sehen.«

»Wirklich? Nachdem du dir so viel Mühe gegeben hast, mir aus dem Weg zu gehen, dachte ich, es wäre vielleicht nicht so.« In den mit sanfter Stimme gesprochenen Worten schwang eher eine ehrliche Frage als ein Vorwurf mit.

»Es ist nicht so, dass ich dich nicht sehen wollte. Ich hielt es nur für besser, eine Weile zu warten, weil ich dachte, wenn wir uns zu früh treffen ...«

»Könnte ich mich vielleicht nicht beherrschen?«

Josephine wurde rot. »Nein, natürlich nicht. Ich habe nur gemeint, dass du und Lydia Zeit braucht, um euch über euch und eure Gefühle klar zu werden.« Sie hielt inne und biss sich auf die Lippe, bevor ihr etwas noch Gönnerhafteres einfiel. Sie fragte sich, was mit der klugen, eloquenten, witzigen Frau passiert war, die seit ihrer letzten Begegnung so viele imaginäre Unterhaltungen mit Marta geführt hatte. Sie versuchte, sich ins Gedächtnis zu rufen, was sie hatte sagen wollen, aber Martas Gegenwart brachte sie mehr denn je durcheinander, und in ihrem Kopf herrschte gähnende Leere. Zu guter Letzt brachte sie nur ein schlichtes Geständnis zustande. »Ich bin weggerannt«, gab sie zu. »Es tut mir leid.«

Sie hätte erwartet, dass Marta nachhakte, aber die nickte nur. »Und, wie war dein Geburtstag bis jetzt?«

Der abrupte Themawechsel überrumpelte Josephine. Sie war davon ausgegangen, dass sie über ihre Beziehung und ihre Zukunft – sofern sie eine Zukunft hatten – sprechen würden, sobald sie allein waren, doch jetzt wurde ihr klar, dass es kindisch und ungerecht war, sich ständig darauf zu verlassen, dass Marta ihrer beider Gefühle für sie in Worte fasste. Zum ersten Mal kam ihr der Gedanke, dass von all den Hindernissen, die sie errichtet hatte –, Lydia, Archie, familiäre Verpflichtungen und räumliche Entfernung – ihr Egoismus am schwierigsten zu überwinden war. Sie war wütend auf sich und versuchte, noch einmal anzusetzen, aber es war zu spät: Der Augenblick war ungenutzt verstrichen, und bis Archie und Lydia mit den Getränken zurückkamen, unterhielten sie sich über Portmeirion.

9

Leichtfüßig lief David Franks die Treppe des Bell Tower hinunter und trat ins Tageslicht, gespannt auf das, was das Wochenende bringen würde. Die letzten Sonnenstrahlen überzogen das Kopfsteinpflaster des Battery Square mit einem Streifenmuster, und immer noch spazierten jede Menge Besucher durch das Dorf, um den Tag bis zur letzten Minute auszukosten, bevor man sie zur Sperrstunde durch die Tore komplimentierte und Portmeirion ganz den Übernachtungsgästen gehörte. Er hatte festgestellt, dass sich der Charakter von Portmeirion nach halb acht völlig veränderte: Während alle auf einen Aperitif und zum Dinner dem Hotel zustrebten, verwandelte sich das Dorf in eine geisterhafte Version dessen, was es tagsüber war, und die Illusion, die es darstellte, wurde zugleich reizvoller und verwirrender. Ohne Menschen, die es lebendig machten, trat der künstliche Charakter von Portmeirion noch stärker zutage. Vergangene Nacht hatte er auf dem Rückweg zu seiner Suite im Government House lange auf einer Bank auf der Piazza gesessen und die friedliche Atmosphäre genossen. Sie glich der Stimmung, wenn man nach einem Drehtag der Letzte am Filmset war – das Gefühl war so stark, dass er beinahe meinte, das Licht ausschalten zu müssen, als er sich schließlich erhob, um auf sein Zimmer zu gehen.

Jetzt lehnte er sich gegen eine der kleinen Kanonen, die man auf dem Platz aufgestellt hatte, um seinen Namen zu rechtfertigen, und blickte zurück zu dem Turm, den er gerade verlassen hatte, fasziniert davon, wie bei den architektonischen Details der Maßstab verkleinert worden war, um ihn größer erscheinen zu lassen, als er tatsächlich war. Über ganz Portmeirion verteilt fanden sich Beispiele für solche erzwungenen Perspektiven, und David – dessen Beruf es war, Illusionen auf der Leinwand zu schaffen – empfand widerstrebend Hochachtung für den Mann, dem das ohne Hilfe einer Kamera so gut gelungen war. Unter anderen Umständen wäre er stolz gewesen, wenn er eine solche Leistung vollbracht hätte. Er warf einen Blick auf seine Armbanduhr, um sich zu vergewissern, dass die Uhr am Bell Tower richtig ging: Niemand, der bei Verstand war, kam zu einer Verabredung mit Alfred Hitchcock zu spät. Ihm blieben noch zehn Minuten, deshalb unternahm er einen genau berechneten Spaziergang um die Gärten und den Tennisplatz und klopfte in dem Moment an die Tür des Watch House, als sich der Mechanismus der alten Turmuhr in Gang setzte. Hitch telefonierte, weshalb David ihm ein Zeichen gab, dass er draußen warten würde, aber der Regisseur schüttelte den Kopf und winkte ihn zu sich. Diskret trat er auf die Loggia. Die Entscheidung, ob er dem Gespräch lauschen sollte oder nicht, erübrigte sich: Hitchs markante Stimme – tief und bewusst ausdruckslos, seiner East Londoner Herkunft treu – füllte den kleinen Raum mühelos, und er unternahm nicht die geringste Anstrengung, seinen Beitrag zu dem Gespräch zu verbergen.

»Ich streite ja nicht ab, dass es ein großzügiges Angebot ist«, sagte er bemüht geduldig, was darauf schließen ließ, dass sich diese Diskussion seit einiger Zeit im Kreis drehte. »Ich weise Sie lediglich darauf hin, dass ich mich nicht in der Position befinde, *irgendein* Angebot, sei es großzügig oder nicht, in Betracht zu ziehen, bevor ich nicht vertragsgemäß die Filme für Gaumont British abgedreht habe. Vierzigtausend Dollar für einen Film oder vier – das spielt keine Rolle.«

Er verstummte, und David wartete auf das nächste Ausweichmanöver von Hitch. Er lehnte jeden Monat mindestens drei Angebote aus Hollywood ab, doch in seinem engsten Kreis gab es immer öfter Spekulationen darüber, dass es nur eine Frage der Zeit war, bis er den Schritt machte – Spekulationen und eine damit einhergehende Unruhe bei denen, die sich hinsichtlich ihrer eigenen Karriere auf die von Hitchcock verließen und mehr oder weniger subtil um eine Position im neuen Imperium rangelten. Wenngleich es keine Garantie gab, war David relativ zuversichtlich, dass er nach den zehn Jahren, die er zuerst als Szenenbildner und neuerdings als Regieassistent für Hitch und Alma arbeitete, auch weiterhin zu Hitchcocks Mannschaft an kreativen Köpfen gehören würde, so er selbst es wollte.

»Was soll das heißen, er geht? Zu mir hat er nichts gesagt.« In Hitchs Stimme hatte sich ein anderer Ton geschlichen, und David hörte mit neuem Interesse zu und fragte sich, wer tollkühn genug gewesen war, eine Zukunft hinter dem Rücken des Regisseurs zu planen. Er beugte sich über das Geländer und ließ den Blick über die Kaianlage unter ihm schweifen. Zwei oder drei Gäste lagen am Hotelpool, aber die Mehrheit schien die kleinen geschützten Badeplätze vorzuziehen. Zwei Grüppchen hatten genug Energie aufgebracht, eines der Ruderboote herauszuholen, mit denen man am Ufer entlangschippern konnte, aber die Mehrzahl schien damit zufrieden, sich auf einer der Terrassen zu entspannen. Er nahm ein Fernglas, das auf den roten Ziegelsteinen lag, und sah hinüber zu der Insel mitten in der Bucht, hielt das Fernglas zuerst mit der einen Hand, dann mit der anderen, damit das glühend heiße Metall keine Zeit hatte, ihm die Haut zu verbrennen.

»Wussten Sie, dass Selznick versucht hat, Jack Spence zu überreden, nach Hollywood zu gehen?«

Es dauerte einen Moment, bis David begriff, dass Hitchcock mit ihm sprach. »Was? Nein, Sir, das habe ich nicht gewusst.« Es war nur halb gelogen. Spence hatte tatsächlich nichts zu ihm gesagt, aber da sie eng zusammenarbeiteten, hatte David mitbekommen, dass der Kameramann in letzter Zeit von Rastlosigkeit erfasst worden war, und er war viel zu gut, als dass sich eines der großen Studios die Gelegenheit hätte entgehen lassen, diese Rastlosigkeit auszunutzen. Wie David war Spence zu einem Zeitpunkt auf der Bildfläche erschienen, als Hitchcock allmählich über genug Einfluss verfügte, um selbst zu entscheiden, wer mit ihm arbeitete, und Regisseur und Kameramann hatten rasch gegenseitigen Respekt entwickelt. Jetzt schien es, als ginge diese Arbeitsgemeinschaft in die Brüche, die beiden gerieten immer öfter aneinander, und David stand zwischen den Fronten. Er bewunderte Hitch und Alma ungemein und hatte von beiden viel gelernt, wobei ihn ihr Fleiß, ihre Begeisterung und ihr höflicher Umgang am Set ebenso beeindruckten wie ihre Kreativität. Trotzdem machte ihn seine Sympathie für sie nicht blind gegenüber ihren gelegentlich allzu hohen Erwartungen. Spence war ein freier Mann, nicht übermäßig ehrgeizig, aber stolz auf seine Arbeit und völlig ungebunden. Warum sollte er sein Glück nicht in Hollywood versuchen?

Auf seine Antwort folgte ein langes Schweigen, offensichtlich erwartete Hitch, dass er noch etwas sagte. »Vielleicht ist es nur ein Gerücht«, spekulierte er und schlüpfte mühelos in seine gewohnte Rolle als Friedensstifter, wie er sie aus dem Studio gewohnt war. »Vielleicht meint man in Hollywood, dass Sie sich zu einem Umzug bewegen lassen, wenn man Sie davon überzeugen kann, dass genug Ihrer Leute kurz vor dem Absprung sind.«

Hitchcock wirkte nicht überzeugt. Es wäre aber auch der ungünstigste Zeitpunkt, den Spence wählen könnte: Nur wenige Wochen zuvor hatte Charles Bennett – ein anderer enger Mitarbeiter des Regisseurs, der seit *Der Mann, der zuviel wusste* an jedem Drehbuch mitgewirkt hatte – seine Entscheidung verkündet, nach dem nächsten Film nach Hollywood zu gehen. Dem Regisseur musste es wie das Ende einer Ära vorkommen, wenn die Leute, denen er vertraute, sich nun verschworen, um eine Entscheidung zu beschleunigen, zu der er noch nicht bereit war. »Und was ist mit Ihnen, Mr Franks?«, fragte er. »Sind Sie noch glücklich bei uns?«

»Ja, natürlich«, erwiderte David wahrheitsgemäß. »Das heißt nicht, dass ich nicht eines Tages gern einen eigenen Film drehen würde, doch bis dahin muss ich noch viel lernen.«

Hitchcock nickte nachdenklich. »Aber was ist mit der unmittelbaren Zukunft? Ein Vögelchen hat mir neulich gezwitschert, dass Ihre weitere Ausbildung nicht unbedingt eine Rückkehr nach Amerika einschließt.«

David hob abrupt den Kopf. »Wer hat das gesagt?«

»Bella Hutton. Hat sie unrecht?«

»Ja. Ich habe mit ihr nicht über meine Pläne gesprochen, daher hat sie keine Ahnung, was ich vorhabe.« Er bemühte sich, den Ärger aus seiner Stimme herauszuhalten, was ihm jedoch nur bedingt gelang. »Ich bin Bella dankbar für alles, was sie für mich getan hat. Sie hat zu einer Zeit Vertrauen in mich gesetzt, als mein Leben einen völlig anderen Verlauf hätte nehmen können. Heute stehe ich jedoch auf eigenen Beinen und treffe meine eigenen Entscheidungen. Das zu akzeptieren, mag ihr schwerfallen, und ich weiß, dass sie unglückliche Erinnerungen an Amerika hat, aber das sind ihre Erinnerungen, nicht meine.«

»Es war eine ziemliche Überraschung, Bella hier zu sehen, aber ihre Anwesenheit spielt uns in die Hände. Sie und Mr Turnbull haben ja nicht viel füreinander übrig. Ist der Star unseres Wochenendes schon eingetroffen?«

»Ja, er ist vor einer Stunde angekommen und sitzt seitdem in der Bar. Wir sollten ihn uns besser schnappen, solange er nüchtern genug ist, um zuzuhören. Wollen Sie ihn instruieren oder soll ich?«

»Ach, machen Sie das. Ich ertrage diesen Mann nicht.« Hitchcock schenkte ihnen beiden einen Drink ein und reichte David das Glas. »Also – dann lassen Sie uns mal alles durchgehen.«

»Gerne, aber dazu müssen wir nach draußen.« Sie gingen hinaus auf die Rasenfläche, und David fragte sich, wie Hitchcock es aushielt, so wenig Zugeständnisse an das Wetter zu machen. Er hatte zwar sein Jackett abgelegt, trug aber immer noch ein gestärktes weißes Hemd und eine dunkelblaue Hose, und allein beim Anblick seiner Krawatte fühlten sich Davids kurzärmeliges Hemd und seine weit geschnittene Hose schwer und unbequem an. »Sie sehen, warum wir nicht das Dach benutzen können«, sagte er und deutete die Entfernung zwischen Bell Tower und Watch House an. »Die Falllinie würde einfach nicht passen. Niemand würde es glauben.«

Hitchcock nickte widerstrebend. »Es wäre eine wunderbare Szene gewesen.« Er schob die Unterlippe vor und tat so, als müsste er eine Träne wegwischen. »Also, was schlagen Sie vor, wo Mr Turnbull landen sollte?«

»Dort drüben auf dem Kies. Abgesehen von allem anderen können ihn die Leute dort besser sehen – jedenfalls die, die uns vom Hotel folgen.«

»Sie sind da und sorgen dafür, dass keiner zu nahe herankommt, oder? Wir wollen doch nicht, dass jemand das Spiel durchschaut, bevor wir nicht unseren Spaß hatten.«

»Natürlich. Am Tor beim Bell Tower lässt sich der Weg leicht versperren. Außer der Treppe von der Terrasse herauf ist es der einzige Zugang zum Vorplatz. Niemand wird erkennen, dass sein blutender, zerschmetterter Körper weder blutet noch zerschmettert ist.«

Hitchcock wirkte skeptisch. »Es sei denn, der Idiot bewegt sich.«

»Die Summe, die Sie ihm zahlen, wird schon dafür sorgen, dass er still liegt.«

»Gut. Gegen Mittag werde ich alle auf der Terrasse versammeln. Mr Turnbull ist bis dahin im Bell Tower?«

»Ganz sicher. Wenn er im vierten Geschoss steht – unter der Glocke, da wo die Ziegelmauer endet, sehen Sie?« Hitchcock nickte. »Wenn er dort steht und sich ein bisschen vorbeugt, ist er von der Vorderseite des Hotels aus gut zu erkennen, und er kann Sie sehen. Sie müssen nichts weiter tun als ein, zwei Mal die Aufmerksamkeit auf ihn lenken, damit alle wissen, dass er dort oben ist.«

»Das ist nicht schwer.«

»Dann müssen wir alle glauben machen, dass er gesprungen ist. Sie geben Turnbull das Zeichen, wenn Sie so weit sind.«

»Nämlich?«

»Ach, irgendetwas Simples, das er nicht missverstehen kann. Warum stehen Sie nicht einfach auf? Das ist unauffällig, aber man kann es auch auf die Entfernung nicht verwechseln, und für ihn ist es das Signal, die Treppe runterzugehen und seine Position im Freien einzunehmen. Wenn Sie sehen, dass er seinen Platz verlassen hat, und sicher sind, dass alle sich Ihnen zuwenden, müssen Sie ihnen einfach nur noch das erzählen, was sie glauben sollen. Bis wir dort ankommen, wird es so aussehen, als wäre alles genau so passiert, wie Sie gesagt haben.«

»Turnbull ist bis dahin ganz bestimmt unten?«

»Ja. Ich habe die Zeit gestoppt. Es dauert zwei Minuten, vom Hotel dorthin zu kommen, plus ein paar Sekunden, damit der Schock wirken kann. In der Zeit schafft es Turnbull die Treppe runter, selbst mit ein paar Drinks intus. Wenn seine Leiche auf dem Kies liegt, hat das außerdem den Vorteil, dass garantiert niemand bemerkt, wie er seine Position einnimmt. Außer von hier ist die Stelle von keiner Seite einsehbar.«

»Ausgezeichnet. Sie haben an alles gedacht«, sagte Hitchcock erfreut und tätschelte Davids Schulter. »Die Rolle ist ihm wie auf den Leib geschneidert, finden Sie nicht? Wer hätte gedacht, dass Leyton Turnbull derart spät in seiner Karriere ein dramatisches Comeback hinlegt? Bella wird vor Wut schäumen. Sie hat sich wirklich sehr angestrengt, ihn zu vernichten.« Er sah David an, um seine Reaktion einzuschätzen, aber David tat so, als würde er es nicht mitbekommen. Er war fest entschlossen, nicht noch einmal die Fassung zu verlieren. »Und die Nebenrollen beim Dinner sind alle besetzt?«, fragte Hitchcock, als er merkte, dass David auf den Köder nicht anbeißen würde.

»Selbstverständlich. Alle sind da.«

»Ausgezeichnet.«

»Zumindest alle, von denen *ich* weiß.« Nur weil David an den meisten Scherzen des Regisseurs beteiligt war, schloss das nicht die Möglichkeit aus, dass an diesem Wochenende nicht auch ein oder zwei kleine Überraschungen für ihn geplant waren: Hitchcock ging bei seinen Manipulationen ausgesprochen gerecht vor. Der Regisseur hob eine Augenbraue und lächelte, gab jedoch nichts preis. »Sie haben sich noch nicht dazu geäußert, was Sie danach vorhaben«, sagte David, als sie über den Rasen zurück zum Watch House gingen.

»Warten Sie es ab, Mr Franks. Warten Sie es ab.«

»Aber was erhoffen Sie sich von der Sache? Für einen Streich ist der Aufwand ziemlich groß.«

»Betrachten Sie es als Experiment in Sachen Schuld und Angst. Einfach gesagt, ich will wissen, wie sich Leute verhalten, wenn sie denken, dass sie möglicherweise die Schuld am Tod eines Mannes tragen.«

Es war immer ein Fehler, Hitchcocks Motivation zu hinterfragen, aber diese Antwort überraschte David wirklich. »Warum sollten sie das denken?«, fragte er.

»Weil jeder am Tisch Mr Turnbull zu dem Zeitpunkt, wenn er zu Bett geht, beleidigt, gedemütigt oder bedroht haben wird.«

»Aber darauf können Sie sich doch nicht verlassen! Astrid Lake scheint mir nicht der Typ zu sein, der andere schikaniert. Spence würde ihn nicht der Mühe wert finden, und selbst Bella...«

»Ja?«

»Ich weiß, dass sie ihn verachtet, aber bei einem Dinner zu streiten, ist unter ihrer Würde.«

»Meinen Sie? Wir werden sehen. Ich bin gerührt von Ihrem Glauben an die menschliche Zurückhaltung, aber ich fürchte, ich teile ihn nicht.« Er bedachte David mit einem ironischen Lächeln, und in seinen Augen blitzte es kurz herausfordernd auf, als er sich wieder in den Schatten unter dem Loggiadach setzte. »Vielleicht sollten wir eine kleine Wette abschließen? Erinnern Sie sich an die Zeichnung, die Sie so bewundert haben, als Sie letztes Mal zum Abendessen in der Cromwell Road waren – der Sickert, der in der Diele hängt?« David nickte. Kunst war Hitchcocks kostspieligste Leidenschaft, und er besaß eine beneidenswerte Sammlung von Gemälden, Zeichnungen und Skulpturen, mit deren Erwerb er für gewöhnlich den Erfolg eines bestimmten Films feierte. »Falls heute Abend einer von ihnen die Art von Zurückhaltung zeigt, die Sie ihnen zusprechen, gehört das Bild Ihnen.« Er streckte die Hand aus, um die Wette zu besiegeln. »Alma ist von dieser Vereinbarung natürlich ausgenommen. Ein Gentleman sollte niemals auf seine Frau wetten.«

»Das ist zu einfach, Sir. Da muss ich ja nur den Mund halten, um zu gewinnen.«

»Was Sie nicht tun werden.«

Die Zuversicht, mit der er das sagte, war entwaffnend. »Was erwarten Sie von mir, falls ich verliere?«, fragte er vorsichtig.

»Das überlasse ich ganz Ihnen.«

David ließ sich auf die Wette ein, empfand allerdings eine seltsame Beklemmung, als er sich erhob. »Ich sehe mal besser nach Turnbull«, sagte er und nahm seine Schlüssel vom Tisch. »Nur um mich zu vergewissern, dass er weiß, was er tut.«

»Nehmen Sie das mit.« Hitchcock griff nach einem Buch, das auf der Bank lag, und warf es ihm zu. Es war ein Vorabdruck ohne Umschlagillustration, die einen Hinweis auf die Handlung gegeben hätte, und David blätterte durch die ersten Seiten. Der ungewöhnliche Titel machte ihn neugierig. »Eine kleine Urlaubslektüre für Sie – falls Madame ihren Willen durchsetzt, wird das wohl unser nächstes Projekt.« Sie wechselten einen wissenden Blick, weil sie das für gewöhnlich tat. »Wie Sie sehen werden, beginnt es mit einem Todesfall. Als ich vorhin hier saß, habe ich darüber nachgedacht. Wir könnten die Szene sogar hier drehen. Die Ebbe kommt so schnell. Stellen Sie sich vor, wie das Wasser zurückweicht und eine Leiche freigibt, die am Strand liegt, eine Frau im Badeanzug, deren weiße Badehaube in der Sonne leuchtet. Neben ihr liegt ein Gürtel, der sich auf dem Sand wie eine Schlange ringelt, wenn das letzte Wasser abläuft – und man weiß sofort, dass sie damit erdrosselt wurde.« David blickte über die Bucht und sah das Bild so deutlich vor sich, als würde er ein Foto betrachten.

»Aus dem Hotel kommen zwei Mädchen, gekleidet für einen frühmorgendlichen Spaziergang zur Insel. Es ist ein wunderschöner Tag – unbeschwert, hoffnungsvoll, unschuldig. Dann entdecken sie die Leiche, über der Möwen kreisen. Sie öffnen den Mund zu einem Schrei, aber alles, was man hört, ist das wilde Kreischen der Vögel.«

Dabei zu sein, wenn Hitchcock seiner Fantasie freien Lauf ließ, war jedes Mal beeindruckend, und David lebte geradezu dafür. Niemand glaubte dem Regisseur, wenn er erklärte, der befriedigendste Teil eines Films seien für ihn die Vorbereitungen, aber es stimmte: Penibel, wie Hitchcock war, steckte er seine gesamte Energie in das Storyboard, die Entwicklung des Drehbuchs und den Entwurf der Spezialeffekte. Das Drehen selbst war dann reine Routine, und es war nicht übertrieben, wenn man sagte, dass er dabei manchmal gelangweilt wirkte.

»Wer ist die tote Frau?«, fragte David, der bereits von der Geschichte in Bann gezogen war.

»Eine Schauspielerin.« Hitchcock schürzte die Lippen. »Ja, ich weiß, es gibt Momente, in denen wir uns das alle wünschen. Aber eigentlich spielt es keine Rolle, wer die Leiche ist – vom Rest des Romans werden wir ohnehin nicht viel verwenden. Ein paar Figuren sind es wert, beibehalten zu werden: eine junge Frau, ein fälschlicherweise beschuldigter Mann, ein Landstreicher. Dem muss unser besonderes Augenmerk gelten.«

»Ein Landstreicher?«

»Ja. Ein Obdachloser, ein Vagabund, ein Tippelbruder. Wie auch immer Sie ihn nennen wollen.«

»Sie wollen einen Film über einen fälschlicherweise beschuldigten Landstreicher drehen?«

Davids ungläubiger Ton amüsierte Hitchcock. »Nein, es ist nicht der Landstreicher, der fälschlicherweise beschuldigt wird – sondern der attraktive junge Mann. Aber der Landstreicher ist wichtig für das Ende, deshalb müssen wir ihn richtig anlegen. Können Sie sich daran erinnern, wie ausführlich wir für *Erpressung* recherchiert haben? Wie wir das Scotland Yard wegen der richtigen Vorgehensweise bei den Ermittlungen und der Verfolgung eines Täters gelöchert haben?« David nickte. »Nun, es hat sich ausgezahlt, und so muss es auch diesmal sein. Vielleicht übernehme ich es sogar selbst. Ich könnte herausfinden, wie es ist, wenn man als Landstreicher eine Nacht in einem Asyl verbringt.« Offenbar war ihm Davids skeptische Miene nicht entgangen, da er hinzufügte: »Das ist kein Scherz. Es könnte Spaß machen, ein bisschen zu schauspielern. Was meinen Sie? Vielleicht könnten wir es gemeinsam machen.«

»Ich denke, man könnte Sie als ein bisschen zu wohlgenährt betrachten, um überzeugend zu sein.«

Hitchcock brach in schallendes Gelächter aus. »Ja, da haben Sie natürlich recht, und ich würde niemals die nötige Willenskraft aufbringen, um mich in eine glaubwürdige Form zu bringen.« Er begleitete David zur Tür, und plötzlich empfand David es als Erleichterung, gehen zu können. »Verraten Sie Mr Turnbull nicht alles, ja?«

»Natürlich nicht.«

»Und sorgen Sie dafür, dass Bella eine Einladung zum Dinner erhält.«

David schloss die Tür hinter sich und tauchte wieder in den Schatten des Bell Tower ein, wo er sich einen Moment hinsetzen konnte, ohne gesehen zu werden. Er schloss die Augen, und sein Ärger begann sich zu verflüchtigen. Als er sie wieder öffnete, bemerkte er ein paar Blutstropfen auf den Seiten des Buches und stellte fest, dass er seine Schlüssel so fest umklammert hatte, dass ihm die Metallspitzen die Haut aufgeritzt hatten.

10

Josephine ging ein kleines Stück hinter Marta und Lydia auf dem Uferweg. Der ausgetretene Pfad zog sich am Rand eines großen Waldstücks entlang und wurde auf der dem Wasser zugewandten Seite von Schlehdornsträuchern gesäumt, deren Früchte gerade zu reifen begannen. Marta war schweigsam, während Lydia unbeschwert über alles plauderte, was ihr in den Sinn kam, und wider Erwarten fand Josephine ihre Anwesenheit beruhigend: Wären sie allein gewesen, hätten Marta und sie sich wie Fremde verhalten, die Angst davor hatten, einander kennenzulernen, und die Unbeholfenheit zwischen ihnen schmerzte sie mehr, als sie sich hätte vorstellen können.

Durch das dichte Grün von Rhododendronbüschen blickte sie in das sonnengesprenkelte Dunkel des Waldes und bewunderte das kunstvoll angelegte Labyrinth aus Waldpfaden und schönen Spazierwegen, das dafür sorgte, dass man in Portmeirion – selbst an einem der betriebsamsten Wochenenden des Jahres – immer ein friedliches Fleckchen fand. Im Vorbeigehen pflückte sie eine Schlehenfrucht von einem der Sträucher und zerrieb sie zwischen den Fingern, froh über die Zeit zum Nachdenken. Vielleicht war es falsch gewesen, Marta in den vergangenen Monaten so entschieden aus dem Weg zu gehen. Wenn sie sich öfter gesehen hätten, wäre diese schier unerträgliche Befangenheit vielleicht niemals entstanden, oder sie hätten sie inzwischen überwunden. Briefe waren schön und gut, aber bei aller Leidenschaft und Eloquenz hatten sie es ihr erlaubt, ihre Liebe zu Marta ausschließlich mit dem Verstand zu betrachten, beinahe so, als ginge es um jemand anderen. Doch kaum sah sie

Marta, konnte sie sich nicht länger hinter Worten und Vernunft verstecken. Das Verlangen nach ihr war die intensivste körperliche Empfindung, die sie jemals gehabt hatte, und sie fühlte sich dadurch bedürftig und ausgeliefert.

So als hätte sie ihre Gedanken laut ausgesprochen, blieb Marta genau in diesem Moment stehen und wartete auf sie. Es war fast unheimlich. Josephine merkte, dass sie rot wurde, und Marta lächelte. »Ich gäbe was drum zu wissen, was du denkst«, sagte sie, aber das Funkeln in ihren Augen zeigte, dass sie es auch so wusste.

»Das ist doch leicht zu erraten«, sagte Lydia und drückte liebevoll Josephines Arm. »Sie überlegt, wie sie die Sache mit den Hitchcocks am besten in Angriff nimmt. Irgendwelche Vorschläge?«

»Bring es schnell hinter dich.« Marta deutete nach vorn, wo mitten auf dem Weg ein kleiner weißer Terrier stand und kampflustig bellte. »Ich bin sicher, das ist einer von ihren Hunden.« Sie ließen die Bäume hinter sich und erreichten die Landspitze, die den südlichsten Punkt Portmeirions bildete. »Ja, tatsächlich, auf dem Felsen dort ist Alma.«

Josephine schirmte ihre Augen gegen die Sonne ab und betrachtete Alma Reville neugierig. Sie war sich nicht sicher, was sie erwartet hatte, aber auf jeden Fall jemand Einschüchternderes als diese zierliche rothaarige Frau, die ganz unkonventionell einen perfekt sitzenden Hosenanzug trug. Alma hielt einen Fotoapparat und war gerade dabei, eine Aufnahme von der Bucht zu machen. Zu Josephines Erleichterung schien sich die Ehefrau des Regisseurs mehr für die Komposition ihres Fotos zu interessieren als für das, was um sie herum vor sich ging. »Wenigstens hat sie uns nicht gesehen«, sagte sie und wandte sich ab. »Wenn wir gleich umkehren, kommen wir darum herum, mit ihr zu reden.«

Lydia packte ihren Arm. »Warum willst du denn nicht mit ihr reden?«, fragte sie und gab sich keine Mühe, ihr Erstaunen zu verbergen.

Josephine wusste, dass sie sich seltsam verhielt, auch ohne dass Lydia zusätzlich darauf hinwies, noch dazu vor Marta. »Weil ich keine Lust habe«, sagte sie störrisch. »Es ist viel zu heiß, um zu verhandeln, und außerdem will ich heute nicht darüber nachdenken. Vierzig zu werden, ist schlimm genug«, fügte sie in dem Versuch hinzu, ihre Nervosität herunterzuspielen. »Mehr als eine Krise auf einmal kann ich nicht bewältigen.«

»Beschwer dich nicht«, sagte Marta und zwinkerte ihr zu. »Vierzig ist immer noch besser als einundvierzig.«

»Wenn du den Vertrag an Land ziehst, wird es das beste Geburtstagsgeschenk, das du jemals bekommen hast.« Lydia wandte sich verschwörerisch Marta zu. »Liebling, bring sie doch um Himmels willen zur Vernunft.«

Josephine warf Marta einen warnenden Blick zu, sich bloß nicht auf Lydias Seite zu schlagen. »Wir könnten einfach kurz Hallo sagen«, schlug Marta diplomatisch vor. »Beim Dinner wirst du sie nicht meiden können, und vielleicht ist es weniger schlimm, das Eis jetzt zu brechen, wenn sie allein ist.«

»Vielleicht«, räumte Josephine ein, obwohl sie es lieber so lange wie möglich hinausgezögert hätte.

»Ich glaube wirklich, dass du sie mögen wirst. Außerdem kann es dir im Grunde genommen egal sein, ob es über die Bühne geht oder nicht, was hast du also schon groß zu verlieren. Überlass Alma das Reden.« Marta grinste. »Lehn dich einfach zurück und genieß es, umworben zu werden.«

»Ich weiß nicht, ob das Leben so einfach ist«, murmelte Lydia. »Manchmal muss man sich schon ein bisschen anstrengen.«

»Und manchmal geschehen Dinge, weil sie geschehen sollen«, entgegnete Marta.

»Ich bin nicht sicher, ob deine fatalistische Sicht auf das Leben zwangsläufig auch für die Filmwelt gilt.«

»Über die du ja so gut Bescheid weißt.«

»Ach, lasst es uns einfach hinter uns bringen«, sagte Josephine hastig, um einen Streit zu schlichten, bei dem es längst nicht mehr um Alma Reville ging. So oder so war ihr die Sache bereits aus der Hand genommen. Zu Almas Füßen lag ein zweiter Hund – ein Cockerspaniel –, der sich in der Hitze offenbar gerade noch dazu aufraffen konnte, kurz mit dem Schwanz zu wedeln. Als er sich jetzt mühsam erhob, erregte das Almas Aufmerksamkeit mehr als alles Kläffen und Herumspringen des Terriers, und sie drehte sich um, um festzustellen, wem die Aufregung galt. Sie erkannte Marta und winkte, dann schlang sie sich den Riemen der Kamera über die Schulter und schritt ihnen entgegen.

»Da haben Sie mich wohl auf einer schamlosen Sightseeingtour ertappt«, sagte sie, und Josephine nahm den Hauch eines Midlands-Akzents wahr. »Diese Gärten sind wunderschön. Ich weiß nicht, ob ich mich davon deprimieren oder inspirieren lassen soll. Sie stellen alle meine Bemühungen in den Schatten.« Sie küsste Marta auf beide Wangen und wartete darauf, dass sie ihre Begleiterinnen vorstellte. Ihre Begeisterung war ansteckend, und Josephine fand sie sofort sympathisch, weil sie kein bisschen affektiert war. Die meisten anderen Frauen in ihrer Position hätten sich verpflichtet gefühlt, der Rolle gerecht zu werden, die ihnen die Berühmtheit ihres Ehemannes auferlegte. Hitchcocks Ehefrau strahlte jedoch eine ruhige Selbstsicherheit aus, die das unnötig machte und, wie Josephine vermutete, nicht auf Bestätigung aus war.

»Miss Tey – wie schön, Sie endlich kennenzulernen«, sagte sie. »Und Sie, Miss Beaumont. Mein Mann und ich haben Sie Anfang des Jahres im Ambassadors in *Out of the Dark* gesehen. Ich habe auf eine Gelegenheit gehofft, Ihnen sagen zu können, wie sehr wir es genossen haben.«

Lydia wirkte geschmeichelt, wenn auch etwas überrascht. »Da gehören Sie zu einem auserwählten Kreis«, sagte sie trocken. »Das Stück wurde nach nur zwei Wochen abgesetzt. Aber es freut mich, dass es Ihnen gefallen hat.«

»Ja, sehr. Und wir waren natürlich begeistert von *Richard von Bordeaux*, auch wenn wir da nicht zu den Auserwählten gehörten – das halbe Land muss es gesehen haben.«

»Es überrascht mich, dass Sie so oft ins Theater gehen«, sagte Josephine. »Wo doch die Leinwand das Medium der Zukunft ist.«

»Ach, Sie haben das Interview gelesen.« Alma sah sie anerkennend an und lächelte. »Sowohl Hitch als auch ich gehen seit unserer Kindheit ins Theater, und diese Angewohnheit wird man schwer wieder los. Aus beruflichem Interesse würde er ihm natürlich gerne den Todesstoß versetzen, aber unter uns gesagt, sieht er sich mehr Theaterstücke als Filme an. Und dass er Amerika derzeit noch eine Absage erteilt, liegt an unserer Tochter Patricia, unserem Haus in Shamley Green und weil wir jederzeit im Handumdrehen im West End sind – nicht unbedingt in dieser Reihenfolge.« Sie rief den Terrier zu sich, um zwei weitere Spaziergänger vor einer Bellattacke zu retten. Der Cockerspaniel war ihr dagegen keine Sekunde von der Seite gewichen, und Josephine stellte fest, dass die beiden Hunde sie zu vergöttern schienen. »Jenky ist ein wenig beleidigt«, erklärte Alma und bückte sich, um ihm die Leine anzulegen. »Wir sind im Wald spazieren gegangen und auf eine Art Hundefriedhof gestoßen. Jetzt benimmt er sich, als wollte ich ihm damit etwas sagen. Jedenfalls hoffe ich, dass Sie eine Zukunft für sich im Film sehen, Miss Tey, weil wir übers Geschäft sprechen müssen.«

»Natürlich, ich bin bis Montag hier, also wann immer Sie und Ihr Mann Zeit haben.«

»Warum reden nicht zuerst *wir* miteinander? Wenn Hitch dabei ist, fängt er sofort von Kameraeinstellungen an, und wir beide fragen uns, warum wir überhaupt da sind.« Josephine erklärte sich einverstanden und hoffte, dass ihr die Erleichterung nicht anzumerken war. »Gut. Heute Abend würde es passen. Er hat irgendetwas für das Wochenende geplant, ich weiß nicht, was, aber wahrscheinlich wird es nicht friedlich ablaufen. Wollen wir uns vor dem Abendessen auf einen Cocktail treffen? Sagen wir, um sechs im Hotel?« Ohne eine Antwort abzuwarten, wandte Alma sich Marta und Lydia zu, und Josephine fragte sich, ob sie bei den weiteren Verhandlungen auch ein Wörtchen mitzureden haben würde. »Ich hoffe, wir sehen uns später. Vielleicht möchten Sie uns nach dem Dinner zum Kaffee Gesellschaft leisten? Wer weiß, vielleicht haben wir dann einen Geschäftsabschluss zu feiern.«

Sie drehte sich um und ging in Richtung des Hotels davon, und Marta drückte rasch Josephines Hand. »Hast du ihr gesagt, dass ich mich vor der Begegnung fürchte?«, fragte Josephine. »Ich hätte nicht erwartet, dass sie so freundlich zu mir ist.«

»Dafür kenne ich sie nicht gut genug, aber es gab auch keine Veranlassung, etwas zu sagen. Sie kann Menschen genauso wenig ausstehen wie du.«

»Das stimmt doch überhaupt nicht«, sagte Josephine entrüstet. »Es ist ...«

»Dir nur lieber, keine um dich zu haben«, beendete Lydia den Satz, und Josephine lachte.

»Ja, so in der Art.«

»Eigentlich trifft es auch auf Alma nicht zu«, sagte Marta auf dem Rückweg ins Dorf. »Ich habe gehört, dass sie eine hervorragende Gastgeberin ist, aber sie wählt ihre Freunde sehr sorgfältig aus – und seine. Vermutlich muss sie es.«

»Das verspricht ein interessanter Abend zu werden«, sagte Josephine und stellte erstaunt fest, dass sie sich darauf freute.

»Ja, allerdings denke ich, dass jemand Ronnie einen Maulkorb anlegen sollte«, sagte Lydia. »Sie könnte alles, was du bei Alma erreichst, zunichtemachen, sobald sie den Mund auftut.«

»Ein solches Wortgefecht würde ich mir um keinen Preis entgehen lassen.« Der Pfad wurde schmaler, und Josephine ließ die beiden Frauen wieder vorausgehen. »Alma ist jünger, als ich dachte«, fügte sie hinzu. »Bei dem Ruf, den die Hitchcocks haben, erwartet man automatisch, dass sie älter sind als man selbst. Es ist ziemlich ernüchternd, wenn sich herausstellt, dass Talent entscheidender als Erfahrung ist.«

»Gewöhn dich dran, Schätzchen«, sagte Lydia mitfühlend. »Von jetzt an geht es nur noch bergab.«

11

Ein Experiment in Sachen Schuld und Angst hatte er es genannt, aber ein Experiment in Sachen Kontrolle hätte es besser getroffen. Genau wie der Dreh eines Films war die Inszenierung eines Streichs eine Strategie zum Machterhalt, und Hitchcock hatte bereits vor langer Zeit herausgefunden, dass ihm die damit verbundene Manipulation dabei half, seine eigenen Ängste und Zweifel zu vergessen. Es kam ihm zupass, wenn die Leute ihn für kindisch hielten und infolgedessen unterschätzten. Hinter dem grinsenden Schuljungen verbarg sich ein Mann, der klug genug war zu erkennen, dass Menschen erst dann wirklich sie selbst waren, wenn sie sich verwirrt, ängstlich, ausgeliefert fühlten – und auf ihn warteten wichtige Entscheidungen. Nie war es wichtiger gewesen zu wissen, wem er vertrauen konnte.

Er hatte inzwischen den Überblick verloren, wie oft er gefragt wurde, ob er sich gern seine Filme ansah. Die Antwort war stets die gleiche: Er stelle sich einen Film im Kopf Szene für Szene vor und musste nicht ins Kino gehen, um es sich anzusehen. Das war so, seit er denken konnte: Seine Vergangenheit setzte sich wie sein Werk aus Bildern zusammen, wie bei einem kleinen Kind waren Erinnerungen eher visuell als verbal. Mit zunehmendem Alter wünschte er sich immer sehnlicher, er könnte ein Storyboard für seine Zukunft erstellen, sie Tag für Tag planen und diese lähmende Angst loswerden, dass sein Leben in den Händen von jemand anderem lag. Er wusste, mit einer Übersiedlung nach Amerika würde er etwas in Gang bringen, über das er keine vollständige Kontrolle hatte, und das versetzte ihn in Angst und Schrecken.

Trotzdem würde er es für Alma tun. Alles, was er tat, tat er für den Moment, wenn sie am Abend zusammen nach Hause gingen und er den Stolz in ihren Augen sehen konnte, eine weitere Erinnerung für ihr gemeinsames Alter. Das war seine beste Seite, der einzige Grund, irgendetwas zu tun. Hitchcock erhob sich vom Bett und ging zur Loggia, ungeduldig auf Almas Rückkehr wartend. Ohne sie verlor alles an Farbe. Er hasste es, allein zu sein.

12

Bridget Foley stand auf einer Trittleiter vor dem Restaurant Salutation und legte letzte Hand an das Wandgemälde, an dem sie in den vergangenen zehn Tagen gearbeitet hatte. Anfangs war es ihr als eine unbezwingbare Aufgabe erschienen, aber inzwischen hatte sie den Dreh raus: Man musste es als Geduldspiel betrachten, die Wand im Geist in ein Raster aufteilen und sich immer nur auf einen kleinen Abschnitt konzentrieren, sich auf dem aufgeheizten Stein Zentimeter für Zentimeter voranarbeiten, ohne einen Gedanken an das Gesamtbild zu verschwenden. Jeden Tag vertiefte sie sich in ihr Werk, folgte dem Ast eines Baums oder einem Lichtstrahl auf dem Wasser, als gäbe es für sie nichts außer dieser einen Sache. Inzwischen war das Wandgemälde beinahe fertig, und an die Stelle der Geduld trat Vertrauen – Kunst war in erster Linie ein Akt des Vertrauens. Vor langer Zeit hatte sie gelernt, dass eine Sache zu erschaffen nicht unbedingt bedeutete, dass man ein gottgegebenes Recht hatte, es wieder zu tun, und eine leere Leinwand machte ihr, mochte sie auch erfolgreich sein, immer noch genauso viel Angst wie damals, als sie zu zeichnen und zu malen begonnen hatte – genau genommen sogar noch mehr, weil die Furchtlosigkeit und der Hochmut der Jugend nur mehr eine so ferne Erinnerung waren, dass sie sich manchmal fragte, ob sie sie jemals besessen hatte.

Es war sehr befriedigend, eine Tradition fortzusetzen, die so alt war wie die Menschheit selbst. Schon als Kind hatten sie die gewaltigen Wandmalereien in den mittelalterlichen Kirchen, in denen ihr Vater predigte, fasziniert – furchterregende Lotterien um Verdammnis und Erlösung, die sich vom Chorbogen bis zum Dachgebälk zogen. Das Gefühl, einer ehrwürdigen Vergangenheit zu huldigen, machte sie bei den ersten Pinselstrichen noch nervöser als gewöhnlich, zumal jeder Handgriff unter den Augen der Öffentlichkeit erfolgte. Hier draußen genoss sie nicht den Schutz des Ateliers, wo Fehler unbemerkt beseitigt werden konnten. Es war ihr zuwider, ein öffentliches Schauspiel zu bieten, aber in Portmeirion war sie dazu gezwungen, sich zwischen Einsamkeit und schönem Wetter zu entscheiden: In dem fruchtbaren, geradezu tropischen Klima war es, außer im Hochsommer unmöglich, eine trockene Wand zu finden. Glücklicherweise begnügten sich die meisten Leute damit, ihr schweigend beim Arbeiten zuzusehen. Nur ein paar wenige waren dreist genug, ihr Ratschläge zu erteilen, und als Antwort darauf hatte sie sich ein unerschütterliches Lächeln zugelegt. Es waren ohnehin keine Horden, die kamen, denn trotz seiner zunehmenden Beliebtheit hatte der Ort immer noch etwas von einer einsamen Insel, die geschützt war vor einem Zustrom an Menschen. Zur Abschreckung von Neugierigen wurde der Eintrittspreis für Tagesbesucher dem Bedürfnis seiner Bewohner nach Privatsphäre angepasst und hatte beim Aufenthalt des Prince of Wales vor ein paar Jahren ein Allzeithoch erreicht. Alfred Hitchcock war ein paar Shilling billiger, wie sie feststellte.

Der Himmel war der hellste Teil des Bildes, ganz oben ein zartes Blau, das nach unten hin ins Weiß-Gelbliche verblasste. Vorsichtig streckte Bridget sich nach rechts, um oberhalb der Baumwipfel ein paar wärmere Schattierungen hinzuzufügen. Sehr zum Vergnügen zweier kleiner Jungen begann die Leiter, gefährlich zu wackeln. Sie sahen aus, als würden sie sich nur zu gern über die verführerisch auf dem Boden aufgestellten Farbtöpfe hermachen, und Bridget holte zu einem übertrieben energischen Pinselstrich aus, der die beiden zurück zu ihren Eltern flitzen ließ. Die Arbeit hier war mit einem herrlichen Gefühl von Freiheit verbunden: Cloughs »Heim für gefallene

Gebäude«, wie er es liebevoll nannte, war ein fortwährendes Experiment mit Formen und Farben. Nichts wurde als zu exzentrisch betrachtet, die Schattierungen der Häuser griffen die Farben der Blumen und Pflanzen im Wald rings um das Dorf auf und überbrückten die Kluft zwischen Natur und Menschengemachtem, Realität und Illusion. In ihrem ganzen Leben, selbst unter ihren Künstlerfreunden – notorischen Egoisten – war Bridget niemals jemandem begegnet, der wie Clough nur das tat, was er wollte – und doch lag in dieser Unbeirrbarkeit etwas so Wohlwollendes, eine Zusicherung, dass zumindest an diesem Ort Bäume immer Bäume sein, Flüsse weiterhin ins Meer fließen und Felsen unberührt stehen bleiben würden. In der Kunst war es nicht mehr in Mode, Reichtum oder dessen Besitzer zu verherrlichen, aber irgendwie verlieh es dem, was sie tat, eine größere Bedeutung, wenn sie es als Hommage an seinen Sinn für Schönheit und Beständigkeit betrachtete.

Sie kannte Clough schon fast ihr ganzes Leben lang. Ihr Vater hatte ihn in Cambridge kennengelernt und ihn später mit Amabel Strachey getraut, und die Familien waren befreundet geblieben – sie gehörten beide einem Kreis einflussreicher Autoren, Künstler und politischer Aktivisten an, die Bridgets Kindheit mit ihren Ideen und ihrer Exzentrik bereichert hatten. Als junges Mädchen hatte sie viele Sommer in einem der Farmhäuser unweit von Cloughs Familiensitz in North Wales verbracht. Das war lange bevor es Portmeirion gab, doch schon damals wurde ihre Liebe zu dieser Landschaft durch ein Bewusstsein dafür getrübt, dass Familien wie die ihre bei der einheimischen Bevölkerung nicht willkommen waren. Die gleiche Feindseligkeit nahm sie heute bei einigen der älteren Angestellten im Dorf wahr. Zum Vorwurf konnte sie es ihnen nicht machen. Für sie und ihre Familien gab es in Portmeirion erbärmlich wenig Wohnungen, doch jedes Jahr schossen neue extravagante Gebäude aus dem Boden, die den Sommer über bewohnt wurden und in den Wintermonaten leer standen. Nicht jeder sang ein Loblied auf Clough so wie sie.

Bridget griff nach einem alten Flachpinsel, wobei ihr klar war, dass es allmählich nichts mehr gab, wo sie noch nachbessern konnte, um den Moment der Wahrheit feige hinauszuzögern. Als Rahmen für das Wandbild hatte sie einen aus Stein gehauenen Bogen gemalt, dem sie jetzt an den Rändern ein paar Schatten hinzufügte, um ihn massiver wirken zu lassen. Die raue Oberfläche nutzte sie, um den Stein gesprenkelt aussehen und behutsam altern zu lassen, bis er der Mauer um den ursprünglichen Küchengarten von Portmeirion ähnelte. In dem Wissen, dass sie mit jedem weiteren Pinselstrich riskierte, alles zu ruinieren, stieg sie von der Leiter und ging vorsichtig zwischen ihren ausgebreiteten Malutensilien ein paar Schritte von dem Gebäude weg. Nach einem weiteren Tag mit Verrenkungen und Verdrehungen tat ihr alles weh, was ihre Aufregung aber nicht dämpfte. Falls ihr Werk gelungen war, wäre es fast so, als hätte sie etwas bereits Vorhandenes freigelegt, statt aus dem Nichts etwas Neues zu schaffen. Sie drehte sich um und stellte mit Erleichterung fest, dass die Aufregung gerechtfertigt war: Die Illusion war gelungen und würdig des Platzes in einem Dorf, in dem nichts war, wie es schien. Der Trompe-l'œil-Bogen gab den Blick frei auf eine Landschaft mit einer Fülle an Bäumen, Rhododendren und Farnen und einem See im Vordergrund. Das Wandgemälde versetzte die wild wuchernden Gärten Portmeirions mitten auf die exakt angelegte Piazza, und bei einem flüchtigen Blick konnte man meinen, man sähe durch das Restaurant hindurch in den dahinterliegenden Wald.

Aber irgendetwas fehlte – vielleicht ein Vogel in den Bäumen oder ein Hinweis auf Leben im See. Sie streckte die Hand nach der schwarzen Farbe aus, doch dann überlegte sie es sich anders und nahm stattdessen Weiß. Wie viele ihrer Malutensilien hatte sie auch die Farben von einem Freund geerbt, der zu jung gestorben war, und sie hatte sie sparsam verwendet, weil sie zum Ausgleich für den Verlust so viel wie möglich damit erschaffen wollte. Mit den Schwänen, an die sie dachte, würde sie den gesamten Rest aufbrauchen, aber irgendwie war es passend.

Sie skizzierte die Umrisse, vergewisserte sich, dass die Figuren im Einklang mit der Gesamtkomposition standen. Als die Vögel Gestalt anzunehmen begannen, lächelte sie.

Endlich zufrieden, beschloss sie, es für diesen Tag gut sein zu lassen. Das Café war noch immer gut besucht, und sie war froh, die Familien zurücklassen zu können und zu ihrem kleinen Cottage am südlichen Dorfrand zu gehen, direkt hinter dem Hotel. Es hieß White Horses wie die Wellen, die mitunter an seine Tür geschlagen und das Grundstück überflutet hatten, und nahm eine Sonderstellung unter den Gebäuden in Portmeirion ein, weil es weder vermietet wurde noch einfach nur dekorativ war. Clough hatte die ehemalige Fischerhütte als Lagerraum genutzt, als Weber- und Färberwerkstatt und als vorübergehende Unterkunft für Bauarbeiter und Handwerker, die im Dorf beschäftigt waren. Bridget, die sich zufrieden zu letzterer Kategorie zählte, ließ sich dort nieder, wann immer sie in Portmeirion war, und nutzte ihre Hunde als Vorwand, um die Einladungen, im Hotel zu wohnen, abzulehnen. Wenngleich sie Cloughs Gastfreundschaft schätzte, konnte sie einem vom Arbeitsalltag anderer Leute bestimmten Leben nichts abgewinnen.

Die untere Terrasse machte einen ruhigeren Eindruck, deshalb wählte sie diesen Weg am Hotel vorbei, weil sie sich bewusst war, dass eine Frau in einer farbverschmierten Latzhose und mit einer Trittleiter über der Schulter nicht dem Anschein von Perfektion entsprach, für den die meisten Gäste bezahlten. Vor ihr vertäut schimmerte stolz die *Amis Reunis* – ein eleganter alter Segelfrachter aus Portmadoc, der mittlerweile als Hausboot diente – in der Sonne und verlieh dem Kai ein trügerisches maritimes Flair, das sie stets schmunzeln ließ. Beim Näherkommen bemerkte sie neben dem Boot einen Mann, und als sie ihn erkannte, blieb sie zögernd stehen und rechnete unwillkürlich nach, wie viele Jahre vergangen sein mussten, seit sie sich das letzte Mal gesehen hatten. Er stopfte eine Pfeife, und während sie ihn dabei beobachtete, wie er den Tabak in den Pfeifenkopf drückte, erinnerte sie sich daran, dass er selbst der einfachsten Aufgabe stets seine ganze Aufmerksamkeit gewidmet hatte. Das war eines der Dinge, die sie am meisten an ihm geliebt hatte, diese Ernsthaftigkeit, die so rasch einem Lachen wich, wenn sie ihn damit aufzog, so als würde plötzlich die Sonne hinter einer Wolke hervorkommen. Erfreut stellte sie fest, dass er es tatsächlich war. Das Gesicht, das sie so oft gezeichnet hatte – damals noch jung, wenn auch durch den Krieg vorzeitig gealtert –, war mit den Jahren schmaler und markanter geworden und noch attraktiver.

»Du hast es nie geschafft, das verflixte Ding zum Brennen kriegen.«

»Bridget.« Verblüfft sah er sie an, und sie war gerührt, wie schnell die Überraschung Freude Platz machte. »Was in aller Welt tust du denn hier?«

Sie blickte auf ihre farbverschmierte Latzhose. »Ich hätte angenommen, das ist offensichtlich«, sagte sie und versuchte, alles in die linke Hand zu nehmen, was sie in der rechen trug, um sie ihm entgegenzustrecken. Sie scheiterte an der Trittleiter, aber es war ohnehin eine seltsam förmliche Geste, und er kam ihr zuvor, indem er sich vorbeugte, um ihr einen Kuss zu geben.

»Ich habe vor langer Zeit gelernt, bei dir niemals dem Schein zu trauen« sagte er mit einem leicht ironischen Lächeln. »Es ist immer vernünftig, nachzufragen.«

Bridget lachte. »Und wie oft habe ich dir gesagt, dass Vernunft überbewertet wird?« Sie stellte ihre Taschen auf den Kai, um ihn richtig zu umarmen. »Gib mal her«, sagte sie dann und nahm ihm die Streichhölzer aus der Hand. »Sonst stehen wir den ganzen Tag hier rum.« Sie hielt die Flamme an den Pfeifenkopf, überrascht, wie schnell der erste aufsteigende Rauch zwanzig Jahre auslöschte, und deutete mit dem Kopf zu dem Schriftzug *Amis Reunis* am Bug des Bootes. »Sieht so aus, als trüge das alte Mädchen den richtigen Namen. Wie geht es dir, Archie?«

»Gut«, sagte er. »Wie es dir geht, brauche ich gar nicht erst zu fragen. Was immer du auch tust, es steht dir.« Er musterte sie, und sie strich sich seltsam verlegen die Haare aus dem Gesicht. »Du hast dich kaum verändert«, sagte er, und die banale Bemerkung ließ ihn leicht erröten. »Das ist das erste Mal, dass ich mit dieser Floskel die Wahrheit sage, wobei sich ja hinter der Farbe eine Menge verbergen könnte – ist überhaupt was davon auf der Leinwand?«

»An den Wänden«, korrigierte sie ihn. »Ich arbeite oben am Salutation. Clough hat sich ein Wandbild zur Belebung der Caféterrasse gewünscht. Hin und wieder wird ihm eine Wand oder Decke zu langweilig, und er beschließt, dass sie einen *Clough-up* braucht.«

»Seine Bezeichnung oder deine?«

»Weder noch. Soweit ich mich erinnere, hat jemand den Begriff mal in einem Roman verwendet und nicht unbedingt als Kompliment gemeint. Aber das ist ihm egal – er sagt immer, er ist lieber geschmacklos als langweilig.«

»Ich bin sicher, sein neues Wandbild ist keins von beidem. Ist er damit zufrieden?«

»Er hat es noch nicht gesehen. Im Augenblick ist er in Flintshire und rettet eine Gewölbedecke, für die niemand sonst Verwendung hat. Gott weiß, wo er sie unterbringt, wenn er sie denn kriegt.«

»Zweifellos an irgendeinem skurrilen Ort. Alle werden wieder sagen, dass er spinnt, und dann staunen, wie gut es aussieht, sobald es seinen Platz gefunden hat.« Er deutete mit dem Kopf auf ihre Farben. »Bist du fertig damit?«

»Fast, obwohl ich morgen wahrscheinlich hundert Dinge daran entdecke, die mir nicht gefallen.«

»Dürfte ich es mir ansehen?« Bridget nickte. Komisch, dachte sie, dass er sich nach all den Jahren daran erinnerte, wie sehr sie es hasste, wenn jemand eins ihrer Werke sah, bevor es vollendet war. »Dann gehe ich später hinauf. Den Weg bin ich heute noch nicht gegangen, und als wir gestern Abend ankamen, wurde es schon dunkel.« Das »wir« hing einen Moment lang zwischen ihnen in der Luft, während sie der Versuchung widerstand zu fragen und er es vermied, allzu hastig eine Erklärung hinterherzuschieben. »Eine Freundin feiert ihren vierzigsten Geburtstag«, sagte er schließlich. »Deshalb bin ich hier – wir sind mit mehreren Leuten übers Wochenende hergekommen.«

»Verstehe.« Das tat sie zwar nicht, aber sie war entschlossen, ihn nicht auszufragen, nachdem sie sich gerade erst wiederbegegnet waren. Abgesehen davon spielte es keine Rolle, mit wem Archie nach Portmeirion gekommen war, sie hatten nie diese Art von Beziehung geführt, und zu ihrer Überraschung stellte sie fest, dass sie jetzt neugieriger darauf war, etwas über sein Leben zu erfahren, als damals, als sie jung gewesen waren.

»Wie geht es deinen Eltern?«, fragte er, und der unbeholfene Themenwechsel ließ sie schallend lachen, auch wenn sie sehen konnte, dass sie damit seinen Stolz verletzte. Verlegenheit machte ihn gereizt, und verstimmt fügte er hinzu: »Ich weiß nicht, was daran so lustig ist. Das war eine ganz simple Frage.«

»Ach Archie – du warst schon immer so höflich«, sagte Bridget immer noch lachend. »Ich hatte ganz vergessen, was für gute Manieren du hast.« Sie sah ihn liebevoll an. »Es geht ihnen beiden sehr gut, danke.« Er lächelte widerstrebend, und sie nahm seinen Arm. »Komm, du kannst mir helfen, das Zeug nach Hause zu bringen, ich wohne im White Horses.« Es war später Nachmittag, aber über der Bucht flimmerte noch immer die Hitze und ließ die Luft mit der gekräuselten Wasseroberfläche verschmelzen, sodass man nicht sagen konnte, wo das eine anfing und das andere aufhörte. »Dann hast du also nichts mit diesem Filmzirkus zu tun?«, fragte sie, während sie nebeneinanderher gingen.

»Eigentlich nicht, nein.«

»Als ich dich vorhin gesehen habe, dachte ich zuerst, Scotland Yard hat dich hergeschickt, damit du dich um Mr Hitchcock kümmerst.«

Er sah sie überrascht an. »Woher weißt du, dass ich Polizist bin?«, fragte er. »Bitte sag nicht, dass es so offensichtlich ist.«

Sie lachte. »Natürlich nicht. Wenn es so wäre, würde ich

nicht am helllichten Tag hier mit dir herumlaufen. Nein. Ich habe ein paarmal deinen Namen in der Zeitung gelesen. Das ist besser als Radio, weißt du. Inspector Penrose vom Yard – er ist ein richtiger Held.«

»Inzwischen Chief Inspector.«

»Du lieber Gott, das wird ja immer schlimmer.« Die Mischung aus Bewunderung und sanftem Spott in ihrer Stimme war ihr selbst fremd, und sie überlegte, bei wem sie sie sonst noch benutzte. »Da wird mir so richtig klar, dass ich noch einmal glücklich davongekommen bin. All die Mühe, die ich mir gegeben habe, gegen den Strom zu schwimmen und radikal zu sein, nur um dann am langen Arm des Gesetzes zu enden. Es erfordert eine Menge Disziplin, um ein Freigeist zu sein. Was würden sie in der Londoner Kunstszene von mir denken?«

»Was auch immer der Kritiker der Stunde ihnen einflüstert, vermute ich«, sagte Archie zynisch. »Jedenfalls bin ich nicht der Einzige, der in der Zeitung steht. Bei deiner Retrospektive haben sich die Kritiker mit Lob überschlagen.« Grinsend kostete er es aus, zur Abwechslung einmal die Oberhand zu haben. »Und nicht ohne Grund.«

Sie blieb stehen. »Du hast sie gesehen?«

»Natürlich – mehrmals. Ich habe überlegt, ob ich dir eine Nachricht hinterlassen soll, aber du konntest auf Komplimente von mir verzichten, wenn Augustus John dein Loblied singt.«

»Von dir hätten sie mir mehr bedeutet.« Sie lächelte. »Wobei mir Augustus John mehr Geld einbringt.«

»Wem sagst du das. Für das Gehalt eines Polizisten war die Auswahl recht klein.«

»Himmel, Archie – du hast etwas von mir gekauft? Was in aller Welt hast du dir dabei gedacht?«

»Grantchester Meadows 1915.« Einen Moment lang wurde er ernst, und ausnahmsweise wollte sie ihn nicht aus dieser Stimmung reißen. »Es ist wunderschön – umso mehr, als ich dachte, dass diese Zeit unwiderruflich vorbei ist.«

Bridget nickte. »Ich war traurig, als ich gesehen habe, dass das

Bild verkauft ist, aber jetzt nicht mehr. Du hättest es trotzdem nicht kaufen dürfen, ich hätte es dir mit Freuden geschenkt, wenn ich gewusst hätte, dass es dir gefällt.«

»Und ich hätte mit Freuden das Doppelte dafür bezahlt.« Sie lächelte. »Hast du eine Ahnung, wie merkwürdig es ist, in eine Galerie zu gehen und ein Porträt von sich selbst an der Wand hängen zu sehen?«, fragte Archie und öffnete das Tor, das von der Terrasse zum Uferweg führte. »Soweit ich weiß, befindet sich das Bild in einer Privatsammlung. Ich hoffe, ich habe ein gutes Zuhause gefunden.«

»Bei mir natürlich. Ich weiß nicht, ob man es als gut bezeichnen kann, aber es ist dort auf jeden Fall nie langweilig.«

»Du hast es behalten?«

Sie wandte das Gesicht ab und blickte über die Bucht, damit er nicht sah, dass ihr die Röte in die Wangen stieg. »Wer sonst würde dich anschauen wollen, Archie?«, sagte sie eine Spur zu forsch. »Und ganz sicher würde mir für das Vergnügen niemand etwas zahlen.« Er setzte zu einer Erwiderung an, aber sie kam ihm zuvor, indem sie auf den Weg vor ihnen zeigte: Drei Frauen – zwei davon untergehakt – kamen ihnen entgegen. »Da winkt dir jemand. Du hast gar nicht gesagt, dass die Geburtstagsgesellschaft aus lauter Frauen besteht. Jetzt wundert es mich nicht mehr, dass du so ekelhaft selbstzufrieden dreinschaust.«

»Glaub mir, es ist nicht, wie du denkst«, sagte Archie, und etwas an seinem Ton ließ sie ihn fragend ansehen, aber ihr blieb keine Zeit nachzuhaken. »Bridget – das ist Josephine«, begann er mit der Vorstellungsrunde, dann fügte er reichlich lahm hinzu: »Es ist ihr Geburtstag.«

Sie schüttelten sich die Hand, und Bridget fragte sich, was der Blick, mit dem Archies Freundin sie von Kopf bis Fuß musterte, ihr über sie sagte. »Herzlichen Glückwunsch«, sagte sie und widerstand der Versuchung, sich für ihre Kleidung, ihre Haare, ihre bloße Existenz zu entschuldigen. »Als ich vierzig wurde, habe ich mich eine Woche im Bett verkrochen, aber Sie werden es bald überwunden haben.«

Man musste es Josephine zugutehalten, dass sie lachte, aber Bridget vermutete, dass sie es Archie nicht so schnell verzeihen würde, dass er ihr Alter verraten hatte. »Und das sind Marta Fox und Lydia Beaumont«, fuhr er fort, ohne seinen Fauxpas zu bemerken.

Marta lächelte sie freundlich an. »Wir haben Sie bei unserer Ankunft arbeiten sehen«, sagte sie. »Sie standen auf einer Leiter, aber ich erkenne Sie an der Farbe auf Ihrer Hose.«

»Bridget ist Malerin«, erklärte Archie Josephine überflüssigerweise. »Sie hat das Bild von Grantchester in meiner Wohnung gemalt. Also, sie hat es natürlich nicht *in* meiner Wohnung gemalt – ich meine das Bild, das an der Wand …«

»Ich weiß, welches Bild.« Josephine sah Bridget erneut an, aber dieses Mal lag in ihren Augen ein Funkeln, als forderte sie sie auf, sich gemeinsam über Archies Verlegenheit zu amüsieren, und Bridget revidierte ihren ersten Eindruck. »Du hast mir allerdings nicht gesagt, dass du die Künstlerin kennst«, fuhr Josephine fort. »Kein Wunder, dass du so entzückt darüber warst.«

»Wo hängt es denn, Archie?«, fragte Bridget. »Nur so aus Neugier.«

»Im Schlafzimmer.«

»Wohnen Sie in der Nähe von Portmeirion, Bridget?«, fragte Lydia munter, während die anderen einander ansahen.

»Nein, die meiste Zeit in Cambridge, aber ich habe Freunde in Hampstead, bei denen ich wohne, wenn ich in London zu tun habe.«

»Ach, wo denn? Wir wohnen am Holly Place.«

»Redington Road, nicht weit von Clough und Amabel entfernt.«

»Dann müssen Sie mal zum Abendessen kommen.«

»Und bringen Sie Archie mit«, fügte Marta hinzu. »Es wäre schön, Sie beide zu sehen.«

»Wir müssen weiter«, sagte Josephine mit einem Blick auf ihre Uhr. »Ich muss mich noch entscheiden, was ich zum Cocktail mit Mrs Hitchcock anziehe. Gott steh mir bei.« Sie lächelte

Bridget an. »Leisten Sie uns beim Abendessen Gesellschaft? Seit Archie das Bild gekauft hat, habe ich es nicht mehr gesehen, aber wenigstens Sie könnte ich ein bisschen besser kennenlernen.«

Das war eine außergewöhnlich geschickt geschwenkte weiße Fahne, dachte Bridget, und irgendetwas sagte ihr, dass sie nicht nur in ihre Richtung geschwenkt wurde. »Tut mir leid – ich muss heute Abend arbeiten«, sagte sie, »aber ich werde morgen einen Drink brauchen, nachdem ich festgestellt habe, was an dem Wandbild alles nicht stimmt. Bleiben Sie übers Wochenende?«

»Ja.«

»Gut. Dann freue ich mich auf ein Wiedersehen.« Bridget sah ihnen nach, als sie weitergingen, und ihr fiel auf, wie oft Marta zu Josephine blickte. »Da liegt wohl etwas im Argen«, sagte sie.

»Alles in Ordnung, wirklich – sie hat nur nicht erwartet, mich mit jemandem zusammen zu sehen.«

Sie lachte und boxte ihn auf den Arm. »Männer – immer denkt ihr, es geht um euch, nicht wahr? Ich habe die drei gemeint. Nenn es *déformation professionnelle*, aber eine unausgewogene Komposition erkenne ich schon von Weitem. Gott weiß, dass ich selbst genug damit zu tun hatte.« Er lächelte, aber es war nicht zu übersehen, dass er sich darüber klar zu werden versuchte, ob sich diese Bemerkung auf ihre Arbeit bezog oder auf etwas Persönlicheres. »Die Einzigen, zwischen denen ich im Moment meine Zuneigung aufteilen muss, sind zwei Border Terrier, die mich verlassen werden, wenn ich nicht bald nach Hause komme und mit ihnen spazieren gehe.« Sie gab ihm einen Kuss auf die Wange. »Später hätte ich Zeit für einen Drink. Komm zu mir ins Cottage.«

»Ich dachte, du arbeitest?«

»Gib mir einen Grund, es nicht zu tun.«

Er lächelte und schüttelte den Kopf. »Falls du dich überhaupt verändert hast, bist du im Lauf der Jahre höchstens noch schlimmer geworden, und dass das möglich ist, hätte ich nie gedacht. Wann soll ich kommen?«

»Wann immer du willst. Sollte ich nicht da sein, bin ich noch mit den Hunden unterwegs, dann mach es dir einfach bequem.« Sie hob eine Augenbraue. »Du wirst mir erklären müssen, wieso du mich all die Jahre verschwiegen hast, selbst gegenüber deinen engsten Freunden.«

Er sah sie verlegen an. »Ich habe dich nicht verschwiegen, Bridget, aber du bist nicht einfach zu erklären. Ich habe nie ganz begriffen, was wir waren.«

»Wir waren wunderbar, Archie«, sagte sie und wandte sich zum Gehen. »Was gibt es da zu erklären?«

13

Der Bus von Portmadoc nach Harlech hatte Verspätung, und als Gwyneth Draycott hinauf auf den Dachboden ging, nachdem sie die Einkäufe in der Küche verstaut hatte, war es bereits fünf. Erschöpft von der Hitze und der Anstrengung, das Haus zu verlassen, zog sie sich am Geländer die letzten Stufen hoch und hinterließ dabei auf dem Holz Abdrücke von ihren ständig verschwitzten Händen. Ihre Kleider klebten an ihr, und sie war froh, die Schuhe abzustreifen und sich ans Fenster zu setzen. Selbst bei weit geöffneten Fensterflügeln regte sich hier oben im Haus kaum ein Luftzug, aber sie war froh darüber, still dasitzen zu können. Bald würde das Wetter umschlagen. In den vergangenen Stunden hatte sie gespürt, wie sich der Druck wie eine Drahtschlinge um ihren Hals legte, die sich langsam zuzog. Er kündigte ein Gewitter an, das jedes Mal Erinnerungen wachrief. Sobald es losbrach, würde jeder Blitz die Vergangenheit aufscheinen lassen, und davor fürchtete sie sich. Nervös drehte sie sich auf ihrem Stuhl und griff hinter sich, um den Spielzeugaffen hervorzuziehen, der ihr in den Rücken drückte. Das Mohairfell ließ sie zusätzlich schwitzen, trotzdem betrachtete sie zärtlich die schwarzen Knopfaugen und Filzohren und die beweglichen Arme und Beine. Taran hatte ihn immer am Schwanz herumgeschleppt. Die Ausbesserungen, die sie an Händen und Füßen des Affen vorgenommen hatte, waren nichts im Vergleich zu den vielen Zickzackstichen kreuz und quer über sein Gesicht, mit denen sie die Risse an den Stellen ausgebessert hatte, wo er mit der Nase voran über den Boden geschleift worden war. Taran. Donner in ihrer Muttersprache.

Sie hatte den Namen und das, wofür er stand, immer geliebt. Jetzt war es der hohlste Klang, den sie kannte.

Für Gwyneth kam der Versuch, ihre Gefühle in den Tagen und Wochen nach Tarans Verschwinden zu beschreiben, der Suche nach Worten in einer fremden Sprache gleich, die sich ihr nicht erschloss. Das einzige Wort, in dem sie sich einigermaßen wiedererkannte, war Groll: Sie fühlte sich betrogen. In der kurzen Zeit, die ihr vergönnt gewesen war, war sie eine gute Mutter gewesen, sie hatte über den Schlaf ihres kleinen Jungen in seiner Wiege gewacht und ihn im Auge behalten, wenn er im Garten des alten Hauses spielte. Taran war an ihrer Seite, wenn sie arbeitete, sie hatte ihn immer vom Herd ferngehalten, immer in ihrer Nähe, immer sicher. So viele harmlose Gefahren hatte sie aus Vorsicht gemieden, nur um dann von einem Grauen, das sich ihrem Einfluss entzog, überwältigt zu werden. Gwyneth hatte versucht, niemandem Vorwürfe zu machen, niemandem das gleiche Leid zu wünschen, aber was ihr Verstand ihr sagte, kam gegen ihren Kummer nicht an. Überall um sie herum begannen Frauen, besser auf ihre Kinder zu achten, aus Gwyneths Fehlern zu lernen. Sie sah die heimliche Erleichterung in ihren Augen und wusste genau, was sie dachten: Es hätte auch mich treffen können. Sie hätte ein besserer Mensch sein müssen, um sie nicht für das, was sie noch hatten, zu verachten.

Als sich die Nachricht von Tarans Verschwinden verbreitete, hatte Misstrauen die Gemeinschaft erschüttert, sie ließ uralte Vorurteile neu aufflammen und löschte jede Regung von Vernunft oder Mitgefühl aus. Eine Kindesentführung war ein unvorstellbares Verbrechen, und die Einheimischen reagierten darauf auf die einzige Art, die sie kannten – sie wandten sich instinktiv gegen den Außenseiter, selbst wenn er jahrelang ruhig unter ihnen gelebt hatte und niemals eine Kinderleiche gefunden wurde, die sie in ihrer Überzeugung, dass er einen der Ihren getötet hatte, bestätigte. Wut breitete sich aus, so rasch und plötzlich wie die Flut, die den Sand in der Bucht überspülte, sie schloss Gwyneth ein und ließ ihr keine Möglichkeit zu entkommen. Der Zorn anderer erstickte sie, bis kein Raum mehr für ihren eigenen war, und auf diese Weise wurde ihr Taran ein zweites Mal genommen: Als die Zeitungen von einer kollektiven Tragödie und dem Verlust für eine Gemeinde schrieben, wurde das Kind, um das sie weinte, zu dem anderer. Der Gewaltausbruch hatte sie entsetzt, nicht zuletzt, weil er in ihrem Namen geschah, aber jetzt verstand sie, warum er unvermeidlich war. In den unsicheren Jahren nach dem Krieg war ihre Trauer zu einem Brennglas für alles Verlorene geworden, für die Kinder einer Nation, die zu Tausenden verschwunden waren.

Die Ironie bei alldem war, dass sie sich selbst nie als Mutter gesehen hatte. Von ihren eigenen Eltern wusste sie, was für eine Last Kinder sein konnten, und sie hatte sich vor langer Zeit geschworen, dass sich der Schmerz einer Generation nicht in der nächsten wiederholen sollte. Sie heiratete zu ihrem Schutz, weil Leidenschaft ihr Angst machte und sie niemals Liebe erwartet hatte, und dieser freudlose, törichte Kompromiss hatte dazu geführt, dass Mann und Frau zuerst lernten, die Scham und Enttäuschung des anderen auszunutzen und dann das, was sie brauchten, woanders zu suchen. Bei ihrer Trennung hätte Gwyneth vor Freude getanzt, wenn Henry Draycott ihr nicht eine lebendige Bürde hinterlassen hätte. Sie hatte ihre Schwangerschaft so lange wie möglich geleugnet, sogar gebetet, dass das, was in ihr wuchs, ein Geschwür war und kein Kind, und als sie es schließlich nicht länger ignorieren konnte, hatte sie alles getan, um es loszuwerden, und sich dabei fast selbst umgebracht. Aber Taran hatte sich als zu stark für sie erwiesen, ein würdiger Träger des Namens, den sie schließlich für ihn ausgewählt hatte. Tag um Tag hatte er sie mit diesem Lächeln, diesen Augen und dem liebenswürdigsten Wesen, dem sie je begegnet war, für sich gewonnen. Ein Geschenk statt eines Fluchs.

Die Luft roch nach Regen, und Gwyneth stand auf, um das Fenster zu schließen, bereit, nach unten zu gehen. Ihr Fuß streifte eines der Spielzeuge auf dem Boden, eine hölzerne

Arche Noah, die mit ihren kunstvollen Bogenfenstern eher einem Haus als einem Boot ähnelte. Die Farbe war inzwischen abgeblättert, und das Grün der Palmen auf beiden Seiten war zu einem Braun verblichen, als würden ihnen die Jahreszeiten ebenso zusetzen wie ihren weniger exotischen Verwandten. Sie bückte sich und hob den Deckel an. All die winzigen Tiere hatten schon bessere Tage gesehen: Die beiden Elefanten hatten ihre Rüssel verloren, eine der Giraffen hatte nur noch drei Beine, und die Streifen des Zebras waren verblasst, sodass man es leicht für ein überzähliges Pony hätte halten können. Keines dieser Tiere hätte Noah ausgewählt, um die Zukunft der Erde zu sichern, aber Gwyneth wusste, dass es sinnlos gewesen wäre, sie durch andere zu ersetzen, selbst wenn sie es gewollt hätte. Taran hatte diese Geschöpfe geliebt und dauernd mit ihnen gespielt, sich unzählige Möglichkeiten ausgedacht, sie aufzustellen und neu aufzustellen. Immer wieder stieß Gwyneth auf Figuren, die paarweise in eine Tasche oder unter ein Kissen gesteckt waren. Die Hunde fehlten seit nunmehr achtzehn Jahren. Anfangs hatte sie die alberne Hoffnung gehegt, dass sie Taran beschützen würden, aber das war sehr lange her, und Noahs Welt blieb so unvollständig wie ihre. Unvollständig und auf ein Wunder angewiesen, um nicht unterzugehen.

TEIL DREI
ENDLICH SIND WIR REICH
25. JULI 1936, PORTMEIRION

1

Vor der Rezeption hatte sich eine Schlange gebildet. Ohne auf das entschuldigende Lächeln der bedrängten Empfangsdame zu achten, beugte sich Leyton Turnbull ungeduldig über den Tresen und nahm seinen Wagenschlüssel selbst vom Haken. Er holte den Alvis aus der ihm zugewiesenen Garage und fuhr mit hohem Tempo aus dem Dorf, und das vertraute Gefühl von Macht und Kontrolle beruhigte seine Nerven.

Nach der drückenden Wärme im Hotel war der Fahrtwind eine Wohltat, allerdings blendete ihn die Sonne trotz der dunklen Brillengläser unangenehm. Seine Sehkraft hatte unter den primitiven Studiobedingungen in den Zwanzigern gelitten, als die Scheinwerfer Lärm und viel zu viel Hitze produzierten. Das lange Hineinstarren hatte seine Augen geschädigt, so wie die dicke Schicht Schminke – mit der die Schauspieler lächerlich aussahen und sich auch so fühlten – sein Gesicht vorzeitig altern ließ. Die seelischen Narben, die sein Beruf hinterlassen hatte, waren weniger leicht zu erkennen: Als die Studios zu neuen Ufern aufbrachen, verlief seine Karriere langsam im Sand, und er versuchte, sein Handwerk mühevoll von Grund auf neu zu erlernen. Der Tonfilm war ihm fremd. Dennoch hatte er sich dem demütigenden Regime von Sprachlehrern, neuen Studiomitarbeitern und rigideren Produktionsplänen unterworfen, aber es war umsonst gewesen: Leute, die einmal an der Spitze gestanden hatten, fanden sich auf einmal in der Rolle des Anfängers und Bittstellers wieder. Das war ihm sofort klar gewesen, als er Al Jolson das erste Mal auf der Leinwand den Mund aufmachen sah und singen hörte. Wann immer Turnbull an die kurze Zeit in seinem Leben dachte, in der das, was er sein wollte, und das, was er war, fast deckungsgleich waren, befiel ihn tiefe Traurigkeit. Es lag nicht am Geld. Dafür hatte er andere Quellen aufgetan, die ihn womöglich reicher machten, als das seriöse Filmgeschäft es jemals vermocht hätte. Es lag an der Scham, daran, was aus ihm geworden war: Hitchcocks Handlanger, und dafür musste er dem sehr viel jüngeren Mann auch noch zu Dank verpflichtet sein.

An der Kreuzung nach Minffordd bog er rechts auf die Straße ab, die er schon auf der Herfahrt beinahe genommen hätte. Er hatte sich dagegen entschieden, aber als er dann auf dem Hotelrasen stand und verstört von Bellas unerwarteter Ankunft zu dem Haus auf der anderen Seite der Bucht blickte, hatte sich der Sog der Vergangenheit als zu stark erwiesen, und er wollte wissen, ob sich Ziegel und Mörtel in den letzten zwanzig Jahren besser gehalten hatten als Fleisch und Knochen. Als er jetzt auf der Mautstraße über den Fluss fuhr, war er überrascht, wie vertraut ihm die Strecke noch war. In Talsarnau ging er vom Gas. Das Haus, das er suchte, befand sich am Ende einer schmalen Straße. Kurz davor fuhr er auf das Bankett und stellte den Wagen im Schatten einiger Bäume ab, wo er von keinem der Fenster aus gesehen werden konnte. Auf der anderen Seite der Bucht erstrahlte Portmeirion in der Spätnachmittagssonne wie eine bunte Kinderzeichnung, der Fantasie entsprungen, aber in seiner Lebhaftigkeit real. Von hier aus schien das Dorf weit entfernt zu sein, aber das war eine Täuschung: Die Fahrt hatte nur zwanzig Minuten gedauert, und es war noch nicht einmal fünf Uhr. Er saß im Wagen und versuchte, die Schichten einer Landschaft, in der er früher einmal jeden Tag aufgewacht war, Stück für Stück abzutragen, dann stieg er aus und schloss die Tür. Leise ging er durch den Silberbirkenhain, bis er wenige Meter vor der Gartenmauer stand.

Auf den ersten Blick hatte das Haus unverändert gewirkt, von Nahem sah er jedoch, dass sein früheres Zuhause sich aufgegeben hatte wie eine Frau, die vor ihrem Anblick in einem unbarmherzigen Spiegel zurückschreckte. Die Gitterstäbe vor einigen der Erdgeschossfenster waren rostig-rot. Das Fenster seines früheren Arbeitszimmers war zugemauert, die anderen starrten ihn wie tote Augen an. Unter den Fensterbänken verliefen im Zickzack tiefe Risse durch den Putz und verschwanden in dem Efeu, der sich an die Mauern klammerte und in jeden Spalt der morsch gewordenen Holzrahmen kroch. Turnbull stellte sich vor, wie die Triebe durch das Haus wucherten, sich um das Geländer wanden und die Treppe hinaufkrochen. Er erinnerte sich, dass die Diele stets in bunte Farben getaucht gewesen war und zu einer bestimmten Tageszeit die Sonne durch das Oberlicht über der Tür direkt in sein Zimmer gefallen war. Jetzt waren die Scheiben so verschmutzt, dass die schmiedeeisernen Trennstege kaum davon zu unterscheiden waren, und selbst an einem so sonnigen Tag wie diesem würde das Licht keinen Weg hineinfinden. Vom Dach waren einige Schindeln heruntergefallen und lagen verstreut auf dem halb überwucherten Weg ums Haus. Auch der Garten, wenn man ihn noch so nennen konnte, lag verwahrlost da – ungepflegt und um seinen Reichtum gebracht: Im Gewächshaus gab es keine Pflanzen, im Zwinger keinen Hund, im Taubenhaus keine Vögel. Die Außengebäude waren in ihrer Nutzlosigkeit ein Spottbild ihrer selbst. Welche Spuren gab es von ihm noch darin, fragte er sich. Existierte hier noch Henry Draycott, der Mann, der er einmal gewesen war? Wer konnte das wissen. Das Haus war so, wie es immer gewesen war: verschlossen und abweisend, die äußere Hülle eines Lebens, Verkörperung seiner dunkelsten Fantasien. Eine Festung gewissermaßen, und genau das hatte er daran so gemocht. Er war nicht gerne gegangen, und einen Moment lang fragte er sich, ob die Melancholie, die er in diesem Moment verspürte, von dem Gemäuer ausging oder ob er schon mit ihr gekommen war. Alles hätte sich anders entwickeln können. Wenn er an jeder Weggabelung eine andere Richtung eingeschlagen hätte, wäre er womöglich nie an dem Punkt angelangt, an dem es kein Zurück mehr gab.

Hinter sich hörte er das gleichmäßige Quietschen eines schlecht geölten Fahrrads. Ein Mädchen fuhr die Straße auf ihn zu. Er bemerkte, dass sie im Vorbeifahren einen neugierigen Blick auf den Alvis warf, aber sie schien es zu eilig zu haben, um stehen zu bleiben. Zu Turnbulls Überraschung bremste sie auf Höhe des Hauses und lehnte das Rad gegen die Hecke. Sie kam ihm vage bekannt vor, und dann erkannte er die Kellnerin wieder, die er mit Bella auf der Hotelterrasse hatte reden sehen. Mit ihren gelockten braunen Haaren und der wohlgerundeten Figur war sie auf gefällige Weise hübsch. In dem grünen Baumwollkleid und mit Hut wirkte sie älter als in ihrer Kellnerinnenuniform – er schätzte sie auf Anfang zwanzig, auch wenn so etwas heutzutage schwer zu sagen war. Die Frauen schminkten sich nach dem Vorbild der Filmstars und trugen Frisuren, die sie älter wirken ließen, und das nur, weil das Kino Ruhm versprach und auf diese Weise vielleicht etwas von dem Ruhm auf sie abfärben könnte. Woher kannte sie Bella, fragte er sich, und was wollte sie hier? Er verbarg sich noch tiefer zwischen den Bäumen und beobachtete beunruhigt, wie das Mädchen das schmiedeeiserne Tor öffnete, zur Haustür ging und dabei die überhängenden Zweige von ihrem Gesicht wegschob. Offenbar kannte sie sich hier aus, und halb erwartete er, dass sie einen Schlüssel aus der Tasche holte und die Tür aufsperrte, aber sie blieb auf der Eingangsstufe stehen und zog stattdessen die Glocke. Als niemand öffnete, versuchte sie es erneut, dann trat sie von der Tür weg und ging zu einem der Erdgeschossfenster. Die Vorhänge waren zugezogen, aber dazwischen klaffte ein Spalt, und die Augen mit den Händen gegen die Sonne abschirmend, lugte sie hinein. Sie klopfte an die Scheibe – mehr aus Ärger, hatte er den Eindruck, als in der Hoffnung, damit jemanden herbeizurufen –, dann umrundete sie einmal das Haus, um an jedem Fenster zu klopfen. Schließlich kehrte sie zur Haustür zurück und zog einen beschrifteten Umschlag aus der Tasche, als hätte sie von vornherein nicht erwartet, jemanden anzutreffen. Sie schob den Umschlag durch den Briefschlitz, ging zu ihrem Rad, ohne das Tor hinter sich zu schließen, und fuhr weg. Ihre Miene, dachte Turnbull, war die eines enttäuschten Kindes.

Auch er sollte aufbrechen, und er warf noch einen letzten Blick auf das Haus. Er bezweifelte, dass er jemals wiederkommen würde, und sah zu den Mansardenfenstern hinauf, wo er Gwyneths Gesicht entdeckte. Sie blickte dem Mädchen auf der Straße nach, ohne zu ahnen, dass sie beobachtet wurde, und etwas an ihrer Reglosigkeit erinnerte Turnbull daran, wie sehr er sie damals gewollt hatte, dass er alle ihre Launen und Versäumnisse in Kauf genommen hatte, dass sie ihn reizen und provozieren und die Regeln ihrer Ehe bestimmen konnte, bis er es schließlich nicht mehr ertrug. Er wusste, dass er gehen sollte, dass er, wenn er sie nur noch ein wenig länger ansah, allem, was ihn schon einmal fortgetrieben hatte, hilflos ausgeliefert wäre, aber er rührte sich nicht. Unwissentlich hatte Hitchcock ihn eingeladen, Gast in seiner eigenen Vergangenheit zu sein, und jetzt stellte er fest, dass er nicht gehen konnte.

2

Weil sie hoffte, den Ort für das Gespräch mit Alma selbst wählen zu können, wenn sie überpünktlich käme, verließ Josephine ihr Zimmer zwanzig Minuten zu früh. Dass sie die Frau des Regisseurs sofort sympathisch gefunden hatte, überraschte sie, aber sie wusste, dass deren Freundlichkeit nicht ohne Hintergedanken war. Hitchcock mochte darüber bestimmen, was vor der Kamera stattfand, aber Almas Anteil am Erfolg der Eheleute war von ebenso großer Bedeutung, wenn auch weniger offenkundig, wie Josephine schnell klar geworden war, und sie war fest entschlossen, sich nicht zu einer Vereinbarung verleiten zu lassen, die sie später bereuen würde.

Die elegante breite Treppe führte zu einer Reihe raffiniert gestalteter Räume, die darauf schließen ließen, dass das alte Gebäude schon vor Übernahme durch den jetzigen Besitzer eine eklektische Geschichte gehabt hatte. Die Terrassen und die Cockpit Bar waren gut besucht, und Josephine bemerkte draußen Lydia und Marta mit Daniel Lascelles und einer attraktiven jungen Frau, die ihr vage bekannt vorkam, aber von Alma Reville keine Spur. Sie entschied sich für die Bibliothek, weil es dort am ruhigsten war und zu ihrer Erleichterung niemand Bekanntes sie ablenkte. Mit den reich verzierten Türstöcken und dem Kamin, angeblich eine direkte Übernahme von der Londoner Industrieausstellung, war die Bibliothek ein wenig skurril, und obwohl sie beileibe nicht ihr Lieblingsraum in dem Hotel war, fühlte Josephine sich an einem dem geschriebenen Wort gewidmeten Ort stets wohl und sah in der Bibliothek bei dem vor ihr liegenden Gespräch eine stille Verbündete.

Sie verkürzte sich die Wartezeit, indem sie die Regale betrachtete, und zog ein Exemplar von *England and the Octopus* heraus, Cloughs Werk zur Architektur.

Von den Terrassentüren aus überblickte man die Rasenfläche, und sie steuerte einen Tisch davor an, blieb jedoch abrupt stehen, als sie bemerkte, dass er von Bella Hutton besetzt wurde, die hinter der hohen Rückenlehne ihres Sessels verborgen gewesen war. Auch wenn Josephine viele Schauspieler und Schauspielerinnen kannte, war sie immer wieder überrascht, wie seltsam es war, einem Filmstar leibhaftig zu begegnen. Tief in Gedanken versunken, blickte Bella auf die andere Seite der Bucht und gab durch nichts zu erkennen, dass sie Josephine bemerkt hatte, auch wenn sie sie gehört haben musste. Auf dem Tisch vor ihr standen keine Getränke, und er war auch nicht für den Nachmittagstee eingedeckt. Josephine vermutete, dass sie nur die Ruhe hier genießen wollte. Zögernd blieb sie stehen, weil sie nicht stören wollte, genauso wenig wollte sie sich jedoch allzu hastig zurückziehen. Das Problem löste sich schließlich von allein. »Schon gut«, sagte Bella. »Setzen Sie sich. Hier ist genug Platz für uns beide.«

Das sagte sie, ohne sich umzusehen, und mit müder Stimme. Sie musste es überdrüssig sein, dachte Josephine, immerzu und überall angestarrt zu werden. Josephine empfand schon ihre Bekanntheit als ermüdend, aber Bella Hutton war so berühmt, dass ein normales Leben geradezu unmöglich sein musste. »Das ist sehr freundlich, aber ich werde mir einen anderen Platz suchen«, sagte sie. »Nachdem Sie ein wenig Ruhe und Frieden gefunden haben, will ich nicht diejenige sein, die das gleich wieder stört. Zumal ich kein sonderlich gemütliches Gespräch erwarte.«

»Gibt es so etwas denn?«

»Vermutlich nicht, wenn man mit Alma Reville verhandelt.«

Der Name rief eine überraschende Reaktion hervor. Das erste Mal sah Bella sie an. »Sind Sie Josephine Tey?«

»Ja. Woher wissen Sie das?«

»Ach, es gibt Gerüchte über Hitchs nächstes Projekt, und es heißt, dass die Verfasserin von *Richard von Bordeaux* daran beteiligt ist. Sie sind eine vielseitige junge Frau. Nicht viele Autoren verknüpfen Historienstücke mit Kriminalgeschichten und sind in beiden Genres gleichermaßen zu Hause.« Sie lächelte. »Ich sollte mich nicht in Ihre Verhandlungen einmischen, aber offenbar denken die beiden, dass sie Sie bereits in der Tasche haben. Jemand hat diskret bei meinem Agenten vorgefühlt.«

»Ich weiß nicht, ob ich mich von ihrem Enthusiasmus geschmeichelt oder von ihrer Unverfrorenheit vor den Kopf gestoßen fühlen soll.«

»Immerhin ist Ihnen bewusst, dass Sie überhaupt eine Wahl haben. Die meisten Leute wedeln doch schon auf die geringste Ermunterung der beiden hin aufgeregt mit dem Schwanz. Hören Sie das?« Sie verstummte und tat so, als würde sie lauschen. »Die Wände hallen vom Hecheln der Leute wider, und das hat nichts mit der Hitze zu tun.« Josephine lachte. So schlagfertig waren auch die klugen, selbstbewussten Frauen, die Bella Hutton auf der Leinwand verkörperte – mit beiden Beinen im Leben stehend und immer einen Schritt voraus, für den scharfen Wind der Depressionszeit viel besser geeignet als für das laue Lüftchen der Zwanziger. Bellas Reputation war mit den Jahren noch gestiegen, was man von den meisten ihrer Altersgenossinnen nicht sagen konnte.

»Welche Rolle haben sie Ihnen angeboten?«, fragte Josephine und überlegte, welche Figur aus dem Buch zu Bella passen würde.

»Die Tante der Heldin.«

»Aber die hat doch gar keine Tante.«

»Nein, in Ihrer Version nicht. Das habe ich bei der Lektüre des Buches auch festgestellt.« Bella bemerkte Josephines Gesichtsausdruck. »Tut mir leid, ich hatte nicht die Absicht, Sie zu verprellen, bevor Alma überhaupt auftaucht.«

»Haben Sie nicht. Ich ärgere mich nur, weil ich nicht selbst daran gedacht habe. Wenn ich gewusst hätte, dass Sie womöglich zur Verfügung stehen, hätte ich Erica von vornherein eine Tante gegeben.«

Bella lächelte. »Leider musste ich absagen. Es passt mir zeitlich nicht. Das ist schade, weil ich Ihre Bücher sehr schätze.« Sie deutete auf den Sessel gegenüber. »Bitte, Josephine – leisten Sie mir Gesellschaft, während Sie auf Alma warten. Sie wird sich zehn Minuten verspäten. Das tut sie immer.«

Überrascht von der freundlichen Einladung, setzte sich Josephine und fühlte sich ein wenig wie der kleine Pip bei seinem ersten Besuch bei Miss Havisham in Dickens' *Große Erwartungen*. Sie beide trennten vermutlich nicht mehr als zehn Jahre, aber angesichts von Bellas Erfolgen als Schauspielerin, ihres weltläufigen Auftretens und ihrer Berühmtheit kam Josephine sich vor wie ein tollpatschiges Kind. »Wenn Zuspätkommen der Versuch ist, mich weichzuklopfen, dann hoffe ich, dass zehn Minuten nicht reichen, aber garantieren könnte ich es nicht.«

»Nach Hollywood-Standards sind zehn Minuten genug. Sie haben offenbar noch nicht viel Zeit in Amerika verbracht.«

»Gar keine.«

»Dann haben Sie *Richard von Bordeaux* nicht am Broadway gesehen?« Josephine schüttelte den Kopf. »Vielleicht besser so. Der West-End-Produktion konnte es nicht das Wasser reichen. *The Laughing Woman* war das Stück aus Ihrer Feder, das mir am besten gefiel.«

Josephine war überrascht und erfreut. Das Stück über den Bildhauer Henri Gaudier-Brzeska war ihre am wenigsten erfolgreiche West-End-Produktion gewesen, aber gleichzeitig mochte sie es am liebsten, und sei es auch nur, weil der Produzent sich kaum eingemischt hatte und sie das Stück noch wiedererkannte, als der Vorhang sich hob. Es steckte auch eine Lektion über Stolz darin, aber darüber wollte sie so kurz vor dem Gespräch mit Alma lieber nicht nachdenken. »Das freut mich«, sagte sie. »Es war mir wichtig.«

»Kannten Sie ihn?«

Die Vorstellung, dass sie ein mondäner Flapper gewesen sein

könnte, der sich in Künstlerkreisen herumtrieb, wie es vermutlich Bella Hutton getan hatte, belustigte Josephine, aber sie klärte sie über die Fehleinschätzung nicht auf. »Nein. Ich habe mich ausschließlich auf die Erinnerungen anderer gestützt und auch eine befreundete Bildhauerin aus Primrose Hill gelöchert. Allerdings beging ich den Fehler, sie zu einer Vorstellung mitzunehmen, und sie hat die ganze Zeit über einen Keramikkopf gelacht, der auf der Bühne stand. Als er ihn zerschmetterte, war ich sehr erleichtert.«

»Soweit ich gehört habe, hat er eine Menge Zeug zerschmettert«, sagte Bella. »Vielleicht wäre er vorsichtiger gewesen, wenn er geahnt hätte, wie wenig Zeit er für sein Werk hatte. Wenn ich schon das Gefühl habe, dass mir mein Leben zwischen den Fingern zerrinnt, wie muss es ihm erst gegangen sein?« Die Frage hatte etwas Melancholisches und Persönliches, aber sie war rhetorisch, und Bella fuhr fort, bevor Josephine überlegen konnte, worauf sie angespielt haben mochte. »Ich bin einmal mit ihm zusammengetroffen – auf einer Dinnerparty wie der, die Sie in dem Stück beschreiben. Ich finde, Sie und die Schauspieler haben ihm einen großen Dienst erwiesen. Diesen Film sollte Hitch machen.«

»Ich fürchte, gequälte Künstler sind im Gegensatz zu ermordeten Schauspielerinnen keine Kassenmagneten.«

»Ja, da haben Sie recht, und darin liegt vermutlich ein verquerer Trost. Ich wüsste da jemanden, für den es eine gute Nachricht ist, dass ich noch als Tote Geld einbringen werde. Vielleicht sollte ich mir ein Beispiel an der ermordeten Schauspielerin in Ihrem Buch nehmen und alles der Wohlfahrt hinterlassen.« Josephine kannte Bella nicht gut genug, um ihre Miene deuten zu können, aber die Bitterkeit in ihrer Stimme war nicht zu überhören. Ihre Zurückhaltung hielt sie davon ab nachzufragen, und sie wechselte das Thema. »Sie haben auf der Bühne angefangen, oder?«

»Ja, aber da war ich nur kurz. Meine Ausbildung, wenn man das überhaupt so nennen will, bestand daraus, dass ich ein paar Monate lang Zweitbesetzung im Vaudeville war.« Gefesselt lauschte Josephine dem Bericht der gefeierten Schauspielerin von ihren Anfängen in London, bevor sie nach Amerika gegangen war. Es war leicht zu verstehen, warum Bella Hutton eine der wenigen Schauspielerinnen war, die den Übergang vom Stummfilm zum modernen Tonfilm mit Bravour gemeistert hatten. Die meisten Stars – zu denen auch Leyton Turnbull gehörte – hatten nicht an ihren früheren Erfolg anknüpfen können, weil ihre Stimme völlig anders klang als die, die das Publikum über lange Jahre seinen Leinwandhelden im Kopf verliehen hatte. Es gab nichts Schlimmeres, als das Sinnbild von Männlichkeit mit einer quäkenden Stimme oder einem Sprachfehler zu hören. Frauen versanken in der Bedeutungslosigkeit, und aus männlichen Helden wurden über Nacht kleine Gangster. Bellas markante Stimme – kräftig und tief und in einem genau kalkulierten Maß amerikanisiert – entsprach jedoch ihrem Typus der selbstbewussten Frau, und so schaffte sie den Übergang spielend. »Dann entdeckte mich Maxwell Hutton auf einer seiner London-Reisen und entführte mich flugs nach New York, wo er mich bei Vitagraph unterbrachte. Der Rest ist, wie die Anwälte sagen, Alimente.« Sie lächelte traurig. »Es war eine glückliche Zeit am Theater – dort fühlte ich mich das erste Mal frei. Manchmal wünschte ich, ich hätte ihm nie den Rücken gekehrt, aber es war sehr schwer, diesem Mann etwas auszuschlagen.«

»Immerhin hat er Ihrer Karriere den Weg geebnet.« Bellas Ehe mit dem Filmmogul war eine der sagenumwobenen Verbindungen im Showbusiness gewesen und hatte den Filmmagazinen alles geboten, was sie sich nur wünschen konnten, von der unerwarteten Liebesgeschichte bis zu dem erbittert geführten Scheidungskrieg. »Bis auf den Umstand, dass er Sie auf der *Titanic* beinahe umgebracht hätte, hat er nichts falsch gemacht, scheint mir.«

Lachend warf Bella den Kopf in den Nacken. »Nein, vermutlich nicht. Die Reise war sein Verlobungsgeschenk. Damit sollte ich vor unserer Hochzeit meinen großen Abschied von England feiern. Ich habe ihn oft damit aufgezogen, dass er gewusst hätte, sie würde untergehen, denn im Grunde hat diese Geschichte meine Karriere begründet und nicht die viele harte Arbeit. Bis dahin hatte ich in einer Massenszene in *Eine Geschichte aus zwei Städten* gespielt, mehr nicht.«

Nicht einmal Josephine brachte die Zurückhaltung auf, ihre Neugier zu zügeln, und ihre einzige Konzession an den Anstand bestand darin, die Sensationslüsternheit in ihrer Stimme zu unterdrücken. »Wie war es in dieser Nacht tatsächlich?«, fragte sie.

Mittlerweile schien die tiefer stehende Sonne durch die Terrassentüren hinein, und Bella beugte sich vor, um die Wärme auf ihrem Gesicht zu spüren, und schloss beim Weiterreden die Augen. »Wir waren in meiner Kabine, als es passierte. Unseren Deckspaziergang hatten wir abgekürzt, weil es so kalt war. Die Abende waren immer kühl gewesen, der klare Himmel stand voller Sterne, und die Luft war frisch und anregend. Ich weiß noch, dass ich dachte, es sei die richtige Art Wetter für einen Neuanfang. Es war nicht mehr als ein Ruck. Keiner dachte sich viel dabei, bis wir die Stille bemerkten. Längst hatten wir uns an das Brummen der Maschinen gewöhnt, und plötzlich war es nicht mehr da. Max ging raus, um zu schauen, was passiert war, und ein Besatzungsmitglied sagte ihm, dass wir einen Eisberg gestreift hätten. Wir sollten mit angelegten Rettungswesten an Deck kommen, eine reine Vorsichtsmaßnahme. Niemand war auch nur im Geringsten besorgt, selbst als sie die Rettungsboote losmachten.« Ungläubig schüttelte sie den Kopf. »Sie ließen die Boote herunter, bis sie auf Höhe unseres Decks waren. Die Männer blieben zurück, und ich musste mich von Max trennen, aber selbst das war noch keine große Sache – das Schiff lag ganz still da, und alle waren ruhig. Erst als unser Boot zu Wasser gelassen wurde, empfand ich das erste Mal Angst. Vermutlich lag es an der Größe des Schiffs. Wie leicht man darunter verschwinden konnte. Jedenfalls ruderten wir davon weg in eine sichere Entfernung und blickten zurück, und auch wenn das seltsam klingt, ich habe kaum jemals etwas Schöneres gesehen.«

Josephine konnte es sich gut vorstellen. Mit fünfzehn hatte sie in der Wochenschau begeistert mitverfolgt, wie die *Titanic* aus dem Southamptoner Hafen auslief, und diesen überwältigenden Eindruck von erhabener Größe hatte sie nie vergessen, nicht einmal, als sie die künstlerischen Darstellungen des Schiffsuntergangs betrachtet hatte. »Dann gingen die Lichter aus, und wir begriffen, dass die Decks nach und nach mit Wasser vollgelaufen waren«, fuhr Bella fort. »Niemand sagte ein Wort. Schweigend sahen wir zu, wie das Heck der riesigen Silhouette sich immer höher aufrichtete. Fünf Minuten stand es so da, und alles, was man hörte, war das Getöse der Maschinen, die durch den Schiffsrumpf rutschten. Wenn ich jetzt so darüber nachdenke, kommt es mir vor, als hätte ich einen Stummfilm angesehen – einen mit unpassender Musik. Überall um mich herum waren schreiende Frauen mit aufgerissenen Mündern, und ich konnte nicht mehr hören als das Knirschen und Krachen von Metall. Eine Musikbegleitung aus der Hölle, wenn Sie so wollen. Gerade als ich dachte, schlimmer könnte es nicht kommen, verschwand das Schiff. Und dann hörte man die Schreie – dieses Mal nicht die von uns in den Booten, sondern von den armen Teufeln im Wasser. Es war so bitterkalt, Josephine, und wir konnten nichts tun als ihnen beim Sterben zusehen. Und wissen Sie was? In unserem Rettungsboot wäre noch Platz gewesen. Es war alles reiner Zufall, als würde vor unseren Augen ein Willkürurteil vollstreckt.«

Es war eine bemerkenswerte Geschichte, und die Schriftstellerin in Josephine bewunderte, wie ruhig und anschaulich Bella sie erzählte. »Wann haben Sie erfahren, dass Ihr Ehemann in Sicherheit ist?«, fragte sie.

»Erst sehr viel später. Die *Carpathia* nahm die Überlebenden an Bord und brachte uns nach New York. An Bord fanden wir uns wieder. Es war ihm gelungen, einen Platz in einem der letzten Rettungsboote zu ergattern.«

Josephine erwartete, dass Bella von ihrer Erleichterung angesichts dieser Wiedervereinigung sprechen würde, aber sie tat es nicht. »Es erstaunt mich, dass Sie den Atlantik jemals wieder überquert haben. Ich bin mir nicht sicher, ob ich nach einem solchen Erlebnis imstande gewesen wäre, noch einmal einen Fuß auf ein Schiff zu setzen.«

»Lange Zeit konnte ich das auch nicht. Aber es ergibt sich dieses und jenes, und das Leben geht weiter und zwingt einen, sich mit Dingen auseinanderzusetzen, die man lieber vermeiden würde.« Josephine erinnerte sich, was Ronnie über Bellas unvermittelte Rückkehr nach Großbritannien erzählt hatte, und überlegte, sie danach zu fragen, aber sie zögerte, und dann war der Moment vorbei. »Vielleicht ist es auch gut so. Mittlerweile bin ich daran gewöhnt.« Ein wissendes Lächeln erschien auf ihrem Gesicht. »Wie dem auch sei, die Gage eines Stars beginnt mit dem Tag, an dem er von zu Hause aufbricht, daher lohnt es sich also, sich Zeit zu lassen. Je größer der Scheck, desto schneller vergesse ich.« Sie hielt inne und wurde wieder ernst. »Max war so viel mehr als nur der Wegbereiter meiner Karriere, Josephine. Ich habe nie jemanden so geliebt, wie ich ihn liebe.« Das Präsens fiel Josephine sofort auf, während Bella selbst es nicht bemerkt zu haben schien. »Etwas Romantischeres als diese Reise können Sie sich nicht vorstellen, und ein solcher Einfall sah ihm ähnlich. Als das verdammte Ding den Eisberg rammte, hätte mir das etwas sagen sollen, nicht wahr? Dass es nicht darauf ankommt, was man sehen kann, sondern darauf, was unterhalb der Oberfläche lauert. Eine klügere Frau als ich hätte daraus gelernt.«

Normalerweise hätte Josephine nicht im Traum daran gedacht, jemanden, den sie eben erst kennengelernt hatte, nach dem Scheitern seiner Ehe zu fragen, aber Bella war wohl kaum eine gewöhnliche Gesprächspartnerin zu nennen. »Womit hat er Sie so sehr gekränkt?«, fragte sie.

»Er hat mich meiner Illusionen beraubt. Es zeigte sich, dass er genauso wie alle anderen war: ein mächtiger Mann im eleganten Anzug und mit Dreck an den Händen. Wenn ich jetzt so darüber nachdenke, dann entsprach kein einziger Mann in meinem Leben dem, wofür ich ihn zunächst hielt. Und Zweifel ersticken die Liebe. Hat man sie erst einmal, gibt es kein Zurück.«

»Wünschten Sie, ihn nie kennengelernt zu haben?«

»Tja, das ist eine gute Frage, aber nein, so weit ging es nie. Ich wünschte nur, dass ich mich nicht in ihm geirrt hätte.« Sie sah zur Terrassentür hinaus, und Josephine wartete, dass sie sich entschied, wie viel sie noch erzählen sollte. »Ist es nicht seltsam, was wir alles für die Liebe aufgeben? Eigentlich unbegreiflich. Heute Nachmittag erst habe ich darüber nachgedacht – dass ich gerade in der Prince-of-Wales-Suite wohne, verlieh dem Ganzen eine gewisse Ironie.« Sie bemerkte Josephines fragenden Blick. »Entschuldigung, ich vergaß – hier weiß niemand, dass wir Engländer im Begriff sind, unseren König an eine geschiedene Amerikanerin zu verlieren, oder? Die hiesigen Zeitungen schweigen sich diskret darüber aus. Ich fürchte, den Reportern in den Staaten fehlt diese Zurückhaltung. Muss an einem Defekt in den republikanischen Genen liegen.«

»Wovon reden Sie?«

Bella schien ihre Verwunderung zu genießen. »Nach allem, was man hört, scheint der König im Begriff zu sein, mit seiner Geliebten einen Schritt zu weit zu gehen. Es heißt, er wird ihretwegen auf den Thron verzichten.«

»Warum sollte er? Er kann beides haben – alles andere wäre doch unsinnig. Nein«, fügte Josephine hinzu und kam sich angesichts von Bellas Gewissheit langsam etwas naiv vor, »er wird niemals abdanken.«

»Doch, doch, das wird er. Ich habe sie kennengelernt. Was ich nicht verstehe, ist, warum wir auf das Dilemma, in dem er steckt, so ehrfürchtig starren. Jeder von uns kommt in seinem Leben einmal an einen solchen Punkt. Ein Mensch, der für seine Liebe nicht teuer zahlen muss, hat sehr viel Glück.«

»Nur kostet es normalerweise kein Königreich.«

»Nicht buchstäblich, das ist wahr – aber empfindet man es nicht immer so?«

Jetzt war es an Josephine, ironisch zu lächeln. »Ich weiß nicht, ob ich das beantworten kann. Fragen Sie mich in einem halben Jahr noch mal.«

»Ich fürchte, das wird nicht möglich sein.«

Ihr Ton klang so entschieden, dass sie nicht nur die Unwahrscheinlichkeit eines Wiedersehens zwischen ihnen gemeint haben konnte. »Ist ein halbes Jahr tatsächlich so lang?«, fragte Josephine leise.

Bella musterte sie und schien zu dem Entschluss zu kommen, ihr zu vertrauen. »Ich sterbe, Josephine. Die Ärzte können nichts mehr machen. Es handelt sich eher um Wochen als um Monate.« Sie sagte das mit einer solchen Nüchternheit, wie sie es bei einem Leinwandauftritt niemals getan hätte, und es klang, als handelte es sich lediglich um eine lästige Angelegenheit. Rasch sprach sie weiter und verhinderte damit eine Erwiderung, aber selbst wenn Josephine alle Zeit der Welt gehabt hätte, hätte sie nichts zu antworten gewusst. Die plötzliche tiefe Traurigkeit, die sie empfand und die nicht nur der Frau vor ihr galt, ließ sich nicht in die üblichen Worte des Bedauerns kleiden. »Merken Sie sich das: Es ist immer das, was man nicht sehen kann, das einen kalt erwischt. Und auch wenn ich vermute, dass ich es nicht mehr allzu lange geheim halten kann, wäre ich Ihnen dankbar, wenn Sie niemandem etwas davon erzählen. Allein die Versicherungsprämien kämen den Studios höchst ungelegen.«

Jetzt verstand Josephine, warum in manchen von Bellas Worten etwas Finsteres mitgeschwungen hatte. »Natürlich werde ich nichts sagen.« Dieses Versprechen konnte sie guten Gewissens geben. Wenn sie in Bellas Lage wäre, würde sie ihre Krankheit so geheim wie möglich halten wollen, um über ihre letzten Tage selbst bestimmen zu können.

»Danke. Wenn man berühmt ist, stirbt es sich nicht leicht – die Leute reagieren ganz unterschiedlich, wenn sie wissen, dass ihnen nur eine begrenzte Zeit bleibt, um das von einem zu bekommen, was sie wollen.« Sie warf Josephine einen scharfsinnigen Blick zu. »Normalerweise habe ich das Bedürfnis, mich für meinen Zynismus zu entschuldigen, aber Ihr Buch lässt mich annehmen, dass wir eine ähnliche Sicht auf den Ruhm haben. Es steckt viel Wahrheit darin, wie Ihre Figur darüber spricht, und ich vermute fast, dass Sie *das* nicht aus den Erinnerungen anderer haben. Ihnen verursacht Ruhm auch Unbehagen, oder?«

»Ja«, sagte Josephine wahrheitsgemäß. »Er bringt Leute dazu, zu denken, sie kennen einen, auch wenn sie es gar nicht tun.«

Bella nickte. »Um dem zu entgehen, verwandelt man sich schließlich in jemanden, der einem selbst manchmal fremd ist.« Sie bedachte Josephine mit einem lebensüberdrüssigen Blick, der geradewegs aus einem ihrer Filme stammte. »Jetzt verstehen Sie auch, warum ich Christine Clays Tod seltsam prophetisch fand, als ich Ihr Buch las. Ich nehme an, dass die Leute auf meinen Tod in derselben Weise reagieren werden – mit einer Mischung aus Mitleid, Betroffenheit und Schrecken, aber mit sehr wenig echter Trauer.«

»Was ist mit Ihrer Familie?«, fragte Josephine. »Sind Sie deswegen nach England zurückgekehrt – um bei ihr zu sein?« Bella wirkte so überrascht, dass Josephine plötzlich zweifelte, ob Lettice recht gehabt hatte. »Oh, tut mir leid – ich dachte, Sie stammen von hier?«

»Ja, aber ich vergesse immer, wie viel die Leute über mich wissen. Vermutlich sollte ich mehr Zeitung lesen, damit ich noch das eine oder andere Detail aus meinem Leben erfahre.« Das war kein Vorwurf, aber mit einigem Unbehagen wurde Josephine bewusst, dass sie sich genau dessen schuldig gemacht hatte, was sie erklärtermaßen an anderen nicht leiden konnte. Bella deutete über die Bucht. »Ich bin in dem Haus dort drüben aufgewachsen. Mein Geburtsname ist Draycott, wir waren vier Kinder. Ich war die mittlere von drei Schwestern, und wir hatten einen älteren Bruder namens Henry. Er war kein angenehmer Mensch. Kaum hatte er das Haus von unseren Eltern geerbt, beeilten wir anderen uns, so schnell wie möglich wegzukommen.« Sie holte ein elegantes Art-nouveau-Zigarettenetui aus ihrer Tasche und hielt es Josephine hin. »Kennen Sie Portmeirion gut?«

»Ich war schon mehrere Male hier.«

»Dann haben Sie vielleicht von der exzentrischen alten Frau und ihrem Hundefriedhof gehört?« Josephine nickte. »Nun, das war Grace, meine ältere Schwester – nur dass sie nicht wirklich alt und nicht wirklich exzentrisch war. Sie hatte dieses Haus hier viele Jahre gemietet, aber diesen Ruf hatte sie nicht verdient. Sie war keine Hexe, sondern eine gutmütige Frau, die Streuner aufnahm und um sie trauerte, wenn sie starben.«

Fasziniert sagte Josephine: »Es verärgert Sie sicher, wenn Sie hierher zurückkommen und Fremde so über Ihre Schwester reden hören.«

»Ich habe ein schlechtes Gewissen, weil ich dabeisitze und nichts sage, aber ich bin zu müde, um zu widersprechen, Josephine. Ist das feige?«

»Vermutlich nagt es mehr an Ihnen als an ihr.« Sie lächelte. »Ich habe in meiner Heimatstadt auch nicht den besten Ruf, was ich mir allerdings selbst zurechnen muss. Inzwischen belastet es mich nicht mehr besonders, und sicherlich würde ich nicht wollen, dass es meiner Schwester den Schlaf raubt, wenn ich einmal tot bin. Hätte Grace sich um das Gerede der Leute geschert?«

»Nein, wahrscheinlich nicht. Wahrscheinlich wäre sie gar nicht dazu gekommen, weil sie die Vorstellung, dass der Thronfolger in ihrem Zimmer geschlafen hat, so zum Lachen gebracht hätte. Im Vergleich zum Rest der Familie war ihre Exzentrik recht schwach ausgeprägt.«

»Ach ja?«, sagte Josephine ermunternd und hoffte, dass Bella ihre Geschichte zu Ende erzählen konnte, bevor Alma Reville auftauchte.

»Meine jüngere Schwester May brannte mit einem vom

fahrenden Volk durch, das jeden Sommer durch die Gegend hier zog – was natürlich gewaltige Empörung im Dorf hervorrief, aber sie hatte eben ihren eigenen Kopf. Und ihr war wirklich völlig egal, was andere von ihr hielten. Ich glaube, sie besaß die romantische Ader in der Familie.«

»Wollen Sie damit sagen, dass Hollywood nicht romantisch ist?«

»Nur wenn man es von außen betrachtet. Sieht man genauer hin, entdeckt man mehr Risse als im Hause Usher. Aber Mays Liebesgeschichte war echt. Tobin war die Liebe ihres Lebens, und nach allem, was ich weiß, war er ein guter Mann. Ich habe ihn allerdings nie richtig kennengelernt, dazu war ich zu sehr mit meinem eigenen Leben beschäftigt. Leider ging die Geschichte tragisch für sie aus. Sie starb bei der Geburt ihres zweiten Kindes, selbst noch ein halbes Kind.« Unterdrückte Wut schwang in ihrer Stimme mit. Josephine vermutete, dass sie von Trauer und Schuldgefühlen herrührte, weil sie in dieser schweren Zeit nicht bei ihrer Familie gewesen war. Aber ihr war klar, dass es nichts gab, was sie Bella zum Trost hätte sagen können.

»Also nein«, fuhr die Schauspielerin nüchtern fort, »hier ist niemand mehr, der um mich trauern würde, selbst wenn ich es wollte.«

»Was ist mit Ihrem Bruder?«, fragte Josephine. »Lebt er nicht mehr?«

»Doch, leider.«

»Aber er lebt nicht hier?«

»Nein. Er lief mit einer verheirateten Frau aus Portmadoc weg – der besten Freundin seiner Frau. Treue hatte für keinen von beiden großen Wert. Seine Frau lebt immer noch dort«, sagte sie mit einer Geste zu dem Haus, »und ich glaube, sie war froh, als er fort war. Wie gesagt, er ist kein angenehmer Mensch, aber nichts von dem, was er tut, scheint sich jemals gegen ihn zu wenden und ihn zu verfolgen, wie es in einer gerechten Welt der Fall wäre. Er treibt weiter sein Unwesen und zerstört das Leben anderer Menschen. Meinetwegen würde er sicherlich keine Tränen vergießen, so wenig wie ich um ihn.« Sie klang so ungerührt, als erzählte sie die Handlung ihres neuesten Films nach, dann senkte sie die Stimme und fügte mit mehr Gefühl hinzu: »Wenn ich so darüber nachdenke, habe ich wohl auch das mit Ihrer Miss Clay gemeinsam – eine gesunde Neigung zum Hass, insbesondere was unsere Brüder angeht. Manchmal frage ich mich, Josephine, ob mich womöglich der Hass und nicht der Krebs von innen auffrisst.«

»Haben Sie seine Frau besucht?« Josephine überlegte, ob Bella das Haus vorhin deshalb so eindringlich gemustert hatte, weil sie zu einem seiner Bewohner in einer persönlichen Beziehung stand oder ob sie einfach nur an dem alten Gemäuer hing.

»Gwyneth? Nein. Ich habe sie seit achtzehn Jahren nicht gesehen. Sie meidet jede Gesellschaft, was mich nicht wundert. Über das, was ihr geschehen ist, kommt man nur schwer hinweg.« Josephine sah sie fragend an. »Kurz nachdem Henry sie verlassen hatte, merkte Gwyneth, dass sie schwanger war«, erklärte Bella. »Sie hat ihm nie etwas davon erzählt, weil sie ihn nicht zurückwollte, aber das Kind vergötterte sie, und Grace nahm sie eine Weile bei sich auf und half ihr, so gut es ging – nicht aus einer familiären Verpflichtung heraus, sondern weil sie Gwyneth sehr mochte. Außerdem kenne ich niemanden mit einem größeren Herzen. Drei Jahre später verschwand Taran und wurde nie wieder gesehen, weder tot noch lebendig. Das brachte sie fast um – der Verlust und auch die Ungewissheit. Das Haus ist zu einer Obsession für sie geworden, sie hat Angst, es zu verlassen, falls Taran noch am Leben ist und sie sucht. An dem Tag, an dem ihr Kind verschwand, hat sie sich von allem und jedem zurückgezogen.«

»Hat sie denn überhaupt keine Ahnung, was passiert ist?«

»Nein. Es gab Gerüchte, dass Taran entführt wurde. Die Einheimischen wandten sich gegen einen Außenseiter – nicht etwa weil sie etwas wussten, sondern aus Verzweiflung.« Sie senkte den Blick. »Das war für mich das Schlimmste. Dieser Außenseiter war Mays Liebhaber.«

»Aber er hat doch gewiss nicht …«

»Selbstverständlich nicht, aber seit wann folgen Gewalt und Vorurteile den Gesetzen der Vernunft? Erinnern Sie sich an die Szene mit der aufgebrachten Meute aus *Der Mieter*?« Josephine nickte. »Es war genauso, nur dass Tobin nicht das Glück von Mr Novello hatte. Ihm hat leider keiner ein Happy End geschrieben.«

»Was ist passiert?«, fragte Josephine.

»Sie haben ihn ermordet. Im Wald stand früher ein altes Cottage, und dort trieben sie ihn wie ein Tier in die Enge. Die Sache wurde natürlich schnell unter den Teppich gekehrt. Die vom fahrenden Volk sind schon immer mit den Leuten aus dem Dorf aneinandergeraten, wenn sie im Sommer ihre Zelte hier aufschlugen – Prügeleien, wechselseitige Vorwürfe wegen mutwilliger Zerstörung und Diebstählen, die üblichen Hahnenkämpfe. In diesem Fall hielten die Einheimischen dicht, und die Polizei überschlug sich nicht gerade vor Eifer. Was die Polizei betraf, war es ein Dienst an der Öffentlichkeit, wenn es einen von denen weniger gab. Jedenfalls ließ sich nicht beweisen, wer letztlich verantwortlich war, und die gesamte Meute konnten sie ja schlecht verhaften.« Sie seufzte tief. »Grace war am Boden zerstört, aber wenigstens war May damals schon tot, sodass sie das nicht miterleben musste.«

»Bestimmt hätte die Polizei sich doch etwas mehr anstrengen können, um den Schuldigen zu finden«, sagte Josephine, die an Archie dachte, der für jeden seiner Fälle die persönliche Verantwortung übernahm. »Man darf doch nicht einfach über den Tod eines Menschen hinwegsehen, nur weil es schwierig wird.«

Darauf schwieg Bella so lange, dass Josephine sich zu fragen begann, ob sie zu weit gegangen war. Auch wenn die Schauspielerin die Geschichte freimütig erzählt hatte, durfte sie sich kein Urteil anmaßen. »Nein«, sagte Bella schließlich, aber ihre Stimme klang eher wehmütig als verärgert. »Nein, ich glaube nicht, dass man das darf.«

Ein Paar setzte sich an den Nebentisch, und Josephine

bemerkte, wie die junge Frau nicht gerade dezent auf den Filmstar deutete. »Es ist sicher nicht leicht, im Trubel eines Hotels Frieden mit den eigenen Gespenstern zu schließen.«

»Vermutlich konnte diesem Ort nichts Besseres passieren. Wenn etwas derart düster ist, lässt es sich nur mit Glamour und Glitzer überdecken. Darauf beruht Hollywood. Ich mache es schon mein ganzes Leben lang. Aber Sie haben recht – Gespenster lauern überall.« Sie beugte sich vor und nahm zu Josephines Erstaunen ihre Hand. »Danke«, sagte sie. »Erst als Sie kamen, wurde mir bewusst, dass ich mit jemandem reden musste – jemandem, den ich leider erst jetzt kennengelernt habe. Sie waren sehr freundlich und haben mir geholfen, mir über einiges klar zu werden.«

»Dürfte ich fragen, worüber?«

Bella schüttelte den Kopf. »Nein. Ich habe schon genug geredet, und wenn ich mich nicht irre, werden Sie es ohnehin bald erfahren.« Sie sah auf und zog ihre Hand zurück. »Außerdem ist gerade die graue Eminenz erschienen.«

»Miss Tey – ich hoffe, ich habe Sie nicht warten lassen.« Alma Reville hatte sich umgezogen und trug jetzt ein Abendkleid aus Seidencrêpe, dessen Rostrot das Kastanienbraun ihres Haars hervorhob. So formell gekleidet und perfekt geschminkt sah sie älter aus, als sie zunächst gewirkt hatte. Bella hob eine Augenbraue und tippte leicht auf ihr Handgelenk, und Josephine konnte einem raschen Blick auf ihre Armbanduhr nicht widerstehen. Es war genau zehn nach sechs. »Was möchten Sie trinken?«, fragte Alma. »Wie wäre es für den Anfang mit einem Martini?«

»Warum nicht? Später kann ich immer noch zu etwas Stärkerem wechseln, wenn ich es brauche.«

»Ich hoffe, das werden Sie nicht. Bella? Darf ich Ihnen auch etwas bringen lassen?« Das Angebot klang förmlich, und Josephine bemerkte die unterkühlte Höflichkeit zwischen den beiden Frauen. Alma wirkte erleichtert, als die Schauspielerin dankend ablehnte und sich verabschiedete. Sie winkte einen

Kellner herbei und gab ihre Bestellung mit einer Autorität auf, die vermuten ließ, dass sie es gewohnt war, Befehle zu erteilen, und zugleich mit einer Freundlichkeit, die Josephine sagte, dass sie es nicht für selbstverständlich nahm. Sie deutete auf das Buch, das Josephine noch immer in der Hand hielt. »In Bellas Gegenwart kommt man kaum zum Lesen.«

»Nein, aber ich lese ohnehin zu viel«, sagte Josephine im gleichen ausweichenden Ton. »Es ist leichter, die Bücher anderer zu lesen, als ein eigenes zu schreiben. Früher habe ich es zur Rechtfertigung Studium genannt. Heute habe ich jede Scham verloren.«

»Da kann ich mich vermutlich glücklich schätzen. Wir sind ständig auf der Suche nach neuen Projekten, daher darf ich alles Arbeit nennen, und jeder nimmt es mir ab. Allerdings brauche ich eine Ewigkeit, um einen Roman zu lesen. Sobald ich ihn aufschlage, stelle ich mir bei jeder Szene die Kameraeinstellung vor, bei jedem noch so kurzen Dialog die Stimmen und die Betonung.«

Die Bemerkung war durchaus freundlich, aber das machte sie nur umso irritierender. »Sehr interessant«, erwiderte Josephine, bevor sie sich bremsen konnte. »Die meisten Autoren gehen wohl eher davon aus, dass sie Ihnen diese Mühe ersparen.«

Alma wirkte immerhin peinlich berührt, das musste man ihr lassen. »Es tut mir leid, ich wollte nicht respektlos sein, ich habe nur gemeint, dass es meine Aufgabe ist, eine Geschichte in Bildern zu sehen. Das mache ich seit meiner Jugend, und eine solche Angewohnheit legt man nur schwer ab.« Sie dachte kurz nach und wählte ihre nächsten Worte bedachtsamer. »Ein Film darf einen Roman nicht eins zu eins übernehmen, dann hat er kein Leben«, sagte sie. »Haben Sie *Die 39 Stufen* gesehen?« Josephine nickte. »Und Sie haben sicher das Buch gelesen und wissen daher, dass das meiste, was die Qualitäten dieses Films ausmacht, auf Hitchs Einfallsreichtum zurückgeht – die Liebesgeschichte, Mr Memory, die Szene im London Palladium. Auf so etwas reagieren die Zuschauer eines Films, und doch wäre nichts davon ohne das Buch möglich gewesen.« Josephines Zweifel waren ihr offenbar am Gesicht abzulesen, denn Alma fügte noch hinzu: »Das ist wahrscheinlich wie in einer Ehe. Beides kann nebeneinander bestehen, wenn beides für sich betrachtet gut ist, und es muss nicht das eine auf Kosten des anderen existieren.« Sie lächelte. »Ich weiß, was Sie denken, und ich kann Ihren Argwohn verstehen. Ich kann so etwas leicht sagen, schließlich ist es nicht mein Buch, das ausgeschlachtet wird.«

»Vielleicht bin ich zu argwöhnisch, aber wenn, dann liegt das nur daran, dass in dieser besonderen Ehe ein Ungleichgewicht herrscht. Sobald die ersten Bücher nach Filmen geschrieben werden, werden Schriftsteller sich vielleicht ein wenig entspannen.«

»Und Filmemacher werden dem Wort Empörung eine ganz neue Bedeutung verleihen. Hitch regt sich über die kleinste Änderung auf, die ein Produzent vornimmt.« Ihre Cocktails wurden serviert, und Alma nahm das Glas dankbar entgegen. »Können wir noch einmal von vorn anfangen?«, fragte sie. »Ich weiß, wie heuchlerisch das alles klingen muss, aber es ist mir wichtig, von Anfang an ehrlich mit Ihnen zu sein. Wenn Sie uns erlauben, *Klippen des Todes* als Vorlage für unseren Film zu verwenden, werden wohl Änderungen nötig sein.«

»Zum Beispiel?«, fragte Josephine, die sehr wohl gemerkt hatte, wie vorsichtig der letzte Satz formuliert worden war.

»Es ist noch zu früh, das im Einzelnen zu sagen, aber einige Figuren werden eine wesentlich größere Rolle spielen, andere werden wegfallen. Auch die Geschichte wird nicht unbedingt Ihrer entsprechen, und Sie werden womöglich überrascht sein, wie schnell unsere Handlung sich von Ihrer unterscheidet. Über einige der Veränderungen werden Sie sich ärgern, andere werden Sie – hoffe ich – nachvollziehen können und sogar mögen.«

Josephine gefiel Almas Offenheit, auch wenn sie über das Gesagte etwas beunruhigt war. »Und ich wage zu behaupten, dass keine dieser Veränderungen den Buchverkäufen abträglich sein wird«, sagte sie ironisch. »Oder den Einnahmen an den Kinokassen.«

Alma hob ihr Glas. »Darüber zumindest sind wir uns einig.«

»Sagen Sie – wenn Ihr Mann so wenig von meiner Geschichte übernehmen will, warum schreiben Sie dann nicht selbst eine? Das würde Ihnen die Mühe ersparen, sich mit jemand anderem auseinandersetzen zu müssen.«

»Weil die Idee von Ihnen stammt, und dem finanziell und künstlerisch Rechnung zu tragen, erscheint nur angemessen. Natürlich könnten wir daraus nach unserem Gutdünken einen Film entwickeln, ohne Ihnen oder dem Buch Anerkennung zu zollen. Es wäre nicht das erste Mal, dass so etwas passiert, aber so arbeiten wir nicht.«

Das war zwar ehrenwert, allerdings beschlich Josephine der Gedanke, dass es auf lange Sicht andersherum vielleicht freundlicher gegenüber den Schriftstellern wäre. Es war interessant, wie selbstverständlich Alma von der Arbeit als einer gemeinschaftlichen Unternehmung sprach, und sie begann zu begreifen, dass man eigentlich ein Werk zweier Leute meinte, wenn man »von einem Hitchcock« redete. »Wonach suchen Sie die Ideen aus, die Sie aufgreifen wollen?«, fragte sie mit echtem Interesse.

»Wir lesen die Kritiken, schauen uns Theaterstücke im West End an, ackern Manuskripte durch.« Sie lächelte. »Und manchmal erhalten wir einen kleinen Hinweis. Wie freundlicherweise von Miss Fox. Als sie uns Ihr Buch gab, waren wir gerade ziemlich ratlos.«

»Ach ja?«

Alma zögerte, und Josephine ahnte, dass sie überlegte, wie offen sie sprechen konnte, ohne sie vor den Kopf zu stoßen. »Um ehrlich zu sein, Miss Tey, wir hofften auf einen weiteren John Buchan, aber er wollte uns nicht einmal treffen, so beschäftigt ist er mit seinem Dasein als Generalgouverneur von Kanada.«

Josephine lachte und trank ihren Martini aus. Sie sah Alma

in die Augen. »Gefällt einem von Ihnen das Buch überhaupt, Miss Reville?«

»Mein Mann hat sein Potenzial erkannt«, antwortete Alma diplomatisch, dann fuhr sie in einem herzlicheren Ton fort: »Und mir gefällt das Buch, Miss Tey. Sehr sogar, und ich würde mich freuen, wenn Sie eine Zusammenarbeit mit uns in Erwägung ziehen.«

»Ich kenne mich damit überhaupt nicht aus. Meine Erfahrungen mit der Welt des Films beschränken sich auf Kinobesuche zweimal in der Woche. Wie Sie selbst gesagt haben, unterscheidet sich das Schreiben eines Films grundlegend von dem eines Romans.«

»Aber nicht so sehr von dem eines Theaterstücks. Viele der besten Drehbuchautoren kommen vom Theater, und wir wären froh, wenn wir Sie gewinnen könnten, also lehnen Sie bitte nicht ab.« Sie akzeptierte die angebotene Zigarette und beugte sich vor, um sich Feuer geben zu lassen. »Hin und wieder spiele ich mit dem Gedanken, einen Roman zu schreiben, und sei es auch nur, weil ich das allein machen könnte.«

Josephine war überrascht. Das war das erste Mal, dass Alma zu erkennen gab, berufliche Ziele unabhängig von ihrem Mann zu verfolgen. »Ich hatte den Eindruck, dass Ihnen die Zusammenarbeit mit Ihrem Mann genauso wichtig ist wie die Arbeit selbst«, sagte sie. »Würden Sie das nicht vermissen?«

»Selbstverständlich, aber ich kann das nicht für alle Zeiten machen, und ich brauche einen Ersatz.« Sie gab dem Kellner ein Zeichen, eine zweite Runde zu bringen, und antwortete auf Josephines fragenden Blick: »Missverstehen Sie mich nicht, ich arbeite gerne mit anderen zusammen, aber inzwischen sind es nicht mehr zwei oder drei Leute, sondern es ist eine ganze Organisation, und in Organisationen geht es stets um Macht, auch im künstlerischen Bereich.« Sie seufzte und drehte gedankenverloren ihren Ehering. »Ich werde Hitch selbstverständlich immer unterstützen. Er zieht mich bei allem, was er macht, hinzu, und er hört auf mich, selbst wenn er dann zurückstecken muss, aber letztlich ist es nur die Art von Unterstützung, die eine Frau ihrem Mann eben zuteilwerden lässt. Wenn er nach Amerika geht, und das ist nur eine Frage der Zeit, wird es dort keinen gleichrangigen Platz neben ihm geben. Zumindest nicht im Denken der Leute.«

»Das würde ich an Ihrer Stelle nicht wollen.«

»Ich weiß nicht, wie es mir damit gehen wird«, gab Alma ehrlich zu. »Das werde ich erst wissen, wenn es so weit ist. In unserer Anfangszeit haben wir nicht groß an die Zukunft gedacht. Es ging nur darum, uns durchzubringen, Dinge auszuprobieren, das Beste herauszuholen. Der Film war nicht viel älter als wir, und es gab noch keine Regeln. Dieses Abenteuer ist es nicht mehr, jeder muss so tun, als wüsste er genau, was er tut.« Sie lächelte. »Es haben sich natürlich andere aufregende Dinge und Möglichkeiten ergeben, von denen wir damals nicht einmal zu träumen wagten. Ich vermisse diese Zeit dennoch.«

»Wie haben Sie denn angefangen?«, fragte Josephine. »Marta hat erzählt, dass Sie schon länger als Ihr Mann für den Film arbeiten.«

»Ja, ich war ihm etwa vier Jahre voraus«, sagte Alma, aber in ihrer Stimme lag nichts Triumphierendes. »Ich bin in Twickenham aufgewachsen, gleich um die Ecke der Studios der London Film Company. Mein Vater arbeitete dort in der Kostümabteilung und hat mich oft mit zur Arbeit genommen. Schon als ich das erste Mal ein Set betrat, war meine Leidenschaft geweckt, und daran hat sich nichts geändert.« Das konnte Josephine verstehen, denn auch wenn sie noch nie in einem Filmstudio gewesen war, hatte die Magie des Films sie schon als Kind in ihren Bann gezogen, und sie würde nie vergessen, wie ihre Mutter sie das erste Mal mit in eine Vorführung genommen hatte. Es war eine der seltenen Gelegenheiten, zu denen sie allein etwas unternahmen, und die sie als Privileg der Ältesten eifersüchtig hütete. Damals wurden Filme in umgewandelten Läden oder Sälen gezeigt, weil es noch kaum eigens dafür errichtete Lichtspielhäuser gab. Sie wusste nicht mehr, welchen Film sie gesehen hatten, aber das war nicht wichtig. Wichtig war, dass sich ihr damals unverhofft ein Tor zu einer abenteuerlicheren, romantischeren Welt auftat. Noch heute flüchtete sie sich gerne in diese Welt. »Sobald ich konnte, habe ich mir in den Studios eine Stelle gesucht«, fuhr Alma fort. »Ich habe ganz unten angefangen und die niedrigsten Aufgaben übernommen, nur um mich nützlich zu machen. Es war die beste Möglichkeit, um die technischen Fertigkeiten zu erwerben, die ich zu meinem Fortkommen brauchte.«

»Hat es Sie nie gereizt, auf der anderen Seite der Kamera zu stehen?«

»Welches junge Mädchen hätte das nicht gereizt? Mir wurde allerdings schnell klar, dass ich am Schneidetisch mehr Sicherheit genoss als eine Schauspielerin, und ich hatte schon immer einen Sinn fürs Praktische.«

»Es muss auch so sehr glamourös gewesen sein.«

»Ja und nein. Die Arbeit selbst war mühselig und anstrengend. Den Preis haben diese beiden dafür gezahlt«, sagte sie und deutete auf ihre Augen. »Wenn man an seiner Sehkraft hängt, sollte man keine Filme schneiden und kleben, aber ich wollte es nicht anders.«

»Hat sich Ihr Ehemann auch auf diese Weise hochgearbeitet?«

»Ja, anfangs hat er die Zwischentitel angefertigt. Als ich ihn das erste Mal sah, trug er einen riesigen Packen davon unterm Arm. Aber schon damals besaß er sehr viel Selbstvertrauen.« Sie lächelte in sich hinein. »Das Studio war mein zweites Zuhause. Ich freute mich immer auf die Reaktion der Leute, die das erste Mal dorthin kamen – die Scheinwerfer und die Kameras, das Geschrei der Techniker. Die meisten schüchterte es ein, aber Hitch nicht. Unbeeindruckt marschierte er zum Produktionsbüro, als wäre es das Normalste von der Welt.«

»Und das hat Sie beeindruckt?«

»Offen gestanden fand ich ihn ein wenig hochnäsig. Mit den ersten Worten, die er zu mir sagte, bot er mir eine Stelle an,

und ich war froh darüber, denn die Studios hatten damals eine Menge Leute entlassen, und ich hatte schon seit Monaten keine Arbeit mehr. Man kann wohl sagen, dass wir gut miteinander zurechtgekommen sind, denn seither sind wir ein Paar.«
In ihrer Stimme schwang eine gewisse Wehmut mit, aber Josephine konnte ihre Begeisterung für diese frühe Zeit spüren und welchen Enthusiasmus eine solche Partnerschaft geweckt haben musste. »Wir hatten keine Ahnung, was uns erwartet. Kein Gedanke an Ton oder Farbe. Oder an Geld und dass der Film Leute machen und zerstören kann«, fügte Alma zynisch hinzu.

»Schmackhaft machen Sie mir die Sache damit nicht gerade«, sagte Josephine. »Vielleicht sollte ich doch lieber Abstand davon nehmen.«

Alma lachte. »Lassen Sie sich nicht von mir abschrecken. Wir sind ganz und gar untypisch. Der Film muss nicht ihr Leben auffressen, und viele Leute kriegen es hin, das Ganze nüchtern zu betrachten. Nehmen Sie Marta. Ihre Arbeit für *The Passing of the Third Floor Back* war hervorragend, und sie scheint auch keinen Schaden davongetragen zu haben, als sie sich in diese zwielichtige Welt begeben hat. Ganz im Gegenteil.«

»Soweit ich weiß, hat sie es genossen.«

»Ich hatte den Eindruck, es war mehr als das. Sie brauchte es. Vielmehr brauchte sie die Befriedigung, die es einem bereitet, wenn man seine Arbeit gut macht.« Josephine sah sie an, und ihr wurde klar, dass Alma nichts entging. Es stimmte: Aus Martas Briefen wusste sie, dass Marta durch die Arbeit für Alma Reville neues Selbstvertrauen gewinnen konnte, nachdem sie über Jahre ein unstetes Leben geführt hatte. »Natürlich haben Frauen es heutzutage beim Film schwerer. In den Zwanzigern, als jeder dachte, es wäre nichts als ein Riesenspaß und Abenteuer, boten sich ihnen viele Möglichkeiten. Aber seit man gutes Geld damit verdienen kann, nehmen sich die Männer auf einmal fürchterlich wichtig, und die Möglichkeiten werden weniger. Hitch ist da anders.«

»Dafür sorgen vermutlich schon Sie.«

»Ich gebe mir Mühe.« Verschwörerisch zwinkerte sie Josephine zu. »Welche Probleme mit der Arbeit auch verbunden sind, sie ist doch sehr befriedigend. Vielleicht hätte ich Ihnen gar nicht so einen tiefen Einblick geben sollen.«

»Es ist nicht nur das. Ich befürchte, die Magie des Films geht für mich verloren, wenn ich ihm zu nahe komme. Ich will nicht die Mühen sehen, die in einem Film stecken, die Spannungen, die Eitelkeiten und Eifersüchteleien. Aus reiner Selbstsucht will ich mir nicht den Spaß daran verderben lassen.«

»Sind Sie leicht von Menschen enttäuscht, Miss Tey?«

Das kam wie aus dem Nichts, und Josephine war leicht verdattert. »Das ist eine seltsame Frage«, sagte sie.

»Im Grunde nicht. Ich dachte an das Mordopfer in Ihrem Buch. Für eine Tote ist sie recht eloquent. Mir kam es so vor, als würde eine Menge von Ihnen in ihr stecken.« Auf Josephines Zögern hin fügte sie hinzu: »Vielleicht steckt aber auch eine Menge von mir in ihr. Wir scheinen viel gemeinsam zu haben, nicht nur, dass wir beide aus Nottingham stammen und unsere Familien mit der Produktion von Spitze ihren Lebensunterhalt verdienten.«

»Was meinen Sie?«, fragte Josephine, aber sie dachte noch immer über Almas Frage nach. In der letzten halben Stunde war sie zweimal mit Christine Clay verglichen worden. Genau genommen stimmte es: Vieles, was sie ihrer Figur mitgegeben hatte, spiegelte ihre eigene Haltung wider, allerdings überraschte es sie, dass das so offensichtlich war.

»Nun, es wird erwähnt, sie habe Nottingham verlassen und sich einen Namen in der Filmwelt gemacht und dass der Ruhm einen so schnell durch so viele verschiedene gesellschaftliche Sphären wirbelt, dass man sich selbst verliert. Ich glaube, Sie haben das mit einem Taucher verglichen, der aus großer Tiefe nach oben steigt und sich ständig an den Druck anpassen muss.« Josephine nickte. »Ein solches Bild gebraucht man nur, wenn man es aus eigener Erfahrung kennt. Und ich vermute, dass es eine Art Schutzpanzer ist, wenn man die Leute über sich im Unklaren lässt, so wie sie es tut.«

»Mag sein, allerdings ist dieser Schutzpanzer leichter zu durchdringen, als ich dachte.«

»Ach, ich weiß nicht. Nach dem zu urteilen, was wir über Sie in Erfahrung bringen konnten, erfüllt er seinen Zweck – keine Interviews, und auch sonst ist öffentlich nichts über Sie bekannt. Mein Mann nennt Sie eine Theodora.« Josephine sah sie fragend an, und Alma erklärte es ihr. »Theodora ist eine Figur in einem Capra-Film, die einen Bestseller schreibt, den die Gemeinde, in der sie lebt, als skandalös betrachtet.«

»Einen Kriminalroman würde ich kaum skandalös nennen.«

»Nein, natürlich nicht, aber er hat doch wenig mit der Rolle zu tun, die Ihnen Ihre Herkunft vorgibt. Schätzt Ihre Familie denn, was Sie tun? Feiert die Stadt, in der Sie aufwuchsen, Ihren Erfolg, oder sieht man Sie deswegen schief an? Können Sie dort Sie selbst sein?« Alma begriff Josephines Lächeln als Bestätigung. »Ich weiß, wie sich das anfühlt, und es lässt einen nicht unberührt. Wenigstens in dieser Hinsicht wird Amerika eine Verbesserung sein: Dort gibt es kein Klassensystem wie in England.«

»Sie wollen mir doch nicht etwa erzählen, dass es in Hollywood keine Hierarchien gibt?«, fragte Josephine. »Amerika ist vielleicht nur zu jung, als dass man von Klassen sprechen kann, aber mittlerweile wird sich auch dort etwas etabliert haben, das die Leute dazu bringt, Angst davor zu haben, schief angesehen zu werden.« Die Wendung des Gesprächs ins Persönliche hätte Josephine normalerweise Unbehagen bereitet, aber ihr gefiel Almas Offenheit, und sie wollte ihr ebenso begegnen. »Um Ihre ursprüngliche Frage zu beantworten – ja, vermutlich bin ich leicht von Menschen enttäuscht. Vielleicht liegt es an den Zeiten, die hinter uns liegen, aber es scheint, als hätten wir ein Talent dafür, uns gegenseitig an den Kragen zu gehen, und das nicht nur im Krieg. Durch kleine Eifersüchteleien, Grausamkeit oder Gier machen wir uns gegenseitig das Leben schwer. Wenn ich mir die Gesichter der Menschen auf der Straße ansehe, dann wirken nur wenige von ihnen glücklich, die meisten sind müde, besorgt oder verärgert – vielleicht auch nur verwirrt.« Nachdenklich fuhr sie mit dem Finger über den Rand ihres Glases. »Wann hatten Sie das letzte Mal, als Sie sich in die Öffentlichkeit begaben, den Eindruck, die Menschen um Sie herum sind zufrieden?«, fragte sie. »Ich meine nicht im Theater oder im Kino – dorthin gehen wir, um der Welt zu entfliehen, das zählt nicht. Ich meine eine Ansammlung normaler Menschen, die etwas Alltägliches tun wie einkaufen oder für den Bus anstehen.« Darauf hatte Alma keine Antwort. »Vor allem aber bin ich von mir selbst enttäuscht«, gestand Josephine und dachte an ihre Gefühle für Marta, die die Freundschaft mit Lydia bedrohten, von ihrer eigenen Integrität und ihrem Seelenfrieden gar nicht zu reden. »Wir denken gerne, solche Gefühle lägen uns fern, aber früher oder später lernen wir jemanden kennen, der uns unsere wahre Natur zeigt, und das ist niemals eine sehr angenehme Erfahrung.«

»Nein. Nein, das ist es nicht.« Widerstrebend sah Alma auf ihre Uhr. »Ich muss los und Hitch zum Dinner abholen«, sagte sie, »aber vielleicht können wir unser Gespräch später fortsetzen. Und egal, wie Sie sich hinsichtlich der Drehbucharbeit mit uns entscheiden, hoffe ich, dass ich Sie nicht ganz von der Idee einer Verfilmung Ihres Buchs abgebracht habe.«

»Natürlich nicht, aber ich brauche etwas Zeit, um darüber nachzudenken.« Alma nickte, und sie gingen gemeinsam auf die Terrasse. »Haben Sie vor, Marta bei der Bearbeitung hinzuzuziehen?«, fragte Josephine und sah zu dem Tisch, an dem diese mit Lydia saß.

»Das ist wohl leider nicht möglich. Sie wäre niemals rabiat genug mit Ihrem Text. Sie haben in ihr eine wahre Verehrerin, aber das wissen Sie sicher bereits.« Josephine merkte, dass sie errötete, und wandte den Blick ab. »Schade ist es dennoch. Sie hätte sicher hervorragende Arbeit geleistet. Allerdings vermute ich, dass die Vorzüge einer Freundschaft die eines anständigen

Drehbuchs überwiegen. Wie mein Mann gerne sagt, es ist ja nur ein Film.«

»Haben Sie keine Sorge, dass Ihre Ehe darunter leidet?«, fragte Josephine. »Unter dem Ruhm, meine ich, und unter Hollywood. Machen Sie sich niemals Sorgen, dass man eines Tages rabiat mit Ihnen verfahren wird?«

»Immerzu, und ich bin überzeugt, dass es eher heute als morgen passiert. Aber, Miss Tey, wir lieben uns, und vor allem verstehen wir uns. Wir waren beide einsame Kinder, von unseren Klassenkameraden geschnitten, isoliert in der Familie. Hitch sagt oft, seine Vorstellungskraft rühre daher, dass er so lange gezwungen war, in einer Fantasiewelt zu leben. In gewisser Weise haben wir uns gegenseitig das Leben geschenkt, das wir uns immer erhofft, aber nicht bekommen hatten, und das ist ein sehr starkes Band. Ich bin zuversichtlich, dass es den Herausforderungen, denen wir es aussetzen, standhält.«

Was Alma in die Beziehung einbrachte, war Josephine klar, aber weniger, was sie daraus zog. »Was ist Ihnen an Ihrer Ehe das Wichtigste?«, fragte sie. »Was bewahrt Sie beide davor, auf Kosten des anderen zu leben?«

Alma zögerte keine Sekunde mit der Antwort. »In den zehn Jahren, die wir zusammen sind, hat mich mein Mann niemals gelangweilt, Miss Tey.« Sie lächelte und streckte die Hand aus. »Wie viele Frauen können das schon behaupten?«

3

Noch bevor Branwen aufbrach, wusste sie, dass sie nur ihre Zeit verschwendete. Sie eilte in ihr Zimmer, um sich nach ihrer Nachmittagsschicht umzuziehen, und dachte daran, wie lange sie jedes Mal gebraucht hatte, um zu dem Haus zu kommen, nur um von zugezogenen Vorhängen und verschlossenen Türen empfangen zu werden. Es gab keinen Grund, anzunehmen, dass das an diesem Tag anders sein würde. Dennoch war sie aufgebrochen, schließlich hatte sie den Sieg davongetragen, und Gwyneth Draycott sollte wissen, dass ihre Geheimniskrämerei vergeblich gewesen war. Gwyneth war nicht die Einzige, die wusste, was mit Branwens Mutter geschehen war, und Branwen konnte es gleich sein, wer ihr die Wahrheit erzählte, solange es überhaupt geschah. Jahrelang hatte sie so getan, als käme es darauf nicht an. Erst als Bella Hutton sich bereit erklärt hatte, mit ihr zu reden, konnte sie sich endlich eingestehen, dass es sehr wohl darauf ankam, dass ihr ganzes bisheriges Leben von der abwesenden Mutter überschattet gewesen war – ein Leben der Halbwahrheiten, des Schweigens, der Verunsicherung.

Nachdem sie ihre Nachricht hinterlassen hatte, machte sich Branwen auf den Rückweg zum Hotel und freute sich, dass es jetzt bergabwärts ging. Ihr Kleid klebte an ihrer Haut, und sie nahm zuerst die eine Hand vom Lenker, um sich den Schweiß von der Handfläche zu wischen, dann die andere, aber es nutzte nicht viel. Von der Hitze geplagt und in Gedanken bei dem vor ihr liegenden Abend, achtete sie kaum auf die Straße, und als sie auf der falschen Seite um die Kurve bog, musste sie unvermittelt den Lenker herumreißen, um einem entgegenkommenden

Wagen auszuweichen. Vor Schreck bremste sie viel zu scharf. Das Rad rutschte auf dem losen Kies unter ihr weg, und sie stürzte zu Boden. Einen Moment lang lag sie benommen da, bis das wütende Hupen in der Ferne verklang und sie nur noch das Vorderrad sich nutzlos in der Luft drehen hörte, dann rappelte sie sich vorsichtig auf. Ihre Strümpfe waren zerrissen, und ihr linkes Bein, mit dem sie den Sturz abgefangen hatte, war unterhalb des Knies aufgeschürft. Kein Wunder, dass es so wehtat, irgendein Idiot hatte eine zerbrochene Bierflasche liegen lassen, und winzige Scherben hatten sich zusammen mit Dreck in ihre Haut gebohrt. Wimmernd beugte sie sich vor und pickte die größeren Splitter, so gut es ging, heraus, nur um dann erschrocken festzustellen, dass es ihr Rad viel schlimmer erwischt hatte: Der Hinterreifen war von dem Flaschenhals aufgerissen worden und platt, und sie hatte noch einen Weg von zwei Meilen vor sich. Branwen verdrängte die Zornestränen, nahm das kaputte Fahrrad und schob es humpelnd die Straße entlang. Nach kurzer Zeit hörte sie von hinten ein Auto kommen. Es war der schicke Wagen, den sie in der Nähe des Draycott-Hauses am Straßenrand gesehen hatte. Als der Fahrer sie bemerkte, hielt er an, und sie erkannte in ihm den Filmstar aus dem Hotel.

»Sie sehen aus, als könnten Sie Hilfe brauchen«, sagte er und stieg aus.

Branwen lächelte. »Heute ist nicht gerade mein Glückstag. Diese Strümpfe kosten mich das Trinkgeld einer ganzen Woche.«

»Vergessen Sie die Strümpfe. Ihr Bein sieht schlimm aus.« Er zog ein Taschentuch aus seiner Brusttasche und spuckte darauf. »Hier – das muss gesäubert werden.« Sie dachte, er würde ihr das Taschentuch geben, aber stattdessen kniete er sich vor sie, um es selbst zu machen. »Womöglich brennt es ein bisschen. Beißen Sie die Zähne zusammen.«

»Sie sind ein wahrer Held, was?«, sagte Branwen und sah auf ihn hinunter. »Auf der Leinwand und jenseits davon.« Er zog die Augenbrauen zusammen, was sie einen Moment lang verwirrte, dann bemerkte sie die Falten unter seinen Augen und seine grauen Schläfen und begriff, dass er glaubte, sie mache sich über ihn lustig. »Als Kind wollte ich immer Mae Murray sein, nur damit ich mit Ihnen tanzen kann«, fügte sie hinzu. »Ehrlich gesagt bin ich da nie ganz rausgewachsen.«

Ihre Aufrichtigkeit schien Turnbull zu überzeugen. »Zu viel der Ehre«, sagte er, und sie hatte Mühe, seine Stimme mit dem Gesicht, das sie von der Leinwand kannte, zusammenzubringen. »Wie heißen Sie?«

»Branwen.«

»Nun, Branwen – kann ich Sie zurück zum Hotel mitnehmen? Sofern ich richtigerweise annehme, dass Sie dorthin wollen.« Er warf einen zweifelnden Blick auf das Fahrrad. »Vielleicht können wir das Rad hinten reinlegen.«

»Ach, machen Sie sich deswegen keine Gedanken. Morgen ist mein freier Tag, da kann ich es abholen. In dem Zustand wird es sicher niemand klauen, oder? Wenn ich es mir recht überlege, sollte ich das verflixte Ding zur Strafe lassen, wo es ist.« Sie lächelte ihn an und ließ die Hand bewundernd über die Seite des Wagens gleiten. »Ich wäre Ihnen sehr dankbar, wenn Sie mich mitnehmen. Heute Abend darf ich keinesfalls zu spät kommen, und der Wagen sieht aus, als würde er mich im Nu zurückbringen. Wie ein richtiger Filmstar werde ich mich fühlen.«

Er hob das Fahrrad über die Hecke, wo es von der Straße aus nicht gesehen werden konnte, und öffnete die Beifahrertür für sie. »Was ist heute Abend denn Besonderes?«, fragte er und drückte auf den Starter. »Arbeit oder Vergnügen?«

»Vermutlich etwas von beidem. Manchmal singe ich mit der Band. Daran ist an sich nichts Besonderes, ich mache das seit Jahren, aber nicht jeden Abend sitzt Alfred Hitchcock im Publikum.«

»Das ist wohl wahr.«

Seine Antwort klang nicht gerade begeistert, was sie dem Umstand zuschrieb, dass für ihn all das, was sie so aufregend fand, bereits ein alter Hut war. Selbst Glamour verblasste wahrscheinlich irgendwann. Allerdings sollte er mal für ein paar Tage ihre Arbeit machen, um zu erfahren, was echte Langeweile war. »Vermutlich kann man es sich leisten, blasiert zu sein, wenn man sich in diesen Kreisen bewegt«, zog sie ihn auf. »Unsereins muss schauen, wo man sich amüsieren kann.« Sie lehnte sich in dem Sitz zurück und genoss den Geruch des kühlen Leders. »Wie ist Mr Hitchcock denn so? Sie kennen ihn doch bestimmt gut.«

»Hitch? Den kenne ich seit Jahren.« Das war nicht ganz dasselbe, dachte Branwen, unterbrach ihn aber nicht. »Ich wusste gleich, dass Großes in ihm steckt. Ein äußerst talentierter Knabe.« Mit halbem Ohr hörte sie zu, während er in den Erinnerungen an seine Anfänge beim Film schwelgte und reihenweise Namen erwähnte, die sie vage kannte, ohne ihr dabei viel über Alfred Hitchcock zu erzählen. »Und ich muss zugeben, es macht Spaß, wieder mit ihm zusammenzuarbeiten. Wenn Sie wollen, stelle ich Sie ihm vor. Er freut sich immer, eine talentierte junge Frau kennenzulernen.« Er warf ihr rasch einen Blick zu. »Oder hat Bella Hutton Ihnen das schon angeboten? Ich habe Sie vorhin mit ihr reden sehen.«

»Ihnen entgeht nichts, was?«

»Das kann man sich in der Branche nicht leisten. Und Bella ist so selten freundlich, dass es sofort auffällt, wenn sie es einmal ist.«

Er lächelte sie an, aber die Verbitterung, die aus seiner Stimme sprach, machte sie vorsichtig. Sie war nicht so weit gekommen, um sich jetzt alles davon verderben zu lassen, dass Bella Hutton sie nicht für vertrauenswürdig hielt. Nachdem sie so lange Mutmaßungen über ihre Mutter angestellt hatte, war die Aussicht, die Wahrheit zu erfahren, für sie so bedeutsam, dass sie nicht zu früh über die Angelegenheit sprechen wollte – das hieße, das Schicksal herauszufordern. »Nein, sie hat Mr Hitchcock nicht erwähnt«, sagte sie wahrheitsgemäß. »Es wäre ganz reizend von Ihnen, wenn Sie mich ihm vorstellen würden.«

Sie wollte das Thema wechseln, aber Turnbull ließ sich trotz aller Egozentrik nicht so schnell von Bella Hutton abbringen.

»Welche Perlen der Weisheit hat sie denn mit Ihnen geteilt?«, fragte er.

»Eigentlich keine. Sie hat nur erzählt, dass das Portmeirion, an das sie sich erinnert, nichts mit dem von heute zu tun hat.« Das war nur halb gelogen: Bella Hutton hatte durch Ton und Haltung zu verstehen gegeben, dass ihr früheres Leben hier völlig anders gewesen war, wobei das allerdings nicht an einer veränderten Umgebung lag. »Sie ist für die Frauen hier so etwas wie eine Heldin. Wenn wir in den Magazinen etwas über sie lesen, geben wir uns einen kurzen Moment lang der Fantasie hin, dass das unsere Geschichte sein könnte. Klingt das albern?«

»Kein bisschen«, sagte er und fügte spöttisch hinzu: »Vor allem, wenn Sie sich gut verheiraten und ebenso gut scheiden lassen.«

Als sie Minffordd erreichten, verlangsamte er die Geschwindigkeit und bog am Postamt links ab. »Stammen Sie auch von hier?«, fragte sie neugierig.

»Guter Gott, nein«, sagte er lachend. »Wie kommen Sie denn darauf?«

»Na ja, Sie kennen sich hier offenbar aus, und außerdem habe ich vorhin Ihren Wagen beim alten Draycott-Haus gesehen.« Er zuckte mit den Schultern – der Name schien ihm nichts zu sagen. »Das ist der Riesenkasten am Ufer, gleich auf der anderen Seite der Bucht.«

»Den habe ich nur mit einem halben Blick gestreift. Mir wurde erzählt, dass Portmeirion von dieser Seite der Bucht richtig magisch wirkt, deshalb bin ich hergefahren. Und es stimmt: Es ist atemberaubend. Aber jetzt wo Sie es erwähnen, fällt mir auf, dass das Haus schon einmal bessere Tage gesehen haben dürfte.«

»Da haben Sie recht. Dort wohnt seit Jahren eine Frau, die das Anwesen praktisch nie verlässt. Gott allein weiß, wie es drinnen aussieht.«

»Allein in einem so großen Haus, da muss man ja seltsam werden.«

»Sie sagen es. Es ist allgemein bekannt, dass Gwyneth nicht alle Tassen im Schrank hat. Meine Großmutter hat immer gesagt, das liegt in der Familie.« Ihre Großmutter hatte noch mehr gesagt, Branwen hätte ein ganzes Buch darüber schreiben können, was ihr in ihrer Kindheit über die Draycotts erzählt worden war, und es war nichts Gutes dabei gewesen. »Aber man kann die Frau auch irgendwie verstehen. Nachdem ihr das Kind geraubt wurde, kann es einen nicht verwundern, dass sie nicht ganz bei Trost ist.«

»Wie bitte?«

Erstaunt sah er sie an, und Branwen genoss die Aufmerksamkeit, die der tragischen Geschichte einer anderen galt. »Es heißt, sie dachte, sie könnte keine Kinder bekommen, und dann nimmt ihr so ein Gauner das eine, das sie doch bekommen hat, weg. Ist das gerecht? Das arme kleine Ding wurde nie gefunden. Das fahrende Volk, dieses Gesindel, war ein schlimmer Haufen. Sie haben alles gestohlen, was nicht niet- und nagelfest war.« Wenn sie sich selbst so reden hörte, kam es ihr vor, als würde ihr Vater mit im Wagen sitzen und ihr die Worte vorsagen. Bis zu diesem Tag war ihr nicht klar gewesen, wie tief sich seine Vorurteile ihr eingeprägt hatten, und es erschreckte sie. »Es würde mich nicht wundern, wenn sie das Kind zusammen mit den Hunden auf dem Friedhof verscharrt haben. Achtung – passen Sie auf!« Turnbull hatte den Blick von der Straße genommen, und sie packte das Lenkrad, um den Wagen wieder auf die Fahrspur zurückzulenken. »Wenn Sie nicht vorsichtig sind, werden Sie uns beide umbringen.«

»Wann war das alles?«

Branwen sah ihn an. Sein unverhohlenes Interesse wunderte sie, und sie fragte sich, ob sie nicht schon zu viel erzählt hatte. Ihre Großmutter hatte ihr wegen der Rolle, die ihr Vater beim Tod des Mannes gespielt hatte, verboten, über die Sache zu reden. »Vor etwa zwanzig Jahren – gegen Kriegsende«, sagte sie vorsichtig. Ihr Vater war mittlerweile tot und begraben, daher hätte sie eigentlich frei sprechen können, aber vor ihrer

Großmutter hatte sie nach wie vor eine Riesenangst. Sie überlegte, wie sie das Thema wechseln könnte, aber Turnbull ließ nicht locker.

»War das Kind ein Junge oder ein Mädchen?« Branwen zuckte mit den Schultern, weil sie es für geschickter hielt, wenn sie sich unwissend gab. »Kommen Sie – das müssen Sie doch wissen.«

»Ich war damals doch selbst noch ein Kind. Was geht Sie das überhaupt an?«

»Nichts. Überhaupt nichts. Es schockiert mich nur, was Sie da erzählen.« Daraufhin schwiegen sie, und Branwen war erleichtert, als sie den Eingang des Dorfs erreichten. Der Mann am Tor ließ sie durch, und der Ausdruck auf seinem Gesicht, als er sie erkannte, war unbezahlbar. Frech grinste sie ihn an. »Soll ich Sie am Hotel absetzen?«, fragte Turnbull, der die Fassung wiedergefunden zu haben schien.

»Das wäre wunderbar.« Branwen war entschlossen, ihre Ankunft zu einem großen Auftritt zu machen. Den Angestellten war nicht gestattet, privaten Umgang mit den Gästen zu pflegen, aber da sie nicht im Dienst war, konnten sie ihr wohl kaum einen Strick daraus drehen. Sie nahm ihren Lippenstift aus der Tasche und zog sich damit die Lippen nach, dann zupfte sie, so gut es ging, ihre zerrissenen Strümpfe zurecht.

Turnbull kam ihrem Wunsch nach und hielt direkt vor der Rezeption. Er sprang aus dem Wagen, um ihr die Tür aufzuhalten, und lächelte entschuldigend, als sie ausstieg. »Es tut mir leid, Branwen. Ich hätte nicht so insistieren dürfen. Es muss an der Hitze liegen. Bitte verzeihen Sie mir.«

»Da gibt es nichts zu verzeihen. So etwas perlt an mir ab. Wenn es nicht ein Gast ist, dann der Chef.« Aus dem Augenwinkel bemerkte sie den Restaurantleiter, der sie von der Terrasse aus beobachtete, und küsste Leyton Turnbull provokativ auf die Wange. Sein Rasierwasser roch moschusartig und teuer, und zu ihrer Überraschung errötete er. »Ich hoffe, wir sehen uns nachher.«

»Selbstverständlich. Ich freue mich darauf, Sie singen zu hören.«

Branwen lief rasch an der Rezeption vorbei zu den Personalunterkünften. Als sie einen Blick über die Schulter warf, bemerkte sie, dass Turnbull ihr nachsah. Seine Miene war undurchschaubar.

4

»Noch mal dasselbe?« Astrid Lake nickte, und Danny ging über den Rasen zurück zum Hotel.

Lydia sah ihm nach und unterdrückte eine ironische Bemerkung in Anbetracht seiner offenkundigen Zuneigung zu der jungen Schauspielerin. Der Neid, der stets sein hässliches Haupt erhob, wenn sie einer Frau begegnete, die am Anfang ihrer Karriere stand, hatte sie nicht davon abgehalten, Astrid sofort zu mögen, als sie einander vorgestellt wurden. Ob Danny zukünftig eine Rolle im Leben der jungen Frau spielen würde – sei es privat oder beruflich –, dessen war sie dagegen nicht so sicher. Danach zu urteilen, was Lydia von Astrid auf der Leinwand gesehen hatte, besaß sie diese den jungen weiblichen Stars der Stummfilmgeneration eigene Ausstrahlung, hatte aber nichts von deren rotbackiger Art. Eher verströmte sie eine subtile Erotik, die zu der neuen Zeit passte und umso unwiderstehlicher erschien, weil sie so unbefangen war. Lydia konnte sich noch vage daran erinnern, wie sich diese Unschuld anfühlte. Sie machte einen mutig, einfach weil man zu naiv war, um sich vorstellen zu können, dass es etwas Beängstigendes gab, und das war sehr anziehend. »Kennen Sie Danny schon lange?«, fragte sie.

»Eigentlich nicht. Unsere Wege haben sich ein paarmal bei Dreharbeiten gekreuzt, aber richtig kennengelernt habe ich ihn erst vor wenigen Monaten. Wir haben zusammen *Looking for Trouble* gedreht, als ihn die Nachricht über seinen Vater erreichte und er jemanden brauchte, mit dem er reden konnte.«

Marta verscheuchte eine Wespe von ihrem Drink. »Was war denn mit seinem Vater?«

»Er beging Selbstmord, und Danny machte sich Vorwürfe, weil sie zu der Zeit zerstritten waren.« Sie musste den fragenden Ausdruck in Martas Augen bemerkt haben, weil sie hinzufügte: »Was zu dem Zerwürfnis geführt hat, weiß ich nicht – er wollte es mir nicht sagen –, aber es muss etwas Schwerwiegendes gewesen sein, weil sie jahrelang nicht miteinander gesprochen haben.«

»Miss Lake? Tut mir leid, wenn ich störe, ich wollte nur schnell Hallo sagen und fragen, ob Sie etwas brauchen.« Der Mann neben Astrid war groß gewachsen und breitschultrig, aber das Bemerkenswerteste an ihm war sein Lächeln. Lydia schätzte ihn auf ungefähr dreißig, aber dank einer Mischung aus jungenhaftem Charme und Ernsthaftigkeit hätte er auch Mitte zwanzig oder Mitte dreißig sein können. »Ich bin David Franks«, sagte er. »Ich arbeite mit Mr Hitchcock.« Wenn Hitchcock anwesend gewesen wäre, dann wäre das »mit« sicherlich ein »für« gewesen, dachte Lydia, aber sie bewunderte Franks' Selbstvertrauen. »Sind Sie etwa die Marta Fox, die mit Miss Reville zusammengearbeitet hat?«, fragte er, nachdem Astrid sie alle vorgestellt hatte. Marta nickte. »Es freut mich, Sie kennenzulernen. Sie hat oft von Ihnen geredet, aber ich wusste nicht, dass Sie hier sein würden.«

Mit anerkennendem Blick musterte er Marta, als sie sich die Hand schüttelten, und Lydia überdachte das »jungenhaft« noch einmal. Gott helfe Danny, wenn Astrid Franks' Typ war. Marta war allerdings bemerkenswert wenig anfällig für Charme. »Es ist ja auch reiner Zufall«, sagte sie. »Wir sind zu einer Geburtstagsfeier hier.«

Lydia sah sie stolz und irritiert zugleich an. Sie wusste, dass Marta mit ihrem erfolgreichen Einstieg als Drehbuchautorin nicht angeben wollte, aber musste sie deswegen derart bescheiden sein? Wenn sie sich ein bisschen weniger zurückhaltend geben würde, würde das ihrer beider Leben leichter machen. Zum Glück schien Franks ihre spröde Art nicht zu bemerken. »Bei einem Boss wie meinem sollte man besser immer noch mal nachfragen«, sagte er. »Er hat eine Neigung zu Überraschungen.«

»Was tun Sie denn für Mr Hitchcock?«, fragte Astrid.

»Hängt vom Film ab – Mädchen für alles, Spezialeffekte, Szenenbild, manchmal führe ich sogar ein bisschen Regie. Ich hatte schon mehr Berufsbezeichnungen, als ich mir merken kann, aber ›Assistent‹ fasst es wohl ganz gut zusammen.« Er grinste und kam der Einladung, sich zu setzen, nach. »Im Moment sorge ich in erster Linie dafür, dass dieses Wochenende glatt über die Bühne geht.«

»Keine leichte Aufgabe.«

»Meinen Sie?« Er setzte ein ängstliches Gesicht auf. »Erzählen Sie mir nicht, dass es bereits Probleme gibt. Ich hatte gehofft, dass wir zumindest ohne Zwischenfälle bis zum Dinner kommen.«

Astrid lachte. »Ich meinte nur, dass es bestimmt viel zu organisieren gibt. Aber wenn Sie es schon erwähnen, Leyton Turnbull und Bella Hutton scheinen nicht die besten Freunde zu sein.«

»Sie kennen sich schon eine Ewigkeit. Die beiden verbindet eine Hassliebe.«

»Von Liebe war da nicht viel zu merken.« Sie wollte noch etwas hinzufügen, schien sich dann aber eines Besseren zu besinnen.

»Glauben Sie mir, Sorgen sollte man sich machen, wenn sie einmal *nicht* zanken. Ich kenne Bella gut. Ich verdanke ihr mehr oder weniger jeden Erfolg, den ich bisher hatte.«

»Einen trockenen Martini.« Danny stellte das Glas ab und nickte Franks zu.

»Kennen Sie beide sich?«, fragte Astrid.

»Ja, vom Bell Tower.« Er grinste. »Ich wollte die Aussicht genießen und wusste nicht, dass David schon oben war. Er hätte mich beinah zu Tode erschreckt.«

»Ich finde, wir sind quitt«, sagte Franks. »Besonders angenehm ist es nämlich nicht, wenn man ohne Fluchtmöglichkeit da oben steht und plötzlich unerwartet Schritte hört.«

»Sie wollten uns gerade erzählen, wie Sie Bella Hutton

kennengelernt haben«, erinnerte Lydia ihn. Das stimmte zwar nicht ganz, aber sie war neugierig, was den Filmstar und Hitchcocks Protegé verband, und Franks machte nicht den Eindruck, als müsste man ihn zu einer Erklärung lange nötigen.

»Meine Eltern starben, als ich noch jung war, und ich geriet in Schwierigkeiten. Bella nahm mich mit nach Hollywood, damit ich nichts mehr anstellen konnte, und zeigte mir, dass in mir noch etwas anderes als ein aufsässiger Halbstarker steckte.« Lydia vermutete, dass sie nicht die Einzige war, die sich die Frage verkneifen musste, in welche Art Schwierigkeiten er geraten war. »An einem Filmset kann man gefährliche Sachen machen, ohne dass etwas passiert – eine Fantasiewelt ohne Risiken. Bella wusste, dass mir die Studioarbeit gefiel, und als sie zurückkehrte, um hier zu arbeiten, zog sie erneut ein paar Strippen und besorgte mir eine Stelle bei den Dreharbeiten zu *Der Mieter*. So lernte ich Hitchcock kennen.«

»Wie ist es, mit ihm zu arbeiten?«, fragte Lydia.

»Großartig. Ich hatte schon für einige Studios an Filmen von ihm und anderen mitgearbeitet. Zumeist ging es um Modellbauten und Miniaturen, und was ich sonst noch in den Staaten gelernt hatte. Ich wusste nicht einmal, dass Hitchcock mich überhaupt bemerkt hatte, bis er mich übers Wochenende in sein Cottage einlud. Alma und er waren sehr nett zu mir. Im Rückblick betrachtet war es das raffinierteste Einstellungsgespräch, das ich je erlebt habe. Bevor wir zurück nach London fuhren, drückte er mir ein Theaterstück in die Hand und fragte mich, ob ich der Meinung sei, dass man einen Film daraus machen könnte. Meine Antwort muss ihnen gefallen haben, denn ehe ich michs versah, arbeitete ich für *Erpressung*.«

»Was war seine wichtigste Lektion für Sie?« Astrid ließ die Frage wie eine Provokation klingen, aber Lydia hatte den Verdacht, dass sie ihn geschickt aushorchen wollte, um Informationen von Leuten aus dem Kreis um Hitchcock zu sammeln.

»Dass man alles können muss, wenn man Regie führen will – Kamera, Licht, Szenenbild, Drehbuch, selbst Vermarktung«, sagte Franks ohne Zögern. »Und man muss mutig sein. Hitchcock repräsentiert das, was ich an Amerika liebe und an deutschen Regisseuren bewundere – das Freiheitsgefühl und die Vorstellungskraft, den Mut, Dinge auszuprobieren.«

»Dann gehe ich recht in der Annahme, dass Sie ihn begleiten werden, wenn er nach Amerika wechselt?«, fragte Danny. »Da Sie das Land ja schon kennen, wird es kein großer Schritt für Sie sein. Kein Umbruch.«

»Ach, an Umbrüche bin ich gewöhnt. Als ich ein Kind war, ist meine Familie viel herumgezogen.«

»Meine auch. Deshalb kann ich Umbrüche nicht leiden.«

Franks lachte. »Das kann ich verstehen, aber man bekommt nicht alle Tage die Gelegenheit, zusammen mit Alfred Hitchcock nach Hollywood zu gehen.«

»So gesehen …« Danny lächelte und trank aus. »In dem unwahrscheinlichen Fall, dass ich eine solche Entscheidung treffen müsste, bräuchte ich höchstens zehn Sekunden zum Nachdenken.«

»Wenn ich Sie recht verstehe, wäre es ein Verlust für uns Briten, wenn er nach Amerika ginge«, sagte Lydia.

»Ja, aber früher oder später wird es passieren. Im Moment bietet Amerika die aufregendsten Möglichkeiten.« Er sah Marta an. »Und nicht nur für Regisseure. Viele der besten britischen Drehbuchautoren überlegen, ob sie rübergehen sollen, oder haben es schon getan.«

Lydia befürchtete, dass Marta plötzlich doch noch den Mund aufmachen könnte, um kundzutun, was sie davon hielt, von einem Wildfremden berufliche Ratschläge zu bekommen, daher sagte sie schnell: »Ist es nicht besser geworden? Ich erinnere mich an Zeiten, als man bei einem Doppelprogramm den britischen Film absitzen musste, bevor der Hollywood-Film kam, aber so ist es doch schon lange nicht mehr.«

»Das stimmt.« Er lächelte. »Nicht immer jedenfalls. Haben Sie sich eigentlich jemals für den Film interessiert, oder sind Sie mit der Bühne zufrieden?«

Lydia fühlte sich etwas gönnerhaft behandelt, als würde sie törichterweise billigem Wein den Vorzug gegenüber Champagner geben. »Ich habe darüber nachgedacht, aber ich fürchte, der Wechsel fiele mir schwer«, sagte sie. Sie hätte beinahe »in meinem Alter« hinzugefügt, verkniff es sich aber. »Ein Freund von mir war an *Geheimagent* beteiligt. Vermutlich macht jeder unterschiedliche Erfahrungen bei der Zusammenarbeit mit Hitchcock, aber er hatte offenbar schon bessere Engagements gehabt.«

»Meinen Sie John Terry?« Lydia nickte. »Er ließ es sich allzu deutlich anmerken, dass er fand, für eine Theaterlegende wie ihn sei der Film unter seiner Würde«, erklärte Franks. »Damit erwischt man Hitch garantiert auf dem falschen Fuß. Seine Arbeit ist ihm sehr wichtig, und ein Filmregisseur möchte sich ebenso wenig wie die arme Verwandtschaft fühlen wie eine Bühnenschauspielerin.« Wieder bedachte er sie mit einem Lächeln, das so unwiderstehlich war, weil es bei seinen Augen begann. »Tut mir leid. Ich wollte Sie nicht beleidigen. Die Frage war ungeschickt.«

»Ich habe in *Film Weekly* ein Interview gelesen, in dem Hitchcock sagte, Frauen würden schlechter spielen als Männer«, sagte Astrid. »Wollte er damit nur provozieren, oder denkt er das tatsächlich?«

Franks lachte. »Wahrscheinlich ein bisschen von beidem. Manche Leute haben es schwer mit ihm, andere vergöttern ihn, aber in beiden Lagern gibt es Männer und Frauen.«

»Dann nutzt er Frauen also nicht aus und stellt sie zur Schau? Ich habe vorhin mit Bella Hutton gesprochen – die ihn zwar nicht namentlich genannt hat, aber zu mögen scheint –, und sie denkt offenbar auch, dass es Männer beim Film im Allgemeinen leichter haben und man ihnen zu viel durchgehen lässt.«

»Unterscheidet sich der Film darin von anderen Branchen?«, fragte Franks und wandte sich Lydia zu. »Ist es am Theater besser, Miss Beaumont? Mussten Sie nie einem Produzenten Honig ums Maul schmieren, weil Sie eine bestimmte Rolle wollten?« Lydia spürte Martas Augen auf sich und bedachte ihn mit einem, wie sie hoffte, unverbindlichen Lächeln. »Kommt darauf an, was Sie unter ›zur Schau stellen‹ verstehen. Bis zu einem gewissen Grad ist jeder Film voyeuristisch. Er erlaubt den Zuschauern, im Dunkeln zu sitzen und ihre Träume auszuleben – allein mit der Person auf der Leinwand. Das ist kein Vorrecht der Männer. Die Frauen im Publikum sind gegenüber ihren Idolen nicht weniger besitzergreifend.«

»Ich glaube nicht, dass Miss Hutton das meinte«, sagte Astrid leicht ungeduldig. »Sie sprach davon, was passiert, wenn die Grenze zwischen Realität und Fantasie verwischt.«

»Was soll das heißen?«

Astrid zögerte, auf diese direkte Frage zu antworten, und Lydia fragte sich, was Bella Hutton gesagt hatte, womit Astrid nicht rausrücken wollte. »Dass manche Leute genug Macht haben, um mit allem davonzukommen, egal, wie sehr andere dadurch verletzt werden.«

Franks nickte nachdenklich. »Das stimmt vermutlich. Aber in den Vereinigten Staaten ist eine der mächtigsten Positionen in der Filmwelt von einer Frau besetzt, die in Chicago Schmuddelfilme produziert und vertreibt – natürlich durch die Bank illegal, aber reich macht es sie trotzdem. Und sie verlangt von ihren weiblichen Stars Dinge, die Hitch sich nie trauen würde, selbst wenn er wollte.« Er lächelte und fuhr etwas diplomatischer fort: »Bella ist selbst recht einflussreich. Ich kann mir nicht vorstellen, dass sie jemals ausgenutzt wurde – der Mann, der das versucht hätte, müsste schon sehr dumm gewesen sein. Schenken Sie den Gerüchten über Hitch keinen Glauben. Bleiben Sie unvoreingenommen, damit Sie sich selbst eine Meinung bilden können.« Er sah auf seine Uhr. »Wenn Sie mich jetzt bitte entschuldigen würden, ich muss nachsehen, ob alles für das Dinner vorbereitet ist.«

Lydia sah ihm nach. »Warum klingen gute Ratschläge eigentlich immer so verdammt herablassend?«, fragte sie und zwinkerte Astrid zu. »Allerdings hat er es wahrscheinlich gut gemeint.«

»Da ist Josephine«, sagte Marta mit einem Blick zum Hoteleingang. »Alma ist bei ihr – ob die beiden sich wohl einig geworden sind?«

»Welche von beiden ist Mrs Hitchcock?«, fragte Danny, und Marta deutete auf sie. Wider besseres Wissen musterte Lydia das Gesicht ihrer Freundin, während diese Josephine beobachtete, und fragte sich, mit welchem Anteil an Martas Herzen sie sich zufriedengeben würde.

5

Josephine war noch unentschlossen, ob sie sich zu Marta und Lydia gesellen sollte, als Archie die Treppe herunterkam. »Du siehst bezaubernd aus«, sagte er und beugte den Kopf, um sie zu küssen. »Und nahezu unbeschädigt. Wie lief das Treffen?«

»Ich glaube, gut. Sie ist ganz anders, als ich erwartet hatte, aber ich mag sie. Kann gut sein, dass du bei der Premiere dabei bist.«

»Dann hat sie dich überreden können?«

»Es war merkwürdig. Sie weiß, sie bekommt ihren Willen, indem sie ehrlich ist, was sie selbst und die Arbeit betrifft. Je mehr sie sagte, desto skeptischer wurde ich, aber als wir auseinandergingen, wusste ich, dass ich Ja sagen würde. Du hast recht, Archie – eine solche Chance kommt vielleicht nie wieder. Ich wäre dumm, wenn ich sie nicht ergreifen würde.« Er lächelte sie aufrichtig erfreut an. »Allerdings glaube ich nicht, dass ich mich groß an der Bearbeitung beteiligen werde. Es klang albtraumhaft. Ich muss einfach akzeptieren, dass es ein völlig anderes Medium ist und eine andere Version meiner Geschichte sein wird. Aber egal, was sie damit anstellen, das Buch selbst bleibt davon ja unberührt.«

»Ich werde dich an deine Worte erinnern, wenn wir uns den fertigen Film ansehen. Sind die anderen schon da?«

»Ronnie und Lettice habe ich nicht gesehen, aber Marta und Lydia sitzen draußen.«

»Willst du dich zu ihnen setzen?«

»Nachher. Zuerst will ich dich für mich allein haben, damit du mir von Bridget erzählen kannst.« Sie fanden einen ruhigen

Tisch am anderen Ende der Terrasse und bestellten etwas zu trinken. »Also – wer ist sie?«

»Wir haben uns während des Krieges in Cambridge kennengelernt.«

Sie wartete darauf, dass er fortfuhr, und als er schwieg, sagte sie: »Man hat mir schon vorgeworfen, dass ich in meinen Büchern gelegentlich zu viel auslasse, aber selbst mir ist klar, dass das nur die halbe Wahrheit ist.«

Er lachte. »Sei doch nicht so ungeduldig. Das war, als ich das erste Mal von der Front nach Hause kam. September 1915.«

»Ich erinnere mich. Du hast mir aus dem Lazarett geschrieben. Du warst an der Schulter getroffen worden.«

Archie nickte. »Ja, genau.« Er sprach nach wie vor nicht gerne mit Josephine über den Krieg, weil für sie beide die Erinnerung von Gespenstern bevölkert war, aber wenn er über Bridget reden sollte, ließ sich das Thema nicht vermeiden. »Sie haben mich in ein Lazarett in Cambridge geschickt. Wenn ich Lazarett sage, meine ich eigentlich Provisorium. Das Militär hatte den Neville's Court im Trinity College beschlagnahmt und in den Kreuzgängen Betten aufgestellt. Als ich wieder zu Bewusstsein kam, saß eine Frau an meinem Bett und zeichnete. Sie sagte nichts, sondern lächelte nur, als wäre es das Normalste der Welt – und bevor ich mir einen Reim darauf machen konnte, schlief ich wieder ein. Als ich aufwachte, glaubte ich beinahe, ich hätte es geträumt. Aber sie kam zurück und gab mir die Zeichnung. Ich habe sie immer noch.«

»Die würde ich gerne mal sehen.«

Er steckte die Hand in seine Jacketttasche und zog ein gefaltetes Stück Papier aus seiner Brieftasche. Vom jahrelangen Herumtragen war es zerknittert und verfärbt. »Ich hatte sie den ganzen Krieg hindurch bei mir«, sagte er. »Sie war wie eine kleine Insel der Ruhe und des Friedens inmitten all des Irrsinns.«

Josephine faltete das Blatt auseinander und sah das Bild seines jüngeren Ichs, ein schlafender Soldat auf einem schmalen Bett.

Selbst heute noch spürte Archie den Frieden, den die Zeichnung ihm gebracht hatte. Er sah ihr zu, wie sie mit dem Finger den Umriss seines Gesichts entlangfuhr, und merkte, wie er sich unwillkürlich ins Gedächtnis rief, wie sie gewesen war, als er sie damals kennengelernt hatte. »Ist das tatsächlich zwanzig Jahre her?«, fragte sie, als würde sie seine Gedanken lesen.

»Ich fürchte. Sie gingen schnell vorbei, oder?«

»Ja. Viel zu schnell.« Sie gab ihm die Zeichnung zurück. »Ich verstehe gut, warum sie dir so viel bedeutet.«

»Sie steht für die Erinnerung an die Zeit in Cambridge«, erklärte er. »Diese Ruhe und dieser Frieden – freundliche Krankenschwestern, ordentliche Betten, Schutz. Es war das glatte Gegenteil der ersten Wochen in der Hölle von Frankreich. Als es mir besser ging, war der Gedanke, dorthin zurückzumüssen, fast nicht zu ertragen. Ich dachte, ich würde verrückt werden – Verzweiflung ist so viel schlimmer als Angst. Bridget hat mir geholfen, darüber hinwegzukommen.« Er bemerkte Josephines forschenden Blick und vermutete, dass sie sich fragte, warum sie das nicht von ihm gewusst hatte, obwohl sie einander so nahestanden. »Nachdem ich halbwegs wiederhergestellt war, hatte ich Urlaub, aber es war mir schlechterdings unmöglich, nach Cornwall zu fahren. Damals waren meine Eltern noch nicht lange tot, und ich wollte nicht an einem Ort sein, wo mich alles an sie erinnerte, also blieb ich in Cambridge, und wir verbrachten viel Zeit miteinander. Selbst dort entkam man dem Krieg nicht ganz. Wir machten Ausflüge mit dem Rad, legten uns am Flussufer ins Gras und lauschten dem dumpfen Donnern der Kanonen in Frankreich. Es inmitten all dieses unschuldigen Grüns zu hören, war unglaublich. Hätte Bridget es nicht auch gehört, hätte ich gedacht, ich bilde es mir ein.«

»Waffenlärm trägt weit.«

»Ja, vermutlich. Wir mochten Cambridge beide sehr, nur war es kaum mehr wiederzuerkennen, und erstaunlicherweise brachte uns das einander näher. Überall waren Soldaten und Militärfahrzeuge. Die Colleges waren verwaist, und die Zeit verging im Schneckentempo. Ich werde nie vergessen, was Bridgets Vater zu mir sagte – Cambridge ohne seine jungen Leute ist nichts.«

»Dann hast du sogar ihre Eltern kennengelernt?«

»Ja. Er war damals Vikar von St. Edward.«

»Ach. Ich kenne sie ja kaum, aber für die Tochter eines Schwarzrocks hätte ich sie niemals gehalten!«

»Ich glaube, das Verhältnis zwischen den beiden war nicht immer einfach, aber sie standen sich trotzdem sehr nah.«

»Was geschah, als du zurück an die Front musstest?«

»Sie kehrte an die Slade zurück und nahm ihr Kunststudium wieder auf.«

»Und seither hast du sie nicht mehr gesehen?«

»Nein, bis zum heutigen Tag.«

»Sie ist schön«, sagte Josephine, und er bemerkte, dass sie auf einmal wehmütig klang. »Sie hat etwas Freies. Man weiß sofort, dass sie tut, was ihr gefällt, und das ist immer unwiderstehlich.«

»Hast *du* nicht schon genug Probleme?« Er hatte es so dahingesagt und fragte sich kurz, ob er nicht zu weit gegangen war, aber sie lachte nur, und auf einmal hatte er das Gefühl, dass sie vielleicht endlich ohne Scheu über ihr Leben reden konnten. »Bist du verliebt in sie?«, fragte er leise.

»Ich habe sie eben erst kennengelernt, Archie. Da lässt sich so etwas nicht sagen, aber mit einem irischen Akzent kann man mich immer verführen.«

»Ich habe Marta gemeint.«

»Ich weiß, wen du gemeint hast.«

»Und?«

»Ich bin mir nicht sicher.«

»Natürlich bist du dir sicher. Mir musst du nichts vormachen.« Er war mit seinem Ärger über ihr Ausweichen einfach herausgeplatzt und versuchte nun, seiner Bemerkung die Spitze zu nehmen. »Die Antwort mag Komplikationen nach sich ziehen, aber die Frage ist ziemlich einfach. Liebst du Marta?«

»Ja.« Es war weniger eine Erklärung als ein Geständnis, und

Archie überlegte, ob ihr Zögern damit zu tun hatte, dass sie sich über ihre eigenen Gefühle klar werden musste, oder ob sie seine nicht verletzen wollte. »Ja, ich liebe Marta.«

»Hast du es ihr gesagt?« Sie schüttelte den Kopf. »Dann tu es, Josephine. Um Himmels willen, schenk ihr ein bisschen Hoffnung.«

»Was soll das nutzen? Wie du gerade gesagt hast, es ist kompliziert. Wir können nicht zusammen sein, daher wird es die Sache nur schlimmer machen, wenn ich ihr sage, was ich für sie empfinde.«

»Sollte das nicht Marta entscheiden?«, fragte er vorsichtig. »Sie ist nicht dumm. Das habe ich einmal schmerzhaft erfahren müssen, außerdem habe ich das Gefühl, sie weiß genau, was sie sich damit einhandelt, wenn sie dich liebt.«

»Du lässt es ja wie eine Prüfung klingen.«

»Ist es auch. Nur wenige Leute würden sich deinen Unsinn gefallen lassen.«

»Das werde ich jetzt mal geflissentlich überhören, aber nur, weil du mir ein halbes Rennpferd geschenkt hast.«

»Wenn es bedeutet, dass ich dir die Wahrheit sagen darf, schenke ich dir die andere Hälfte auch noch. Ehrlich, Josephine – du kannst einen zur Verzweiflung bringen, weißt du das? Manchmal möchte sogar ich dich packen und schütteln. Da mag ich mir gar nicht ausmalen, wie es Marta geht.«

Sie versuchte, ihm einen bösen Blick zuzuwerfen, scheiterte jedoch. »Ich glaube, mir war es lieber, als ihr beiden euch gehasst habt. Dieser Waffenstillstand, den ihr offenbar geschlossen habt, ist mir unheimlich.«

Für Josephines Verhältnisse fiel ihre Retourkutsche geradezu mild aus, und er vermutete, dass seine Worte etwas bestätigt hatten, worüber sie sich selbst gerade erst klar wurde oder überhaupt in Erwägung zu ziehen wagte. »Tja, die Liebe kann seltsame Allianzen hervorbringen«, erwiderte er im selben Ton und fügte ernster hinzu: »Wenn du ihr sagst, was du empfindest, kommt Marta vielleicht zu der Überzeugung, dass das alles einen Sinn hat. Du weißt, wie es ist, wenn man sich fragt, was ein anderer wirklich empfindet – es zerreißt einen. Die Frage lässt einen nicht eine Sekunde los, und irgendwann verliert man sich selbst aus dem Blick.«

»Du redest nicht mehr von Marta, oder? Du redest von uns.«

Abwesend fuhr er mit dem Finger über den Stiel seines Champagnerglases, während er überlegte, was er erwidern sollte. »Ich habe in letzter Zeit viel nachgedacht«, setzte er an, »und ich glaube, wenn man sich ständig Gedanken darüber macht, was jemand anderes denkt, ist das womöglich eine Entschuldigung dafür, sich nicht allzu sehr mit den eigenen Gefühlen auseinanderzusetzen. Es ist an der Zeit, dass ich das tue und mir überlege, was ich mit meinem Leben anfangen will.« Er sah ihre Miene und lächelte. »Nicht wegen Bridget, sondern meinetwegen. Und du solltest dasselbe tun. Dir ehrlich eingestehen, was du willst, und einen Weg suchen, wie du es erreichst.«

Sie legte die Hand an seine Wange. »Seit wann bist du nur so weise?«

»Das muss ungefähr an meinem vierzigsten Geburtstag passiert sein«, sagte er. »Mit etwas Glück wird es dich also auch bald erwischen.«

6

Bella saß an dem Sekretär in der Prince-of-Wales-Suite und ließ die Meerjungfrau, die Portmeirions auffälligen Briefkopf schmückte, in einem Umschlag verschwinden. Plötzlich wurde die Tür hinter ihr so heftig aufgerissen, dass sie einen Stuhl umwarf. Sie zuckte zusammen und drehte sich verärgert um. In der Tür stand ihr Bruder. Die kaum verhohlene Wut in seinem Gesicht bildete einen scharfen Kontrast zu der Stille im Zimmer. Wortlos drehte Bella sich zurück und schrieb seelenruhig die Adresse auf den Umschlag.

Sie wusste genau, dass ihr Schweigen ihn noch mehr in Rage versetzte. Schon in ihrer Kindheit hatte sie ihn damit zur Weißglut getrieben, und alte Gewohnheiten legte man nur schwer ab. »Warum hast du mir nicht gesagt, dass ich ein Kind habe?«, herrschte er sie an und knallte die Tür hinter sich zu. »Du musst es gewusst haben.«

Diese Frage hatte Bella nicht erwartet, aber sie verbarg ihre Überraschung gut. »Natürlich wusste ich Bescheid. Grace sagte es mir.«

»Und dir kam nie der Gedanke, es mir zu erzählen?«

»Welchen Sinn hätte das gehabt, nachdem du mir deutlich zu verstehen gegeben hattest, dass du endgültig von hier weggehst?«

»Ganz einfach, weil ich ein Recht hatte, es zu erfahren.« Er trat an den Sekretär und sah auf sie hinunter. »Himmel, du bist kalt wie ein Fisch. Ich weiß gar nicht, warum es mich überrascht, dass du dich auf Gwyneths Seite geschlagen hast. Ihr seid genau gleich.«

Bella lächelte. »Gwyneth und ich haben uns nie besonders gemocht, aber dich hatte sie nicht verdient, und sie hätte es mir nicht gedankt, wenn du zu ihr zurückgekehrt wärst, nachdem sie dich endlich losgeworden war. Außerdem ist eine Ehe Privatsache, und es stand mir nicht zu, mich einzumischen.« Sie stand auf, sodass sie auf Augenhöhe mit ihm war. Er sollte nie erfahren, dass sie insgeheim immer ein wenig Angst vor ihm gehabt hatte. »Leider hast du das nicht respektiert, als du dich in mein Leben eingemischt hast.«

»Immer dieselbe Leier, Bella. Am Scheitern deiner Ehe bin nicht ich schuld. Maxwell Hutton hat, lange bevor ich ihn kennenlernte, Geld mit Schmuddelfilmen gemacht.«

»Aber ich wusste nichts davon, verdammt noch mal.« Sie schlug mit der flachen Hand auf den Tisch. Das Gespräch über Max und ihre Krankheit hatte Bella empfänglicher für die finsteren Gedanken gemacht, die sie jeden Tag öfter heimsuchten, und sie bemühte sich, die Fassung wiederzugewinnen. Das durchtriebene Grinsen, das sich auf seinem Gesicht ausbreitete, half ihr dabei. »Und was man nicht weiß, macht einen nicht heiß.«

»Dann war es also reine Nächstenliebe, mir nicht zu sagen, dass mein Kind wie ein Hund im Wald verscharrt liegt, oder wie?«

»Im Wald verscharrt?« Bella starrte ihn an. »Wer hat dir denn das erzählt?«

Offenbar hielt er ihre Verwunderung für gespielt und wischte die Frage ungeduldig beiseite. »Tu nicht so! Die Kellnerin, mit der du so vertraut getuschelt hast, hat mir erzählt, dass Gwyneths vermisstes Kind auf dem Friedhof liegt.«

Bella hatte keine Ahnung, ob das stimmte, und wenn, dann hätte sie es ihm nicht gesagt. »Darin steckt eine gewisse Ironie, findest du nicht?«, sagte sie ruhig.

Zu ihrer Genugtuung zeigte sich ein Anflug von Angst auf dem Gesicht ihres Bruders, und plötzlich klang seine Stimme versöhnlicher. »Erzähl mir von dem Kind, Bella. Was ist mit dem Jungen passiert? Oder war es ein Mädchen? Himmel, ich weiß nicht mal, ob ich einen Sohn oder eine Tochter hatte.«

»Darüber solltest du mit Gwyneth reden«, sagte sie. »Warum fragst du nicht sie?« Er zögerte. »Aus mir kriegst du nichts raus, da kannst du auch gleich wieder gehen.«

»Warum hast du eigentlich mit der Kellnerin geredet?«, fragte er. »Hast du ihr gesagt, sie soll mir nichts verraten? Die Mühe hättest du dir sparen können. Ich weiß, wie ich Mädchen wie sie weichklopfen kann.« Sie bemerkte, dass sein Blick über den Sekretär huschte und er versuchte, den Namen auf dem Umschlag zu entziffern. »Was weiß ich sonst nicht über mein Leben, Bella?«

Sie warf den Kopf in den Nacken und lachte. »Lieber Henry. Du warst nie der Schlaueste, oder?«

»Nenn mich nicht Henry«, fuhr er sie an. »Besonders nicht hier. Ich heiße Leyton Turnbull. Henry Draycott habe ich vor langer Zeit hinter mir gelassen.«

»Oh, mach dir deswegen keine Gedanken. Ich bin auch nicht scharf darauf, dass die Leute erfahren, dass wir Geschwister sind.« Sie schüttelte ungläubig den Kopf. »Du weißt wirklich nicht, wer sie ist, oder?«

»Wer soll sie schon sein? Eine geschwätzige Kellnerin. Was gibt es da groß zu wissen?«

»Meine Güte, du und die Frauen. Denk doch mal an etwas anderes als das eine. Eine Frau ist mehr als das, was sie für dich tun kann. Seit Jahren schreibt mir das Mädchen und fleht mich an, ihr dabei zu helfen, ihre Mutter zu finden.«

»Das verstehe ich nicht. Wie kommt sie denn auf dich?«

»Weil sie Rhiannon Erleys Tochter ist und denkt, dass ihre Mutter sie verlassen hat, um mit meinem Bruder durchzubrennen.« Zufrieden sah sie, dass er zu begreifen begann. »Nur dass sie das nicht getan hat, oder? Rhiannon Erley ist nie von hier weg.«

»Natürlich ist sie weg. Ich habe dir erzählt, was passiert ist.«

»Das war nichts als eine Aneinanderreihung von Lügen. Du hast sie umgebracht, Henry.«

Die Selbstverständlichkeit, mit der sie das sagte, ließ ihn offenbar erkennen, dass es nichts brachte, ihr etwas vorzumachen. Er ging zum Bett und setzte sich, und mit einer Gewissheit, als würde sie einen Film anschauen, den sie schon zigmal gesehen hatte, wusste sie, was er als Nächstes tun würde. »Es war ein Unfall«, sagte er, und es waren genau die Worte, die sie ihm ins Drehbuch geschrieben hätte.

»Und was ändert das?«

Er zuckte mit den Schultern. »Für mich ändert das was. Ich bin kein Mörder, Bella.« Er wartete darauf, dass sie etwas sagte, aber sie blieb stumm. »Woher weißt du, was passiert ist?«, fragte er stattdessen.

»Es ist egal, woher ich es weiß. Es zählt nur, was ich mit diesem Wissen anfangen werde.«

»Das wagst du nicht. Der Skandal würde dich ruinieren. Was interessieren dich überhaupt Rhiannon oder ihre Tochter? Du konntest damals nicht schnell genug von deiner eigenen Familie wegkommen, da kannst du dir jetzt deine Krokodilstränen sparen. Du denkst nur an deine Karriere, und genau deshalb wirst du den Mund halten.«

»In einem gebe ich dir recht«, bekannte Bella. »Du und dein Flittchen seid mir völlig egal, und wenn du deine Lektion gelernt hättest, würde ich die Sache auch auf sich beruhen lassen. Aber das hast du nicht, oder? Du hast immer so weitergemacht und alles und jeden, mit dem du in Berührung gekommen bist, verdorben, und das tust du nach wie vor. Das Mädchen sollte wissen, was mit ihrer Mutter geschehen ist, und da du nicht dazu imstande bist, auch nur einmal in deinem Leben etwas Anständiges zu tun, wird diese Aufgabe wohl mir zufallen.«

»Du hast keinerlei Beweise.«

»Ach nein?« Sie sah auf Chaplin hinunter. Der Hund erinnerte sich offenbar an die Begegnung an der Rezeption, da er vorsichtig Distanz hielt. »Ich dachte, Chaplin und ich könnten nachher einen Spaziergang zum Friedhof machen. Er ist gern im Wald. Du weißt schon – Hunde und Knochen.«

»Das wagst du nicht!«

»Willst du wetten? Vielleicht werden wir auch gleich noch nach deinem Kind Ausschau halten.«

Urplötzlich stürzte er sich auf sie, presste sie gegen die Wand und schloss die Hand um ihre Kehle. Mit diesem Angriff hatte sie nicht gerechnet, und sie verfluchte sich dafür, ihn unterschätzt zu haben. Chaplin vergaß seine Angst, aber ein Tritt reichte, und er flog in die Ecke. Bella roch das Rasierwasser ihres Bruders, in das sich der Geruch nach Schweiß und abgestandenem Whisky mischte. Die körperliche Nähe ekelte sie und war noch schlimmer als der Griff um ihren Hals und das Gewicht seines Körpers, mit dem er sie an die Wand drückte. Vergeblich versuchte sie, Luft zu holen, und merkte, wie ihr das Bewusstsein schwand – und in ihrer Panik wurde ihr plötzlich klar, dass das die Antwort auf alles war, dass so ihr Tod wenigstens etwas Gutes bewirken würde. Sie zwang sich, ihm in die Augen zu sehen, und lächelte, wollte ihn dazu bringen, seinen Griff zu verstärken. Doch auf einmal bewies er Selbstbeherrschung und zog gerade noch rechtzeitig seine Hand weg. Sie krümmte sich vor Schmerz und rang nach Atem.

»Was zum Teufel ist hier los? Bella? Geht es dir gut?«

Sie blickte auf, als David Franks ins Zimmer geeilt kam, und schämte sich, dass er sie so sah. Er legte eine Hand auf ihre Schulter, aber sie schüttelte sie ab und presste einen Satz hervor. »Was willst du, David?«

»Tu doch nicht so, als wäre alles in bester Ordnung«, sagte er und funkelte beide an. »Was geht hier vor sich?«

»Ein kleiner Streit, der ausgeartet ist.« Sie sammelte all ihre Kraft und durchquerte den Raum, um ihren verängstigten Hund zu beruhigen. »Sei still, Chaplin. Die beiden Herren sind im Begriff zu gehen.« Fragend sah sie David an. »Nun?«

»Hitch bat mich, dich zum Dinner einzuladen.«

Bella lachte. »Sehr freundlich, aber ich habe keinen Appetit.«

»Dann bleibe ich bei dir, wenn ich darf. Ich lasse etwas zu essen kommen.«

»Bloß kein Mitleid, David. Um Himmels willen, nach allem, was passiert ist, kannst du mir wenigstens das ersparen. Und jetzt raus – beide.«

Ihre Stimme war ruhig und ließ keinen Widerspruch zu. Zögernd wandte sich David zum Gehen, ihr Bruder blieb jedoch stehen und blickte erneut auf den Brief an Branwen. »Komm, Turnbull«, sagte David und begleitete ihn hinaus. »Ich weiß nicht, was hier los ist, aber du hast genug Unheil angerichtet.«

Bella sah den beiden Männern nach, dann ließ sie sich erschöpft aufs Bett sinken. Sie betrachtete sich im Spiegel des Schminktischs und legte die Finger an den Hals, wo der Abdruck der Hand ihres Bruders wie ein rotes Schandmal auf ihrer blassen Haut leuchtete. »Du hättest mich von meinem Elend erlösen sollen, Henry«, sagte sie leise. »Aber nicht einmal das kriegst du hin.«

7

»Diese blöde Dusche! Zuerst habe ich sie überhaupt nicht zum Laufen gebracht, und dann kannte sie nur zwei Temperaturen: heiß und brühheiß. Ich musste mich erst mal eine halbe Stunde auf mein Bett legen, bevor ich nach unten gehen konnte. Sonst hätte ich allein durch meine Anwesenheit das Restaurant in Flammen gesetzt.« Ronnie nahm neben Archie Platz, und Josephine stellte fest, dass sie bei all ihrem Gejammer die Einzige auf der Terrasse war, deren elegante Erscheinung nicht unter der Hitze litt. »Wie dem auch sei, Bella Hutton hatte im Nachbarzimmer jedenfalls einen heftigen Streit, und ich musste warten, um in Erfahrung zu bringen, mit wem.«

»Und?«, fragte Lettice.

»Leyton Turnbull. Details habe ich nicht mitgekriegt«, bekannte sie, um der nächsten Frage ihrer Schwester zuvorzukommen. »Und ich war kaum angemessen gekleidet, um auf dem Flur herumzuspazieren. Aber zufällig habe ich gerade zur Tür hinausgesehen, als er ging, und er war in einem fürchterlichen Zustand. Er war in Begleitung eines anderen Mannes – eines sehr gut aussehenden, den ich allerdings nicht kannte.« Sie nahm das angebotene Glas Champagner und lächelte in die Runde. »Habe ich etwas verpasst?«

»Nicht viel«, sagte Lettice nonchalant und spießte eine Olive auf. »Josephine ist mit den Hitchcocks so gut wie handelseinig. Archie hat eine mehr als zwanzig Jahre alte verlorene Liebe wieder aufflammen lassen. Und ich habe Bella überredet, uns ihre Garderobe für die nächsten fünf Filme anzuvertrauen.« Sie hielt inne und genoss den Ausdruck auf Ronnies Gesicht.

»Das Letzte war gelogen. Entspann dich und genieß deinen Drink.«

Falls das überhaupt möglich war, sah Ronnie sie noch ungläubiger an. »Willst du damit sagen, das andere stimmt?« Sie deutete auf Josephine. »Zu dir komme ich gleich. Welche verlorene Liebe denn, Archie?«, fragte sie und trat ihm gegen das Schienbein. »Warum weiß ich nichts davon?«

Archie wirkte unangenehm berührt und rettete sich in Ironie. »Tut mir leid«, sagte er. »Mir war nicht bewusst, dass ich dich über mein Liebesleben auf dem Laufenden halten muss, wirklich dumm von mir. Allerdings übertreibt Lettice. Es ist nur eine alte Bekannte aus Kriegszeiten, der ich hier zufällig begegnet bin. Sie ist Künstlerin und arbeitet hin und wieder für Clough.«

»Sie macht einen netten Eindruck«, sagte Marta und zwinkerte Josephine zu.

»Ja, das finde ich auch.«

»Ihr Name kommt mir irgendwie bekannt vor«, fuhr Lettice fort, »aber ich kann ihn nicht einordnen. Kennen wir nicht eine Bridget Foley?«

»Bridget Foley?« Ronnie machte große Augen und sah ihren Cousin mit neuem Respekt an. »Wir haben von einer Bridget Foley *gehört*. Lebt deine Bridget in Cambridge?«

Archie nickte abwehrend. »Ja, aber sie ist nicht *meine* Bridget …«

»Erinnerst du dich nicht, Lettice? Das war im letzten Frühling, als wir dort die Kostüme für den Ibsen im Arts Theatre gemacht haben. Alle haben darüber geredet.«

»Ja, natürlich. Bridget Foley! Interessant, dass du sie kennst, Archie.«

Josephine hätte liebend gerne gewusst, was an Archies früherer Flamme so unvergesslich war, aber es wäre gemein gewesen, sich in seiner Anwesenheit danach zu erkundigen. Stattdessen versuchte sie, sich etwas einfallen zu lassen, um Ronnie von dem Thema abzubringen, aber die Mühe wurde ihr erspart.

Lydia kam von der Toilette zurück und ließ sich neben Marta nieder. »Warum zum Teufel sitzt eine Nonne am Tisch der Hitchcocks?«, fragte sie.

»Eine Nonne?«, wiederholte Josephine erstaunt. »Bist du sicher?«

Lydia bedachte sie mit einem schiefen Lächeln. »Die sind ja wohl kaum zu verwechseln.«

»Ich meinte auch nicht, ob du sicher bist, dass es eine Nonne ist, sondern ob du sicher bist, dass sie an ihrem Tisch sitzt.«

»Ganz offenbar. Es ist der einzige Tisch außer unserem, der für mehr als vier Personen gedeckt ist. Es sei denn, die Hitchcocks essen in einem Separee und wir teilen den Speisesaal mit einer Abordnung der katholischen Kirche.«

Lettice stand auf, weil sie es mit eigenen Augen sehen wollte, und schlenderte allzu beiläufig über die Terrasse, um durch die Fenster in den Speisesaal zu lugen. »Also, es ist definitiv eine Nonne«, bestätigte sie. »Wenn ich richtig gesehen habe, eine von den Sisters of Our Lady of Sorrows.« Auf Josephines verwirrten Gesichtsausdruck hin erklärte sie: »Wir haben kürzlich verschiedene Kostümentwürfe für *Maß für Maß* gemacht, daher weiß ich, wie deren Tracht aussieht – wichtigstes Accessoire ist die Haube. Ich frage mich, was sie hier tut. Sie muss sich an den falschen Tisch gesetzt haben.«

Ronnie lächelte. »Dann wird sie gleich einen Schock erleiden.«

»Die beiden sind Katholiken«, sagte Marta. »Alma ist eigens konvertiert, um ihn heiraten zu können.«

»Aber deswegen muss man doch nicht gleich mit Nonnen in die Ferien fahren. Ich bin zu einem anständigen Mitglied der Church of England erzogen worden, aber wenn ich immer nach Lust und Laune den Vikar von St. Martin mit nach Südfrankreich nehmen würde, käme er nicht mehr dazu, eine Predigt zu halten, von schreiben gar nicht zu reden.«

Alle rissen den Mund auf, um darauf etwas zu bemerken, und Archie machte das Rennen. »Wenn du den Vikar nach Südfrankreich mitnehmen würdest, dann wäre er weder für das eine noch für das andere moralisch gerüstet«, sagte er und grinste seine Cousine an. »Du gefährdest selbst die geistig Gefestigtsten unter uns.«

»Nur weil ich zwischen meinen Romanzen keine Pausen von zwanzig Jahren einlege …«

»Vielleicht hat Hitchcock ja um eine fantasievolle Verkleidung gebeten«, schlug Josephine vor. »Nach dem zu schließen, was du vorhin gesagt hast, fände er genau so etwas amüsant. Wenn wir das nächste Mal schauen, sehen wir womöglich einen Vikar, ein Flittchen und Dracula dort sitzen.«

Marta sah zum Nachbartisch, an dem ein unattraktiver Mann mittleren Alters anzüglich eine Kellnerin angrinste, was diese aufgrund ihrer Stellung offenbar ertragen musste. »Ich glaube, ein oder zwei von ihnen sind schon eingetroffen«, sagte sie. »Es ist wie etwas aus *Nachtgewächs*.«

»Aus was?«

»Das ist ein gerade in Amerika erschienener Roman. Lauter verlorene Seelen, Außenseiter und Elend.«

»Klingt verlockend«, brummte Ronnie.

»Apropos Amerika, wir hatten vorhin ein interessantes Gespräch«, sagte Lydia. »Wir haben Cocktails mit Danny Lascelles und Astrid Lake getrunken …«

»Ganz unverkennbar ihr richtiger Name«, murmelte Archie.

Lydia lächelte. »Dazu sage ich nichts. Jedenfalls haben wir David Franks kennengelernt. Er ist Hitchcocks Szenenbildner und Regieassistent und organisiert das Wochenende. In den Zwanzigern lebte er einige Zeit in Hollywood, und er riet Marta, darüber nachzudenken, zum Arbeiten dorthin zu gehen – sie hat offenbar mächtig Eindruck auf Alma gemacht.« Stolz sah sie Marta an, ohne zu merken, welche Bombe sie gerade hatte platzen lassen. »Ich wusste, dass du zu bescheiden warst. Stellt euch vor – Amerika, wie aufregend!«

»Wie läuft das eigentlich, wenn Sie an einem Drehbuch arbeiten, Marta?«, fragte Archie und warf einen Blick auf

Josephines entsetztes Gesicht. »Wie gehen die Hitchcocks dabei vor?«

Marta lächelte ihn an, froh, nichts auf Lydias Bemerkung erwidern zu müssen. »Na ja, zuerst suchen sie einen Stoff aus«, sagte sie.

»Das klingt so, als würden sie sich einen Anzug schneidern lassen wollen.«

»Ganz unähnlich ist es nicht. Ich kenne Leute, die enormes Aufhebens um den Erwerb einer neuen Hose machen.« Schnell sah sie zu Josephine, und falls sie die Wirkung von Lydias Worten einzuschätzen versuchte, wurde sie vermutlich nicht enttäuscht, dachte Archie. »Wenn sie eine vielversprechende Vorlage gefunden haben, schneiden sie sie zusammen, bis nur noch einzelne Elemente übrig sind, und reden über die Figuren – wer sie sind und wie sie sich in einer bestimmten Situation verhalten würden. Daraus entwickeln sie dann das Drehbuch, Szene für Szene.«

»Und Hitchcock ist von Anfang an dabei?«

»Ja. Bilder für eine Geschichte im Kopf entwerfen kann er am besten. Es sind Hitchcock und Alma, und Charles Bennett steuert das gewisse Etwas bei. Ich bin sicher, dass er die Umarbeitung von *Klippen des Todes* übernehmen würde, wenn Josephine es nicht selbst machen will.« Sie hielt inne, während Lydia ihr Feuer gab. »Sobald sie zufrieden sind, werden Leute wie ich dazugeholt, die die Dialoge schreiben. Aber wir sind nur bessere Sklaven, weil Hitchcock Dialogen keine große Bedeutung beimisst. Allerdings wird er seine Gewohnheiten ändern müssen, wenn er nach Amerika geht. Eine solche Unabhängigkeit gestehen sie ihm in Hollywood nicht zu.«

»Ich wage die Voraussage, dass im Falle eines Krieges Amerika *sehr* populär werden wird«, sagte Josephine und trank ihr Glas aus.

Lydia warf ihr einen scharfen Blick zu. »Mag sein, aber man kann von den Leuten nicht erwarten, dass sie aus Angst, unpatriotisch zu erscheinen, ihre Karriere zurückstellen.«

»Ach nein? Aber vielleicht aus Angst, unpatriotisch zu *sein*?«

Genauso unabsichtlich, wie er für die plötzliche Spannung verantwortlich gewesen war, löste Alfred Hitchcock sie auf. Das Erscheinen einer so bekannten Persönlichkeit brachte sämtliche Gespräche an den Tischen auf der Terrasse zum Erliegen, und Lettice war nur eine von vielen Dinnergästen, die plötzlich von dem unbezwingbaren Drang überkommen wurden, sich in den Speisesaal zu begeben. Archie war ausnahmsweise erleichtert, ihrem Beispiel zu folgen. Nach Martas Miene zu urteilen, war er nicht der Einzige.

8

Hitchcock gab dem Kellner die Speisekarte zurück. »Ich nehme den Steak-and-Oyster-Pie«, sagte er, »aber bitte ohne Austern.«
»Selbstverständlich, Sir.«
»Und bringen Sie uns noch eine Flasche Wein.«
Er sah sich lächelnd am Tisch um und fragte sich, ob jemand den Mut haben würde – und wenn ja, wer –, nach dem Zweck des Zusammentreffens zu fragen. Bislang verhielten sich seine Gäste mehr oder weniger so, wie er es erwartet hatte: Turnbull hatte zu viel getrunken und sagte praktisch nichts. Astrid Lake und Daniel Lascelles waren beide nervös und wollten unbedingt eine Gelegenheit abpassen, um Eindruck zu schinden, waren dann aber zu beflissen, wenn sich eine ergab. Spence war wie üblich distanziert und gab nichts von sich preis, sondern lächelte angesichts dieser Farce die ganze Zeit nur ironisch vor sich hin. Und Alma saß neben ihrem Mann und strahlte jene geduldige Resignation aus, die zu ihren gemeinsamen öffentlichen Auftritten gehörte wie ihre Liebe und ihre ruhige Autorität zu ihrem Privatleben. Nur David Franks überraschte Hitchcock: Er wirkte abwesend, an die Stelle seiner gewohnten Freundlichkeit war eine innere Unruhe getreten, und einige Male bemerkte Hitchcock, wie er nervös zu Turnbull sah. Bella hätte merklich zur Belebung der Gesellschaft beigetragen, aber inzwischen war es ihm ganz recht, dass sie der Einladung nicht gefolgt war – sie war einer der wenigen Menschen aus seinem Bekanntenkreis, die ebenso dominant waren wie er, und er hatte heute keine Lust, sich übertrumpfen zu lassen.

Hin und wieder warf einer einen neugierigen Blick zu der

Fremden in ihrer Mitte und dann auf den Rest der Gesellschaft, aber keiner wagte, etwas zu sagen. Zu guter Letzt brach die Nonne selbst das Schweigen. »Kenne ich Sie nicht von irgendwoher?«, fragte sie und sah quer über den Tisch zu Leyton Turnbull. Hitch warf ihr einen scharfen Blick zu. Er war es gewohnt, dass die Leute taten, wofür sie bezahlt wurden, und nur das, aber sie schien die Warnung nicht zu bemerken. »Wir müssen uns schon einmal begegnet sein. Ich vergesse nie ein Gesicht.«

Spence schüttelte in gespielter Bewunderung den Kopf. »Verlegen Sie sich jetzt schon auf Klöster, Turnbull? Vor Ihren Reizen ist wohl keine Frau sicher?«

Turnbull achtete nicht auf ihn. »Ich bin Schauspieler«, sagte er zu der Nonne. »Vielleicht kennen Sie mich aus einem Film.«

Hitchcock bemerkte amüsiert, dass in seiner Stimme nach wie vor Stolz mitschwang. »Seien Sie doch nicht so bescheiden, Mr Turnbull«, sagte er. »Sie haben hier einen unserer größten Stars vor sich, Schwester Venetia. Er ist zu allem fähig.«

Vom anderen Ende des Tischs war ein Kichern zu hören, aber entweder bemerkte die Nonne es nicht, oder sie wollte es nicht bemerken. »Ich sehe mir keine Filme an«, erwiderte sie bestimmt. »Mord, Ehebruch, Götzenanbetung – ich wüsste nichts, was die göttlichen Gesetze so leicht bricht wie der Film.« Unverwandt sah sie Turnbull an, als sie noch hinzufügte: »Er verdirbt die Seele.«

»Ich frage mich, ob Sie sich nicht an einem anderen Tisch wohler fühlen würden, Schwester«, sagte Franks.

»Sie müssen sich irren«, erklärte Turnbull. Hitchcock stellte fest, dass die Aufmerksamkeit ihn langsam nervös machte. Er lehnte sich bequem zurück, um das kleine Schauspiel zu genießen, und vergaß darüber seinen Ärger. Er hatte keine Ahnung, wo David die Frau aufgetrieben hatte, aber er musste zugeben, dass sie ihre Sache gut machte.

»Es wird mir noch einfallen«, sagte sie, und in dem Versprechen lag eine leise Drohung, die das Lächeln, mit dem es gesagt wurde, Lügen strafte. »Sie haben sich verändert, aber ich kenne Sie ganz bestimmt.«

»Sehr hat er sich nicht verändert«, sagte Spence. »Ich habe vorhin gesehen, wie das Mädchen aus Ihrem Wagen ausgestiegen ist, Turnbull. Alte Gewohnheiten legt man nur schwer ab.«

»Das war bloß ein Chauffeursdienst. Sie hatte einen Unfall, und ihr Fahrrad war kaputt. Was hätte ich denn tun sollen? An ihr vorbeifahren und sie den ganzen Weg gehen lassen?«

»Mr Turnbull hat ein gutes Auge, Schwester«, erklärte Spence verschwörerisch. »Das dort drüben ist seine neueste Eroberung.« Er deutete auf eine dunkelhaarige junge Frau, die gerade zu der Band auf der Bühne gestoßen war. Alle drehten sich zu ihr um, und Hitchcock bemerkte, dass auf Lascelles Gesicht Wiedererkennen aufflackerte.

»Achten Sie nicht auf meinen Kollegen«, sagte Turnbull. »Seine Fantasie geht mit ihm durch. Das bringt unser Beruf mit sich. Und wir sind uns wirklich noch nie begegnet«, fügte er mit fester Stimme hinzu, um diese Frage abschließend zu klären. »Daran würde ich mich erinnern. Welchem Umstand verdanken wir eigentlich das Vergnügen Ihrer Gesellschaft?«

Hitchcock kam der Nonne zuvor. »Schwester Venetia kümmert sich um die Erziehung meiner Tochter«, sagte er. »Alma und ich wollen, dass sie eine gute Katholikin wird, und die Schwester leitet eine hervorragende Schule am Cavendish Square.« Er hielt inne. »Das einzige Problem ist, dass sie trinkt.«

Überrascht drehten sich alle zu der Nonne. Ihre Hand schwebte über dem Glas, das sie gerade hatte nehmen wollen, und sie zog sie zurück und senkte den Kopf. Unbehagliches Schweigen breitete sich aus, und alle außer dem Regisseur waren von ihrer Scham betroffen. Astrid versuchte schließlich, das Thema zu wechseln. »Schmieden Sie bereits Pläne, nach Hollywood zu gehen, Mr Hitchcock?«

Hitchcock sah sie lächelnd an. »Das müssen Sie die Lady hier fragen«, sagte er und zwinkerte Alma zu. »Sie ist als Scriptgirl für die Anschlüsse zuständig.«

»Wenn es nach mir ginge, Miss Lake, würden wir in zehn Minuten zum Flughafen aufbrechen.«

Alle lachten. Wobei Hitchcock allerdings wusste, dass die Bemerkung seiner Frau eher eine subtile Warnung als ein Witz war. Der Kellner kam mit der Flasche Wein, und als die Nonne sich zur Seite neigte, damit er ihr Glas nachfüllen konnte, hob Hitchcock die Hand. »Für sie nichts mehr.« Er funkelte sie zornig an, bemüht, jeden Hauch von Vergnügen aus seiner Stimme herauszuhalten. »Sie wissen, was passiert, wenn Sie trinken. Erinnern Sie sich nicht an St. Moritz? Sie können von Glück reden, dass niemand Anzeige erstattet hat. Seien Sie doch etwas rücksichtsvoll.«

»Bitte ...«

»Auf keinen Fall. Sie bringen uns alle in Verlegenheit. Halten Sie sich einfach zurück.«

Hitchcock lächelte die anderen Gäste entschuldigend an und stellte zufrieden fest, dass alle mehr als peinlich berührt waren und niemand wusste, wohin er schauen sollte. Aus dem Augenwinkel sah er Tränen über das Gesicht der Nonne rollen und bewunderte erneut ihren Auftritt. Als das Essen serviert wurde, weinte sie noch immer still vor sich hin, und irgendwann ertrug Astrid es nicht mehr. »Geht es Ihnen gut?«, fragte sie leise.

Dankbar sah Schwester Venetia sie an. »Wenn ich wenigstens ein Schlückchen ...«

Hitchcocks Faust donnerte auf den Tisch. Ein Weinglas fiel um. »Es reicht«, brüllte er. »Sie verderben uns den ganzen Abend. Ich lasse nicht zu, dass Sie meine Gäste für Ihre Zwecke einspannen. Ich hätte Sie nie einladen dürfen. Gehen Sie bitte auf Ihr Zimmer.«

Wortlos stand die Nonne auf und verließ den Speisesaal. David wollte ihr folgen, aber Hitchcock legte die Hand auf seinen Arm und hielt ihn zurück. Mittlerweile hatte sich auch unter den anderen Gästen Verlegenheit breitgemacht, und die heitere Darbietung von »No One Can Like the Drummer Man« bildete einen denkbar unpassenden Hintergrund zu der angespannten

Atmosphäre. Unter aller Augen winkte Hitchcock eine Kellnerin herbei, damit sie Ordnung auf dem Tisch schaffte, dann aß er seelenruhig weiter. Ohne Alma anzusehen, wusste er, dass sie ihn mit einer Mischung aus Neugier und Überdruss betrachtete. Eines Tages würde sie ihn für einen solchen Auftritt ohrfeigen – falls ihr nicht jemand anderes zuvorkam. Während die anderen Gäste überlegten, ob sie ihre Gespräche wieder aufnehmen konnten, ohne etwas zu verpassen, fing Jack Spence an zu applaudieren. »Das ist ein Witz«, sagte er und löste damit nervöses Gelächter im gesamten Speisesaal aus, wenngleich einige der Gäste an Hitchcocks Tisch nicht überzeugt zu sein schienen. »So wie Sie«, Spence deutete auf Turnbull. »Das waren Sie schon immer und werden es immer bleiben. Eines Tages werden Sie eine Frau kennenlernen, die ebenso gut austeilen wie einstecken kann.«

»Was gibt Ihnen eigentlich das Recht, mich darüber zu belehren, wie ich Frauen zu behandeln habe«, fuhr Turnbull ihn an. »Das ist wohl nicht gerade Ihr Fachgebiet.« Er leerte sein Glas und sah die anderen herausfordernd an. »Frauen verlangen nach Führung. Glauben Sie nicht, Hitch?«

»Oh, nichts bereitet mir mehr Vergnügen, als den Revuemädchen das Damenhafte auszutreiben«, sagte Hitchcock heiter und wusste, dass Turnbull nicht mehr in der Lage war, die Ironie zu erkennen oder zu begreifen, dass er gerade dazu ermuntert wurde, sich selbst ans Messer zu liefern. Astrid Lake runzelte die Stirn. Nicht mehr lange, und sie würde einstimmen. Mit einem Augenzwinkern prostete er ihr zu. Am anderen Ende des Tischs lächelte David Franks und schüttelte bewundernd den Kopf.

»Schöne Frauen halten sich für allzu schlau«, fuhr Turnbull fort. »Bei einem hübschen Gesicht sieht man über einen Mangel an Talent hinweg, aber nur für eine gewisse Zeit. Dann müssen sie andere Möglichkeiten finden, um Aufmerksamkeit zu erregen.« Er beugte sich über Lascelles hinweg und legte seine Hand auf Astrids Bein. »Sie haben ein *sehr* hübsches Gesicht, Miss Lake. In welcher Art Filme würden Sie gerne mitspielen?«

Danny stand auf, die Fäuste geballt. Einen Augenblick lang dachte Hitchcock, dass er sie auch gebrauchen würde, aber Astrid legte eine Hand auf Dannys Arm und schüttelte den Kopf.

»Zügeln Sie sich, Turnbull«, sagte Lascelles, als er sich wieder setzte. »Noch so eine Bemerkung, und sie wird mich nicht zurückhalten können.«

»Stimmt es, dass Sie sich nehmen, was Sie so nicht kriegen können, Mr Turnbull?«, fragte Astrid mit ruhiger tiefer Stimme, obwohl sie erkennbar zornig war. »Ich habe gehört, dass Sie selbst dann nicht aufhören, wenn der Regisseur schon lange Cut gerufen hat.«

»Es ist unschwer zu erraten, wer Ihnen dieses Gift ins Ohr geträufelt hat.«

»Lügt sie denn?«

»Bella würde alles tun, um meinen Ruf zu schädigen«, erklärte er und sah Hilfe suchend Franks an. »Sagen Sie es ihnen, David. Sie hat es schon immer auf mich abgesehen.«

»Geben Sie Ruhe, Turnbull. Sie haben Bella heute genug Ärger gemacht.«

»Warum ergreifen Sie eigentlich immer Partei für dieses Weib?«

»Ich ergreife nicht Partei für sie, aber ich werde auch nicht Partei *gegen* sie ergreifen. Dafür war sie zu freundlich zu mir.«

»Und wird es zweifellos weiterhin sein, sofern Sie nicht aus der Reihe tanzen.« Sogar Hitchcock war überrascht über den Hass in Turnbulls Augen, als er über Bella Hutton sprach, und dachte, dass dessen Karriere einen völlig anderen Verlauf genommen hätte, wenn er imstande gewesen wäre, solche intensiven Gefühle auf die Leinwand zu bringen. »Sie ist keine Heilige, David, also werden Sie erwachsen und suchen Sie sich jemand anderes, dem Sie huldigen können. Bella sieht wie wir alle nur auf ihren eigenen Vorteil und trampelt dabei rücksichtslos über andere hinweg. Eines Tages werden Sie sich wünschen, dass ich mich vorhin nicht zurückgehalten hätte.«

Hitchcock fing Franks' Blick auf. »Vergessen Sie nicht unsere

Wette, David«, sagte er, aber seinen Assistenten schien es wenig zu kümmern, ob er gewann oder verlor.

»Und was für ein Vorbild wären Sie gewesen, frage ich mich«, erwiderte Franks und lächelte Turnbull unschuldig an. »Vielleicht wendet sich letztlich alles zum Besten.«

9

»Also, das war um einiges fesselnder als irgendeiner seiner Filme«, sagte Ronnie.

Beim Speisesaal des Hotels, dessen geschwungene Linien der ursprünglichen viktorianischen Architektur etwas Modernistisches verliehen, hielten sich elegantes Interieur und markantes Äußeres die Waage. Mit edlem Walnussholz getäfelte Wände gingen harmonisch in die blassrosa Decke und das schimmernde helle Eichenparkett über, während die Glasfront dafür sorgte, dass er den größten Teil des Tages lichtdurchflutet war. An diesem Abend jedoch verblasste das alles zur Bedeutungslosigkeit. Alle sahen wie gebannt zum Tisch der Hitchcocks, und Josephine taten die Musiker leid, die für Unterhaltung sorgen sollten – egal, wie gut sie waren, im Vergleich dazu musste ihre Darbietung langweilig erscheinen. Hin und wieder warf sie ebenfalls einen Blick zu dem Tisch, weit mehr fasziniert von der subtilen Verständigung zwischen den Hitchcocks als von dem theatralischen Gehabe ihrer Gäste. Neben ihrem Ehemann wirkte Alma noch zierlicher, aber Josephine entging nicht, wie oft er sie ansah, um die Wirkung seiner Worte abzuschätzen, und es rührte sie, wie sein Gesicht zu leuchten begann, sobald seine Frau etwas sagte. Irgendwo hatte sie gelesen, dass der Regisseur schüchtern sei, aber ihr kam er eher wachsam und selbstbewusst vor, und bei all seiner Eloquenz und seinem Humor schien er durchaus damit zufrieden zu sein, auch einmal die Rolle des stillen Beobachters einzunehmen. Als er sein Glas austrank und aufstand, flüsterte Alma ihm etwas ins Ohr, und er sah in ihre Richtung und nickte. »O Gott, er kommt her«, sagte

Josephine und stieß Archie an. »Gerade als ich gedacht habe, wir wären aus dem Schneider.«

»Müsste man nicht sagen: ›Oh, Gott kommt her‹?«, erwiderte Archie beißend. »So verhalten sich doch alle heute Abend. Kein Wunder, dass die Nonne sich lieber verzogen hat. Es muss ziemlich verwirrend für sie gewesen sein.«

Lettice sah ihn strafend an. »Sei doch nicht so ein Spielverderber. Das ist furchtbar aufregend.«

»Wie sehe ich aus?«, fragte Lydia und kramte in ihrem Täschchen nach einem Spiegel.

Marta nahm Lydia die Handtasche weg und strich ihr zärtlich die Haare aus dem Gesicht. »Perfekt. Margaret Lockwoods hübschere Schwester.«

»Hübschere *jüngere* Schwester, wolltest du sagen, oder?«

»Selbstverständlich.«

Für einen Mann von seiner Statur saß sein eleganter Anzug hervorragend. Trotz des misslungenen Dinners schritt er gelassen durch den Speisesaal. Er lächelte alle an, nickte Marta zu und streckte Josephine die Hand entgegen. »Miss Tey, meine Frau sagte mir, dass die anfänglichen Unstimmigkeiten zur beiderseitigen Zufriedenheit ausgeräumt werden konnten und wir vielleicht sogar Grund haben, optimistisch zu sein.«

Josephine fühlte sich ein wenig überrumpelt, sah aber keinen Grund, sich zu zieren, nachdem sie zu einem Entschluss gekommen war, und nickte. »Ja. Sofern wir uns über die Bedingungen einigen können, würde ich mich sehr freuen, wenn Sie *Klippen des Todes* als Vorlage für Ihren Film verwenden.«

»Ausgezeichnet. Das freut mich sehr.« Sein schauspielerisches Talent reichte beinahe an seine Fähigkeiten als Regisseur heran, dachte Josephine. Wenn Alma nicht so offen gewesen wäre, dann wäre sie niemals auf die Idee gekommen, dass Hitchcocks Meinung über ihren Roman bestenfalls indifferent war. »Im Herbst drehen wir *Sabotage*«, fügte er hinzu, »danach werden wir uns mit ganzer Energie auf das neue Projekt stürzen.«

»Schön. Ich bin neugierig, was Sie daraus machen.«

»Dann haben Sie vor, sich bei der Adaption mit einer Nebenrolle zu begnügen?«

Sie meinte, in seiner Stimme eine gewisse Erleichterung wahrzunehmen, die sie gut verstehen konnte. Es gab für einen Regisseur wahrscheinlich nichts Schlimmeres als einen Autor, der sich verzweifelt an seinen Roman klammerte, und sie wusste, dass die Sache für alle Beteiligten leichter wurde, wenn sie einfach das Geld nahm und sich aus dem Staub machte. Wenn ihr das Ergebnis nicht gefiel, konnte sie es bei dieser einen Erfahrung belassen, und vielleicht lernte sie ja auch etwas von dem derzeit erfolgreichsten Regisseur. Erstaunlicherweise vertraute sie Alma, dass sie einen guten Kompromiss finden würde, der sowohl dem Vorhaben ihres Ehemanns als auch dem Geist ihres Romans gerecht wurde. »Ich glaube, ich bleibe bei Büchern und beim Theater«, sagte sie mit einem Lächeln. »Auf einem weiteren Gleis fahren zu wollen, hieße vermutlich, mein Glück überzustrapazieren.«

Er nickte. »Es ist immer eine kluge Entscheidung, dem treu zu bleiben, was einem am meisten Freude bereitet, und die Bühne kann froh sein, Sie zu haben.« Er bedachte Lydia mit einem kurzen anerkennenden Lächeln für ihren Anteil an dem Erfolg von *Richard von Bordeaux*. »Vielleicht haben Sie Lust, sich auf einen Schlummertrunk zu uns in den Mirror Room zu gesellen?«

Lettice stand auf, Josephine schüttelte den Kopf. »Danke, aber nein«, sagte sie mit Bestimmtheit und spürte Lydias Augen im Nacken. »Wir sind noch nicht fertig, und Ihr Abend erscheint mir kompliziert genug.«

Seine Augen funkelten. »Ah, Sie haben die kleine Auseinandersetzung mitbekommen. Lassen Sie sich davon bitte nicht abschrecken. Ich führe gerade ein Experiment durch, das Sie interessieren könnte. Schließlich geht es bei uns beiden in gewissem Maße um Angst und Schuld.« Er hielt kurz inne, als er ihre Überraschung bemerkte. »Rein beruflich, natürlich. Aber es hat keine Eile: Kommen Sie einfach, wenn Sie hier fertig sind.« Er wandte sich zum Gehen, blieb aber noch einmal stehen und sah Archie an. »Kennen wir uns nicht?«

»Ja. Vom Scotland Yard.« Dieser knappen Antwort ließ Archie eine effektvolle Pause folgen, und Josephine bewunderte seinen Sinn für Dramatik. »Sie wollten wissen, wie eine Ermittlung vonstattengeht«, sagte er, »und ich war der Detective Inspector, der es Ihnen erklärt hat.« Er streckte ihm die Hand entgegen. »Archie Penrose.«

»Inzwischen Chief Inspector«, fügte Lettice stolz hinzu.

Hitchcock sah ihn erstaunt an, und Josephine war klar, dass er das vermutlich als Letztes erwartet hätte: Niemand sah weniger wie ein Polizist aus als Archie im Smoking. Er fing sich zwar schnell wieder, wirkte allerdings beim Weggehen ein wenig nervös, und sie fragte sich, ob er es bereute, unwissentlich einen hochrangigen Detective zu seinem ominösen Experiment eingeladen zu haben.

»Meine Güte, ich dachte schon, du hättest es vermasselt«, sagte Lydia.

»Wie kommst du darauf, dass sie das nicht hat?« Ronnie zündete sich eine Zigarette an. »Wir hätten sofort verschwinden sollen, als er aufstand. Jetzt hängen wir hier fest.«

»Tut mir leid, aber er ließ mir kaum eine Wahl.«

Marta trank ihr Glas aus und schüttelte den Kopf, als ein Kellner ihr nachschenken wollte. »Ich glaube, ich werde den Kaffee mit der Filmcrew sausen lassen.«

»Geht es dir gut?«, fragte Lydia. »Du bist schon den ganzen Abend so still.«

»Es ist nichts – ich bin nur ein bisschen müde von der Fahrt und nicht so recht in der Stimmung für so etwas.« Sie deutete mit dem Kinn in Richtung Mirror Room.

»Was hast du vor?«

»Ach, wahrscheinlich nur fertig auspacken.«

»Ich könnte dir helfen.«

Lydia wirkte hin- und hergerissen. Marta lächelte und gab

ihr einen Kuss. »Geh und wickle die Hitchcocks um den kleinen Finger. Das ist es doch, was du willst.«

»Bist du sicher, dass es dir nichts ausmacht?«

»Nein, natürlich macht es mir nichts aus. Wir sehen uns später. Dann kannst du mir davon erzählen.«

Josephine sah ihr nach und tat so, als bemerkte sie nicht, wie langweilig und grau der Abend plötzlich geworden war. Wenn es ihr schon so ging, sobald Marta nur den Raum verließ, wie würde es ihr dann erst gehen, wenn sie das Land verließ? »Kommt«, sagte sie zögernd. »Lasst es uns hinter uns bringen.«

Kaffee und Brandy standen schon für sie bereit, als sie in dem eleganten Salon Platz nahmen. Hitchcock hatte keine Zeit verschwendet und bereits angefangen. Er nickte ihnen kurz zu und sprach weiter, um die Aufmerksamkeit seiner Zuhörer nicht zu verlieren. »Noch vor zehn Jahren war der Film der arme Verwandte des Theaters. Wir hielten an den Theaterstoffen fest und verehrten die Bühnenstars.« Josephine seufzte und wünschte, sie wäre standhaft geblieben. »Aber die Welt hat sich verändert. Der einzige Vorteil des Theaters gegenüber dem Film besteht darin, dass es Schauspieler und Publikum in einen Raum zusammenbringt.«

»Gut zu wissen, dass wir wenigstens noch zu irgendwas nützlich sind«, sagte Lydia leise.

»Heutzutage erwarten die Leute Realismus. Windige Kulissen und billige Requisiten überzeugen sie nicht mehr.« Ronnie räusperte sich und setzte an, etwas zur Verteidigung ihres Berufs zu sagen, aber Lettice warf ihr einen scharfen Blick zu, und sie ließ es bleiben. »Dasselbe gilt für das gesprochene Wort«, fuhr Hitchcock fort. »Der Film erlaubt es uns, Dialoge sehr viel wirkungsvoller zu inszenieren, als es auf der Bühne möglich ist.« Jetzt war Josephine beleidigt. Sie fragte sich, ob er es darauf anlegte, so grob wie möglich zu erscheinen, oder ob es einfach seine Art war. Dass er nicht merkte, wie kränkend es war, fand sie kaum vorstellbar, und sie hatte das Gefühl, dass es nur eine Frage der Zeit war, bis er jemanden direkt ansprach, denn diejenigen, die ihn besser kannten, wirkten weniger belustigt als besorgt. »Aber der Ton darf uns nicht faul machen. Jemanden beim Sprechen zu filmen, ist zu einfach. Schneiden wir dagegen zu demjenigen, der zuhört, verleihen wir den Worten eine größere Bedeutung, indem wir ihre Wirkung zeigen.«

»Im Theater reicht es allerdings auch, den Kopf leicht zu drehen und die anderen Schauspieler anzusehen«, sagte Josephine, und dieses Mal bemühte sie sich nicht, nur zu flüstern. Archie lachte, und selbst Alma warf ihr einen amüsierten Blick zu.

»Aber der Frage, wie man Filme macht, widmen wir uns morgen. Heute wollen wir uns erst einmal etwas besser kennenlernen, und das gelingt meiner Erfahrung nach am ehesten, wenn man über seine tiefsten Ängste spricht.« Er hielt inne und ließ seinen Blick durch den Raum schweifen. »Der Mensch ist grundlegend geprägt von seinen Ängsten, und was uns heute Angst macht, sind die Dinge, die uns als Kind Angst gemacht haben – und ich muss zugeben, dass ich leicht zu ängstigen bin. Als ich vier Jahre alt war, bin ich eines Nachts aus dem Schlaf hochgeschreckt. Das Haus lag dunkel und still da. Ich setzte mich auf und rief nach meiner Mutter. Niemand antwortete, weil niemand da war. Ich zitterte vor Angst. Immerhin raffte ich den Mut zusammen, aufzustehen, und ging in die Küche, in der ein unheimliches Licht leuchtete. Ich zitterte immer mehr, und gleichzeitig hatte ich Hunger. Ich öffnete das Küchenbüfett, in dem ich ein Stück kalten Braten fand, und fing weinend an zu essen. Erst als meine Eltern nach Hause kamen, beruhigte ich mich. Das Gefühl der Einsamkeit und Verlassenheit, das ich in dieser Nacht empfand, habe ich nie wieder verloren. Bis zum heutigen Tag meide ich das Alleinsein und fürchte mich vor der Dunkelheit oder vielmehr vor dem, was sich darin verbergen könnte.«

»Ich weiß nicht, wie es bei dir ist, aber diese Veranstaltung kommt meinen schlimmsten Albträumen ziemlich nahe«, flüsterte Ronnie laut und sah Josephine finster an. »Wie konntest du uns bloß hierherschleppen?«

»War ich diejenige, die sich beinahe ein Bein ausgerissen hätte, um einen Platz in dieser Runde zu ergattern?«, erwiderte Josephine und deutete auf Lettice und Lydia. »Die Vorstellung, allein zu sein, erscheint mir jedenfalls gerade paradiesisch.«

»Meine Frau wird Ihnen sagen, dass ich Angst vor Gesetzeshütern habe«, Hitchcock wandte sich direkt an Archie. »Ich fürchte mich vor Polizisten. Besonders vor englischen Polizisten, die immer so höflich sind. Als ich fünf war, tat ich etwas sehr Ungezogenes«, fuhr er fort, und Josephine beschlich plötzlich das schreckliche Gefühl, dass sie alles über seine Jahr um Jahr neu hinzukommenden Ängste erfahren würden. Konnte ein einzelner Mensch so viele Neurosen haben, fragte sie sich, und kam zu dem Schluss, dass dieser Mann es wahrscheinlich konnte – und in diesem Fall würde es das längste Wochenende ihres Lebens werden. »Ich erinnere mich nicht mehr, was ich angestellt hatte, aber mein Vater wollte mich bestrafen. Er schickte mich mit einem Brief zur Polizeiwache, und dort wurde ich eingesperrt – nur ein paar Minuten lang, aber das Geräusch der zufallenden Zellentür ist etwas, das ich nie vergessen werde. Es hat mir einen Riesenschrecken eingejagt.«

Als der Regisseur anfing, davon zu erzählen, dass er Angst davor hatte, sich in der Öffentlichkeit zu blamieren – ohne dass Josephine einen Hinweis auf Ironie in seinen Worten erkennen konnte –, wanderte ihr Blick zum Fenster hinaus, und sie fragte sich, was Marta wohl gerade tat. Der Himmel schien sich über den Hügeln jenseits des Wassers selbst zu bekriegen, und über dem friedlichen Sommerabend, der sich auf Portmeirion gesenkt hatte, zog sich drohend ein dunkelblaues Band zusammen. Als Hitchcock eine kurze Pause in seinem Monolog einlegte, glaubte sie in der Ferne Donnergrollen zu hören. Auf der Terrasse lief die Nonne rasch am Fenster vorbei und bog um die Ecke in Richtung der Rezeption. Josephine fragte sich, ob sie erneut zu der Gesellschaft stoßen würde, aber die Nonne tauchte nicht auf, und widerstrebend wandte Josephine ihre Aufmerksamkeit wieder Hitchcock zu. »Meine größte Angst ist jedoch, die Zukunft zu kennen. Ein Filmregisseur kann die Zukunft natürlich *vorhersehen*. Wenn er einen Film macht, ahmt er ein Stück Leben nach und arrangiert es nach Gutdünken. In der ersten Szene weiß er bereits, was in der letzten passiert. Aber das Material, mit dem er arbeitet, ist nicht real. Im wahren Leben können wir planen und Vorsichtsmaßnahmen treffen, aber sicher können wir uns nie sein – und die Zukunft zu kennen, ohne wenigstens den Anschein von Kontrolle darüber zu haben, wäre eine ganz besondere Form der Hölle. Den Schmerz neben all dem Schönen vorauszusehen, das Leid, den Tod – das wäre fürchterlich. Es sollte einem erspart bleiben, vorzeitig vom Verlust eines geliebten Menschen zu wissen. Gott ist barmherzig, wenn er uns die Zukunft verborgen hält, und er sagt uns, dass ein Leben ohne Spannung unerträglich wäre.« Er setzte sich und lächelte seine Zuhörer erwartungsvoll an. »Wer möchte als Nächstes etwas sagen?«

»Hast du ihnen denn noch etwas zu sagen übrig gelassen, Hitch?« Almas liebevoller Spott lockerte die Atmosphäre augenblicklich auf, und alle lachten, aber Josephine bemerkte, dass Alma damit auch klarmachte, dass sie selbst keine Lust auf das Spiel hatte. »Du hast vermutlich für die meisten Leute hier gesprochen.«

»Wir werden sehen. Was ist mit Ihnen, Mr Lascelles? Vielleicht habe ich einen wunden Punkt berührt, über den Sie sprechen wollen, oder Sie haben etwas Eigenes beizusteuern.«

Er hatte den Schüchternsten der Gesellschaft angesprochen, und Josephine fragte sich, ob das bewusst geschehen war. Nervös räusperte sich der junge Mann und trank einen großen Schluck Brandy. »Ungerechtigkeit, schätze ich. Als ich ein Junge war, hat man mir etwas vorgeworfen, was ich nicht getan hatte, und das habe ich nie verwunden.«

Hitchcock nickte verständnisvoll. »Falsche Anschuldigungen sind schlimm. Wie haben Sie sich damals gefühlt?«

»Am Boden zerstört. Es war nur ein Kinderstreich, aber es fühlte sich wie das Ende der Welt an. An diesem Tag wurde ich schlagartig erwachsen und verlor für alle Zeiten meine Unschuld – nicht etwa, weil ich mich schuldig fühlte, sondern weil mir klar wurde, dass die Wahrheit nicht unbedingt immer zählt. Es kommt nur darauf an, was die Leute *denken*. Das hat mich sehr wütend gemacht.« Josephine war erstaunt, dass Menschen bereit waren, sich vor Fremden einer solchen Befragung unterziehen zu lassen, aber die Schriftstellerin in ihr konnte das Geschick, mit dem Hitchcock andere manipulierte und ihre Gefühle hier und vermutlich auch am Set lenkte, nur bewundern. Selbst sie war mittlerweile von diesem Spiel gefesselt, und sie war sich eines gewissen peinlichen Voyeurismus durchaus bewusst, ohne dass es sie daran hinderte, das weitere Geschehen fasziniert zu verfolgen. »Keiner glaubte mir«, fuhr der Schauspieler fort, »nicht einmal meine Eltern. Ich fühlte mich so hilflos, weil ich rein gar nichts dagegen unternehmen konnte. Es war, als würde ich eine völlig andere Sprache sprechen. Zum Schluss war ich so weit, an mir selbst zu zweifeln. Das war es, was mir solche Angst gemacht hat – nicht die Vorstellung, für etwas bestraft zu werden, was ich nicht getan hatte.« Er lächelte und versuchte, das Ganze herunterzuspielen. »Wahrscheinlich habe ich mir immer zu viele Gedanken darum gemacht, was die Leute von mir denken. Ich weiß, da habe ich den falschen Beruf gewählt.«

Er sah sich um. Weil er als Erster gesprochen hatte, fühlte er sich besonders angreifbar, und hoffte, dass sich noch jemand anderes zu Wort meldete. Es war Astrid Lake, die ihm beisprang. »Meine größte Angst ist, zurückgewiesen zu werden«, bekannte sie unaufgefordert. »Ich bin ein Adoptivkind. Als meine Eltern mich weggaben, war ich noch so klein, dass ich mich nicht an sie erinnere, und egal, wie glücklich meine Kindheit war und wie oft ich mir sage, dass sie bestimmt einen guten Grund hatten, komme ich nicht darüber hinweg, dass sie mich einfach im Stich gelassen haben.« Sie lächelte Lascelles zu. »Wie Danny habe ich offenbar einen Beruf ergriffen, der auf meinen Ängsten gründet.«

»Sie werden überrascht sein, wie schnell man sich ein dickes Fell zulegt.« Die Worte waren zynisch, wurden jedoch mit aufrichtiger Freundlichkeit gesagt und stellten eher einen Rat als eine Kritik dar. Josephine drehte den Kopf und sah Bella Hutton in der Tür stehen. Sie ging zum Kamin und stellte ihr Brandyglas auf dem Kaminsims ab. »Aber ich wollte Sie nicht unterbrechen«, sagte sie mit dem Selbstvertrauen von jemandem, dessen Erscheinen ein normales Gespräch unmöglich machte. »Sie haben über Zurückweisung gesprochen.«

Astrid Lake sah zu Hitchcock, aber er schien sich über Bellas Einmischung nicht zu ärgern, im Gegenteil, sein Interesse schien sogar noch gestiegen zu sein. »Ja. Ich wollte gerade sagen, dass ich das mehr oder weniger jedes Mal empfinde, wenn ein Film abgedreht ist«, erklärte sie. »Eine Zeit lang ist es bei einem Dreh wie in einer Familie: Jeder hat eine Rolle, und es gibt Hierarchien und Leute, mit denen man sich versteht, und andere, mit denen man sich nicht versteht. Aber darauf kommt es letztlich nicht an, weil man ihnen sowieso nicht entkommt und man das Beste aus der Situation machen muss. Wichtig ist, dass man seinen Platz kennt, egal, wie unbedeutend er ist. Darauf kann man sich verlassen. Dann gehen alle auseinander, und man muss ganz von vorne anfangen und sich erneut seinen Platz suchen. Vermutlich ist es das, was mich an Dinge erinnert, die ich lieber vergessen würde.« Sie sah Bella an. »Ich weiß nicht, ob mir die Vorstellung gefällt, so abgebrüht zu sein, dass mir das nichts mehr ausmacht.«

Hitchcock wartete ab, ob Bella darauf antworten würde, aber sie sagte nichts, also ergriff er wieder das Wort. »Sie waren während des Dinners sehr schweigsam, Mr Turnbull. Gibt es etwas, das Sie uns mitteilen wollen?«

Leyton Turnbull schien sich nüchtern getrunken zu haben und verhielt sich nicht mehr so unberechenbar, und auch seine Stimme klang wieder ruhig. »Ich fürchte, Sie haben recht«, sagte er leise, konnte Hitchcock aber nicht in die Augen sehen.

»Ich verstehe nicht – was meinen Sie?«

»Alles, was Sie beim Dinner gesagt haben, was Sie alle von mir denken. Ich fürchte, es stimmt. Ich habe ihn heute Abend genau vor mir gesehen – den Mann, zu dem ich geworden bin.« Er lachte, aber es lag keine Fröhlichkeit darin. »Und auch meine Zukunft sehe ich genau vor mir. Sie haben recht, Hitch. Es ist erschreckend.« Er schob seinen Stuhl zurück und stand auf.

»Warten Sie, Turnbull. Es tut mir leid, was ich gesagt habe.« Daniel Lascelles griff nach Turnbulls Arm, als er an ihm vorbeiging, aber Turnbull schüttelte ihn ab und verließ den Raum mit mehr Würde, als er den ganzen Abend über gezeigt hatte. Sie sahen ihm nach. David Franks blickte nervös zu Hitchcock, dessen Miene undurchschaubar blieb. Astrid Lake wirkte ehrlich verstört.

Archie beugte sich vor und flüsterte Josephine ins Ohr. »Was meinst du, wie viel davon ist echt?«

Sie zuckte mit den Schultern. »Ich weiß es nicht, aber ich habe das Gefühl, dass das erst der Anfang ist. Wenn Hitchcock das Wochenende über so weitermacht, sollten wir uns vielleicht aus dem Staub machen und nach Bangor flüchten.«

Ungerührt fuhr Hitchcock fort und schien ihr damit recht zu geben. »Wie steht es mit Ihnen, Mr Franks? Was bringt Sie zum Zittern?«

»Feuer«, sagte Franks ohne jedes Zögern. »Als ich vierzehn war, verbrannte mein Vater vor meinen Augen bei lebendigem Leib. Jeden Morgen wache ich mit seinen Schreien auf.« Schlagartig war es still im Raum, und Josephine drehte sich entsetzt zu Archie um. Zum ersten Mal geriet Hitchcock aus dem Gleichgewicht und sah seinen Mitarbeiter beinahe anklagend an, als hätte er ihm sein schönes Spiel verdorben. Alma wirkte regelrecht erschüttert. Sie streckte den Arm aus und legte die Hand auf die von Franks. »Das tut mir sehr leid, David«, sagte sie leise. »Das wussten wir nicht. Es muss schrecklich für Sie gewesen sein.«

»Ja, das war es.« Er senkte den Kopf, und alle schwiegen wieder. Als er wieder aufsah, grinste er. »War nur Spaß«, sagte er, drückte entschuldigend Almas Hand und zwinkerte ihrem Mann zu. »Mein Vater lebt glücklich und zufrieden in einem Altersheim in Croydon.«

Einen Moment lang dachte Josephine, Hitchcock würde ihn ohrfeigen, doch dann ging er zu Franks und schlug ihm auf den Rücken. »Sehr gut, David«, sagte er, aber seine Miene hatte sich verändert. »Wollen wir mal hoffen, dass heute Nacht kein Feuer in Südlondon ausbricht. Stellen Sie sich vor, wie es Ihnen morgen früh gehen würde, wenn das passiert. Wollen Sie uns jetzt vielleicht noch erzählen, was Ihnen tatsächlich Angst macht, oder sollen wir zum Nächsten weitergehen?«

Alma wirkte besorgt. »Vielleicht sollten wir es besser dabei belassen, Hitch. Ich glaube, wir kennen uns jetzt alle gut genug. Vielleicht wäre es besser, tanzen zu gehen.« Hoffnungsvoll sah Josephine zu ihren Freunden und bemerkte das gleiche Unbehagen, das sie empfand, auf deren Gesichtern. Selbst Lettice und Lydia schienen es eilig zu haben, von hier wegzukommen.

»Wäre es nicht schade, gerade jetzt abzubrechen, wo es interessant wird?« Bella lächelte Alma an, auch wenn sie wie alle anderen von Franks' Scherz verstört wirkte. »Den größten Teil des Spaßes habe ich verpasst. Ich weiß nicht einmal, ob Sie schon von Ihren schlimmsten Ängsten berichtet haben.«

Nachdem sie die ganze Zeit kein Interesse daran gezeigt hatte, sich zu beteiligen, schien Alma plötzlich geradezu begierig darauf zu sein, und Josephine fragte sich, worum die beiden Frauen konkurrierten, wenn Alma keinen Rückzieher machen wollte. »Menschenmassen«, sagte sie schlicht. »Als ich ein Kind war, nahmen mich meine Eltern zum Begräbnis des Königs mit.« Sie lächelte schief. »Ich war noch sehr klein. Meinem Vater entglitt meine Hand. Um mich herum drängten sich die Massen. Es war mir unmöglich, stehen zu bleiben, und ich wurde von der Menge mitgerissen. Seither leide ich an Klaustrophobie. Die Vorstellung, keine Luft mehr zu kriegen, macht mir die größte Angst.«

Bella nickte. »Auch wenn es mehr als eine Möglichkeit gibt, jemanden zu ersticken.«

Der Mann, von dem Marta gesagt hatte, er sei Hitchcocks Kameramann, hatte, seit Josephine gekommen war, kein Wort gesprochen, aber die Miene, mit der er sich jetzt erhob, drückte seinen Abscheu über den Verlauf des Abends mindestens so deutlich aus, wie Worte es vermocht hätten. Hitchcock hatte eigentlich etwas auf Bellas Bemerkung erwidern wollen, wurde aber durch die Bewegung abgelenkt. »Verlassen Sie uns schon, Jack?«

»Mir reicht es, Hitch. Ich muss ein bisschen frische Luft schnappen, außerdem bin ich nicht in der Stimmung.«

»Ich weiß nicht, ob ich Sie gehen lassen kann, bevor Sie mir nicht gesagt haben, was ich wissen will.«

»Ich weiß nicht, ob Sie mich aufhalten können.«

Die beiden Männer starrten einander gereizt an, und Josephine hatte den Eindruck, dass es bei dem Wortwechsel nicht nur um diesen Abend ging. Schließlich nahm Spence wieder Platz, aber es hatte nichts Unterwürfiges an sich. »Gut. Ich sag Ihnen, was mir Angst macht. Gallipoli 1915. Ich wurde dorthin geschickt, um Fotos zu machen. Vor dem Krieg hatte ich noch nie eine Leiche gesehen. Ich wusste, dass sich das ändern würde, aber dass es so schlimm sein würde, hätte ich nicht gedacht.« Er sah Hitchcock an. »Die Leute sagen, dass die Wirklichkeit nie so schlimm ist wie die Vorstellung, aber sie irren sich. Das Erste, was wir nach der Landung sahen, war ein riesiges Zelt, so wie man sie manchmal auf einem Dorffest aufstellt. Wir gingen hin und öffneten es. Ich weiß nicht, was wir erwartet hatten, und der Geruch, der uns entgegenschlug, hätte uns vorwarnen müssen, aber keiner von uns war auf einen Berg toter Engländer vorbereitet. Hunderte übereinandergestapelter Leichen mit aufgerissenen Augen, die bereits zu verwesen begonnen hatten.«

Hitchcock schob Spence die Karaffe zu, aber der beachtete sie nicht. »Wir fingen an, Gräber zu schaufeln, aber es waren so viele. An so was denkt keiner, oder? Dass man einen Platz für die Toten braucht. Eine Zeit lang achtet man noch auf Anstand und Würde, aber schon bald gibt man auf. Nach einer Weile warfen wir sie in die Schützengräben, allerdings war es unmöglich, alle mit Erde zu bedecken. Wir lebten mit den Toten. Arme und Beine ragten aus der Erde, als hätten die Leichen sich im Schlaf umgedreht, als wollten sie uns verhöhnen. Wegen der vielen Leichen war der Boden unter unseren Füßen ganz weich und nachgiebig, wie in einem Herbstwald, wenn man auf verrottendem Laub geht.« Er hielt inne und schenkte sich doch einen Brandy ein. Josephine sah zu Archie, der den Kopf gesenkt hielt, und sie fragte sich, welche Bilder die Erzählung von Spence in ihm wachrief. »Wir begruben sie also, aber es wurden von Tag zu Tag mehr. Wir fanden Wege, damit fertigzuwerden. Wenn eine Hand aus dem Boden ragte, schüttelten wir sie im Vorbeigehen. Das war kein Mangel an Respekt, sondern der Versuch klarzukommen. Alle machten das. Als ich eines Tages wieder einmal eine Hand schüttelte, packte sie zu. Verdammt noch mal, wir hatten den Mann lebendig begraben! Wir waren so müde und so sehr an den Tod gewöhnt, dass wir den Unterschied gar nicht mehr bemerkten.« Ungläubig schüttelte er den Kopf. »Wie verrückt fing ich an zu buddeln und kratzte die Erde von seinem Gesicht, bis ich ihn stöhnen hörte und seine Augenlider flattern sah. Als klar war, dass ich ihn noch rechtzeitig gefunden hatte, fing ich vor Erleichterung an zu heulen. Ich begann, ihn aus der Erde zu ziehen, aber er wollte nicht. Er wollte, dass ich es an Ort und Stelle zu Ende bringe. Er klammerte sich an meiner Jacke fest und bettelte mich an, ihn umzubringen. Ich hatte kein Gewehr dabei, konnte ihn aber auch nicht so liegen lassen, also legte ich meine Hände um seinen Hals und drückte zu, bis er wirklich tot war. Und wissen Sie was? Er sah dankbar aus.«

Die Gesellschaft war auf einmal in zwei Lager geteilt. In diejenigen, die aufgrund ihrer Jugend keine Ahnung vom Krieg hatten und von Spence' Geschichte schockiert waren. Und diejenigen, für die diese Geschichte eine besonders grausame

Version von selbst Erlebtem darstellte. »Das war sehr mutig und barmherzig von Ihnen«, sagte Hitchcock leise.

»Mag sein, nur frage ich mich, wie viele dieses Glück nicht hatten? Er wird nicht der einzige arme Hund gewesen sein, den wir lebendig begraben haben. Sie waren nicht im Krieg, Hitch, oder?«

»Nein, ich wurde aus medizinischen Gründen freigestellt.«

»Er hat sich beim Freiwilligenkorps der Royal Engineers gemeldet«, warf Alma zu seiner Verteidigung ein.

Spence hob die Hand. »Ich will Ihren Mut oder Ihre Loyalität gar nicht infrage stellen. Ich sage nur, dass es ein Spiel ist, wenn Sie über Angst sprechen oder den Tod auf der Leinwand zeigen – wie das, das Sie gerade spielen.«

»Wäre es Ihnen lieber, wenn es kein Spiel wäre?«, fragte Franks.

Spence ignorierte ihn. »Wenn ich mitspielen soll, lautet meine Antwort: Ich habe Angst vor dem Sterben, und ich habe Angst zu töten. Beides bereitet mir Albträume.« Er stand auf und sah Franks an. »Und das ist kein Witz.«

Dieses Mal wurde er nicht aufgehalten, als er den Raum verließ. »Nun, wer ist noch übrig?«, fragte Bella und sah dabei zu deren Unmut Josephine an.

»Wir sind nur Zuschauer«, sagte Archie diplomatisch. »Und wir sollten jetzt auch gehen.«

»Chief Inspector«, sagte Hitchcock, und die Betonung seines Rangs brachte ihm den einen oder anderen überraschten Blick ein. »Wollen Sie nicht bleiben, bis wir das Spiel zu Ende gespielt haben? Ich glaube, Bella wird für einen dieser pointierten Schlusssätze sorgen, die wir alle so sehr an ihr schätzen.«

Die Schauspielerin enttäuschte ihn nicht. Sie drückte ihre halb gerauchte Zigarette aus und ging zur Tür. »Ich dachte immer, dass es nichts Schlimmeres geben kann, als zu wissen, wie man sterben wird«, sagte sie und setzte eine gekonnte Pause. »Jetzt weiß ich, dass das stimmt.«

10

»Was zum Teufel war das denn?«, fragte Ronnie, nachdem sie sich zurück in den Speisesaal gerettet hatten. »Erinnere mich daran, dass ich das nächste Mal bei Marta bleibe. Sie hat mehr Verstand als wir anderen alle zusammen.«

»Was Bella Hutton wohl gemeint hat?«, fragte Lettice.

»Vielleicht ist sie krank«, sagte Lydia. »Falls das ein typischer Hollywood-Abend sein sollte, wäre es allerdings eine Erleichterung, wenn man mit einem baldigen Ende rechnen könnte.«

»Dann bist du also von der Idee abgekommen?«

Lydia sah Josephine an, und ein schuldbewusstes Lächeln trat auf ihre Lippen. »Sagen wir es mal so: Ich kehre mit neu entdeckter Demut in die Garderoben im Adelphi zurück. Noch jemand was zu trinken?«

Bereitwillig folgten ihr Ronnie und Lettice zur Bar, Josephine blieb bei Archie, um der Band zuzuhören. Der erste Programmteil endete gerade mit der raffinierten Darbietung eines Ivor-Novello-Songs. »Ist das nicht die Kellnerin von heute Nachmittag?«, fragte Josephine und deutete auf die Sängerin.

Archie sah genauer hin. »Ja, ich glaube. Erstaunlich, wie ein bisschen Lippenstift und ein schickes Kleid ein Mädchen verändern können.«

»Halbwegs schick«, berichtigte sie ihn ungnädig. »Und Mädchen ist auch nicht ganz richtig. Zwanzig ist sie sicher nicht mehr.« Sie wich seinem Blick aus, in dem die Zahl »vierzig« stand, und musste zugeben: »Allerdings ist sie ziemlich gut.«

»Warum sagst du das so widerstrebend?«, fragte Archie und lachte.

»Weil man ihr anmerkt, dass sie sich für etwas Besseres hält. Ich habe sie vorhin beobachtet, als sie am Nebentisch Tee serviert hat. Es ist die Farbe ihrer Augen. Genau dieselbe wie bei dem Mädchen, das im Laden meines Vaters arbeitet. Dieses bestimmte Blau bedeutet nichts als Schwierigkeiten.«

Die zur Sängerin gewandelte Kellnerin nahm den Applaus entgegen, dann verließ sie die kleine Bühne. Sie ging über die Tanzfläche zu dem Tisch, an dem Hitchcock und Alma sich unterhielten, und wartete auf eine Gelegenheit, sich vorzustellen. Ohne sie eines Blickes zu würdigen, hielt Hitchcock sein leeres Glas in die Höhe, sodass ihr nichts anderes übrig blieb, als es zu nehmen. Gedemütigt verließ sie mit rotem Kopf den Saal, und Archie bemerkte, dass einige der anderen Kellnerinnen kicherten. »Mit einem Plumps auf dem Boden der Tatsachen zu landen, ist doch unvergleichlich, oder? Möchtest du noch einen Drink?«

»Nur wenn du auch einen nimmst.« Sie sah sich um. Zum Glück war außer Alma und dem Regisseur niemand mehr von der Gesellschaft da. Hitchcocks Gäste schienen andere Pläne zu haben.

»Warum suchst du sie nicht?«

Sie wirkte peinlich berührt. »Bin ich so leicht zu durchschauen?«

»Ja, ich fürchte, aber wahrscheinlich nur für mich. Ich gehe mich umziehen und besuche Bridget auf einen Drink. Wenn wir zusammen aufbrechen, werden die Leute denken, dass wir einen Spaziergang machen.«

»Verschaffst du mir etwa ein Alibi, Chief Inspector?«

»Ja, aber nur, wenn du dasselbe für mich tust. Ich kann gut ohne weitere Weisheiten von Ronnie leben.« Er sah zu dem Tisch, an dem die Motleys und Lydia bereits in ein Gespräch mit einem anderen Paar vertieft waren. »Vermutlich wird man uns ohnehin nicht vermissen. Gibt es irgendjemanden, den die drei nicht kennen?«

»Wahrscheinlich nicht. Nicht an einem solchen Ort.« Sie

gingen zu ihnen, um sich zu entschuldigen, und wollten gerade weitergehen, als Lydia Josephine am Arm fasste. »Tu mir einen Gefallen, wenn du schon draußen bist, Liebes. Schau bitte mal nach, ob bei Marta alles in Ordnung ist.«

TEIL VIER
MORD!
25. BIS 26. JULI 1936, PORTMEIRION

1

Es gab viele Wege, die zum Hundefriedhof führten, aber Bella wählte den hinter den alten Stallungen, weil sie ihn am besten kannte. Als Grace hier gewohnt hatte, hatte der Wald einem Urwald geglichen – so dicht und undurchdringlich, dass der Weg von Holzfällern freigeschlagen werden musste, damit der Leichenwagen zu ihrem Haus durchkam. Selbst jetzt noch hatte er etwas Ungezähmtes und Unzähmbares an sich, und es hieß, das Labyrinth aus schmalen Pfaden, die ihn kreuz und quer durchschnitten, sei nicht von Menschenhand geschaffen worden, sondern von einem einzelnen Hirschbock, der kurz nach Grace' Tod auf der Halbinsel aufgetaucht war. Bella wusste nicht, ob das stimmte, aber die Pfade gab es noch immer, während der Hirschbock längst weitergezogen war, und die Geschichte gehörte zu den freundlicheren Legenden, die sich um das abgeschiedene Leben ihrer Schwester rankten. Es schmerzte sie, wenn Fremde verächtlich von Grace sprachen: ihre Zurückgezogenheit, ihr Bedürfnis, den Tieren, die sie geliebt hatte, eine letzte Ehre zu erweisen, nicht zuzulassen, dass auf ihrem Land irgendein Lebewesen, sei es Tier oder Pflanze, getötet wurde – all das gehörte zu einer Haltung, mit der eine Generation, die Grausamkeit und Verschwendung als etwas Normales und Unvermeidliches hinnahm, nicht viel anfangen konnte, wenngleich Bella das Gefühl hatte, dass nicht ihre Schwester, sondern die Welt verrückt war.

Der von ihr gewählte Weg hatte zudem den Vorteil, der direkteste zu sein, und in Anbetracht der hereinbrechenden Dämmerung und des drohenden Regens wollte sie so wenig

Zeit wie möglich im Wald verbringen. Chaplin rannte vor ihr her, aufgeregt wegen des ungewohnten Abendspaziergangs, und Bella war froh über seine Gesellschaft. Der Pfad machte eine scharfe Biegung nach rechts, die sie weg vom Dorf und tiefer in den Wald führte, und ihr wurde bewusst, dass sie wegen der großzügigen freien Flächen rund um das Hotel unterschätzt hatte, wie dunkel es zwischen den Bäumen war. Innerhalb von Sekunden verschwanden der Lichtschein der Laternen auf der Piazza und die tröstliche Silhouette von Portmeirion so vollständig, als hätten sie nie existiert. Was Bella tun musste, ließ sich jedoch nicht gut bei Tageslicht erledigen, und sie konnte keine Störung riskieren. Sie widerstand der Versuchung, umzukehren, kramte in ihrer Tasche nach der Taschenlampe, die sie eingesteckt hatte, und richtete den Lichtstrahl entschlossen auf den Pfad vor ihr.

Sie sehnte das Gewitter herbei. Die Luft war drückend und stickig und machte ihr jeden Schritt schwer, und bereits jetzt klebte ihr das Kleid unangenehm am Körper. Sie war erleichtert, als sie eine Wegkreuzung erreichte, an der sich die Bäume lichteten und ein paar kostbare Sekunden lang wieder der Himmel zu sehen war. Von hier war es nur noch ein kurzes Stück zum Friedhof. Als sie weiterging, schoss plötzlich ein Kaninchen aus dem Gebüsch und erschreckte sie, und Chaplin nahm die Verfolgung auf, bevor sie ihn daran hindern konnte. Sie rief den Hund zurück, er gehorchte jedoch nicht, und Bella musste ihre Richtung ändern, um ihn zu suchen. Auf einmal ragte ein dunkler Umriss vor ihr in die Höhe, und sie starrte ihn entsetzt an. Aus irgendeinem Grund war sie davon ausgegangen, dass das Cottage schon lange verfallen war, beim Verkauf des Grundstücks dem Erdboden gleichgemacht, aber die Außenmauern standen noch, eine Erinnerung an unerfüllte Verpflichtungen aus der Vergangenheit. Mit dem Leid ihrer Familie hatte sie nichts zu tun haben wollen, und ihr Gerechtigkeitssinn war nie sonderlich ausgeprägt gewesen, sofern nicht sie persönlich betroffen war, und jetzt war sie erschrocken über die starke

Verbundenheit, die sie mit den von ihr zurückgelassenen Menschen empfand, und auch eine ganz konkrete Verbundenheit mit der Erde, in der sie ruhten – eine Verbundenheit, die durch das Wissen um ihre eigene Sterblichkeit noch verstärkt wurde.

Von Unruhe erfüllt, befestigte sie die Leine an Chaplins Halsband, zerrte ihn weg von der Ruine und ging zurück zu der Wegkreuzung. Die Erleichterung über die Lichtung zwischen den Bäumen war von kurzer Dauer, denn schon gewann der Wald wieder die Oberhand und war noch finsterer als vorher, und sein Alter und der undurchdringliche Bewuchs ließen ihn bedrohlich und übernatürlich erscheinen. Der Pfad verengte sich erneut und schlängelte sich zwischen alten Tannen und Rhododendronbüschen entlang, bevor er steil anstieg, als wollte er Bella davon abhalten, ihr Ziel zu erreichen. Vermutlich war sie kaum zehn Minuten unterwegs, aber es fühlte sich sehr viel länger an. Die Krankheit, die sie nicht zur Kenntnis hatte nehmen wollen, machte sich mittlerweile mit beunruhigender Regelmäßigkeit bemerkbar, und sie blieb stehen, um zu verschnaufen, und lehnte sich Halt suchend an einen Baum. Chaplin schien ihre Nervosität zu spüren, zitternd und mit gespitzten Ohren und aufgestelltem Schwanz starrte er in das dunkle Unterholz und zerrte an der Leine in Richtung des Wegs, den sie gekommen waren. Sanft zog sie ihn weiter, aber nach wenigen Metern hielt sie erneut an und blickte über die Schulter zurück. Hatte sie da Schritte gehört? Sie wickelte die Leine ein paarmal um ihre Hand, weil sie den Hund instinktiv näher bei sich haben wollte, und lauschte angestrengt, aber der Wald war still, und sie schob das Geräusch auf ihre Fantasie.

Aber schon beim nächsten Schritt hörte sie es wieder, und dieses Mal klang es sehr nah, und wie im Takt mit ihren Bewegungen verharrte es und ging weiter. Sie hätte die Taschenlampe gern ausgeknipst, weil das Licht für jeden Verfolger gut zu sehen war, aber sie brauchte es, um den Weg zu finden. Sie zwang sich, ruhig zu bleiben, und ging schneller, woraufhin das Geräusch ebenfalls schneller wurde, und gerade als sie kurz davor war, sich angsterfüllt auf dem Boden zusammenzukauern, erkannte sie an seinem Rhythmus, wie töricht sie war. Nach einem langen Sommer war der Pfad ausgetrocknet und hart, und was sie hörte, war das Echo ihrer eigenen Schritte. Es war allerdings kein Wunder, dass ihr Verstand ihr Streiche spielte, angestiftet von der Finsternis des Waldes und dem Wissen, was sie hier finden würde. Etwas zuversichtlicher ging sie weiter, konnte ihre Furcht – einmal geweckt – aber nicht ganz abschütteln. Lächerlicherweise, weil sie sonst nie auf die Idee gekommen wäre, begann sie, leise vor sich hin zu summen.

Beim Anblick des alten Unterstands für die Fasanenjagd wusste sie, dass sie beinahe am Friedhof war, allerdings hatte sie vergessen, wie unvermittelt er auftauchte. Der Lichtkegel ihrer Taschenlampe erfasste den holzgeschnitzten Hund am Eingang, ebenso still und leblos wie die Artgenossen, die er bewachte. Wimmernd sah Chaplin sie vorwurfsvoll an, er spürte, dass sie sich an einem Ort des Todes befanden, und Bella bekam Gewissensbisse, weil sie ihn hierhergebracht hatte. »Keine Angst, Schätzchen«, sagte sie und beugte sich nach unten, um ihn zu streicheln. »Das würde ich mit dir nicht machen.« Schaudernd sah sie sich um. So viele Verluste, so viele abrupt beendete Freundschaften – und nun so viel Schuld. Für sie hatte dieser Friedhof immer etwas Trostloses gehabt und nie etwas Tröstliches oder Beruhigendes. Er war der letzte Ort auf Erden, an dem sie jemanden, den sie liebte, zurücklassen würde – besser, in der Hölle zu schmoren, als kalt und verlassen in dieser unversöhnlichen Erde zu liegen.

Der durchdringende Kieferngeruch und die melancholischen Geräusche ruhender Vögel drückten noch mehr auf Bellas Stimmung. Widerstrebend schlang sie Chaplins Leine um den Holzhund, um ihm weitere Qualen zu ersparen, und betrat den Gräberkreis allein. Langsam setzte sie einen Schritt vor den anderen, wich dem Gewirr von Zweigen und Ästen aus, die sich in Kopfhöhe ausstreckten. Während des Sommers hatten sich die Pflanzen so ineinander verschlungen, dass kaum ein Tropfen

Regen durch die Blätter dringen konnte, und der trockene Bodenbewuchs knirschte unter Bellas Füßen. Ein Zweig knackte unter ihren Schritten, die Blätter einer Stechpalme zerkratzten ihr das Gesicht, doch für Bella klang es wie brechende Knochen und fühlte sich an wie Finger, die über ihre Haut strichen. Sie schwenkte die Taschenlampe, um das Grab zu finden, von dem man ihr erzählt hatte, den greifbaren Beweis für die geheime Schuld ihres Bruders, aber die provozierende Stille des Friedhofs ließ sie zögern. Wem würde es nach all den Jahren etwas nutzen, die Wahrheit über das Verschwinden von Rhiannon Erley zu enthüllen? Dann fiel ihr Blick auf die aufeinandergeschichteten groben Steine vor ihr, eher eine Grenzmarkierung als ein Grabmal, und sie hatte die Antwort. Als sie sich hinkniete, um die kleine Steinpyramide genauer zu betrachten, stieg ihr der feuchte, faulige Geruch der Erde in die Nase.

Dieses Mal war das Geräusch nicht mehr zu verwechseln, ließ sich nicht mehr ihrer Fantasie zuschreiben. Schritte umrundeten den Friedhof – langsam wie ein Raubtier, und dass sie sich keine Mühe gaben, es zu verbergen, machte Bella am meisten Angst, weil es ihr sagte, dass sie nicht auf ein Entkommen hoffen konnte. Sie richtete sich auf und schwang entschlossen die Taschenlampe im Kreis, wollte dem Bösen, das sie bedrohte, ein Gesicht geben, aber der Lichtstrahl war zu schwach, um bis zum Rand des Friedhofs zu reichen, und ohne nachzudenken, schleuderte sie sie frustriert von sich. Da Bella den Verursacher der Schritte nicht sehen konnte, klangen sie noch unheimlicher, schlichen sich heimtückisch in ihren Kopf und beschworen ein Schreckensbild nach dem anderen herauf. Hinter ihr knurrte Chaplin, gleich darauf bellte er wütend, doch ebenso plötzlich, wie er begonnen hatte, hörte er wieder auf. Von Angst erfüllt, dass dem Hund etwas geschehen sein könnte, machte Bella sich auf die Suche nach der Taschenlampe, doch bevor sie sie aufheben konnte, erlosch das Licht.

Und dann spürte sie es. Eine unerträglich nahe Präsenz. Das Grauen, das sie bis jetzt noch in Schach hatte halten können, überwältigte sie mit entsetzlicher, alles verschlingender Gewalt. Sie drehte sich um und wollte losrennen, aber in ihrer Panik wusste sie nicht, wo sie den Ausgang des Friedhofs fand. Links von ihr bewegte sich etwas, und sie taumelte in die entgegengesetzte Richtung, aber offenbar hatte sie sich von den Schatten irreführen lassen, denn im nächsten Moment erkannte sie, dass sie der Gefahr entgegengelaufen war. Eine Hand streckte sich ihrem Gesicht entgegen. Sie duckte sich, um ihr auszuweichen, und erneut riss ihr ein Stechpalmenzweig die Wange auf, tiefer dieses Mal, seine Stacheln waren schärfer, als sie es für möglich gehalten hätte. Sie stolperte und stürzte zu Boden, und in ihrer Erschöpfung wäre sie am liebsten liegen geblieben und hätte kapituliert, aber ihr Überlebensinstinkt war noch stark genug, um sie wieder auf die Füße zu zwingen. Rasch wischte sie sich die feuchte, faulige Erde von der Haut, von dem Geruch des Todes, der sich hartnäckig an sie heftete und nicht wegwischen ließ, wurde ihr übel, und beim Reiben über ihre Wange spürte sie einen stechenden Schmerz. Als sie die Hand sinken ließ, war sie voll Blut. Erst als das Messer erneut vor ihrem Gesicht aufblitzte, begriff sie, dass das, was sie für eine Stechpalme gehalten hatte, etwas Tödliches war.

Mit einem Aufschrei befreite sie sich ein letztes Mal, doch mittlerweile hatte sie jegliche Kontrolle verloren und stürzte über den ihr am nächsten stehenden Grabstein. Wie ein Tier begann sie, auf allen vieren durch das Gebüsch zu kriechen, und dabei spürte sie die ganze Zeit, dass ihr jemand folgte, sie mit der Möglichkeit eines Entkommens quälte, während er auf den richtigen Moment zum Zuschlagen wartete. Schließlich war das Spiel vorbei, Hände packten sie bei den Füßen und zerrten sie grob zurück in die Mitte des Friedhofs. Ihr Gesicht schrammte über den Boden, Schmutz und Blätter und Tannennadeln rieben sich in die offene Wunde. Vor Schmerz wäre sie beinahe ohnmächtig geworden, aber ihr Körper verweigerte ihr das ersehnte Vergessen. Wie aus dem Nichts vernahm sie ein klägliches, trauriges Wimmern, und einen Moment lang gab sie sich der Hoffnung hin, dass Chaplin noch am Leben war, aber das Geräusch war zu nah, und gleich darauf begriff sie, dass es aus ihrer Kehle kam.

Und dann war das Messer wieder da und stieß kraftvoll durch ihre Hand, nagelte sie am Boden fest. Instinktiv riss Bella den Arm nach oben, aber beim Anblick der Klinge, die ihr Fleisch durchbohrte, musste sie würgen, und das Gefühl, als sie langsam wieder herausgezogen wurde, machte sie schwach und wehrlos, noch bevor sie den Schmerz wahrnahm. Das Messer fuhr über ihren Körper, schnitt sie eher, als dass es zustach, um ihre Todesqual zu verlängern, und das so schnell, dass sie kaum spürte, wenn es ihre Haut durchdrang. Schluchzend rollte sie sich auf den Rücken, damit das Ganze ein Ende fand, und bot sich der tödlichen Liebkosung des Messers dar, sofern es sein Werk nur rasch vollbrachte. Doch es war noch nicht zu Ende, und jetzt kam noch etwas anderes hinzu, eine Raserei, als wäre ihre Unterwerfung eine Aufforderung zu noch größerer Brutalität. Mehrmals wurde ihr die Klinge so tief in den Bauch gestoßen, dass sie das Heft spürte. Ihr Körper zuckte wie in einem schrecklichen, entfesselten Tanz, als wäre sie besessen, und sie spürte, wie mit dem warmen Blut, das der Spur des Messers folgte, das Leben aus ihr floss. Als es sich langsam nach oben arbeitete und ihre Brust und ihren Hals erreichte, hörte sie ein Gurgeln aus ihrer Kehle dringen. Es war das Letzte, was sie wahrnahm. Sie hatte die Augen für immer geschlossen, bevor das Messer den Weg zu ihnen suchte.

2

Froh um die frische Luft und die Ruhe, stahl Josephine sich aus dem Hotel. Das Neptune lag dunkel da. Leise klopfte sie an die Tür und überlegte, dass Marta nach einem langen Tag vielleicht eingeschlafen war. Alles blieb still. Vielleicht hatten sie einander verpasst und Marta war mit Lydia schon wieder im Hotel, aber Josephine zögerte, zurückzugehen und nachzusehen. Sie war es leid, einen Eiertanz um ihre Gefühle und die anderer aufzuführen, sie wollte Marta entweder ganz für sich oder gar nicht.

Der kräftige Duft von Rosen und Lavendel lockte sie weiter auf die Piazza, und sie setzte sich auf eine der Bänke. Das war ihr Lieblingsort in Portmeirion, vor allem am Abend. In kleinen Portionen war der Glamour des Hotels aufregend, aber das Dorf selbst sprach ihre Vorstellungskraft mehr an. Die Tagesbesucher waren wieder weg. Noch hing die Erinnerung an ihren Aufenthalt in der Luft und mit den ordentlich gestapelten Stühlen und sauberen Cafétischen das Versprechen der Wiederkehr, und einige der Bewohner unternahmen einen kleinen Verdauungsspaziergang. In der über dem Platz liegenden Stille klangen ihre Stimmen trügerisch klar und ließen sie näher erscheinen, als sie tatsächlich waren, und Josephine fand es interessant, dass Portmeirion nicht nur den Augen, sondern auch den Ohren Streiche spielte. Die Atmosphäre erinnerte sie an einsame Spaziergänge durch kleine französische Städtchen in der Abenddämmerung, wenn ein Ort sein Wesen offener zeigte, nicht mehr eingeschränkt durch Reiseführer und Geschichtsbücher. Vielleicht hatte aber auch nur sie sich offener gefühlt.

Sie roch den Zigarettenrauch, bevor sie Martas Hand auf ihrer Schulter spürte. »Flüchtest du vor deiner eigenen Party?«

Josephine lächelte. »Irgendeinen Vorteil muss das Alter ja haben.« Sie griff nach Martas Hand und zog sie neben sich auf die Bank. »Jedenfalls habe ich nach dir gesucht. Wo warst du?«

»Nur spazieren. Da drin war es zu heiß. Tut mir leid.«

»Du musst dich nicht entschuldigen. Hier draußen zu sitzen, ist genau das, was ich nach dem Kaffee mit den Hitchcocks brauche.« Sie gab Marta einen Kuss auf die Wange und nahm den schwachen Gardenienduft auf ihrer Haut wahr. »Und du bist es wert, auf dich zu warten.«

»Das höre ich gern.« Martas Ton war scherzhaft, aber Josephine wusste, dass jede von ihnen genau das gesagt hatte, was die andere hören wollte. »Und, war Hitchs Kabarett so schrecklich, wie du erwartet hast?«

»Noch schrecklicher, falls das möglich ist. Erst hielt er eine Art ultimativen Vortrag über Angst, dann setzte er allen so lange zu, bis einige gingen. Es tat allerdings gut zu sehen, wie er sich wand, als es hässlich wurde«, gab Josephine zu. »Ich dachte schon, Archie muss sein Notizbuch hervorholen.«

»Hat Alma ihn nicht gebremst?«

»Sie war so klug, sich herauszuhalten, bis Bella Hutton auftauchte. Gibt es ein Problem zwischen den beiden?«

Marta zuckte mit den Schultern. »Keine Ahnung, aber jetzt verstehe ich umso besser, warum du hier draußen bist. Wo stecken die anderen?«

»Sie sind wieder im Hotel, bis auf Archie. Er wollte sich auf einen Drink mit Bridget treffen.«

»Ah. Dann hat er sein Notizbuch bestimmt zu Hause gelassen.«

»Vermutlich.«

Marta drückte ihre Zigarette auf dem Boden aus. »Macht es dir etwas aus?«

»Nein«, sagte Josephine und nahm ihr das Päckchen aus der Hand. »Ehrlich gesagt fand ich Bridget sympathisch.«

»Und worüber hast du gerade so intensiv nachgedacht?«

»Ich fürchte, es ist nichts besonders Originelles.« Sie wartete kurz, während Marta sich eine neue Zigarette anzündete. »Ich habe mir eigentlich das Versprechen gegeben, nicht an jedem runden Geburtstag Bilanz über mein Leben zu ziehen, aber genau das habe ich gerade getan. Offenbar spielt vierzig eine entscheidendere Rolle, als ich dachte.«

»Aber du kannst doch zufrieden sein mit dem, was du erreicht hast, oder? Ein Film von Hitchcock, eine Reihe erfolgreicher Stücke und in Kürze die Veröffentlichung deines neuen Buches. Ach ja, und ein halbes Rennpferd. Nicht schlecht für vierzig.«

»Aber dich habe ich nicht.«

Ihre Direktheit schien Marta zu überraschen. »Warum sagst du das?«, fragte sie. »Ich setze Himmel und Hölle in Bewegung, um mit dir zusammen zu sein, Josephine, wenn du mich darum bittest. Ich weiß nicht, wie ich das noch deutlicher machen soll.«

»Ich zweifle nicht an dir«, sagte Josephine und blickte über den Platz. »Aber diese Art Leben ist nicht real, oder?« Ihr Blick fiel auf eine Shakespeare-Skulptur, die sich spielerisch auf das Geländer eines Balkons zwischen zwei Gebäuden am südlichen Rand des Dorfes lehnte und aus der Entfernung ziemlich lebensecht wirkte. »Wir beide sind wie einer von Cloughs Tricks: Schön und eindrucksvoll und aufregend, aber wenn man es lange genug betrachtet, durchschaut man es.«

»Du hast gesagt, ich soll nicht mehr von dir verlangen«, sagte Marta leise. »Du hast gesagt, du willst es so.«

»Nein. Ich habe gesagt, es muss sein. Eine freie Entscheidung war es nie.« Josephine nahm Martas Gesicht zwischen die Hände, sie wollte, dass sie verstand, dass ihre Enttäuschung sie selbst betraf. »Manchmal würde ich eindrucksvoll und aufregend gerne gegen ein bisschen mehr Normalität eintauschen, gegen das, was du und Lydia habt. Ihr stellt eure Beziehung nicht ständig infrage. Ihr lacht, ihr streitet euch, ihr passt aufeinander auf und schmiedet Pläne.« Sie hielt kurz inne. »Ihr redet davon, zusammen nach Hollywood zu gehen.«

»Geht es darum?«, fragte Marta gereizt. »Ich will nicht nach Hollywood, Josephine. Das ist keine Option.«

»Nein, wahrscheinlich hast du recht. Ich denke, dieser Abend hat Lydia sowieso die Lust an möglichen Reiseplänen verleidet, jedenfalls vorerst.«

»Nicht nur vorerst. Ich gehe nirgendwohin. Es steht überhaupt nicht zu Debatte, dass ich jemals …«

Josephine brachte sie mit einem Kuss zum Schweigen. »Bitte, Marta – schau nicht so weit in die Zukunft. Damit fordert man das Schicksal heraus, und ich will nicht, dass eine von uns Versprechen macht, die sie möglicherweise nicht halten kann. Dinge ändern sich. Menschen ändern sich.«

»Ich wusste nicht, dass du so empfindest. Ich dachte, es wäre ›Aus den Augen, aus dem Sinn‹, sobald du die Grenze hinter dir hast.«

»Glaub nicht, dass ich es nicht versucht habe, aber ich kann das nicht mehr. Ich kann in diesem anderen Leben nicht zufrieden sein, weil ein Teil von mir immer bei dir ist.« In den Stunden, die sie allein verbrachte, waren solche Gedanken vertraute Gesellschaft, und Josephine hatte nie vorgehabt, sie laut auszusprechen, aber plötzlich erschien es ihr sinnlos, irgendetwas vor Marta zu verbergen. »Manchmal, nur ganz kurz, erlaube ich mir, darüber nachzudenken, wie es wäre, wenn du und ich frei wären und tun könnten, was wir wollen«, gestand sie. »Ich stelle mir dich in meinem Haus vor, in meinem Bett, beim Einkaufen oder beim Spazierengehen am Strand von Nairn. Und dann muss ich damit aufhören, weil es zu wehtut, weil ich den Gedanken nicht ertrage, dass es so viel gibt, was ich nicht von dir weiß, was man nur herausfindet, wenn man Tag und Nacht mit jemandem zusammen ist.« Die Stille auf der Piazza verbündete sich mit Martas Schweigen, und Josephine fühlte sich noch verletzlicher und unsicherer. »Weil ich nicht frei bin, Marta. Es gibt Menschen, die Erwartungen an mich haben. Einen Vater, um den ich mich kümmern muss, ein Haus und einen Ruf, die ich nicht vernachlässigen darf, Schwestern, die manches als selbstverständlich betrachten, weil es eine Zeit gab, in der es mir ganz recht war. Ich könnte niemals alles stehen und liegen lassen und mit dir nach Hollywood gehen, selbst wenn du mich darum bitten würdest.«

»Lydia könnte es auch nicht. Bist du mal ihrer Mutter begegnet?«

Josephine lachte. »Einmal hat gereicht. Aber das meine ich mit Normalität. Ich könnte nie mein ganzes Leben mit dir teilen, wie Lydia es tut. Ich muss mein Leben in getrennte Bereiche einteilen und verschiedene Rollen spielen. Lydia ist immer Lydia. Na gut, sie flirtet mal mit einem Produzenten, wenn es ihr ein Engagement einbringt, aber es ist ihr Beruf, Rollen zu spielen. Meiner sollte es nicht sein.«

»Was willst du mir eigentlich sagen?«

Josephine hörte die Angst in Martas Stimme und fragte sich, wie sie es geschafft hatte, so weit von dem abzukommen, was sie ihr eigentlich erklären wollte. »Dass ich dich liebe«, versuchte sie es erneut. »Ich liebe dich, und ich habe Angst – ich habe Angst, dass ich es nicht schaffe, all das zu tun, was ich in der Zeit, die mir noch bleibt, tun will. Ich habe Angst, weil wieder ein Krieg droht und Menschen sterben werden und nichts mehr Freude machen wird. Ich habe Angst, weil ich aufgrund meiner eigenen Entscheidungen in der Falle sitze und vielleicht nie mehr einen Weg herausfinde. Davor habe ich Angst – dass mir die Zeit davonläuft, bevor sich irgendetwas ändert. Und du bist der einzige Mensch, dem ich das sagen kann. Der einzige Mensch, der sie vertreiben kann.«

Marta legte sanft die Hand an Josephines Wange. »Und du glaubst nicht, dass das real ist?«, fragte sie leise. »Komm – lass uns irgendwohin gehen, wo wir ungestörter sind.«

Josephine stand auf und wandte sich dem Neptune zu, aber Marta fasste sie am Arm und deutete mit dem Kopf in die entgegengesetzte Richtung. Sie verließen die Piazza und gingen die Treppen zum Strand hinunter, ließen sich von den Lichtern des Hotels den Weg weisen, und als sie verblassten, von einer Taschenlampe, die Marta mitgebracht hatte. »Du hast dich vorbereitet«, stellte Josephine trocken fest und fragte sich, wohin Marta sie führte. »Ich hätte dich nicht für eine Pfadfinderin gehalten.«

»Zu Recht. Ich konnte Uniformen noch nie viel abgewinnen.«

Es war Ebbe, und sie folgten der Landzunge, bis sie einen von Felsen gesäumten Strandabschnitt erreichten. Der Pfad wurde schmaler, und Marta ließ Josephine vorausgehen. Ein Stück vor ihnen sah sie einen schwachen Lichtschein, der aus einer der Felshöhlen fiel, sie lag weiter landeinwärts als die anderen, und beim Näherkommen erkannte sie, dass darin unzählige Kerzen brannten, zum Schutz vor der Nachtluft in kleinen Felsnischen aufgestellt. Auf dem Boden lagen Decken und Kissen ausgebreitet, und auf einem improvisierten Tisch stand ein Picknickkorb. Josephine betrachtete alles erstaunt. »Das hast du gemacht?«

»Herzlichen Glückwunsch zum Geburtstag.« Marta trat dicht hinter sie und küsste sie auf den Nacken. »Wir sind in der Zeit – es ist noch nicht Mitternacht.« Sie legte die Arme um Josephines Hüften und sagte leise in ihre Haare: »Ich weiß, es ist schwer, aber du musst es dir nicht immer vorstellen.«

Josephine drehte sich um und sah Marta lange an. »Ich habe dich einmal gebeten, nichts an meinem Leben zu ändern, nicht wahr?« Marta nickte. »Gut, jetzt flehe ich dich an, es nicht so zu lassen, wie es ist.«

3

Das Wetter drohte den Ausbrüchen, die bisher den Abend bestimmt hatten, Konkurrenz zu machen, trotzdem war Archie froh, im Freien zu sein. Hitchcock hatte mit seiner Gesellschaft die Sorte Menschen zusammengebracht, die er am wenigsten leiden konnte und deren Sinnen und Trachten er niemals verstehen würde, und er war erleichtert, einen Vorwand zu haben, um sie zugunsten von etwas Vertrauterem zurückzulassen. Als er aus dem Hotel trat, lachte er leise vor sich hin: Nicht im Traum hätte er sich als junger Mann vorstellen können, dass er sich auf der Suche nach Sinn und Verstand ausgerechnet an Bridget wenden würde, und er fragte sich, was sich verändert hatte – ob es Weisheit war, wie Josephine behauptet hatte, oder einfach Stoizismus.

Das White Horses bildete eine Pforte zwischen dem Hotelgelände und der Landzunge, und Archie kam es vor wie ein Mittler zwischen der zivilisierten Welt des Dorfes und der Wildnis ringsum, der darauf achtete, dass das eine nicht zu stark auf das andere übergriff. Die weiß getünchten Mauern des schlichten einstöckigen Cottage schimmerten stolz im Laternenlicht, als freuten sie sich, einen Kontrast zum überbordenden Stil des übrigen Dorfes zu bilden. Im Fenster brannte eine Lampe, aber auf sein Klopfen öffnete niemand, also ließ er sich selbst ein, nachdem er noch ein paar Minuten gewartet hatte. Das Cottage war klein und schien für ein zurückgezogenes Leben entworfen – man hätte es einen Ort der Kontemplation nennen können, hätte Bridget es nicht so gründlich zu ihrem Zuhause gemacht. In seinem Beruf hatte er gelernt, das Leben anderer danach einzuschätzen, wo sie lebten, für gewöhnlich unter deprimierenden Umständen, aber hier war weder berufliche Erfahrung noch persönliche Kenntnis vonnöten: Jeder Fremde hätte sofort erkannt, dass die Bewohnerin dieses Raums sich selbst genug war, und genau das war Bridget immer gewesen. Es gehörte zu den Dingen, die er am meisten an ihr bewunderte: die Fähigkeit, sich abzugrenzen, ohne jemals distanziert zu wirken, Umgang mit anderen zu pflegen, ohne allzu große Zugeständnisse zu machen, und zwar sowohl in ihrem Leben als auch in ihrer Kunst. Hier vermischte sich beides, wobei die Grundbedürfnisse Essen und Trinken eine untergeordnete Rolle spielten. Er ging zu dem Tisch in der Mitte, den die meisten Leute zum Essen benutzt hätten, und blickte fasziniert auf das Durcheinander aus Papier, Stiften und halb fertigen Zeichnungen, auf den Becher, der zum Pinselreinigen verwendet wurde, und den zu einer Palette umfunktionierten Teller, und plötzlich fühlte er sich auf eine Weise mit seiner Vergangenheit verbunden, die ihn gleichzeitig freute und verunsicherte. Die angestoßene alte Kiste, in der Bridget ihre Farben aufbewahrte, war noch dieselbe, die sie vor zwanzig Jahren herumgeschleppt hatte. Er öffnete den Deckel, fuhr mit dem Finger über die aufgereihten kleinen Tuben, durch den Gebrauch eingedellt und verbogen, und las die Namen der Pigmente: Coelinblau, Chromgelb, Alizarinrot. Die Wörter, die sie benutzte, hatte er immer gemocht, eine Geheimsprache der Farben und Techniken, die ihre Alltagssprache durchsetzte und sie untrennbar mit dem verband, was sie tat. Es waren nicht seine Wörter, dennoch waren sie ihm vertraut geworden, ein wichtiger Teil seines Lebens, Wegweiser in ihren Gesprächen. Jetzt stellte er überrascht fest, wie unmittelbar sie immer noch zu ihm sprachen.

Er hörte Schritte und Gelächter vor dem Haus, und als Bridget die Tür öffnete, sah er sie zu seinem Erstaunen in Begleitung von Hitchcocks Kameramann. Wie er selbst hatte auch Spence nach dem Dinner etwas Bequemeres angezogen, aber in puncto Lässigkeit konnte keiner von ihnen Bridget das Wasser reichen. Sie trug dieselbe farbverschmierte Latzhose, in der er sie spätnachmittags angetroffen hatte, und wie es aussah, war kein Fleckchen des dunkelblauen Stoffes ungeschoren davongekommen. Sie standen im Zimmer, bevor er die Kiste schließen konnte, aber falls sie verärgert war, weil er ihre Sachen durchstöbert hatte, ließ sie es sich nicht anmerken. »Archie!«, sagte sie, stellte ihre große Tasche auf einem der Stühle ab und befreite zwei aufgeregte Hunde von ihren Leinen. »Ich habe dich nicht so früh erwartet. Wie nett.«

Die Worte klangen aufrichtig, und dass Archie die Situation als peinlich empfand, lag allein an ihm, was ihm allerdings auch nicht über seine Verlegenheit hinweghalf. »Tut mir leid«, sagte er, »aber du hast gesagt, ich soll es mir bequem machen. Mir war nicht klar …« Er beendete den Satz nicht und hoffte, dass ihm die Enttäuschung nicht anzusehen war, während er sich über sich selbst ärgerte, weil er angenommen hatte, dass Bridget und er allein sein würden. Schließlich hatten sie sich ganz zufällig getroffen, und die Einladung auf einen Drink war spontan erfolgt, wahrscheinlich hatte sie es den ganzen Abend über bereut.

Sie wischte seine Entschuldigung mit einer Handbewegung beiseite und hob einen der Border Terrier von dem zweiten Stuhl. »Kennst du Jack Spence? Er ist mit diesen Filmleuten hier.«

Archie musste unwillkürlich lächeln, weil sie es schaffte, das Wort »Film« so klingen zu lassen, als wäre es etwas Anstößiges. »Wir sind uns nicht offiziell vorgestellt worden«, sagte er. Sie schüttelten sich die Hand, und er bemerkte, dass Spence sich ebenso unwohl zu fühlen schien wie er. »Aber dank Mr Hitchcock haben wir ein paar unangenehme Momente miteinander geteilt.«

»Du warst auch da? Na, dann könnt ihr euch ja ein bisschen besser kennenlernen, während ich mich schnell frisch mache. Es dauert nicht lang.«

Sie verließ das Zimmer, auf den Fersen gefolgt von einem

der Terrier. »Das waren vorhin sehr eloquente Abschiedsworte«, sagte Archie zu Spence, als sie allein waren. »Und sehr bewegende. Ich hatte den Eindruck, dass der Abend für Ihren Boss ganz anders gelaufen ist, als er geplant war.«

Spence zuckte mit den Schultern. »Garantiert wird er mich früher oder später dafür bezahlen lassen. Im Allgemeinen ist es mir egal, mich von ihm wie eine Schachfigur herumschieben zu lassen, aber manchmal geht es auf die Nerven.«

»Spielt er öfter solche Spielchen?«

»Ständig.« Spence setzte sich, und der andere Hund sprang auf seinen Schoß. Archie versuchte, dieses Anzeichen von Vertrautheit und den Stich, den es ihm versetzte, zu ignorieren. »Ich habe schon an Einladungen teilgenommen, bei denen das Essen blau war, bekam ein Darlehen in Viertelpennys zurückgezahlt und sah zu, wie er Elsie Randolph in einer Telefonzelle einschloss und Rauch hineinpumpte. Auf der Party nach Drehschluss von *Die Frau des Farmers* heuerte er einen Trupp Schauspieler als Bedienungen an, nur um zu sehen, wie lange es dauerte, bis wir es merkten. Manche seiner Scherze sind lustiger als andere, aber alle dienen dazu, uns auf Linie zu halten.« Er beugte sich vor und nahm die von Archie angebotene Zigarette. »Man muss kein Genie sein, um zu erkennen, dass Film für ihn ein Mittel ist, um Menschen zu kontrollieren. Das Set ist das Puppenhaus, und wir sind seine Puppen.«

»Dann ist an diesem Wochenende Portmeirion sein Set?«

»Ach, es ist nur ein ziemlich absonderliches Vorsprechen für diejenigen, die noch nicht mit ihm gearbeitet haben. Bei denen, die er kennt, stellt er ihre Loyalität auf die Probe, ob sie bereit sind zu dem großen Schritt.« Die letzten beiden Worte sprach er mit besonderer Betonung aus. »Wir werden alle unter die Lupe genommen, ihm entgeht nichts. Und falls doch, bemerkt es Alma. Sie sind ein bemerkenswertes Gespann.«

»Stört es Sie nicht, die ganze Zeit schauspielern zu müssen? Wenn man sich für Ihre Seite der Kamera entscheidet, erwartet man das doch nicht.«

»Es ist anstrengend, und manchmal läuft es aus dem Ruder, aber wir nehmen es hin, weil er brillant ist.« Archies skeptischer Gesichtsausdruck war Spence offenbar nicht entgangen, da er hinzufügte: »Hitch ist wirklich gut, müssen Sie wissen. Die meisten Leute würden sich noch viel schlimmere Dinge gefallen lassen, um mit ihm arbeiten zu dürfen. Für jeden Geniestreich, den das Publikum zu sehen bekommt, finden zwei oder drei weitere Streiche hinter den Kulissen statt.« Er grinste. »Jedenfalls komme ich glimpflich davon, weil ich *fast* so gut bin wie er.«

»Bescheiden wie immer, wie ich sehe.« Bridget setzte sich auf die Lehne seines Stuhls. Sie trug jetzt ein ärmelloses weißes Leinenkleid, und im Lampenlicht schimmerte ihre Haut tiefbraun. Von seinem Platz aus konnte Archie den schwachen Duft von Jasmin riechen.

»Was ist daran falsch? Ich habe ›fast‹ gesagt.« Spence drückte seine Zigarette aus. »Im Grunde unseres Herzens sind wir wahrscheinlich alle Schuljungen. Es ist nur so, dass die meisten von uns es zu verbergen versuchen, während Hitch beschlossen hat, es zu einem Wesenszug zu machen.«

Es war eine ähnliche Rechtfertigung, wie Archie sie Ronnie gegenüber vorgebracht hatte, aber nachdem er jetzt Hitchcocks Sinn für Humor in seiner konkreten Form erlebt hatte, konnte er sich des Gefühls nicht erwehren, dass sie doch recht gehabt hatte: Das Benehmen eines Schuljungen war bei jemandem, der über derart große Macht verfügte, gefährlich. Er sagte jedoch nichts, sondern erkundigte sich stattdessen: »Machen Sie auch mit bei dem großen Schritt?«

Spence schüttelte den Kopf. »Nein, ich habe andere Pläne.«

Er ging nicht näher darauf ein, wie diese Pläne aussahen, und Bridget stand auf. »Ich kümmere mich mal um die Drinks. Was wollt ihr?«

»Für mich nichts, danke«, sagte Spence und hob den Hund behutsam von seinem Schoß. »Ich gehe jetzt besser. Wir sehen uns am Wochenende noch.« Er hob die Hand, um sich von

Archie zu verabschieden, und gab Bridget einen Kuss auf die Wange.

»Lass mich wissen, wie du vorankommst«, sagte sie, und Spence nickte. Archie war sich sicher, dass er ihn zwinkern sah, als er aus der Tür trat. »Die Diskretion in Person«, sagte Bridget trocken, als er weg war.

»Tut mir leid. Ich wollte euch nicht den Abend verderben.«

»Hast du nicht. Wir sind uns zufällig im Wald begegnet. Er hatte sich über irgendetwas geärgert, aber so ist er eben: Er fährt schnell aus der Haut, aber genauso schnell beruhigt er sich auch wieder.« Sie sah aus dem Fenster. »Hoffen wir, dass das Wetter es auch tut.«

»Kennst du ihn gut?«, fragte Archie beiläufig.

»Jack? So gut, wie man jemanden wie ihn kennen kann, schätze ich. Wir kennen uns schon lange. Seine Eltern gehörten zu dem Kreis um Clough, hier und in London, wir haben als Kinder viel Zeit miteinander verbracht und sind später zusammen auf die Slade gegangen. Ich treffe ihn oft, wenn ich hier bin.« Archie spürte eine Schnauze an seiner Hand schnüffeln, und beugte sich vor, um den Terrier zu tätscheln. »Das ist übrigens Carrington«, sagte Bridget, und Archie war gerührt, dass sie ihren Hund nach der Malerin benannt hatte. Ihre Freundschaft hatte bis in die Zeit ihres Kunststudiums zurückgereicht, und nach Dora Carringtons Selbstmord Anfang der Dreißigerjahre war sie sicher am Boden zerstört gewesen. »Und das ist Lytton.« Sie deutete auf den zweiten Hund, der ihr nicht von der Seite gewichen war. »Ironischerweise ist er der monogame Typ. Das hätte ihr gefallen.«

»Du vermisst sie bestimmt sehr«, sagte er und hoffte, dass sein mitfühlender Ton seine unzulänglichen Worte ausglich.

»Ja, jeden Tag. Es war ein furchtbarer Schock, und so unvermeidlich.« Sie beugte sich vor und kraulte dem Hund den Kopf, und er blickte hingebungsvoll zu ihr auf. »Sie konnte nach Lyttons Tod einfach nicht weitermachen. Die Einsamkeit war zu groß, und ohne ihn hatte nichts einen Sinn. Selbst das

Malen hatte keine Bedeutung mehr, weil er nicht da war, um die Bilder zu sehen. Ich verstehe das. Wir alle brauchen jemanden, den wir beeindrucken können, jemanden, der wichtig ist.«

Ihm lag die Frage auf der Zunge, wer für sie wichtig war, aber er war sich nicht sicher, ob er gut mit der Antwort umgehen könnte. Abgesehen davon spürte er, dass sie über etwas anderes reden wollte, deshalb nahm er den Faden von vorher wieder auf. »Ich dachte, Jack Spence sei nur wegen Hitchcock da. Kommt er denn oft her?«

»Jedes Mal, wenn Clough ein neues Gebäude errichtet. Die beiden stehen sich sehr nah. Nach dem Krieg hat es eine Weile gedauert, bis Jack wieder auf die Füße kam, und Clough hat ihm Aufträge verschafft. Hauptsächlich Architekturfotografie – nichts so Glamouröses wie das, was er jetzt macht, aber für das Auge schöner als das, was er im Ausland fotografieren musste. Keine Leichen weit und breit.« Ihre Stimme nahm den zynischen Tonfall an, den sich ihre Generation zu eigen gemacht hatte, als sie nach Möglichkeiten suchte, die Schrecken des Krieges von sich fernzuhalten. »Er hat die Landzunge in dem Zustand fotografiert, als Clough sie kaufte, und seither sämtliche Veränderungen dokumentiert. Nicht, dass er die Aufträge jetzt noch brauchen würde, aber ich glaube, die Arbeit ist ihm ans Herz gewachsen.« Als Archie nickte, lachte sie. »Jetzt guck nicht so betreten. Ich habe ihm gesagt, dass du kommst, aber ich hätte nicht damit gerechnet, dass du die Gesellschaft so früh verlässt.« Sie gab ihm einen Kuss und legte ihm dabei die Hand auf den Nacken. »Ich fühle mich geschmeichelt. Und jetzt Wein.« Sie wusch in der Spüle zwei Gläser aus und suchte in dem Durcheinander auf dem Tisch nach einem Korkenzieher.

»Ich hätte die Flasche ja schon geöffnet, um ihn atmen zu lassen, aber ich war mir nicht ganz sicher, was deine – äh – Ordnung betrifft«, sagte Archie belustigt.

Bridget ignorierte die Bemerkung, fand, was sie suchte, und

vollführte eine ausholende Geste damit. »Bei mir muss man seine Idee von Ordnung an der Tür abgeben, Archie«, sagte sie. »Das weißt du doch noch?« Er nickte und gab ihr die Flasche.

»Lass uns rausgehen«, sagte sie. »Es ist heiß hier drin, und wir können das Wetter im Auge behalten. Ich hoffe, ich muss mit diesem verdammten Wandbild nicht noch mal von vorne anfangen.« Die Hintertür des Cottage führte zu einer Privatbucht mit einem eigenen kleinen Ruderboot, es gab einen hübschen ummauerten Sitzbereich mit einem Tisch und Stühlen, von Laternen beleuchtet und abgeschirmt gegen den öffentlichen Fußweg. Bridget setzte sich und lächelte ihn an. »Also, wie bist du in Hitchcocks Vorspiel gelandet?«

Er lachte. »Das ist eine interessante Bezeichnung.«

»Jacks, nicht meine. Er rechnet damit, dass im Lauf des Wochenendes noch Schlimmeres folgt. Wie war denn Josephines Cocktailstunde, alles gut gegangen?«

»Ja, aber die Einladung nach dem Dinner hat uns kalt erwischt. Man kann Hitchcock nur schwer etwas abschlagen. Hat Jack dir davon erzählt?« Sie nickte. »Wenigstens hat man von uns nicht erwartet, dass wir mitmachen, aber zuzusehen war schlimm genug.«

»Jack sagte, es ging um Angst.«

»Ja. Wenn es sich nicht so voyeuristisch angefühlt hätte, wäre es vielleicht ganz interessant gewesen. Mir war bisher nicht klar, dass das, wovor man Angst hat, so viel darüber aussagt, wer man ist.«

»Und, wovor hast *du* Angst? Falls es für einen Polizisten nicht ein Vergehen ist, überhaupt zuzugeben, dass er Angst hat.«

»Mich zu irren.« Sie sah ihn ungläubig an, und er versuchte, es zu erklären, bevor sie ihn wegen seiner Arroganz aufziehen konnte. »Das ist nicht so überheblich, wie es klingt. Ich meine damit, mich bei Ermittlungen zu irren. Es steht zu viel auf dem Spiel.«

»Du meinst, den Falschen zu beschuldigen?«

»Oder auch den Richtigen laufen zu lassen. In beiden Fällen

erweist man der Gesellschaft einen schlechten Dienst, und es ist ein Fehler, der sich nicht wiedergutmachen lässt.«

»Diese Erkenntnis ist doch bereits die halbe Miete«, sagte Bridget ernst. »Und soweit ich mich erinnere, mangelt es dir nicht an Mitgefühl oder Verständnis. Ich bezweifle, dass du dich oft irrst.« Sie grinste. »Jedenfalls in beruflicher Hinsicht. Würde ich in Schwierigkeiten stecken, hätte ich dich gern auf meiner Seite. Aber ist das Gesetz nicht unfehlbar?«

»Selbstverständlich. Genauso wie wir aus dem Krieg unsere Lektion gelernt haben und diese Regierung viel mehr zustande bringen wird als die vorherige.« In puncto Ironie stand er ihr in nichts nach. »Es wird dich freuen zu hören, dass ich immer weniger Vertrauen in mein Vorgehen habe, je älter ich werde.«

»Na, das kann nie schlecht sein.« Sie hob ihr Glas. »Auf die Weisheit des Alters. Eine Schande, dass wir darauf warten müssen.«

»Da bin ich nicht so sicher. Hitchcock sprach davon, dass seine größte Angst ist, die Zukunft zu kennen. Das war tatsächlich das Vernünftigste, was er den ganzen Abend über von sich gegeben hat. Es wäre furchtbar zu wissen, was einem bevorsteht, und nicht das Geringste daran ändern zu können.« Er trank sein Glas aus und beobachtete, wie der erste Blitz den Himmel über dem Wasser spaltete. »Es ist ein bisschen so, als würde der nächste Krieg vor der Tür stehen. Beim letzten Mal war kaum vorstellbar, dass es schlimmer hätte sein können, aber das Wissen, was auf uns zukommt, hätte es tatsächlich noch schlimmer gemacht. Dieses Mal werden sich einige von uns den Luxus des Nichtwissens nicht leisten können.«

Bridget schwieg. Er wusste, dass sie an die Zeit im Lazarett zurückdachte, als sie ihm – mit Freundlichkeit, Geduld und Verständnis – geholfen hatte, Körper und Geist zu heilen. »Die Vorstellung, das noch einmal durchzumachen, verursacht dir bestimmt Albträume.«

»Ja, und auch die Vorstellung, was wir als Nation möglicherweise erdulden müssen, um es zu vermeiden. Aber selbst im täglichen Leben hätte es keinen Sinn, irgendetwas zu erhoffen oder zu erstreben, wenn man die Zukunft kennen würde, denn dann gäbe es nichts mehr zu entdecken. Du wüsstest, wie jedes deiner Bilder aussieht, bevor du den Pinsel in die Hand nimmst. Und auch sonst würde dir all die Freude entgehen, all die Aufregung, all die Liebe, weil du davon besessen wärst, die Tage zu zählen. Du würdest deine Gefühle abstumpfen lassen, um nicht verletzt zu werden. Natürlich tun das einige von uns sowieso.«

Bridget sah ihn fragend an, aber er gab ihr keine Gelegenheit, die Frage zu stellen. »Was ist mit dir? Wovor hast du Angst?«

»Vor dem Verlust meiner ...« Sie hielt inne und dachte über ihre Antwort nach. »Nicht in der Lage zu sein, mich auszudrücken«, sagte sie schließlich. »Eine Vision zu haben, die ich nicht mitteilen kann, entweder weil ich zu wenig Talent habe oder wegen irgendeiner physischen Einschränkung. Am Ende kommt nie ganz das Bild heraus, das man anfangs schaffen wollte, aber ein Gefühl für Schönheit zu besitzen und es nicht auf irgendeine Art vermitteln zu können, oder es nicht zu schaffen, mit seiner Arbeit einen Dämon auszutreiben – darüber würde ich wahnsinnig werden, glaube ich.« Wenn sie versuchte, etwas zu begreifen oder zu erklären, lag auf ihrem Gesicht immer ein kindlicher Ernst, und mit einem Lächeln, wie sie es ihm jetzt schenkte, veränderte es sich schlagartig wieder in das einer lebhaften Frau. »Selbstverständlich würden einige Kritiker sagen, dass ich diesen Zustand bereits erreicht habe.«

Archie hätte es sich selbst nicht erklären können, aber plötzlich drängte es ihn, mehr über Bridgets Leben zu erfahren. Voller Ungeduld, die im Lauf von zwanzig Jahren entstandene Distanz zu überwinden, fragte er: »Was ist mit den guten Dingen? Bist du glücklich?«

Die Frage klang seltsam banal, aber sie antwortete ganz ernst. »Ja, Archie, ich bin glücklich. Jedenfalls die meiste Zeit. Es vergeht kein Tag, an dem ich nicht arbeiten möchte, und wie viele Leute können das von sich behaupten? Es war nicht immer einfach ... die Kunst verhilft einem nicht gerade zu einem gesicherten Einkommen. Im Gegensatz zu anderen Leuten werden wir nicht befördert.« Er lächelte und hörte zu, wie sie von Cambridge und ihren Freunden sprach, eher allgemein als von einer bestimmten Person, wie er bemerkte. Vor all den Jahren hatte ihre Beziehung auf diese Weise begonnen – ohne Erwartungen, freundschaftlich. Sie hatten einander langsam kennengelernt, ohne das Drängen der Verliebtheit, aber was sie dabei entdeckten, schien wertvoller, weil es ohne Eile geschah. Sie stellte keine Erwartungen an ihn, hatte klargemacht, dass er keine an sie stellen sollte – und weil ihre gemeinsame Zeit frei von Liebesschmerz gewesen war, hatte er eine glückliche Erinnerung daran bewahrt, wie ihm jetzt bewusst wurde. Wenn er an Bridget dachte, geschah es ohne Verbitterung, Bedauern oder all die kleinen Enttäuschungen, wie sie eine engere Bindung mit sich bringen konnte. Und aus diesem Grund nahm sie einen ganz besonderen Platz in seinem Leben ein. Er versuchte, seine Gedanken in Worte zu fassen, sie kam ihm jedoch zuvor. »Glaubst du, ich hätte dich nicht geliebt?«

Die Frage überraschte Archie. Bridget sah ihn halb belustigt, halb ernst an, und er erinnerte sich, wie sehr er sich immer bemüht hatte zu ergründen, was diese Augen sagten – aber es hatte ihm nie etwas ausgemacht. Ihre Fähigkeit, das Leben gelassen und ruhig zu nehmen, wie es war, und gleichzeitig alles zu genießen, was es bot, war das Gegenstück zu seinem Bedürfnis nach Genauigkeit und seiner Zielstrebigkeit, und eine Zeit lang hatte es sein Leben bereichert. »Natürlich habe ich dich geliebt, Archie«, sagte sie und nahm seine Hand. »Nur weil ich keine lebenslängliche Sache daraus machen wollte, heißt das nicht, dass es keine Liebe war. Die Leute sind so komisch, was die Liebe angeht. Immer muss sie irgendwohin führen, als wäre es nur der Anfang von etwas und nie genug an sich.«

Das Gewitter, das bislang um die Landzunge herumgeschlichen war und nach einem Weg gesucht hatte, den Schutzwall von Portmeirion zu durchbrechen, fand ihn schließlich, und über ihnen krachte ein ohrenbetäubender Donnerschlag. Bridget lachte, als die ersten Regentropfen auf den Tisch zwischen ihnen fielen. »Hervorragend abgepasst«, sagte sie. »Jetzt kann ich noch mal los und das Wandbild in Sicherheit bringen. Um einen Platzregen zu überstehen, ist es noch nicht trocken genug.« Sie stand auf und zog ihn hoch. »Du kannst mitkommen und mir helfen, während du dir eine Antwort überlegst.«

4

»Du bist böse auf mich, nicht wahr?«

»Nein, Hitch, ich bin nur müde. Zerbrich dir deswegen nicht den Kopf.« Alma lächelte dem Spiegelbild ihres Mannes nicht besonders überzeugend zu und fuhr fort, sich abzuschminken. »Es war ein langer Tag.«

»Ich sehe doch, dass du böse bist.«

Sie seufzte und drehte sich an ihrem Frisiertisch zu ihm um. »Ich verstehe einfach nicht, warum du das tust.« Er saß am Fußende des Betts, das Gesicht gerötet vom Wein und von der Hitze im Zimmer, und seine Miene sagte ihr, dass er es genauso wenig wusste. Sein Gesundheitszustand bereitete ihr in letzter Zeit zunehmend Sorgen. Zwar hatte sein Gewicht schon immer geschwankt, aber inzwischen wog er mehr als jemals zuvor, und vor Kurzem hatte er angefangen, am Set kurze Nickerchen zu halten. Es war nur eine Frage der Zeit, bis in einem Interview jemand darauf zu sprechen kam, und dann würden Gerüchte die Runde machen, dass er seine beste Zeit hinter sich hatte. Alma erkannte den Anflug von Grausamkeit, der sich in die Scherze ihres Mannes schlich, sobald er eine persönliche Krise durchmachte. Im Lauf ihrer Ehe hatte sie es schon einige Male miterlebt, beispielsweise als das Ende von *Der Mieter* geändert werden musste oder als *Erpressung* beim amerikanischen Publikum nicht ankam. Doch dieses Mal machte ihr seine Härte Angst, und sie musste ihn dazu bringen, dass er es einsah. »Ich denke, du bist zu weit gegangen«, sagte sie.

»Sag das David. Er hat sie eingeladen.«

»Nur weil du es ihm aufgetragen hast. Und ihn Turnbull mit

einer Flasche Single Malt hinterherzuschicken, bringt nicht im Handumdrehen alles wieder ins Lot.«

»Woher hätte ich denn wissen sollen, dass sie sich so verhalten?«, verteidigte er sich.

»Das konntest du nicht, und genau das meine ich. Das hier ist kein Filmset, Hitch. Du kannst nicht festlegen, was passiert. Die Leute haben Gefühle, die nicht in deinem Kopf entstanden sind. Sie empfinden Eifersucht und Zuneigung und hegen Groll, von dem du keine Ahnung hast. Das ist bei uns allen so.«

»Ach ja?« Er zwinkerte ihr zu und versuchte, sie zu besänftigen, ein untrügliches Zeichen, dass ihm bewusst war, im Unrecht zu sein. »Und um welche Gefühle handelt es sich da, Mrs Hitchcock?«

»Ich habe ganz allgemein gesprochen«, sagte Alma fest und dachte an den kurzen Wortwechsel mit Bella Hutton, der für sie beide untypisch war, aber zugleich bezeichnend dafür, wie kleine Eifersüchteleien ausarten konnten. »Und versuch nicht, dich mit Witzen aus der Affäre zu ziehen.« Sie ging zum Bett und gab ihm einen Kuss, dann setzte sie sich neben ihn und nahm seine Hand. »In unserem Leben gibt es schon genug Ungeklärtes, Hitch, Dinge, die wir nicht in der Hand haben. Warum musst du dann auch noch so einen Zinnober veranstalten?« Sie bot ihm die Gelegenheit – wie schon mehrfach in letzter Zeit –, offen darüber zu sprechen, was ihn bedrückte: die Mitarbeiter, die er verlor; die sich zuspitzenden finanziellen Probleme von Gaumont, die sie alle bedrohten; seine Enttäuschung über die Reaktionen auf seinen letzten Film und seine Zweifel an dem neuen, der Ende des Jahres anlaufen sollte. Auch wenn sie wusste, dass er sie damit nur schützen wollte, kränkte es sie, dass er seine Sorgen vor ihr verheimlichte, seine schlimmsten Ängste in sich verschloss, wie es die Figuren in seinen Filmen taten. Mehr als alles andere wünschte Alma sich, er könnte sie so leicht abschütteln, wie er vorgab.

»Es wird sich alles finden.« Es klang nicht überzeugender als beim letzten Mal. »Und wegen Amerika *können* wir etwas tun.«

Alma nickte, obwohl sie sich manchmal fragte, ob sie die Energie aufbrächte, noch einmal von vorne anzufangen, wenn der Druck so viel größer wäre. Wenn Hitch in Amerika erfolgreich sein wollte, musste er ein Gehalt fordern, von dem sie ihre Steuern zahlen konnten, und dazu den nötigen Respekt, um gegen ein System anzukämpfen, das alle Macht dem Produzenten einräumte und nicht dem Regisseur – und um das zu erreichen, musste er hier so schnell wie möglich einen weiteren Kassenschlager liefern. Das war allerdings nicht der Grund, warum sie sich so für dieses spezielle Projekt einsetzte, und nach dem Treffen mit Josephine Tey vermutete sie, dass diese ihre Zustimmung wesentlich schneller gegeben hätte, wenn sie ehrlich gewesen wäre. Es war jedoch zu persönlich – sogar beinahe zu persönlich, um es sich selbst einzugestehen. Alma sah in *Klippen des Todes* die Gelegenheit, eine andere Art von Film zu machen, einen, durch den Hitch seine jungenhafte Freude an den einfachsten Dingen wiederentdecken könnte, ein Film voller Sonnenschein und Unschuld und Zärtlichkeit – all das, was sie an ihm liebte und was ihm im Lauf der Zeit offenbar abhandengekommen war. Seit Monaten kam es Alma so vor, als würden sie im Dunkeln tappen, mit ihrem Leben und ihrer Karriere Blindekuh spielen, und sie trauerte einer unbeschwerteren Zeit nach. Sie wollte ihren Mann zurück. Aus ganz unterschiedlichen Gründen war es für sie beide wichtig, dass es mit diesem Film klappte.

5

Branwen stand am Rand des Uferwegs und sah zu, wie Blitze den Himmel erhellten. Sie beleuchteten eine gewaltige Wolkenmasse, die sich im Lauf des Abends bedrohlich über der Bucht zusammengeballt hatte und Regen verhieß, der wahrscheinlich eine Weile anhalten würde. Die ersten Tropfen fielen bereits, und sie war froh, dass sie einen Schirm mitgenommen hatte. Hinter ihr stand ein alter steinerner Rundbau, der den südlichsten Punkt von Portmeirion markierte, aber sie zögerte, darin Schutz zu suchen, weil sie Angst hatte, Bella Hutton zu verpassen. Warum musste es gerade jetzt regnen? Dieses Treffen war für niemanden wichtig außer ihr, und sie bezweifelte, dass sich jemand ohne triftigen Grund vor die Tür wagen würde. Trotzdem wartete sie und umklammerte mit der Hand die Nachricht in ihrer Manteltasche, als hinge davon ab, ob sich ihre Wünsche erfüllten. Ihre Verbindung zu ihrer Mutter bestand nur aus einer schwachen Erinnerung, dem Bild einer jungen Frau, die sich zum Abschied über sie beugte. Branwen hatte keine Ahnung, ob es ein endgültiges Lebewohl oder einfach nur eine alltägliche Verabschiedung gewesen war, aber sie erinnerte sich, dass ihre Mutter leuchtend roten Lippenstift getragen hatte und dass an ihrer Kleidung und ihren Haaren irgendwie etwas anders gewesen war. Es war eine flüchtige Szene, und sie hatte sie so oft vor ihrem geistigen Auge ablaufen lassen, dass sie inzwischen nicht mehr mit Sicherheit sagen konnte, was davon real war und was Einbildung, aber sie hatte sich über die Leere der Jahre davor und danach gelegt und ihrem Leben Farbe verliehen, ohne ihm eine richtige Form zu geben.

»Hallo?« Endlich meinte sie, sich nähernde Schritte zu hören. Weniger zaghaft rief sie ein zweites Mal, aber der Regen trommelte inzwischen auf den Schirm, und sie konnte kaum ihre eigene Stimme hören. Erneut fuhr ein Blitz in das Wasser, und Branwen wartete auf den Donner und zählte die Sekunden, wie sie es als Kind getan hatte, um abzuschätzen, wie weit das Gewitter noch entfernt war. Sie kam bis drei, bevor sie von hinten gepackt wurde und spürte, wie sich eine Männerhand über ihren Mund legte und ein Arm um ihre Taille. Der Schirm fiel auf den Boden, und der Regen stach ihr wie tausend winzige Nadeln ins Gesicht. Zu erschrocken, um Widerstand zu leisten, ließ sie es geschehen, dass sie grob nach hinten gezerrt wurde. Vor dem Eingang der Hütte rissen der auf sie niederprasselnde Regen und die wachsende Panik sie aus ihrer Erstarrung, und sie klammerte sich am Türrahmen fest, voller Furcht, was passieren würde, wenn ihr Angreifer sie in die Hütte zerrte, wo es keine Hoffnung mehr auf Rettung gab. Er schlug mit der Faust auf ihre Finger, und der Schmerz war so heftig, dass sie sofort losließ, aber immerhin musste er dazu die Hand von ihrem Mund nehmen, und irgendwie fand sie die Kraft zu schreien. Es war ein jämmerlicher, halb erstickter Schrei, der durch die Mauern noch mehr gedämpft wurde, und Branwen wusste, es war eine vergebliche Hoffnung, dass jemand in der Nähe war und sie hören konnte.

In der klaustrophobisch engen Hütte war es dunkel, ein Ort, an den sich ein Tier zum Sterben verkroch. Branwen schlug um sich, um freizukommen, die Nähe des Mannes verursachte ihr ebenso viel Übelkeit wie die feuchte, stinkende Luft, aber er riss sie herum und drückte sie gegen die hintere Wand, hielt sie mit seinem Körper dort fest, während er ihr die Augen verband. Der Stein fühlte sich an ihrer sonnenverbrannten Wange kalt und rau an. »Bitte tun Sie mir nichts«, brachte sie hervor. »Ich mache alles, was Sie wollen. Das muss nicht sein. Sie werden …« Wütend packte er sie bei den Haaren und riss ihren Kopf zurück, um sie zum Schweigen zu bringen. Aber sie war bereits verstummt, betäubt von Scham und Furcht. Brutal schob er ihre Beine auseinander, und sie erstarrte, als sie spürte, wie er ihren Rock hochschob und an ihrer Unterwäsche zerrte, seine Hände waren überall, und er stieß zu, stieß immer wieder zu, während ihr stumm die Tränen übers Gesicht liefen.

Als es vorbei war, wagte sie sich aus Angst nicht zu bewegen. Eine scheinbare Ewigkeit standen sie in der Parodie einer friedlichen Umarmung nach dem Liebesakt aneinandergepresst da, und Branwen schloss die Augen, versuchte, den Ekel auszublenden. Endlich löste er sich von ihr, und sie hörte, wie er seine Kleidung richtete. Wortlos strich er ihr über die Haare, als täte es ihm leid, und sie zwang sich, nicht zusammenzuzucken, um ihn nicht erneut wütend zu machen, um ihm nicht zu erkennen zu geben, wie sehr sie ihn verabscheute. Er war jetzt ruhig – beinahe liebevoll. Erst als sie den schwachen Geruch von Leder wahrnahm und spürte, wie sich der Riemen um ihren Hals zuzog, begriff Branwen, dass ihr Leiden noch lange nicht vorbei war. Tatsächlich begann es gerade erst.

6

Als Gwyneth zu sich kam, war es draußen bereits dunkel. Sie lag auf dem Treppenabsatz im ersten Stock, hörte, wie der Regen ringsum an die Fenster schlug, und versuchte, sich zu erinnern, wie sie hierhergekommen war. Ihr schmerzender Kopf sagte ihr, was die Erinnerung ihr verweigerte. Sie fasste sich ans Gesicht und zuckte vor Schmerz zusammen, als sie die wunden Stellen an Kinn und Wange berührte. Dann erinnerte sie sich an Henry, wie er in der Nachmittagssonne zwischen den Bäumen gestanden und zum Dachfenster hochgestarrt hatte. Zuerst hatte sie gedacht, ihr Verstand spiele ihr einen Streich, und sie hatte die Augen geschlossen, um das Bild loszuwerden – doch als sie sie wieder öffnete, war er immer noch da und kam auf das Haus zu. Zu Tode erschrocken war Gwyneth zur Treppe gerannt, um sich zu vergewissern, dass Fenster und Türen im Erdgeschoss verriegelt waren, obwohl sie sie niemals offen ließ – und auf dem Weg dorthin musste sie gestolpert sein, und jetzt, Stunden später, fragte sie sich, was wäre, wenn Henry sich irgendwie doch Zutritt verschafft hatte. Wenn er immer noch da war.

Ein Donnerschlag riss sie aus ihrer Erstarrung. Sie zog sich am Geländer hoch und lief die Treppe hinunter, ging von Raum zu Raum, um das Licht einzuschalten, aber im gesamten Haus gab es keinen Strom, und Gwyneth kam es fast so vor, als hätte das Gewitter mit seinem entfesselten Wüten sämtliche Energie aufgesogen. Wie um sie zu verspotten, zuckte ein gleißend heller Blitz über den Himmel. Gebannt von der elementaren Kraft, stand sie an ihrem Schlafzimmerfenster und sah zu, wie der entfesselte schwarze Sturm die vertraute Landschaft in etwas

Fremdes verwandelte, die Silhouette der Berge auslöschte und das Wasser in eine finstere, unheimliche Masse verwandelte. Es folgte ein weiterer Donnerschlag, erschreckend nah dieses Mal, und noch bevor er verhallt war, ein dritter, dann ein vierter und ein fünfter. Sie hielt sich die Ohren zu, aber das Geräusch fuhr direkt in ihr Herz und ließ ihren Körper erzittern. Als wollten sie nicht zurückstehen, zuckten die Blitze jetzt noch heftiger über den Himmel, drangen durch den Spalt zwischen den Vorhängen und fielen direkt auf Tarans Gesicht. Gwyneth nahm das Foto von ihrem Nachttisch und drückte es an die Brust, sprach leise mit ihrem kleinen Sohn, wie sie es immer getan hatte, wenn ihn irgendetwas zu beunruhigen schien. Sie schloss sich ein und kauerte sich neben das Bett, sehnte das Ende des Unwetters herbei, aber inzwischen war nicht mehr klar, wovor sie sich mehr fürchtete: vor der ungezügelten Gewalt da draußen oder dass ihre Vergangenheit sie einholte. Vor beidem schien das Haus auf einmal keinen Schutz mehr zu bieten.

Endlich hatte sich das Gewitter ausgetobt. Blitz und Donner waren weniger heftig und die Abstände dazwischen länger, und mit einem letzten zitternden Donnerschlag begab es sich zur Ruhe und überließ die Landschaft wieder sich selbst, damit sie sich von seinem Ausbruch erholen konnte. Gwyneth öffnete die Tür und blieb am oberen Ende der Treppe stehen, lauschte auf verräterische Schritte oder das Ächzen einer Diele, die ihre schlimmsten Befürchtungen bestätigen würden, aber da war nichts. In diesem Augenblick beschloss der Strom zurückzukehren, und der Treppenabsatz war wieder in tröstliches Licht getaucht. Ihr Blick fiel auf ihr Abbild in dem riesigen Spiegel an der gegenüberliegenden Wand, und aus ihren Augen starrten ihr Wahnsinn und Furcht entgegen, eine frappierende Familienähnlichkeit, die sie mit aller Macht hatte ignorieren wollen. Rasch griff sie zum Lichtschalter, sie wollte sich nur noch vor sich selbst verstecken.

7

Astrid zog das Garagentor auf und ging hinein, ihren Schirm hinterherschleifend, ohne sich die Mühe zu machen, ihn zu schließen. Noch nasser könnte sie ohnehin kaum werden. Vom Hotel hierher waren es höchstens zwei Minuten zu Fuß, aber der Wind hatte den Regen unter den Schirm geweht, und das Wasser, das den steilen Hang hinunterströmte, hatte ihre Schuhe durchweicht und ihr Kleid nass gespritzt. Vielleicht wollte ihr Gott damit sagen, dass ein mitternächtliches Stelldichein vor einem wichtigen Tag und mit einem Mann, den sie kaum kannte, nicht gerade die klügste Idee war, aber seit wann hörte Astrid auf Gott, und außerdem fühlte sie sich nach diesem Abend verwirrt und einsam. Danny kam an diesem Ort einem Freund am nächsten, und es konnte nicht schaden, ein oder zwei Stunden mit ihm zu verbringen. Astrid lächelte, sie war zu ehrlich, um sich selbst zu belügen: Mit jeder Begegnung fand sie Daniel Lascelles aniehender, und das nicht nur als Freund. Über seinen Vorschlag, sich inmitten eines Unwetters an einem abgeschiedenen Ort mit ihm zu treffen, hatte sie nicht lange nachdenken müssen.

Sie war ein paar Minuten zu spät dran, aber in der Garage war es dunkel. Es roch schwach nach Öl, Gummi und Holz, dieser eigentümlich männlichen Mischung, und sie fragte sich, warum er ausgerechnet diesen Treffpunkt vorgeschlagen hatte. Sie faltete den Schirm zusammen und lehnte ihn an die Wand. Überrascht stellte sie fest, dass der Geruch sie augenblicklich in den Vorort von London zurückversetzte, wo sie aufgewachsen war. Ihr Adoptivvater hatte immer nur reparaturbedürftige

Autos besessen, jedes in einem noch schlechteren Zustand als das vorherige, und die meisten Wochenenden verbrachte er allein in der Garage ihrer Doppelhaushälfte und versuchte, sie wieder fahrtüchtig zu machen. Wenn Astrid sich an verregneten Nachmittagen langweilte und der Tag sich endlos vor ihr auszudehnen schien, leistete sie ihm Gesellschaft und sah ihm zu, wie er still vor sich hinwerkelte. Er war ein freundlicher, zurückhaltender Mann – er redete nicht viel, nicht einmal mit seiner Frau – und hatte nicht die geringste Ahnung, wie man ein Kind beschäftigte, aber er gab sich Mühe. Er lächelte ihr zu, und sie versuchte zu durchschauen, was er machte, damit sie etwas gemeinsam hatten, als könne sie sich besser in ihr neues Leben einfügen, wenn sie wusste, wo jedes einzelne Autoteil hingehörte und welche Funktion es hatte.

Eilige Schritte vor der Garage holten sie in die Gegenwart zurück, aber sie wurden von Stimmen und Gelächter begleitet und bewegten sich weiter in Richtung Hotel. Während Astrid sich fragte, wo Danny abblieb, tastete sie nach einem Lichtschalter und fand ihn schließlich neben dem Tor. Sie drückte ihn, aber nichts passierte. Ungeduldig schaltete sie ein paarmal hin und her, als könne sie das Licht auf diese Weise dazu bringen, zu funktionieren, aber es weigerte sich hartnäckig. Gerade als sie beschloss, dass kein Mann es wert war, seinetwegen im Dunkeln zu sitzen, hörte sie erneut Schritte – dieses Mal kamen sie von der Piazza und waren langsamer. Sie verstummten, und einen Moment lang dachte sie, derjenige, zu dem sie gehörten, hatte den Weg hügelaufwärts zu den Stallungen eingeschlagen, doch dann hörte sie, wie sich der Griff drehte, und im Mondlicht, das durch den Spalt fiel, sah sie den Umriss eines Mannes, der leise hereinschlüpfte und das Tor hinter sich schloss. »Danny?«, flüsterte sie und wich instinktiv tiefer in die Garage zurück.

»Tut mir leid, dass ich so spät komme.« Beim Klang seiner Stimme stieß sie einen erleichterten Seufzer aus und tadelte sich selbst wegen ihrer blühenden Fantasie. »Nach dem Abendessen habe ich einen Spaziergang gemacht, um einen klaren Kopf zu bekommen, und bin in das Gewitter geraten. Ich musste zurückgehen und mich umziehen.«

»Schon gut. Ich bin auch noch nicht lange da, und außerdem ist es eine schwierige Entscheidung, was man zu einem Garagen-Stelldichein trägt. Ich bin nicht sicher, ob die Benimmfibeln sich dazu äußern.« Sie hörte ihn lachen. »Ein interessanter Treffpunkt.«

»Zumindest ungestört.« Es folgte ein verlegenes Schweigen, und Astrid nahm an, dass er rot geworden war. »Gibt es hier einen Lichtschalter?«, fragte er.

»Dort, wo Sie stehen, aber er funktioniert nicht.«

Er versuchte es trotzdem, und sie musste lächeln, weil es so typisch männlich war, der Aussage einer Frau nicht zu trauen, sobald es um etwas Technisches ging. »Moment mal.« Sie wartete, während er sich zu dem Wagen tastete, die Fahrertür öffnete und die Scheinwerfer einschaltete. Zwar war der Raum noch immer nicht lichtdurchflutet, aber man fand sich wenigstens zurecht, und sie stellte fest, dass das, was von außen wie eine Einzelgarage aussah, tatsächlich ein Unterstellplatz für zwei Wagen war, von steinernen Säulen unterteilt und mit zwei separaten Eingängen. Danny deutete zur Decke, von der ein der Glühbirne beraubtes Lampenkabel herunterhing. »Man sollte meinen, dass ein solcher Ort eine bessere Klientel anzieht«, sagte er. »Besteck und Geschirr verstehe ich ja noch, Bademäntel sind es wert, wenn man die Nerven dafür hat, aber Glühbirnen klauen ist armselig.« Er ging zu dem zweiten Wagen, einem offenen Morris, und schaltete auch dessen Scheinwerfer ein. »Ich fürchte, besser wird es nicht. Dunkel oder düster. Suchen Sie sich was aus.«

»Düster. Ich bin immer für das halb volle Glas.« Tatsächlich fand Astrid das schummrige Licht nicht unangenehm. Die an den Balken hängenden Seile und Benzinkanister, Werkzeuge und Gartengeräte warfen übergroße Schatten an die Decke, aber das gelbliche Licht der Scheinwerfer verlieh dem Raum eine freundliche Wärme. Bewundernd ließ sie ihren Blick über die eleganten Linien des Alvis wandern. »Leyton Turnbull wird das anders sehen, wenn er morgen früh feststellt, dass seine Batterie leer ist.«

»Das ist vermutlich das geringste von Turnbulls Problemen, meinen Sie nicht? Ich an seiner Stelle wäre mir nicht sicher, ob ich nach den Vorkommnissen beim Dinner überhaupt noch bis morgen früh bleiben will.«

»Ja, es war ein eigenartiger Abend und unangenehm. Umso mehr habe ich mich über Ihre Nachricht gefreut.«

Danny wirkte verwirrt. »Ich habe Ihnen keine Nachricht zukommen lassen.«

»Aber natürlich. Man hat sie mir an der Rezeption gegeben.«

»Nein. Man hat mir an der Rezeption *Ihre* Nachricht gegeben. Sehen Sie.« Er zog einen hellblauen Zettel aus der Brusttasche und reichte ihn ihr.

»Das verstehe ich nicht«, sagte Astrid. »Abgesehen von dem Namen ist das exakt die gleiche Nachricht, die ich bekommen habe.« Zum Vergleich zog sie ihre aus der Tasche. »Sehen Sie – die Handschrift, die Formulierung – völlig identisch. ›Ich erwarte Sie um Mitternacht in Garage Nr. 1. Ich bringe den Champagner mit.‹« Sie sahen einander an. »Offensichtlich hat sich da jemand einen Spaß erlaubt. Nur warum?«

»Jedenfalls bedeutet es, dass wir keinen Champagner haben, verflixt«, stellte Danny nüchtern fest. »Ich hole eine Flasche aus dem Hotel.«

»Nein, Danny, schon gut. Bei diesem Wetter müssen Sie nicht wegen Champagner herumrennen.« Der Spaß schien harmlos genug, aber Astrid wollte nur ungern allein bleiben, wenn offenbar jemand ganz genau wusste, wo sie zu finden war. »Hören Sie, nachdem keiner von uns dieser Garage viel abgewinnen kann, lassen Sie uns doch gemeinsam ins Hotel gehen und dort etwas trinken.«

»Oder wir könnten zu mir gehen«, sagte Danny. »Ich habe Brandy da.« Astrid zögerte, ihr fielen Bella Huttons Worte ein. Danny wohnte im Government House, nur einen Steinwurf von der Unterkunft der Hitchcocks entfernt, und sie wollte ungern gesehen werden. Er erkannte ihr Dilemma und setzte zu einer Entschuldigung an. »Tut mir leid, Astrid. Das sollte kein ... natürlich wollen Sie das nicht.«

Seine Verlegenheit überzeugte sie. Sie legte einen Finger an seine Lippen und sagte: »Schon gut, Danny. Ich weiß, dass Sie damit keine bestimmte Absicht verfolgt haben. Gehen wir.«

»Sind Sie sicher?«

»Ja, bin ich.«

Er grinste und ging zum Garagentor. Astrid umrundete den Wagen, um die Scheinwerfer auszuschalten, hielt jedoch inne, als sie ihn leise fluchen hörte. »Was ist los?«

»Das Tor geht nicht auf.« Er stemmte die Schulter dagegen und drückte fester, aber es gab nicht nach. »Es ist irgendwie blockiert. Ich versuche es mal drüben.«

Sie sah zu, wie er zur anderen Seite der Garage ging, aber etwas sagte ihr, dass er auch dort kein Glück haben würde. »Das glaube ich nicht«, sagte er ärgerlich und verpasste dem Tor einen Tritt. »Beim Reinkommen hat es nicht geklemmt. Bei Ihnen?«

Sie schüttelte den Kopf. »Nein, aber es reicht offenbar nicht, uns mit falschen Nachrichten an der Nase herumzuführen.«

»Sie glauben, jemand hat das mit Absicht gemacht?«

»Natürlich, und finden Sie nicht, das sieht nach unserem Gastgeber aus? Er hat sich den ganzen Abend lang auf Kosten anderer amüsiert, und jetzt sind wir an der Reihe.« Sie sah sich in der Garage um, dann warf sie einen Blick in Turnbulls Wagen. »Na also. Ich hab's doch gewusst.« Auf dem Rücksitz lag ein großes Päckchen, aufwendig verpackt und halb unter einer Decke verborgen. »Wer würde denn ein offenbar wertvolles Geschenk über Nacht hier liegen lassen?«, fragte sie und griff nach dem Anhänger. »Sehen Sie? Da stehen unsere Namen drauf.« Verblüfft sah Danny zu, wie sie sich hinunterbeugte, um an dem Päckchen zu horchen. »Und es scheint zu ticken.«

»Was zum Kuckuck machen Sie da?«, fragte er, aber Astrid

riss das Papier schon auf. Als sie sich umdrehte, hielt sie einen Spielzeughund mit einem Wecker am Halsband in der Hand.

»Ich habe keine Ahnung, was das soll«, sagte sie und musste sich ein Lächeln verkneifen, »aber Ihr Gesichtsausdruck war unbezahlbar. Der Champagner ist auch da, und Kaviar, Pralinen, Zigaretten: Alles, was man möglicherweise brauchen kann, wenn man gemeinsam in einer Garage eingeschlossen ist.«

Danny lachte erleichtert und trat zu ihr an den Wagen. »Moment mal – es liegt eine Karte dabei.« Er nahm sie heraus und las vor, wobei er Hitchcocks Stimme nachahmte. »›Nun, Jungs und Mädels, die Zeit läuft, und das Vorsprechen hat begonnen. Viel Glück.‹« Unterzeichnet war die Karte mit der bekannten Karikatur des Regisseurs.

Astrid lächelte. »Vielleicht hat Hitchcock doch nicht so viel gegen Fraternisierung einzuwenden.« Danny sah sie fragend an. »Das hat Bella Hutton mir erzählt. Er mag es nicht, wenn sich seine Schauspieler zu nahe kommen.«

»Was Sie nicht sagen. Was hat Bella Ihnen sonst noch erzählt? Ich habe gesehen, dass Sie sich mit ihr unterhalten haben.«

»Ach, nur dass Leyton Turnbull das Leben junger Frauen zerstört, also nichts Neues.« Er lachte nicht, wie sie erwartet hatte, deshalb fügte sie hinzu: »Allerdings könnte sie sich da genauso irren, wie sie sich bei Hitchcock irrt. Mir kommt es so vor, als würde er Fraternisierung ausdrücklich unterstützen – es sei denn natürlich, wir sollen hier auf die Probe gestellt werden.« Sie lächelte. »Vielleicht wird von uns erwartet, dass wir aus moralischer Entrüstung so lange laut schreien, bis uns jemand aus unserer Zwangslage rettet.«

»Wollen Sie das tun?« Sie schüttelte den Kopf. »Dann machen Sie es sich bequem, Miss Lake.«

Er deutete eine Verbeugung an und hielt ihr die Tür des Alvis auf. Sie glitt auf den Beifahrersitz und stellte dabei fest, dass das Scheinwerferlicht des Morris bereits schwächer wurde. »Ich wette, das ist auf David Franks' Mist gewachsen«, sagte sie. »Kein Wunder, dass er mir so fröhlich gute Nacht gewünscht hat.«

Danny stieg neben ihr ein. »Was halten Sie von ihm?«

Er stellte die Frage beiläufig, während er die Flasche öffnete, aber Astrid wusste, dass ihn ihre Antwort mehr interessierte, als er zugeben wollte, und sie überlegte sorgfältig. »Ich halte ihn für gefährlich«, sagte sie schließlich und hielt ihm ihr Glas hin. »Schon das Gespräch auf der Terrasse lässt erkennen, dass er zu den Leuten gehört, die andere ausnutzen und weiterziehen, wenn nichts mehr zu holen ist, sei es nun Bella Hutton mit ihren guten Beziehungen oder Hitchcock und seine Erfahrung.«

In dem schwindenden Licht goss Danny noch ein Glas ein und stellte die Flasche auf den Boden. »Da geht die düstere Atmosphäre hin«, sagte er, als der Alvis dem Beispiel des Morris folgte. »Ein kurzes Vergnügen. Cheers.«

»Cheers.«

»Falls Frank vorhat, es mit Hitchcock aufzunehmen, hat er doch sicherlich seinen Meister gefunden, oder?«

»Wahrscheinlich, aber deswegen stehe ich nicht auf seiner Seite. Dummejungenstreiche wie der hier sind ja schön und gut, aber einiges von dem, was er heute Abend gemacht hat, war völlig unangebracht.«

»Ich weiß, was Sie meinen. Als ich zurückgegangen bin, um mich umzuziehen, habe ich kurz bei Turnbull vorbeigeschaut. Ich wollte sehen, ob es ihm gut geht, und mich noch einmal für meine Worte entschuldigen, aber entweder war er ausgegangen, oder er hat nicht aufgemacht.« Astrid schwieg. Das Gespräch mit Bella Hutton hatte sie verstört, aber später hatte sie eine andere Seite der Schauspielerin gesehen, die sie in ihrer ursprünglichen Haltung bestärkte, nur sich selbst zu vertrauen. In der Filmbranche schaute jeder nur auf seinen eigenen Vorteil. Beim Dinner, als sich alle – sie eingeschlossen – von Hitchcock hatten aufstacheln lassen, war sie sich sehr schlecht vorgekommen. Als hätte er ihre Gedanken gelesen, sagte Danny: »Danke, dass Sie heute Abend etwas gesagt haben. Ich fing schon an zu glauben, Hitchcock hätte mich reingelegt und ich wäre der Einzige, der etwas erzählt.« Ja, dachte Astrid, den ganzen Abend über war es darum gegangen, Leute gegeneinander aufzuhetzen und abwechselnd jeden auszugrenzen. »Ich wusste nicht, dass Sie adoptiert sind«, fuhr Danny sanft fort, als sie nichts erwiderte. »Beim letzten Dreh habe ich die ganze Zeit über die Beziehung zu meinem Vater gejammert, dabei hatten Sie nie die Gelegenheit, Ihren überhaupt kennenzulernen. Es tut mir leid. Das war egoistisch von mir, und Sie waren so nett zu mir, aber Sie hätten ruhig etwas sagen können.«

Sie ging über seine Entschuldigung hinweg, denn wenn sie sie angenommen hätte, hätte sie mehr von sich preisgeben müssen, als sie wollte. »Diese falsche Anschuldigung gegen Sie«, sagte sie und richtete den Fokus damit wieder auf ihn. »War das der Grund, weswegen Ihr Vater und Sie sich zerstritten haben?«

Er schwieg, und im ersten Moment dachte sie, er wolle nicht antworten, doch dann legte er einen Finger an die Lippen. »Ich glaube, ich habe etwas gehört«, flüsterte er. »Jemand ist reingekommen.«

Instinktiv rutschten sie tiefer in ihre Sitze, in der Hoffnung, nicht ertappt zu werden. Sie hatten Glück: Statt weiter in die Garage zu gehen, blieb der Besucher am Heck des Wagens stehen, und nach mehreren Versuchen gelang es ihm schließlich, den Kofferraum zu öffnen. »Das muss Turnbull sein«, flüsterte Astrid. »Er will doch nicht etwa wegfahren, oder? Was sollen wir machen?«

Danny zuckte mit den Schultern. »Ruhig sitzen bleiben und Hitchcock die Schuld in die Schuhe schieben, wenn er uns entdeckt.« Sie hörten ein Geräusch, als würde der Reißverschluss einer Tasche oder eines Koffers zugezogen, gleich darauf wurde der Kofferraumdeckel zugeschlagen. »Vielleicht packt er nur seine Karriere ein«, sagte Danny leise, und Astrid hatte Mühe, nicht loszuprusten. Ängstlich warteten sie darauf, dass die Schritte um den Wagen herumkamen, aber nichts passierte. Stattdessen hörten sie erneut das Garagentor quietschen, dann war alles still.

»Meine Güte, ich dachte schon, das war's«, sagte Danny, als er es für sicher hielt, wieder lauter zu sprechen. »Da schwinge ich beim Dinner eine Moralpredigt, nur um dann dabei erwischt zu werden, wie ich in einem fremden Auto die Lage einer hilflosen jungen Frau ausnutze.« Er ließ das Fenster herunter und sah zum Tor. »Er hat das Tor einen Spalt offen gelassen. Gerettet, als es gerade interessant zu werden begann. So ein Pech habe ich immer.«

»Kein Grund zur Eile«, sagte Astrid. »Wir können genauso gut noch die Flasche austrinken, während wir warten, dass es zu regnen aufhört.« Er lächelte und schenkte ihr nach. »Wollen Sie mir erzählen, worum es bei diesem Kinderstreich ging, von dem Sie beim Dinner gesprochen haben?«

Danny hielt sein Feuerzeug in die Höhe und ließ sich übermäßig viel Zeit, um aus der Schachtel eine Praline auszuwählen. »Ich fürchte, das war gelogen«, gab er zu, noch immer ihrem Blick ausweichend. »Es war eine gravierendere Angelegenheit. Ich habe Ihnen doch erzählt, dass meine Eltern Varietékünstler waren?«

»Ja. Sie sagten, Sie seien praktisch auf der Straße aufgewachsen.«

»Das stimmt. Wir zogen von einem Tingeltangel zum nächsten, einer schäbiger als der andere. Ich könnte einen Reiseführer über heruntergekommene Gasthäuser in heruntergekommenen Städten schreiben. Es gibt kaum einen Ort in England, an dem sich nicht das Waffelmuster einer Bettdecke in mein Gesicht gedrückt hat.« Sie lächelte, unterbrach ihn jedoch nicht. »Es war Varietétheater, sehr altmodisch und nach dem Krieg interessierte sich praktisch niemand mehr dafür, aber sie kannten nichts anderes, und sie hielten daran fest, selbst als die Zuschauerzahlen genauso abnahmen wie die Gagen. Wie trostlos alles geworden war, habe ich seltsamerweise gar nicht mitgekriegt. Damals hatte es für mich noch etwas Magisches, inzwischen ist mir klar, dass das Aufkommen des Films der letzte Sargnagel war.« Nachdenklich trank er einen Schluck. »Jeden Sommer nahmen sie ein Engagement in einem der Seebäder an, weil da noch Nachfrage bestand. Aus irgendeinem Grund scheinen die Leute im Urlaub Vergnügen an Dingen zu haben, die sie zu Hause unerträglich finden. Muss an der Sonne liegen.«

»Ach, ich weiß nicht. Tingeltangel hat doch was für sich. Nicht jeder würde den Luxus hier wollen, selbst wenn er ihn sich leisten könnte.«

»Nein, vermutlich nicht. Jedenfalls war es in dem Sommer, als ich fünfzehn wurde, und wir waren in Rhyl. Ich hatte ihren Auftritt schon tausendmal gesehen, und die Zeiten, in denen ich in meinem Kinderstuhl in der Seitenkulisse saß, waren schon lange vorbei, also zog ich auf eigene Faust los. Ich begegnete einem Mädchen. Sie war ungefähr so alt wie ich, jedenfalls dachte ich das. Wir verbrachten den Nachmittag zusammen am Strand, und ich verabredete mich für den nächsten Tag mit ihr, aber sie tauchte nicht auf. Drei Tage lang wartete ich an dem vereinbarten Treffpunkt auf sie, nur für alle Fälle, dann hatte ich es kapiert. Versetzt zu werden, tut beim ersten Mal am meisten weh, nicht wahr?« Er lächelte. »Aber woher sollen Sie das schon wissen.«

»Sie würden sich wundern. Und? Haben Sie sie wiedergesehen?«

»Nein. Jedenfalls nicht damals. Aber am Ende der Woche, als meine Eltern gerade mit ihrem Auftritt fertig waren, verschaffte sich ein Mann Zutritt zum Garderobenbereich und begann auf mich einzuprügeln. Und als mein Vater ihn von mir wegzog, fiel er stattdessen über ihn her.«

»Wer in aller Welt war das?«

»Der Vater des Mädchens. Sie hatte ihm erzählt, ich hätte sie bedrängt.«

»Sie hat Sie beschuldigt, sie vergewaltigt zu haben?«

»Sie behauptete, ich hätte es versucht, und das genügte meinem Vater. Er hat mich mit so viel Abscheu angesehen, Astrid, diesen Blick werde ich nie vergessen.«

»Hat er Ihnen etwa nicht geglaubt, dass Sie es nicht getan haben?«

Es entging Danny nicht, dass sie ganz selbstverständlich von seiner Unschuld ausging, und er sah sie dankbar an. »Nein, hat er nicht. Ich glaube, meine Mutter auch nicht, obwohl sie es nie direkt gesagt hat. Der Mann drohte damit, zur Polizei zu gehen, also hat mein Vater ihm Geld gegeben. Das war für ihn die einzig mögliche Lösung. Ich habe ihn angefleht, mich stattdessen meine Unschuld beweisen zu lassen, aber er sagte, niemand würde meinen Worten mehr Glauben schenken als ihren. Wahrscheinlich hatte er recht. Sie sah aus, als könnte sie kein Wässerchen trüben. Wahrscheinlich zogen sie mit diesem Trick durchs ganze Land.«

»War es viel Geld?«

Danny nickte. »Ja. Mein Vater hat ihm alle Ersparnisse gegeben, und dann hat er sich Geld geborgt, damit sie über die Runden kamen. Als ihm keiner mehr was leihen wollte, hat er es mit Glücksspiel versucht.«

Astrid nahm zwei Zigaretten aus dem Päckchen und zündete für jeden von ihnen eine an. »Sie sagen, damit *sie* über die Runden kamen, haben sie Sie wegen dem, was passiert ist, rausgeworfen?«

»O nein, wir sind danach noch ungefähr ein Jahr zusammengeblieben. Alles andere hätte ihr Opfer noch sinnloser gemacht, als es sowieso schon war. Und der Gerechtigkeit halber muss ich sagen, dass sie es nie wieder erwähnt haben. Mein Vater erklärte, dass er nie wieder darüber reden will, und daran hat er sich gehalten. Aber für mich war das noch schlimmer, weil ich sie so nie davon überzeugen konnte, dass ich nichts Falsches getan hatte. Letzten Endes hielt ich es nicht mehr aus. Als wir in Lowestoft waren, hinterließ ich ihnen eine Nachricht und bin per Anhalter nach London gefahren, um mich allein durchzuschlagen. In meinem ganzen Leben war ich nie so einsam.«

Es hätte romantisch sein können, dachte Astrid, wäre es nicht so ungerecht gewesen und wäre dadurch nicht so viel kaputtgegangen. »Gab es denn niemanden sonst, an den Sie sich hätten wenden können?«, fragte sie.

»Nein. Wir hatten ein paar Verwandte in dem Metier, aber die kamen aus naheliegenden Gründen nicht in Betracht, und wir sind nie lange genug irgendwo geblieben, damit ich Freundschaften schließen konnte. Jedenfalls wollte ich arbeiten und weiterkommen. Es war die einzige Möglichkeit, die mir einfiel, um meinen Vater von den Schulden zu befreien und seinen Respekt zurückzugewinnen. Vielleicht machte ich mir da zu große Hoffnungen. Zunächst einmal war es ein Fehler, zum Film zu gehen. Es war, als hätte ich ihn noch mehr beschämt, indem ich mithalf, den Nagel in den Sarg des Varietés zu klopfen. Aber der Film war nun mal die Zukunft, und ich brauchte das Geld.«

»Konnten Sie ihm denn nicht erklären, warum Sie es taten?«

»Er hätte mir nicht zugehört. Und ich hielt es für besser, die ersten hundert Pfund zu verdienen und sie ihm zu schicken, das Geld sprechen zu lassen, weil ich es nicht konnte.«

»Aber bevor es dazu kam, brachte er sich um.«

»Ja.« Danny leerte sein Glas und sagte verbittert: »Ich war so nahe dran. Mir fehlten nur vier Pfund.«

Astrid suchte vergeblich nach tröstlichen Worten, aber alles hätte entweder herablassend oder naiv geklungen. Stattdessen fragte sie: »Was ist mit dem Mädchen? Sie sagten, Sie hätten sie *damals* nicht wiedergesehen, sind Sie ihr später noch einmal über den Weg gelaufen?«

Er nickte. »Heute Nachmittag. Zuerst war ich nicht sicher. Es ist lange her, und in der Kellnerinnenuniform sah sie anders aus. Aber heute Abend, als sie sich für ihren Auftritt mit der Band schick gemacht hat, gab es keinen Zweifel mehr. Und Gott möge mir helfen, Astrid, aber am liebsten hätte ich das Luder am Hals gepackt und ihr gezeigt, wie sich Schmerz anfühlt, wie weh es tut, jemanden zu verlieren.«

»Deshalb sind Sie so schnell verschwunden.« Sie nahm seine Hand und löste sanft die zur Faust geballten Finger, wartete, dass seine Wut verrauchte. »Es tut mir so leid, Danny«, sagte sie schließlich. »Dass Sie auch nur daran gedacht haben, hierher zurückzukehren, überrascht mich. Die Gegend hat Ihnen kein Glück gebracht, nicht wahr?«

Er schüttelte traurig den Kopf. »Nein. Aber wenn Sie es unbedingt wissen wollen ... als ich die Einladung angenommen habe, dachte ich, Portmeirion liegt in Cornwall.« Sie lachten beide, und er sah sie an. »Danke«, sagte er. »Jetzt haben Sie es wieder getan, und dabei wollte ich über Sie reden.«

»Es gibt immer noch diesen Brandy«, erwiderte Astrid. »Ich würde es mit dem Schirm riskieren, wenn Sie wollen.«

Danny lächelte. »Vorher muss ich allerdings noch eine Sache klären«, sagte er, während er um den Wagen ging, um ihr die Tür zu öffnen. »Das mit dem Versetztwerden – ich glaube Ihnen kein Wort. Sie können nicht wissen, wie das ist.«

»Nein«, gab sie zu, »aber nur weil ich das Risiko erst gar nicht eingehe. Wie schon gesagt, nichts macht mir mehr Angst als Zurückweisung.« Verlegen wandte sie den Blick ab, weil Danny sie dazu gebracht hatte, ausnahmsweise über sich zu reden. »Ich würde wahrscheinlich sehr viele Liebesbeweise von einem Mann verlangen, und das ist nicht gerade anziehend.«

»Ach, ich weiß nicht«, sagte er und strich ihr mit den Fingern durch die Haare. »Ich kann mir Schlimmeres vorstellen.«

8

Marta und Josephine hielten sich die Decken über den Kopf und rannten zurück ins Dorf. Der Regen prasselte jetzt umso heftiger hernieder, weil er sich so lange zurückgehalten hatte, und bis sie den schmalen Durchgang zwischen dem Neptune und den benachbarten Cottages erreichten, waren sie bis auf die Haut durchnässt. »Der abrupte Abgang tut mir leid«, sagte Marta, nachdem sie wieder zu Atem gekommen war, »aber ich konnte ja nicht wissen, dass diese verflixte Flut so rasch einsetzt.«

Sie hörte Josephine in der Dunkelheit lachen und spürte ihre Hand an der Wange. »Wenigstens war sie so anständig zu warten.«

Marta drehte den Kopf, um Josephines Handfläche zu küssen. »Nur nicht lange genug.« Sie zog Josephine an sich, atmete den Geruch des Regens auf ihrer Haut ein, merkte, dass sie zitterte, als die Decke zu Boden fiel. »Komm mit nach oben. Wir müssen aus den nassen Sachen raus.«

Josephine zögerte. »Bist du sicher? Was, wenn Lydia nach dir sieht?«

»Tut sie nicht. Lydia und ich …« Marta stockte, sie war sich der Heuchelei bewusst, Lydia zwar nicht mit Worten, aber bedenkenlos mit Taten zu betrügen. »Es ist nicht …«

Josephine erkannte ihren Zwiespalt und unterbrach sie, offensichtlich genauso erleichtert wie Marta, dem Thema auszuweichen. »Du musst mir nichts erklären. Das geht mich nichts an.«

»Dann komm. Ich habe dir dein Geschenk noch nicht gegeben.«

»Bist du da sicher?« Marta merkte, dass sie wie ein Schulmädchen errötete. Sie ging vor Josephine die vom Regen schlüpfrigen Stufen hoch und holte ihren Schlüssel heraus. Während sie nach dem Schloss tastete, tat ihr ein Blitz den Gefallen, den Platz in Licht zu tauchen, wobei er die Umrisse der Gebäude grotesk verzerrte und Portmeirions Zauber einen Moment lang in den Stoff für Albträume verwandelte. Sie wappnete sich gegen den unweigerlich folgenden Donnerschlag, denn sie hatte seit jeher Angst vor Gewittern, und als es über ihrem Kopf laut krachte, war sie froh, ins Haus zu kommen, wo das Wüten wenigstens etwas gedämpft wurde.

Drinnen schaltete sie eine Lampe ein und blickte auf die halb ausgepackten Koffer und die Kleider- und Bücherstapel, die sich förmlich auf jeder freien Fläche auftürmten. »Entschuldige das Durcheinander«, sagte sie und wünschte, sie hätte sich die Mühe gemacht aufzuräumen. »Ich könnte behaupten, das war ein Einbrecher, aber damit würde ich niemals durchkommen.«

»Du hältst nicht viel davon, mit leichtem Gepäck zu reisen, was?« Josephine sah sich im Zimmer um. »Ich sehe auf den ersten Blick allein sieben Paar Hosen.« Sie ging zum Bett, während Marta ein paar Kleidungsstücke in eine Kommodenschublade stopfte, und nahm ein Buch vom Kissen. »*Nachtgewächs*. Ist das der Roman, von dem du gesprochen hast?«

Marta nickte. »Er ist brillant. Du würdest ihn schrecklich finden.«

»Woher willst du wissen, was ich schrecklich finde?« Sie schlug das Buch auf und überflog die ersten Seiten. Marta beobachtete sie, amüsiert über ihren Trotz. Allmählich kannte sie ihre Launen, so wie sie ihren Körper kannte, und sie war froh, dass ihr gegenseitiges Vertrauen durch die körperliche Intimität, die ihnen beiden so wichtig war, gestärkt wurde. Der Abend war eine Überraschung für Marta gewesen, und jetzt begriff sie, dass ihre Annahme, ihr sei die Beziehung wichtiger als Josephine, albern gewesen war. Inzwischen hätte sie wissen müssen, dass sie bei Josephine nichts als gegeben betrachten durfte, vor allem nicht, dass sie so taff war, wie sie vorgab. Wenn sie sich liebten, nahm sie eine Bedürftigkeit wahr, die ebenso groß war wie ihre, und das machte ihr Angst. In einer Beziehung die eigene Verletzlichkeit zu akzeptieren war das eine – viel schwieriger war es, die Verantwortung für die des anderen zu übernehmen. Je stärker das Band zwischen ihnen wurde, umso mehr war Marta gezwungen, darüber nachzudenken, wohin das Ganze führen würde und wer verletzt werden könnte. Nach ein paar Minuten hob Josephine den Kopf und lächelte verlegen. »Du hast recht. Ich finde es schrecklich.«

»Ich hoffe, das hier gefällt dir besser.« Marta nahm ein flaches Päckchen aus einem der Koffer und reichte es ihr.

Erwartungsvoll riss Josephine das Papier ab und blickte auf die Kohlezeichnung eines weiblichen Akts. Die Figur schien von etwas wegzugehen, eine Hand hinter dem Kopf, die andere dorthin gerichtet, woher sie kam. Ohne den Blick des Künstlers wahrzunehmen, sah sie über die Schulter, ihr Gesichtsausdruck war nicht zu deuten und deshalb umso faszinierender. Das Blatt war nicht signiert, aber Josephine erkannte den Künstler auch so. »Das ist von Gaudier-Brzeska. Wo in aller Welt hast du das her?«

»Ich weiß nicht, ob ich dir das nach dem heutigen Abend sagen sollte, aber Alma hat mir die Adresse eines Händlers in London gegeben, als ich mit ihr über dein Stück gesprochen habe. Sie und Hitch besitzen eine erstaunliche Kunstsammlung, unter anderem einige Akte von Gaudier-Brzeska, die offenbar in ihrem Schlafzimmer hängen. Gefällt sie dir?«

»Es ist wunderschön, Marta. *Sie* ist wunderschön, aber es ist mehr als das. Es ist so körperlich. Ich kann es gar nicht fassen, etwas in Händen zu halten, was er berührt hat. Das muss in diesem schäbigen kleinen Zimmer in London gewesen sein, und vielleicht haben Sophie und er sich deswegen gestritten.«

Marta blickte auf die Zeichnung und wusste, was Josephine meinte: Die Striche auf dem Papier hatten etwas sehr Persönliches und Direktes, genau wie die Stellen, an denen der

Künstler Schattierungen mit dem Finger verwischt hatte, um die weiche Haut der Frau hervorzuheben – das verlieh dem Werk eine Intimität, die weit über sein Motiv hinausreichte. »Ich weiß, wie stolz du auf dein Stück bist«, sagte sie. »Tut mir leid, dass sie nicht lacht, aber es könnte ein Lächeln sein.« Sie beugte sich über Josephines Schulter. »Im richtigen Licht.« Aus ihren Haaren fielen ein paar Regentropfen auf das Glas. »Keine von uns ist passend für diese nächtliche Stunde angezogen, was? Mach du uns ein paar Drinks, und ich lasse die Badewanne ein.« Sie grinste. »Ich gehe davon aus, dass du nichts dagegen hast, sie mit mir zu teilen?«

»Hast du vergessen, dass ich eine Ausbildung zur Sportlehrerin absolviert habe? Ich habe jeden Tag zusammen mit dreißig anderen Frauen geduscht, warum sollte es mir jetzt etwas ausmachen.«

Im Badezimmer drehte Marta das Wasser auf und zog die Vorhänge zu, dabei bemerkte sie, dass das Gewitter auf dieser Seite des Dorfes einen anderen Charakter hatte. Abseits der Häuser und Menschen schlug der Regen mit urtümlicher Kraft auf die schwarze Masse der Bäume ein, wie um zu zeigen, dass er hierhergehörte, dass Sonnenschein die Ausnahme war, und Marta war froh, ihn aussperren zu können. Josephine brachte ihr ein Glas Wein, und Marta lächelte, als sie ihr Geburtstagsgeschenk gegen den Spiegel lehnte. »Du verlierst keine Zeit damit, dich häuslich niederzulassen. Ziehst du schon mal mit deiner Kunst ein?«

»Bei deinen Unmengen an Gepäck ist nur noch an den Wänden Platz.« Sie setzte sich auf den Badewannenrand und prüfte die Wassertemperatur. »Ich habe vorhin mit Bella Hutton gesprochen.«

»Das klingt recht nonchalant für jemanden, der angeblich schüchtern ist.«

»Es kam mir eher so vor, als hätte ich eine Audienz bei ihr«, gab Josephine zu, »aber ich fand sie sympathisch. Sehr sogar.« Sie berichtete Marta, was die Schauspielerin über *The Laughing*

Woman gesagt hatte. »Offenbar ist sie Gaudier-Brzeska persönlich begegnet, und sie hat etwas sehr Interessantes gesagt – dass er möglicherweise nicht so viele seiner Werke zerstört hätte, wenn er gewusst hätte, dass er so jung sterben würde.«

»Ich bin sicher, das stimmt, aber ich wünschte, du würdest aufhören, von zu wenig Zeit und jung sterben zu reden. Hoffentlich machst du das jetzt nicht an jedem Geburtstag.« Sie sah Josephine eindringlich an und fragte in ernsterem Ton: »Du verbirgst doch nicht etwas vor mir, oder? Du würdest es mir sagen, wenn du krank wärst?«

»Ich bin nicht krank.« Josephine schlüpfte aus ihren Kleidern und stieg in die Wanne

»Also warum dann diese Eile?«

»Ich weiß auch nicht. Wahrscheinlich hat es damit zu tun, dass meine Mutter so jung gestorben ist. Zweiundfünfzig ist doch kein Alter, oder?«

Josephine schwieg einen Moment, und Marta vermutete, dass sie über die zwölf Jahre nachdachte, die sie noch davon trennten. Sie folgte ihr in die Wanne, und Josephine lehnte sich an sie. »Sie hatte Krebs, nicht wahr?«, fragte Marta sanft.

»Ja. Ich hatte gerade erst angefangen, sie richtig kennenzulernen – du weißt, wie sich das Verhältnis zur Mutter verändert, wenn man erwachsen wird, und sich Freundschaft daraus entwickelt.«

»Theoretisch. Ich hatte mit meiner Mutter nicht viel Glück, aber es klingt, als hättet ihr eine Menge gemeinsam gehabt.«

»Wir mochten dieselben Dinge. An meiner Begeisterung für das Kino ist sie schuld – sie hat mich oft mitgenommen, als ich klein war. Ich bin immer unter den Sitzen herumgekrochen, und ich weiß noch, wie sie mich auf ihren Schoß gezogen und mir die schwierigen Wörter auf den Zwischentiteln vorgelesen hat, damit ich die Handlung verstehe.« Bei der Erinnerung daran lächelte sie. »Damals waren die Vorführungen wahrscheinlich ziemlich primitiv, aber ich weiß noch, dass wir uns *Der große Eisenbahnraub* angesehen haben, als ich sieben oder acht war, und ich fand es aufregender als alles, was ich bis dato kannte.« Marta hörte ihr zu, während sie von ihrer Kindheit erzählte, und fuhr mit den Fingern sanft die Konturen von Josephines Gesicht nach, berührte ihre Stirn, ihre Wangenknochen, die Linie ihres Kinns, und speicherte es in ihrem Gedächtnis für die Zeit der Trennung. »Als ich zu Hause auszog, berichtete ich ihr in meinen Briefen von den Filmen, die ich gesehen hatte, und sie machte das Gleiche. Dann veränderten sich ihre Briefe allmählich. Es lag kein Zauber mehr darin. Es dauerte lange, bis ich herausfand, dass sie zu krank war, um das Haus zu verlassen.« Sie hielt inne, um Martas Fingerspitzen zu küssen, die ihre Lippen erreicht hatten. »Zu krank, oder es war ihr zu peinlich.«

»Warum peinlich?«

»Heute sprechen die Leute auch noch nicht viel über Krebs, aber damals wurde überhaupt nicht darüber gesprochen. Der Krankheit haftete ein Stigma an, als hätte man einen Trinker in der Familie oder jemanden mit einer Geisteskrankheit. Es ist wie bei jeder Krankheit: Krebs, Depressionen, Epilepsie. Die Leute tun so, als wäre es eine Schande, als wäre man irgendwie schuld daran, und auch wenn man ganz genau weiß, dass das nicht stimmt, bleibt etwas hängen, und man fängt an, es selbst zu glauben.«

»Ich weiß, was du meinst«, sagte Marta leise. Es hatte eine Zeit gegeben, in der sie unter Depressionen litt und in eine Anstalt eingewiesen wurde, weil sie schwanger war und der Vater des Kindes nicht ihr Ehemann. Damals hatte sie angefangen, alles über sich zu glauben, nur nicht das, was wahr war.

Josephine streckte den Arm aus und zog Marta sanft zu sich herunter, um sie zu küssen. »Ja, natürlich tust du das.«

Marta wusste, dass Josephine sie nicht weiter drängen würde. Sollte sie eines Tages den Mut finden, über diesen Teil ihres Lebens zu sprechen, würde sie sich damit an Josephine wenden, aber noch hatte sie zu viel Angst davor. Irgendwie spürte sie, dass die Verzweiflung noch in ihr steckte und darauf wartete, wieder ans Licht zu kommen, und es laut auszusprechen käme einer Einladung gleich. »Das muss sehr schwer für deine Mutter gewesen sein«, lenkte sie das Gespräch von sich ab.

»Sobald ihr Körper sie im Stich zu lassen begann, zog sie sich in sich selbst zurück«, sagte Josephine. »Ich weiß nicht, was passiert wäre, wenn nicht mein Vater gewesen wäre, der sich für sie um alles kümmerte. Ihr zuliebe setzte er eine tapfere Miene auf, und ich glaube, es hat ihn beinahe umgebracht. Ich hörte ihn nachts weinen, wenn sie endlich eingeschlafen war, aber in ihrer Gegenwart ließ er sich nie etwas anmerken. Oder zumindest nicht, wenn ich dabei war.«

»Wie lange ist das her?«

»Dreizehn Jahre inzwischen. Ich war knapp siebenundzwanzig, aber ich fühlte mich wieder wie das kleine Kind, das im Finstern herumkrabbelt. Ich war verloren ohne sie, wütend über das, was ihr Tod für unsere Familie und meine Rolle darin bedeutete, und voller Angst, dass mir das Gleiche passieren könnte. Von diesem Moment an ... na ja, ich war ihr in vieler Hinsicht sehr ähnlich.«

»Sie würde dir bestimmt verzeihen, wenn du eine Ausnahme machst.«

Josephine lächelte. »Ja, das würde sie vermutlich. Und für jemanden, der glaubt, die Zeit rennt ihm davon, habe ich viel zu viel davon für eine weitschweifige Antwort auf eine einfache Frage verschwendet.«

»Ich denke nicht, dass sie einfach war.«

»Nein? Du hättest meinen Großvater kennen sollen: ›Wenn du etwas tun willst, dann tu es jetzt. Wir werden alle früh genug in kleinen Kisten landen.‹« Der Ausdruck auf Martas Gesicht brachte sie zum Lachen. »Vielleicht ist das was Schottisches – ihr trägen Engländer könnt das nicht verstehen.«

Es war ein schwacher Versuch, ihren Kummer herunterzuspielen, und Marta durchschaute ihn sofort. »Es tut mir leid, dass deine Mutter nicht mehr miterleben konnte, was du erreicht hast. Sie wäre sehr stolz auf dich gewesen.«

Josephine nahm ihr Glas und sprach in ernsterem Ton weiter.

»Vermutlich hat mich letzten Endes der Gedanke an sie dazu veranlasst, mich auf diesen Film einzulassen. Sie wäre begeistert gewesen. Bei den Büchern und den Stücken hätte sie sich bestimmt für mich gefreut, selbst wenn ihr nicht unbedingt alle gefallen hätten. Bei einem Film wäre sie allerdings völlig aus dem Häuschen gewesen, auch wenn ich mit dem Endergebnis nichts zu tun haben werde.« Sie lächelte schief. »Und sie hätte in ganz Inverness damit angeben können.«

»Dann wirst du also nicht mit am Drehbuch arbeiten?«

»Nein. Ich darf nicht den Fehler begehen, aus allem, was ich mag, Arbeit zu machen, und ich will gar nicht wissen, wie ein Film entsteht. In einer Filmzeitschrift habe ich einmal einen ziemlichen Verriss über Betty Compson gelesen, in dem es hieß, ohne die Hilfe einer dreiköpfigen Band könnte sie keine Gefühle zum Ausdruck bringen. Offenbar mussten die Musiker in einer Tour ›Mighty Like a Rose‹ spielen, damit sie eine echte Träne hervorquetschen konnte. Ja, du lachst«, sagte sie, als Marta losprustete, »aber ich war am Boden zerstört. Es war, als bekäme ich gesagt, dass es keinen Weihnachtsmann gibt, nur dass ich schon erwachsen war.«

»Du bist ein wandelnder Widerspruch, was?«, sagte Marta liebevoll. »Für eine Zynikerin bist du ein richtiges Lämmchen.«

»Ich weiß. Verrat es niemandem.« Josephine stieg aus der Wanne, griff nach einem Handtuch und durchquerte das Badezimmer, um die Flasche zu holen. »Ich habe Alma gefragt, ob sie dich das Drehbuch schreiben lassen würde«, sagte sie und füllte Martas Glas nach, »aber anscheinend wärst du nicht skrupellos genug.«

»Unverschämtheit. Meine Hingabe an dich hat Grenzen, weißt du.«

»Ach ja?«

Marta grinste und stieg ebenfalls aus der Wanne. »Nein, verflixt noch mal, wahrscheinlich nicht.«

Josephine nahm ein Handtuch, legte es um Martas Schultern und zog sie an sich. »Ich meine es ernst, Marta. Ich muss wissen, worauf ich hoffen und worauf ich mich verlassen kann. Nicht nur bildende Künstler können rücksichtslos sein, und ich will das nicht kaputtmachen, indem ich zu viel erwarte – oder zu wenig. Du liebst Lydia, oder?« Es war eine Feststellung, kein Vorwurf, und Marta nickte. »Und ihr baut euch ein gemeinsames Leben auf, eines, das für euch beide passt.«

»Du hast doch gesagt, du willst nicht darüber reden.«

»Das war gelogen.«

Marta sah die Angst in Josephines Augen und suchte nach Worten, um sie zu beruhigen. »Erinnerst du dich, wie wir damals auf diesem Bahnsteig saßen und ich dir von meinem verpfuschten Leben erzählt habe?«

»Ja, natürlich.«

»Und ich habe gesagt, was zählt, ist das, was für jemanden an erster Stelle steht.«

»Ja. Du hast mir erklärt, dass für Lydia ihre Arbeit an erster Stelle steht.«

»Daran hat sich nichts geändert, Josephine. Lydia wird ihre Arbeit immer mehr als alles andere lieben, und daran ist nichts auszusetzen. Geändert hat sich, dass für mich jetzt du an erster Stelle stehst. Als du mir vorhin von Hitchcocks Spielchen erzählt hast und wie er jeden dazu gebracht hat, über seine schlimmsten Ängste zu sprechen, dachte ich, wie seltsam es ist, dass niemand davon gesprochen hat, was es bedeuten würde, einen geliebten Menschen zu verlieren. Das ist meine Angst – ein Leben ohne dich. Ja, Lydia und ich sorgen füreinander. Wir sind gern zusammen, und du hattest recht mit dem, was du vorhin gesagt hast: Es ist gesund und normal und gibt uns die Sicherheit, die wir beide brauchen. Aber das, was Lydia auf der Welt *am meisten* braucht, bekommt sie von einem Publikum, und ich bekomme es von dir. In dieser Hinsicht sind wir beide egoistisch, und was immer wir miteinander teilen, kommt erst an zweiter Stelle. Das weiß sie genauso gut wie ich.«

»Aber je länger ich nicht frei bin, umso größer ist das Risiko ...«

Marta nahm Josephines Gesicht zwischen die Hände. »Was meinst du mit diesem Freisein? Du bist jetzt frei auf die Weise, auf die es ankommt. Es geht nicht darum, ein Haus zu teilen oder die ganze Zeit zusammen zu sein, und ich werde nicht plötzlich mit einem Koffer am Bahnhof von Inverness stehen und nach dem Weg zum Crown Cottage fragen, wenn ich dich mal einen Monat nicht sehe. Es zählt nur das, was passiert, wenn wir zusammen sind, und wie es uns geht, wenn wir getrennt sind. Ich beginne nicht, an dir zu zweifeln, wenn du nicht da bist. Diese Art Liebe bekomme ich von niemandem außer von dir, sei es emotional oder körperlich, und ich will sie auch von niemand anderem.« Sie sah die Freude und das Begreifen in Josephines Augen, und einen Moment lang schien die Welt auf sie beide zu schrumpfen. »*Wir* kommen an erster Stelle. Ist es das, was du wissen wolltest?«

»Ja«, sagte Josephine. »Ja.«

9

David Franks stand unter dem Blätterdach einer Eiche und blickte auf Portmeirion hinunter, als wäre eine Landkarte vor ihm ausgebreitet. Ein Ortsunkundiger, der am Fuß des Hügels stand, wäre nie darauf gekommen, dass hier ein Pfad hochführte. Von diesem Punkt aus konnte er das Leben im Dorf im Miniaturformat beobachten: Eine Gestalt ging durch den Übergang vom Dolphin ins Government House und schaltete dabei eine Lampe nach der anderen an; in der Nähe vom Salutation erklang fröhlich eine Autohupe als Abschiedsgruß für einen unsichtbaren Passagier, bevor die Rücklichter um eine Biegung aus dem Dorf verschwanden; oberhalb der Garagen, in dem Neptune genannten Haus, zog eine Frau die Vorhänge zu, dann bewegte sich ihre Silhouette langsam zum Bett. All das beobachtete David ungesehen und ungestört und ergänzte in seiner Fantasie jede bruchstückhafte Geschichte, um sich von der Erzählung seines eigenen Lebens abzulenken.

Der Regen schlug ihm ins Gesicht, sobald er aus dem Schutz des Baumes trat. So rasch es die Dunkelheit erlaubte, ging er das kurze Stück zu der ausgebrannten Ruine des Cottage und blieb ein paar Meter davon entfernt stehen, eine Hand an den Stamm einer riesigen Kiefer gelegt. Es war ein beeindruckendes Exemplar, und als Kind hatte er oft hier gestanden und durch die blaugrünen Nadeln nach oben geschaut, bis ihm von der Höhe und dem intensiven Kieferngeruch schwindlig geworden war. Inzwischen musste der Baum an die hundert Jahre alt sein, und jedes Jahr, wenn sie hier ihr Lager aufschlugen, war das einer der ersten Orte gewesen, die David aufgesucht hatte.

Sie stand für Stabilität in einem unsteten Leben, einem Leben ohne Wurzeln. Widerstrebend zwang er sich, den Blick auf den Schatten vor ihm zu richten, auf eine plötzliche, quälende Erinnerung an Schmerz. Er brauchte kein Licht, um das Bild zu sehen, das sich vor achtzehn Jahren buchstäblich in sein Gedächtnis eingebrannt hatte. Es war so stark und lebendig, als strahlten die rauchgeschwärzten Wände immer noch Hitze aus: der Mord an seinem Vater, bei lebendigem Leib verbrannt von einem brutalen Lynchmob, als David gerade einmal vierzehn Jahre alt gewesen war.

Er erinnerte sich an seine Angst, wobei »erinnern« das falsche Wort dafür war, weil die Angst ihn nie mehr verlassen hatte. Aus ihren Mündern waren Worte voller Hass und Wut gequollen, geschärft durch jahrelang unterdrückte Vorurteile. Er sah, wie sie mit ihren Fäusten den eigenen Zorn umklammerten, hörte Stiefel durch das Unterholz trampeln. Männer, zu alt zum Kämpfen, Frauen, Jungen, nicht einmal so alt wie er – eine Armee selbst ernannter Helden, denen ein echter Krieg vorenthalten blieb und die stattdessen in einen von ihnen selbst erklärten marschierten. Sie bewarfen das Cottage mit zerbrochenen Ziegeln, Flaschen und Steinen – zumeist improvisierte Geschosse, wenngleich einige von ihnen sich vorbereitet hatten und mit Schlagstöcken gegen die Tür hieben und stacheldrahtumwickelte Stuhlbeine schwangen. Er hörte Scheiben zersplittern und sah in dem zerbrochenen Fenster kurz das verängstigte Gesicht seines Vaters auftauchen. Ihre Blicke trafen sich, und einen Moment lang war David überzeugt, dass sein Vater ihn für einen Teil des Mobs hielt, einen Überläufer auf der Suche nach dem geregelten Leben, nach dem er sich im tiefsten Inneren immer gesehnt hatte. Die Menge stieß ihn zu Boden, beschimpfte ihn als Sohn eines Kindermörders und drohte ihm, er sei als Nächster dran. Noch bevor er die Flammen sah, roch er den Rauch und erkannte zu spät, dass der Geruch, den er an ihren Händen und ihrer Kleidung wahrgenommen hatte, der von Petroleum war.

Das Feuer griff rasch um sich, und er bemerkte, dass ein paar Leute in der Menge furchtsame Blicke wechselten. Sie fragten sich wohl, ob sie zu weit gegangen waren, aber dem Blutrausch konnten sie jetzt nicht mehr Einhalt gebieten – nicht dem eigenen und auch nicht dem der anderen. Dann hörte er die Todesschreie seines Vaters, in denen die Qualen seiner Mutter widerhallten, als sie versuchte, ein totes Kind aus ihrem Leib zu pressen. Sie hatte die Jahre seiner Kindheit mit einem einzigen langen Schmerzensschrei erfüllt. David hatte keine Ahnung, welcher Teufel ihn am heutigen Abend geritten hatte, von seinem Vater zu sprechen, außer vielleicht einer Unbesonnenheit, die ihn manchmal überkam, einem Bedürfnis, sein Glück herauszufordern und herauszufinden, ob ihm irgendetwas nicht gleichgültig war. Ungeduldig schüttelte er die Erinnerung an Almas Hand auf seiner ab: Er verdiente ihr Mitgefühl nicht, weil er Schuld am Tod seines Vaters hatte und nicht in der Lage gewesen war, ihn zu verhindern. Er war weggerannt und zurück zum Herrenhaus geflüchtet – um Hilfe zu holen, wie er sich einredete, aber wessen Hilfe? Von einer gebrechlichen alten Frau und einem Haufen Hunde, die gelernt hatten, dass man ihnen immer nur freundlich begegnete? Nein, er war davongerannt, um sich in Sicherheit zu bringen. Selbst wie ein Hund in diesem Zimmer eingesperrt, während andere über seine Zukunft entschieden, hatte er geweint und geschrien und seine Feigheit verflucht, beinahe so, als hätte er die Wut von jedem Einzelnen des Mobs in sich aufgenommen und richtete sie jetzt gegen sich selbst.

Das Grab seiner Mutter lag nicht weit von hier entfernt. Es gab keinen Grabstein, nichts, was einem Fremden verraten hätte, wo sie lag, aber alle, die sie geliebt hatten, wussten, wo sie es fanden. Wenngleich sie mit dem fahrenden Volk nicht blutsverwandt war, hatte sein Vater auf die strikte Befolgung der alten Riten bestanden, und nach der Beerdigung hatte er alle ihre Besitztümer in ihren Wagen geladen, Petroleum darübergegossen und ihn angezündet. Nachdem das Feuer erloschen war, wurden die Metallreste zusammengekehrt und vor den diebischen Händen der *Gadjé* sicher vergraben, ihre Tiere wurden geschlachtet, ihr junger Hund getötet, und David blieb mit nichts außer dem verwirrenden Gefühl zurück, wie flüchtig ein Leben sein konnte. Als dann sein Vater starb, wurde die Asche dieses furchtbaren Feuers – Asche von Ziegeln und Knochen und Hass – ebenfalls dort vergraben. David drehte sich von der Ruine weg und machte sich auf den Rückweg ins Dorf, dabei dachte er über die Ironie nach, dass seine Eltern jetzt verwurzelt waren, während er von Ort zu Ort wanderte, Mal um Mal seine Zelte abbrach und weiterzog. Immer rastlos. Immer in Bewegung.

10

Bridget und Archie hatten es geschafft, die Plane am Dach des Salutation zu befestigen, sodass sie vor dem Wandgemälde hing und es gegen das Unwetter abschirmte. Bridget nutzte ihren Schutz, um das Werk auf Schäden zu untersuchen. Er sah zu, wie sie den Lichtkegel der Taschenlampe Zentimeter für Zentimeter darübergleiten ließ und den Stein vorsichtig mit einem Tuch abtupfte, um das Regenwasser aufzusaugen, ohne die Farben zu verwischen. Schon immer war sie mit den Gebäuden, an denen sie arbeitete, eins gewesen, als würde sie intuitiv ihre Vergangenheit erfassen und ihr Wesen mit den Händen spüren, so wie sie anscheinend Archies Freude oder seinen Schmerz an seinem Körper wahrgenommen hatte, wenn sie zusammen waren. Er erinnerte sich daran, wie gern er ihr beim Arbeiten zugesehen hatte, auch wenn er nur selten das Ergebnis sehen durfte, bevor sie nicht völlig zufrieden damit war. Ihn zusehen zu lassen, war für Bridget eine ebenso vertrauensvolle und intime Geste, wie ihr Bett zu teilen, und Archie hatte weder das eine noch das andere jemals als selbstverständlich betrachtet.

Schließlich trat sie zufrieden einen Schritt zurück. »Es ist zwar nur ein Provisorium, aber es wird seinen Zweck erfüllen«, sagte sie, und er musste sich anstrengen, um sie bei dem Trommeln des Regens auf der Plane zu verstehen. »Und bis morgen früh ist das Unwetter sowieso längst vorbei.« Sie hatte sich nicht die Mühe gemacht, einen Mantel anzuziehen, und ihre langen dunklen Haare, nur nachlässig zusammengebunden, hingen über ihre kaum bedeckten Schultern. Wie gewöhnlich war sie sich nicht bewusst, wie schön sie war, und er beugte sich vor, um ihr einen Kuss zu geben. Schon bei ihrer Begrüßung hatte sich dieser Moment angekündigt, und doch war er überrascht; er hatte erwartet, dass der Kuss etwas Vertrautes haben würde, ein Eintauchen in die gemeinsame, wenn auch ferne Vergangenheit, aber die Berührung fühlte sich völlig neu für ihn an, und er zog Bridget an sich, furchtsam und aufgeregt wie ein Fremder.

»Ich hatte gehofft, dass du das sagen würdest.« Sie lachte leise und legte die Hand an seine Wange, und Archie sah sein unbeschwertes Glück in ihren Augen widergespiegelt. »Ich finde, wir sollten uns ein gemütlicheres Plätzchen suchen.«

Bridget sammelte das Messer und die Reste des Seils ein, mit dem sie die Plane festgezurrt hatten, und sie machten sich auf den Rückweg zum White Horses. Die Piazza schien mehr Schutz vor dem Gewitter zu bieten als ein anderer Weg, und Archie drückte Bridget unter dem Schirm eng an sich, während sie über den Tennisplatz liefen. Der Schirm war für leichteren Regen gedacht und der Sintflut, mit der Portmeirion aufwartete, nicht gewachsen, sodass sie innerhalb von Sekunden bis auf die Haut durchnässt waren, aber das kümmerte sie nicht. Sie nahmen die Abkürzung zwischen Neptune und Mermaid, einem hübschen blau-weißen Cottage, das zu der Handvoll Gebäude gehörte, die nicht Cloughs Fantasie entsprungen waren, und wollten gerade auf die Straße zum Hotel abbiegen, als Archie Leyton Turnbull an dem Wasserbecken bemerkte. Bei ihm stand David Franks, und ihre Körpersprache ließ darauf schließen, dass ein hitziger Streit zwischen ihnen im Gange war. Archie blieb stehen, und Bridget sah ihn an. »Was ist denn, Archie? Das ist nicht das richtige Wetter für eine Besichtigungstour.«

Der südliche Giebel des Mermaid war mit einem soliden eisernen Baldachin versehen, und Archie zog sie aus dem Regen darunter. »Da drüben – das ist Leyton Turnbull.«

»Und?«

Zu jedem anderen Zeitpunkt hätte ihn ihr völliges Desinteresse an Berühmtheiten amüsiert, aber er wollte wissen, was zwischen Turnbull und Franks vor sich ging. Die Art Spannung, die er früher am Abend zwischen ihnen wahrgenommen hatte, konnte leicht überschießen, und obwohl er beim Dinner mit Freuden ihre Köpfe aneinandergeschlagen hätte, wollte er nicht zusehen, wie sie es selbst taten. »Sieht so aus, als gäbe es da Probleme.«

Bridget blickte zu den beiden Männern. »Er ist betrunken, Archie. Was willst du machen? Ihn wegen Erregung öffentlichen Ärgernisses verhaften?« Sie nahm ihm den Schirm aus der Hand und zwang ihn dazu, sie anzusehen. »Muss ich dich wirklich daran erinnern, dass du über andere Dinge nachdenken solltest als über Polizeiarbeit?«

Genau diesen Moment wählte Turnbull, um sich betrunken auf Franks zu stürzen, stolperte jedoch und fiel in das Becken. Franks bemühte sich, ihn herauszuziehen, aber gegen die übermäßigem Whiskygenuss geschuldete ungebärdige Kraft kam er nicht an, und Turnbull blieb in dem seichten Wasser knien und brüllte Beschimpfungen in den Wind.

»Man muss ihm helfen.«

»Aber doch nicht unbedingt du. David Franks ist bei ihm. Lass die beiden das unter sich ausmachen. Du hast was Besseres vor.«

»Es dauert keine Minute. Warte hier.«

Seufzend folgte Bridget ihm auf den Platz. Wie sie vorhergesagt hatte, begann sich das Unwetter bereits zu verziehen, und der Regen ließ nach. »Meine Güte, sieh dir seinen Zustand an«, sagte Archie. Turnbulls Kleidung war zerknittert und nass. Über seinem Abendanzug trug er einen leichten Regenmantel, dessen Vorderseite schlammbedeckt war, als wäre er gestürzt, und beim Näherkommen sah Archie in seinem Gesicht Blutspuren, die der Regen nicht abgewaschen hatte. »Du hast mir nichts davon gesagt«, brüllte Turnbull Franks an. »Du hast mich hierhergeschleppt, David, und mich nicht einmal gewarnt.«

»Kann ich helfen?«

Franks drehte sich um, und die Überraschung auf seinem

Gesicht wich rasch Dankbarkeit. »Ja, das können Sie. Allein scheine ich nicht weiterzukommen.« Er lächelte Bridget zu. »Wer sagt, dass die Polizei nie in der Nähe ist, wenn man sie braucht?« Mit vereinten Kräften schafften sie es, Turnbull aus dem Wasser zu ziehen und auf die Beine zu stellen. »Sie können ein Bad brauchen, alter Junge«, sagte Franks, »aber das Becken ist nicht der passende Ort dafür. Sehen Sie sich an: Sie sind in einem fürchterlichen Zustand.«

»Ich war im Wald«, sagte Turnbull, als würde das alles erklären. »Ich wollte zum Friedhof. Aber es war so dunkel. Ich habe mich verirrt.« Er ließ sich auf die niedrige Mauer sinken und sah zu Franks hoch, und die Verzweiflung in seinem Blick erstaunte Archie. »Was habe ich getan, David?«, sagte er leise. »Mein Gott, was habe ich getan?«

Er schien sich der Anwesenheit der beiden anderen nicht bewusst zu sein. »Wovon spricht er?«, fragte Archie.

»Ach, es hat irgendetwas mit Bella zu tun. Sie haben sich vorhin gestritten. Das ist eine lange Geschichte.«

»Dieses Miststück«, sagte Turnbull aggressiv. »Das ist alles ihre Schuld.«

»Und was hat das mit dem Friedhof zu tun?«

Franks zuckte mit den Schultern. »Er redet Unfug. Kommen Sie, Turnbull, ich bringe Sie auf Ihr Zimmer. Sie müssen ganz schnell nüchtern werden. Morgen haben Sie Ihren großen Tag. Sie können sich gar nicht vorstellen, wie ich Hitchcock bearbeitet habe, damit Sie überhaupt kommen konnten. Wenn Sie mich jetzt hängen lassen, sind wir erledigt.«

»Wo wohnt er?«, fragte Archie, während er überlegte, was Hitchcock wohl für den folgenden Tag geplant haben mochte.

Franks deutete mit dem Kopf auf die Gebäudereihe auf der anderen Seite des Platzes. »Im Government House.«

»Dann kommen Sie. Ich helfe Ihnen.«

»Schon gut. Ich mache das.« Wie aus dem Nichts war Jack Spence aufgetaucht, und Archie sah ihn verblüfft an. »Überlassen Sie das David und mir. Wir bringen ihn sicher nach Hause.«

»Kein Widerspruch, Archie.« Bridget bedachte Spence mit einem dankbaren Lächeln. »Danke, Jack. Du hast was gut bei mir.«

»Ich werde darauf zurückkommen.«

Archie und Bridget sahen zu, wie die beiden Männer Leyton Turnbull halb über den Platz trugen, halb zogen und ihm die Stufen zum Government House hinaufhalfen. »Du kennst David Franks?«, fragte Archie. »Woher denn?«

»Er war vor zwei Wochen mit Jack im Hotel. Sie haben sich im Auftrag von Hitchcock für das Wochenende hier umgesehen, aber ich bin ihm auch schon vorher begegnet.« Archie war wütend auf sich, weil er den gleichen Stich der Eifersucht spürte wie vorhin, als Bridget mit Spence aus dem Wald zurückgekommen war. »Jack mag übrigens Männer, Archie.« Er versuchte sich an einem Blick, der ihr sagen sollte, das sei ihm einerlei, aber ohne großen Erfolg. »Das weiß ich so genau, weil ich mich ihm an der Slade an den Hals geworfen habe. Es war der netteste Korb, den ich jemals bekommen habe, aber es gab nichts daran zu rütteln.« Sie zog ihn an sich, und sie küssten sich. »Noch jemand, über den du Auskünfte einziehen willst, oder kann ich dich jetzt mit nach Hause nehmen?«

Archie lächelte und wandte sich statt einer Antwort in Richtung White Horses. Als er ihr das Tor aufhielt, warf er einen Blick zurück zum Dorf und stellte fest, dass im oberen Stock des Government House alle Lichter brannten. Bridget folgte seinem Blick und entdeckte Leyton Turnbull zusammengekrümmt an seinem Fenster. »Na bitte«, sagte sie. »Kein Anlass für ein Polizeiaufgebot heute Nacht.«

Auch Spence und Franks sahen Turnbull, als sie zusammen in die Hotelbar gingen, wo sie bis in die frühen Morgenstunden sitzen und trinken würden, und Danny winkte ihm zu, als er Astrid mit auf sein Zimmer nahm, um mit ihr zu schlafen. Auf dem Rasen vor dem Watch House fand Alma Reville Trost in der kühlen Nachtluft, während ihr Mann schlief, und blickte genau in dem Moment hoch, als die Zielscheibe sämtlichen

Spotts an diesem Abend vom Fenster weg ins Zimmer taumelte. Nur einer von ihnen empfand mehr als Mitleid, weil nur einer wusste, dass Leyton Turnbull am nächsten Tag sterben würde. Und während getrübt von Selbstvorwürfen für ihren Mann die letzten Stunden seines Lebens anbrachen, gab sich auf der anderen Seite der Bucht Gwyneth Draycott ihren Ängsten hin und sah zu, wie in Portmeirion eines nach dem anderen die Lichter ausgingen.

TEIL FÜNF

VERDACHT
26. JULI 1936, PORTMEIRION

1

Als Bridget die Augen aufschlug, war es noch nicht einmal richtig hell. Still lag sie da und genoss die Wärme von Archies Körper, der sich an sie schmiegte, während draußen die Welt zum Leben erwachte. Als sich schließlich die Sonne über die Hügel schob und zärtlich die Finger nach einem neuen Tag ausstreckte, glitt sie leise aus dem Bett und hoffte, ihn nicht zu wecken.

Das erste Kleidungsstück, das ihr in die Hände fiel, war sein Hemd, und sie streifte es über. Wenn sie sich zu viel bewegte, würde das ein freudiges Bellen aus dem Zimmer nebenan hervorrufen und jede Hoffnung auf einen friedlichen Tagesbeginn zunichtemachen. Auf dem Boden neben dem Bett lag ihr Skizzenbuch, und sie nahm es zur Hand, weil ihr gefiel, wie das Licht durch das Fenster auf Archies Gesicht fiel. Im Schlaf war er ihr völlig ausgeliefert, kein Protest aus Schüchternheit oder Befangenheit, keine albernen Posen oder Ablenkungsversuche. Sie zeichnete rasch und mit lockerer Hand, spürte mit jedem Strich den Konturen seines Körpers nach, widerstand der Versuchung, aus dem Gedächtnis heraus zu verschönern, und nahm nur das, was sie vor sich sah – die Hand auf dem Kissen, den anmutigen Schwung von Hals und Schultern, das Laken, das über den schmalen Hüften drapiert war. Sein Körper war wunderschön, nun umso mehr, da er die fast unnatürliche Vollkommenheit der Jugend verloren hatte. Was Bridget jedoch berührte und mit einer unerwarteten Sehnsucht erfüllte, war die sich in seinem Gesicht zeigende Stärke. Sie hatte während der letzten zwanzig Jahre so viel Aufhebens um ihre Unabhängigkeit gemacht und erklärt, dass sie nur ihrer Arbeit verpflichtet sei, und wäre doch öfter, als sie sich eingestehen wollte, über eine solche Stärke an ihrer Seite froh gewesen.

Es gab einiges in ihrem Leben, das sie ihm hätte erzählen sollen, und er hatte ein Recht, davon zu erfahren. Gestern Abend hatte sie sich eingeredet, dass sie sich das sparen könne, es war nur ein zufälliges Zusammentreffen, ein wunderbarer, aber flüchtiger Moment, und da sie sich wahrscheinlich nicht wiedersehen würden, sollte er sie in guter Erinnerung behalten. Aber das war gestern Abend gewesen. Heute Morgen war sie nicht mehr bereit, die Freude, die sie aneinander gefunden hatten, so schnell wieder aufzugeben, und sie wusste, dass Ehrlichkeit sie zerstören würde. Archie würde ihr ihre Vergangenheit nicht verzeihen können. Bei all seiner Empfindsamkeit und seinem Mitgefühl hatte er auch einen ausgeprägten Sinn für Recht und Unrecht, der sich auf weit mehr als seine Arbeit erstreckte – und was sie getan hatte, war unrecht. Je länger sie schwieg, desto schwerer würde es ihr fallen, sich zu erklären. Sie legte den Kohlestift zur Seite, bevor sie die Zeichnung durch den einen Strich zu viel verdarb, und als sie wieder aufsah, stellte sie fest, dass er sie beobachtete.

»An sich steht dir das Hemd, nur jetzt noch nicht.« Er schob es von ihren Schultern und sah sie an, voll Hoffnung, sein eigenes Glück in ihren Augen gespiegelt zu sehen. Bridget lächelte. Es war nicht Archies Schuld, dass sie am liebsten wegen all der einmal begangenen Fehler, die sich nicht ungeschehen machen ließen, geweint hätte.

2

Josephine nahm zum Frühstück auf der Terrasse Platz und staunte über den schönen Morgen. Portmeirion hatte nach dem Unwetter in der vergangenen Nacht zu seinem gewohnten Zustand zurückgefunden, und die duftende, feuchte Luft, die allem neue Frische verlieh, war das Einzige, was von dem Sturm übrig geblieben war. Der Wind wehte gerade stark genug, um die zarten Wolkenfetzen über den strahlend blauen Himmel zu treiben, und das Dorf leuchtete in frischem Glanz, die Umrisse waren schärfer, die Farben intensiver. Austernfischer erhoben sich vom sandigen Ufer der Bucht und stoben wie Ascheflocken von einem Freudenfeuer auf, und die Sonne wurde vom Wasser so gleißend reflektiert, dass man kaum hinschauen konnte. Sie lächelte und erinnerte sich an das mondbeschienene Gegenstück, den Regen auf Martas Haut, und fragte sich, welchen Anteil das Wetter am Zauber dieses Tages hatte, und welchen ihr Glücksgefühl.

»Himmel, du siehst völlig erledigt aus«, sagte Ronnie und setzte sich zu ihr. »Hat der Sturm dich wach gehalten?«

»Etwas in der Art.« Josephine strahlte sie an. »Und danke für das Kompliment am ersten Tag meines einundvierzigsten Lebensjahrs.«

»Das war keine Kritik, das war eine Beobachtung.« Ronnie warf ihrer Schwester einen vielsagenden Blick zu, und Josephine spürte, wie ihre dunklen Augenringe unter dem doppelten prüfenden Blick noch dunkler wurden. Lettice war eine der wenigen, die von ihren Gefühlen für Marta wusste, aber auf ihre Diskretion konnte man sich verlassen. Bei Ronnie wiederum konnte man davon ausgehen, dass sie gern die falschen Schlüsse zog. »Ist Archie noch nicht unten?«, fragte sie und lieferte damit sofort den Beweis dafür.

»Ich habe ihn noch nicht gesehen«, sagte Josephine und setzte ihre Sonnenbrille auf.

Ein Kellner brachte Toast und Kaffee und nahm ihre Frühstücksbestellung auf. »Wir beeilen uns«, versprach er, »aber wir sind leider gerade etwas dünn besetzt.« Verschwörerisch deutete er mit dem Kinn zum Watch House auf der Klippe. »Als hätten wir nicht schon genug Probleme.«

»Das macht nichts«, sagte Josephine. »Wir haben es nicht eilig.«

»Schätzchen, du bist ja richtig gut gelaunt.«

»Und was habt ihr beiden gestern noch unternommen, nachdem wir gegangen waren?«, fragte Josephine und ignorierte Ronnies süffisantes Grinsen.

»Wir haben mit Lydia ein paar Gläser getrunken, und als dann einige Leute von der Hitchcock-Gesellschaft zurückkamen, haben wir uns mit denen unterhalten. Die Band war fabelhaft, nicht wahr, Ronnie? Es gab zwar eine kleine Aufregung, weil die Sängerin nach der Pause nicht auf die Bühne zurückgekehrt ist, aber sie haben es auch ohne sie gut hingekriegt.« Sie bedachte ihre Schwester mit einem vielsagenden Blick. »Ronnie hat bis weit nach Mitternacht das Tanzbein geschwungen.«

»Und danach im Liegen weitergemacht?« Josephine nutzte die Gelegenheit, es ihr mit gleicher Münze zurückzuzahlen. »Welcher Kellner war es dieses Mal? Kein Wunder, dass sie dünn besetzt sind.«

»Es war kein Kellner.«

Lettice war so selten zurückhaltend, dass Josephine erst recht neugierig war. »Ach nein?«

Lydia betrat die Terrasse und setzte sich zu ihnen. »Du siehst entzückend aus«, sagte Lettice und war einen Moment lang abgelenkt. Mit professionellem Blick musterte sie die lässige Eleganz. »Ist das Maggy Rouff?«

»Ja. Es ist ein so schöner Tag, dass ich dachte, ich sollte mir auch ein bisschen Mühe geben«, erwiderte Lydia, und die Zynikerin in Josephine fragte sich unwillkürlich, ob ihre Mühe Marta oder Hitchcock galt. »Aber das Wichtigste zuerst: Wie viele Punkte gebt ihr Mr Franks, von eins bis zehn?«

»Acht, aber die zwei übrigen behalte ich in Reserve.«

Josephine sah Ronnie erstaunt an. »Du hast die Nacht mit Hitchcocks Mädchen für alles verbracht?«

»Selbstverständlich nicht. David war der perfekte Gentleman.« Sie grinste Lydia an. »Wir versuchen gerade herauszufinden, ob sich dasselbe von Archie sagen lässt. Er scheint das Geburtstagskind *sehr* lange wach gehalten zu haben.«

»Ach ja? Ich dachte, ich hätte ihn mit den schönen irischen Augen herumspazieren gesehen, aber da muss ich mich wohl geirrt haben.« Sie lächelte Josephine an. »Bei dem Regen gestern Abend sahen die Leute ja alle gleich aus. Überall Regenschirme und Decken.«

Gerade rechtzeitig kam der Kellner mit dreimal walisischem Frühstück und sah Lydia fragend an. »Für Sie dasselbe, Madam?«

»Ja, bitte, und dazu noch etwas Haddock. Und jede Menge Kaffee. Marta kommt auch gleich«, erklärte sie und strich Butter auf eine Toastscheibe. »Sie zieht sich gerade an. Haben die Hitchcocks sich noch nicht blicken lassen?«

»Vielleicht haben sie ihre Sachen gepackt und sind abgereist«, überlegte Josephine hoffnungsvoll.

»Das glaube ich nicht. Die zweite Runde soll auf der Terrasse ausgetragen werden. Jack Spence hat erzählt, dass sie sich nach dem Frühstück alle einzufinden haben. Wir sollten uns um einen Logenplatz bemühen.«

»Nicht, wenn ich nicht muss.« Über Lydias Schulter hinweg sah sie Archie über den Uferweg von White Horses herkommen. »Hattest du einen schönen Spaziergang?«, fragte sie schelmisch, als er sie küsste und sich setzte.

»Herrlich, danke der Nachfrage. Er hat mir ungeheuer gutgetan. Wie geht es dir?«

»Könnte nicht besser sein.« Lächelnd schenkte sie ihm eine Tasse Kaffee ein. »Du hattest völlig recht.«

Ronnie hatte zwar Adleraugen, aber ihre Fähigkeit, zwei und zwei zusammenzuzählen, ließ zu wünschen übrig. In Vorbereitung einer ausführlichen Befragung zu Archies Verbleib holte sie tief Luft, aber Lettice kam ihr zuvor. »Ist das ein Papagei?«, fragte sie und blickte zum Dorf.

Josephine war dankbar für den Ablenkungsversuch, ein etwas überzeugenderes Thema wäre ihr allerdings lieber gewesen. Dann sah sie einen leuchtend grünen Vogel vom Bell Tower herabfliegen und eine Runde über der Bucht drehen, bevor er sich ein Stück weiter auf der Terrassenbrüstung niederließ. »Das ist Agatha, Madam«, sagte der Kellner. »Sie gehört dem Hoteldirektor. Die beiden sind schon seit Jahren bei uns.«

»Sie erinnert mich an Hephzibah«, sagte Ronnie nachdenklich.

Lydia lachte. »Inwiefern?«

»Hast du nicht gehört, was dieses Jahr im Regent's Park passiert ist? Erst kürzlich wurden ihr die Fäden gezogen.«

Sie waren so gefesselt von Ronnies Geschichte, dass ihnen Hitchcocks Auftritt beinahe entgangen wäre. Er ging mit seinem Kameramann über den Rasen und hob die Stimme, als er an ihrem Tisch vorbeikam. »Mach dir keine Sorgen wegen des Bluts. Ich wasche mir die letzten Reste ab und entledige mich des Messers.« Dann tat er so, als würde er erst jetzt Archie sehen, und riss erschrocken die Augen auf. »Oh, Chief Inspector. Ich hatte Sie gar nicht bemerkt.«

Archie lachte. »Nur ein kleiner Hinweis«, sagte er. »Es ist so gut wie unmöglich, alles Blut abzuwaschen. Blut sollte *immer* Anlass zur Sorge geben.«

»Ich werde daran denken.« Spence ging weiter zu einem anderen Tisch, aber Hitchcock zog sich einen Stuhl zu Josephine und Archie heran und stellte ihn so, dass sie ein kleines Grüppchen bildeten. »Eine berühmte Kriminalschriftstellerin und ein Chief Inspector von Scotland Yard sollten imstande sein, mir eine Frage zu beantworten, über die ich schon ewig brüte«, sagte er genüsslich. »Was fasziniert die Engländer so sehr an Mord?«

»Für die Engländer kann ich nicht sprechen«, erwiderte Josephine und übertrieb ihren schottischen Akzent. »Allerdings hoffe ich, dass die Faszination anhält.«

»Ganz im Ernst – glauben Sie, es liegt daran, dass unsere Verbrechen aufregender sind?«

»Die Zeitungen versuchen es jedenfalls so aussehen zu lassen«, sagte Archie, »aber nur ein kleiner Teil hat etwas Schockierendes an sich. Die meisten Verbrechen, selbst Morde, sind trostlose Fälle häuslicher Gewalt oder schäbige Streitereien um Geld, an denen überhaupt nichts interessant ist – im Gegenteil, es ist deprimierend vorhersehbar.« Er musste über seinen eigenen Zynismus lächeln. »Darüber hinaus gibt es nur wenige Morde. Ihre und Josephines Branche lebt davon, die Zahlen zu verzerren. Demnach stolpert man an jeder Ecke über eine Leiche, aber im Vergleich zu Amerika sind die Mörder hierzulande enorm faul. Vielleicht merken wir deshalb jedes Mal stärker auf, wenn einer passiert.«

»Stimmt das, David? Du wirst im Namen unserer amerikanischen Freunde Auskunft geben müssen.« Josephine wusste, dass Hitchcock ebenso wie seiner Frau kaum etwas entging, aber er musste Augen am Hinterkopf haben, um Franks über die Terrasse kommen zu sehen, ohne den Kopf zu drehen. Dann stellte sie fest, dass sie vor dem Mirror Room saßen und der Regisseur sich bewusst so gesetzt hatte, dass er alles im Blick hatte. Nicht zum ersten Mal zollte sie ihm widerstrebend Respekt für seine Gerissenheit. »Der Chief Inspector hat mir gerade erklärt, dass wir deshalb so große Stücke auf unsere Mörder halten, weil wir so wenige haben.«

»Glauben Sie nicht, es liegt eher daran, dass wir sie heimlich bewundern?«, entgegnete Franks. Er zwinkerte Ronnie zu, und zu Josephines Verwunderung errötete sie jungfräulich. »Hierzulande ist ein Mord viel mehr wert als in Amerika. Wenn man in Kalifornien jemanden umbringt, hat man endlose Wüsten, um sich der Leiche zu entledigen. In London bleiben einem im besten Fall ein Keller oder das Fundbüro am Bahnhof. Da muss man doch jeden bewundern, der den Mut hat, dieses Risiko auf sich zu nehmen.« Mit einem Lächeln schlenderte er weiter, um sich zu Spence zu gesellen. Ronnie sah ihm nach und fand erst zu ihrer üblichen Lässigkeit zurück, als sie Josephines Blick auf sich bemerkte.

»Da ist vermutlich was dran«, sagte Archie. »Durch die Aufmerksamkeit, die wir Mördern zuteilwerden lassen, stellen wir sie förmlich auf einen Sockel. Denn woran wir uns erinnern, sind *ihre* Namen, nicht die der Opfer.« Er hielt inne, um sich Kaffee nachzuschenken. »Außerdem drehen sich hierzulande die Mühlen der Justiz schneller. Ein Hinrichtungsurteil binnen drei Wochen – da können selbst die Briten nicht das Interesse verlieren. Das Justizsystem in Amerika mit all den Rechtsmitteln, die man einlegen kann, würde uns zu Tode langweilen. So stark ist unser Gerechtigkeitssinn nicht.«

»Sie sind also nicht nur Polizist, sondern auch Skeptiker«, sagte Hitchcock anerkennend. »Ich kannte übrigens Edith Thompsons Familie. Sie wohnten um die Ecke von uns in Leytonstone. Ihr Vater brachte mir Gesellschaftstänze bei. Ich vermute, dass sein Gerechtigkeitssinn nicht an Stärke verloren hätte, wenn seine Tochter dadurch vor dem Henker bewahrt worden wäre.«

Archie nickte. »Ja, das kann ich mir vorstellen.«

»Ich glaube jedoch, dass der berühmten englischen Reserviertheit etwas Dramatisches zu eigen ist«, fuhr der Regisseur hartnäckig fort. »Wir neigen dazu, unsere Gefühle zu unterdrücken, und wenn sie dann endlich zum Vorschein kommen, brechen sie geradezu aus uns heraus.«

»Ist das nicht ein Klischee?«, wandte Josephine ein. »Auf Lizzie Borden trifft das sicher nicht zu. Oder Belle Gunness. Oder Amy Gilligan.«

»Warum sind denn Ihrer Meinung nach die Leute so gefesselt von Gerichtsreportagen, Miss Tey?«

»Abgesehen von der natürlichen Neigung, sich am Unglück der weniger vom Schicksal Begünstigten zu weiden, meinen Sie?«

Er lächelte. »Ja, abgesehen davon. Warum lieben wir einen guten Mord?«

»Weil wir alle dazu fähig sind«, sagte Josephine und dachte an Marta und daran, wie sie sich kennengelernt hatten. Für sie lag kein innerer Widerspruch darin, dass die Frau, die sie intimer kannte als irgendjemanden sonst, ihr früher einmal Schaden hatte zufügen wollen. Eine solche Trauer wie die von Marta kannte sie nicht, aber sie kannte Dunkelheit und verstand den zeitweiligen Wahnsinn von Hass. »So leicht gleitet uns etwas aus der Hand. Wir verlieben uns in den falschen Menschen, begehen einen Fehler, und dann begehen wir den nächsten, um den ersten zu verbergen. Wir leiden so sehr, dass wir nichts mehr zu verlieren haben, und wettern gegen die Ungerechtigkeit, die uns widerfährt. An diesem Punkt angelangt, ist es kein großer Schritt mehr zur Gewalt. Lesen wir also von solchen Verbrechen in den Zeitungen, empfinden wir keine Bewunderung, sondern Erleichterung – Erleichterung, dass nicht wir es waren.« Sie lächelte. »Dieses Mal jedenfalls.« Hitchcock nickte nachdenklich, und Josephine merkte, dass er ihr wesentlich sympathischer war, wenn er kein Publikum hatte. »Womit wollen Sie uns heute quälen?«, fragte sie. »Es ist doch ein viel zu schöner Morgen, um da fortzufahren, wo Sie gestern aufgehört haben, oder?«

Der Regisseur lachte. »Im Gegenteil«, sagte er. »Angst vor der Dunkelheit ist etwas ganz Natürliches, die haben wir alle, aber Angst im hellen Sonnenschein, vielleicht sogar genau hier an diesem Ort, der nichts weniger als beängstigend ist – das ist interessant.« Er deutete auf das Hotel und fügte mit einem Zwinkern hinzu: »Ein solcher Ort macht jede Unannehmlichkeit erträglicher, finden Sie nicht? Wenn die Umgebung schön ist und die Beteiligten zivilisierte Zeitgenossen sind, ist ein Mord doch sehr viel charmanter und angenehmer, selbst für das Opfer.«

Schon eine ganze Weile hatte sich ein junger Mann an den Terrassentüren herumgedrückt, und zu guter Letzt schaffte er es, seinen Mut zusammenzunehmen, an ihren Tisch zu treten und Hitchcock um ein Autogramm zu bitten. Der Regisseur kam der Bitte mit einer Freundlichkeit nach, die Josephine überraschte. »Stört Sie diese Art von Aufmerksamkeit nicht?«, fragte sie, als der junge Mann mit einem breiten Lächeln auf dem Gesicht wieder im Hotel verschwand.

»Kein bisschen«, sagte er. »Wie könnte ich sonst tun, was ich tue. Ah – da kommt meine Frau.«

Almas Schritte den Hügel hinunter wurden von einem überaus aufgeregten Terrier beschleunigt. Ungeduldig zerrte er an der Leine, die ihn davon abhielt, sich in diesen wundervollen Tag zu stürzen. Alma wurde von Marta begleitet, die eine ärmellose weiße Baumwollbluse und eine rote Leinenhose trug und entspannt wirkte. Die beiden waren in ein Gespräch versunken. »Sind Sie sicher, dass es nicht zu viel Mühe macht?«, fragte Alma, als sie über die Terrasse gingen, und Marta schüttelte den Kopf.

Hitchcock gab seiner Frau einen Kuss und führte sie zu einem Zweiertisch. Marta wiederum setzte sich auf den Stuhl neben Lydia. »Ich fürchte, wir werden Gesellschaft haben«, sagte sie. »Ich habe Alma versprochen, dass wir uns um Jenky kümmern, damit sie in aller Ruhe ein paar Anrufe erledigen kann.«

»Hoffentlich steckt in ihm ein kleiner Matrose«, sagte Lydia. »Wir haben überlegt, ob wir mit dem Boot zur Insel rudern.«

»Zuerst würde ich ihn lieber mit einem ausgedehnten Spaziergang müde machen«, sagte Marta und sah zweifelnd zu dem Terrier. »Sie liebt diesen Hund. Wenn er über Bord geht, bekomme ich niemals wieder einen Auftrag. Können wir diese Bootstour nicht auf den Nachmittag verschieben?«

»Dann ist Ebbe«, sagte Lettice. Wenn Marta nicht zur Farbe ihrer Hose passenden Lippenstift getragen hätte, hätte man ihr Lächeln wohl verstohlen nennen können.

»Warum rudert ihr nicht am Ufer entlang?«, schlug Josephine

vor. »Marta und ich können zur Landzunge laufen und euch dort treffen. Natürlich nur, wenn ihr euch die weite Strecke zutraut«, fügte sie provozierend hinzu und sah die Motleys an.

»Frechheit«, sagte Ronnie. »Lettice war einmal der Star des Ruderclubs von Saltash. Als wir nach London zogen, waren sie am Boden zerstört. Wir werden am Ziel sein, bevor ihr beiden eure Schuhe gewechselt habt.«

»Fein, ein Wettrennen!«, rief Lydia vergnügt. »Und du, Archie? Zu Land oder zu Wasser?«

»Keins von beiden«, sagte Archie. »Das ist mir alles viel zu anstrengend. Ich denke, ich werde mich einfach nur in die Sonne setzen und Zeitung lesen.« Er warf einen Blick zum Tisch der Hitchcocks. »Zumal es bestimmt keinen Mangel an Unterhaltung gibt. Mich interessiert vor allem, was mit der Nonne passiert ist.«

»Sehr gut«, sagte Lettice und stand auf. »Beim Mittagessen kannst du uns dann auf den neuesten Stand bringen.«

3

Rhiannon Erley klopfte leise an die Schlafzimmertür. Gwyneth reagierte nicht, aber Rhiannon wusste, dass sie nicht schlief. Sie öffnete die Tür und trat rasch ans Bett. Gwyneth lag auf der Seite und blickte über die Bucht. Ihr Gesicht war verborgen, aber Rhiannon konnte es sich nur allzu gut vorstellen: Der zugleich sehnsüchtige, traurige und ängstliche Ausdruck darauf war ihr so vertraut wie ihr eigenes Gesicht. Sie setzte sich auf die Bettkante und stellte die Tasse auf den Tisch. »Geht es dir gut?«, fragte sie. Gwyneth nickte. »Es tut mir leid, dass ich nicht hier war, als du mich gebraucht hast.«

»Ich weiß doch, dass du nicht ständig bei mir sein kannst.« Gwyneth tastete nach Rhiannons Hand, ohne den Blick vom Horizont abzuwenden. »Aber jetzt bist du ja hier.«

»Ich habe dir Tee gebracht.«

Gwyneth setzte sich auf und nippte an der Tasse, aber Rhiannon wusste, dass sie das nur machte, um ihr einen Gefallen zu tun, und nicht, weil sie wirklich etwas trinken wollte. Sie betrachtete das erschöpfte Gesicht ihrer Freundin, das in der Morgensonne verhärmt und bis auf die tiefen Schatten unter den Augen aschfahl war, und es kam ihr vor, als versuchte sie, ein Gespenst zum Leben zu erwecken. »Er hat nach mir gesucht«, flüsterte Gwyneth so leise, dass Rhiannon sie kaum verstand. »Als ich dein Auto gehört habe, dachte ich, es wäre wieder er. Ich dachte, er wäre gekommen, um zu beenden, was er begonnen hat.«

»Henry kann dir nichts mehr tun«, sagte Rhiannon und war selbst überrascht, wie überzeugt sie klang. »Das glaubst du mir doch, oder?« Forschend sah Gwyneth ihr ins Gesicht und fand dort offenbar die Gewissheit, die sie brauchte, denn sie lächelte. »Du bist am Ende deiner Kräfte, Gwyn. Du musst dich ausruhen.« Diese Rolle war ihr in Fleisch und Blut übergegangen. Sie brachte Gwyneth dazu, sich wieder hinzulegen, und strich ihr sanft über die Haare, bis sie einschlief.

4

»Lydia weiß über letzte Nacht Bescheid. Da bin ich sicher.«

Marta runzelte die Stirn. »Was kann sie schon wissen?«

»Dass ich die Nacht nicht mit Archie verbracht habe und du nicht allein.« Nach dem öffentlichen Auftritt beim Frühstück war Josephine froh, dass sie mit Marta unter vier Augen reden konnte, ohne sich Gedanken machen zu müssen, dass ihr Gesichtsausdruck sie verraten könnte. »Sie machte eine Bemerkung über Decken und dass alle Leute gleich aussahen. Sie muss uns gesehen haben.«

Mittlerweile lag die Hotelanlage hinter ihnen, und Marta bückte sich, um den Hund von der Leine zu lassen. Er bellte erfreut und flitzte in den Wald. »Ich weiß nicht, warum du dir solche Gedanken machst. Lydia wusste, dass du gestern Abend zu mir kommen würdest. Du hast doch gesagt, sie hat dich gebeten, nach mir zu sehen.«

»Nach dir sehen, ja. Aber nicht, dass ich wie ein liebeskranker Backfisch im Regen durch Portmeirion laufen soll.« Marta hob eine Augenbraue, und ihre offenkundige Belustigung veranlasste Josephine dazu, weiter auf dem Thema herumzureiten, das sie sonst vielleicht fallen gelassen hätte. »War sie heute Morgen nicht bei dir im Zimmer?«

»Sie wollte mich zum Frühstück abholen, aber ich war noch nicht fertig«, sagte Marta ruhig. »Daran ist nichts ungewöhnlich. Lydia weiß mittlerweile, dass ich morgens zu nichts zu gebrauchen bin. Kein Anlass zur Sorge, Josephine. Vertrau mir.«

»Und ich habe nichts dagelassen?«

»Nichts Greifbares, nein. Dein Abgang war beeindruckend

gründlich.« Sie brachte Josephine dazu, sie anzusehen, und redete ernster weiter. »Tu das nicht. Es gibt keinen Grund.«

Seltsamerweise beunruhigte Josephine Martas Entspanntheit weitaus mehr, als es das Gegenteil getan hätte. Aber diese Gedanken, die ihr durch den Kopf geisterten, entsprangen den schlaflosen Stunden einer langen Nacht und nicht einem Tag, der voller Verheißungen vor ihr lag, und sie versuchte, sie beiseitezuschieben. Die Bäume und Büsche am Ufer waren nicht so exotisch wie einige andere Gewächse, die man sonst noch auf der Halbinsel fand, in ihrer Vertrautheit aber nicht weniger schön. Ein sandiger Weg schlängelte sich durch den süß duftenden Stechginster, dessen Blüten mit der Sonne um die Wette leuchteten, und die rosa, weißen und blauen Hortensien blühten so üppig, dass die Köpfe beinahe zu schwer für die Stiele waren. Das Ufer entlang bot ein schmales, von Strandgrasnelken überwuchertes felsiges Band eine willkommene Abwechslung zu dem dichten dunkelgrünen Wald. Almas Hund rannte ihnen voraus. Das leiseste Rascheln eines Blattes versetzte ihn in Alarmbereitschaft. Sie sahen zu, wie er um einen Border Terrier herumtänzelte. Bridget kam ihnen entgegen, winkte ihnen entschuldigend zu und rief ihren Hund zurück. Bevor sie Gelegenheit hatten, etwas zu ihr zu sagen, verschwand sie zwischen den Bäumen.

Etwa fünf Minuten später erreichten sie einen Felsvorsprung, an dem der Weg sich gabelte, ein Abzweig führte am Waldrand entlang, der andere hinunter zum Strand. An der Spitze der Landzunge stand ein seltsamer kleiner Rundbau, grob gemauert wie ein alter Turm, dessen Fertigstellung vergessen worden war. In dem Baum daneben hatte sich ein schwarzer Regenschirm verfangen, eine Erinnerung an den gestrigen Sturm, der bereits in weite Ferne gerückt schien. »Lass uns dort unten warten, bis Jenky sich müde gerannt hat«, sagte Marta und deutete auf eine Felsmulde. »Ich fürchte, ich habe heute Morgen nicht besonders viel Energie.«

Sie setzten sich in das weiche Gras und genossen dessen

kräftigen Geruch, der für Josephine der pure Sommer war. »Von dem Boot ist noch nichts zu sehen«, sagte sie und beschattete ihre Augen, als sie zum Hotel zurückblickte.

»Vielleicht ist Lettice ja ein bisschen eingerostet.«

»Oder sie müssen warten, bis Ronnie sich umgezogen hat. Sie ist der einzige Mensch, den ich kenne, die in Haute Couture zu einem dörflichen Kricketspiel geht, und ich kann mir nicht vorstellen, dass eine Bootsfahrt ein geringeres Ereignis ist. Außerdem ist es gut möglich, dass die drei noch über jemanden gestolpert sind und unsere Verabredung vergessen haben.«

»Beschwör es nicht herauf. Genieß einfach die Stille, solange sie anhält.« Marta legte sich auf den Rücken und schloss die Augen, wie zufällig lag ihre Hand auf Josephines Bein. »Hast du schon überlegt, was du als Nächstes tun willst? Du hast erzählt, dass dein Verleger sich eine Biografie von dir wünscht.« Sie lächelte spitzbübisch. »Irgend so ein Schotte, von dem ich noch nie gehört habe. McTavish oder so.«

Josephine lachte. »Die Ignoranz der Engländer ... Ich schätze, du meinst Claverhouse beziehungsweise John Graham, First Viscount Dundee mit ganzem Titel.«

»Dann lag ich ja gar nicht so weit daneben.«

»Du hast wohl eine Schule besucht, auf der man nur lernen musste, wenn man Lust dazu hatte.« Marta ließ sich nicht provozieren. »Aber vermutlich leidet sein Ruf unter Unkenntnis weniger als unter dem, was die Historiker angerichtet haben«, räumte Josephine ein. »Demnach ist er entweder Bonnie Dundee oder der Bastard, der in Galloway zwei alte Frauen ertränkt hat.« Sanft strich sie Marta eine blonde Locke aus der Stirn. »Schläfst du etwa schon? Das verheißt nichts Gutes für die Absatzzahlen.«

Marta öffnete die Augen. »Natürlich schlafe ich nicht. Ich lausche deiner Stimme. In die habe ich mich als Erstes verliebt.« Josephine lächelte und beugte sich vor, um sie zu küssen. »Dann wirst du den Auftrag also annehmen? Offenbar hast du einiges für den Mann übrig.«

»Ich weiß nicht. Ich weiß nicht, was ich davon halten soll, ein Buch zu schreiben, zu dem ein anderer die Idee hatte. Außerdem bedeutet eine Biografie viel Arbeit. Man muss so viel recherchieren und dann auch noch objektiv sein und auf die hübschen Dialoge und praktischen Zufälle verzichten, die einen beim Schreiben aus einer Sackgasse befreien. Lieber liege ich in der Sonne und denke mir etwas aus.«

»Du könntest aus dem Stoff einen Roman machen.«

»Fakten und Fantasie mischen?«, fragte Josephine, und Marta musste lachen, weil ihre Stimme so missbilligend klang. »Wie ließe sich dadurch der Ruf eines übel beleumdeten Mannes wiederherstellen? Niemand würde wissen, was der Wahrheit entspricht und was nicht.«

»Ja, eben. Genau das ist ja der Spaß daran. Eine Biografie wäre auch nur deine Interpretation. Da ist es doch ehrlicher, wenn du es gleich Roman nennst.« Bevor Josephine etwas einwenden konnte, erklang direkt über ihren Köpfen empörtes Kläffen. »Als Hundebesitzer hat man auch keine ruhige Minute, oder?«, sagte Marta. »Ich glaube nicht eine Sekunde, dass Alma irgendwelche Anrufe erledigen musste. Sie wollte bestimmt einfach nur die Stille genießen.« Sie rief den Hund, aber er blieb angriffslustig auf der Felsspitze stehen und weigerte sich, auch nur einen Schritt näher zu kommen. »Oh, ist das ein Schuh, was da neben ihm liegt?«, fragte sie und kniff die Augen zusammen. »Ich sehe lieber mal nach, was er angestellt hat.«

Sie kletterte wieder hoch zu dem Pfad, und Josephine sah zu, wie sie den Schuh aufhob und sich nach seinem Besitzer umsah, um sich zu entschuldigen. Dann verschwand sie aus ihrem Blickfeld, und das Kläffen hörte auf. Nach ein paar Minuten folgte ihr Josephine den Fels hinauf, um zu schauen, was los war. Sie fand Marta gegen das Gemäuer gelehnt. Sie sah aus, als hätte sie von einem Moment auf den anderen alle Kraft verlassen, ihr Gesicht war leichenblass. Sie stand eindeutig unter Schock. Jenky war wieder angeleint und machte einen ebenso verstörten Eindruck wie Marta. Als sie Josephine sah, trat sie schnell auf sie zu, um sie am Weitergehen zu hindern. »Schau nicht da hinein«, sagte sie, aber Josephine hörte nicht auf sie, sie wollte wissen, was Marta so erschüttert hatte.

Josephine stellte sich neben den schmalen Eingang, um das Licht nicht zu blockieren, und streckte den Kopf durch die Öffnung. Der über Jahre angesammelte Fäulnisgeruch überdeckte die Süße eines einzigen Sommers. An dem Kleid und nicht an dem malträtierten Gesicht der Frau erkannte sie, dass sie die Kellnerin und Sängerin der Band vor sich hatte, und die unheilvollen Worte, die sie Archie gegenüber geäußert hatte, kamen ihr wieder in den Sinn: Ob die junge Frau nun nach Schwierigkeiten gesucht hatte oder nicht, sie hatten sie jedenfalls auf brutale Weise eingeholt. Ihre Leiche war an einer Stelle abgelegt worden, an der sie gefunden werden musste. Jeder, der an der Gabelung den anderen Weg als sie und Marta nahm, musste sie sofort entdecken. Ein Strahl der Morgensonne fiel durch den Türrahmen direkt auf die Leiche, so als wäre sie eigens so platziert worden, dass jedes grausame Detail ihrer Erniedrigung in grelles Licht getaucht wurde. Josephine konnte sich kaum eine perfekter komponierte Horrorszene vorstellen.

Von innen ähnelte der seltsame Aussichtspunkt einer Einsiedlerhöhle und zugleich einer mittelalterlichen Folterkammer. Das Frau lehnte an der gegenüberliegenden Wand, die Arme ausgestreckt, die Handgelenke mit ihren Strümpfen an zwei der alten Eisenringe gefesselt, die in regelmäßigem Abstand in den Stein getrieben waren. Ihr Kleid war zerrissen und bis über die Hüften hochgeschoben, und ihre Oberschenkel und Schamhaare waren blutverkrustet – es war so viel Blut, dass Josephine beinahe geweint hätte, nicht nur wegen der Brutalität des Angriffs, sondern auch wegen der Abscheulichkeit, die Kellnerin so zurückzulassen. Es kostete sie ungeheure Anstrengung, nicht zu ihr zu gehen und ihre Scham zu bedecken. Um ihren Hals war eine Hundeleine geschlungen, und das Leder hatte sich tief in die Haut gegraben. An einigen Stellen waren Kratzspuren zu sehen wo sie mit den Fingern verzweifelt die Leine zu fassen versucht hatten. Ein Schlüpfer aus Spitze war ihr in den Mund gestopft worden, ein grotesker und beschämender Knebel, und ihre Lippen waren dunkel und geschwollen. An den Schultern und auf der Brust waren kleine runde Blutergüsse zu sehen. Vergeblich wehrte sich Josephine gegen die Erkenntnis, dass es Bisswunden waren. Der Gürtel eines Regenmantels diente als Augenbinde, und sie war erstaunt, wie er jeden Hinweis auf die Persönlichkeit der Frau auslöschte. Wie als endgültige Verhöhnung war ihr mit Lippenstift unbeholfen ein groteskes Lächeln um den Mund gemalt worden.

Erst ein einziges Mal hatte Josephine dem Tod ins Angesicht geblickt. Damals hatte er sie überrascht mit seiner Friedlichkeit, die sie immer für ein Klischee gehalten hatte, das zum Trost der Hinterbliebenen dienen sollte. Hier trat er ihr als gewaltsames Entreißen aus der Welt entgegen, als Erniedrigung und Schmerzensschrei, der noch lange nach dem letzten Atemzug widerhallte. Josephine spürte Martas Hand auf ihrem Arm und ließ sich bereitwillig wegziehen. »Es ist die Kellnerin aus dem Hotel«, sagte sie.

»Ja, ich habe sie auch erkannt.« Schweigend blickten sie sich an, und Josephine sah in Martas Augen ihre eigene ohnmächtige Wut gespiegelt. Der melodische Gesang einer Amsel erfüllte die Stille, und sie hätte am liebsten gebrüllt, damit sie aufhörte. »Geh und hol Archie«, sagte Marta ruhig. »Ich bleibe bei ihr.«

Josephine schüttelte den Kopf. »Ich lasse dich hier nicht allein. Wir gehen beide.«

»Wir können auf keinen Fall *sie* hier allein lassen«, fuhr Marta sie an. »Das wäre nicht recht.« Instinktiv wischte sie sich den Lippenstift vom Mund. »Wenn das Dorf öffnet, werden hier Horden von Leuten vorbeikommen, und sie ist genug erniedrigt worden.«

»Ich weiß, aber wenn du ernsthaft glaubst, dass ich ohne dich zurück zum Hotel gehe, während in diesem Augenblick derjenige, der das getan hat, zwischen den Bäumen stehen und uns beobachten könnte, dann irrst du dich.« Josephine versuchte, die Angst unter Kontrolle zu bekommen, die sie wütender reagieren ließ, als sie beabsichtigte. »Ich will sie ja auch nicht allein hier liegen lassen, aber wir können ihr nicht mehr helfen, und ich will nicht, dass du dich selbst in Gefahr begibst.«

»Es bleibt dir aber nichts anderes übrig.«

Josephine seufzte und nahm ihr die Leine ab. »Gut. Dann gehst du zum Hotel, und ich bleibe mit dem Hund hier.« Wie zu erwarten wollte Marta widersprechen. »Na komm«, sagte Josephine sanft. »Es dauert bloß ein paar Minuten.« Dennoch rührte Marta sich nicht vom Fleck. Josephine sah die Trauer in ihrem Gesicht, und ihr wurde klar, dass sie nicht nur der Fremden galt, die Marta nicht zurücklassen wollte. Martas Tochter war vor zwei Jahren ermordet worden, und ihre Sturheit in diesem Moment hatte vermutlich damit zu tun, dass sie sie nicht hatte beschützen können. »Du denkst an Elspeth, oder?«, fragte sie leise.

Marta nickte. »Hat sie so ausgesehen?«

»Ich weiß es nicht, Marta. Ich habe sie nicht zu sehen bekommen.«

»Archie muss doch etwas gesagt haben.«

Immer wieder hatte Marta sie gedrängt, ihr jede Einzelheit von Elspeths Tod zu erzählen, weil sie befürchtete, dass die Wahrheit schlimmer war als das, was man ihr mitgeteilt hatte. »Er sagte, sie habe fast sofort das Bewusstsein verloren«, sagte Josephine und stellte sich vor, welches Grauen in dem Wörtchen »fast« liegen musste. »Sie dürfte kaum etwas mitbekommen haben. Ich schwöre, ich würde es dir sagen, wenn es anders wäre.«

»Dann wurde sie also nicht auf diese Weise verletzt?«

»Das weißt du doch.«

»Nein, das weiß ich nicht, oder? Ich weiß nichts von ihr, weil ich nicht zu ihrem Leben gehört habe.« Josephine hielt sie an sich gedrückt und wartete, bis die Tränen versiegten. Schließlich sagte Marta: »Ich würde alles dafür geben zu wissen, dass sie keine Sekunde allein war, Josephine. Klingt das lächerlich?«

»Nein, es klingt nicht lächerlich. Und ich werde nicht mit dir streiten.« Widerstrebend gab sie Marta die Leine. »Ich bin bald zurück.«

5

Archie hatte den Artikel über den Aufstand in Spanien fertig gelesen und ließ die Zeitung ins Gras fallen, erleichtert, damit auch die Welt verschwinden zu lassen. Er war zu einem der Liegestühle am Pool umgezogen, von wo aus er die Kapriolen auf der Terrasse beobachten konnte, ohne Gefahr zu laufen, mit hineingezogen zu werden. Von Hitchcocks Truppe waren nur Danny Lascelles und Astrid Lake aufgetaucht, die im Abstand weniger Minuten aus dem Dorf gekommen waren und sich mit großem Hallo begrüßten. Dass die Versammlung unvollständig war, überraschte Archie nicht: Bella Hutton kam ihm nicht wie der Typ Frau vor, der in Gesellschaft frühstückte, und danach zu urteilen, wie viel Leyton Turnbull gestern Abend getrunken hatte, verdiente er einen Kater, der ihn bis mittags ans Bett fesselte. Genau genommen hatten sich so wenige Leute eingefunden, dass es für die die Kellnerinnen fast nichts zu tun gab, und ein-, zweimal ertappte er Hitchcock dabei, wie er die paar Versprengten besorgt musterte und sich vermutlich fragte, wo sein Publikum abgeblieben war.

Amüsiert beobachtete Archie, wie seine Cousinen und Lydia am Steg miteinander plauderten und aufwendige Vorkehrungen für ihre Bootsfahrt trafen, ohne Anstalten zu machen, ins Boot zu steigen. Josephine und Marta waren bestimmt schon auf halbem Weg nach Harlech, bevor sie eingeholt wurden, aber vermutlich vermissten sie die Gesellschaft nicht. Er fragte sich, wie es ihm wohl gegangen wäre, Josephine so glücklich beim Frühstück zu sehen, wenn er nicht gerade selbst noch über sein eigenes Glück gestaunt hätte. Schnell schob er den Gedanken beiseite. Es war viel zu früh, um sein emotionales Wohlbefinden von Bridget abhängig zu machen, und noch dazu unfair ihnen beiden gegenüber. .

Die Uhr des Bell Tower schlug zur halben Stunde. Er lehnte sich zurück und schloss die Augen, und gerade als er im Begriff war, in der Sonne wegzudösen, hörte er, wie sein Name gerufen wurde. Bridget kam in Begleitung von Lytton und Carrington angelaufen, und er stand erfreut auf. Als er ihre Verstörtheit bemerkte, verging ihm das Lächeln. »Archie – Gott sei Dank bist du da. Ich hätte nicht gewusst, was ich sonst tun soll.«

»Was ist denn los?« Sie schien nach Worten zu ringen. Er zwang sie, sich zu setzen. »Ganz ruhig, Bridget – erzähl, was passiert ist.«

»Auf dem Hundefriedhof liegt eine Leiche. Ich glaube, es ist Bella Hutton, aber ganz sicher bin ich mir nicht.«

»Du bist dir nicht sicher?«

»Ja. Ihr Gesicht ...« Sie hielt inne und bemühte sich, ihre Stimme unter Kontrolle zu bekommen. »Sie ist umgebracht worden, Archie. Ich bin nicht zu ihr gegangen, ihr Hund war außer Rand und Band, und ich wollte nicht, dass die beiden und er übereinander herfallen. Ehrlich gesagt wollte ich auch gar nicht näher hingehen. Aber ich habe genug gesehen.«

»Bist du sicher, dass sie tot ist?«

»Himmel, Archie, so gut ist keine Maske.« Ihr Sarkasmus war ein reiner Schutzmechanismus, ein Mittel gegen Angst und Schrecken. »Was für eine dumme Frage. Glaubst du mir nicht?«

»Natürlich glaube ich dir«, sagte er und erinnerte sich an Bellas letzte Worte gestern Abend und was Hitchcock über Mord gesagt hatte. »Ich habe nur nicht den Eindruck, dass an diesem Wochenende alles so ist, wie es aussieht.« Er fragte sich, ob der Regisseur tatsächlich etwas derart Irrwitziges inszenieren würde. Vielleicht, aber er bezweifelte, dass Bella Hutton mitspielen würde. Die Nonne vielleicht, er glaubte nicht eine Sekunde, dass sie eine echte Nonne war – niemand, der solche Absätze trug, konnte sich Gott verschrieben haben –, und wenn sie dafür bezahlt wurde, war sie sicher bereit, am nächsten Tag als Leiche aufzutreten. Rasch überlegte er, ob er zuerst zum Friedhof gehen sollte, um sich das Ganze mit eigenen Augen anzusehen, oder ob er sich auf Bridgets Wort verlassen und sofort alles Nötige veranlassen sollte. Schließlich entschied er sich für Letzteres: Falls es sich als ein äußerst geschmackloser Witz entpuppte, geschähe es Hitchcock recht, wenn er sich dafür verantworten müsste, dass die Polizei für nichts und wieder nichts gerufen wurde. »Geh ins Hotel und such James Wyllie«, sagte er. »Erklär ihm unter vier Augen, was passiert ist. Er soll die Polizei benachrichtigen und in meinem Namen das Dorf schließen.« Er sah auf seine Uhr. »Um halb elf werden die Tore geöffnet, oder?« Bridget nickte. »Wenn wir Glück haben, sind erst ein paar Leute reingekommen. Schärf James ein, dass es von entscheidender Bedeutung ist, die Angelegenheit geheim zu halten. Kein Wort zu den Angestellten oder den Gästen. Sobald bekannt wird, dass im Wald ein ermordeter Hollywoodstar liegt, wird es hier im Handumdrehen vor Presse und Neugierigen wimmeln. Es wird die Hölle los sein. Wie gelangt man am schnellsten zu diesem Friedhof?«

»Hinter dem Hotel führt ein Pfad entlang.« Sie beschrieb ihm den Weg und legte eine Hand auf seine Wange. »Pass auf dich auf, ja?«

»Natürlich. Mach dir keine Sorgen. Und du bleibst bitte beim Hotel, bis wir Genaueres wissen.« Sie nickte. Ihre Sorge rührte ihn, und er machte sich auf den Weg. Schon bald wusste er Bridgets präzise Wegbeschreibung zu schätzen, denn die labyrinthartigen Pfade durch den Wald waren verwirrend, und ihm als Unkundigem wäre es schwergefallen, sich zu orientieren oder denselben Weg ein zweites Mal zu finden. Nach kurzer Zeit stand er vor der riesigen Kiefer, auf die sie ihn hingewiesen hatte, sie war gerade gewachsen und bestimmt hundert Jahre alt. Dort bog er nach rechts in den dichtesten Teil des Waldes. Trotz seiner Eile bemerkte er die üppig blühenden Fuchsienbüsche, Farne, Kamelien und alten Rhododendren, und dachte, dass sein Vater, der Botaniker, eine solche scheinbar natürliche und dennoch bis ins Letzte inszenierte Anlage bewundert hätte. Dann entdeckte er den Unterstand, von wo aus es laut Bridget nicht mehr weit zum Friedhof war. Er verlangsamte seinen Schritt und sah hinein, sah die leere Whiskyflasche und das Häuflein Zigarettenkippen neben einer grob gezimmerten Holzbank, dann holte er tief Luft und ging weiter.

Bridget hatte ihm, so gut sie konnte, beschrieben, was er vorfinden würde, aber das Bemerkenswerte an dem Ort war seine Atmosphäre, und dieses Gefühl der Isolation traf ihn völlig unvorbereitet, als er ihn betrat. Der runde Friedhof hatte einen Durchmesser von ungefähr fünfzehn Metern, auch wenn die Grenzen nach jahrelanger Vernachlässigung nur noch schwer zu erkennen waren. Äste ragten im Kampf um Licht und Raum kreuz und quer in die Luft und spiegelten damit die Ausbreitung der Wurzeln im Erdreich wider. Einen Moment lang fragte er sich, ob jemand sie eigens dazu brachte, auf Kopfhöhe zu wachsen, um zufällige Spaziergänger davon abzuhalten, den friedlichen Ort zu betreten. Aber er war nicht aus Neugierde hier und spürte sofort, dass dies tatsächlich kein friedlicher Ort mehr war.

Der Friedhof hatte etwas Altertümliches an sich, dabei war es seines Wissens nicht einmal fünfzig Jahre her, dass der erste Hund dort begraben worden war. Die frühesten Gräber waren leicht zu erkennen: Sie lagen nahe beieinander, dunkle Schieferplatten, in die Bibelsprüche geritzt worden waren, oder moosbewachsene schlichte Granitsäulen, die keinen Aufschluss darüber gaben, was oder wem sie gewidmet waren. Das genau in der Mitte liegende Grab war größer als die anderen und wurde zu beiden Seiten von zwei kleineren Steinplatten flankiert, eine stille Ehrenwache. Darauf lag Bella Huttons Leiche, die Hände über der Brust gefaltet, so reglos wie die Steinfigur auf einer Grablege, und Archie ließ die Idee eines schlechten Scherzes sogleich fallen. Still erwies der Tod seine Reverenz, und das ließ sich nicht vortäuschen.

Bevor er näher herantrat, zögerte er einen Moment. Der Jack Russell der Schauspielerin kauerte neben dem Grab und ließ ihn keine Sekunde aus den Augen, und Archie kam der Gedanke, dass wenig in der belebten Welt unnatürlicher war als ein Tier, das eine solche Angst zeigte. Langsam ging er in die Hocke und sprach mit leiser, tiefer Stimme auf den Hund ein. Beruhigte ihn, bis das Knurren nachließ und schließlich ganz aufhörte. Archie sah sich nach einer Leine um, aber da war keine. Langsam trat er mit ausgestreckter Hand zu dem Grab und hoffte, dass sich der Hund nicht auf ihn stürzte. Aber schon bald wurde ihm klar, dass das nicht zu befürchten war: Eines der Vorderbeine des Jack Russell war verletzt, wenn auch nicht schlimm, soweit Archie sehen konnte. Er streichelte den Hund am Kopf und wurde zum Dank an der Hand geleckt. »Alles gut, mein Braver, wir werden uns bald um dein Bein kümmern«, sagte Archie. »Aber zuerst muss ich mir dein Frauchen ansehen.«

Archie kannte sich mit Messerwunden aus: In Großbritannien wurden die meisten Tötungsdelikte mit Stichwaffen begangen, und das galt sowohl für häusliche Gewalt als auch für die auf der Straße. Ihm war schon alles untergekommen, von Küchenmessern über Scheren und Rasiermesser bis hin zu Meißeln und Schürhaken. Eines der Opfer war sogar mit einem Eispickel getötet worden. Aber so etwas wie das hier hatte er noch nie gesehen. Bella Huttons Kleider aus feiner Seide waren in Fetzen geschnitten. Das Blätterdach der Bäume hatte sie vor dem schlimmsten Regen geschützt, aber es war genug durch das Laub gedrungen, um einen Teil des Blutes von ihren Wunden zu waschen, sodass man das tödliche Muster auf ihrer Haut sehen konnte – tiefrot auf weiß verteilten sich die vielen Stichwunden über ihren Körper wie das Blümchenmuster auf einem Kleid. Es waren mindestens vierzig oder fünfzig Wunden, vielleicht sogar noch mehr. Einige der Schnitte waren lang und nicht sehr tief, mit Schwung ausgeführt, und Archie vermutete, dass der Mörder sich so lange wie möglich an Bellas Todeskampf weiden wollte. Die tieferen Wunden an Bauch und

Brüsten waren von Blutergüssen umgeben, wo das Messer bis zum Heft hineingestoßen worden war. Offensichtlich hatte sich die Schauspielerin gewehrt: Ihre Unterarme waren von typischen Abwehrverletzungen bedeckt, und an den Handinnenflächen und Fingern waren herabhängende Hautfetzen zu sehen, wo sie versucht hatte, nach der Klinge zu greifen. Nach der Erde und den Abdrücken von Zweigen auf ihrem Körper zu schließen, war sie mit dem Gesicht nach unten auf den Boden gepresst worden. Mit einiger Sicherheit würde ein Pathologe auf ihrem Rücken weitere Verletzungen finden. Die sichtbaren waren jedenfalls hinsichtlich Form und Größe so unterschiedlich – es gab glatte Stiche und solche, bei denen das Messer in ihrem Körper hin und her bewegt worden war –, dass Archie gar nicht anzufangen brauchte, Spekulationen über die Art des Messers anzustellen; Erkenntnisse dazu würde erst die Obduktion erbringen.

Es war wieder heiß geworden, und er wedelte mit der Hand, um eine Fliege zu verscheuchen. Bella war nach ihrem Tod offenbar bewegt und auf den Grabstein gelegt worden, und Archie fragte sich, ob das eine Bedeutung hatte. Während der Mord selbst offenbar in einem Anfall von Raserei begangen worden war, war der Mörder nach vollbrachter Tat ruhig und planvoll vorgegangen, was allerdings nicht ungewöhnlich war. Er sah, wo der Hauptangriff stattgefunden hatte: Ein paar Schritte rechts von ihm war der Bodenbewuchs niedergetrampelt und ein Stein umgeworfen, was auf einen Kampf hindeutete. Auch hier hatte der Regen einen Teil des Bluts von den Steinen gewaschen, aber das dichte Laub hatte dafür gesorgt, dass Reste übrig geblieben waren. Allerdings erschloss sich ihm durch all das nicht, was ein Hollywoodstar – eine über fünfzigjährige Frau – mitten in der Nacht hier gewollt haben könnte. Sie hatte doch wohl nicht ihren Hund an einem derart finsteren, einsamen Ort ausgeführt? Wäre sie andererseits unter Zwang hierhergebracht worden, hätte sie den Hund nicht dabeigehabt. Ob sie gestern Abend schon gewusst hatte, dass ihr Leben in Gefahr war? War ihr dramatischer Abgang eine Warnung für jemanden gewesen, jemanden, den sie später hier stellen wollte? Er blickte zu dem Hund hinunter und wünschte sich, dass er sprechen könnte.

Dann endlich zwang er sich, Bellas Gesicht anzusehen. Bridget hatte recht gehabt: Es war kaum wiederzuerkennen. Er versuchte, das Bild der Frau, die er gestern Abend im Hotel gesehen hatte, wachzurufen, aber er konnte sich nur an ihr Leinwandgesicht erinnern, das den Freuden, Ängsten und Leiden einer ganzen Generation Ausdruck verliehen hatte. So würden die Leute sich an Bella Hutton erinnern, wenn der Tod der Schauspielerin publik wurde, und er beneidete sie um die in Schwarz-Weiß bewahrten Erinnerungen. Archie dagegen würde ihn vom heutigen Tage an in schrecklichen Farben besinnungsloser Wut vor sich sehen. Der Kopf war leicht zu ihm geneigt, als hätte sie darauf gewartet, gefunden zu werden. Ein Auge starrte blind nach oben, das andere war wegen all des Blutes und der Schwellungen nicht zu erkennen. Die linke Seite ihres Gesichts war so lange mit dem Messer traktiert worden, bis die Haut sich gelöst und den Wangenknochen freigelegt hatte. Von ihrer Persönlichkeit war nichts mehr geblieben, und Archie fragte sich, wer sie so brutal hatte auslöschen wollen. Er hätte gerne geglaubt, dass Bella einem Zufallsverbrechen zum Opfer gefallen war, einem Fremden, aber im tiefsten Inneren wusste er, dass der Mörder unter der Sonne von Portmeirion aufgewacht war.

Schon längst war die Natur ihre gnadenlose Komplizenschaft mit dem Mörder eingegangen, und er sah zu, wie eine Ameise über die Reste von Bellas Lippen krabbelte. Angewidert von dem Anblick und getrieben von dem Verlangen, die Sonne wieder auf seinem Gesicht zu spüren, nahm er den Jack Russell vorsichtig auf den Arm. Der Hund wimmerte und wehrte sich, weil er die geliebte Tote nicht verlassen wollte, aber Archie drehte sich um und ging langsam weg. Niemand würde so sehr um Bella trauern wie dieser Hund, und Archie fragte sich niedergeschlagen, was das über Bellas Welt sagte.

6

Auf der Terrasse vor dem Mirror Room saß Hitchcock und beobachtete in einem der Spiegel zwei Polizeiautos, die den Hügel herunterkamen und vor dem Hotel hielten. Während er zusah, wie die uniformierten Polizisten ausstiegen und im Foyer verschwanden, spürte er wieder die vertraute Enge in der Brust. Für einen Moment war er zurück in der Zelle, wieder der kleine Junge, wenngleich freilich um dreißig Jahre gealtert, der sich fürchtete, weil man ihn für einen schlechten Menschen hielt, für alle Zeiten auf die Rolle des unschuldig Angeklagten festgelegt. Er erinnerte sich an die Unbedachtheit, die ihn in diese Lage gebracht hatte, den Zorn in den Augen seines Vaters und die Stimme des Polizisten, als die Zellentür hinter ihm ins Schloss fiel: »Das machen wir mit ungezogenen Jungs.« Diese Worte würden in seinen Grabstein gemeißelt werden.

Als er sich wegdrehte, fiel sein Blick auf sein Spiegelbild – wie versteinert vor Angst, die Hände verkrampft, die Augen starr nach vorne gerichtet –, und der Spiegel kam ihm vor wie sein Gewissen. Er hatte keine Ahnung, warum die Polizei da war, aber ihr Auftauchen nach Almas missbilligenden Worten wegen des gestrigen Abends machte ihn nervöser denn je. Was, wenn er tatsächlich zu weit gegangen war? Was würde Alma tun? Ihre Abwesenheit steigerte seine Befürchtungen noch.

Immer hatte er das Bedürfnis verspürt, sich seiner Frau zu beweisen, und im tiefsten Inneren hatte er sich ihrer nie für würdig befunden. Eines Tages würde sie das auch erkennen, und bei dem Gedanken, sie zu verlieren, wurde ihm himmelangst. Das war das Einzige, was er ihr niemals sagen könnte. Trotz all der Reden, die er schwang, wusste er, dass die schlimmsten Ängste diejenigen waren, die man niemals eingestand, weil sie allein dadurch, dass man sie laut aussprach, Wirklichkeit werden könnten.

7

Marta zündete sich die dritte Zigarette in Folge an. Ein Stück den Pfad hinunter war ein Geräusch zu hören, und trotz all ihres zur Schau gestellten Muts überkam sie plötzlich Angst. Sie zog den Hund näher zu sich heran und überlegte, ob sie zu dem Sandstreifen gehen sollte, aber es war zu spät, die Schritte waren bereits ganz nah. Als Archie mit einem uniformierten Polizisten aus dem Wald trat, hätte sie vor Erleichterung beinahe geweint.
»Geht es Josephine gut?«, fragte sie besorgt.
»Ja. Ich habe sie mit Bridget zusammen im Hotel zurückgelassen. Sie ließ sich nur schwer davon abbringen mitzukommen, aber ich habe ihr versprochen, auf dich aufzupassen.« Er legte eine Hand auf ihre Schulter und sah sie mitfühlend an. »Egal, wen es trifft, eine solche Erfahrung ist immer schlimm, und es tut mir leid, dass du sie machen musstest.«
Marta zuckte wenig überzeugend mit den Schultern. »Für jemanden, der wegen Beihilfe zum Mord im Gefängnis saß, habe ich beschämend wenig Ahnung davon.«
Es war ein kläglicher Versuch, Humor zu beweisen, und Archie lächelte, allerdings mehr wegen der Miene seines Polizeikollegen als wegen Martas Bemerkung. »Ich fürchte, nach dem gestrigen Abend werden wir alle mehr Ahnung von Mord haben. Im Wald wurde eine zweite Leiche gefunden. Bella Hutton.«
Fassungslos sah Marta ihn an. »Was um Himmels willen geht da vor sich, Archie? Weiß Josephine davon?«
»Ja.«
»Sie hat Bella gestern Abend zufällig getroffen. Die beiden haben sich unterhalten. Hat sie dir davon erzählt?«

»Dazu hatte sie keine Gelegenheit. Als sie mir sagte, dass du allein hier bist, bin ich sofort los.« Er sah zu dem Gemäuer, wo die Leiche der jungen Frau lag, und runzelte die Stirn. »Was tun Sie denn da, verdammt noch mal? Sie können da nicht reingehen, Constable Powell.«

Ungerührt trat der Polizist weg vom Eingang, der Rüffel schien ihm nichts auszumachen. »Es ist die Erley«, sagte er. »Hab ich mir schon gedacht.«

In seiner Stimme schwang eine Genugtuung mit, die Marta abstoßend fand. Dem Ausdruck auf Archies Gesicht nach zu urteilen, war sie nicht die Einzige. »Hat sie auch einen Vornamen?«

»Branwen. Ich hätte Ihnen gleich sagen können, dass es mit der nicht gut endet.«

»Und wären Sie so freundlich, mir zu verraten, worauf sich diese aufschlussreiche Prophezeiung stützt?«, fragte Archie, der sich keine Mühe gab, seinen Ärger zu verbergen.

»Weil sie ganz nach der Mutter kam. Die konnte sich auch nie von Schwierigkeiten fernhalten.«

Marta wollte etwas sagen, aber Archie war schneller. »Nur um das klarzustellen, Constable. Was Branwen Erley geschehen ist, war nicht in ihrem Erbmaterial festgelegt. Mir zumindest sind Vergewaltigung und Mord nie als Folge gleich welcher Herkunft untergekommen. Genauso wenig hat sie es selbst verschuldet, egal, wie sie war oder was sie getan hat. Die Schuld hierfür liegt allein beim Täter, nicht beim Opfer. Habe ich mich klar ausgedrückt?«

»Kristallklar, Sir.«

»Gut. Denn wenn Sie so etwas jemals wieder in meiner Hörweite äußern, sind Sie schneller, als Sie schauen können, aus dem Polizeidienst entlassen.«

Marta beobachtete Archie, als er Branwen Erleys Leichnam musterte. Sie hatte erwartet, dass sein Blick professionell und nüchtern sein würde, aber sie irrte sich. Er war bestimmt schon zu vielen Tatorten wie diesem hier gerufen worden, aber die alltägliche Begegnung mit Gewalt schien ihn nicht gegen die individuelle Tragödie dieses Todes abgestumpft zu haben. Während er auf die Leiche sah und jedes Detail erfasste, stand ihm das Mitgefühl für das Opfer ins Gesicht geschrieben, und dafür mochte sie ihn umso mehr.

»Gut, Powell, ich will, dass Sie bei Miss Erleys Leiche bleiben, bis die Spurensicherung kommt«, sagte er, nachdem er sich gründlich umgesehen hatte. »Und Sie gehen keinen Schritt näher heran als jetzt. Sollten Leute hier entlanglaufen, dann dürfen sie den Pfad nicht verlassen. Nehmen Sie ihre Namen auf und schicken Sie sie schnurstracks zum Hotel zurück. Im Moment hat keiner durch den Wald zu spazieren.« Mürrisch nahm Powell die Anweisungen entgegen, und Marta hatte den Verdacht, dass sein Widerwille weniger mit den Anweisungen an sich zu tun hatte als damit, dass sie in Gegenwart einer Frau erteilt wurden. »Aber zuerst erzählen Sie mir, was Sie über Miss Erley und ihre Familie wissen. Und dieses Mal ersparen Sie mir Ihre persönlichen Kommentare.«

»Sie haben drüben in Portmadoc gewohnt«, sagte Powell. »Gareth Erley – das ist ihr Vater – hat als Steinhauer in den Schieferhöhlen von Llechwedd gearbeitet. Anständiger Kerl, aber er hatte es schwer mit seiner Frau. Den Preis muss man wohl zahlen, wenn man so eine Schönheit heiratet. Er wusste nie genau, wer es sich gerade bei seiner Frau gemütlich machte, wenn Sie wissen, was ich meine.«

»Und wo sind Branwens Eltern heute?«

»Ihr Dad ist vor ein paar Jahren gestorben. Wo Rhiannon abgeblieben ist, weiß ich nicht. Sie hat ihn verlassen, als das Kind noch ganz klein war. Sie hat sich verbessert, könnte man sagen. Ist mit dem Gutsherrn auf und davon.«

»Was soll das heißen?«

»Die Draycotts hatten das meiste Geld hier in der Umgebung und haben sich für Wunder was gehalten. Sie hatten sich aus ihren prächtigen Häusern über das Wasser hinweg im Blick und dachten, dass sie mit unsereins nichts gemein hätten.« Er bemerkte den Ausdruck auf Archies Gesicht und kam zum Punkt. »Henry Draycott wohnte auf der anderen Seite der Bucht, eines der großen Häuser an der Harlech Road. Er hatte was für die Mädchen aus dem Dorf übrig, und die Heirat mit einer hielt ihn nicht davon ab, den anderen nachzusteigen. Rhiannon Erley muss ihn um den kleinen Finger gewickelt haben, weil er sie schließlich mitnahm, als er ins Ausland ging. Keiner von beiden kam jemals wieder. Vorwerfen kann man es ihnen nicht: Ihr Vater hätte sie beide umgebracht.« Archie widerstand der Versuchung, ihn in seiner Geschichte zu unterbrechen, um ihn zu fragen, was er unter einem »anständigen Kerl« verstand. »Gwyneth Draycott war vermutlich auch nicht gerade glücklich darüber«, fügte Powell hinzu. »Sie war schwanger, als die beiden sich verdünnisiert haben. Noch dazu war Rhiannon ihre beste Freundin.«

»Branwen wuchs also bei ihrem Vater auf?«

»Bei ihrer Großmutter. Seiner Mutter. Sie lebt immer noch in Portmadoc.«

»Dann ist sie also Branwens nächste Verwandte.«

»Kann man so sagen, es sei denn, Rhiannon taucht noch mal auf. Branwen stand ihrer Großmutter nicht besonders nahe, glaube ich. Soweit ich weiß, hat sie in dem Hotel gearbeitet, seit es eröffnet wurde. Wahrscheinlich hat sie es für glamourös gehalten, aber ich würde meine Tochter nicht mal in die Nähe lassen. Dieses ganze Künstlervolk.« Powell schüttelte sich. Er sah Archie an und fügte listig hinzu: »Sie haben noch gar nicht gesagt, warum Sie hier sind, Sir.«

»Wissen Sie, ob Miss Erley einen Bewunderer hatte?«

»Da war immer einer, Sir. Aber kein bestimmter.« Er schwieg vielsagend.

»Und was ist mit Mrs Draycott? Was hat sie getan, nachdem ihr Mann sie verlassen hatte?«

»Sie hat das Haus hinter sich zugesperrt und kam mit dem Kind für ein paar Jahre hierher.« Archie sah ihn fragend an. »Ihre Schwägerin hatte das Haus gemietet – das meinte ich damit, dass sie sich übers Wasser hinweg immer im Blick hatten. Als Grace Draycott starb und sie ein Hotel daraus gemacht haben, zog Gwyneth wieder zurück. Da lebt sie immer noch.« Archie blickte zu dem Haus auf der anderen Seite der Bucht und sah es sich das erste Mal richtig an, obwohl er es schon das ganze Wochenende über vor der Nase gehabt hatte. »Nach allem, was man hört, ist sie nicht ganz richtig im Kopf. Die Hälfte ihrer Verwandtschaft ist in der Klapsmühle gestorben. Dass ihr Mann abgehauen ist, kann ich gut verstehen. Wahrscheinlich war es für das Kind auch besser, das nicht erleben zu müssen.«

»Warum? Was ist passiert?«

»Der arme Wurm wurde von einem von dem fahrenden Gesindel abgemurkst, das früher im Sommer immer seine Zelte hier aufgeschlagen hat.«

»Haben Sie den Fall bearbeitet?«

Powell nickte. »Die Leiche wurde nie gefunden.«

»Woher wissen Sie dann, was passiert ist?«

»Liegt nahe, oder?«

Archie unterdrückte seinen Ärger über die Antwort und fragte: »Hatten Sie ein Geständnis?«

»Dazu kam's nicht. Der Kerl ist in einem Feuer umgekommen, bevor wir ihn fragen konnten.«

So verlockend es auch war, Powell ein paar deutliche Worte zu seinem Verständnis von Polizeiarbeit mitzugeben, beherrschte sich Archie – er musste zurück zum Hotel. »Danke«, sagte er und gab Marta ein Zeichen, dass sie gehen konnten. »Das war sehr informativ.«

»Und was Bella Hutton angeht ...«, setzte Powell an, aber Archie winkte ab.

»Das reicht fürs Erste. Ich bin sehr froh über Ihre Kenntnis der lokalen Gegebenheiten, aber vermutlich werden uns zu Bella Hutton genug Gerüchte und Mutmaßungen zugetragen werden, ohne dass wir eigens danach fragen müssen.«

Der Mann grinste frech und zuckte mit den Schultern. »Wie Sie meinen, Sir. Freut mich, dass ich helfen konnte.«

8

Die Nachricht über Bella Huttons Tod klang in Josephines Ohren wie ein schlechter Scherz. Sie saß mit Bridget auf der oberen Terrasse und versuchte zu verstehen, was die letzte Stunde auf sie eingeprasselt war. Auf Archies Bitte hin waren die Hotelgäste aufgefordert worden, entweder auf ihre Zimmer zu gehen oder sich in den für alle zugänglichen Bereichen des Hotels aufzuhalten, bis die Tatorte gesichert worden waren. Immer mehr Polizeikräfte aus den umliegenden Dörfern trafen ein, und sie stellte fest, dass sich dadurch die Atmosphäre von Portmeirion schlagartig änderte: Der Anblick einer dunkelblauen Uniform am Ende eines Pfades oder in der Tür eines Gebäudes verwandelte seine verborgene Schönheit in etwas Finsteres und Bedrohliches und war für die Gäste und das Personal gleichermaßen verstörend. Details waren noch nicht bekannt gegeben worden, aber mit der sorglosen und unbeschwerten Morgenstimmung war es vorbei, und wohin Josephine auch blickte, waren die Leute plötzlich auf der Hut, misstrauisch und ängstlich. Nur Lydia und die Motleys bekamen davon offenbar nichts mit. Sie hatte mehrere Versuche unternommen, sie vom Wasser zu holen, aber sie waren zu weit entfernt, um zu begreifen, warum sie ihnen so wild winkte, und zu guter Letzt gab sie auf.

»Was ist das Schlimmste, das Archie Ihnen jemals vergeben hat?«, fragte Bridget. Die Frage kam aus dem Nichts, und Josephine sah sie überrascht an. »Entschuldigen Sie, das war zu persönlich. Ich wollte nicht indiskret sein, sondern nur wissen, ob Archie heute noch so verständnisvoll ist, wie er es war, als ich ihn kennenlernte. Er war immer so freundlich.«

»Das ist er noch.« Josephine trank einen Schluck von ihrem Kaffee, und seine Temperatur erinnerte sie daran, dass sie eigentlich überhaupt keinen Kaffee hatte haben wollen. »Ich weiß nicht, ob ich Ihre Frage ernsthaft beantworten kann«, sagte sie und schob die Tasse weg. »Das Schlimmste, was ich Archie jemals angetan habe, war, dass ich mich in jemand anderen verliebt habe. Ob er mir jemals vergeben hat, müssen Sie ihn selbst fragen.« Sie sah Bridget an, dass sie damit eine der zwischen ihnen unausgesprochenen Fragen beantwortet hatte. »Das gehört zu den Dingen, über die ich nicht mit ihm reden kann. Höchstens in Andeutungen.«

»Aber Sie sind immer noch befreundet.«

»Ja, ein besseres Wort fällt mir dafür nicht ein.« Unsicherheit war eine Eigenschaft, die Josephine gewiss nicht bei Bridget erwartet hätte, und es weckte ihre Neugier. »Worüber machen Sie sich Sorgen?«, fragte sie sanft. »Vergeben ist ein sehr großes Wort.«

Bridget lächelte. »Das kann man wohl sagen.« Sie seufzte und beugte sich vor, um nachzusehen, ob es dem verletzten Jack Russell, der im Schatten unter ihrem Stuhl lag und unaufhörlich seine Pfote leckte, gut ging. »Ich wüsste nicht, wo ich anfangen sollte, Josephine, selbst wenn ich davon ausgehen könnte, dass Sie Archie nichts erzählen. Denn Sie würden es ihm erzählen, nicht wahr?«

»Selbstverständlich. Es sei denn, ich wäre überzeugt, dass Sie es selbst tun.« Sie sah Alma auf die Terrasse treten und auf ihren Mann zusteuern. Nach ihrer Körpersprache zu urteilen, hatten die beiden keine Ahnung, was vor sich ging, und ironischerweise war Spannung etwas, was Hitchcock offenbar nur schwer ertrug. Alma legte ihm beruhigend die Hand auf den Arm, während sie zurück ins Hotel gingen, und Josephine fragte sich, ob sie die beiden beiseitenehmen sollte, aber Archies Anweisungen waren sehr deutlich gewesen, und er wäre nicht erfreut, wenn sie sich einmischte. Schließlich wurde sie aus ihrer Unentschlossenheit erlöst: Archie und Marta tauchten um die

Biegung des Uferwegs auf, und erst in diesem Moment erlaubte Josephine sich, sich ihre schlimmsten Ängste einzugestehen. Erleichtert stand sie auf, um ihnen entgegenzugehen, hielt jedoch noch einmal inne, als sie die seltsame Mischung aus Sorge und Sehnsucht in Bridgets Augen sah, die auf Archie gerichtet waren. »Sie wollen ihn offenbar gerne wiedersehen«, sagte sie.

»Ja, sehr gerne.«

»Dann bleibt Ihnen wohl keine Wahl. Was auch immer es ist, es wird Sie von innen auffressen, wenn Sie es vor ihm geheim halten. Es hat schon angefangen.«

»Das klingt so leicht, wie Sie es sagen.«

»Sich in anderer Leute Leben einzumischen, ist immer leicht. Deshalb tun es ja so viele Leute.« Josephine lächelte und nickte Marta und Archie zu. »Wenn Sie mich fragen, stehen die Dinge gut für Sie. Fragen Sie Marta, wie verständnisvoll Archie sein kann, sie kann Ihnen eine lange Geschichte dazu erzählen. Ich glaube, Sie werden sich freuen.«

9

James Wyllie wartete an der Rezeption auf Penrose und nahm ihn diskret zur Seite. »Die Polizeiwachen aus der Umgebung haben so viele Männer wie möglich geschickt«, sagte er. »Der Verantwortliche wird allerdings erst in einer halben Stunde eintreffen. Ein Inspector Roberts. Er kommt aus Colwyn Bay.«

»Kennen Sie ihn denn nicht?«

»Nein. Wir müssen hier nicht besonders oft die Polizei rufen.«

Es war eine nüchterne Feststellung, keine Rechtfertigung, und Penrose wurde klar, was für ein schwarzer Tag heute für Wyllie sein musste, sowohl in persönlicher als auch in beruflicher Hinsicht. Ein Mord dürfte unschöne Folgen für Portmeirion haben, insbesondere wenn der Mörder in Beziehung zu dem Dorf stand. Der Hoteldirektor war inzwischen schon mehrere Jahre hier, hielt Clough den Rücken frei, was das Alltagsgeschäft anging, und hing genauso sehr an dem Ort wie dessen Schöpfer. Wyllie schien seine Gedanken zu lesen. »Komisch, nicht wahr, dass die Hölle immer so viel schlimmer ist, wenn sie einmal der Himmel war. Ist die andere Tote denn tatsächlich Branwen?«

»Ja, leider.«

»Das ist schrecklich. Obwohl sie erst Mitte zwanzig war, war sie länger hier als irgendjemand sonst, glaube ich.« Er hielt kurz inne, bevor er zögernd fragte: »Deutet etwas darauf hin, dass der Mörder einer von uns hier ist?«

»Um das zu sagen, ist es noch zu früh. Wohnte Miss Erley im Hotel?«

»Ja. Auf der Rückseite des Hotels ist das Personal untergebracht. Sie bewohnte eines der Zimmer.«

»Würden Sie bitte dafür sorgen, dass es abgesperrt wird?«

»Selbstverständlich. Ich habe auf Ihre Bitte hin auch Miss Huttons Suite abgeschlossen.«

»Gut. Ich werde mir beide ansehen müssen, aber zuerst möchte ich mit den Leuten reden. Sie sollen nicht länger im Ungewissen bleiben.«

Wyllie lächelte ihn verständnisvoll an. »Da würde Ihnen Mr Hitchcock wohl recht geben. Sie warten alle im Mirror Room, aber ich kann nicht behaupten, dass sie sich bereitwillig dort versammelt haben.«

»Das kann ich mir vorstellen. Ich hoffe, Sie sind einverstanden, dass ich mich der Angelegenheit annehme, bis Roberts eintrifft.«

»Selbstverständlich.« Penrose wandte sich ab, aber Wyllie hielt ihn auf. »Ich werde es Clough mitteilen müssen«, sagte er. »Er wird am Boden zerstört sein, aber er würde es mir nie vergeben, wenn er es von einem anderen erfährt.«

»Einverstanden, rufen Sie ihn an, aber …«

»Ja, ich werde ihn bitten, Stillschweigen darüber zu bewahren. Keine Sorge«, sagte Wyllie und bedachte Penrose mit einem Lächeln, in dem sein üblicher Charme aufschien. »Mit Diskretion kennen wir uns hier aus.«

Als Penrose den Mirror Room betrat, fühlte er sich um zwölf Stunden zurückversetzt: Die meisten von Hitchcocks Gästen hatten dieselben Plätze eingenommen wie am Abend zuvor, was der instinktive Versuch war, Ordnung in das Chaos zu bringen. Um Zeit zu sparen, hatte er Josephine gebeten, sich zu ihnen zu begeben, damit sie von ihrem Gespräch mit Bella Hutton berichten konnte. Marta hatte vernünftigerweise beschlossen, draußen bei Bridget zu bleiben und darauf zu warten, dass Lydia und seine Cousinen wieder an Land kamen. Der Einzige, der noch fehlte, war Leyton Turnbull. Dass Turnbull die Gesellschaft mied, die ihn erst vor Kurzem in der Luft zerrissen hatte, konnte Penrose gut nachvollziehen, und er hoffte, dass hinter seiner Abwesenheit nichts Schlimmeres steckte. »Wo ist Leyton Turnbull?«, fragte er und sah Hitchcock an.

»Wir haben ihn heute noch nicht gesehen. Vermutlich pflegt er seinen Kater.« Der Regisseur sah nervös zu David Franks, und Penrose vermutete, dass der Blick ein stiller Befehl war.

Seine Vermutung bestätigte sich, als Franks aufstand. »Ich werde ihn für Sie suchen. Wahrscheinlich ist er noch in seinem Zimmer.«

Penrose wollte dem Regisseur nicht die Gelegenheit geben, in seine gewohnte Rolle zu schlüpfen. »Nein, das müssen Sie nicht. Setzen Sie sich bitte. Wenn er nicht aufgetaucht sein sollte, bis wir hier fertig sind, werde ich ihn selbst suchen gehen.« Sein Ton ließ keinen Zweifel daran, wer das Sagen hatte. Franks gehorchte und warf Hitchcock einen entschuldigenden Blick zu.

»Geht es um Bella?« Alle, auch ihr Ehemann, starrten Alma Reville an. »Ich frage nur, weil sie außer Turnbull die Einzige ist, die fehlt, und das scheint Sie nicht zu verwundern, Chief Inspector.«

Penrose musste widerstrebend ihren Scharfsinn anerkennen und nickte. »Heute Nacht hat es zwei Morde in Portmeirion gegeben, und Miss Hutton ist leider eines der Opfer. Ihre Leiche wurde heute Morgen im Wald gefunden.«

Fassungslos starrte David Franks ihn an. »Das ist eine Lüge. Das muss eine Lüge sein.« Penrose war es gewohnt, dass die Nachricht über einen gewaltsamen Tod auf heftigen Widerspruch stieß, aber von den hier Anwesenden hätte er diese Reaktion nicht erwartet, und erstaunt registrierte er Franks' schockierte Miene. »Ist das wieder einer Ihrer Scherze?«, brüllte Franks Hitchcock an. »Etwas, das Sie sich ausgedacht haben, um uns an diesem Wochenende in Trab zu halten? Wenn es so ist, dann sind Sie zu weit gegangen!«

»Das ist kein Scherz, David. Natürlich nicht.« Alma fasste nach Franks' Arm, um ihn zu beruhigen, aber er stieß sie weg. »So etwas würdest du doch nicht tun, Hitch?«

Penrose fand es interessant, dass es eher eine Frage als eine Feststellung war, und bestätigte Alma, wozu ihr Mann offenbar nicht imstande war. »Miss Reville hat recht. Ich fürchte, es besteht kein Zweifel daran, dass Mrs Hutton tot ist.«

»Was ist passiert?«

»Sie wurde auf dem Hundefriedhof erstochen«, sagte Penrose und dachte dabei, wie wenig diese Worte dem tatsächlichen Schicksal der Schauspielerin gerecht wurden. Aus dem Augenwinkel sah er Astrid Lake erschauern. »Sobald die Männer von der Spurensicherung Gelegenheit hatten, den Tatort zu untersuchen, werden wir mehr wissen.«

»Ich will sie sehen.«

»Tut mir leid, das ist im Moment nicht möglich.«

»Versuchen Sie doch, mich aufzuhalten.« Franks wandte sich ab und wollte das Zimmer verlassen, Spence war jedoch schneller als er. »Lassen Sie mich gehen, verdammt noch mal«, brüllte er und versuchte, sich an Spence vorbeizuquetschen.

»Erst wenn Sie sich wieder beruhigt haben.« Penrose bemerkte, dass Spence Franks sanft am Arm festhielt, bis dessen Zorn nachließ. Als der Kameramann sicher war, dass Franks sich wieder ein wenig beruhigt hatte, ließ er ihn los und drückte freundlich seine Schulter. »Der Inspector hat recht«, sagte er ruhig. »Es bringt nichts, hinzugehen. Bella würde nicht wollen, dass Sie sie so sehen. Sie wissen doch, wie sie war.«

»In welcher Beziehung standen Sie zu Bella Hutton?«, fragte Penrose.

Nach wie vor um Fassung ringend, setzte sich Franks. »Sie war die Schwester meiner Mutter«, sagte er. »Als ich acht war, starb meine Mutter, und sechs Jahre später folgte ihr mein Vater. Bella und Max holten mich zu sich nach Amerika. Sie besorgten mir Arbeit an einem Filmset – die beiden kannten so gut wie jeden in Hollywood, daher fiel ihnen das nicht schwer –, und sie hielten mich von Schwierigkeiten fern. Nach dem Tod meines Vaters war ich sehr wütend, und sie zeigten mir, wie ich meine Wut in etwas Konstruktives umwandeln konnte. Als ihre Ehe in die Brüche ging, begleitete ich Bella zurück nach England, und sie setzte sich bei den Studios für mich ein, bis ich mich auch hier bewährt hatte.«

Bis auf die Hitchcocks und Jack Spence schien keiner der Anwesenden die verwandtschaftliche Beziehung von Franks und Bella Hutton im Detail gekannt zu haben. Insbesondere Josephine sah Franks verwundert an, und Penrose fragte sich, warum. »Tut mir leid«, sagte er. »Wenn ich gewusst hätte, dass Sie sich so nahestehen, hätte ich es Ihnen schonender beigebracht.«

Franks zuckte mit den Schultern. »Woher sollten Sie das wissen? Außerdem«, fügte er hinzu, »so nahe standen wir uns in letzter Zeit nicht mehr. Ich sage es Ihnen lieber selbst, bevor Sie es von jemand anderem erfahren.«

»Wie kam es dazu?«

»Bella war es gewohnt, über meine Laufbahn zu bestimmen, und es fiel ihr schwer, zu akzeptieren, dass ich meinen eigenen Weg gehen wollte, selbst wenn er sich als falsch erweisen sollte. Ich wollte auf eigenen Füßen stehen.« Er lächelte traurig. »Ich schätze, dass ich dazu jetzt ausreichend Gelegenheit haben werde.«

Astrid Lake ergriff zum ersten Mal das Wort. »Sie sprachen von zwei Morden. Wer ist noch tot?«

»Eine der Kellnerinnen des Hotels. Eine junge Frau namens Branwen Erley«, sagte Penrose. »Gestern Abend ist sie mit der Band aufgetreten, und ihre Leiche wurde heute Morgen bei dem Aussichtspunkt an der Landzunge gefunden.«

Die junge Schauspielerin sah zu Daniel Lascelles, der ihrem Blick auswich. »Wurde sie auch erstochen?«

»Nein.«

Sie wartete, dass er weitersprach, und als er nichts mehr sagte, fragte sie aufgebracht: »Was soll das heißen? Gibt es mehr als einen Mörder, oder ist er einfach nur vielseitig begabt?«

»Es ist noch viel zu früh, darüber zu spekulieren. Sobald beide Leichen genau untersucht wurden, wissen wir mehr. Bis dahin ...«

Hitchcock, der nicht mehr an sich halten konnte, unterbrach ihn. »Sollten Sie dann nicht draußen sein und nach Spuren suchen, Chief Inspector, statt Zeit damit zu verschwenden, so zu tun, als wären Sie der verdammte Hercule Poirot im letzten Kapitel eines Romans?« Vorwurfsvoll blickte er kurz zu Josephine, und Penrose hätte nicht sagen können, ob sie deswegen brüskiert wirkte oder weil sie den Vergleich ärgerlich fand. »Ich weiß nicht, was ein Irrer, der da draußen frei rumläuft, mit uns zu tun hat.«

»Wie kommen Sie auf die Idee, dass es ein Irrer ist?«

»Wie kommen Sie auf die Idee, dass es keiner ist?« Es war ein nachvollziehbarer Einwand, aber Penrose wollte nicht einmal das einräumen. »Bestimmt hegte jemand einen Groll gegen diese Kellnerin. Vielleicht hat Bella etwas gesehen, was sie nicht hätte sehen sollen, und wurde deswegen umgebracht?«

Alles ist ihm recht, um die Aufmerksamkeit von seinen lustigen Spielchen an diesem Wochenende abzulenken, dachte Penrose. »Ich kann Ihnen versichern, Sir, dass Ihnen keine besondere Behandlung zuteilwird.« Das ließ sich so oder so interpretieren, und es kümmerte ihn kein bisschen, ob Hitchcock es als Warnung oder Beruhigung verstand. »Das Personal und die Gäste des Hotels werden zu gegebener Zeit befragt, und ich möchte mich für Ihren Denkanstoß bedanken, aber da Miss Erley mit ziemlicher Sicherheit mit der Leine von Bella Huttons Hund stranguliert wurde und ihre Bekleidung nahelegt, dass sie noch lebte, als es in der Nacht kühler wurde, würde ich logischerweise annehmen, dass Miss Hutton zuerst umgebracht wurde.« Das hatte die gewünschte Wirkung: Hitchcocks Wut fiel in sich zusammen, und kleinlaut setzte er sich neben seine Frau.

»Ich glaube, sie kannten sich, Archie. Bella Hutton und Branwen Erley.«

Penrose sah zu Josephine. »Wie kommst du darauf?«

»Sie haben sich gestern Nachmittag auf der Terrasse unterhalten. Ich habe nicht gehört, was sie gesagt haben, aber es wirkte nicht wie das Gespräch zwischen einer Kellnerin und einem Gast. Die junge Frau war aufgeregt. Dann sagte Bella etwas zu ihr, und sie lächelte.«

»Wissen Sie etwas darüber?«, fragte Penrose Franks.

Er schüttelte den Kopf. »Nein, aber Bella gab immer großzügig Trinkgeld. Viele Bedienungen lächelten, wenn sie sie sahen.«

Penrose wandte sich Hitchcock zu. »Haben Sie Bella Hutton an diesem Wochenende hierher eingeladen?«

»Nein«, sagte der Regisseur, räusperte sich und sah sich nach einem Schluck Wasser um. »Wir waren Freunde. Ich kannte sie seit zehn Jahren, aber bis gestern wusste ich nicht, dass sie auch hier sein würde.«

»Und wann haben Sie sie zuletzt gesehen?«

Die unerbittlichen Fragen verunsicherten ihn, und Alma antwortete mit fester Stimme für sie beide. »Gestern Abend beim Kaffee. Nachdem Bella diesen Raum verlassen hatte, haben wir sie nicht mehr gesehen. Wir kehrten gegen zehn Uhr dreißig zum Watch House zurück«, fügte sie hinzu und lieferte Penrose damit ein Alibi, nach dem er gar nicht gefragt hatte. »Und dort hielten wir uns bis zum Frühstück auf.«

»Hat sie sonst jemand gesehen, nachdem sie von hier weggegangen ist?« Alle sahen sich an, aber keiner sagte etwas. »Was ist mit ihrer Abschiedsbemerkung? Sie sagte, ihre größte Angst sei, zu wissen, wie sie sterben würde. So etwas zu sagen, kurz bevor man ermordet wird, ist eigenartig. Kann jemand erklären, was sie damit meinte?«

»Ja, ich denke, ich.« Alle Augen richteten sich auf Josephine. »Bella hatte Krebs. Sie sagte zu mir, sie habe nur noch ein paar Wochen zu leben, aber wenn nur Schmerz und Elend auf einen warteten, sei das eine sehr lange Zeit. Möglich, dass sie das meinte. Es muss ihr Angst gemacht haben.«

»Das stimmt«, sagte Franks. »Sie hat ihre Krankheit geheim gehalten. Sie wollte kein Mitleid.«

»Aber Sie wussten davon.«

»Sie hat mir fast alles erzählt. Wenigstens dachte ich das, aber vielleicht beweist Ihre Freundin das Gegenteil.«

Herausfordernd sah er Josephine an. »Ich glaube nicht«, sagte sie. »Es war nur ein kurzes Gespräch. Sie hat über ihr Leben reflektiert, was wir vermutlich alle in ihrer Lage täten. Ich traf sie zufällig zu einem Zeitpunkt, als sie das Bedürfnis hatte zu reden, und ich bin sicher, sie hätte es nicht getan, wenn ich keine Fremde gewesen wäre.« Sie sah David Franks entschuldigend an. »Man belastet einen geliebten Menschen nicht mit seinen Ängsten, oder? Bei einem Außenstehenden ist das etwas anderes.«

Penrose kannte Josephine gut genug, um zu wissen, dass das Gespräch mit Bella sie bewegt hatte, egal, wie wenig sie sich kannten. »Erzähl mir, worüber ihr geredet habt«, sagte er ruhig. »Alles, woran du dich erinnerst, egal, wie unbedeutend es zu dem Zeitpunkt erschien.«

Sie zögerte, und er ahnte, dass sie das alles nicht vor so vielen Zuhörern ausbreiten wollte, aber er war gespannt, wie die anderen reagieren würden. »Sie berichtete von den Anfängen ihrer Karriere und wie sie ihren Mann kennenlernte. Aus dem, was sie sagte, schloss ich, dass sie ihn immer noch liebte. Offenbar hatte er sie allerdings sehr gekränkt.«

»Ihr gefiel nicht, auf welche Weise er sein Geld verdient hat«, erklärte Franks. »Für jemanden mit einer so langen Erfahrung in der Branche konnte Bella sehr naiv sein im Hinblick darauf, wie Geschäfte liefen und wie Geld gemacht wurde. Sie fand, er beute Menschen aus, und vermutlich tat er das auch, aber Max hat nie verstanden, was sie daran störte oder was das mit ihrer Ehe zu tun hatte. Er liebte sie genauso wie sie ihn. Ich weiß noch, wie ich mich auf einmal zwischen den Stühlen wiederfand, als die Ehe zu bröckeln begann. Gott, konnten die beiden streiten.«

»Ist er immer noch in Amerika?«

»Jedenfalls glaube ich nicht, dass er gestern Nacht durch die hiesigen Wälder gewandert ist, wenn Sie das meinen.«

Auch wenn ihn dieser Gedanke gestreift hatte, sagte Penrose gelassen: »Nein, ich meinte, dass man ihn über ihren Tod informieren sollte.«

»Oh, verstehe. Ja, er ist in Los Angeles. Tut mir leid.«

»Was hat Bella noch gesagt?«, fragte Penrose und wandte sich wieder Josephine zu.

»Sie hat viel von ihrer Familie erzählt und was mit ihr geschehen ist, als sie schon nicht mehr hier gelebt hat.«

»Hier? Redest du von Portmeirion?« Während er Josephines Ausführungen lauschte, ärgerte er sich, dass er Constable Powell zum Schweigen gebracht hatte, nur weil ihm der Mann auf die Nerven gegangen war. »Ihre ältere Schwester hat den Hundefriedhof angelegt, und ihre jüngere Schwester starb bei der Geburt ihres zweiten Kindes.« Sie hielt inne und sah David Franks an. »War das Ihre Mutter?« Er nickte. »Dann ist Ihr Vater also …«

»Von einer Meute ermordet worden? Ja, metaphorisch gesprochen ist er das.« Er gab Penrose nicht die Gelegenheit, um eine Erklärung zu bitten, sondern beschrieb von sich aus die Umstände des Todes seines Vaters mit ruhiger Nüchternheit, die der Zorn in seinen Augen Lügen strafte.

»Dann war es doch kein Scherz, was Sie gestern Abend sagten? Sie haben tatsächlich gesehen, wie Ihr Vater bei lebendigem Leib verbrannte?« Almas Stimme klang genauso mitfühlend wie am Abend zuvor, obwohl sie angelogen worden war.

»Ja, aber ich weiß nicht, warum ich das gesagt habe. Es tut mir leid, es war unangemessen.«

»Sie müssen sich nicht entschuldigen, David«, sagte Hitchcock und sah seine Frau an. »Manches kann man nur als Witz ertragen.«

»Bella holte mich zu sich, weil Grace sie darum bat«, fuhr Franks fort. »Hier war es gefährlich für mich. Ich hatte Angst und war wütend, und die Meute hätte irgendwann auch mich gekriegt. Wenn eine solche Gewalt erst einmal entfesselt ist, lässt sie sich nicht mehr eindämmen.« Er sah sich im Mirror Room um. »Hat es nicht etwas Ironisches, dass Bella mir genau in diesem Raum hier gesagt hat, dass ich mit ihr weggehen würde? Wenn man genau hinsieht, erkennt man noch die Kerbe, wo ich einen Türstopper an den Kamin geworfen habe. Ich wollte nicht weggehen.«

»Das verschwundene Kind war also mit Bella verwandt«, sagte Penrose und fügte das eben Gehörte mit dem, was Powell gesagt hatte, zusammen. »Es war das Kind ihres Bruders. Stimmt das?«

Franks sah ihn überrascht an. »Taran? Ja. Er war erst drei Jahre alt. Woher wissen Sie davon?«

»Einer der hiesigen Polizisten erzählte es mir. Er sagte auch, dass Bellas Bruder seinen Sohn nie kennenlernte, weil er mit einer anderen Frau davongelaufen war. Branwen Erleys Mutter, um genau zu sein. Das war die Verbindung zwischen ihr und Bella. War Ihnen das bekannt?«

»Ja.«

»Und hatten Sie vor, es uns zu verraten?«

»Nein, aber nur, weil ich jemanden schützen wollte.« Seine Ehrlichkeit war entwaffnend, und Penrose sah ihn überrascht an. »Aber jetzt ist es auch egal, oder? Sie werden es sowieso rausfinden. Bellas Bruder ist Leyton Turnbull. Er hat seinen Namen geändert, als er von hier weg ist.«

Es war offensichtlich, dass das bis zu diesem Moment keiner der Anwesenden gewusst hatte, auch Josephine nicht. »Warum haben Sie mir das nicht schon längst gesagt?«, fragte Penrose.

»Weil er verdammt noch mal der Einzige ist, den ich noch habe.«

Penrose verließ den Raum lange genug, um sich wieder zu beruhigen und James Wyllie zu suchen. »Gehen Sie bitte mit einem der Polizisten zu Leyton Turnbulls Zimmer und sehen Sie nach, ob er sich dort aufhält. Wenn, dann bringen Sie ihn her, aber sagen Sie ihm nicht, warum.« Er kehrte in den Mirror Room zurück und setzte sich Franks gegenüber. »Gut. Erzählen Sie mir alles, was Sie über Leyton Turnbull wissen.«

»Er tauchte ungefähr anderthalb Jahre nach mir in Amerika auf. Er hatte zuerst einige Zeit in Dänemark verbracht, dann nach Kriegsende in Deutschland, und kleinere Rollen in schlechten Filmen gespielt. Damals war Bella sehr berühmt und sehr reich, und er dachte, er könnte davon profitieren. Aus heiterem Himmel stand er eines Tages in den Studios.«

»Zusammen mit der Mutter von Branwen Erley?«

»Nein, er war allein. Mit den beiden schien es nicht geklappt zu haben. Bella war entsetzt, aber Max und er haben sich auf Anhieb verstanden. Er verschaffte Turnbull Arbeit bei einer Produktionsfirma. Bella behagte das überhaupt nicht.«

»Aber sie fand sich damit ab?«

»Solange nicht bekannt würde, dass sie miteinander verwandt waren. Sie wollte nichts mit ihm zu tun haben. Irgendwann trieb er es allerdings zu bunt, und Bella hatte genug, auch weil Max sich weigerte, ihm Grenzen zu setzen. Sie reichte die Scheidung ein und kehrte nach England zurück.«

»War das, als er eine Schauspielerin vergewaltigte?«, fragte Astrid. »Bella erzählte mir, dass er das Leben einer jungen Frau zerstört hatte. Haben die Jungs zusammengehalten und es unter den Teppich gekehrt?« Sie sah Penrose an. »Wurde Branwen Erley vergewaltigt?« Er erwiderte nichts. »Ja, oder?«

»Himmel, und Bella?«, fragte Franks. »Sie wurde doch nicht auch ...«

»Nein«, sagte Penrose. »Es gibt keinerlei Hinweise darauf.« Er erwähnte nicht, dass das ungefähr der einzige Gräuel war, der dem Filmstar nicht angetan worden war.

»Turnbull war gestern Abend mit der Kellnerin zusammen, Archie«, sagte Spence leise. »Gegen sieben brachte er sie in seinem Auto zurück und setzte sie vor der Rezeption ab. Ich habe sie gesehen, als ich runter zum Hotel ging. Sie küsste ihn, und ihre Strümpfe waren zerrissen.«

»Ach so, dann hat sie darum gebettelt«, sagte Astrid sarkastisch.

»So habe ich das nicht gemeint«, sagte Spence ungeduldig.

»Verflixt noch mal, werden Sie erwachsen. Es sind Menschen gestorben.«

»Sie waren bis jetzt sehr still, Mr Lascelles«, sagte Hitchcock, der angesichts der wachsenden Spannung im Raum offenbar sein Selbstvertrauen wiedergewann. »Ich kam nicht umhin, zu bemerken, dass Sie gestern Abend recht interessiert an Miss Erleys Auftritt waren. Haben Sie uns vielleicht etwas mitzuteilen?«

Danny wurde rot, wie schon am Abend zuvor, als Hitchcock ihn aufs Korn genommen hatte. »Ich habe sie nur wegen einer Bemerkung von Turnbull angesehen.« Er sah Penrose in die Augen. »Er sagte, er würde sie so oder so kriegen, bevor die Nacht rum sei. Sie haben es auch gehört, Astrid, oder? Er bot mir eine Wette an.«

Astrid ignorierte ihn und starrte weiter wütend Jack Spence an. »Warum ist Turnbull hier?«, fragte Penrose.

»Ich habe ihm von diesem Wochenende erzählt«, bekannte Franks. »Hin und wieder tauschen wir uns aus. Er bat mich, ihm eine Einladung zu besorgen, und weil Mr Hitchcock gerade einen Schauspieler für eine bestimmte Rolle brauchte, dachte ich, ich könnte zwei Fliegen mit einer Klappe schlagen.«

Penrose fragte gar nicht erst nach, was für eine Rolle das war: Hitchcocks Spielchen waren völlig unwichtig geworden. »Er kam also nicht, weil er wusste, dass Bella hier war?«

»Nein, aber beschwören kann ich es nicht.«

»Es ist also nicht ausgeschlossen, dass er es gewusst und eine Gelegenheit erkannt hat, eine alte Rechnung mit ihr zu begleichen? Nach allem, was Miss Lake berichtet, hat Bella Hutton recht unverblümt Vorwürfe gegen ihn erhoben, und das wollte er doch bestimmt unterbinden?« Franks zögerte. »Haben die beiden deshalb gestern Abend in ihrer Suite gestritten?«

»Woher wissen Sie das?«

Ronnie war manchmal wirklich gut, dachte Penrose, verzichtete jedoch auf eine Erklärung. »War das der Grund?«

»Nein. Wenigstens nicht nur. Turnbull hat erst gestern erfahren, dass er ein Kind hatte. Das wusste er von Branwen Erley –

er erzählte mir, er habe sie auf der Harlech Road aufgesammelt, weil sie einen Radunfall hatte und das Rad stehen lassen musste. Sie hatte keine Ahnung, wer er wirklich ist«, fügte er hinzu, um der nächsten Frage zuvorzukommen. »Sie erzählte ihm nur, was in der Gegend getratscht wird, ohne zu ahnen, was sie damit anrichtet. Er war außer sich, weil Bella ihm das mit dem Kind verschwiegen hatte.«

»Und war er auch auf Sie wütend? Sie haben es ihm ja genauso wenig gesagt.«

»Ich weiß, aber in seiner Wut auf Bella hat er offenbar nicht an mich gedacht. Es war falsch, ihm nichts zu sagen, aber ich wollte nicht zugeben, dass mein Vater etwas mit dem Verschwinden seines Sohnes zu tun hatte.«

»Ihr Vater war unschuldig«, sagte Josephine. »Das hat Bella sehr deutlich gemacht.« Franks blieb still, und sie sah ihn fragend an. »Sie glauben, dass es Ihr Vater war, oder?«

»Ich weiß nicht, was ich glauben soll. Er wollte Taran bestimmt nichts antun, aber ich kann mir vorstellen, dass er ihn mitgenommen hat.« Müde rieb er sich übers Gesicht. »So etwas hatte er schon mal getan, müssen Sie wissen, woanders, wo wir nur durchkamen. Nach dem Tod meiner Mutter wurde er fast verrückt vor Trauer um sie und das Kind. Er wusste nicht, was er tat. Alle im Lager passten auf ihn auf, aber dieses Mal konnten sie ihn nicht retten. Es ging alles viel zu schnell.«

»Wollen Sie damit sagen, dass die Hütte in Brand gesteckt wurde, während sich das Kind darin befand, lebend?«, fragte Josephine voller Grauen. »Die Leute müssen doch nachgesehen haben.«

In seiner Miene spiegelte sich Verachtung für ihre Naivität. »Haben Sie schon mal eine Meute erlebt, die Blut riecht?«, fragte er. »Da hält doch keiner inne. Erst wenn es zu spät ist. Das Feuer breitete sich so schnell aus, dass die Leute wahrscheinlich selbst überrascht waren. Als ich zum Fenster hochsah, glaubte ich den Jungen in den Armen meines Vaters zu erkennen. Vielleicht wurde ihnen später bewusst, was sie getan hatten. Das würde erklären, warum sich keiner wirklich bemüht hat, Tarans Leiche zu finden.«

»Haben Sie nie jemandem davon erzählt?«, fragte Penrose aufgebracht. »Kam Ihnen nie in den Sinn, dass Sie Tarans Mutter das Leid des Wartens und Bangens hätten ersparen können?«

»Auf Kosten der Erinnerung an meinen Vater? Das konnte ich nicht. Deshalb habe ich auch Turnbull nichts davon erzählt: Er hätte mich umgebracht. Als ich gestern in Bellas Suite kam, hatte er sie an der Kehle gepackt, weil sie Tarans Geburt vor ihm verheimlicht hatte. Gott weiß, was er getan hätte, wenn er von den Umständen seines Todes erfahren hätte.«

»Als wir gestern Abend Ihnen beiden auf dem Platz begegneten, sagte er etwas von dem Friedhof – was meinte er?«

»Damals gab es Gerüchte, mein Vater habe Taran dort beerdigt. Auch davon hatte Branwen ihm erzählt. Es war natürlich Blödsinn, aber ich konnte wohl kaum etwas einwenden. Wenn Bella also dort umgebracht wurde ...«

Auf dem Flur waren Schritte zu hören, und Wyllie streckte den Kopf zur Tür herein. »Er ist nicht auf seinem Zimmer.«

Penrose fluchte leise. »Gut. Dann werden wir eine gründliche Suche organisieren müssen. Ich komme gleich.« Er drehte sich wieder zu den anderen. »Hat jemand gestern Nacht Leyton Turnbull zwischen seinem Verlassen dieses Raums und zwei Uhr früh gesehen?«

»Astrid und ich«, sagte Danny. »Er kam gegen eins in die Garage und holte etwas aus dem Kofferraum seines Wagens.«

»Was um alles in der Welt haben Sie denn um diese Zeit in der Garage gemacht?«

Nervös sahen sie zu Hitchcock. »Ich wollte, dass unsere jungen Leute sich ein wenig besser kennenlernen, also veranlasste ich, dass sie dort zusammen eingesperrt wurden«, sagte der Regisseur mit einem Lächeln. »Die Idee dazu hatte ich aus den *39 Stufen*. Alle sagten, ich hätte Robert und Madeleine mit Handschellen aneinandergefesselt und absichtlich den Schlüssel verloren, aber das stimmt nicht. Das wäre Verschwendung von Studiozeit gewesen, und Studiozeit ist teuer. Eine Garagenmiete ist wesentlich billiger.« Er grinste, und Penrose war versucht, ihm das Grinsen aus dem Gesicht zu wischen.

»Gibt es noch irgendwelche Spielchen, die diese Ermittlung behindern könnten? Die Nonne zum Beispiel. Wer ist sie?«

Hitchcock zuckte mit den Schultern. »Keine Ahnung.«

»Sie müssen sie doch kennen. Sie haben sie zum Dinner eingeladen.«

»Ich habe sie bezahlt. Ich habe sie nicht engagiert. Fragen Sie David. Er hat sie aufgetan.«

Archie drehte sich zu Franks und hob die Augenbrauen. »Nun?«

David wirkte verlegen. »Ich möchte das eigentlich nicht sagen. Sie hat nichts mit alldem zu tun.«

»Das lassen Sie bitte mich entscheiden.«

»Aber sie hat doch das Dorf verlassen, bevor das Dinner zu Ende war.«

»Nein, hat sie nicht«, sagte Josephine. »Als wir im Mirror Room saßen, habe ich sie gesehen. Sie kam aus Richtung der Landzunge und ging zur Rezeption. Das muss gegen halb zehn gewesen sein.«

»Außerdem hat sie die ganze Zeit Leyton Turnbull angestarrt und gesagt, dass sie ihn kennt«, fügte Astrid hinzu. »Es schien ihn nervös zu machen.«

»Wer ist sie?«, fragte Penrose erneut.

»Sie heißt Joan Sidney und kommt aus Kansas. Sie ist ein Star des Schmuddelkinos.«

Unter anderen Umständen wäre Hitchcocks Wutanfall amüsant gewesen. »Sie haben eine solche Person hierhergebracht, ohne mir Bescheid zu sagen, und lassen mich für sie zahlen? Wollen Sie mich auf den Arm nehmen?«

»Reg dich nicht auf, Hitch«, sagte Alma. »Genau solche Scherze würdest du dir doch auch erlauben, wenn sie dir einfielen.«

Ausnahmsweise fruchtete ihr Versuch, Frieden zu stiften,

nicht. Überrascht stellte Penrose fest, dass Hitchcocks Ärger über den Witz – den er selbst lustiger fand als alles andere, was an diesem Wochenende von dem Regisseur gekommen war – von einer Art Prüderie herzurühren schien. »Wo ist Miss Sidney jetzt?«, fragte er, ohne auf Spence' Grinsen zu achten.

»Ich hatte ein Zimmer im Castle für sie reserviert. Das Deudraeth Castle Hotel«, erklärte er, als die anderen ihn fragend ansahen. »Das ist das Haus, an dem man auf dem Weg hierher vorbeikommt. Wahrscheinlich hat sie es aber schon verlassen. Sie hat ihr Geld im Voraus bekommen. So wie immer.«

»Ich werde es überprüfen. Bitte bleiben Sie hier, bis ich zurück bin.« Josephine begleitete Archie ins Foyer. »Danke für deine Hilfe eben«, sagte er. »Ich weiß nicht, wie viel von alldem zur Sprache gekommen wäre, wenn du nicht schon einiges von Bella Hutton gewusst hättest.«

»Von David Franks hat sie mir gegenüber allerdings nichts erwähnt. Findest du das nicht seltsam?«

»Inwiefern?«

»Na ja, sie hat von den Menschen gesprochen, die sie liebt, und von denen, die sie nicht ausstehen kann, und sein Name tauchte in keiner der beiden Kategorien auf. Jemanden, der ihr so nahestand, dass er von ihrer Krebserkrankung wusste, hätte sie doch bestimmt erwähnt, als sie im Gespräch mit mir über ihr Leben reflektierte. Sie verglich sich sogar mit Christine Clay und sagte, dass niemand ihren Tod aufrichtig betrauern würde.«

»Offensichtlich hatten sie sich in letzter Zeit voneinander entfernt. Das hat Franks jedenfalls gesagt. Vielleicht lag es daran?«

»Ja, vielleicht.« Josephine nickte wenig überzeugt. »Aber ich will dich nicht aufhalten. Ich wollte dir nur noch eins sagen: Sie hat erzählt, dass sie ihr Geld einer Wohltätigkeitsorganisation hinterlassen will. Ich glaube zwar, dass das nicht ernst gemeint war, aber ich dachte, du solltest es wissen, und ich konnte es dir schwerlich da drin erzählen.«

Er lächelte sie an. »Nein. Sonst noch was?«

»Ja, vielleicht war es Bella, die mit Leyton Turnbull abrechnen wollte, nicht umgekehrt. Schließlich hatte sie nichts mehr zu verlieren, und ich hatte den Eindruck, dass sie wegen etwas, das mit ihrer Familie zu tun hatte, übers Wochenende hierhergekommen ist. Sie sagte, ich hätte ihr geholfen, einen Entschluss zu fassen, aber sie wollte mir nicht sagen, worum es ging.« Nachdenklich nickte er. »Nachdem du mich ausgequetscht hast wie eine Zitrone, verzeihst du mir bestimmt, wenn ich nicht wieder mit dir reingehe. Ich habe genug von der Bagage.«

»Selbstverständlich, aber bleib bitte im Hotel, bis wir halbwegs wissen, was passiert ist.«

Die Empfangsdame im Castle erklärte ihm, dass Joan Sidney noch nicht offiziell abgereist, aber auch nicht auffindbar war. Er hinterließ eine Nachricht für sie, in der er sie bat, sofort nach ihrer Rückkunft Verbindung mit ihm aufzunehmen, dann suchte er einen Polizisten, der die offiziellen Aussagen von Hitchcock und seinen Gästen aufnehmen würde. Als er zurück in den Mirror Room kam, hatten sich alle an den Terrassentüren versammelt, nur von dem Regisseur war nichts zu sehen.

»Wo ist Ihr Mann, Mrs Hitchcock?«, fragte Penrose verärgert. »Ich hatte Sie alle gebeten, hier auf mich zu warten.«

»Er ist los, um Leyton Turnbull einzusammeln«, sagte Alma entschuldigend. »Kurz nachdem Sie uns verlassen hatten, habe ich ihn auf dem Rasen vor dem Bell Tower entdeckt.«

10

Leyton Turnbull war erschrocken, wie spät es bereits war, als er an diesem Morgen endlich aufwachte. Er hatte Kopfweh, und ihm war leicht übel, aber er zwang sich, aufzustehen und seine Kleidung zu ordnen. Seine Hose war immer noch feucht, und auf Jacke und Hemd waren Blut- und Schmutzflecken, auch wenn er einiges davon auf dem Bettzeug verteilt hatte. An seinem Regemantel – der schlampig über einem Stuhl am Fenster hing – fehlte der Gürtel. Neben dem Bett stand ein Krug Wasser, von dem er sich nicht erinnerte, ihn dorthin gestellt zu haben, aber er war dankbar dafür. Während er schluckweise das lauwarme Wasser trank und dabei den säuerlichen Geschmack nach Whisky und Galle im Mund schmeckte, fiel ihm nach und nach wieder ein, was gestern Nacht passiert war.

Von seinem Zimmer waren es nur ein paar Schritte zum Bell Tower. Bevor er hineinging, blieb er auf dem Rasen davor stehen und sah zum Hotel hinunter, aber es war noch niemand auf der Terrasse. Mittlerweile war es fast Mittag. Er zog den Kopf ein, um ihn sich nicht an dem steinernen Türstock anzuschlagen, und betrat den Turm über den nächstgelegenen von vier Bogeneingängen. Ein halbes Dutzend Stufen führten zu einer Holztür, von dort wand sich die immer enger werdende Treppe weiter nach oben. Die modrige feuchte Luft tat seinem Kater nicht gut, und als er das vierte Geschoss erreichte, wo die Glocken hingen, war er froh, wieder ans Tageslicht zu kommen.

Aber er war immer noch nicht hoch genug. Der Bell Tower war das majestätischste Gebäude von Portmeirion und ragte eindrucksvoll am östlichen Rand des Dorfes auf, und dem sollte sein

Vorhaben an Dramatik in nichts nachstehen. Die beiden letzten Stockwerke waren nur über eine Leiter erreichbar. Ganz oben angelangt, sah er staunend aus dem Fenster. Er schien sich auf einer Höhe mit dem fernen Gipfel des Snowdon zu befinden und fühlte sich auf einmal nicht mehr wie eine Laus im Angesicht von dessen erhabener Größe. Als er nach unten blickte, sah Portmeirion wie ein Häuflein bunt angemalter Bauklötze aus. Mittlerweile waren auf der Terrasse Leute zu sehen, winzige und unbedeutende Püppchen, die nicht mehr die Macht hatten, ihn zu kränken. Hier oben hatte er die Kontrolle, und dieses Gefühl, das er so lange schon nicht mehr gespürt hatte, war berauschend. Er kletterte auf das Fensterbrett, damit er besser zu sehen war, und die Steinquader fühlten sich unter seinen schweißnassen Handflächen warm und rau an. Er wartete, bis er sich sicher fühlte, dann riskierte er einen Blick nach unten, und selbst bei diesem kurzen Blick war die Sogkraft überwältigend, eine heimtückische Verlockung zur Selbstzerstörung. Turnbull schüttelte den Kopf, aber das verstärkte dieses Gefühl nur noch. Zwei Stockwerke unter ihm setzte die alte Turmuhr zur Bewältigung ihrer täglichen Mammutaufgabe an. Bei ihrem Donnerklang zuckte er zusammen und hielt sich an dem Gemäuer fest. Sein Herz raste.

In dem Moment fiel sein Blick auf das Haus. Je länger er hinsah, desto näher schien es zu kommen und füllte irgendwann den gesamten Horizont aus. Er wusste, dass es Einbildung war, aber es kam ihm so vor, als verhöhnte es ihn, verlangte von ihm, die Gerechtigkeit wiederherzustellen. Er merkte, dass er sich drehte, und stellte sich Gwyneth in seinen Armen vor, ganz deutlich hörte er sie schreien, und dann hörte er ein Kind weinen – ein Kind, das womöglich nicht eines gewaltsamen Todes gestorben wäre, wenn es anders empfangen worden wäre. Er wusste, dass er falsch gehandelt hatte, und sie hatte ihn die Folgen deutlich spüren lassen, aber er hatte sie geliebt, und das war seine einzige Rechtfertigung. Wenigstens war ihm klar, was er tun musste. Er schloss die Augen, stellte sich Gwyneths Gesicht vor und tat einen Schritt, seinem Sohn entgegen.

11

Penrose hatte den Raum verlassen, um Hitchcock zu folgen, und Danny nutzte die Gelegenheit und zog Astrid beiseite, weg von den anderen. »Warum hast du mich vorhin so angesehen? Was habe ich getan?«

Das erste Mal an diesem Morgen sah sie ihm in die Augen. »Ich weiß nicht, Danny. Was hast du getan?«

»Du glaubst doch nicht etwa, dass ich in diese Sache verwickelt bin? Um Himmels willen, Astrid – du weißt genau, dass ich dazu nicht imstande wäre.«

»Ich weiß nicht, was ich glauben soll. Du begegnest unerwartet einer Frau, die dein Leben in mehrfacher Hinsicht ruiniert hat, und am nächsten Morgen findet man ihre Leiche, vergewaltigt und stranguliert. Da kann man mir wohl kaum vorwerfen, dass ich mich frage, was genau letzte Nacht passiert ist.«

»Du weißt, was passiert ist. Wir waren doch zusammen.«

»Nicht die ganze Nacht. Du hattest dich verspätet und dich umgezogen. Wo warst du spazieren, Danny? Das hast du mir nicht erzählt. Bist du den Uferweg entlanggegangen?« Sie konnte den sarkastischen, penetranten Ton in ihrer Stimme nicht ausstehen, aber unterdrücken konnte sie ihn auch nicht, und Dannys Schweigen provozierte sie nur noch mehr. »Hitchcock hatte recht. Während des Dinners hast du sie die ganze Zeit angestarrt. Du konntest deine Augen nicht von ihr wenden.«

»Das ist es also. Du bist eifersüchtig.«

»Eifersüchtig?« Sie lachte ihm ins Gesicht. »Ich brauche dein Interesse an mir nicht, Danny.«

»Tut mir leid. Das war dumm.« Er beruhigte sich und versuchte es mit Vernunft. »Du weißt, warum ich sie angesehen habe.«

»Ich weiß nur, was du mir erzählt hast. Dass du ein Lügner bist, wird mir erst jetzt klar. Warum hast du Penrose erzählt, Turnbull hätte mit dir gewettet, er würde sie ins Bett kriegen? Er hat nichts dergleichen gesagt, zumindest habe ich nichts davon mitbekommen. Warum also hast du das gesagt?«

»Seit wann bist du eigentlich eine solche Verehrerin von ihm?«

»Leyton Turnbull ist mir völlig schnuppe. Ich will nur wissen, mit welcher Art Mann ich die Nacht verbracht habe.«

»Ich dachte, das wüsstest du mittlerweile.«

Er zwinkerte ihr zu, um ihr ein Lächeln auf die Lippen zu zaubern, und erstaunt stellte sie fest, dass sein Charme, der sie zuerst angezogen hatte, plötzlich den gegenteiligen Effekt hatte. »Macht ihr Tod dir denn nichts aus, Danny? Auf welche Weise sie umgebracht wurde? Ich habe die Gesichter der anderen gesehen, als Penrose berichtete, was passiert ist, und alle wirkten schockiert oder traurig oder verängstigt. Du nicht. Du sahst schuldbewusst drein und bist meinem Blick ausgewichen. Was verbirgst du?«, fragte sie und hatte auf einmal Angst vor der Antwort. Im tiefsten Inneren hatte sie nie geglaubt, dass Danny für das Verbrechen verantwortlich war, aber sie musste hören, dass er seine Unschuld beteuerte. Jetzt war sie nicht mehr so sicher, dass er das konnte, ohne zu lügen. »Hast du der Frau etwas getan?«

Er nickte. »Ja. Ich habe dich angelogen, tut mir leid. Ich bin tatsächlich zu weit gegangen, wie sie gesagt hat.« Astrid war so erschüttert, dass sie einen Moment brauchte, um zu begreifen, dass er mit diesem Geständnis den Vorfall in seiner Jugend meinte, nicht den Mord. »Aber ich war damals erst fünfzehn, Astrid, und ich war das erste Mal mit einem Mädchen zusammen. Sie hat mit mir geflirtet. Ich dachte, sie wollte es ebenso sehr wie ich.«

»Und das rechtfertigt es?«

»Sie hat mich verführt, und in letzter Sekunde hat sie es sich anders überlegt.«

»So wie ich?« Wenigstens war der Grund für den Groll, den sie gegenüber Danny empfand, jetzt heraus. Sie bereute bitterlich, was sie zugelassen hatte, aber es ließ sich nicht rückgängig machen, und sie wusste zwar, dass es billig und schäbig war, Branwen Erleys Tod als Vorwand zu benutzen, um ihre Scham gegen ihn zu richten, aber es passte nur allzu gut zu ihrer neu gewonnenen Meinung über sich selbst.

Danny versuchte, das plötzlich zwischen ihnen stehende Unbehagen beiseitezuwischen. »Du warst nervös«, sagte er. »Das ist verständlich, aber du hast nicht ...« Er verstummte, als er den Ausdruck auf ihrem Gesicht sah, und wollte ihre Hand nehmen, aber sie zuckte bei seiner Berührung zusammen. »Bitte, Astrid, tu das nicht. Verdirb nicht alles. Wir hatten eine wunderschöne Nacht.«

»Ach ja?« Sie knöpfte die obersten beiden Knöpfe ihrer Bluse auf und schob den Seidenstoff ein Stück zur Seite, um ihm den tiefroten Bluterguss, der sich auf ihrer Brust zu bilden begann, zu zeigen. »Das ist dein Problem, Danny. Du denkst, dass wir unseren Spaß bei so etwas haben.«

Das versetzte seinem Stolz den endgültigen Schlag, und er wandte sich verächtlich ab. »Jack hat recht«, sagte er. »Du solltest erwachsen werden. Manchmal muss man Dinge tun, die man nicht mag, wenn man weiterkommen will. So läuft es nun mal.«

»Ach, und wie soll es mich weiterbringen, wenn ich mit dir ins Bett steige? Du bist weder Produzent noch Regisseur. Du mimst den jugendlichen Helden, wie es ihn hundertfach gibt, und ob du in drei Jahren noch Angebote bekommst, steht in den Sternen. Genauso ist es bei mir.« Sie legte eine Hand auf seine Wange und sah ihn traurig an. »Ich war nicht mit dir zusammen, um weiterzukommen, Danny. Ich war mit dir zusammen, weil ich dich mochte. Ich dachte, du wärst anders, einfühlsamer als andere Männer. Als du mir von deinem Vater erzählt hast, habe ich echtes Mitgefühl für dich empfunden.«

»Ach ja?« Er lachte, aber es war ein bitteres Lachen. »Nun, vielleicht ist das wiederum nicht das Interesse an meiner Person, das ich brauche.«

Mehr gab es nicht zu sagen. Astrid wollte weggehen, aber er packte ihren Arm. »Wirst du Penrose davon erzählen? Ich habe nichts Unrechtes getan, Astrid. Wenn ich die Frau hätte umbringen wollen, hätte ich dir wohl kaum gesagt, dass ich sie kenne.«

»Das ist das Einzige, was dich interessiert, oder? Was ich sagen werde, nicht, wie ich mich fühle.« Sie sah ihn lange an, als ränge sie um einen Entschluss. »Wir sind beide keine besonders netten Menschen, oder, Danny? Das dachte ich zuerst, aber diese Art Gefühlsduseligkeit habe ich gestern Abend ebenfalls verloren.« Ohne ein weiteres Wort ging sie davon, um sich wieder zu den anderen zu gesellen.

12

Hitchcock eilte durch das Dorf zum Watch House. Er war entschlossen, Penrose keinen neuerlichen Anlass zu einem Vorwurf zu geben, indem er ihm von dem Streich erzählte, der für den heutigen Tag geplant gewesen war – egal, welche Schuld Leyton Turnbull auf sich geladen hatte. Als er das kleine Gärtchen mit den Kies- und Rasenflächen erreichte, war niemand mehr zu sehen, und er verfluchte den Schauspieler dafür, dass er gerade jetzt beschlossen hatte, sich als verlässlich zu erweisen. Es blieb ihm nichts anderes übrig, als Turnbull in den Bell Tower zu folgen, und er machte sich rasch an den Aufstieg. Die sechsundneunzig Stufen zu seiner Wohnung im obersten Stock in der Cromwell Road mochten sein einziges Zugeständnis an Sport sein, aber wenigstens zeigten sie Wirkung. Als er das zweite Geschoss erreichte und gerade zum nächsten Treppenabsatz gehen wollte, verdunkelte ein Schatten die Fensteröffnung.

Er blieb stehen und wusste instinktiv, was passiert war, konnte oder wollte es aber nicht glauben. Später war Hitchcock sich nicht sicher, ob er das Geräusch beim Auftreffen des Körpers auf dem Boden tatsächlich gehört oder ob er es sich in seinem Entsetzen eingebildet hatte, aber es würde ihn für den Rest seines Lebens in seinen Träumen heimsuchen, ohne dass er es sich eingestand, geschweige denn jemandem erzählte. Zitternd trat er ans Fenster. Seine Augen suchten den unter ihm liegenden Platz ab und blieben an Turnbulls zerschmettertem Körper hängen. Instinktiv hielt er den Anblick der eigenartig verrenkten Gliedmaßen auf dem Kies im Kopf als Filmbild fest. In Wellen stieg Panik in ihm auf, aber er zwang sich, ruhig zu bleiben, als er die Stufen hinabstieg und darum betete, dass er sich getäuscht hatte, dass es nur eine raffiniertere Version seines geplanten Streichs war. Aber es war keine Täuschung und kein Streich, und wie unter Zwang näherte er sich der Leiche. Beim Näherkommen trat das Panorama von Portmeirion in den Hintergrund, und als er nur noch ein, zwei Schritte von dem Gesicht des Toten entfernt war, war alles Schöne und aller Sonnenschein verschwunden und nur noch Grauen zurückgeblieben. Da war Blut, so viel Blut, und dennoch ging er weiter, so gebannt von Turnbulls Augen, dass nichts sonst mehr existierte: Gnadenlos und anklagend starrten sie ihn an, und Hitchcock hielt dem Blick stand, bis sie zu viel sahen und er den Kopf wegdrehen musste.

13

Geschickt steuerte Lettice das Boot ans Ufer, und Ronnie kletterte hinaus. »Das war herrlich!«, rief sie begeistert. »Wer hätte gedacht, dass gerade dort draußen die Logenplätze sind?«

»Vom Wasser aus hat man ganz sicher einen viel besseren Blick auf den Bell Tower als von irgendeiner Stelle an Land«, bestätigte ihre Schwester, machte das Boot am Poller fest und gab Lydia ihren Sonnenhut.

»Wir haben alles ganz genau gesehen: wie die Attrappe aus dem Fenster gefallen ist und alle wie kopflose Hühner herumgerannt sind.« Josephine wollte sie unterbrechen, aber Ronnie war nicht zu bremsen, sodass ihr nichts anderes übrig blieb, als zu warten, bis ihr die Puste ausging. »Archie hat keine Zeit verschwendet und ist sofort hingerannt, oder? Ich hätte sonst was dafür gegeben, seinen Gesichtsausdruck zu sehen, als ihm klar wurde, dass er Hitchcock wieder mal aufgesessen ist. Kein Wunder, dass er darauf reingefallen ist: Es sah alles furchtbar realistisch aus. Wen sollte die Attrappe darstellen? Das ließ sich aus der Ferne nicht genau erkennen.«

Josephine nahm Lettice die Ruder ab und half ihr aus dem Boot. »Sie sollte niemanden *darstellen*.«

Lydia sah sie stirnrunzelnd an. »Was willst du damit sagen?«

»Es war Leyton Turnbull. Keine Attrappe und sicherlich kein Scherz. Während ihr Matrosen gespielt habt und da draußen rumgeschippert seid, war hier ziemlich viel los.« Ungläubig hörten sie zu, als Josephine ihnen die ganze Geschichte berichtete.

»Soll das heißen, dass Leyton Turnbull die beiden Frauen

ermordet und anschließend Selbstmord begangen hat?«, fragte Ronnie. »Das hätte ich ihm gar nicht zugetraut.«

»Ja, danach sieht es aus. Es ist noch nicht offiziell, aber dieser Schluss drängt sich auf.«

»Wo ist Marta?«, fragte Lydia. »Geht es ihr gut? Es muss ein fürchterlicher Schock für euch beide gewesen sein, als ihr die Leiche des Mädchens entdeckt habt.«

Falls sie eifersüchtig war, dass Marta und Josephine eine Erfahrung teilten, von der sie ausgeschlossen war, verbarg sie es gut. »Sie sitzt dort mit Bridget.« Josephine deutete zur Terrasse, wo die beiden Frauen tief ins Gespräch versunken waren, und fragte sich, ob Archie seine Aussage bekommen hatte. Lydia ging zu den beiden, und Josephine wandte sich wieder Lettice und Ronnie zu. Das Wiedersehen zwischen Lydia und Marta wollte sie sich ersparen.

»Hast du nicht gestern etwas davon gesagt, dass ein Matinee-Idol niemals ein Mörder sein kann?« Lettice schüttelte ungläubig den Kopf. »Da sieht man, wie man sich irren kann, oder?«

»In Anbetracht des Genres, in dem du schreibst, hätten wir ein wenig mehr Durchblick deinerseits erwartet«, sagte Ronnie, dann fügte sie nachdenklich hinzu: »Hört sich nach furchtbar viel Aufwand für nichts und wieder nichts an.«

Josephine musste trotz der Situation lachen. »Das sieht dir ähnlich, Unschuld als Unterart der Faulheit zu begreifen. Das klingt fast so, als hätte Leyton Turnbull ein Fleißbildchen verdient.«

»So habe ich das nicht gemeint«, Ronnie lächelte. »Auch wenn es ein spektakulärer Fenstersturz war. Ich frage mich nur, warum man zwei Frauen ermorden sollte, um seinen Ruf zu retten, und sich dann umbringt? Besonders logisch ist das nicht, oder?«

Darauf erwiderte niemand etwas. Links vom Hotel sah Josephine zwei Polizisten eine abgedeckte Bahre über den sonnenbeschienenen Pfad tragen, der an der Rückseite des Gebäudes entlang zur Straße führte. »Wir sollten nicht so reden«, sagte sie leise. »Das hier ist kein Spaß.« Sie sahen zu, wie Bella Hutton in einen wartenden Leichenwagen geladen und das letzte Mal aus Portmeirion gefahren wurde. »Zum Glück bringen sie sie weg, bevor die Presse Wind davon gekriegt hat. Es hätte ein unwürdiges Hauen und Stechen gegeben, und das hat sie nicht verdient.« Josephine erinnerte sich, wie stoisch die Schauspielerin von ihrem Tod gesprochen hatte, und fragte sich, wie lange es gedauert hatte, bis dieser Mut sie verließ, als sie mit einer Wirklichkeit konfrontiert wurde, die so viel schrecklicher als jede Fantasie war. »Na kommt«, sagte sie und war plötzlich froh über die Gesellschaft der Motleys. »Lasst uns etwas trinken gehen.«

14

»Ich verstehe nicht, warum er nicht mit mir geredet hat. Vielleicht hätte ich ihm helfen können.« David Franks sah ungläubig auf die Leiche seines Onkels hinunter. Er war praktisch sofort am Bell Tower aufgetaucht, und gleich darauf folgte Spence. Penrose hatte nicht verhindern können, dass sie das ganze Grauen von Turnbulls Tod zu sehen bekamen. Er ließ Franks einige Minuten Zeit, um sich zu sammeln, dann führte er ihn sanft weg. »Haben Sie gesehen, was passiert ist?«, fragte er.

»Ja, aber es ging alles so schnell. Ich verstehe das nicht. Wir waren alle auf der Terrasse, um mitzuverfolgen, was passiert, und Sie sind Hitch hinterher. Zu dem Zeitpunkt war von Turnbull nichts mehr zu sehen – er muss schon im Turm gewesen sein. Das nächste Mal sahen wir ihn in einem der Fenster auf halber Höhe, dann verschwand er wieder und tauchte ganz oben auf. In dem Moment war mir klar, was er vorhat.« Spence bot ihm eine Zigarette an, und er nahm sie dankbar. »Er kletterte auf das Fenstersims, und ich rannte los, aber es war zu spät.«

»Haben Sie ihn fallen gesehen?«

»Ich habe es gesehen«, sagte Spence, als Franks den Kopf schüttelte. »Er ist einfach gesprungen.«

»Das war nicht vorgesehen«, sagte Franks leise.

Penrose sah ihn an. »Was sagen Sie da?«

»Es sollte ein Scherz sein«, gestand Franks widerstrebend. »Hitch und ich hatten alles geplant. Es sollte so aussehen, als hätte Turnbull Selbstmord begangen.« Er bemerkte die Miene von Penrose und versuchte, es zu erklären. »Hitch wollte wissen, wie die Leute reagieren, wenn sie glauben, dass ihr

Verhalten für den Tod eines Menschen verantwortlich ist. Ein Experiment zu Schuld und Angst, nannte er es. Dann erfuhren wir, dass Bella umgebracht worden war, und das änderte alles. Hitch wollte das Experiment abbrechen, aber Sie haben uns alle zusammengerufen, bevor er Turnbull Bescheid geben konnte.« Er nahm einen letzten Zug von seiner Zigarette und trat sie wütend im Kies aus. »Es ist mein Fehler. Ich habe mich daran beteiligt und Turnbull ins Spiel gebracht. Hitch hätte auch jeden anderen genommen. Ihm war egal, wer die Rolle übernahm. Sein Wunsch hat sich allerdings erfüllt: Wenn er wissen will, wie wahre Schuld aussieht, soll er einfach mich anschauen.«

»Vergessen Sie nicht, dass es ein Scherz war, David«, sagte Spence. »Sie konnten doch nicht wissen, dass etwas passieren würde, was Turnbull veranlasst, es wirklich zu tun. Das war seine Entscheidung.«

»Heißt das, dass er Bella umgebracht hat?«, fragte Franks.

Penrose war zu wütend, um zu antworten. »Gehen Sie zurück ins Hotel und warten Sie dort«, sagte er mit gepresster Stimme.

»Was ist mit Hitch?«

»Ich muss mit ihm sprechen, bevor er sich aus dem Staub macht.« Er sah ihnen nach, wie sie über den Battery Square gingen, dann winkte er einen jungen Constable zu sich. »Hat Ihr verdammter Inspector vor, sich heute noch hierher zu begeben?«, fragte er.

»Ich weiß nicht, Sir.«

Er wirkte verschreckt, und Penrose bereute augenblicklich seinen scharfen Ton. Der Junge war wahrscheinlich noch nicht einmal zwanzig, und dass sein Vorgesetzter sich nicht blicken ließ, war nicht seine Schuld. »Rühren Sie sich bitte nicht von hier weg. Niemand darf der Leiche nahe kommen«, sagte er freundlicher. »Ich werde mich jetzt mit Mr Hitchcock unterhalten. Falls irgendetwas passiert, setzen Sie mich bitte sofort davon in Kenntnis.«

Hitchcock wartete auf der Terrasse des Watch House. Er saß mit dem Rücken zum Bell Tower und starrte aufs Wasser hinaus. Sein Gesicht war aschfahl. »Was sollte das alles?«, fragte Penrose mit zusammengebissenen Zähnen. Er erhielt keine Antwort, also fragte er noch einmal. »Hätten Sie die Güte, mir zu erklären, worum genau Sie Leyton Turnbull gebeten haben?«

»Wer sagt, dass ich ihn um etwas gebeten habe?«

»Ihr Handlanger.« Ärger huschte über Hitchcocks Gesicht, und Penrose vermutete, dass David Franks' nächstes Gespräch mit seinem Chef nicht besonders angenehm verlaufen würde. »Dank Ihrer Spielchen wird das Hotel bald wie ein Leichenschauhaus aussehen.«

»Passen Sie auf, was Sie sagen, Chief Inspector«, erwiderte Hitchcock, der seine Fassung halbwegs wiedergewonnen hatte. »Ich hatte nichts mit diesen Todesfällen zu tun, und ich habe sehr teure Anwälte.«

»Die werden Sie nicht brauchen, Sir, das kann ich Ihnen versichern.« In seiner Wut auf Hitchcock hatte Penrose nicht mitbekommen, dass ein Auto vor dem Bell Tower vorgefahren war. »Ich bin Detective Inspector Alan Roberts und werde die Ermittlungen von jetzt an übernehmen.«

»Besser spät als nie«, murmelte Penrose und ärgerte sich über sich selbst, weil er gerade diesen Moment gewählt hatte, den einen Schritt zu weit zu gehen. Roberts war Ende vierzig, groß und schlank, mit dünner werdenden dunklen Haaren und fliehendem Kinn. Genauso wenig wie Hitchcock machte er mit seiner Garderobe Zugeständnisse an die Temperatur, allerdings war sie von merklich schlechterem Schnitt und geringerer Qualität. Überrascht stellte Penrose fest, dass er einen englischen Akzent hatte und keinen walisischen. Ohne dazu aufgefordert worden zu sein, berichtete er dem Inspector alles Relevante zu dem Fall. Dabei ordnete er automatisch die Informationen, die im Lauf des Vormittags peu à peu ans Licht gekommen waren, und klärte ihn in knappen Worten über die familiären Beziehungen auf.

»Haben Sie dem etwas hinzuzufügen, Sir?«, fragte Roberts an Hitchcock gerichtet.

»Nur mein tiefes Bedauern«, sagte der Regisseur todernst. Er hatte sofort gemerkt, dass Roberts keine Sympathien für seinen Kollegen hegte, und verlor keine Zeit, es für sich auszunutzen. »Ich habe Bella immer sehr geschätzt, und Turnbull – nun ja, er hatte seine Probleme, aber das hätte ein neuer Anfang für ihn sein können. Wir hatten uns auf ein schönes Wochenende gefreut, den Auftakt zu unserer Zusammenarbeit, aber …« Er hob die Hände gen Himmel, als hätte Gott selbst ihm einen Strich durch die Rechnung gemacht. Widerstrebend bewunderte Penrose ihn für seinen Auftritt.

»Es tut mir leid, dass Ihnen der Aufenthalt hier verdorben wurde«, sagte Roberts. »Wenn Sie ins Hotel gehen wollen, werde ich dafür sorgen, dass Sie nicht mehr behelligt werden.«

»Dann haben Sie nichts dagegen, wenn meine Frau und ich heute abreisen? Wir würden gerne so schnell wie möglich nach London zurückfahren und unsere Tochter abholen.«

»Selbstverständlich. Sie sind ein viel beschäftigter Mann, und meine Frau würde mir nie verzeihen, wenn sich meinetwegen Ihr nächster Film verzögern würde. Wann dürfen wir denn damit rechnen?«

»Ich hoffe, im Dezember. Sie müssen mir unbedingt sagen, was Sie von ihm halten.«

»Nur noch eines, bevor Sie gehen, Sir.« Roberts zog ein Notizbuch aus seiner Tasche, und Penrose, der diese Zurschaustellung gegenseitigen Respekts erstaunt beobachtet hatte, war erleichtert, dass er sich wenigstens erkundigte, wo er Hitchcock erreichen könnte, falls er noch Fragen hätte. »Meinen Sie, Sie könnten mir ein Autogramm für meine Frau geben?«

»Selbstverständlich. Wie heißt sie?«

»Mildred.« Roberts sah zu, wie Hitchcock eine kleine Zeichnung anfertigte und sie schwungvoll signierte. »Es ist mir ein wenig peinlich, das jemandem wie Ihnen zu bekennen«, fügte der Inspector mit dem Mangel an Scham hinzu, der eine solche

Ankündigung stets begleitete, »aber in meiner Freizeit versuche ich mich auch an der Filmerei.«

»Das muss Ihnen doch nicht peinlich sein.« Hitchcock gab ihm lächelnd das Notizbuch zurück. »Ich dilettiere ja auch in Ihrem Fach, warum sollten Sie das nicht in meinem tun?«

Penrose sah ihm nach, als er wegging. Der Inspector sprach kurz mit einem seiner Männer, dann stellte er sich James Wyllie vor, der aus dem Hotel zu ihnen gestoßen war. »Die Männer von der Spurensicherung sind mit dem Mädchen fertig«, sagte Roberts. »Sie werden so bald wie möglich hierherkommen. Hat sich schon jemand sein Zimmer angesehen?«

»Nein, Sir«, sagte Wyllie. »Ich war vor ungefähr einer Stunde kurz dort, um nach ihm zu suchen, weil Chief Inspector Penrose mit ihm sprechen wollte, habe ihn jedoch nicht angetroffen.«

»Gut. Führen Sie mich bitte hin.«

Penrose wollte sich ihnen anschließen, aber Roberts hob eine Hand. »Ich übernehme von jetzt an. Wenn Sie zurück ins Hotel gehen und mit den anderen warten wollen, werde ich Sie zu gegebener Zeit über die neuesten Erkenntnisse informieren.«

Penrose widerstrebte es zwar, sich wie ein eifriger Amateur abfertigen zu lassen, aber ihm blieb kaum etwas anderes übrig: Roberts hatte jedes Recht, die Ermittlungen an sich zu ziehen, und wenngleich es nicht unüblich war, dass Scotland Yard sich auch in Fällen außerhalb Londons einschaltete, geschah dies nur, wenn die ortsansässigen Kräfte darum baten. Wyllie schien das anders zu sehen. Er räusperte sich. »Inspector, ich habe gerade mit dem Besitzer gesprochen, und Mr Williams-Ellis würde es sehr zu schätzen wissen, wenn Sie Chief Inspector Penrose zu Ihren Ermittlungen hinzuziehen«, sagte er. Penrose unterdrückte ein Lächeln und fragte sich, ob die Mischung aus Höflichkeit und Bestimmtheit in Wyllies Stimme berufsbedingt oder angeboren war. »Sie sind seit vielen Jahren befreundet, und er wäre sehr beruhigt, wenn Mr Penrose involviert wäre, bis er selbst herkommen kann.«

»Meinetwegen können die beiden Zwillinge sein, die bei der Geburt getrennt wurden, Mr Wyllie. In meinem Zuständigkeitsbereich wird sich jedenfalls kein Fremder in Ermittlungen einmischen.«

Insbesondere wenn es ein Fall war, der so viel Beachtung finden würde, und beinahe gelöst war, dachte Penrose zynisch.

Die meisten Polzisten würden diese Gelegenheit ergreifen, um einer ins Stocken geratenen Karriere neuen Schwung zu geben. Er war versucht, Roberts mitzuteilen, dass er durchaus in der Lage war, selbst für seine Reputation zu sorgen, und dazu niemand anderem den Ruhm abspenstig machen musste, aber Wyllie ersparte ihm das unwürdige Gerangel um etwas, das er gar nicht haben wollte. »Clough hat es schon mit dem Chief Constable abgesprochen, Inspector. Natürlich nur, um Ihnen die Mühe zu ersparen. Soweit ich es verstanden habe, widerspricht es in keiner Weise dem Prozedere.«

Es folgte ein langes Schweigen, und Penrose kamen mehrere Wörter in den Sinn, mit denen Roberts es wohl gerne gefüllt hätte. Wenn er ehrlich war, wäre er den Fall liebend gerne an Roberts losgeworden. Sollte der sich doch damit herumschlagen, was aus Alfred Hitchcocks unglückseligem Wochenende geworden war, aber er fühlte sich Clough freundschaftlich verbunden und auch Branwen Erley verpflichtet, ohne es so recht erklären zu können. Sie schien einen hohen Preis für die Entscheidungen anderer gezahlt zu haben, und angesichts des Todes von zwei Berühmtheiten würde ihr tragisches Ende wahrscheinlich bald vergessen sein. »Ich begleite Sie zum Government House«, sagte Wyllie, der zufrieden war, sich ohne weitere Streitereien durchgesetzt zu haben. »Es ist direkt nebenan.«

Turnbulls Suite im obersten Stock des Gebäudes im Stil des achtzehnten Jahrhunderts bestand aus einem Salon und einem Schlafzimmer mit angeschlossenem kleinem Badezimmer. In den spartanisch wirkenden Räumen war nichts Persönliches zu entdecken: Turnbull hatte sich nicht eingerichtet, und sein Koffer stand unausgepackt auf dem Gepäckständer am Fußende des Betts. Im Schrank hingen keine Kleidungsstücke, im Badezimmer waren weder Zahnbürste noch Rasierwasser, und auf dem Nachttisch fanden sich weder ein Buch noch andere persönliche Gegenstände, nur ein leerer Krug und ein Glas standen dort. Der einzige Hinweis, dass der Schauspieler überhaupt Zeit hier verbracht hatte, war das zerknitterte Bettzeug und der Regenmantel, in dem Penrose ihn am Abend zuvor gesehen hatte, und der jetzt voll Blut und Schmutz war. »Sieht aus, als wäre er zum Aufbruch bereit gewesen«, sagte Roberts. Sein Blick fiel auf den Regenmantel und die leeren Gürtelschlaufen. »Passt der Mantel zu dem Gürtel, der an der Leiche des Mädchens gefunden wurde?«

»Ja, exakt«, Penrose ging zu dem Kamin im Salon, der zu dieser Jahreszeit ausschließlich als Abstellplatz für die Blumenvase diente. Ein zusammengeknülltes Stück Papier lag auf dem Rost. Er zog ein Taschentuch aus der Hosentasche und nahm es vorsichtig. Es war Teil eines kurzen Briefs, offenkundig in Eile verfasst. Die Adresse und die ersten Worte fehlten, aber das Stück, das er in Händen hielt, war interessant genug: »Seit Jahren bitte ich Sie, mir zu sagen, was mit meiner Mutter passiert ist, aber Sie wollten mich nicht einmal empfangen. Ein Kind zu verlieren, gibt Ihnen nicht das Recht, andere Menschen voneinander fernzuhalten, und inzwischen habe ich jemanden gefunden, der mir die Informationen, die Sie mir verweigern, geben kann und wird. Heute Abend werde ich Bella Hutton treffen, und sie wird mir sagen, wo meine Mutter ist. Das werden Sie nicht verhindern können. Jeder verdient es, zu erfahren, woher er stammt.« Unterschrieben war der Brief mit Branwen Erley.

Er gab Roberts den Zettel. »Das würde ich eine ziemlich deutliche Provokation nennen, oder was meinen Sie?«, sagte der Inspector und steckte das Blatt in einen Beutel.

»Seltsam, dass bloß ein Teil davon da ist.« Penrose sah sich nach dem Rest des Briefs um, fand aber nichts. Eine oberflächliche Durchsuchung von Turnbulls Koffer verriet ihm nur, was der Schauspieler an dem Wochenende hatte tragen wollen.

»Allerdings ist es der wichtige Teil.«

»Aber es befinden sich weder Anrede noch Adresse darauf«, sagte Penrose. »Wir wissen also nicht mit Sicherheit, dass der Brief an ihn gerichtet war.«

»Selbstverständlich war er an ihn gerichtet. Er lag zusammengeknüllt in seinem Kamin und passt genau zu dem, was Sie mir über Turnbulls Vergangenheit berichtet haben.«

»Nicht ganz. Nach dem, was David Franks gesagt hat, wusste Branwen nicht, wer Turnbull war, als sie mit ihm sprach. Während der Brief darauf hinweist, dass sie den Adressaten schon seit Jahren kannte.«

»Wir haben nur sein Wort.«

»Warum sollte Franks lügen?«

Roberts sah ihn mit der erschöpften Geduld an, die ein Vater seinem aufsässigen Kind entgegenbrachte. »Ich meine Turnbulls Wort. Er könnte David Franks alles Mögliche erzählt haben.«

»Und woher sollte Bella Hutton wissen, was mit Branwens Mutter geschehen war? Als Turnbull in den Staaten auftauchte, war die Beziehung längst auseinandergegangen.«

»Vielleicht hat Turnbull es ihr erzählt. Oder sie wusste es gar nicht, sondern behauptete es nur, um das Mädchen loszuwerden. Ich kann mir nicht vorstellen, dass eine so berühmte Frau sich gerne über ihre Vergangenheit und einen Bruder, den sie nicht einmal mochte, ausfragen lässt.« Da war was dran, dachte Penrose. Bella hätte Branwen alles erzählen können, um Ruhe vor ihr zu haben, und ein solches Versprechen erklärte das Gespräch, das Josephine auf der Terrasse beobachtet hatte. »An wen sonst«, fuhr Roberts fort, »hätte sich der Brief richten sollen?«

Nachdem das Kind darin erwähnt wurde, hätte es nur Gwyneth Draycott sein können, aber sie dürfte wohl kaum gewusst haben, wohin ihr Mann mit seiner Geliebten gehen wollte. Penrose rief sich ins Gedächtnis, was Franks gesagt hatte. Demnach waren Branwen und Turnbull laut dessen Aussage am gestrigen Nachmittag beide auf der Harlech Road unterwegs gewesen. Wollte einer von ihnen oder sie beide Gwyneth aufsuchen? Und wenn ja, wie erklärte das den Fundort des Briefs? Dieses Szenario warf mehr Fragen auf, als es beantwortete, und er schob es fürs Erste beiseite. Es hatte keinen Sinn, Roberts an diesen Überlegungen teilhaben zu lassen, nur damit der ihm erklärte, dass Gwyneth, egal, welche Informationen sie Branwen vorenthalten haben mochte, sie mit ziemlicher Sicherheit nicht vergewaltigt hatte.

Stattdessen konzentrierte er sich auf das Greifbare. Wyllie war nicht mit ihnen zusammen in die Suite gegangen, sondern wartete vor der Tür. »Haben Sie ein Muster von Branwen Erleys Handschrift?«, fragte Penrose und achtete nicht auf Roberts' Seufzer.

»Ich glaube, ja. Wir müssten noch ihre Bewerbung in den Akten haben. Normalerweise bewahren wir alles auf, was das fest angestellte Personal betrifft.«

»Gut.« Penrose ging zu dem offen stehenden Fenster und sah hinunter. Der Bell Tower und die Watch-House-Gärten waren gesichert worden, und ein Polizeifotograf beendete gerade seine trostlose Arbeit an der Leiche von Leyton Turnbull. In der Vormittagssonne wirkte die in Abendgarderobe gekleidete Gestalt, die grotesk verrenkt auf dem Boden lag, ganz und gar unpassend. Penrose wünschte, er hätte für die letzten Minuten des Schauspielers einen zuverlässigeren Zeugen als Hitchcock, wobei man sowieso nicht wissen konnte, in welchem geistigen Zustand Turnbull gewesen war, als er die Stufen hinaufstieg. »Was geschah mit Branwens Mutter, von dem Turnbull nicht wollte, dass es bekannt wurde?«, fragte er und drehte sich wieder um.

Roberts zögerte, und Penrose schämte sich beinahe, wie sehr ihn diese Unsicherheit befriedigte. Aber der Inspector hatte seine Fassung rasch wiedergewonnen. »Das lässt sich nach all der Zeit wohl kaum noch feststellen. Die beiden sind vor mindestens zwei Jahrzehnten von hier weg, und sie hat vielleicht ihren Namen geändert so wie er.«

Vergeblich wartete Penrose darauf, dass er fortfuhr. »Sind Sie gar nicht neugierig?«

»Selbst wenn ich vor Neugier platzen würde, habe ich weder die Zeit noch die Leute, um jeden einzelnen Schritt von Leyton Turnbull nachzuvollziehen, bevor er nach Amerika ging. Er liegt tot vor mir, da wird man ihn nicht mehr zur Rechenschaft ziehen können, nicht wahr? Und Rhiannon Erley wollte offenbar nicht gefunden werden, sonst hätte sie die Verbindung zu ihrer Tochter aufrechterhalten. Es muss uns also nicht interessieren, was mit ihr geschehen ist.«

»Das sollte es aber, wenn man davon ausgeht, dass es das Motiv für zwei ganz unterschiedliche Morde und einen Selbstmord ist.« Nicht zum ersten Mal hörte Penrose, dass fehlende Mittel als Entschuldigung dafür herhalten mussten, wenn einer Spur nicht nachgegangen wurde. Er selbst hatte sie in früheren Fällen auch schon gebraucht, wenn er sicher war, dass er den Täter hatte. Aber niemals in einem Mordfall. Niemals, wenn es um so viel ging.

»Es ist nicht das einzige Motiv«, brachte Roberts zu seiner Rechtfertigung vor. »Bella Hutton hat ihm nicht von seinem Kind erzählt.«

»Ist das wirklich ein Grund, vierzig oder fünfzig Mal auf jemanden einzustechen?«, fragte Penrose. »Sie haben ihre Leiche noch nicht gesehen, aber ihr Gesicht ist bis zur Unkenntlichkeit verstümmelt worden.«

»Und er wurde mit Branwen Erley gesehen.«

»Seine Erklärung dafür ist glaubwürdig, insbesondere wenn irgendwo an der Harlech Road ein zurückgelassenes Fahrrad gefunden wird.«

»Wir werden das überprüfen, Sir«, sagte Roberts höhnisch und sprach Penrose damit das erste Mal seinem höheren Rang entsprechend an, wenn auch nicht aus Respekt. »Aber egal, ob wir eines finden oder nicht, es lässt sich ja wohl nicht leugnen, dass Bella Hutton ihn verleumdet hat und dass er nachgewiesenermaßen ein Vergewaltiger ist.«

»Ich nehme an, auch das werden Sie überprüfen, oder?«

»Wenn es Sie glücklich macht.«

»Es geht nicht darum, mich glücklich zu machen, Inspector, es geht hier um Gerechtigkeit – und zwar für die Opfer *und* den Beschuldigten.« Selbst in seinen Ohren klang das scheinheilig. Es war unrealistisch, dass sie dieses hehre Ziel erreichten, und er verstummte. Roberts' Schlussfolgerungen ließen sich nicht aus logischen Gründen in Zweifel ziehen, und er konnte nicht erklären, was ihm daran nicht behagte, außer dass ihm die Arroganz des Inspectors zuwider war und er ein ungutes Gefühl hatte, das an ihm nagte. Er gestattete sich, noch eine Sache zur Sprache zu bringen, bevor er aufgab. »Warum sollte er sich all die Mühe machen, nur um sich dann umzubringen?«, fragte er.

Roberts zuckte mit den Schultern, sein Interesse an der menschlichen Psyche war nicht besonders ausgeprägt. »Vielleicht Reue, vielleicht Resignation. Er muss gewusst haben, dass wir ihn kriegen würden. Aber wo wir schon einmal dabei sind, haben Sie sein Auto überprüft? Sie sagten, dass er gestern Abend in den Garagen gesehen wurde.«

»Ich hatte kaum Zeit ...«

»Na gut, dann tun wir es jetzt.« Er tastete die Taschen des Regenmantels ab und zog einen Schlüsselbund heraus. »Da müssten die richtigen dabei sein.«

»Ich führe Sie hin«, sagte Wyllie.

Schweigend gingen die drei Männer über den Dorfplatz, und Roberts zog das Garagentor auf. Penrose sah sofort das Blut an der Karosserie des Alvis. Der Wagen stand direkt vor ihnen, der Kofferraum war nur ein, zwei Schritte entfernt. Er beugte sich vor, um einen genaueren Blick darauf zu werfen, und bemerkte, dass um das Schloss Blut verschmiert war, offenbar war jemand, der etwas im Kofferraum verstaut hatte, unachtsam gewesen. Roberts nahm die Schlüssel und öffnete den Kofferraumdeckel. Darin lagen ein blutbefleckter Overall – wie Mechaniker ihn trugen –, Handschuhe, eine Taschenlampe und ein Messer mit einer etwa zwanzig Zentimeter langen Klinge, die ebenfalls blutverschmiert war.

»Ich werde sofort jemanden kommen lassen, der die Spuren sichert«, sagte Roberts, »aber ich vermute, dass wir auch so wissen, womit wir es hier zu tun haben.«

Penrose sah nur, was er erwartet hatte, und genau das machte es für ihn verdächtig. »Ich wäre gerne dabei, wenn Sie Gwyneth Draycott befragen«, sagte er.

»Ich werde Gwyneth Draycott nicht befragen.« Roberts sah ihn überrascht an. »Meinen Sie nicht, dass sie schon genug durchgemacht hat?«

»Ich meine, es könnte sie interessieren zu erfahren, dass ihr Mann tot ist.«

»Darum werden wir uns selbstverständlich kümmern. Aber ich kann wohl kaum einen Detective Chief Inspector von Scotland Yard bitten, seine wertvolle Zeit mit einem Kondolenzbesuch zu verschwenden.«

Penrose hatte die Lust daran verloren, einen Kampf zu führen, den er sowieso nicht gewinnen konnte. »Wenn Sie auch nur das geringste Interesse daran haben, Antworten auf einige offene Fragen zu finden, dann hätte ich neue Erkenntnisse, was mit ihrem Sohn geschehen ist«, sagte er, um dafür zu sorgen, dass wenigstens das weitergegeben wurde. In knappen Worten gab er wieder, was Franks ihm gesagt hatte, und fügte hinzu: »Sie werden ihn bestimmt selbst befragen wollen, aber es wäre vielleicht ein gewisser Trost für sie, wenn sie weiß, dass der Fall womöglich bald abgeschlossen werden kann.« Roberts' Miene verriet ihm, dass er nie wirklich offen gewesen war.

15

Selbst in der Nachmittagssonne auf der *Amis Reunis* war die finstere Kälte des Waldes schwer abzuschütteln. Bridget lehnte sich gegen die Seite des alten Bootes und genoss die Wärme des Holzes, die durch den dünnen Baumwollstoff ihrer Bluse drang. Es war eine Wohltat, ihre Augen kurz zu entspannen. Das weiße Papier in ihrem Schoß reflektierte das Sonnenlicht so grell, dass sie nicht länger als ein paar Minuten am Stück zeichnen konnte, und außerdem war der gewählte Gegenstand ihrem inneren Frieden wenig zuträglich. Oft nahm sie Zuflucht in ihrer Arbeit, um Geister zu vertreiben, und sie hatte gehofft, dass sie die in ihr aufgezogenen dunklen Wolken loswerden konnte, wenn sie dem Grauen dieses Morgens konkreten Ausdruck verlieh. Bisher war es ihr nicht gelungen.

»Jetzt schon Polizistenwitwe?«

Sie lächelte, ohne die Augen zu öffnen. »Lass es nicht an mir aus, dass du die Nacht allein verbracht hast, Jack.« Er setzte sich neben sie, und sie gab ihm einen Kuss auf die Wange. »Aber es zeigt, dass ich glücklich davongekommen bin, oder? Zweite Geige neben einer Leiche spielen, hätte mir nicht gefallen, egal, wie berühmt sie ist.«

Er schüttelte zwei Zigaretten aus einem Päckchen und sah sie forschend an. »Du sprichst in der Vergangenheitsform? Heißt das, du hast es ihm erzählt?«

»Nein. Ich habe mich noch nicht dazu durchringen können, und selbst wenn, wäre keine Zeit dafür gewesen. Hier geht es gerade etwas drunter und drüber, oder?« Die halb fertige Zeichnung lag zwischen ihnen, eine Komposition aus Erinnerung und Angst, und Jack betrachtete sie lange. »Ich weiß, was du denkst«, sagte Bridget, »aber manchmal verliert ein Schrei etwas von seiner Macht, wenn man ihn zeichnet.«

»Allerdings wird es für so was einen ganz speziellen Typus Sammler brauchen.« Sie lächelte, und er zog sie an sich. »Es tut mir so leid«, sagte er. »Es muss schlimm gewesen sein, Bella so vorzufinden.«

»Das war schlimm.« Bridget betrachtete die Asche an ihrer brennenden Zigarette. Sie wusste, dass sie nicht mehr sagen musste, weil Jack einer der wenigen Menschen war, die nachvollziehen konnten, was sie heute Morgen empfunden hatte, und sie war erleichtert, sich nicht erklären zu müssen. »Aber es geht mir gut. Und du? Du schienst vorhin sehr weit weg gewesen zu sein.«

»Wenn, dann sehr weit in der Vergangenheit, denn von hier habe ich mich gedanklich kaum entfernt. Ich habe über diesen Ort nachgedacht, und wie er einmal war. Hast du gehört, was heute Morgen passiert ist, als Archie uns alle zusammengerufen hat?« Bridget nickte. »Ich kann gar nicht glauben, dass es Davids Vater war. Alle haben darüber geredet, als ich nach dem Krieg zurückkehrte. Ich glaube, es haben sogar einige Männer vom Bauernhof bei der Suche nach dem Jungen geholfen. Ich erinnere mich noch, dass ich nach den verkohlten Überresten der Hütte Ausschau gehalten und dabei den Hundefriedhof entdeckt habe. Clough hat vielleicht noch irgendwo die Fotos. Ich gab sie ihm, als er das alte Haus gekauft hat.«

»Als Kinder haben wir uns im Wald immer nach den Gräbern der Fahrenden umgesehen. Erinnerst du dich noch?«

»Natürlich. Aber sie waren viel zu schlau, um Hinweise zu hinterlassen, die Nichteingeweihte erkennen würden. Das ist alles eine Ewigkeit her.«

Sie widerstand der Versuchung, ihn darauf aufmerksam zu machen, dass er keine Jahre mehr hinzufügen könnte, wenn er seine Pläne in die Tat umsetzte. »Diesen Teil der Welt hast du immer gemocht.«

»Ja, ich war hier glücklich. Das kann man nicht von vielen Orten sagen. Ich habe gute Erinnerungen daran.«

Bridget sah vor ihrem inneren Auge Bilder aus ihrer Jugend. »Ich fasse es nicht, dass du es aussprechen musstest«, erklärte sie schließlich und schüttelte beschämt den Kopf. »Ich kam mir so dumm vor. All die Jahre habe ich nicht mitbekommen, dass du verliebt warst.« Sie wusste, dass sie dabei war, eine Grenze zu überschreiten, aber sie tat es dennoch. »Du darfst dich nicht mehr bestrafen dafür, dass du lebst und er nicht.«

»Glaubst du denn, dass ich das tue?« Bridget nickte. »Vielleicht hast du recht.« Sie hatte erwartet, dass er wütend reagieren würde, aber er ließ sich nicht aus der Reserve locken. »Wer sagt, dass es überhaupt gehalten hätte? Das tut es selten. Vermutlich macht es das so kostbar. Wenn er noch leben würde, hätten wir uns vielleicht völlig entfremdet. Und das wäre schlimmer, glaube ich – viel schlimmer.« Er grinste sie an. »Du und dein Polizist scheint dieses Problem nicht zu haben. Denk daran, bevor du es kaputtmachst.«

Bridget warf die Zigarettenkippe ins Wasser. »Ich habe meinen Schlag so tief wie möglich angesetzt«, sagte sie, ohne auf seine letzte Bemerkung einzugehen, »und ich habe dich trotzdem nicht umstimmen können, oder?«

»Nein, aber das darfst du nicht persönlich nehmen. Ein Mann muss tun, was er tun muss und so.«

Das sagte er mit einem überzeugenden amerikanischen Akzent, ganz der verwegene Pionier, aber Bridget lachte nicht. »Seit wann ist dir so was denn wichtig?«, sagte sie. »Damit brauchst du jetzt auch nicht mehr anzufangen.«

»Bitte, Bridget. Lass uns das nicht noch einmal durchkauen. Es ist das Richtige – für mich jedenfalls. Mehr gibt es dazu nicht zu sagen.«

Er nahm ihre Hand, und Bridget fragte sich, warum sie sich plötzlich so allein fühlte. »Wann brichst du auf?«

»Möglichst bald, aber ich werde nicht gehen, ohne dir vorher Bescheid zu sagen. Wir könnten zusammen zu Abend essen.«

»Du meinst, ich darf an deinem letzten Abendmahl teilnehmen.«

»Es wird mir gut gehen, Bridget. Es geht mir immer gut.«

Sie umarmte ihn und versuchte, die düsteren Vorahnungen zu ignorieren, aber vergeblich. Hinter ihm sah sie Hitchcock über den Rasen auf sie zukommen. »Sieht so aus, als wäre ich nicht die Einzige, die versucht, dich dazu zu bringen, etwas anderes mit deinem Leben anzustellen«, sagte sie. »Vielleicht hat er mehr Glück.«

»Das bezweifle ich.«

Hitchcock hob die Hand und stieg erstaunlich behände in das fest vertäute Boot. »Tut mir leid zu stören, Miss Foley, aber ich muss mir Jack einen Moment lang ausborgen. Ich hoffe, es macht Ihnen nichts aus.« Bridget schüttelte den Kopf und war verwundert, dass der Regisseur Ihren Namen kannte. »Mrs H. und ich waren sehr angetan von ihrer letzten Ausstellung«, sagte er, als hätte er ihre Gedanken gelesen. »Wir haben vereinbart, niemals ein Bild zu kaufen, das wir nicht beide mögen. Nur ein einziges Mal habe ich eine Scheidung in Erwägung gezogen, und das war, als sie sich weigerte, einen Paul Klee bei uns aufzuhängen – aber in Ihrem Fall hatten wir nur die Qual der Wahl.« Ihre offenkundige Verwunderung schien Hitchcock zu amüsieren. »Ich bin nämlich nicht *nur* sensationslüstern«, sagte er und zwinkerte ihr zu, als er Jack wegführte.

Immer noch lächelnd, sah sie Archie den Rasen überqueren und ging ihm entgegen. »Bist du wütend?«, fragte sie, als er den Kopf beugte und sie küsste. »Ist noch etwas passiert?«

»Nein, ich hatte nur eine Begegnung mit der hiesigen Polizei. Offenbar sind alle im Alfred-Hitchcock-Fanklub außer mir. Er hat an diesem Wochenende wahre Verheerungen angerichtet, und er wird sich nur kurz schütteln und weitermachen wie gehabt.«

»Nun, er hat einen gewissen Charme.«

Archie sah sie verblüfft an. »Du auch?«

»Ich verdanke ihm eine Stange Geld, Archie, aber es ist eine rein geschäftliche Beziehung.« Sie deutete mit dem Kopf zur Terrasse, wo der Regisseur gerade Getränke bestellte. »Falls du dich dadurch besser fühlst ... Er handelt sich gleich eine Abfuhr ein. Hitchcock wird Jack ein Angebot unterbreiten, das er ablehnen kann und wird.«

»Will er für ein anderes Studio arbeiten? Er hat mir erzählt, dass er etwas plant.«

»Nein. Irgendwann wird er wahrscheinlich nach Amerika gehen, aber zuerst wird er im Spanischen Bürgerkrieg kämpfen. Er lässt es sich einfach nicht ausreden.«

Sie war dankbar, dass sich Archie der üblichen Floskeln, dass Jack schon nichts passieren würde, enthielt. »Und du?«, fragte er stattdessen. »Was sind deine Pläne?«

»Für ein paar Tage zurück nach London, dann weiter nach Cambridge.«

Sie schwiegen kurz, während sie beide warteten, dass der andere etwas sagte. Schließlich wagte Archie sich vor. »Wir könnten es noch mal wagen, nur wir beide, ohne Filmleute.«

»Ja, gerne. Es wäre schön, wenn wir uns ohne all die Ablenkungen einmal richtig unterhalten könnten.«

»Wenn ich mich recht erinnere, war Cambridge mit dir eine einzige Ablenkung. Genau das habe ich daran gemocht.«

»Lass uns zuerst in London treffen.« Aus Sorge, ausweichend geklungen zu haben, fügte sie hinzu: »In den nächsten Wochen muss ich sehr oft dorthin. Es wäre schön, wenn ich neben der Arbeit etwas hätte, auf das ich mich freuen könnte. Außerdem will ich sehen, ob du einen guten Platz für das Bild gefunden hast.« Er lächelte, und sie hakte sich bei ihm unter, als sie zum White Horses gingen.

16

Josephine saß am Hotelpool und sah Alma Reville einen Moment zögern, bevor sie zu ihr kam. »Miss Tey, haben Sie kurz Zeit für mich?«

»Natürlich.« Alma schien erleichtert zu sein, aber ihre Zurückhaltung war nicht nötig: Josephine hatte einen langen ruhelosen Vormittag damit verbracht, zu warten und nachzudenken, und war froh über alles, was sie von der allzu lebhaften Erinnerung an Branwen Erleys Leiche und den schrecklichen Fantasien über die von Bella ablenkte. »Allerdings sollte ich Sie warnen, dass ich Ihrer Gesundheit schaden könnte. Die Leute neigen dazu, nach einem persönlichen Gespräch mit mir zu sterben.«

Josephine sagte das, ohne groß nachzudenken, doch dann wurde ihr bewusst, dass Alma sie nicht gut genug kannte, um zu wissen, dass ihre Schnoddrigkeit ein Schutzmechanismus war. Die Frau des Regisseurs schien es jedoch so zu vestehen, wie es gemeint war. Als Ehefrau von Hitchcock war sie schwarzen Humor vermutlich gewohnt. »Der Tag war fürchterlich«, stimmte Alma ihr zu, »und nach Ihrem Gespräch mit Bella muss die Nachricht über ihren Tod ein noch größerer Schock gewesen sein. Aber weil ich nichts Persönliches mit Ihnen besprechen will, gehe ich das Risiko ein.« Lächelnd setzte sie sich. »Hitch und ich fahren noch heute Nachmittag nach London, und bevor wir aufbrechen, wollte ich Ihnen sagen, dass ich mich sehr gefreut habe, Sie kennenzulernen.«

Der rasche Aufbruch der beiden erstaunte Josephine. »Will Ihr Mann nicht bleiben und schauen, was passiert?«, fragte sie und deutete zum Dorf. »Ich habe gehört, wie ernst er Recherchen nimmt, und das hier wäre doch eine einmalige Gelegenheit. Zumindest hoffe ich, dass sie einmalig ist.«

»Das *wahre Leben* ist nichts für Hitch«, bekannte seine Frau. »Es war nie seine Stärke.« Sie lächelte schief. »Sie scheinen ja auch eher von der Seitenlinie aus zuzusehen.«

»Heute Morgen bin ich dem wahren Leben näher gekommen, als mir lieb ist«, sagte Josephine schnell. »Es war eine heilsame Lektion über Wahrheit und Fiktion, an die ich lange nicht mehr erinnert werden muss.«

»Ja, natürlich. Es tut mir leid.« Die Entschuldigung war ernst gemeint, und Alma fügte hinzu: »Das war dumm von mir, insbesondere weil ich glaube, dass es zu einigen Spannungen zwischen Ihrem Freund und Hitch führte, weil er die Grenze zwischen beiden verwischt hat.«

»Archie weiß mehr über Mord, als unsereins es tut oder erträgt«, sagte Josephine und lächelte, um ihren Worten die Schärfe zu nehmen. »Kein Wunder, dass ihm der Tod als Unterhaltung gelegentlich ein wenig seltsam, wenn nicht sogar widerwärtig erscheint.«

»Das kann ich mir vorstellen, aber dennoch hoffe ich, dass von alldem Ihre Entscheidung hinsichtlich *Klippen des Todes* nicht berührt wird.«

Darum ging es also, dachte Josephine: kein persönliches Gespräch, sondern eine diplomatische Mission. »Selbstverständlich nicht«, sagte sie. »Ich habe es mir überlegt, und *fast* freue ich mich auf das Ergebnis.« Alma lächelte dankbar, und nachdem Josephine gerade die Oberhand hatte, wollte sie die Gelegenheit auch gleich nutzen, um ihre Neugier in einer anderen Sache zu befriedigen. »Welches Problem bestand eigentlich zwischen Ihnen und Bella?«, fragte sie. »Ich kenne Sie beide ja nicht näher, aber Sie scheinen mir doch viel gemeinsam gehabt zu haben: Stärke und Entschlossenheit, Talent und Macht, Freuden und Sorgen. Das macht viele Menschen zu Freunden oder wenigstens zu Verbündeten, aber Sie und Bella offenbar nicht.«

»David Franks war das Problem«, gab Alma freimütig zu. »Wir erwarten von unseren Mitarbeitern Loyalität und Engagement, und Bella gefiel es nicht, dass er seine Geschicke in unsere Hände legen wollte. Das meinte sie mit ersticken. Sie war der Meinung, er sollte sich keine Fesseln anlegen, und damit hatte sie vielleicht sogar recht. Er hat das Zeug dazu, Brillantes zu schaffen, wenn er eines Tages genug Erfahrung gesammelt hat.«

»Wobei er mittlerweile mehr Erfahrung haben dürfte, als Ihr Mann sie hatte, als er mit der Regie anfing«, warf Josephine ein.

»Das stimmt, und ich gebe zu, dass unser Interesse daran, ihn zu halten, keineswegs selbstlos ist – aber das war Bellas auch nicht. Wie David heute Morgen sagte, ist es nicht leicht, wenn jemand, den man unter seine Fittiche genommen hat, beschließt, sich an anderer Stelle Rat zu holen. Vor allem jedoch wollte Bella nicht, dass er nach Amerika zurückgeht, und sie wusste, dass wir ihn gebeten hätten, uns zu begleiten.«

Wieder klang es so, dachte Josephine, als wäre Bella Huttons Zuneigung zu ihrem Neffen nicht ungebrochen gewesen, aber sie sagte nichts. Stattdessen folgte sie Almas Blick zum Hotel und sah, wie Franks auf die Terrasse trat. »Gebeten hätten?«, fragte sie.

»Ja.« Alma erhob sich und beendete damit das Gespräch. »Wenn Sie mich jetzt entschuldigen wollen. Ich muss noch jemand anderes um Verzeihung bitten. Ich habe mir angewöhnt, mich nicht in die Entscheidungen meines Mannes einzumischen, aber wenigstens kann ich versuchen, die Folgeschäden zu beseitigen.« Sie streckte die Hand aus, bevor Josephine nachhaken konnte. »Sobald wir wieder gut in London angekommen sind, werde ich mich mit Ihrem Agenten in Verbindung setzen. Ich hoffe sehr, dass wir Ihrem Buch Gerechtigkeit widerfahren lassen.«

Josephine lächelte. »Das hoffe ich auch«, sagte sie. In der Ferne sah sie Archie aus der Richtung des White Horses über den Rasen gehen. Er erwiderte ihr Winken, schien aber in

Gedanken zu sein, und sie fragte sich, ob Bridget mit ihm über das, was sie belastete, gesprochen hatte. »Alles in Ordnung?«, fragte sie vorsichtig, als er sich setzte. »Wie geht es Bridget?«

»Gut«, sagte er, und gerührt bemerkte sie, wie sein Gesicht zu strahlen begann, als Bridgets Name fiel. »Wir haben uns für nächsten Monat verabredet, wenn sie in London ist.«

»Das freut mich. Ich hatte gehofft, dass du nicht bis zu meinem Sechzigsten wartest. Einmal alle zwanzig Jahre ergibt einfach nicht genug Gesprächsstoff.«

Er lachte. »Nein. Da hast du vermutlich recht.«

»Warum dann die finstere Miene?« Sie folgte seinem Blick zum Bell Tower. »Es geht um die Ermittlungen, oder?« Archie nickte. »Weißt du, warum Turnbull es getan hat?«

»Ich weiß nicht mal, ob er es getan hat.«

»Wie bitte?« Überrascht sah sie ihn an. »Meinst du das ernst?«

»Nein, vermutlich tue ich das nicht. Und ich müsste wahrscheinlich ziemliche Verrenkungen anstellen, um die Beweise zu entkräften«, bekannte er. »Vielleicht will ich einfach nur aus Prinzip die Gegenposition zu Detective Inspector Roberts vertreten. Aber so ganz schlüssig erscheint mir das alles nicht. Ich kann ja noch nachvollziehen, dass Leyton Turnbull Bella Hutton gehasst hat. Dass er ihr oder seiner Frau nicht verzeihen konnte, dass sie ihm die Geburt seines Kindes verschwiegen haben ...«

»Dafür werden sie ihre Gründe gehabt haben.«

»Mag sein, jedenfalls entging ihm so die Gelegenheit, ein anderer Mensch zu sein, und der Schock, als ihm das bewusst wurde, hat ihn womöglich zu diesem letzten Schritt veranlasst. Allerdings bleiben viele Fragen unbeantwortet. Wusste Bella Hutton etwas, von dem wir keine Ahnung haben? Wie passt Branwen Erley in die ganze Geschichte, und was ist mit ihrer Mutter passiert? Warum hat Turnbull sich umgebracht? Das mag alles völlig unbedeutend sein, und ein Mord gehorcht niemals der allgemeinen Logik, aber wenn es mein Fall wäre, würde ich gerne mehr wissen wollen.«

»Kannst du ihn denn nicht übernehmen? Oder wenigstens dafür sorgen, dass er gewissenhaft behandelt wird?«

»Nein, leider nicht. Die Beweise lassen eigentlich nur einen Schluss zu. Zwar ist das eins der Dinge, die mich irritieren, aber ich kann es wohl schlecht als Grund angeben, um über jemandes Kopf hinweg zu handeln. Ein Chief Inspector sollte sich nicht wie ein trotziges Kind aufführen.«

»Bist du dir sicher, dass dein Urteilsvermögen nicht durch die Gesellschaft hier beeinträchtigt wird?«, fragte Josephine.

»Du meinst, ich wäre allzu sehr versucht, Hitchcock und seine Truppe zu verhaften?« Er wirkte leicht beschämt. »Da ist vermutlich was dran. Unangenehme Leute. Je schneller wir sie loswerden, desto besser.«

Ronnie kam mit einem weiteren Liegestuhl an und setzte sich zu ihnen. »Wenn ich das nächste Mal einen schlechten Tag habe, werde ich an David Franks denken«, sagte sie. »Es liegt immer Trost in dem Gedanken, dass es anderen noch viel schlechter geht.«

»Warum? Was ist denn passiert?«

»Hitchcock hat ihn rausgeschmissen.«

»Dachte ich mir doch, dass da etwas im Argen lag«, sagte Josephine und erinnerte sich an den Ausdruck auf Almas Gesicht. »Was war der Grund?«

»Dass er Archie von der Nummer mit Leyton Turnbull erzählt hat. Ich habe im Foyer gerade mit David gesprochen. Das hat das Fass offenbar endgültig zum Überlaufen gebracht. Hitchcock schäumt.«

»Daran hätte er vorher denken sollen«, sagte Archie. »Er kann von Glück reden, dass ich sie nicht alle wegen Irreführung der Polizei anzeige.«

»David ist verständlicherweise empört. Er sagt, er habe haarklein Hitchcocks Anweisungen ausgeführt, und jetzt soll er an allem schuld sein.«

»Auch wenn es nicht das Allerschlaueste war, eine Schauspielerin zu engagieren, für die *Nummer siebzehn* eher eine Stellung als ein Filmtitel ist«, sagte Josephine. »Vielleicht kann Alma die Wogen wieder glätten.«

»Oder David kommt zu der Erkenntnis, dass es besser so ist. Gestern Abend erzählte er mir, dass er sich auf eigene Füße stellen will.«

»Da hat wahrscheinlich der Champagner aus ihm gesprochen.«

»Vielleicht. Wir werden sehen.«

»Also ich bin reisefertig.« Lettice setzte sich und zog die Teekanne zu sich. »Wir können dich gerne mitnehmen, aber ich befürchte, dass es nicht besonders bequem wird, nachdem wir schon zu viert sind, das Gepäck nicht zu vergessen.«

»Mach dir keine Gedanken«, erwiderte Josephine schnell. »Archie und ich wollen ohnehin ein paar Tage in den Lake District. Wir bringen hier noch diesen Abend rum und reisen morgen wie geplant ab. Morgen geht gleich nach dem Frühstück ein Zug nach Keswick. Das heißt, wenn Archie bis dahin das kleine Problem mit dem Hund gelöst hat.«

»Hund?«, fragte Ronnie.

»Bella Huttons Jack Russell hat ihn ins Herz geschlossen.«

»Ich hatte gehofft, dass Bridget ihn zu sich nehmen könnte«, sagte Archie, »aber offenbar kommen Border Terrier und Jack Russells nicht miteinander aus, deshalb werde ich ihn Mrs Snipe geben.«

Archies Haushälterin war überaus penibel, und Josephine sah ihn zweifelnd an. »Hast du es ihr schon gesagt?«

»Natürlich. Sie ist begeistert. Sie meinte, das wäre so, als hätten wir einen echten Star im Haus. Ich weiß nicht, was das über uns aussagt.«

Lydia und Marta kamen aus dem Dorf den Hügel herunter, und Lettice winkte sie an ihren Tisch. »Was macht ihr?«, fragte sie und schenkte ihnen Tee ein.

»Wir warten auf jemanden, der das Auto zum Laufen bringt«, sagte Lydia müde. »Anscheinend ist die Batterie leer. Dann geht es zurück nach London.«

»Wir nehmen Bridget mit«, fügte Marta hinzu und zwinkerte Archie zu. »Dann haben wir endlich Gelegenheit, sie besser kennenzulernen.«

»Ja, sie hat es erwähnt.«

»Wir haben dir gar nicht erzählt, was sie getan hat, als wir in Cambridge waren, oder?«, fing Ronnie an. »Es war unfassbar. Sie ...«

Archies Rettung nahte in ungewöhnlicher Gestalt. Ein Mann im dunkelbraunen Anzug trat an den Tisch und räusperte sich höflich. »Tut mir leid zu stören, Sir, aber da wären noch ein paar offene Fragen.«

»Was denn, Inspector Roberts?«, fragte Archie, und etwas in seiner Stimme ließ Josephine aufmerken. »Das ist nicht mein Fall, wie Sie bereits festgestellt haben.«

»Ich würde auch gerne mit Miss Fox sprechen«, sagte Roberts. Josephine sah in Martas Augen die Angst aufflackern, dass ihre Vergangenheit sie einzuholen drohte, und öffnete den Mund, um etwas dagegen einzuwenden, aber der Polizist war nicht bereit, sich unterbrechen zu lassen. »Mein Kollege hat mich darüber informiert, dass Sie vorbestraft sind, Miss«, sagte er und sorgte dafür, dass er von möglichst vielen Gästen zu hören war. »Wegen Beihilfe zum Mord, soweit ich weiß. In Anbetracht dessen ist es meine Pflicht, Sie zu fragen, wo Sie sich gestern Nacht zwischen zehn und zwei Uhr aufgehalten haben.«

Archie stand auf und trat zu Marta. »Machen Sie sich nicht lächerlich, Roberts«, sagte er ruhig. »Sie wissen verdammt genau, dass sie mit alldem nichts zu tun hat.«

»Wie gesagt, Sir, es ist nur eine Formalität, aber wir müssen allen offenen Fragen nachgehen.«

»Lass gut sein, Archie«, sagte Marta. »Ich war unten am Strand, bis das Gewitter losging, und dann bin ich zurück in mein Zimmer.«

»Kann das irgendjemand bestätigen?«

»Ich.« Lydia und Josephine sahen sich an. Wie aus einem Mund hatten sie das gesagt, als hätten sie es geübt.

»Sie beide?« Roberts sah Archie mit hochgezogener Augenbraue an. »Was diese Frauen so alles anstellen, wenn wir ihnen mal den Rücken zukehren, was, Sir? Das sollte man sofort verbieten.«

Josephine sah, dass Ronnie Lettice einen Blick zuwarf, aber auf einmal ihre diskrete Ader entdeckt zu haben schien. Zu guter Letzt war es Lydia, die als Erste die Sprache wiederfand. »Wir haben Geburtstag gefeiert, Inspector, daher werden Sie uns sicher verzeihen, dass wir so lange aufgeblieben sind. Erst heute Morgen haben wir erfahren, dass eine Totenwache angemessener gewesen wäre.«

»Da haben Sie Ihre Antwort, Roberts«, sagte Archie. »Noch mehr in der Art, und sie wird Sie wegen Schikane anzeigen. Dafür werde ich sorgen.«

»Selbstverständlich, Sir. Und Sie waren die ganze Nacht in Ihrem Zimmer?«

Archie funkelte ihn wütend an. »Ich habe nach dem Dinner mein Zimmer verlassen und die Nacht im White Horses verbracht.«

Roberts sah seine Gästeliste durch. »Zusammen mit Miss Foley? Kann sie das bestätigen?«

»Selbstverständlich kann sie das bestätigen.«

»Sehr gut. Dann wünsche ich eine gute Reise nach London, Sir. Ach, noch etwas zu Ihrer Beruhigung: An der Harlech Road war weit und breit kein verlassenes Fahrrad zu finden. Wir haben das überprüft.«

17

David stand am alten Kai und blickte über das Wasser zur Insel. Alma steuerte auf ihn zu und schnappte auf dem Weg Gesprächsfetzen von den Tischen auf der Terrasse auf. Sie fragte sich, was er dabei empfand, dass Wildfremde sich angeregt über derart persönliche Dinge unterhielten und sich anmaßten, seine Tragödie zu ihrer eigenen zu machen. Er drehte sich um, als er sie kommen hörte, und wirkte kein bisschen feindselig, wie sie es erwartet hatte. »Es tut mir so leid, David«, sagte sie geradeheraus, weil sie keinen Sinn darin sah, lange um den heißen Brei zu reden.

Er unterbrach sie mit einem traurigen Lächeln. »Sie müssen sich nicht entschuldigen. Er trifft seine eigenen Entscheidungen.«

»Das stimmt, aber das hatte ich auch nicht gemeint. Das Schicksal Ihres Vaters, alles, was an diesem Wochenende passiert ist – ich mag mir gar nicht vorstellen, wie sehr Sie das alles schmerzen muss.«

»Das ist auch gut so.« Ein Schwarm Wildvögel flog vom Sand auf und ließ sich von der Brise emportragen. Als sich die Vögel wieder niederließen, schwoll ihr lautes melancholisches Krächzen ein paar Sekunden lang an, dann verstummte es wieder. Geduldig wartete sie, dass er fortfuhr. »Ich kann Turnbull für das, was er getan hat, nicht hassen«, sagte er schließlich. »Ist das falsch von mir?«

Alma zuckte mit den Schultern. »Ich glaube nicht, dass ein Gefühl richtig oder falsch sein kann. Es ist einfach da, und niemand hat das Recht, es zu beurteilen, weder ich noch sonst jemand.«

»Er war Teil meiner Familie. Dieses Band durchschneidet man wohl nicht so leicht.«

»Bella gehörte auch zur Familie«, erinnerte Alma ihn sanft.

»Offiziell, ja, aber Bella Hutton war niemals jemandes Tante. Solche Gefühle waren ihr fremd.« Er sagte das ganz nüchtern und ohne Vorwurf, hatte aber dennoch das Bedürfnis, sich zu rechtfertigen. »Verstehen Sie mich nicht falsch: Bella hat getan, was das Beste für mich war, auch wenn ich das damals nicht so verstanden habe. Sie hat für mich so viele Türen geöffnet, an die zu klopfen ich nicht einmal zu träumen gewagt hätte. Aber aus Liebe hat sie nie etwas für mich getan, und ich hatte nie wirklich einen Platz in ihrem Herzen. Das wussten wir beide, und ich akzeptierte es.«

»Aber manchmal hätten Sie die Möglichkeiten gerne gegen etwas Liebe eingetauscht.«

»Ja. Bella war ein Star, und in einem solchen Leben kommt menschliches Versagen eigentlich nicht vor, oder?« Alma schüttelte den Kopf. »Wenn sie ein Problem nicht mit Geld lösen konnte, dann blieb es ungelöst.« Zum ersten Mal war Verbitterung in seiner Stimme zu hören. »Haben Sie eine Ahnung, wie scheußlich es sich anfühlt, immerzu dankbar sein zu müssen? Jetzt muss ich es für den Rest meines Lebens sein.«

»Inwiefern?«

»Sobald sie ihre Krebsdiagnose erhalten hatte, teilte sie mir mit, dass ich nach ihrem Tod ein sehr reicher Mann sein würde. Egal also, was ich jetzt aus eigener Kraft erreiche, es wird immer darauf zurückgeführt werden, dass Bella Huttons Geld mir einen guten Ausgangspunkt verschafft hat.«

»Nicht unbedingt. Egal, wie es zwischen Ihnen stand, es besteht kein Zweifel, dass sie an Sie geglaubt und Ihnen Ihren Erfolg gewünscht hat. Es mag keine Liebe gewesen sein – aber es war Respekt, und den zollte sie beileibe nicht jedem.« Er sah sie dankbar an, und sie reichte ihm die Hand. »Viel Glück, David. Nicht, dass ich glaube, Sie werden es brauchen.«

18

Archie wollte gerade das Hotel verlassen, um Bridget abzuholen, als er Marta seinen Namen rufen hörte. »Ich habe dich überall gesucht«, sagte sie. »Ich wollte mich bei dir bedanken.«

Er lächelte. »Da gibt es nichts zu danken. Ich war praktisch der Einzige, der dir kein Alibi gegeben hat.«

»Das war vielleicht auch ganz gut. Es ist schon alles kompliziert genug. Aber ich meinte auch etwas anderes. Dir ist das vielleicht gar nicht bewusst, aber ich habe gemerkt, wie sehr dich das mit Branwen Erley und ihrem schrecklichen Tod berührt hat, und es hat mir sehr geholfen.«

»Das gehört zu meiner Arbeit, Marta. Vielleicht ist es der wichtigste Teil.«

»Nein, es gehört zu dir.« Zu seiner Überraschung nahm sie sein Gesicht zwischen die Hände und küsste ihn. »Ich habe Bridget gesagt, dass sie sich glücklich schätzen kann. Sagst du ihr, dass wir aufbruchsbereit sind? Jemand vom Hotel hat uns eine neue Batterie besorgt.«

»Das hat Lydia schon erzählt. Ich wollte gerade zum White Horses.«

»Weißt du, wo Josephine ist?«

»Dahinten, auf der Suche nach dir.« Er deutete mit dem Kinn zur Treppe und überließ die beiden sich selbst.

»Wir fahren gleich«, sagte Marta. Sie nahm Josephines Hand und führte sie in die stille Bibliothek. »Ich wollte mich in Ruhe von dir verabschieden, nach all dem Trubel heute. Du wirst dich wohl die nächsten Monate in Inverness verschanzen, weiß Gott, wann ich dich wiedersehe.«

»Ronnie und Lettice werden bald ihre Herbstkollektion vorstellen. Vielleicht komme ich zu diesem Anlass nach London.«

»Das ist doch schon in wenigen Wochen. Lydia hat davon gesprochen.«

»Ich weiß. Aber selbst in Schottland fahren im August Züge.« Marta lächelte, und Josephine legte ihr eine Hand an die Wange. »Ich bin es leid wegzulaufen, Marta. Lass uns einfach sehen, was passiert.«

19

Der Schwarm Saatkrähen erhob sich aus den Bäumen und flog in loser Formation über den Himmel, eine bewegliche, blauschwarz schimmernde Gewitterwolke. Die Vögel umkreisten den Bell Tower, dann stießen sie rasch nach unten, drehten und flogen mit halb angelegten Flügeln eine Kehre. Hitchcock – der gerade im Watch House seine Taschen gepackt hatte – trat auf die Loggia, gebannt von ihrer schieren Zahl. Am Abend zuvor hatten sie auf die Minute dieses Schauspiel schon einmal aufgeführt, und einen Moment lang war der Lärm ohrenbetäubend. Das vertraute raue Krächzen des Schwarms wurde hin und wieder von dem helleren Schrei von ein, zwei Vögeln durchbrochen. So viele Emotionen lagen darin: Wut, Vergnügen, Liebe, Bedrohung. Alles außer Reue, und darum beneidete er sie.

Er hörte die Schritte seiner Frau hinter ihm und spürte, wie sich ihre Hand sanft auf seine Schulter legte. »Das Auto wartet, Hitch. Bist du fertig?«

Er drehte sich um und achtete dabei darauf, dass sein Blick nicht auf die Stelle fiel, wo nach wie vor die verräterischen Spuren seiner Torheit zu sehen waren. »Ja«, sagte er. »Ich bin fertig.« Alma lächelte und nahm seine Hand, und gemeinsam gingen sie zur Tür.

20

Rhiannon blieb auf dem oberen Treppenabsatz im Schatten stehen, falls Gwyneth nicht umhinkonnte, den Besucher ins Haus zu lassen. Nach einigen Minuten hörte sie die Haustür ins Schloss fallen und sah durch das verstaubte Bleiglasfenster über dem Rahmen den Umriss des Polizisten weggehen. Sie wartete und lugte durch das Geländer, während Gwyneth über den ausgeblichenen Dielenteppich zur Treppe zurückkehrte, ihre Gestalt durch den Blickwinkel seltsam verkürzt. Sie schien eine Ewigkeit zu brauchen, bis sie oben angelangt war, so als wäre die Anstrengung, die Welt zu begrüßen, zu viel gewesen, und als sie sprach, war ihre Stimme leise und zögernd – ob vor Erschöpfung oder Ungläubigkeit, konnte Rhiannon nicht sagen. »Es ist vorbei«, flüsterte sie und lehnte sich gegen den Türrahmen. »Wir sind in Sicherheit.«

TEIL SECHS

IM SCHATTEN DES ZWEIFELS
24. JULI – 13. AUGUST 1954, LONDON UND PORTMEIRION

1

Penrose starrte auf das Gefängnisfoto von David Franks und erinnerte sich an die Zweifel, die Josephine ihn betreffend gehabt hatte. Er hätte damals besser zuhören sollen, wie auch sonst öfter, wenn sie ihm etwas erzählt hatte. Wobei die anderen Gelegenheiten wenigstens nur ihn persönlich betrafen, dachte er und warf erneut einen Blick auf das Aktenblatt, während es in diesem Fall von allgemeiner Bedeutung gewesen wäre.

Franks hatte sich über die Jahre eigentlich kaum verändert, aber der harte Schwarz-Weiß-Kontrast und das Fehlen des permanenten Lächelns ließen ihn ganz anders wirken. Penrose hatte genug normal aussehende Mörder gesehen, um zu wissen, dass es so etwas wie ein Mördergesicht nicht gab, aber er vermutete, dass die meisten Amerikaner, die morgens am Frühstückstisch die Zeitung aufschlugen, sofort von der Schuld dieses Mannes überzeugt waren: In den Augen lag eine Leere, die auf einen Rückzug aus der Wirklichkeit und einen völligen Mangel an Empathie hindeuteten – und beides trug entscheidend zu dem Entschluss bei, ein Leben zu nehmen. Erneut nahm er Franks' Aussage zur Hand und las weiter, fasziniert vom Ton des Dokuments. Vielleicht packten sie ja auf der anderen Seite des Ozeans die Dinge anders an, jedenfalls hatten diese Worte eine Intimität, wie er sie aus keinem anderen Geständnis kannte.

Dieser Tag war, glaube ich, für uns beide bedeutsam, weil er Gwyneth zeigte, wozu ich imstande war. Sie hatte Taran die letzten Monate kaum aus den Augen gelassen, achtete auf jede seiner Regungen und umsorgte den Jungen mehr denn je – wohl wissend, dass die Gefahr nicht im Keller lauerte oder im Wasser oder Wald, sondern aus dem

Innersten kam, wo man sie kaum vermuten würde. Auch ich ließ ihn nicht aus den Augen, wenn ich mit ihm zusammen war. Es war mir klar, dass mein Schicksal untrennbar mit dem seinen verbunden war. Wenn er verblühte, würde ich aufblühen, wenn sein Leben endete, würde meines beginnen, und deswegen empfand ich eine überwältigende Liebe für ihn – geradezu eine Verehrung, die ich mit einer seltsamen Mischung aus Abscheu und Dankbarkeit ertrug.

Man mag Zufällen allzu leichtfertig eine Bedeutung beimessen, jedenfalls tötete ich Taran auf den Tag genau ein Jahr, nachdem ich vor ihren Augen den Hund getötet hatte. Ich weckte ihn frühmorgens auf, während der Rest des Hauses noch schlief, und half ihm, sich anzuziehen. Bereitwillig ging er mit mir mit: Ich war der Bruder, den er nie haben konnte, und er vertraute mir. Das mag Sie schockieren, aber macht es das tatsächlich schlimmer? Ich frage Sie: Wenn wir schon sterben müssen – und in letzter Zeit habe ich aus naheliegenden Gründen viel über das Sterben nachgedacht –, ist es dann nicht besser, durch die Hand eines geliebten Menschen zu sterben? In seinen Augen brachen wir nur zu einem neuen Abenteuer auf, wie wir schon viele erlebt hatten und, so glaubte er, noch erleben würden.

Wie immer beim Übergang von der Nacht zum Tag lag die Bucht schwarz und geheimnisvoll da. Mit dem Kind in meinen Armen ging ich zum Kai und sagte ihm, er solle sich ins Boot legen und leise sein. Es war alles ein Spiel für ihn, und er legte sich mucksmäuschenstill hin und nahm meine Jacke als Decke, weil es noch kalt war. Das Ufer war verwaist. Ich befeuchtete die Ruderdollen, damit sie nicht quietschten, und wir fuhren los, an der Insel vorbei zur anderen Seite. Die Ruder zogen Furchen durch das Wasser. Am Bootssteg ließ ich ihn beim Festmachen des Bootes helfen, dann trug ich ihn auf meinen Schultern über die Straße und den Gartenweg entlang. Er lachte und zog an meinen Haaren, und ich legte meine Hände um seine zarten kleinen Füßchen. Mittlerweile war das Haus seit mindestens drei Jahren verlassen. Alles daran zeugte von Vernachlässigung, und reglos und misstrauisch stand es in der Stille da, wie ein Kind, das keiner mochte und das sich davor fürchtete, plötzlich den Blick anderer auf sich zu ziehen. Wir betraten es durch die Küchentür, und ich hob ihn von meinen Schultern auf den

Boden. Er flitzte tiefer ins Haus, sein Geburtshaus und Erbe, auch wenn er das niemals erfahren würde. Einen Moment zögerte ich, weil ich wusste, wenn ich ihm folgte, gäbe es kein Zurück mehr. Selbst da hätte ich es mir noch anders überlegen können, aber er drehte sich zu mir um und winkte mir, und sein Eifer kam mir wie eine sonderbare Form des Segnens vor.

Ich tötete ihn in der Diele, am Fuß der Treppe, wo das erste Licht des Tages schon bis zur Kante des Teppichs vorgedrungen war. Er wehrte sich, und ich war erschrocken, wie viel Kraft in dem kleinen Kerl steckte. Ich hatte meine Hände um seinen Hals gelegt, drückte ihm mein Knie in den Bauch und presste ihn gegen den Boden, und dabei dachte ich an die Schmerzen, unter denen Gwyneth ihn zur Welt gebracht hatte, und ich gebe zu, dass der Gedanke mich grausamer als nötig machte. Das kann ich jetzt freimütig gestehen, da ich sicher bin, dass dieses Wissen sie nie erreichen wird. Sein Tod war weder schön noch friedlich. Er war auch nicht barmherzig schnell. Der Junge mochte ungeschickt gewesen sein und sich ständig wehgetan haben, aber die Verletzungen in seinem Gesicht an diesem Tag stammten von mir, und es gab andere, die weniger offensichtlich waren. Als ich mein Werk vollendet hatte, war die Diele von Sonnenlicht erfüllt. Ich weinte, ein verzweifeltes, ersticktes Schluchzen, das meinen ganzen Körper erschütterte, noch lange nachdem er sich nicht mehr rührte. Wie lange wir dort waren, wüsste ich nicht zu sagen. Die einzige andere Erinnerung, die ich an diesen Morgen habe, ist der Ausdruck auf dem Gesicht meines Vaters, als ich das Boot wieder am Kai festmachte. In diesem kurzen Moment schien er genau vor sich zu sehen, was aus mir werden würde. Vielleicht war es Einbildung, vielleicht auch mein schlechtes Gewissen, wie Sie es vermutlich nennen würden. Ich war mir jedenfalls nie ganz sicher, und schon bald verlor es an Bedeutung.

Ich frage mich, ob Henry Draycott an sich gehalten hätte, wenn er gewusst hätte, was er in Gang setzte, als er seine Frau vergewaltigte. Nach den Erfahrungen, die ich mittlerweile gemacht habe, bezweifle ich es. In solchen Momenten hat man keine Selbstkontrolle. Ich war dabei, als er das allererste Mal die Grenze überschritt, und erinnere mich noch gut daran. Wann immer es mir möglich war, ging ich zu dem Haus und schlüpfte freudig in die Rolle des Kindes, von dem Gwyneth glaubte, dass sie es nie haben würde. (Ich weiß, irgendwann werden alle sagen, dass ich zu echten Gefühlen nicht imstande war. Aber das stimmt nicht. Fragen Sie nicht, warum, aber es ist mir wichtig, dass Sie wissen, dass das nicht stimmt.) Es war ein heißer, gewittriger Nachmittag, ebenso drückend wie jener Samstag in Portmeirion. Ich hätte eigentlich zurück ans andere Ufer fahren sollen, aber ich wollte nicht in einen Sturm geraten, also schlich ich mich zurück ins Haus, wo ich warten wollte, bis das Gewitter vorbei war. Sie waren in seinem Zimmer, und ich beobachtete sie durch den schmalen Türspalt – der archetypische Voyeur, unschuldig, bis das erste verschämte Interesse erwacht, dann allein durch seine Zeugenschaft mitschuldig an der Gewalt. Vielleicht könnte man sagen, dass es der erste Film war, den ich sah.

Selbst ein schwacher Mann kann mächtig sein, das war Onkel Henrys Vermächtnis – wenn du etwas willst, dann nimm es dir. Geld. Sex. Einfluss. Selbst Liebe, wenn auch auf eine verquere Art. Bedenken Sie das, bevor Sie ihn von aller Schuld reinwaschen, bevor Sie anfangen, Mitleid mit ihm zu haben. Er hatte Gwyneth an die Wand gedrückt, und sie schrie, dass er aufhören solle, drohte ihm, was passieren würde, wenn er es nicht tue, aber er war wie von Sinnen. Es ging nicht um Triebbefriedigung. Das ist bei einer Vergewaltigung selten der Fall, auch wenn das nur wenige begreifen. Es geht um Wut. Ein Schalter legt sich um, und die Wut bricht sich Bahn, und man will die Frau nur noch von ihrem Sockel stoßen. Manche wehren sich, manche versuchen, es dir auszureden, aber nichts davon dringt zu dir durch, und je mehr sie betteln, desto mehr willst du ihnen wehtun. Wenn sie Angst haben, kannst du tun, was du willst, und dieser Rausch macht süchtig. Ich wusste, dass ich irgendwann erwischt werden würde. Ich wusste, dass meine Zeit in Freiheit begrenzt war, aber ich machte dennoch weiter, als hätte eine innere Macht mich in der Hand, etwas, das stärker war als ich. Ich kam nicht dagegen an. In dieser Hinsicht hatte ich vieles mit Gwyneths kleinem Jungen gemein.

Aber ich komme vom Thema ab. Was Sie am meisten interessiert, ist dieses Wochenende und warum ich drei Menschen in Portmeirion umbrachte. Es heißt, dass jede Schandtat einen Grund hat, und das stimmt – aber manchmal ist dieser Grund einfach nur das: schändlich. Wenn es Ihnen das Verständnis erleichtert, kann ich Ihnen alle möglichen Gründe aufzählen: Ich habe Bella wegen ihres Geldes umgebracht. Ich habe sie umgebracht, weil sie mich gezwungen hatte, einen Ort zu verlassen, den ich liebte, weil ich nicht mehr wollte, dass sie sich in mein Leben einmischte, weil sie schließlich begriffen hatte, dass man jemanden nicht von Schwierigkeiten fernhalten kann, die ein Teil von ihm sind. Ich könnte sagen, dass sie angefangen hatte, das Dunkle in mir zu sehen, und dass es ihr Angst machte, sie aber auch nicht die Augen davor verschließen wollte. Dass sie dabei war, die Wahrheit herauszufinden, dass sie alt war, dass sie ohnehin sterben würde, dass sie zur falschen Zeit am falschen Ort war. Ich könnte sagen, dass ich Bella umbrachte, um den Mord Henry Draycott anzuhängen – was nicht schwer war, weil jeder wusste, dass sie verfeindet waren –, um ihn für sein ungesühntes Verbrechen zahlen zu lassen. Ich könnte Ihnen für jeden Messerstich, den ich ihr versetzte, einen Grund nennen, und alle wären wahr – aber es wäre dennoch nicht die Wahrheit. Ich brachte Bella Hutton um – ich brachte sie alle um –, weil ich es wollte.

In meiner Fantasie kehre ich an diesen Ort zurück: Am Ende jeden Tages bin ich dort, wenn der letzte Sonnenstrahl erlischt und eine brütende Stille sich über den Friedhof senkt. Inzwischen verblasst das Bild schneller, es kommt nicht an gegen diese Zelle aus Beton und Stahl und das Stimmengewirr in diesem Trakt, wo die Männer ständig schreien und zanken, weil sie sonst nichts mehr haben. Es ist fast fünf, und bald wird einer von ihnen verschwunden sein. Den Gang runter werden über Stahl schabende Riegel zurückgeschoben, ein Schlüssel wird in ein Schloss gesteckt und eine Zellentür aufgestoßen. Der Mann, den sie holen, ist drei Zellen weiter. Er kann sich von uns anderen verabschieden oder sich gleich in den Raum begeben, wo er seine letzte Nacht verbringen wird, und er wählt Letzteres. Er erträgt unser Mitgefühl nicht. Er will es hinter sich bringen, und das kann ich gut verstehen.

Bald wird es nicht ein anderer sein. Ich versuche, nicht an das Drehrad zu denken, mit dem die Gaskammer verschlossen wird, oder an die Riemen um meine Handgelenke oder an den durchdringenden Pfirsichblütenduft, wenn das Gas in meinen Körper dringt. Ich halte mich an dem Frieden und der Dunkelheit zu Hause fest. Immer öfter entziehen sich mir jetzt die Bilder, aber sie sind noch da. Sie werden immer da sein.

Verstört von dem Einblick in Franks' Inneres legte Penrose die Blätter zur Seite und versuchte, nur an die Fakten zu denken. Detective Doyle hatte recht: Das Geständnis von drei Morden in Portmeirion hätte nicht klarer formuliert sein können, auch wenn das einzige Opfer, das namentlich genannt wurde, Bella Hutton war. Sollte Franks tatsächlich eine Möglichkeit gefunden haben, Leyton Turnbull umzubringen – Penrose fiel es immer noch schwer, an Leyton Turnbull als Henry Draycott zu denken –, wäre er dann nicht zu eitel, um das zu verschweigen? Würde er nicht damit angeben wollen, wie perfekt sein Plan funktioniert hatte? Es sei denn natürlich, er wollte einen Komplizen schützen: Vielleicht hatte jemand anderes im Bell Tower gewartet und Leyton Turnbull in den Tod gestürzt, während Franks sich vor aller Augen auf der Terrasse aufhielt. Wenn dem so war, hatte Penrose keinen Zweifel daran, dass Franks die Wahrheit mit Vergnügen mit ins Grab nehmen würde.

Es war allerdings auch möglich, dass Franks' drittes Opfer in Portmeirion nie entdeckt worden war. War das der perverse Grund für das Geständnis? Um die Polizei mit einem unentdeckten Verbrechen zu verspotten? Soweit Penrose sehen konnte, war der einzige Mensch, über dessen Verbleib man nichts wusste, Hitchcocks Nonne, die das Hotel offenbar verlassen hatte, ohne sich abzumelden – was allerdings kein Grund war, anzunehmen, dass sie tot war. Er könnte versuchen festzustellen, was mit Joan Sidney passiert war, auch wenn das vermutlich vergeblich wäre. Er glaubte nicht einen Moment lang, dass ein Star in diesem Filmgenre seinen wahren Namen benutzte.

Er überflog das Dokument ein weiteres Mal, um sicherzugehen, dass ihm nichts entgangen war, dann ging er den Inhalt der Schachtel durch, die Doyle ihm dagelassen hatte, und nahm die zweite Filmrolle heraus. Sie war unbeschriftet, und mit

Mühe und leise fluchend fädelte er den Film im Projektor ein. Schließlich hatte er es geschafft, aber bevor er den Projektor anwerfen konnte, klopfte es an der Tür. »Devlin – das ging fix. Haben Sie etwas herausgefunden, was ich über unseren amerikanischen Freund wissen sollte?«

»Es gibt ihn nicht, Sir.«

Penrose starrte ihn an, als läge es an dem Sergeant, dass er ihn nicht verstand. »Was soll das heißen?«

»Beim Los Angeles Police Department gibt es keinen Detective Tom Doyle und hat ihn nie gegeben. Ich habe mit einem Larry Hunter gesprochen – hier seine Nummer –, aber er kennt den Namen nicht, und er konnte auch mit meiner Beschreibung von unserem Mann nichts anfangen.«

»Wenden Sie sich ans Adelphi und …«

»Habe ich schon, Sir. Tom Doyle ist heute Morgen abgereist. Er ist gestern spätabends eingetroffen, hat, soweit bekannt, niemanden angerufen, nichts gegessen und mit niemandem gesprochen. Seine Rechnung hat er bar beglichen.«

»Mist. Haben sie bei seiner Ankunft denn kein Anmeldeformular ausgefüllt?«

»Doch, natürlich. Er gab eine Adresse und Telefonnummer in Los Angeles an.«

»Und?«, fragte Penrose, und ihn beschlich eine finstere Ahnung.

»Sie gehören zu einem Hundesalon.«

»Was zum Teufel geht hier vor sich?« Verwirrt sah er auf das Material auf seinem Schreibtisch – und dann dämmerte es ihm. »Wie konnte ich nur so dumm sein?«, rief er aufgebracht. »In dem Moment, in dem Doyle Hitchcock erwähnte, hätte ich wissen müssen, dass das wieder einer seiner ausgeklügelten Streiche ist. Nun, dieses Mal wird er nicht damit durchkommen. Egal, wie berühmt er ist.«

Er griff nach dem Telefon, aber Devlin hielt ihn auf. »Es ist kein Streich, Sir. Mag sein, dass das LAPD noch nie von einem Detective Tom Doyle gehört hat, aber im Todestrakt sitzt tatsächlich ein wegen Mordes Verurteilter namens David Franks. Hunter schickt uns die Akten, damit Sie sich den Fall im Detail ansehen können, aber bis die da sind, hat er mir schon mal einen Überblick gegeben.«

»Schießen Sie los.«

»Franks wurde Anfang des Jahres verhaftet und des Mordes an zwölf Frauen in mehreren nordamerikanischen Städten angeklagt. Der erste Fall geht bis ins Jahr 1940 zurück, seither hat er ungefähr einmal im Jahr einen Mord begangen. Es dauerte eine Weile, bis man die Morde miteinander in Verbindung brachte, weil sie sich in unterschiedlichen Bundesstaaten ereigneten, aber alle Frauen wurden auf dieselbe Weise umgebracht – vergewaltigt, geschlagen und stranguliert. Die Zeitungen tauften sie irgendwann die Friedhofsmorde. Denn dort wurden die Leichen abgelegt – auf dem Friedhof der jeweiligen Stadt. Sie wurden nachts dorthin gebracht, gefesselt und mit verbundenen Augen, und an einem möglichst prachtvollen Grabmal abgelegt.«

»Wie eine Opfergabe«, sagte Penrose nachdenklich und dachte an Bella Huttons Leiche. »Wer waren die Frauen?«

»Allesamt Nutten«, sagte Devlin, und das amerikanische Slangwort – das er von dem LAPD-Kollegen übernommen hatte – passte so gar nicht zu seinem englischen Akzent. »Nach Franks' Festnahme stellte sich heraus, dass er ein großes Tier in der Filmbranche war – genauer gesagt der Produzent von *stag films*, alle sehr explizit, viele gewalttätig. Offenbar machte er ein Vermögen damit. Die meisten der Opfer hatte er in seinen Filmen benutzt.«

»Benutzt« war das passende Wort, dachte Penrose. »Sonst noch was?«, fragte er.

»Eine der Zeitungen hat in Franks' Vergangenheit gewühlt und herausgefunden, dass er für Alfred Hitchcock gearbeitet hat.«

»Ich wette, Hitch war begeistert. Die Nachricht dürfte die Studioanwälte eine Zeit lang in Trab gehalten haben.«

»Soweit ich es verstanden habe, wurde die Sache schnell unter den Teppich gekehrt. Aber vorher hatte diese Zeitung noch darauf verwiesen, dass einige der Morde jeweils mit dem Kinostart eines neuen Hitchcock-Films zusammenfielen und die Fundstellen der Leichen zu den Filmsettings passten: *Saboteure* und *Cocktail für eine Leiche* in New York, *Im Schatten des Zweifels* in Santa Rosa, *Ich kämpfe um dich* in Vermont, *Berüchtigt* in Miami, *Der Fremde im Zug* in Washington, D. C., und so weiter. Hunter hat aber mit Nachdruck darauf hingewiesen, dass nichts davon offiziell ist.«

»Wie erklärte er denn die *Fenster-zum-Hof*-Morde?«

»Gar nicht. Er sagt, dass sie überhaupt nicht stattfanden.«

»Was?«

»Zuerst hat er nur gelacht, dann wurde er plötzlich sehr wortkarg.«

»Zweifellos ein Hitchcock-Fan«, sagte Penrose sarkastisch. Dass Hollywood seine Verbindungen zu einem Serienmörder verbergen wollte, überraschte ihn nicht, aber das erklärte alles nicht das Geständnis, das er gerade gelesen hatte, und auch nicht, warum dieses Material auf seinem Schreibtisch gelandet war.

»Vielleicht. Hunter will deswegen mit Ihnen reden und bat mich, dafür zu sorgen, dass ihm die Filmrollen zugeschickt werden.«

»Damit werden wir uns wohl Zeit lassen. Ich habe sie selbst noch nicht angesehen. Was berichtet er denn darüber, wie Franks gefasst wurde?«

»Laut LAPD wurde das letzte Opfer auf einem Friedhof in Quebec City entdeckt. Ein Auto, das laut einem Zeugen davor geparkt hatte, wurde zu Franks zurückverfolgt.«

»Und, gibt es einen Film in Quebec?«

Devlin nickte. »*Ich beichte*. Passend, was?« Penrose nickte nachdenklich. »Franks sitzt in San Quentin ein. Die Gaskammer wartet auf ihn. Der Hinrichtungstermin ist auf den 1. Dezember dieses Jahr festgesetzt. Er hat keine Berufung eingelegt.«

»Haben Sie Hunter nach dem Geständnis und den Morden in Portmeirion gefragt?«

»Ja. Franks hat offenbar noch mit anderen Morden geprahlt, aber er hat kein offizielles Geständnis für irgendwelche anderen Taten als die in der ursprünglichen Anklageschrift abgelegt. Ich glaube auch nicht, dass sie sich groß dafür interessieren. Er kann sowieso nur einmal hingerichtet werden.«

Penrose fiel wenigstens eine Person ein, für die Franks' Behauptungen von großer Bedeutung wären. »Ich werde mir diesen Film ansehen, aber ich würde Sie bitten, noch ein paar andere Dinge für mich in Erfahrung zu bringen. Zuerst sollten Sie schauen, ob Sie eine Frau namens Gwyneth Draycott aufspüren können. 1936 hat sie in einem Haus zwischen Portmeirion und Harlech gewohnt. Wenn sie noch lebt, muss ich mit ihr reden. Dann setzen Sie sich mit San Quentin in Verbindung und bitten Sie um eine Liste der Leute, mit denen Franks Kontakt hatte, sei es brieflich oder persönlich.«

»Ich mache mich gleich daran, Sir. Sonst noch was?«

Penrose schüttelte den Kopf, doch dann fiel ihm etwas ein. »Da ist tatsächlich noch eine Sache: Vor ungefähr sieben Jahren wurde in Highgate eine Frauenleiche gefunden. Das war noch vor Ihrer Zeit bei uns, oder?« Devlin nickte. »Besorgen Sie mir die Akte. Es gibt einen Hitchcock-Film, der in London spielt.« Penrose erinnerte sich, ihn mit Josephine gesehen zu haben – eine ermüdend lange Angelegenheit mit einer Gerichtsszene. Er beruhte mehr oder weniger auf echten Verbrechen und hatte sie beide an ihr Gespräch mit dem Regisseur während des Frühstücks in Portmeirion erinnert. »Stellen Sie bitte fest, ob es zeitlich passt.«

Nachdem Devlin gegangen war, ließ er wieder die Jalousien herunter und nahm hinter seinem Schreibtisch Platz. Der Film setzte unvermittelt mit der Nahaufnahme eines Frauengesichts ein. Die Frau sah ungläubig jemanden an, der außerhalb des Kamerawinkels stand, und ihre Augen schossen von links nach rechts, als versuchte sie, dessen Absichten herauszufinden. Ihre Angst verwandelte sich in Panik, als sie begriff, was passieren würde. Vor Penrose' Augen fing sie an zu keuchen, und ihr

Mund öffnete sich zu einem Schrei. Hektisch griff sie sich mit den Händen an den Hals, um den unsichtbaren Angreifer davon abzuhalten, etwas darumzuschlingen, aber er war zu schnell für sie. Sie drehte den Kopf hin und her und rang nach Luft, während sich die Schlinge in ihre Haut grub und das Leben aus ihrem Körper presste. Ihre Hände – frisch manikürt, Ringe an den Fingern – rissen an dem Knoten, bis sie ihre Kräfte verließen und ein schwaches Tasten daraus wurde, und dann hörte auch das auf. Sie trug ein Kreuz um den Hals, und die Schnur, mit der sie stranguliert worden war, hing links und rechts davon herab, als sollte damit ihr Glaube an irgendeine Form göttlichen Schutzes verhöhnt werden. Lange Zeit verweilte die Kamera auf ihrem Gesicht, die Augen starr und leblos, die Zunge ragte grotesk aus dem Mund. Schließlich schwenkte sie weg, und der Film endete so unvermittelt, wie er begonnen hatte, aber erst nachdem Penrose im Hintergrund die ausgestreckte Hand eines anderen Opfers gesehen hatte.

Angewidert musste er sich zwingen, das Filmmaterial erneut anzusehen, und er spulte es gerade zum vierten Mal zurück, als Devlin wiederkam. »Sie hatten recht, Sir«, sagte er. »Der Film heißt *Der Fall Paradin*. Er kam ungefähr Weihnachten 1947 in die Kinos. Am Morgen des 28. Januar fand eine Frau, die ihren Hund ausführte, die Leiche von Susan Dunn im Highgate Cemetery. Sie war mit ihrem eigenen Strumpf erdrosselt worden.«

Er reichte ihm die Akte. »Sie war aber keine Prostituierte, oder?«, fragte Penrose und blätterte die Akte durch, um seiner Erinnerung auf die Sprünge zu helfen.

»Nein, eine Hausfrau. Ihr Ehemann hatte sie am Abend zuvor vermisst gemeldet. Sie hatte das Haus verlassen, um ihm eine Flasche Bier zu besorgen, und kehrte nicht zurück. Wir haben den Mörder nie gefasst.«

»Vielleicht jetzt.« Er blickte auf das Bild einer Frauenleiche, die gegen einen Grabstein lehnte, ein Strumpf um den Hals, der andere in ihrem Mund, und dachte an Branwen Erley. »Hat das Gefängnis die Informationen geliefert?« Devlin gab ihm eine kurze Namensliste, und Penrose nickte. Langsam fügte sich alles zu einem Bild.

»Gwyneth Draycott wohnt immer noch an derselben Adresse. Hier ist ihre Telefonnummer.«

»Danke.« Penrose nahm den Hörer ab, dann überlegte er es sich anders. Die Nachrichten, die er für Gwyneth Draycott hatte, wollte er lieber persönlich überbringen. Alles andere konnte warten.

2

Penrose übernachtete in Shrewsbury und brach früh am nächsten Morgen nach North Wales auf. Er war froh, London verlassen zu können und sich von der mit dieser Jahreszeit verbundenen Traurigkeit und seinen Zukunftsängsten abzulenken. Er war nie ein Anhänger der Denkschule gewesen, die den Ruhestand als Möglichkeit begriff. Nahezu alles, was er im Leben gewollt hatte, hatte er durch seine Arbeit erreicht, und auch wenn er wusste, dass seine Entscheidung, sich zu einem Zeitpunkt zu verabschieden, wenn man ihn noch vermissen würde, richtig war, hätte er sich doch am liebsten an seinem Schreibtisch festgeklammert, bis man ihn mit Gewalt wegzerrte – das trostlose Relikt längst vergangener Zeiten, dessen einziger Wert Langlebigkeit war. Niemals würde er das zugeben, nicht einmal gegenüber den Menschen, die ihm am nächsten standen, aber ihm graute davor, ein Mann zu werden, dessen einziger Lebensinhalt darin bestand, zufrieden zu sein.

Vor ihm wand sich die graue Straße durch sattgrüne Felder, und er verbot es sich, weiter zu brüten, und konzentrierte sich stattdessen auf die schöne Fahrt. Selbst an einem bewölkten Tag wie diesem, wenn ein leichter Nieselregen und ständiger Wind Gedanken an den Sommer in weite Ferne rückten, freute er sich an der abwechslungsreichen walisischen Landschaft. Der bedeckte Himmel nahm den Hügeln und Tälern nichts von ihren Farben, und Penrose genoss die Einsamkeit und die schlichte Schönheit der Landschaft, die ihm gute Gesellschaft leisteten.

Er ließ den Abzweig nach Portmeirion links liegen und nahm die Straße nach Harlech, die er schon vor so vielen Jahren hatte fahren wollen. Während der Fahrt überlegte er, wie er das Treffen mit Gwyneth Draycott am besten angehen sollte, so sie ihn denn überhaupt empfangen würde. Er hatte nicht vor, ihr von den fürchterlichen Einzelheiten des Mordes an Taran zu berichten, sondern wollte ihr nur sagen, wer dafür verantwortlich war. Er ging davon aus, dass die Botschaft nicht nur Trost, sondern auch Schmerz bedeuten würde: Konnte man Franks' Worten Glauben schenken, hatte zwischen den beiden echte Zuneigung bestanden, die über die brüchige Bindung innerhalb einer zerrütteten Familie hinausging, und die Erleichterung, die Gwyneth Draycott verspüren würde, wenn sie endlich die Wahrheit erfuhr, würde das Gefühl der Enttäuschung und des Betrogenseins kaum abmildern können.

Das Haus war schwerer zu finden als gedacht, und er verfuhr sich zweimal, bevor er beim dritten Anlauf endlich die richtige Straße zur Bucht entdeckte. Dort angekommen, stellte er das Auto am Straßenrand ab und betrachtete das Haus, das er bisher nur aus der Ferne gekannt hatte, in seiner wahren Größe. Es war eines dieser schönen, soliden viktorianischen Gebäude, die von den gesicherten Verhältnissen ihrer Bewohner zeugten, und seine exponierte Lage verlieh ihm etwas Herrschaftliches. Alles an dem Haus zeigte, dass sich jemand penibel darum kümmerte, und Penrose fragte sich, ob Gwyneth Draycott auf diese Weise eine gewisse Kontrolle über ihr Leben zurückgewinnen wollte, das durch Ereignisse, denen sie ohnmächtig ausgeliefert gewesen war, völlig aus den Fugen geraten war. Wenn er nicht gewusst hätte, was hier passiert war, würde er sagen, das Anwesen verströme eine friedliche Atmosphäre, und er fragte sich, ob es klug war, hier aufzutauchen. War es richtig, im Namen der Gerechtigkeit die Asche von vierzig Jahren aufzuwühlen, oder folgte er damit nur ungewollt Franks' eitlem Plan? Bevor er zu einer Entscheidung kam, wurde sie ihm aus der Hand genommen: An einem der Erdgeschossfenster erschien eine Frau, die stirnrunzelnd sein Auto musterte, sodass Penrose keine andere Wahl blieb, als auszusteigen und sich zu erklären.

Bevor er anklopfen konnte, wurde die Haustür geöffnet. Die Frau musste Mitte sechzig sein. Ihre schwarzen Haare waren von wenigen grauen Strähnen durchzogen, und nur ihre Hände und der faltige Hals verrieten ihr Alter. Ihr Gesicht hatte ein frisches, jugendliches Aussehen, und ihre wachen Augen – ein ungewöhnlich dunkles Blau – sahen ihn fragend an. In ihrer Jugend musste sie wunderschön gewesen sein. Selbst jetzt war sie noch sehr attraktiv. »Mrs Draycott?«, fragte Penrose.

»Wer will das wissen?« Sie hatte eine melodiöse, sanfte Stimme, aber ihre Worte klangen kalt und abweisend.

»Mein Name ist Archie Penrose. Ich arbeite für die Metropolitan Police und hielt mich vor achtzehn Jahren in Portmeirion auf, als Ihr Ehemann starb. Kürzlich bin ich an Informationen gelangt, von denen Sie meiner Ansicht nach erfahren sollten. Sie haben mit ihm und Ihrem Sohn zu tun.«

»Henry Draycott ist für mich gestorben, schon lange bevor er den Anstand besaß, es tatsächlich zu tun«, sagte sie. »Welche Neuigkeiten Sie auch haben, Sie verschwenden Ihre Zeit.«

»Und was Ihren Sohn betrifft?« Sie zögerte, und Penrose hatte die Vermutung, dass die vielen Jahre des Schweigens sie gelehrt hatten, auf nichts mehr zu hoffen. »Dürfte ich eintreten, Mrs Draycott? Nur für einen Moment?«

Zögernd nickte sie und trat einen Schritt beiseite. Auf dem Weg in die Küche versuchte er, seine Neugier zu zügeln, konnte jedoch nicht verhindern, dass sein Blick kurz zum Fuß der Treppe glitt. Gwyneth Draycott lebte nun schon seit fast vierzig Jahren in dem Haus, ohne zu wissen, was für ein schreckliches Ereignis an dieser Stelle stattgefunden hatte, und ging mehrmals am Tag ahnungslos darüber. Der Gedanke ließ ihn schaudern. Was er ihr auch sagen würde, er war entschlossen, diesen Teil der Geschichte für sich zu behalten: Es gab keinen Grund, ihre Zuflucht in einen Schreckensort zu verwandeln. Ihr Zuhause war wahrscheinlich das Einzige, was sie nicht verrückt werden ließ.

Die Küche roch nach Tomaten und frisch gebackenem Brot.

Er setzte sich auf den angebotenen Stuhl, und sie trat zum Herd. Augenscheinlich wollte sie sich nicht in ihrem Tagesablauf stören lassen. »Es tut mir leid, Sie nach all den Jahren an so schmerzhafte Ereignisse zu erinnern«, setzte er vorsichtig an, »aber ...«

»Haben Sie Taran gefunden?«

Sie hatte die Frage gestellt, ohne sich umzudrehen, aber er hörte die Angst in ihrer Stimme und wünschte, er könnte ihr mehr bieten als nur einen Namen. »Leider nein.« Sie trat ans Fenster, und Penrose ließ ihr einen Moment Zeit, sich zu fassen. »Ich bin wegen Ihres Neffen hier, David Franks.« Vergeblich wartete er auf eine Reaktion. »Erinnern Sie sich an ihn?«

»Selbstverständlich erinnere ich mich an David«, sagte sie und setzte sich ihm gegenüber, »aber er ging vor langer Zeit und unter schrecklichen Umständen von hier weg. Sein Vater wurde wegen dem, was mit Taran passiert ist, umgebracht, aber wahrscheinlich wissen Sie das.«

»Ja. Sind Sie mit David in Verbindung geblieben, nachdem er von hier fortgegangen war?«

»Nein.« Sie musste ihm die Überraschung am Gesicht abgelesen haben, weil sie hinzufügte: »Es fiel ihm schwer zu gehen, und Bella hielt es für das Beste, wenn er einen sauberen Schnitt machte.«

»Dann hat er Sie nicht besucht, als er 1936 nach Portmeirion kam?«, fragte Penrose, weil er es seltsam fand, dass Franks von seiner Zuneigung zu Gwyneth Draycott sprach, aber nicht einmal eine zwanzigminütige Fahrt auf sich nahm, um sie zu sehen.

»Nein.« Sie errötete leicht. »Aber ich dachte, Sie wären gekommen, um *mir* etwas mitzuteilen, Mr Penrose.«

Damit hatte sie völlig recht: Er war nicht hier, um sie zu befragen, sondern aus Barmherzigkeit, aber alte Gewohnheiten legte man nun mal nicht so leicht ab. »Ich muss Ihnen leider mitteilen, Mrs Draycott, dass David Franks derzeit in den USA auf seine Hinrichtung wartet. Er kehrte 1938 dorthin zurück und wurde Anfang dieses Jahres verhaftet und wegen des

Mordes an zwölf Frauen im Lauf von vierzehn Jahren verurteilt.« Ihr Gesicht zeigte keine Regung, und Penrose fragte sich, ob sie bereits von der Verhaftung ihres Neffen erfahren hatte. Weil er wissen wollte, wie sie auf Informationen reagierte, die sie auf keinem anderen Weg erfahren haben konnte und die sie persönlich betrafen, redete er weiter. »Mir liegt ein Dokument vor, aus dem hervorgeht, dass es David Franks und nicht Ihr Ehemann war, der Bella Hutton und Branwen Erley in Portmeirion ermordet hat.«

»Was für ein Dokument?«

»Ein Brief, den er aus dem Gefängnis schrieb. Es fällt mir schwer, das zu sagen, aber der Brief beinhaltet auch ein Geständnis zu dem Mord an Taran.« Penrose suchte ihr Gesicht nach der erwarteten Reaktion ab, und als sie nicht kam, fuhr er vorsichtig fort: »Ich dachte, Sie haben nach all den Jahren ein Recht zu erfahren, wer für den Tod Ihres Sohnes verantwortlich ist. Ebenso ist es nur recht, dass der Name derjenigen, denen David Franks' Verbrechen zur Last gelegt wurden, von aller Schuld reingewaschen wird.« Noch immer sagte sie nichts, und Penrose ertappte sich dabei, dass er verfolgte, wie der Sekundenzeiger der Küchenuhr zwei volle Umdrehungen machte, bevor er erneut das Wort ergriff. »Verzeihen Sie, aber Sie wirken nicht sehr ...«

»Dankbar?« Dieses Wort hatte Penrose nicht benutzen wollen, aber wenn er so darüber nachdachte, wurde ihm klar, dass er sich tatsächlich etwas in der Art erhofft hatte. Er hatte die Frau, deren Leben so sinnlos zerstört worden war, trösten wollen, aber seine Motive waren nicht nur selbstlos. Selbst wenn man David Franks für Tarans Tod verantwortlich machen konnte, änderte das nichts daran, dass Penrose sich von den Ermittlungen zu den Morden in Portmeirion allzu rasch zurückgezogen hatte, und von dieser Schuld konnte ihn auch Gwyneth Draycotts Dankbarkeit nicht freisprechen. »Es fällt mir schwer, das zu erklären, Mr Penrose«, sagte sie, »aber Taran ist jetzt schon seit nahezu vierzig Jahren tot, und die Frage, die mich verfolgt, ist nicht mehr die nach dem Wer, sondern nach dem Warum. Können Sie mir das beantworten? Haben Sie aus diesem Brief irgendetwas erfahren, was es einer Mutter leichter macht, einen Sinn in alldem zu erkennen?« Dieses Mal war es an Penrose zu schweigen. »Taran war ein glücklicher, wunderbarer kleiner Junge, der das Schicksal, das Gott ihm zuteilwerden ließ, nicht verdient hatte. Ich will nicht unhöflich sein, aber ich glaube, es bräuchte eine höhere Macht als die, die Sie verkörpern, um dieses Unrecht wiedergutzumachen.«

»Leider hat Franks keinen Hinweis darauf gegeben, wo Tarans Leiche liegt«, sagte Penrose ruhig. »Ich könnte die amerikanische Polizei bitten, die Informationen aus ihm herauszupressen, wenn Ihnen das helfen würde.«

»Wozu? Taran hat genug gelitten, als er gelebt hat, da soll er wenigstens jetzt in Frieden ruhen. Dennoch danke ich Ihnen. Es war sehr freundlich, dass Sie die Mühe auf sich genommen haben herzukommen.«

Die Worte klangen wie eine Verabschiedung, und mit einem Gefühl der Leere und des Scheiterns stand Penrose auf, um zu gehen. Es gab noch so vieles, was ihm an Franks' Geständnis Rätsel aufgab, aber erneut sagte er sich, dass er nicht hierhergekommen war, um seine Wissbegier zu befriedigen. Auch Gwyneth Draycott hatte genug gelitten, und er hatte kein Recht, sie nach ihrer Ehe auszufragen. Nicht sie war angeklagt. Als sie ihn zur Tür begleitete, war von oben ein Geräusch zu hören – etwas war auf den Boden gefallen –, und sie hob erschrocken den Kopf. »Leben Sie nicht allein, Mrs Draycott?«, fragte Penrose.

»Nein. Meine Schwester ist vor einigen Jahren zu mir gezogen. Das Haus ist für einen allein viel zu groß. Ich muss zu ihr hoch, sie ist krank. Oder gibt es noch etwas?«

»Nur noch eines: Hat Branwen Erley auf der Suche nach ihrer Mutter jemals Kontakt zu Ihnen aufgenommen?«

Bei der Erinnerung an die Untreue ihres Ehemanns erstarrte sie. »Nein.«

»Und Sie hatten keinen Kontakt mit Ihrem Mann während des Wochenendes, an dem er starb?«

»Sicher nicht.« Ohne ein weiteres Wort schloss sie die Tür, und er ging zu seinem Auto. Als er zum Haus zurückschaute, tauchte ihr Gesicht kurz an einem der oberen Fenster auf, dann wurden die Vorhänge zugezogen, als wollte sie damit sagen, er solle endlich verschwinden. Vor ihm lag das Uferstück, von dem David Franks geschrieben hatte, und er blickte auf den morschen Bootssteg, stellte sich die kleinen Hände an dem Tau vor, den Klang des Lachens und der Schritte, als Taran den Weg hinauf in seinen Tod rannte. Er schüttelte den Kopf, um das Bild loszuwerden, und betrachtete stattdessen die zerklüftete Schönheit des Snowdon-Kamms, der in der Ferne den Horizont beherrschte. Der graue Morgen war immer noch niederdrückend und trostlos, aber während er so dastand, bahnte sich vorsichtig ein Sonnenstrahl einen Weg durch die Wolkendecke und fiel genau auf Portmeirion, als wollte er Cloughs Unternehmung seinen Segen erteilen und Penrose auffordern, die Geister ziehen zu lassen, und er lächelte.

Eine halbe Stunde später stellte er seinen Riley auf dem Parkplatz ab, zahlte fünf Shilling am Eingangstor zum Dorf und schloss sich dem Pulk von Tagesbesuchern an. Er ging die Zufahrt entlang und stellte sich vor, wie frustrierend die fünfzehnjährige Kriegs- und Nachkriegszeit für Clough gewesen sein musste, als er an seinem Traum nicht weiterbauen konnte. Nachdem die Baubeschränkungen inzwischen aufgehoben worden waren, schien er die verlorene Zeit aufholen zu wollen, und die Arbeiten am neuen Torhaus, einem Gebäude im Barockstil, das die Straße ins Dorf überspannen sollte, waren in vollem Gange. Die vertraute Gestalt des Gründers von Portmeirion – in Weste, Breeches und langen gelben Strümpfen – stand in der Nähe und überwachte die Arbeit. Penrose hob grüßend die Hand. Als er auf dem längeren Weg zum Hotel die Piazza umrundete, kam ihm der Gedanke, dass das langsame Entstehen des Dorfs großen Anteil an seiner Schönheit hatte.

Rechts von der Terrasse bemerkte er einen weiteren Zuwachs oben auf dem Hügel. Ein rundes einstöckiges Gebäude, das über die Klippe lugte wie ein militärischer Ausguck. Penrose beschloss, noch nicht zum Hotel zu gehen, und suchte stattdessen nach einem Weg, der ihn vom Ufer zu dem Gebäude führte. Als er ihn schließlich entdeckte, erklomm er den Felsen über mehrere Treppen und blieb oben stehen, um wieder zu Atem zu kommen.

»Da hatten wohl zwei denselben Gedanken, Archie.«

Er sah auf und war leicht verlegen, weil Marta seinen nicht gerade eleganten Aufstieg beobachtet haben musste. Seit Josephines Tod hatte er sie nicht mehr gesehen, aber sie hatten oft miteinander telefoniert – unbeholfene, belanglose Gespräche, in denen sie es vermieden, über ihren Verlust zu sprechen, die ihnen in ihrer gemeinsamen Trauer jedoch Trost spendeten. Sie war blass, und es war ihr anzusehen, dass sie geweint hatte. Martas Gesicht hatte auch in ihren mittleren Jahren seine jugendliche Schönheit bewahrt – was Josephine zugleich erfreut und empört hatte –, aber heute wirkte sie müde und niedergeschlagen. »Ich weiß gar nicht, warum es mich überrascht, dich zu sehen«, sagte er, »in Anbetracht des heutigen Datums.«

»Ich bin hergekommen, weil ich nicht wusste, was ich sonst hätte tun sollen.« Zum ersten Mal hörte Archie sie ihre Verzweiflung so offen aussprechen. Er setzte sich neben sie und nahm ihre Hand. »Dass sie mich angelogen hat, kann ich ihr einfach nicht vergeben. Sie sagte, es sei nichts Ernstes. Sie sagte, binnen eines Jahres würde es ihr wieder gut gehen. Hin und wieder eine Tablette, sagte sie – alles ganz harmlos.«

»Das machte sie sich selbst weis, Marta.«

»Seit wann kuriert man Krebs mit Aspirin?« Er verstand ihre Wut gut genug, um ihr nicht zu widersprechen. »Dann ließ sie auch noch zu, dass ich wegging. Sie ermutigte mich sogar. Ich weiß noch genau, wie sie sagte, die drei Monate seien im Nu vorbei, während sie genau gewusst haben muss, dass sie viel zu lang waren.« Sie zündete sich eine Zigarette an und nutzte die

Unterbrechung, um sich wieder etwas zu fassen. »Ich las es in der Zeitung«, sagte sie mit unnatürlich ruhiger Stimme. »Ich schlug die *New York Times* auf, und da stand es.«

»Es tut mir leid. Ich wollte es dir sagen, wusste aber nicht, wie ich dich erreichen konnte.« Er dachte an den kalten, trüben Februartag zurück, als Josephines Schwester ihn bei Scotland Yard anrief, um ihm die Nachricht zu überbringen, an die Stunden, die er auf der Suche nach Marta an der Strippe gehangen und amerikanische Hotels durchtelefoniert hatte, um sich von seiner Trauer abzulenken. »Josephine war die Einzige, die gewusst hatte, wo du warst.«

»Ich mache dir keine Vorwürfe, Archie. Es hätte nicht dir überlassen bleiben sollen.«

»Alle waren schockiert. Johnny schickte während der Pause seinen Garderobier los, damit er ihm eine Abendzeitung besorgte, und da las er es.« Selbst die Bekanntgabe ihres Todes hatte weniger Aufsehen erregt, als es angemessen gewesen wäre, dachte Archie. Es sah Josephine gleich, zu sterben, wenn das Land so sehr mit der Trauer um seinen König beschäftigt war, dass es von ihrem Tod kaum Notiz nahm.

»Aber ich bin nicht der verdammte John Terry, oder? Sie muss gewusst haben, was das bei mir anrichtet. Ich kann nicht glauben, dass ihr das so egal gewesen ist. Ich fasse es nicht.« Marta stand auf und ging zu einem der Bogen im Gemäuer, von wo aus man auf die Bucht sah. »Ich vermisse sie, Archie.« Es war ein Gemeinplatz, wenn man seine Trauer ausdrücken wollte, aber dieses schlichte Bekenntnis schaffte etwas, was all ihre Wut und ihre Verbitterung nicht vermocht hatten, und riss alle Dämme ein. Archie hielt die schluchzende Marta fest in den Armen. »Mein halbes Leben habe ich damit verbracht, sie zu vermissen, verdammt noch mal. Man sollte doch denken, dass ich mich mittlerweile daran gewöhnt habe, aber es wird täglich schlimmer.«

»Ich weiß.«

»Ja, natürlich.« Zärtlich strich sie ihm über die Wange, eine Bekräftigung des Bandes zwischen ihnen, das die gemeinsame

Liebe geschaffen hatte. »Hat sie dir gesagt, dass sie sterben würde?«

Auf diese Frage hatte Archie gewartet, und er war froh, sie wahrheitsgemäß beantworten zu können. »Nein, sie hat es mir nicht gesagt.«

Allerdings hatte er die Vermutung geäußert, und Josephine hatte nicht widersprochen, aber sie hatte ihn gebeten, es niemandem zu sagen, und er war dieser Bitte nachgekommen. Jetzt war es zu spät für Reue, und er wollte Martas Schmerz nicht noch vergrößern, indem er es ihr erzählte. »Du weißt, wie sehr sie Selbstmitleid verabscheute.«

»Im Rückblick erkennt man die Anzeichen ganz deutlich, nicht wahr? Wenn sie scherzte, sie könnte den lieben langen Tag auf dem Sofa liegen, oder als sie nach Tagley kam und kein Wasser pumpen konnte, weil sie zu erschöpft war. Dann war da unser Ausflug nach Newmarket zu den Guineas, und sie blieb der Rennbahn einen ganzen Tag fern, weil sie zu müde war. Normalerweise hätte sie nichts und niemand von einem Pferderennen fernhalten können. Aber sie fand immer eine Ausrede, und die war immer verdammt überzeugend.«

»Immerhin konnte sie nichts davon abhalten, mit dir zusammen nach Suffolk zu fahren«, sagte er. Er erinnerte sich, wie entschlossen Josephine gewesen war, diese Zeit mit Marta zu verbringen, und wie strahlend sie zurückgekommen war.

»Sie war immer so gerne dort.«

»Weil sie es mit dir verband.« Marta schwieg lange. »Wenn wir wüssten, wie viele letzte Male wir erleben, ohne es zu merken, würden wir verrückt werden«, sagte er sanft, weil er ahnte, was sie dachte.

»Sind meine Gedanken so leicht zu erraten?« Sie lächelte. »Ich wollte ein paar Wochen später noch einmal hinfahren, aber sie vertröstete mich. Sie schob es auf die Arbeit. Ich wusste, dass sie ein Buch beenden wollte, aber normalerweise schrieb sie mit leichter Hand. Warum sie auf einmal so verdammt penibel war, verstand ich nicht.«

Ihre Worte waren weniger verbittert als traurig. Archie beobachtete sie, während sie geistesabwesend über die Muschelschalen strich, mit denen das Innere des Bauwerks ausgekleidet war, und fragte sich, ob Josephine sich anders verhalten hätte, wenn sie Martas Schmerz zwei Jahre nach ihrem Tod hätte sehen können.
»Was hättest du getan, wenn sie es dir gesagt hätte?«, fragte er.
»Ich wäre bei ihr geblieben und hätte mich um sie gekümmert.«
»Und hättest du versprechen können, stark zu sein und deine Traurigkeit vor ihr zu verbergen?« Er wusste, dass Marta zu ehrlich war, um sich selbst oder ihn zu belügen. »Sie wollte nicht, dass du ihr beim Sterben zusiehst, und sie hätte nicht auch noch deine Trauer ertragen können. Es wäre zu viel gewesen. Egoistisch oder edelmütig – dazwischen ist nur ein schmaler Grat.«
»Sie hatte recht«, bekannte Marta. »Sie hätte sich meinetwegen schuldig gefühlt, weil sie starb.«
»Das tun wir alle den Menschen an, die wir lieben.«
»Sie ist bei ihrer Schwester gestorben, hast du gesagt?«
»Ja. Vor Weihnachten ist sie nach London gekommen und hat in ihrem Club gewohnt. Dann fuhr sie weiter nach Surrey.«
»Sie hatte nicht genug Zeit, oder? Nicht genug Zeit, um ihr eigenes Leben zu leben. Ihr Vater war erst anderthalb Jahre vorher gestorben. Warum konnte sie verdammt noch mal nicht seine Gene haben statt die ihrer Mutter?«
»So darfst du nicht denken – damit tust du Josephine unrecht. Natürlich hat sie ihr Leben gelebt. Wie sonst nennst du die Zeit, die sie mit dir verbracht hat, all das, was sie mit ihrer Arbeit erreicht hat ...« Die Liebe, die sie für andere Menschen empfunden hatte, wollte er sagen, aber diese ganz persönlichen Erinnerungen ertrug er noch nicht und drängte sie beiseite. »Bemitleide sie nicht, Marta. Das sollen diejenigen tun, die es nicht besser wissen. Sie hat in der Zeit des Wartens etwas mit ihrem Leben anzufangen gewusst, und es ist so viel in den letzten zwanzig Jahren passiert. Darauf kommt es an, und dir bleibt nichts anderes übrig, als es zu glauben. Genau wie mir.«

Sie nickte, und seine Worte schienen ihr Bedauern ein wenig abzumildern. »Ich habe alle ihre Briefe vernichtet, Archie. Jeden einzelnen.«

Überrascht sah er sie an. »Warum?«

»Weil ich wütend auf sie war. Eines Abends habe ich mich betrunken und mich vor den Kamin gesetzt und einen nach dem anderen ins Feuer geworfen. Als ich am nächsten Morgen aufwachte, konnte ich kaum glauben, was ich getan hatte. Jetzt ist nichts mehr da. Nichts mehr, das davon zeugt, was wir hatten.«

»Da ist die Zeichnung, die du ihr geschenkt hast. Sie wollte, dass du sie bekommst. Ich habe dir versprochen, sie für dich aufzubewahren, bis du bereit bist. Vielleicht ist ja jetzt die Zeit gekommen.«

Marta nickte. »Ja, ich hätte sie gerne, auch wenn es nicht dasselbe ist.« Er lächelte, und sie sah ihn fragend an. »Was ist?«

»Es ist ein Brief dabei. Er ist an die Rückseite geheftet. Ich habe ihn nicht gleich bemerkt.«

»Warum um Himmels willen hast du mir nichts davon gesagt?«

»Dann wäre es ihm so ergangen wie dem Rest, oder? Egal, was Josephine dir zu sagen hatte, du wärst nicht in der Stimmung gewesen, es zu hören.«

Ihre Tränen gaben ihm recht, und es dauerte eine Weile, bis sie wieder sprechen konnte. »Danke, Archie«, sagte sie schließlich. »Hast du ihn gelesen?«

»Natürlich nicht!«

»Ich hätte einen Brief an dich gelesen.«

Er lachte und stand auf. »Sollen wir etwas trinken gehen?«

Sie nahmen den bequemeren Weg zum Hotel und setzten sich auf die Terrasse. »Ich habe mich nie getraut, dich nach Josephines Begräbnis zu fragen«, sagte Marta.

»Sei froh, dass du nicht rechtzeitig nach England kommen konntest.« Er dachte an jenen Morgen – der belanglose Gottesdienst, die fassungslose Trauergemeinde, der Anblick des Sargs, der ihrem Wunsch entsprechend in die Wand zurückglitt ohne eine einzige Blume darauf – und beschloss, Marta eine Schilderung dieser Trostlosigkeit zu ersparen. »Es hatte etwas Surreales an sich, als wären all die unterschiedlichen Bereiche ihres Lebens das erste und letzte Mal zusammengekommen – ihre Familie, ihre schottischen Freunde, das Theateraufgebot. Alle waren wir einander fremd, und jeder dachte, er hätte sie am besten gekannt. Als ich danach das erste Mal mit ihrer jüngsten Schwester sprach, kam es mir so vor, als redeten wir von zwei völlig verschiedenen Personen.« Er schloss die Augen, froh über die Sonne auf seinem Gesicht. »Ich weiß, dass sie alles, was mit Trauer zusammenhängt, nicht ausstehen konnte und auch nicht so recht an ein Leben nach dem Tod glaubte, aber ich frage mich trotzdem, ob wir uns nicht ein bisschen mehr Mühe hätten geben können. Es gab so viele schöne Orte, die sie geliebt hat, und wir standen da in diesem öden Krematorium in Streatham.«

»Öfen in der Vorstadt«, sagte Marta.

»Wie bitte?«

»Ich habe während meines Aufenthalts hier *Klippen des Todes* gelesen. Es kam mir passend vor, angesichts dessen, was uns damals nach Portmeirion gebracht hat. Grant beschreibt mit diesen Worten Christine Clays Begräbnis.« Sie lächelte ihn an. »Eins der vielen Dinge, die es nicht in Mr Hitchcocks Film geschafft haben. Erinnerst du dich, wie perplex sie war, als sie ihn damals gesehen hat?«

»Ich weiß, was sie dabei empfand. Ich habe gerade selbst ein Hühnchen mit diesem Herrn zu rupfen.«

»Ach ja? Inwiefern?« Verwundert hörte sie ihm zu, als er ihr von seinem schwer fassbaren Gast und David Franks' Verbrechen erzählte. »Was hast du vor?«

»Das habe ich noch nicht entschieden. Franks hat auch das vermisste Kind ermordet. Erinnerst du dich? Der Sohn von Leyton Turnbull. Der kleine Junge, der angeblich von Franks' Vater entführt wurde.«

Marta nickte. »Natürlich erinnere ich mich. Ich dachte

damals, wie schrecklich das für seine Mutter gewesen sein muss.« Ein Schatten legte sich über ihr Gesicht. »Es ist schon unerträglich, ein Kind zu verlieren, aber dann auch noch niemals zu erfahren, was geschehen ist ... Ich weiß nicht, wie man damit leben soll. Wie hat sie reagiert, als du es ihr gesagt hast?«

»Sie hat so gut wie gar nicht reagiert.«

»Willst du damit sagen, sie wusste es schon?«

Das hatte er damit zwar nicht sagen wollen, aber je länger er darüber nachdachte, desto wahrscheinlicher erschien es ihm. »Eigentlich meinte ich, dass sie Taran wegen der Umstände, unter denen sie schwanger wurde, und ihres Hasses auf seinen Vater abgelehnt haben könnte.«

»Solche Gefühle überträgt man nicht auf seine Kinder, Archie. Man liebt sie vorbehaltlos. Mein Mann hat mich zur Erfüllung meiner ehelichen Pflichten gezwungen, so wie der Mann von Gwyneth Draycott es getan hat, aber ich wäre für meinen Sohn durch die Hölle gegangen. Na ja, genau genommen habe ich das ja auch getan – das weißt du besser als jeder andere.«

»Warum hat sie dann Franks all die Jahre geschützt?«

»Solltest du das nicht besser sie fragen?«

»Mit einer solchen Frage kann ich nicht bei ihr auftauchen.«

»Vertraust du etwa deinen Instinkten nicht mehr? Und erträgst du es, das nicht zu wissen?« Sein Schweigen beantwortete Martas Frage. Sie trank ihr Glas aus und stand auf. »Ich begleite dich zu deinem Wagen.« Sie überquerten den Platz und verließen das Dorf durch das Tor. »Freust du dich darauf, in den Ruhestand zu gehen und die Leute ihrem Unglück zu überlassen?«, fragte Marta.

»Ehrlich gesagt, erschreckt mich der Gedanke zu Tode.«

»Warum?«

»Weil ich nicht weiß, was ich dann machen soll. Klingt das sehr lächerlich?«

»Etwas eingebildet vielleicht, aber ich glaube, du hast genug starke Frauen in deinem Leben, die dir den Kopf zurechtrücken werden.«

Sie erreichten seinen Wagen, und er beugte den Kopf, um ihr einen Kuss auf die Wange zu geben. »Bist du sicher, dass du hier übernachten willst? Willst du nicht lieber mit mir nach London zurückfahren?«

»Nein, ich bleibe. Es ist mir wichtig.« Er wusste, was sie meinte, und nickte. »Aber sobald ich zurück bin, rufe ich dich an, dann komme ich und hole das Bild ab. Viel Glück mit deinem letzten Fall.« Sein Lächeln schien wenig überzeugend zu sein, denn sie sah ihn besorgt an. »Erinnerst du dich an *Der singende Sand*, Archie?«

»Ich habe es noch nicht über mich gebracht, es zu lesen«, bekannte er.

»Das solltest du aber. An einer Stelle überlegt Grant, was er machen will, wenn er im Ruhestand ist.«

»Zum Beispiel?«

»Zum Beispiel an Booten herumbasteln. Schafe züchten.« Er fing an zu lachen, aber sie sprach weiter. »Und die Zeit finden, sein Leben mit anderen zu teilen, zu lieben und geliebt zu werden.«

Er blickte auf die Rückbank, wo das Buch neben einem Papierstapel lag. »Und? Geht er in den Ruhestand?«

Marta lächelte. »Er ist kein echter Mensch, Archie. Er verschwendet kein echtes Leben.« Sie griff in den Wagen und legte das Buch auf den Beifahrersitz. »Vielleicht habe ich den Brief an dich doch gelesen. Jetzt mach dich an die Arbeit, lös deinen Fall und dann fahr heim.«

3

Die Rückfahrt über Minffordd und die Mautstraße schien doppelt so lange zu dauern. Halb erwartete Penrose, dass Gwyneth Draycotts Tür auf sein erneutes Klopfen hin geschlossen bleiben würde, aber sie machte praktisch sofort auf. »Ich wollte Sie vorhin eigentlich noch etwas fragen, Mrs Draycott. Als ich Ihnen das von David Franks erzählt habe, machten Sie keinen besonders überraschten Eindruck.«

Der Rest seiner sorgfältig zurechtgelegten Worte ging in ihrer Antwort unter. »Gut, dass Sie zurückgekommen sind«, sagte sie und zog ihn ins Haus. »Ich hätte Sie nicht wegschicken sollen.«

Penrose sah die Panik in ihren Augen. »Sie wussten, dass David Franks Ihren Sohn umgebracht hat, oder?«, fragte er ruhig.

»Nicht meinen Sohn.« Verwirrt sah er sie an. »Ich habe Sie angelogen. Die kranke Frau da oben ist Gwyneth. Ich wollte sie nur schützen – wie ich es schon mein Leben lang tue. Sie will Sie sehen.«

»Dann sind Sie Gwyneths Schwester?«

»Nein, wir sind nicht blutsverwandt, aber wir sind zusammen aufgewachsen. Ich bin Rhiannon.«

»Rhiannon Erley?«

»Ja, nur benutze ich diesen Namen nicht mehr.« Penrose konnte kaum begreifen, warum sich Henry Draycotts Geliebte um seine Frau kümmern sollte, und er hatte bereits den Mund geöffnet, um sie danach zu fragen, aber sie schnitt ihm das Wort ab. »Später werde ich alle Ihre Fragen beantworten, aber jetzt kommen Sie bitte mit zu Gwyneth. Als Sie vorhin hier waren, hatte sie einen Anfall, und ich weiß nicht, ob ihr Körper noch lange mitmacht.«

»Einen Anfall?«

»Ja. Gwyneth ist Epileptikerin. Sie ist sehr schwach, und ich kann sie kaum dazu bringen, etwas zu sich zu nehmen. Ich glaube nicht, dass ihr noch viel Zeit bleibt. Sie will Ihnen die Wahrheit sagen, solange sie noch dazu imstande ist.«

Während er Rhiannon in das obere Stockwerk folgte, ging Penrose in Gedanken noch einmal Franks' Geständnis im Lichte dessen durch, was er gerade gehört hatte: die Erklärung, dass Taran ein ungeschicktes Kind war, das sich ständig selbst wehtat, Gwyneths Gewissheit, dass die Gefahr im Inneren lauerte, eine Vergewaltigung, die gravierende Folgen hatte – es legte nahe, dass Taran dieselbe Krankheit wie seine Mutter gehabt hatte. Wenn er das mit den Informationen über Gwyneths Familie zusammenfügte, die er damals von diesem Polizisten erhalten hatte, dazu die Andeutung, dem Kind sei einiges erspart geblieben, formte sich langsam eine Theorie in seinem Kopf, die er kaum glauben wollte.

Das Zimmer, in das er geführt wurde, lag vorne raus. Von hier hatte man einen schönen Ausblick auf die Insel und dahinter Portmeirion. Es war mit wenigen, aber geschmackvollen Möbeln eingerichtet und wurde von einem reich verzierten Frisiertisch beherrscht. Penrose' Aufmerksamkeit richtete sich auf die vielen Fotos darauf. Während er an der Tür darauf wartete, aufgefordert zu werden, an Gwyneths Bett zu treten, betrachtete er die fotografische Dokumentation von David Franks' Leben: Fotos des Halbwüchsigen in Amerika und des jungen Mannes in London, Fotos von ihm mit den Hitchcocks, eines vor einem Fachwerkhaus im Tudorstil auf dem Land, ein anderes am Set von *Erpressung*. Andere zeigten ihn in fortgeschrittenerem Alter, entweder hinter der Kamera oder in Begleitung einer attraktiven Frau, und Penrose fragte sich, ob er die Opfer von Franks vor sich sah. Von den zwanzig, dreißig Fotografien schien nur eine Franks mit einem Verwandten zu zeigen: nicht Bella oder sein Vater, sondern ein kleiner blonder Junge von ungefähr zwei Jahren, vermutlich der Cousin, den er umgebracht hatte. Nach dem Hintergrund zu schließen, musste es auf dem Hundefriedhof aufgenommen worden sein.

Rhiannon bemerkte, dass er das Foto betrachtete, und winkte ihn zum Bett. Das Fenster stand weit offen, sodass von der Bucht ein angenehmes Lüftchen hereinwehte, dennoch war es muffig in dem Zimmer und roch unverkennbar nach Krankheit. Gwyneth lag mit dem Rücken zu ihm und sah auf das Wasser hinaus. Trotz der Decke war zu erkennen, wie dünn sie war. »Ich wusste, dass schlussendlich jemand kommen würde«, sagte sie. Ihre Worte waren kaum mehr als ein Flüstern, und Penrose trat näher an das Bett heran, damit sie sich weniger anstrengen musste. »Ich bin froh, dass Sie hier sind. Ich dachte schon, es wäre zu spät.« Er wartete, während Rhiannon ihr ein Glas Wasser an die Lippen hielt. Als sie weitersprach, klang ihre Stimme kräftiger. »David hat es getan, weil ich ihn darum gebeten hatte. Es ist wichtig, dass Sie das verstehen. Er hat Taran umgebracht, weil ich nicht wollte, dass mein kleiner Junge weiter leiden musste. Eine solche Bitte war fürchterlich, aber er hat sich einverstanden erklärt, weil er mich liebte und wusste, dass ich selbst niemals dazu imstande gewesen wäre. Ich weiß, es war falsch, aber es geschah aus Barmherzigkeit.«

Penrose versuchte, sich auf ihr gramerfülltes Gesicht zu konzentrieren, aber vor seinem inneren Auge lief ein Film ab, den er sich aus Tarans letzten Momenten zusammengebastelt hatte. Gwyneth Draycotts Version vom Tod ihres Sohnes war so weit entfernt von den kalten Worten in Franks' Geständnis, dass er sie beinahe nicht fortfahren lassen wollte, aber er wusste, wie wichtig es für sie war. »Erzählen Sie mir, was passiert ist, Mrs Draycott.«

»Henry war schon verschwunden, als ich merkte, dass ich schwanger war«, sagte sie. »Gott vergebe mir, aber ich versuchte alles Erdenkliche, um das Kind loszuwerden, bevor ich es austragen musste. Ich war mir der Risiken bewusst, und ich wollte nicht, dass mein Kind so leiden musste wie mein Bruder, aber der Kleine – wobei es zu dem Zeitpunkt auch noch ein Mädchen hätte sein können – hatte andere Pläne. In gewisser Weise machte es mir Mut – dass er sich als ein zäher kleiner Kämpfer erwies. Ich nannte ihn Taran nach dem Donnergott, weil ich wollte, dass er stark ist, und er war so wunderschön, als er auf die Welt kam – es erschien mir einfach nicht vorstellbar, dass etwas nicht mit ihm stimmte. In den ersten paar Monaten passierte auch nichts, und ich fing an, mich auf die Hoffnung zu stützen, dass Taran die Gene seines Vaters geerbt hatte. Nicht, dass ich ihm das gewünscht hätte, aber es erschien mir als das geringere Übel, besser, als meine Krankheit zu erben.«

»Haben Sie den Jungen allein versorgt?«, fragte Penrose, der sich vorstellte, wie anstrengend es gewesen sein musste, sich allein und immer in Wartestellung um das Kind zu kümmern, ohne sich jemandem anvertrauen zu können.

»Nein. Ich habe das Haus hier zugesperrt und bin während der letzten Schwangerschaftswochen zu Grace in das alte Herrenhaus gezogen«, erklärte sie. »Für die anderen Draycotts hatte ich nie viel übrig. Sie hielten sich immer für etwas Besseres, und es passte ihnen nicht, dass Henry ein Mädchen aus dem Dorf geheiratet hatte, aber Grace war eine gute Frau, ruhig und freundlich. Sie war gerne für sich, und das gefiel mir. Sie bot mir an, das Kind in den ersten Jahren bei ihr großzuziehen, wo ich Hilfe bekommen könnte, wenn ich sie brauchte.«

»Weil sie von Ihrer Krankheit wusste?«

»Weil sie dachte, dass ihr Bruder Frau und Kind verlassen hatte«, sagte sie, und Penrose fand es interessant, wie sie es formulierte. »Das ist aber nicht alles. Sie tat es auch aus echter Freundlichkeit, nicht weil ihr Gewissen ihr zu schaffen machte, und ich vertraute mich ihr schließlich an, weil ich wusste, sie würde mich nicht verurteilen.« Sie hielt inne und trank noch einen Schluck Wasser. »Außerdem glaube ich, dass auch ihr das Arrangement diente. Diese Jahre waren für alle schwer, aber Grace war ein sehr sensibler Mensch, und der Krieg machte sie traurig. Es bedrückte sie, wozu wir Menschen imstande sind. Zusammen in dem Herrenhaus konnten wir beide uns vor unseren Sorgen verstecken und so tun, als gäbe es sie gar nicht. Anfangs war es eine glückliche Zeit und friedlich – nur wir drei und David und sein Vater, die den Sommer in der Gegend verbrachten, und einige Fahrende, die hin und wieder vorbeikamen. Das Leben war ganz einfach.«

»Und dann begann sich Tarans Epilepsie bemerkbar zu machen?«, hakte Penrose sanft nach. Sobald er Gwyneth gesehen hatte, war ihm klar gewesen, dass Rhiannon mit der Schwere der Erkrankung nicht übertrieben hatte, und die Vergangenheit erneut zu durchleben würde sie weitere Kraft kosten. Die Frau hatte mit dem Leben bereits abgeschlossen und wartete schlicht und einfach darauf, dass auch ihr Körper aufgab. Aus purem Egoismus wollte Penrose die einzelnen Puzzleteile zu einem ganzen Bild zusammensetzen und Gwyneths Version der Geschichte hören, solange sie noch die Kraft hatte.

»Es fing vor seinem ersten Geburtstag an. Wir spielten zusammen im Garten, und plötzlich hörte Taran auf zu lachen, starrte ins Leere und bekam von nichts und niemandem mehr etwas mit. Das Ganze dauerte nur ein paar Sekunden, aber ich kannte die Anzeichen, und mir wurde klar, wie naiv ich gewesen war zu glauben, dass alles in Ordnung war. Danach hatte er regelmäßig mehrmals die Woche solche Absencen. Eines Abends erlitt er dann seinen ersten Anfall. Er war schläfrig, und ich legte ihn ins Bett, als eines seiner Beine anfing zu zucken. Als es vorbei war, weinte er, als wüsste er, was es bedeutet, und wollte mir sagen, dass es ihm leidtue.«

»Woher wusste David, was los war?«

»Er kam eines Tages in die Küche, als Taran einen Anfall hatte. Es geschah so unvermittelt, dass ich vergessen hatte, die Tür abzuschließen. Ihn in diesem Zustand zu sehen, jagte David vermutlich einen Riesenschrecken ein, aber er tat genau das Richtige: Er stützte Tarans Kopf und entfernte alles aus seiner Reichweite, womit er sich verletzen konnte. Taran war nach einem Anfall immer ganz verwirrt, und David half mir, ihn ins Bett zu bringen, damit er sich erholen konnte. Er war so liebevoll mit ihm, so erwachsen. Es war, als würde sich endlich ein Rätsel für ihn lösen. Ich war ihm dankbar. Man erwartet so etwas nicht von einem Vierzehnjährigen, oder? Ich glaube allerdings, damals mussten alle Kinder schnell erwachsen werden. Es waren Jungen wie David, die in Frankreich töteten und starben.«

Sie wurden wohl kaum aus denselben Gründen so schnell erwachsen, dachte Penrose, aber er verkniff sich die Bemerkung. »Mrs Draycott, sind Sie sicher, dass Sie David gebeten haben, Taran umzubringen? Geschah es nicht auf seinen Vorschlag hin?«

»Er wusste, wie verzweifelt ich war«, antwortete sie, und Penrose hätte nicht zu sagen gewusst, ob sie der Frage auswich oder ob sie sie einfach auf ihre Art beantwortete. »Meine Angst um Taran wuchs Tag für Tag, weil ich wusste, wie seine Zukunft aussehen würde, nachdem ich das alles schon in meiner Familie erlebt hatte. Ich wusste, dass die Krankheit sich auf seinen Geist niederschlagen würde und dass die Leute ihn quälen würden. Ich wusste, dass man versuchen würde, ihn mir wegzunehmen, und was ihm bevorstand, wenn das passierte. Gleichzeitig wusste ich, wie schwer es für mich werden würde, mich richtig um ihn zu kümmern. Vor allem aber wusste ich, wie unglücklich Taran sein würde, wie sehr er leiden würde. Es war meine Schuld, ich hatte zugelassen, dass er geboren wurde, ich hatte ihm diese schreckliche Krankheit vererbt, und es lag an mir, es wiedergutzumachen, nur wusste ich nicht, wie. Eines Tages, als ich im Wald spazieren ging, sah ich David einen Hund töten. Er sagte, er habe sich ein Bein gebrochen und er würde ihn von seinem Leid erlösen – das habe ihm sein Vater so beigebracht. Es ging ganz schnell und ohne Schmerzen. So etwas wünschte ich mir mehr als alles andere für meinen Sohn. Er musste meine Gedanken erraten haben, denn er sah mich an und nickte. Ich brauchte es nicht einmal auszusprechen.

Ich kann Ihnen gar nicht sagen, wie erleichtert ich war, dass es einen Ausweg gab, falls die Lage unerträglich würde.«

»Verschlechterte sich Tarans Zustand danach?«

Sie nickte. »Am Ende ging es sehr schnell. Eines Morgens weckte David ihn und ging mit ihm hinaus. Er tat das gelegentlich, damit ich ein wenig Zeit für mich hatte, und Taran freute sich immer, mit ihm zusammen zu sein. Als sie mit dem Boot draußen waren, hatte er einen fürchterlichen Anfall. David gab sich die Schuld daran – wenn Taran müde oder gerade aufgewacht war, passierte es leichter –, aber es war nicht seine Schuld, so ein Anfall konnte jederzeit auftreten. David tat nur, worum ich ihn gebeten hatte, wenn die Zeit gekommen war.«

»Aber er entschied, wann es so weit war, nicht Sie.«

»Das Schicksal entschied«, sagte sie beharrlich, und als er sie zweifelnd ansah, fragte sie: »Haben Sie jemals miterlebt, wie jemand einen epileptischen Anfall hat?« Penrose nickte. »Dann wissen Sie, dass er praktisch ohne Vorwarnung einsetzt und den Betroffenen mit einer Heftigkeit packt, die aus dem Nichts zu kommen scheint. Aus einem natürlichen Impuls heraus will man den geliebten Menschen festhalten, bis es aufhört, aber man kann nicht, weil er sich so rasend bewegt, dass man ihm einen Arm oder ein Bein brechen könnte. So viel Kraft in so einem kleinen Körper«, sagte sie und wiederholte damit beinahe Franks' Worte. »Mit zunehmendem Alter wird es immer schlimmer, bis man es kaum mehr ertragen kann.« Penrose sah Rhiannon nicken und wusste, wie schwer es für Gwyneth sein musste, Hilfe zu akzeptieren, wenn sie selbst am besten wusste, welche Last die Krankheit sowohl körperlich als auch seelisch für andere darstellte. Daher verwunderte es ihn nicht, dass der Tod für sie keinen Schrecken barg. »An diesem Tag verletzte Taran sich. Er hatte schlimme Schwellungen im Gesicht, wo er mit dem Kopf auf den Boden des Bootes geschlagen war, und zwei seiner kleinen Finger waren gebrochen. David reagierte instinktiv. Ich glaube, es war besser so – dass ich nicht wusste, wann es passieren würde. Ich bin mir nicht sicher, ob ich die Kraft gehabt hätte, es geschehen zu lassen.«

Es drängte Penrose, ihr von Franks' Grausamkeit zu berichten und ihm den unverdienten Heiligenschein vom Kopf zu reißen, aber er beherrschte sich. »Was passierte dann?«, fragte er ruhig. »Brachte David den toten Taran zurück?«

»Nein. Er ließ ihn an einem sicheren Ort zurück und kam, um mich zu holen.«

»Wo, Mrs Draycott? Wo liegt Taran?«

Er wiederholte die Frage, aber sie reagierte nicht darauf, so als hätte er sie nicht gestellt, und Penrose vermutete, dass ihr Verlangen, sich von der Last zu befreien, nichts im Vergleich zu ihrer Entschlossenheit war, dafür zu sorgen, dass die letzte Ruhe ihres Sohnes nicht gestört wurde. »Er ruht in Frieden«, sagte sie mindestens ebenso sehr zu sich wie zu ihm. »Er musste nicht so leiden wie Edwin. Er wurde nicht schikaniert oder ausgelacht oder wie ein Verbrecher bestraft und weggesperrt ...«

Sie wurde immer erregter, und Rhiannon drückte sie sanft in die Kissen und beruhigte sie. »Ich werde ihm den Rest erzählen, Gwyn«, versprach sie. »Du hast alles gesagt, was du sagen wolltest. Jetzt musst du dich erst einmal ausruhen. Edwin war ihr Bruder«, erklärte sie an Penrose gewandt. »Sie waren Zwillinge, und er litt an einer sehr schweren Form von Epilepsie. Gwyn hatte Glück, wenn man das so sagen kann. Als Kind hatte sie nur leichte Anfälle und die auch nur so selten, dass sie sie verbergen konnte, aber bei Edwin war es anders. Die Familie empfand es als furchtbares Stigma. Als er zu alt war, um es weiter verbergen zu können, ließen sie ihn im Castle wegsperren. Heute ist es ein Hotel, aber damals war es eine Irrenanstalt.«

»Ja, ich weiß.«

»Gwyn und ich haben ihn einmal in der Woche besucht. Der Rest der Familie hat so getan, als würde er gar nicht existieren. Nicht, dass ihnen das half. Das Getratsche im Dorf war widerlich. Diese Irrenanstalt war wie eine große Sammlung jeder Art menschlichen Elends: Manche Insassen waren selbstmordgefährdet, gewalttätig, litten an Wahnvorstellungen, während viele wie Edwin einfach nur krank waren, aber es wurden keine Unterschiede gemacht. Abgesehen davon, dass manche mehr Schwierigkeiten machten, und zu denen gehörte Edwin. Stumme Tischgäste wurden diejenigen genannt, die man am störendsten fand. Ich werde nie unseren ersten Besuch dort vergessen. Sie hatten ihn mit fünf, sechs anderen Patienten an einen langen Tisch gesetzt, mit dem Rücken zur Wand. Es war ihnen strikt verboten zu reden, und sie durften nichts tun, als vor sich hinzustarren und sich anstarren zu lassen. Wenn man bis dahin noch nicht verrückt war, würde man es bald sein.«

Penrose verstand ihren Zorn. Nach dem Ersten Weltkrieg hatte Bridget für einen Antikriegsverein eine Reihe von Zeichnungen von Veteranen angefertigt, die in Anstalten lebten – Opfer des gesellschaftlichen Versagens, Menschen, die wie Verbrecher weggesperrt wurden, nur weil ihre Seele nicht mit dem fertigwurde, was sie erlitten hatten. Er erinnerte sich an ihre Empörung über die grobe Behandlung. Sie wurden unter Drogen gesetzt, man verpasste ihnen Klistiere, und sie bekamen viel zu wenig zu essen, erzählte sie, egal, was sie im Einzelnen eigentlich brauchten. Hier war es dasselbe: Menschen, die unter Epilepsie litten, waren zwar nicht verantwortlich für ihr Verhalten während oder nach einem Anfall und daher nach dem Buchstaben des Gesetzes geistesgestört, aber eine Irrenanstalt war garantiert der falsche Ort, um sie nach ihren Bedürfnissen zu versorgen.

»Eine solche Behandlung wäre für jeden demütigend gewesen«, fuhr Rhiannon fort, »und es war nur eine Frage der Zeit, bis Edwin vor aller Augen einen Anfall hatte. Wir waren einmal dabei, als es passierte. Alle lachten oder riefen ihm Gemeinheiten zu wie bei einer Freakshow, das Gekreische und das Gejohle waren unerträglich. Die Aufseher unternahmen nichts. Wenn überhaupt, dann waren sie wahrscheinlich froh über die Ablenkung.«

Penrose sah zu Gwyneth. Sie hatte die Augen geschlossen,

und er konnte sich vorstellen, welche Bilder ihr gerade durch den Kopf gingen. »Was ist mit Edwin passiert?«, fragte er ruhig.

»Er hatte eines Nachts, als sie ihn zur Bestrafung wegen Gott weiß was allein in eine Zelle gesperrt hatten, einen Anfall und schlug sich heftig den Kopf an. Eigentlich war eine ständige Überwachung angeordnet, aber als er endlich gefunden wurde, war er schon neun Stunden tot.« Sie nahm Gwyneths Hand und hielt sie fest. »Er war einfach nur ein junger Mann, Mr Penrose, ein gutmütiger junger Mann. Ist es da ein Wunder, dass sie Taran ein solches Schicksal ersparen wollte, egal um welchen Preis?«

Penrose wusste, dass sie um ihrer Freundin willen um sein Verständnis warb, aber er bezweifelte, dass ein gerichtliches Urteil so hart ausfallen könnte wie das, das Gwyneth über sich gefällt hatte. »Solange ich lebte und Taran beschützen könnte, wäre alles gut gewesen«, sagte Gwyneth leise, als hätte sie Penrose' Gedanken gelesen, »aber ich wusste, dass sie ihn wegbringen würden, wenn mir etwas passierte, und ich ging nie davon aus, lange zu leben. Jetzt ist jeder Tag, an dem ich aufwache, ein weiterer Tag, an dem ich mich an der Zeit verschulde, die er noch hätte haben können, und schauen Sie, wo das alles geendet hat.«

»Mrs Draycott, Sie können nicht die Verantwortung für alles Böse, das David Franks jemals getan hat, übernehmen«, sagte er. »Die Morde, die er in Amerika beging, sind ...«

Der Rest seines Satzes ging in Gwyneth Draycotts Protestschrei unter. Sie umklammerte verzweifelt die Decke und versuchte, sich aufzurichten. »Bitte gehen Sie jetzt«, sagte Rhiannon und sah zu Penrose. »Sie muss sich ausruhen. Sie hat kaum geschlafen, seit sie das von David gehört hat, und wenn sie erschöpft ist, droht ihr ein Anfall.«

Penrose kam ihrer Bitte nach und wartete vor dem Zimmer auf dem Treppenabsatz. Eine weitere Treppe führte hinauf in den Speicher, und hinter der offenen Tür erblickte er etwas, das wie ein Kinderzimmer aussah. Weil Rhiannon noch mit

Gwyneth beschäftigt war, stieg er die Stufen hoch und sah hinein. Unter dem Fenster lag Spielzeug auf dem Boden: Stofftiere, Zinnsoldaten, eine Arche Noah aus Holz. Das war umso bemerkenswerter, weil Taran in diesem Haus nicht gelebt hatte, sondern gestorben war. Besonders wurde Penrose' Aufmerksamkeit von einer Ansammlung kleiner Figuren angezogen, die in Grüppchen auf einem langen Tisch an einer Wand aufgestellt waren. Er trat näher, um sie genauer zu betrachten, und bemerkte, dass sie zu Alltagsszenen angeordnet waren: eine Familie beim Essen, ein Schulzimmer mit Kindern, eine Frau, die eine Gutenachtgeschichte las. Es war ein Leben im Miniaturformat, die Geschichte einer Kindheit, die für die meisten Mütter selbstverständlich war, aber nicht für Gwyneth.

»In den letzten Jahren hat sie sich immer mehr in diese Welt zurückgezogen.« Penrose war so sehr in den Anblick versunken gewesen, dass er Rhiannons Schritte auf der Treppe nicht bemerkt hatte. »Es ist, als könnte sie die Wirklichkeit nicht mehr ertragen, was eigentlich kein Wunder ist. David hat diese Figuren für sie gebastelt. Er war immer schon sehr gewitzt.« Sie nahm ein, zwei der anderen Spielsachen und verräumte sie in einer Kommode. »David war der perfekte Sohn, den sie nie hatte.« Sie sah den Ausdruck in seinem Gesicht und erklärte es ihm. »In Gwyns Augen, natürlich. Er war voller Leben – gut aussehend, klug, stark, erfolgreich. Alles, was sie sich jemals für Taran gewünscht hatte, sah sie in ihm erfüllt. Sie dürfen nicht vergessen, dass sie miterlebt hatte, wie er groß wurde. Jeden Sommer kamen die Fahrenden, und er verbrachte jedes Mal mehr Zeit mit ihr und trennte sich nur schwer. Was Gwyneth anbelangt, konnte sie ihn wie einen Sohn umsorgen, seine Mutter war ja tot, und das auch noch ganz unbeschwert, frei von den Ängsten, die die Liebe zu ihrem leiblichen Kind ja immer getrübt hatten. Nach Tarans Tod wurde das Band zwischen ihnen nur umso fester, vermute ich: Man teilt nicht ein solches Geheimnis miteinander, wenn nicht auf beiden Seiten tiefes Vertrauen herrscht.«

»Warum blieb David nach dem Tod seines Vaters nicht bei Gwyneth?«

»Das haben beide gewollt, aber Grace glaubte, es sei hier nicht sicher für ihn, deshalb bat sie Bella, ihn zu sich zu nehmen. Im Rückblick betrachtet, frage ich mich, ob die beiden Frauen nicht eine Ahnung hatten, was passiert war, und ihn so weit wie nur möglich von hier fortschaffen wollten. Egal, es war jedenfalls sehr schlimm für Gwyneth, und sie hasste Bella immer dafür, dass sie ihn ihr weggenommen hatte.«

»Was war, als er in den Zwanzigerjahren zurück nach England kam?«

»Er lebte in London, besuchte meines Wissens Gwyneth aber häufig. Grace war mittlerweile gestorben, und Gwyneth war zurück in dieses Haus gezogen. Sie und David waren immer in Kontakt geblieben. Als er kurz vor dem Krieg das zweite Mal nach Amerika ging, flehte er sie an mitzukommen. Er hatte Bellas Vermögen geerbt und bot an, uns beide nach Amerika mitzunehmen, wo wir sicher wären, aber sie wollte wegen Taran nicht weg. David betrachtete es wohl als Entscheidung gegen ihn, auch wenn er es ihr nie ausdrücklich übel nahm.«

»Wusste sie von den Verbrechen, die er in Amerika beging?«

»Nein.« Penrose sah sie zweifelnd an, und sie lenkte ein. »Sie haben ja ihre Reaktion erlebt, als Sie es erwähnt haben. Genau so reagiert sie, wenn ich versuche, mit ihr zu reden. Sie leugnet es, und ich glaube, das tut sie seit jeher. Immer wieder kehrte er hierher zurück, und die Besuche glichen sich: Bei seiner Ankunft war er bedrückt und abwesend, aber wenn er nach ein paar Wochen wieder abreiste, war er ganz der Alte. Ich vermute, dass er jedes Mal hierherkam, nachdem er einen Mord begangen hatte, aber wie gesagt, das ist nur eine Vermutung. Er hat mir nie etwas erzählt, und ich könnte schwören, dass er auch mit Gwyneth nie über seine Taten gesprochen hat. An diesem Ort konnte er auch ohne Beichte zur Ruhe kommen. Hier war immer seine Zuflucht.«

»Ein Ort, an dem er Vergebung fand«, sagte Penrose und bemühte sich, seine Stimme möglichst neutral klingen zu lassen.

»Mehr als das. Es war ein Ort, an dem er so, wie er war, geliebt wurde, an dem man ihm überhaupt nichts zu vergeben hatte.«

»Und Sie? Sie sind offenkundig eine intelligente Frau – fiel es Ihnen so leicht wegzuschauen?«

»Er hat mir Angst gemacht.« Sie sagte das mit solchem Nachdruck, dass Penrose bereute, diese naive Frage überhaupt gestellt zu haben. »Besonders gegen Ende hin. Er kam immer öfter, und ich wusste, dass er jede Kontrolle über sich verloren hatte. Die einzige Bedeutung, die ich für ihn hatte, war, dass ich mich um Gwyneth kümmerte. Hätten Sie ihn an meiner Stelle zur Rede gestellt? Oder hätte sich Ihr Mut auch darauf beschränkt, zu beten, dass er erwischt wird?«

»Vermutlich Letzteres.«

Sie sah sich im Speicher um und erschauerte. »Sie haben gewiss noch mehr Fragen. Würde es Ihnen etwas ausmachen, wenn wir nach unten gingen? Ich mag diesen Raum nicht.«

Wenn Penrose ehrlich war, dann war auch er froh, von hier wegzukommen. »Wie passen Sie in diese ganze Geschichte, Mrs Erley?«, fragte er unumwunden, als sie beide in der Küche saßen. Sie runzelte die Stirn, weil er diesen Namen verwendete, sagte aber nichts. »Es heißt, Sie seien vor vielen Jahren mit Henry Draycott davongelaufen, und doch sind Sie hier und kümmern sich selbstlos um seine Frau. Sie sind gar nicht mit ihm weggegangen, oder?«

»Nein.«

»Hatten Sie überhaupt eine Affäre mit ihm?«

»Er hat mich für meine Liebesdienste bezahlt, Mr Penrose. Es bleibt Ihnen überlassen, wie Sie eine solche Beziehung nennen wollen.« Sie klang auf einmal nachgiebiger, womöglich war ihr klar geworden, dass in Anbetracht ihrer zweifelhaften Rolle Sarkasmus nicht unbedingt angebracht war. Insgeheim bewunderte Penrose ihren Mut, auch wenn er das niemals zugeben hätte. »Wie gesagt, Gwyneth und ich wuchsen zusammen auf. Meine Eltern starben, als ich noch klein war, und ihre Eltern waren so freundlich, mich bei sich aufzunehmen. Wir hatten ungefähr dasselbe Alter und waren bald unzertrennlich. Ich bezweifle, dass wir uns hätten näherstehen können, wenn wir richtige Schwestern gewesen wären, und die Freundschaft zwischen uns hielt unser ganzes Leben.«

»Wusste sie von dem Arrangement mit ihrem Mann?«

»Natürlich. Sie war Henry gegenüber immer ehrlich gewesen, was ihre Ehe und die Zukunft ihrer Ehe anging: Sie würden nie im eigentlichen Sinne Mann und Frau sein, und er würde nie Kinder von ihr erwarten können, aber sie würde für ihn sorgen, sich um das Haus kümmern und es ihm nicht nachtragen, wenn er sich eine Geliebte nahm.«

»Und das waren dann Sie.«

»Ja. Eine Zeit lang passte dieses Arrangement uns allen. Ich hatte sehr früh geheiratet, aus Liebe, dachte ich, aber binnen kürzester Zeit stellte sich heraus, dass ich eine Riesendummheit begangen hatte, weil er ein Schwein war. Ich will Sie nicht mit einer Liste seiner schlechten Eigenschaften langweilen, nur so viel: Er hat gesoffen, schlug schnell zu und war ein großer Verfechter der Einhaltung des Ehegelübdes, seitens der Frau selbstredend.« Penrose unterdrückte ein Lächeln über die letzte Bemerkung, auch wenn es dabei eigentlich nichts zu lächeln gab. »Wir haben neben seiner Familie gewohnt, und manchmal wusste ich nicht mehr, ob ich ihn oder seine Mutter geheiratet hatte. Mein Plan war, genug Geld zu sparen, damit ich ihn verlassen konnte, und woanders neu anzufangen, und Gwyneth sorgte dafür, dass mich ihr Mann gut für meine Dienste bezahlte.«

»Was ging schief?«

»Wir hatten in unsere Rechnung nicht mit einbezogen, dass Henry Gwyneth geradezu obsessiv liebte. Mit mir zu schlafen – oder mit irgendeiner anderen Frau – konnte ihn auf Dauer nicht befriedigen. Er hätte sich bei der Heirat praktisch auf alles eingelassen, war aber immer überzeugt, dass er sie irgendwann rumkriegen würde.«

»Hat sie ihm nie ihre Gründe auseinandergesetzt?«

»Doch, natürlich. Sie hätte ihre Krankheit in der Ehe sowieso nicht lange geheim halten können. Als sie seiner ständigen Annäherungsversuche eines Tages überdrüssig war, nahm sie ihn mit ins Castle, damit er sah, welches Dasein ihr Bruder fristete, aber selbst das überzeugte ihn nicht: Henry konnte sich nicht zügeln, und er nahm sich einfach, was er wollte, und nachdem er diese Grenze einmal überschritten hatte, kannte er kein Halten mehr. Es war nur eine Frage der Zeit, bis sie schwanger wurde, und davor hatte sie fürchterliche Angst.«

»Wusste sie, dass David Zeuge einer Vergewaltigung geworden war?«

»Was?« Erschrocken sah sie ihn an.

»Das steht in seinem Geständnis.«

»Nein, gewiss nicht. Mein Gott, sie wäre vor Scham gestorben, wenn sie das gewusst hätte. Wäre sie nicht so verzweifelt gewesen, hätte sie es selbst mir nicht erzählt.«

»Wozu hat die Verzweiflung sie gebracht? Oder Sie? Haben Sie ihn erpresst?«

Sie lachte verächtlich. »Womit denn? Sie war seine Frau! Keiner hätte ihm vorgeworfen, dass er sich nahm, worauf er ein Recht hatte.« Penrose wollte ihr widersprechen, doch dann erinnerte er sich daran, was Marta gesagt hatte, und musste sich eingestehen dass es stimmte, was sie sagte. »Ihn umzubringen, wäre vielleicht ein Ausweg gewesen, aber dazu war sie nicht imstande, also blieb ihr nur, ihm genauso viel Angst einzujagen, wie sie hatte. Damit wäre das Problem für uns beide gelöst.« Zum ersten Mal wich sie seinem Blick aus, und er vermutete, dass sie entweder nach Worten suchte oder überlegte, wie viel sie ihm erzählen sollte. »Henry mochte es gerne grob«, sagte sie schließlich. »Ich kann mir daher vorstellen, dass Gwyneths Widerstand die Sache für ihn umso interessanter machte. Bei mir war er jedenfalls nie besonders rücksichtsvoll, und ich habe mir mein Geld sauer verdient. Besonders gefiel es ihm, mich zu schlagen oder zu würgen. Eines Tages bin ich einfach nicht mehr aufgestanden. Er sollte denken, dass er zu weit gegangen ist.«

»Dass er Sie umgebracht hat?«

Noch während er die Frage stellte, zweifelte Penrose daran, dass er Rhiannon richtig verstanden hatte, aber sie nickte. »Ich ahne, was Ihnen durch den Kopf geht, und ich hätte ihn auch nicht für so dumm gehalten. Aber er ist in Panik geraten, und niemand handelt in Panik rational. Seine Tat schockierte ihn, und er hätte sich mit allem einverstanden erklärt, um nicht zur Verantwortung gezogen zu werden. Gwyneth nahm ihm das Versprechen ab, fortzugehen. Wenn er sofort ging und schwor, niemals wiederzukommen, dann, so erklärte sie ihm, würde sie meine Leiche verstecken und allen erzählen, dass er und ich zusammen weggelaufen wären. Wie Sie sich denken können, musste er nicht lange überlegen. Ob das richtig oder falsch ist, Mord ist nun mal im Gegensatz zu Ehebruch ein Kapitalverbrechen. Er hat sich kaum Zeit genommen, das Nötigste zusammenzupacken.«

»Demnach starb er in der Überzeugung, ein Mörder zu sein?« So abstoßend Penrose Henry Draycotts Verhalten auch fand, konnte er das, was Draycott widerfahren war, nicht mit seinem Gerechtigkeitssinn vereinbaren. Egal, was Draycott sich sonst noch zuschulden hatte kommen lassen, die Rolle des Sündenbocks war ihm für den Rest seines Lebens geblieben, womit er David Franks sein Vorhaben in Portmeirion wesentlich erleichtert hatte. Franks hatte auf die menschliche Bereitwilligkeit, andere zu verurteilen, gesetzt, und das zu Recht. Rhiannon musste Penrose' Missbilligung gespürt haben, aber sie unternahm keinen Versuch, sich und Gwyneth zu verteidigen.

»Wer sonst wusste davon?«

»David und sein Vater. Ich musste schnell weg – es war nur eine Frage der Zeit, bis Gareth Erley an die Tür klopfen und wissen wollen würde, wohin Henry Draycott mit seiner Frau gegangen war, und die beiden halfen mir zu fliehen. Tobin war sofort bereit dazu. Er und mein Mann waren sich spinnefeind. Die Fehde bestand schon lange, und ich glaube, Sie wissen, wie sie endete.«

»Was ist mit Bella Hutton? Wusste sie Bescheid?«

»Nein. Zuerst glaubte sie, dass Henry tatsächlich mit mir weggelaufen ist. Dann bekam Gwyneth einen Brief von ihr, in dem sie schrieb, sie wisse, was wirklich passiert ist, und dass Henry nicht mit einem Mord davonkommen dürfe. Das war in den Dreißigern, kurz vor Henrys Tod. Es war natürlich nicht wahr. David musste es ihr eingeredet haben.«

»Weil er vermutete, dass Bella deswegen etwas unternehmen würde und er das wiederum verwenden könnte, um ihrer beider Leben zu zerstören?« Sie zuckte mit den Schultern. »Wussten Sie, was David an dem Wochenende vorhatte, Mrs Erley?«

»Nein, ich hatte keine Ahnung. Ich hatte ihn nicht mehr gesehen, nachdem ich von hier weggegangen bin, und da war er noch ein Junge. Ich wusste nur, dass Gwyneth sich gemeldet hatte, um mir zu sagen dass ich unbesorgt zurückkehren könnte, wenn ich wollte.«

»Weil es für Henry und Bella bald nicht mehr zählen würde, ob Sie lebten oder tot waren.«

»Das wusste ich nicht«, wiederholte sie ruhig. »Ich wusste nur, dass es Gwyneth immer schlechter ging und sie jemanden brauchte, der sich um sie sorgte. Ich wollte für all diese Jahre, all die schwierigen Jahre mit Taran, als ich nicht für sie da sein konnte, irgendwie Wiedergutmachung leisten.«

»Eine Art Buße, weil Sie nicht da waren, um sie von ihrer schrecklichen Entscheidung abzuhalten?«

»Wenn Sie so wollen, ja.«

»Dann waren Sie also hier, als die Morde stattfanden?«

»Ich kehrte am nächsten Morgen zurück.«

Was für ein Zufall, dachte Penrose. »Waren Sie an dem Wochenende in Portmeirion?« Wenn Henry Draycott das dritte Opfer war, von dem Franks in seinem Geständnis gesprochen hatte, war es durchaus denkbar, dass Rhiannon Erley im Bell Tower gewartet und ihm gewissermaßen auf die Sprünge geholfen hatte, während Franks sich auf der Terrasse zeigte. Riskant wäre es schon gewesen, aber sie hätte genug Zeit gehabt, die Treppen hinunterzulaufen und zu verschwinden, bevor er am Bell Tower eintraf.

»Nein. Ich war noch niemals dort.«

Sie wich seinem Blick nicht aus, und Penrose glaubte ihr.

»Wusste Gwyneth im Vorhinein von den Morden?«

Rhiannon zögerte. »Sie wusste, dass irgendetwas im Busch war, als sie Henry vor dem Haus sah. Er machte ihr Angst – sie dachte, er hätte die Wahrheit herausgefunden und wäre gekommen, um sich zu rächen. Sie erzählte mir, sie habe David im Hotel angerufen, um zu erfahren, was los war, und er habe ihr nur gesagt, sie solle sich keine Sorgen machen. Sie vertraute darauf, dass er sie beschützen würde.«

»Machen Sie sich nichts vor«, sagte Penrose. »Er hat an diesem Wochenende ausschließlich seine persönlichen Rechnungen beglichen und alles so arrangiert, dass er dafür nicht zur Verantwortung gezogen werden konnte.«

»Das ist mir jetzt auch klar, aber damals hatte ich keine Ahnung.«

»Als ein Polizist vor Gwyneths Tür auftauchte und ihr sagte, dass ihr Mann erst zwei andere Menschen und dann sich selbst umgebracht hatte, haben Sie beide das also sofort geglaubt?«

»Nach dem, was David für sie getan hatte, hätte Gwyneth bei allem weggesehen«, gab Rhiannon zu. »Sie liebte ihn bedingungslos.«

»Und Sie?« Penrose hatte sehr wohl gemerkt, dass Rhiannon Erley während der Befragung nicht ein einziges Mal ihre Tochter erwähnt hatte. Nicht einmal hatte sie zum Ausdruck gebracht, dass sie traurig gewesen sei, als sie sie zurücklassen musste, oder froh, als sie zurückkehrte. Branwen schien erstaunlicherweise keine Rolle bei den Entscheidungen ihrer Mutter gespielt zu haben. Und auch wenn er diese Entscheidungen nicht guthieß, verstand er doch die meisten und konnte sie nachvollziehen. Völlig unverständlich war ihm hingegen, dass Rhiannon der Mord an Branwen kaltzulassen schien. »Haben Sie Gwyneth so sehr geliebt, dass Sie selbst über den Mord an Ihrer eigenen Tochter hinweggesehen haben?«, fragte er. »Franks hat sie benutzt, um Turnbull hereinzulegen, und aus schierer Mordlust umgebracht.«

Sie dachte lange über die Frage nach, ihre Miene blieb dabei undurchdringlich. »Bitte, denken Sie nicht, dass mich Branwens Tod nicht schockiert und furchtbar mitgenommen hat«, sagte sie schließlich, »aber sie war nicht meine Tochter. Mein Mann war ihr Vater, und sie wuchs zwar bei uns auf, aber ich hatte praktisch keine Beziehung zu ihr. Dafür sorgte Gareths Mutter.«

»Das heißt, all die Jahre, in denen Branwen nach Ihnen gesucht hat...«

»Hat sie nach der falschen Frau gesucht, ja. Ich weiß nicht, wer ihre richtige Mutter war. Da wären einige infrage gekommen.«

»Wissen Sie, ob sie Gwyneth an diesem Wochenende einen Brief zukommen ließ?«, fragte Penrose.

»Ja. Auch das versetzte Gwyneth in Panik.«

»Hat sie ihn David gegeben?«

»Das weiß ich nicht. Mitbekommen habe ich es nicht, aber sie erzählte mir später, dass Branwen gedroht hat, zu Bella Hutton zu gehen, um herauszufinden, wo ich bin, weil ihr Kind das Recht hätte, seine Großmutter zu kennen, aber offenbar...«

»Branwen war schwanger, als sie starb?«

Überrascht sah Rhiannon ihn an. »Ja. Wussten Sie das nicht?«

»Nein«, sagte Penrose nachdenklich. »Das wusste ich nicht.« Er hatte Roberts damals gebeten, ihm Kopien von den Obduktionsberichten zu allen Opfern zu schicken, aber der Inspector hatte offenbar keine Lust dazu gehabt, und Penrose hatte mit seinen eigenen Fällen zu viel um die Ohren gehabt, um nachzuhaken. Demnach war Branwens ungeborenes Kind also das dritte Opfer von Franks an diesem Wochenende gewesen. Von ihrer Schwangerschaft musste er aus Branwens Brief erfahren haben, als er ihn seinem Onkel unterschob, um ihn zu belasten.

Er ging zum Fenster und sah auf den gepflegten Garten, in dem Obstbäume, Rosen und Hortensien wuchsen. »Wissen Sie, wo Taran begraben ist?«, fragte er. »Liegt er hier?«

»Gwyneth hat es mir nie gesagt«, sagte Rhiannon und trat neben ihn. »Ich habe natürlich darüber nachgedacht, und es ist möglich, dass sein Grab irgendwo hier im Garten ist. Sie hat mir das Haus überlassen, damit würde sie ihn an einem sicheren Ort wissen.«

»Aber Sie glauben nicht, dass es so ist.«

»Warum interessiert Sie das?«

»Ich habe keine Ahnung, Mrs Erley. Es scheint mir einfach von Bedeutung zu sein.«

Seine Antwort überzeugte sie davon, dass sie ihm vertrauen konnte. »Kommen Sie mit.« Sie ging ihm voraus in die Diele und öffnete die Haustür. Penrose sah über die Bucht hinüber nach Portmeirion und fragte sich, ob sie ihm gleich sagen würde, dass Tarans letzte Ruhestätte der Hundefriedhof war oder eine andere Stelle in der Nähe des Dorfs. Aber dann nannte sie zu seiner Überraschung keines von beidem. »Gwyneth hat testamentarisch verfügt, dass sie verbrannt und ihre Asche auf der Insel verstreut werden soll«, sagte sie. »Deshalb vermute ich, dass er dort liegt.« Er folgte ihrem Blick und wusste sofort, dass sie recht haben musste. Die Insel war die perfekte Ruhestätte, friedlich und einsam, im Mittelpunkt von Gwyneths Welt, von beiden Seiten der Bucht aus zu sehen und doch immer übersehen. »Aber genau wissen das nur sie und David.«

»Sie haben ihr Ihr Leben geopfert.«

»Das mag für Sie so aussehen, aber Loyalität hat zwei Seiten. Von außen betrachtet ist es Pflicht, von innen Liebe.« Er nickte und erinnerte sich, dass Josephine einmal etwas ganz Ähnliches zu ihm gesagt hatte. Rhiannon sah zur Treppe, hin- und hergerissen zwischen dem Wunsch, zu erfahren, was er tun würde, und dem, an Gwyneths Seite zurückzukehren. »Ich kann nicht erwarten, dass Sie das, was ich Ihnen erzählt habe, auf sich beruhen lassen. Wir haben das Gesetz in so vielerlei Hinsicht gebrochen, und Liebe und Angst rechtfertigen nicht alles.« Sie musste ihm seine Unentschlossenheit an den Augen abgelesen haben, weil sie hinzufügte: »Gwyneth braucht mich jetzt. Tun Sie, was Sie nicht lassen können. Sie wissen, wo Sie mich finden, wenn Sie zu einer Entscheidung gekommen sind. Ich hoffe, dass sie sich bis dahin an einem sicheren Ort befindet.«

Sie schloss die Tür hinter ihm, und er ging zum Gartentor. Ein paar Meter die Straße entlang stand eine Bank, von der aus man die Bucht überblickte, und er setzte sich, um nachzudenken, froh, nicht mehr in diesem Haus zu sein. Es war kurz nach drei, und die Sonne schien nicht mehr exklusiv für Portmeirion. Die Hitze hatte die letzte Wolke vertrieben, und die gesamte Halbinsel war in strahlendes Licht getaucht. Wenn er naiver gewesen wäre, wäre er vielleicht dem Irrglauben aufgesessen, dass die Verwandlung tiefer reichte als nur bis zur Oberfläche. In dem Haus hinter ihm teilten zwei Frauen bis zum bitteren Ende ein vergeudetes Leben, inmitten von Schuld und Angst, und zu seiner Rechten lag ein kleiner Junge in einem versteckten Grab auf einer von Heidekraut und duftendem Ginster überwucherten Insel. Er wusste, was er tun sollte. Und er wusste, was er tun wollte. Er dankte einem Gott, an den er nicht glaubte, dass er bis jetzt gewartet hatte, um ihn mit einem Konflikt zwischen beidem zu behelligen. Lange Zeit saß er nur da, dachte ein paar Jahre zurück, als Josephine ihm ein Exemplar ihres neuen Romans *Der Erbe von Latchetts* gegeben hatte und sie über das Ende gestritten hatten: Er hatte darauf beharrt, dass ein Polizist ein derartiges Fehlverhalten niemals tolerieren könnte, egal, wie mitfühlend er war. Sie hatte ihn wegen seiner Ernsthaftigkeit ausgelacht und ihm einen Kuss gegeben, und er hatte noch ihre Stimme im Ohr, als sie sagte, nur weil etwas real war, müsse es nicht unbedingt richtig sein. Er hatte damals keine Antwort darauf gewusst, und die wusste er auch jetzt nicht.

Erschrocken sah Rhiannon ihn an, als er erneut vor der Tür

stand, und er beeilte sich, sie zu beruhigen. »Ich will Ihnen nur noch etwas sagen, das Sie wissen sollten, Mrs Erley, dann lasse ich Sie beide in Ruhe. Taran starb in diesem Haus.« Sie brauchte einen Moment, bis es zu ihr durchdrang. »Seine Mutter würde das bestimmt nicht hören wollen, aber ich halte es für richtig, dass Sie es wissen. Ich weiß nicht, was Sie mit Ihrem Leben vorhaben, wenn Gwyneth tot ist, aber vielleicht wäre es an der Zeit für Sie, noch einmal ganz neu anzufangen.«

Penrose wandte sich zum Gehen, aber sie rief ihn zurück. »Warum tun Sie das?«, fragte sie. »Warum sind Sie so freundlich zu mir?«

Er lächelte traurig. »Eine Freundin von mir durfte das Ende der Geschichte nicht mehr miterleben. Wir waren zusammen in Portmeirion, als sie begann, und jetzt kann ich nicht mehr mit ihr darüber reden. Ich kann nur noch dafür sorgen, dass sie in einer Weise endet, wie es ihr gefallen hätte.«

Rhiannon wollte etwas erwidern, aber Penrose wagte es nicht, noch länger zu bleiben. Er stieg in sein Auto und fuhr ein letztes Mal von dem Haus weg. Als er das Ende der schmalen Straße erreichte, musste er an den Straßenrand fahren, um einen Rettungswagen vorbeizulassen, und in diesem Moment wurde ihm klar, was sie ihm hatte sagen wollen. Im Rückspiegel beobachtete er, wie der Rettungswagen die Schotterstraße entlangfuhr und dabei den Schlaglöchern auswich, aber sein gemächliches Tempo und die stumme Sirene konnten nur eines bedeuten: Gwyneth Draycott war tot. Was das über Gerechtigkeit aussagte, darüber würde er noch lange nachdenken.

4

Man konnte die Menge an Einheimischen und Touristen, die an diesem Freitagabend in Mayfair unterwegs waren, in zwei Gruppen unterteilen: diejenigen, die nach dem Dinner spazieren gingen und zufrieden damit waren, den herrlichen Sommerabend in der Hauptstadt in vollen Zügen zu genießen, und diejenigen, die sich mit einem konkreten Ziel vor dem Claridge auf dem Gehweg versammelt hatten, nämlich einen Blick auf den nächsten Star, der durch die Tür treten würde, zu erhaschen. Während des Krieges hatte das Hotel als Zufluchtsort für Könige und Königinnen aus dem kriegsgeplagten Europa gedient. Heutzutage kam der hohe Besuch ausschließlich aus Hollywood – weniger authentisch vielleicht, aber populärer, und mittlerweile waren Filmbegeisterte jeden Alters ein ebenso vertrauter Anblick wie die hellrote Fassade und die schmiedeeisernen Balkone des Claridge. Widerstrebend gesellte sich Penrose an der Ecke Brook Street und Davies Street dazu und wartete ungeduldig darauf, an welchem der beiden Hoteleingänge Hitchcocks Auto halten würde. Die Zeitungen hatten ausführlich über den London-Besuch des Regisseurs berichtet – seine Heimkehr, wie diejenigen, die der Verrat durch seinen Weggang nach Hollywood immer noch schmerzte, es bezeichneten –, der dazu diente, Werbung für seinen neuen Film *Das Fenster zum Hof* zu machen, aber nachdem er sich rasch umgesehen hatte, hatte Penrose den Eindruck, dass die meisten hier waren, um Grace Kelly zu sehen. Pressefotografen hielten ihre Kameras bereit, Fans umklammerten Stifte und Magazine, weil sie auf ein Autogramm hofften, und selbst Penrose konnte eine gewisse Aufregung nicht ganz leugnen. Josephine wäre stolz auf ihn gewesen.

Als eine schicke schwarze Limousine in die Brook Street einbog, erhob sich aufgeregtes Stimmengewirr, und Penrose freute sich über seinen guten Platz. Hitchcock stieg aus, ohne auf seinen Chauffeur zu warten, und er wirkte entspannt und zufrieden, als er um den Wagen herumging, um seinem neuesten Star die Tür zu öffnen. Seit dem Wochenende in Portmeirion hatte er sich kaum verändert, lediglich ein wenig schlanker und grauer war er geworden – aber selbst aus der Entfernung war ihm die Aura des Erfolgs anzumerken, das Selbstbewusstsein eines Mannes, der den Gipfel erreicht hatte. Grace Kelly stieg unter lautem Johlen und Klatschen aus der Limousine: elegant, gelassen und kühl, fast eisig – wie ein Stück Dresdener Porzellan, hatte eine der Filmzeitschriften geschrieben. Ehrfürchtig betrachtete Penrose sie in all ihrer Vollkommenheit und fragte sich, was Bella Hutton von dieser neuen Generation von Filmstars gehalten hätte. Wahrscheinlich, dachte er, hätte sie ihre Zustimmung gefunden. Hitchcock und Kelly stellten sich den Kameras, und während die Schauspielerin danach ins Hotel gelotst wurde, drehte sich Hitchcock wieder zu dem Wagen um und streckte die Hand aus. Alma stieg aus, zierlicher denn je, und lächelte ihren Mann an. Die Kameras hatten sich abgewandt, als der Regisseur und seine Frau gemeinsam in das Hotel gingen, und Penrose fand, sie hatten das Bild des Abends verpasst.

Er drängte sich durch die Menge und folgte der Gesellschaft ins Hotel. Die Einrichtung des Art-déco-Foyers war vom Feinsten, und Penrose lächelte bei dem Gedanken, dass all der Glamour Hollywoods nicht gegen gutes britisches Handwerk ankam. Zu Ehren des Films wurde in einem der Salons im Untergeschoss ein Champagnerempfang gegeben, und das Lachen und die Musik wiesen ihm den Weg. Als Penrose hineingehen wollte, wurde er diskret von einem Kellner aufgehalten. »Es tut mir leid, Sir, das ist eine Privatveranstaltung. Wenn Sie keine

Einladung haben ...« Instinktiv griff Penrose in sein Jackett, um seinen Dienstausweis herauszuziehen, aber da war nichts. Er bemerkte, dass ihn Alma vom anderen Ende des Raums aus gesehen hatte. Sie flüsterte ihrem Mann etwas zu, und Hitchcock steuerte auf ihn zu. »Mr Penrose, wie schön, Sie nach so langer Zeit wiederzusehen.« Er schickte den Kellner mit einer Handbewegung weg und zog ihn in den Salon. »Den Chief Inspector kann ich mir inzwischen sparen, nicht wahr? Sie sind doch im Ruhestand?«

Penrose reagierte nicht auf die freundliche Begrüßung. Er war nicht hergekommen, um Höflichkeiten auszutauschen. »Ich möchte mit Ihnen über David Franks reden.«

»Ach ja. Schreckliche Geschichte, allerdings währte meine Bekanntschaft mit Mr Franks nur kurz, und das war auch alles vor so langer Zeit.«

»Franks hat Alma aus dem Gefängnis geschrieben, nicht wahr?« Hitchcock warf ihm einen scharfen Blick zu, und Penrose verspürte die Befriedigung, die stets damit einherging, wenn man unterschätzt wurde. »Sie mochte David, und es war sicher entsetzlich für sie, als sie erfuhr, was er getan hatte. Sie wollte es verstehen, und deshalb hat sie ihm geschrieben und ihn nach seinen Gründen gefragt.«

»Ich glaube kaum, dass meine Frau ...«

Penrose schnitt ihm das Wort ab. »Sie müssen sie nicht verteidigen. Es ist nur menschlich, etwas verstehen zu wollen, und das Böse um des Bösen willen ist doch für die meisten von uns undenkbar. Und Franks hat ihr bereitwillig alles über das Wochenende in Portmeirion erzählt, weil er wollte, dass Sie wissen, wie schlau er vorgegangen war. Alma verschaffte ihm den ersehnten Vorwand: Ihnen von sich aus zu schreiben wäre ein Eingeständnis gewesen, wie wichtig Sie für ihn waren, und er wusste genau, dass sie Ihnen den Brief zeigen würde. Ihnen sollte bewusst werden, dass er Ihnen die ganze Zeit, in der Sie ihm alles, was schiefging, in die Schuhe schoben, überlegen war – als Organisator, Manipulator, Regisseur. Letztlich war alles, was an diesem Wochenende geschah, von ihm geplant, nicht von Ihnen.«

»Ich fürchte, ich habe keine Ahnung, wovon Sie reden«, erwiderte Hitchcock, nachdem er seine kurze Irritation überwunden hatte.

»Es hat keinen Sinn, es zu leugnen. Es steht alles in den Gefängnisakten. Was ich nicht verstehe, ist, warum Sie mir den Brief geschickt haben.«

»Ach ja?« Hitchcock lächelte. »Nehmen wir einmal an – und es ist nur eine Annahme –, dass ich Ihnen tatsächlich diesen Brief geschickt habe, Mr Penrose, dann doch nur, um diese Angelegenheit zu klären. Der Gedanke, dass eine so lange und bemerkenswerte Karriere endet, ohne dass alle Fragen beantwortet sind, wäre mir unerträglich.«

»Gut. Dann beantworten Sie mir diese Frage: Was ist mit den Morden an Ihrem Filmset? Ich weiß nicht, mit wem Sie geredet und welche Strippen Sie gezogen haben, damit darüber Stillschweigen bewahrt wird, aber wo bleibt da die Gerechtigkeit? Diese Frauen sind gestorben, und diese Morde müssen aufgeklärt werden.«

»Ganz meine Meinung. Alles muss aufgeklärt werden.« Hitchcock erwiderte Penrose' bohrenden Blick, dann zog ein Lächeln über sein Gesicht. »Kommen Sie.« Er ging quer durch den Raum zu einer Frau in einem schulterfreien grünen Abendkleid. »Ich glaube, Sie haben Miss Sidney noch nicht kennengelernt, oder? Joan, das ist der Polizist, von dem ich Ihnen erzählt habe.«

Die Frau drehte sich um, und Penrose blickte überrascht in ein Gesicht, das er das letzte Mal im Todeskampf auf der Leinwand in seinem Büro gesehen hatte, erwürgt von Händen, von denen er gedacht hatte, es wären die von David Franks. Wieder und wieder hatte er Joan Sidney sterben sehen, und es dauerte einige Sekunden, bis er begriffen hatte, dass sie gesund und munter vor ihm stand. Dann dämmerte es ihm. »Sie haben diesen Film gedreht, um sich meine Aufmerksamkeit zu sichern«, sagte er zu Hitchcock. »Sie wollten etwas richtigstellen, und Sie fanden, dass wegen des Inhalts dieses Briefes etwas unternommen werden musste. Aber warum diese Scharade?«

»Manchmal fällt es einem einfach schwer, zuzugeben, dass man sich falsch verhalten hat.« Er zwinkerte und wandte sich zum Gehen. »Aber wie gesagt, ich weiß eigentlich gar nicht, wovon Sie reden.«

»Die Entschuldigung ist angenommen«, rief Penrose ihm nach.

Hitchcock drehte sich noch einmal um und nickte ernst. »Behalten Sie die Filme aus Portmeirion, Archie. Alma und ich waren sehr traurig, als wir von Miss Teys Tod gehört haben.«

Penrose sah ihm nach, dann wandte er sich verlegen Joan Sidney zu. »Sie müssen mich für sehr unhöflich halten, aber es dauerte einen Moment, bis ich Sie erkannt habe. Bislang habe ich Sie nur im Todeskampf oder in Nonnentracht gesehen.« Sie lächelte. »Ich habe Ihnen vor nahezu zwanzig Jahren eine Nachricht hinterlassen mit der Bitte, sich mit mir in Verbindung zu setzen. Wären Sie bereit, sich jetzt mit mir zu unterhalten?«

»Wenn ich Sie tatsächlich so lange habe warten lassen, dann sollte ich mich für meine Unhöflichkeit entschuldigen.«

»David Franks hat Sie nach Portmeirion geholt. Woher kannten Sie ihn?«

»Ich lernte ihn während meiner Arbeit für Max Hutton kennen. Max und Leyton Turnbull führten ihn in den anrüchigeren Teil der Filmbranche ein, bis Bella Wind davon bekam und ihn zurück nach England schaffte. Ich hatte ihn seit Ewigkeiten nicht gesehen, aber dann nahm er Kontakt zu mir auf und bat mich, zu diesem Hitchcock-Wochenende zu kommen. Es hörte sich nach Spaß an und verwandelte sich in einen Albtraum. Ich hatte keine Ahnung, dass es so übel enden würde, und als dann am nächsten Tag die Polizei auftauchte, sah ich zu, dass ich wegkam.«

»Und später? Haben Sie jemals für Franks gearbeitet, als er endgültig nach Amerika zurückkehrte?«

»Nein. Damals war ich bereits glücklich verheiratet, was ich übrigens immer noch bin. Ich hatte viel Geld verdient, unanständig viel Geld, aber ich hatte die Nase voll. Ich wollte dieses Leben nicht mehr, und ich wollte nicht, dass Jim und die Kinder erführen, womit ich mir früher meinen Lebensunterhalt verdient hatte.« Sie nahm die angebotene Zigarette und sah Penrose nachdenklich an. »Das lässt sich jetzt wahrscheinlich leicht sagen, aber David Franks hatte tatsächlich schon immer etwas an sich, das mir Angst machte. Von Anfang an trieb ihn etwas anderes als Turnbull oder Max an. Für ihn ging es nicht um Geld. Als ich hörte, was passiert ist, war ich nicht überrascht. Ich hatte Glück. Andere Frauen nicht.«

»Wann hat Hitchcock Sie gebeten, bei diesem kleinen Film für mich mitzumachen?«

»Hat er nicht. Er bot mir eine Rolle in seinem neuen Film an.« Sie zwinkerte ihm zu. »Das ist das Problem beim Film: Man weiß nie, wann man auf dem Boden des Schneideraums endet.«

Penrose wollte sich noch nicht geschlagen geben. »Ist Tom Doyle auch ein Schauspieler? Werde ich ihn in *Das Fenster zum Hof* sehen?«

Sie lächelte. »Es war schön, Sie kennenzulernen, Mr Penrose. Ich wünsche Ihnen viel Vergnügen bei dem Film.«

TEIL SIEBEN
JUNG UND UNSCHULDIG
1. DEZEMBER 1937, LONDON

Josephine stand in der Schlange vor dem Empire am Leicester Square und genoss die Atmosphäre des Londoner Dezemberabends. Auf den Bürgersteigen wimmelte es von Menschen, die einen hofften wie sie auf einen unterhaltsamen Abend, andere warteten auf ein Taxi, das sie nach der Arbeit nach Hause oder zu einem Restaurant brachte. Es versetzte sie immer wieder in Erstaunen, wie sich der Platz, der bei Tag nicht viel hermachte, innerhalb weniger Stunden derart verwandeln konnte: Als sie zur Mittagszeit auf dem Rückweg in ihren Club daran vorbeigekommen war, hatte er grau und müde gewirkt, wie ein Mensch nach einer schlaflosen Nacht, während jetzt, vor einer von Leben erfüllten nächtlichen Kulisse, die Lichter wie Juwelen funkelten und Grünflächen und Gebäude so wenig wiederzuerkennen waren, dass man meinen konnte, sie gehörten nicht zum selben Platz.

»Nicht zu fassen, dass wir für Karten anstehen müssen, um *deinen* Film zu sehen«, sagte Archie gut gelaunt und etwas lauter, als es trotz des Trubels nötig gewesen wäre.

Die Leute, die nahe genug standen, drehten neugierig die Köpfe, und Josephine sah ihn streng an. »Wir hätten ihn uns in einem Flohkino in Clapham ansehen sollen«, sagte sie mit Nachdruck. »Ich habe mich nur deswegen von dir hierherschleppen lassen, weil du mir Anonymität versprochen hast.« Sie blickte zu der riesigen erleuchteten Anschlagtafel über dem Eingang. »Abgesehen davon ist es nicht mein Film: Sieh dir den Titel an.«

»Hm. Deiner gefällt mir besser, aber bei *Jung und unschuldig* weiß man wenigstens, was einen erwartet.«

»Es könnte tatsächlich schlimmer sein. In Amerika haben sie ihn *Das Mädchen war jung* genannt. Die Hitchcocks müssen sich das Hirn zermartert haben, um auf diesen Titel zu kommen.«

Provozierend lächelte sie Archie an, um seinen Widerspruchsgeist zu wecken, aber er hatte genauso wenig Lust wie sie, sich auf Hitchcocks Seite zu schlagen. »Ist doch egal, wie er heißt«, sagte er. »Ich finde es aufregend.«

Josephine schob ihren Arm durch seinen und drückte ihn zärtlich. »Ja, das ist es.«

»Und ich lasse nicht zu, dass du ihn dir in einem Kino ansiehst, dem es an Glamour fehlt.« Zu wenig Glamour konnte man dem Empire allerdings nicht vorwerfen, dachte Josephine und blickte an der reich verzierten Fassade mit den venezianischen Bogen hoch, die lediglich eine schwache Ahnung davon vermittelte, welcher Luxus einen im Inneren erwartete. Den Besitzern hatte ein Kinopalast nach amerikanischem Vorbild vorgeschwebt, und den hatten sie bekommen: Die Extravaganz dieses Kinos suchte in ganz England ihresgleichen, und es erfüllte Josephine stets mit einer gewissen hämischen Genugtuung, dass dieser Inbegriff des Hollywood-Idealismus – Schaufenster der Nation, wie es genannt wurde – von einem schottischen Architekten entworfen worden war.

Den amerikanischen Vorbildern entsprechend war der Kartenschalter zur Straße hin offen. »Wo möchtest du sitzen?«, fragte Archie.

»Auf dem Balkon, falls du so tief in die Tasche greifen willst.«

»Ich werde sehen, was sich tun lässt.« Er bezahlte die Karten, und sie gingen hinein. Das riesige hohe Foyer war mit Spiegeln und dunklem Walnussholz verkleidet und in seiner Opulenz geradezu überwältigend: Wohin Josephine auch blickte, sah sie Kristalllüster, üppige Draperien und Verzierungen im Renaissancestil. »Alles in Ordnung?«, erkundigte sich Archie, als er ihr Zögern bemerkte.

Josephine nickte. »Keine Ahnung, warum ich so nervös bin.

Ich habe nichts zu diesem Film beigetragen. Andererseits erlebt man es nicht jeden Tag, dass das eigene Werk vor den Augen Tausender von Zuschauern zerfleddert wird.«

»Wer sagt denn, dass er es zerfleddert hat. Oder hat Marta etwas angedeutet?«

»Sie wollte nichts verraten, aber sie hat mich vorgewarnt, dass ich nicht damit rechnen soll, allzu viel von der Handlung wiederzuerkennen.«

»Schade, dass sie erst später Zeit hat.«

Josephine stimmte ihm halbherzig zu, doch dann gestand sie: »Eigentlich bin ich ganz froh, dass sie nicht dabei ist.« Unter seinem fragenden Blick wurde sie rot. »Falls er ein Reinfall ist, will ich mir vor ihr nicht wie eine Idiotin vorkommen. Ist das albern?«

Archie lachte. »Nein, das ist ausgesprochen menschlich.«

Durch einen eleganten Teesalon gelangten sie in den Zuschauersaal. Den größten Teil des Halbrunds nahmen die Ränge ein, und die Ausstattung griff die des Foyers auf. Josephine war bereits einige Male hier gewesen, aber erneut raubten ihr die Ausmaße den Atem: Das Kino bot Platz für mehr als dreitausend Zuschauer und war damit größer als jedes andere Kino, Theater oder Konzerthaus im West End. Erfreut stellte sie fest, dass nur noch wenige Plätze frei waren. »Eins muss man Hitchcock lassen. Er weiß, wie man Säle füllt.«

Ungeduldig ließen sie die Wochenschau über sich ergehen. Endlich begann der Hauptfilm, und mit einem Anflug von Stolz las Josephine ihren Namen im Vorspann. »Ich finde, die Buchstaben in deinem Namen hätten größer sein müssen«, flüsterte Archie, aber sie war zu abgelenkt von der Besetzungsliste, um seine Loyalität zu würdigen. »Wo sind denn meine Figuren abgeblieben?«, fragte sie verwirrt. »Der Mörder wird nicht einmal aufgeführt. Und wer zum Kuckuck ist Old Will? Oder Inspector Kent?«

Archie zuckte mit den Schultern, und sie sahen zu, wie der Film unvermittelt mit dem Streit eines Paares begann, untermalt vom Brausen eines sturmgepeitschten Meeres. »Sind das Christine Clay und ihr Mann?«, fragte er.

»Vermutlich.«

»Warum hat er dieses Zucken?«

»Ich bin genauso schlau wie du.«

»Aber Cornwall sieht ziemlich beeindruckend aus«, sagte er lahm.

Josephine starrte auf die Leinwand, hin- und hergerissen, ob sie über die rasche Abkehr von ihrem Roman empört sein oder Hitchcock für die Dramatik der Eingangsszene bewundern sollte. Der Sturm versetzte sie zurück nach Portmeirion, und sie wollte gerade eine entsprechende Bemerkung machen, als die Kamera auf dem Gesicht des Mannes verweilte, und was das bedeutete, war allzu offensichtlich. »Aber er war es doch gar nicht«, rief sie entrüstet. »Sie ist nicht von ihrem Ehemann umgebracht worden.«

Ihr Ausbruch hatte eine Reihe tadelnder Pssts aus der Reihe hinter ihnen zur Folge, und sie hörte, dass Archie ein Lachen unterdrückte, bevor er sagte: »Jedenfalls musst du dir keine Gedanken machen, dass es deinen Lesern zu viel von dem Buch verrät.«

Josephine ließ sich tiefer in ihren Sitz sinken und haderte mit der Schmach, aus ihrer eigenen Geschichte geworfen zu werden. Ein paar Minuten lang kam ihr die Handlung vertrauter vor, als die am Strand angespülte Leiche der Schauspielerin inmitten eines Schwarms kreischender Möwen entdeckt wurde, aber damit war es schnell wieder vorbei, und sie fand sich damit ab, dass der Film so gut wie nichts mit der von ihr geschriebenen Geschichte zu tun hatte. Die nächste Stunde verging rasch mit einer Aneinanderreihung chaplinesker Verfolgungsjagden und dem Schrillen von Trillerpfeifen, dazwischen gab es geschickte Aufnahmen von Modellbauten und Panoramaansichten der sonnenbeschienenen Landschaft von Kent mit ihren langen, geraden Straßen. Es war seltsam, Schauspielern und Schauspielerinnen zuzusehen, deren Rollen einigen der Gäste in

Portmeirion auf den Leib geschrieben worden waren, und dennoch keinen von ihnen auf der Leinwand zu sehen, und ihr Bedauern über Bella Huttons Tod – das sie das ganze vergangene Jahr über nicht verlassen hatte – wurde noch größer, als die Geschichte um Ericas Tante ergänzt wurde. Die schauspielerischen Leistungen waren indes gut, und obwohl es ihr schwergefallen wäre, fünf Gemeinsamkeiten zwischen Hitchcocks Geschichte und ihrer zu finden, waren sich Film und Buch im Kern nicht unähnlich.

»Und?«, sagte Archie, als der Film zu Ende war.

»Ohne den Vorspann würde ich denken, ich war im falschen Film«, sagte Josephine, dann deutete sie auf die Zuschauer, die den Kinosaal glücklich lächelnd verließen. »Aber Hauptsache, die Leute sind zufrieden, und es gibt ja immer noch das Buch. Lass uns was trinken gehen. Ich brauche jetzt einen Schnaps.«

»Du nimmst es besser auf, als ich gedacht hätte«, sagte er, als sie sich einen Weg zum Ausgang bahnten.

»Wenn ich länger darüber nachdenken würde, wäre ich furchtbar wütend«, gab Josephine zu. »Aber wozu?«

»Seltsam, wie es Dinge ins rechte Licht rücken kann, wenn man glücklich ist.«

»Meinst du, es liegt daran?«

»Sag du es mir.«

»Na ja, es könnte etwas damit zu tun haben.«

Lettice und Ronnie warteten vor dem Kino auf sie. »Wollten wir uns nicht im Restaurant treffen?«, fragte Josephine, erfreut, sie zu sehen.

»Wir konnten nicht abwarten zu hören, was du davon hältst«, sagte Lettice und umarmte sie. »Ist er nicht großartig?«

»Der Hund war hervorragend«, sagte Josephine trocken.

»Ja, fand ich auch.« Die Stimme klang bekannt, und sie drehte sich überrascht um. In ihrer Freude, die Motley-Schwestern zu sehen, war ihr entgangen, dass sie nicht allein waren.

»David leistet uns beim Dinner Gesellschaft«, erklärte Ronnie. »Er ist extra früher aus Kent zurückgekommen.«

»Ich hätte nicht gedacht, dass Sie es so eilig haben, einen Hitchcock-Film zu sehen«, sagte Archie.

Franks lächelte. »Es dauerte eine Weile, bis ich die Schmach verschmerzt hatte«, gestand er, »aber was bringt es, nachtragend zu sein, nicht wahr? Außerdem habe ich inzwischen andere Pläne. Ich habe gerade Ihre Cousine überredet, mich in Amerika zu besuchen.«

Josephine sah Ronnie an und hoffte, dass ihr die Abneigung gegen den unerwarteten Dinnergast nicht allzu deutlich anzumerken war. »Wollen wir aufbrechen?«, schlug sie vor. »Wir sollten nicht zu spät ins Rules kommen, außerdem wartet Marta.«

Sie schlugen den Weg zur Maiden Lane ein, und Lettice hakte sich bei Josephine unter. »Am besten an dem Film hat mir das Ende gefallen«, sagte sie. Josephine nickte, sie wusste, was Lettice meinte. »Ich bin so froh, dass die beiden zueinandergefunden haben. Vielleicht solltest du dir so etwas für dein nächstes Buch auch mal überlegen.«

Josephine fing Archies Blick auf. »Ja«, sagte sie lächelnd. »Ja, das sollte ich vielleicht.«

ANMERKUNG DER AUTORIN

Portmeirion wurde 1926 von Clough Williams-Ellis erschaffen. In seiner Begeisterung für die Landschaft von North West Wales und beseelt von einer einzigartigen architektonischen Vision, verwandelte Clough in den darauffolgenden fünfzig Jahren einen vernachlässigten Küstenabschnitt in ein magisches Dorf im italienischen Stil, das von der *Times* als »letzte Verrücktheit der westlichen Welt« gefeiert wurde. 1934, kurz nach der Uraufführung von *Queen of Scots* im West End, kam auch Josephine Tey mit einigen ihrer engsten Freunde nach Portmeirion und fand dort eine Zuflucht vor den unangenehmen Seiten des Berühmtseins. Zu den anderen Theatergrößen, die seinem Zauber erlagen, gehörten Noel Coward, der dort 1941 *Fröhliche Geister* schrieb, John Gielgud, Gerald du Maurier und Alastair Sim. Ins Rampenlicht geriet es durch die Fernsehserie *Nummer 6* aus den Sechzigerjahren und als Veranstaltungsort für die Feier des fünfzigsten Geburtstags von George Harrison. Heute befindet sich Portmeirion im Besitz einer wohltätigen Stiftung und wird von Robin Llywelyn, dem Enkel von Clough, verwaltet. Es ist der ursprünglichen Idee treu geblieben als Ort der Schönheit, des Friedens und der Inspiration, unberührt – glücklicherweise – von Morden und Filmregisseuren mit einem zweifelhaften Sinn für Humor.

Der Hundefriedhof im Wald hinter dem Dorf Portmeirion wurde von Adelaide Haig, der früheren Bewohnerin des Hauses, angelegt, deren Sohn Caton – Experte für blühende Pflanzen im Himalaja – die naturalistischen Gärten geschaffen hat. Mrs Haigs Leidenschaft und Exzentrik lieferte zum Teil die Inspiration für *Tödliche Sommerfrische*, die Geschichte der Draycotts dagegen ist ganz und gar fiktional.

Jung und unschuldig, nach der Vorlage des 1936 erschienenen Kriminalromans *Klippen des Todes* von Josephine Tey, lief im Dezember 1937 in Großbritannien an, in den Hauptrollen Derrick de Marney als junger Mann, der fälschlicherweise des Mordes an einer berühmten Schauspielerin beschuldigt wird, und Nova Pilbeam in ihrer ersten Erwachsenenrolle. Der Film erntete viel Lob für seine Situationskomik, die aufwendigen Modellbauten und den spektakulären Höhepunkt mit einer knapp 45 Meter langen Kamerafahrt quer über eine Tanzfläche bis wenige Zentimeter vor das Gesicht des Täters. Hitchcock mochte ihn von seinen englischen Filmen am liebsten, und noch 75 Jahre nach seiner Entstehung hat der Film, der in wesentlichen Elementen Hitchcock-Klassiker wie *Berüchtigt*, *Marnie* und *Der unsichtbare Dritte* vorwegnahm, nichts von seiner Qualität eingebüßt. Der Regisseur kontaktierte den Verleger von Tey, um anzufragen, ob sie mit ihm zusammen am Drehbuch arbeiten würde, was sie jedoch ablehnte.

Im März 1939 zogen Alfred Hitchcock und Alma Reville mit ihrer Tochter Patricia nach Hollywood um, kurz nach Abschluss der Dreharbeiten zu *Riff-Piraten*. Alma gab ihre eigene Karriere auf, blieb aber weiterhin die engste und wichtigste Mitarbeiterin ihres Mannes. 1979, als Hitchcock vom American Film Institute für sein Lebenswerk geehrt wurde, nannte er in seiner Dankesrede nur vier Personen: eine Cutterin, eine Drehbuchautorin, die Mutter seiner Tochter und »die beste Köchin, die jemals an einem heimischen Herd wahre Wunder vollbracht hat«. Jede davon war Alma Reville.

DANKSAGUNG

Portmeirion ist zu etwas ganz Besonderem für mich geworden, und ich bin Robin und Sian Llywelyn unendlich dankbar, dass sie nicht einmal mit der Wimper gezuckt haben bei der Aussicht, dass es Spielplatz für einen Mörder sein sollte. Sie, ihre Angestellten und all die Menschen, die im Lauf der Jahre über Portmeirion und seine Geschichte geschrieben haben, waren mir bei den Recherchen für dieses Buch eine enorme Hilfe. Wie viele andere bin ich jedem in Portmeirion zu Dank verpflichtet, dass sie den ursprünglichen Geist dieses Ortes bewahren, der seinesgleichen sucht.

Großen Dank schulde ich George Perry und der verstorbenen Anna Massey dafür, dass sie ihre persönlichen Erinnerungen an Sir Alfred Hitchcock und Alma Reville mit mir geteilt und der Legende eine sehr persönliche Note verliehen haben. Unter den vielen Darstellungen zu Hitchcocks Leben und Wirken haben mir die Bücher von Michael Balcon, Jack Cardiff, Charlotte Chandler, Sidney Gottlieb, Pat Hitchcock O'Connell und Laurent Bouzereau, Patrick McGilligan, Ken Mogg, John Russell Taylor, Donald Spoto und François Truffaut geholfen, ein umfassendes Bild von einem vielschichtigen und faszinierenden Mann zu zeichnen. Die hervorragende Darstellung der Frühzeit des Kinos von Jeanine Basinger, *Silent Stars*, und Leonard Thompsons Erinnerungen an den Ersten Weltkrieg – zu finden in Ronald Blythe' *Akenfield* – haben nachhaltigen Eindruck auf mich gemacht, und ich bin beiden sehr dankbar.

Walter Donohues Wissen über Hitchcock und Film war von unschätzbarem Wert, und ich hoffe, er weiß, wie sehr ich sein Engagement für meine Bücher schätze. Danke auch an Alex Holroyd und Katherine Armstrong bei Faber, an Veronique Baxter, Laura West und David Higham Associates für ein großartiges erstes Jahr, an Mick Wiggins für die wunderbaren Illustrationen und an Sandra Duncan und Dominic White, dass sie den Büchern ein so fabelhaftes Audioleben eingehaucht haben.

Mehr denn je gilt meine Liebe und mein Dank Mandy für all die Gespräche, Ideen, die Fantasie und das Verständnis, die dieses Buch sehr viel besser gemacht haben. Danke an meine Eltern Ray und Val und an Michael, Sue und John für alles, was sie tun, an Phyllis für ihre unablässigen Anregungen und ihre Unterstützung und ganz besonders an Tilly, die gewartet hat, bis es fertig war.